狄青初传

李雨堂 著

中国文史出版社

图书在版编目（CIP）数据

狄青初传／（清）李雨堂著．－－北京：中国文史出
版社，2019.9
（明清小说书系／文陆主编）
ISBN 978 - 7 - 5205 - 1920 - 5

Ⅰ. ①狄… Ⅱ. ①李… Ⅲ. ①章回小说 - 中国 - 清代
Ⅳ. ①I242.4

中国版本图书馆 CIP 数据核字（2020）第 005343 号

责任编辑：胡福星

出版发行：中国文史出版社
社　　址：北京市海淀区西八里庄路 69 号院　　邮编：100142
电　　话：010 - 81136606　81136602　81136603（发行部）
传　　真：010 - 81136655
印　　装：廊坊市海涛印刷有限公司
经　　销：全国新华书店
开　　本：787 × 1092　1/16
印　　张：26.5
字　　数：380 千字
版　　次：2021 年 1 月北京第 1 版
印　　次：2021 年 1 月第 1 次印刷
定　　价：68.00 元

出版说明

　　中国的文学作品具有鲜明的时代特征。明清是小说的繁荣岁月，这两个时期留下了大量的小说作品。

　　这些作品不仅是研究中国文学的宝库，也是研究中国语言发展的资源。更重要的是，虽然这些只是文学作品，但是其中包含有大量的历史知识，通过这些作品，我们还可以了解明清时代的社会、文化、生活、经济等状况。

　　虽然明清时期留下了大量的小说作品，但多是刻版印刷而成，且质量参差不齐。鉴于此，我们整理出版《明清小说书系》丛书，一是希望能为中国文学史的研究提供一份助力；二是希望能为中国语言发展的研究提供一些文献；三是希望能为明清时期的历史研究提供一些资料。

　　以今天的观点来看，毋庸置疑，明清小说中存在很多不合时宜甚至是糟粕的东西，这是我们在此提醒读者需要注意的问题。我们希望读者能够在阅读的过程中，取其精华，弃其糟粕。同时，尽管我们兢兢业业，但不足之处在所难免，不当之处，敬请读者谅解。

书不详言者，鉴史也；书悉详而言者，传奇也。史乃千百季眼目之书，历纪帝王事业，文墨辈借以稽考运会之兴衰，诸君相则以扶植纲之准，法者至重至要之书也。然秉笔难详，大题小作，一言而包尽；良相之大功，一笔而挥全；英雄之伟绩，递史不得不简而约乎。自上古以来，数千秋以下，千百数帝王，万机政事，纸短情长，乌能尽博至？传奇则不然也，揭一朝一段之事，详一将一朝之功，则何患乎纸短情长哉！故史虽天下至重至要，然而笔不详则浅，而听之者未尝不觉其枯寂也。唯传虽无问于稽考扶植之重，如舟中寂寞伴侣已希，遂觉史约而传则详博焉，是故阅史者虽多，而究传者不少也。更而溯诸其原，虽非痛快奇文，焕然机局，较之淫辞艳曲，邪正犹有分焉。然好淫辞僻艳曲之辈阅此未必协心，唯声正传疾，淫艳者必以余言为不谬也。是为序。时戊辰之春，自叙于岭南汾江之觉后阁云。

鹤邑李雨堂识

目 录

第一回　奏宫闱陈情炎宋
　　　　承君命赍旨山西/ 2

第二回　仁慈主选美赐兄
　　　　贤孝女回书慰母/ 9

第三回　奸用奸谋图正士
　　　　孽龙孽作陷生灵/ 15

第四回　西夏国兴兵侵宋
　　　　王禅祖遣徒下山/ 23

第五回　小英雄受困参神
　　　　豪侠汉怜贫结义/ 30

第六回　较演英雄分上下
　　　　玩游酒肆惹灾殃/ 36

第 七 回　打死愚凶除众害
　　　　　置生豪杰慰民情/ 42

第 八 回　说人情忠奸驳辩
　　　　　演武艺英汉从权/ 48

第 九 回　急求名题诗得祸
　　　　　私报怨越律伤人/ 54

第 十 回　被伤豪杰求医急
　　　　　搭救英雄普济良/ 60

第十一回　爱英雄劝还故物
　　　　　忿奸佞赐赠金刀/ 66

第十二回　打猛驹误入牢笼
　　　　　救故主脱离罗网/ 72

第十三回　脱牢笼英雄避难
　　　　　逢世谊吏部扶危/ 78

第十四回　感义侠同志离奸
　　　　　圆奇梦贤王慰母/ 84

第十五回　因圆梦力荐英雄
　　　　　奉懿旨擒拿龙马/ 90

第十六回　降龙驹因针引线
　　　　　应尘梦异会奇逢/ 96

第 十 七 回 忿奸佞图杀被获

            脱英雄解危生嗔／102

第 十 八 回 辞高官英雄血性

            妒国戚奸佞同心／108

第 十 九 回 御教场英雄比武

            采山殿恶党被诛／114

第 二 十 回 奖英雄荣封一品

            会侠烈晤对相投／120

第二十一回 荐解军衣施毒计

            趁承王命出牢笼 126

第二十二回 出牢狱三杰谈情

            解军衣二雄言志／132

第二十三回 现金躯玄天赐宝

            临凡界鬼谷收徒／138

第二十四回 出潼关虎将行刺

            入酒肆母子重逢／144

第二十五回 设机谋缚拿虎将

            盗云帕降伏英雄／150

第二十六回 军营内传通消息

            路途中搭救冤人／156

第二十七回　图奸惹祸因心急

　　　　　　别母登程为国忙／162

第二十八回　振恩寺得遇圣僧

　　　　　　磨盘山偶逢强盗／168

第二十九回　磨盘盗劫掠征衣

　　　　　　西夏帅收留降将／174

第 三 十 回　李将军寻觅钦差

　　　　　　焦先锋图谋龙马／180

第三十一回　匹马力剿强虎寨

　　　　　　单刀倒搅大狼山／186

第三十二回　贪酒英雄遭毒害

　　　　　　冒功奸辈胆包天／192

第三十三回　守备冒功奔报急

　　　　　　钦差违限趱程忙／198

第三十四回　杨元帅怒失军衣

　　　　　　狄钦差嗔追功绩／204

第三十五回　帅堂上烈汉嗔功

　　　　　　水窖中莽将逢救／210

第三十六回　莽先锋质证冒功

　　　　　　刁守备强词夺理／216

4

第三十七回　刻日连伤三猛将
　　　　　　同时即戮两微员/222

第三十八回　大狼山盗降宋室
　　　　　　杨元帅本荐英雄/228

第三十九回　五云汛李张授职
　　　　　　临潼关刘庆冒神/234

第 四 十 回　贤德夫人心报国
　　　　　　贪婪国丈计瞒天/240

第四十一回　行贿得机呈御状
　　　　　　受赃设计害邦贤/246

第四十二回　封库仓将计就计
　　　　　　获奸佞露机乘机/252

第四十三回　杨元帅劾奸上本
　　　　　　庞国文图谋蔽君/258

第四十四回　贤慧劝夫身尽节
　　　　　　奸愚蔽主自乖名/264

第四十五回　佘太君亲临金殿
　　　　　　包待制夜筑乌台/270

第四十六回　得冤有据还朝速
　　　　　　奉令无凭捉影难/276

第四十七回　落帽风无凭混捉

　　　　　真国母有屈详申／282

第四十八回　候审无心惊事重

　　　　　诉冤有据令君悲／288

第四十九回　包待制当殿劾奸

　　　　　沈御史欺君定罪／294

第 五 十 回　贤命妇得救还阳

　　　　　忠梗臣溯原翻案／299

第五十一回　包待制领审无私

　　　　　焦先锋直供不讳／305

第五十二回　复审案扶忠抑佞

　　　　　再查库办公难私／311

第五十三回　孙兵部领旨查仓

　　　　　包待制申冤惊主／317

第五十四回　嘉祐王痛母含冤

　　　　　王刑部奉君审案／323

第五十五回　刁愚妇陷夫不义

　　　　　无智臣昧主辜恩／328

第五十六回　王刑部受贿欺君

　　　　　包待制乘机获佞／334

第五十七回　包待制领旨勘奸
　　　　　王刑部欺君正法/ 340

第五十八回　怀母后宋帝专差
　　　　　审郭槐包公正办/ 346

第五十九回　假丰都赚佞招供
　　　　　孝天子审奸得据/ 351

第 六 十 回　迎国母宋君悲感
　　　　　还凤阙李后荣回/ 356

第六十一回　殡刘后另贬茔坟
　　　　　戮凶狠追旌良善/ 362

第六十二回　安乐王荣归结缔
　　　　　西夏主恃暴兴师/ 368

第六十三回　杨元帅中锤毙命
　　　　　鬼谷师赠扇遣徒/ 374

第六十四回　破混元大败德礼
　　　　　解重围扫灭西师/380

第六十五回　悼功臣加恩袭嗣
　　　　　诏拜帅厚赏边军/ 386

第六十六回　守边关勤劳尽职
　　　　　贪疆土复妄兴师/392

第六十七回　美逢美有意求婚
　　　　　　强遇强灰心思退/398
第六十八回　因兵败表求降附
　　　　　　赐婚配赍赠团圆/404

歌曰：

继天立极惟盘古，混沌初开天地分。三皇五帝均调治，相传统绪万民钦。唐虞二帝求贤让，化育玄功圣泽深。当时洪水为民患，大禹功成水土分。历年四百终于桀，运属商汤仁圣君。相传历久亡于纣，文王西兴拯溺民。御临八百称长久，国祚延绵德业深。称雄七国相吞并，无道强秦二世分。楚汉争锋刘应运，四百余年鼎足均。晋兴未久遭胡乱，禅篡数传不永君。隋文一统亡杨广，十有三年社稷分。义师奋起唐高祖，二十相传属宋君。数传之后惟千古，兴废无常是古云。

俚言叙罢。此书上不言五代纷争，下不述太祖建业，且开一卷杨宗保职任三关，狄武曲星临凡佐宋佐弱乾坤，乃大宋之良将也。在初年未遇时，困乏流离，屡遭颠沛，后得苦尽甜来。正合着孟子曰"天将降大任于斯人也，必先劳其心志，苦其筋骨"之意云耳。

第一回

奏宫闱陈情炎宋
承君命赍旨山西

诗曰：

> 修巳安人是圣君，群生瞻仰沐王恩。
>
> 开基首重施仁义，方得延绵国运臻。

却说大宋真宗天子，乃太宗第三子也，名恒，初封寿王，寻立为皇太子。太宗崩，遂登大宝。在位二十五载，寿五十五而崩。即年乃戊戌咸平元年，其时乃契丹统和十六年也。考帝之初，宽仁慈爱，大有帝王度量；然好奉道教，信惑异端，而祸乱生矣，故屡有边疆之患，后有契丹澶州之扰也，且慢言。

又说真宗登基后，即进刘皇妃为东宫皇后，封赠李妃为宸妃，二后俱得宠幸。其年，两宫皇后齐怀龙妊，真宗暗暗欣然，唯愿二后早生太子，接嗣江山。

又表朝中文武自首相一品以下，二三四品官何下百余员，一一实难尽述。考其忠诚为国者不少，其奸佞不法者犹多。其当时称贤表行者，太师李沆、枢密使王旦、平章寇准、龙图阁待制孙奭四位大臣，乃当时忠心贯日贤臣。只有王钦若、丁谓、林持、陈彭年、刘承珪五人，相济为恶，聚敛害民，时人号为"朝中五鬼"。更有陈尧叟、殊晏，亦是奸佞之臣。余难尽指。时包拯初为开封府尹，庞洪职居枢密副使，忠佞二臣，下书交代。

却说庚子八年，有内监陈琳，一天出朝上殿，俯伏金阶，呼声："我主万岁！奴婢见驾。"天子一见，说曰："你乃掌管宫闱，司理内监，今来见朕，有何章奏？"陈琳奏曰："奴婢并非文武司职，并无本章上奏，不过面陈奏耳。"天子曰："你且面奏来。"陈琳曰："只因上年蒙我主隆恩，放出宫中中年妃嫔一千五百余名，各官民父母领回已讫。如今三宫六院，缺少了许多妃嫔，遂觉使唤已稀。望乞我主颁旨，另选少艾，以备宫中充用。奴婢司理内宫，不敢隐奏。"当下天子听奏，想道："宫中妃嫔上年虽则放出一千五百多，但目下年少者尚属不少，焉可再选，而有屈民间多少年少美女。如今朕有个主意，想来八王兄上年王嫂殡天，王兄中馈已缺。他年将半百，尚无后嗣。不若趁此选点秀内挑具美丽超群贵相者，送与王兄作配，岂不是着美事。倘或一二载产下麟儿，以接宗枝，未可知也。"当日真宗想定主见，即降旨前往山西太原，许一府只选才女八十名，不许多选，亦不得借端滋扰良民，限以五月内回朝缴旨，即命陈琳前往。陈琳领旨，天子退朝进宫，文武官员各回衙署，俱已不提。

单说内监陈公公赍了圣旨，带了八名近身勇士、一千护送宫女兵丁，一路奔进，一月余方得到了山西省境内。到得太原首府，早有督抚司道大小文武官员前来迎接钦差。陈公公一路进至城中，一同滚鞍下马。到了大堂中，开读圣旨已毕。众文武接旨已毕，一同见礼，依次坐位，谈说一番。是夜饮酒相待，不用烦言。晚膳已完，众文武各相辞散去。

却说此座城池乃太原府城，城中督抚、布安二司、各府州县大小文武五十多位官员，当时得知万岁旨下，挑选才女以充宫用。其地头官员怎敢延慢，知府转委知县，处处地方，俱已找寻保领人等，一刻齐集于县堂。有县主吩咐传言："当今万岁旨意，挑选美女八十名。不论官家宦女，民家才女，凡十三岁以上十九岁以下，生来果有才貌两全者，俱要报名上册。限以十日以内，要其八十名之数，须要早候钦差挑选。如有匿名违命徇私，定当重责不宽。"众保人领命而去。（又稽史载：狄青，字汉臣，原乃山西省汾州府西河县人氏，兹悉依传，本言其太原府榆次县，有大同小异之别。今特表明，看者勿疑而多辩论也。）当日地方保领于一府之中，城厢内外，向凡名门宦户的，逐一点名核查。不想太原一府地方，军人百姓，贫富不一，闻得此消息，甚是惊惶。内有许字了人，自然即时完娶；其年少些未

3

曾匹配的，仓促也不用过聘，立刻嫁娶的甚多。至有年高配了年少，贫贱娶过富豪也不少。若论挑选宫女，于一府地方选其八十名，众民何故如此慌乱？皆因父母爱惜子女，责怪不得。倘有年少女儿，育成十四五岁，有六七分姿容，倘或被选去，已是永无相见之日，犹如死了一般，为父母者好不着急。当日不特民间慌乱，即名门官宦之家，倘有美貌超群者，有才情的，各不敢隐瞒，只因奉着圣上旨意，你顶我，彼顶此，皆要献出，不用烦言。

这一天，众美人带至金亭驿中，民家美女却有二百余名，内有官宦之家贵女不过二十名耳。陈琳一连挑选过，共上等美丽、身材窈窕、纤纤指足者，不过五六十名，其余的虽然有六七分花貌，不是肌面黑些，抑或身材不称，选不上者。陈琳曰："众位大人，你们若不嗔怪，咱就直言了。圣上上年放出中年美女一千五百余名，如今只选回少美者八十名，可谓圣上之仁德也。至于临降旨之时，命要首选一名绝色才貌双全者为贵人。岂知太原一府地方，八十名尚且不足。众位大人啊，难道不足八十名之数，就可还朝复圣上旨意不成？倘列位大人有美隐瞒，欺着圣上，就难怪陈某亲往搜查。倘若众官长中查出有美丽贵人，勿言某之不情，奏明圣上，以违旨论！"众文武听罢，皆无言语，只是眼睁睁地看着一位武官。此人姓狄名广，现为本省太原府总兵。祖上原居山西，其祖父名狄泰，五代时曾为唐明宗翰林院。父亲名狄元，于本朝先帝太宗时职居两粤总制，威震边夷，名声远播，中年殡天。老夫人岳氏尚存，生下一子一女。长子即今狄广总爷；后得怀胎，幼女名唤千金，长成十六之年，其有闭月羞花之貌，沉鱼落雁之容，不独精于女工，而且长于翰墨，还未许字于人。这岳氏老太太爱之犹如掌上之珠，怎肯去报名上册？众官员闻狄门有此美女，内中亦有为子求婚的，只有岳太太不舍，至此蹉跎至年已十六。当时狄爷听了陈琳要亲身到各府搜查，知瞒不过，心中闷闷不乐，只得与众官同声说："陈公公将就些，且宽限我们三天，内如有美不献出者，回朝奏知圣上，也怪说不得了。"当时陈琳允诺，众文武各散回衙不表。

单说狄爷已有二女一子，长女名金鸾，次名银鸾。但次女未及三岁，

4

已早夭亡，如今大小姐年方九岁。公子狄青初产下，方才对月。上略叙明，不用多表。当日狄爷回至府中，滚鞍下马，回进后堂，闷闷不乐，不言不语。孟氏夫人看了此光景，即道："老爷！你往日回来，愉颜悦色，如今有何不乐？"狄爷见问，便将陈琳催迫之言细细说知。夫人听了，也觉惊骇。夫妻愁叹。正在闷乱愁谈之际，不料小姐适进中堂，一闻愁叹之声，也觉惊惶。哥嫂叹惜之言，早已听得明白，便慢趋金莲来至堂中，与哥嫂见礼，只作不懂，开言道："哥嫂缘何在此愁叹？有甚因由？"狄爷见问，只得言道："贤妹，愚兄因思父亲弃世太早，中年亡了，说起来不觉令人感伤。"小姐曰："哥哥既然思念父亲，缘何说到违逆圣旨，只恐举家受累，罪及非轻之言？此乃何解？"狄爷夫妇听罢，低头不语。小姐又叫道："哥嫂，你言奴已尽悉，今日既然事急，何必相瞒？"狄爷听了，即道："贤妹啊！不幸父亲去世太早，撇下萱亲在堂，只有你我兄妹二人。如若今日将妹子献出上册，一来痛哭坏了老娘亲，二来难以割舍同胞之谊，算来觉得烦难。不免明天待愚兄备下一本，附陈琳顺搭，还朝奏辩明白，正在筹思不知可否。"小姐听了说道："哥哥，此事万万不可。你非一介愚民，为官岂有不明法律之理？圣上倘准了此本固然是好了，抑或不准，怪责起来，圣上一怒，你便有逆旨之罪，一家性命难保，更累及母亲。岂不是哥哥只因妹子一人，负了你，有不忠不孝之名。此举望哥哥再为参详。"狄爷听罢，低头想了一番，便说道："贤妹，依你主意怎生方为上算的？"小姐说道："依愚妹之见，还是舍着我一人，既保全了举家，又免了哥哥有逆旨之罪，方为上算。但不知哥哥意下如何？"狄爷不觉愁容顿起，长叹一声。三人谈论一番，不觉天色已晚。

果然过了三天，是日狄爷夫妻正与小姐商量之际，只见一个老家人慌忙走进内堂，口称："老爷，今有陈公公领了军兵，先往节度使衙中搜寻，少一刻定到我们府中来的。"狄爷听了，闷上添愁，孟夫人吓得慌忙无措。小姐说："哥哥、嫂嫂不必着慌，愚妹自有主意。"便吩咐老家人："且往外堂，唤中军迎接着陈公公，请他早回金亭驿，不必到我府中，说狄总爷有位姑娘报册。"当下老家人领命，出外堂去了。小姐唤丫鬟进佛堂内请到岳氏老太太。此时太太坐下，看见孩儿愁容满面，又见媳妇、女儿各各一汪珠泪。太太见此，好不惊骇，即说道："你夫妻、兄妹为何如此？"狄爷只是摇首难言，犹恐太太悲哀起来。太太又问女儿："你因何也如此悲伤？其中必有缘故了，快些说与娘得知。"狄小姐未启言而泪浮粉面，说声："母亲！你女儿从小长育于宦门，深居闺阁中，有谁委曲于我？只因今日圣上有旨，到本省点选秀女，册上缺少了数。钦差难以复旨，只着要官宦人家闺女补数，如今挨户搜查。如若再匿名不报，全家就祸有不测了。早间报已挨搜至节度使府中，料然来搜查我府了。只因哥嫂慌乱，又无可再设施的，女儿只得舍着一身去报名，以免满门之累。但割舍不得母亲之恩，哥嫂之情，总之女儿不孝也！"言罢珠泪沾衿。老太太听了此言，恰似魂魄飞腾去三千里，吓得手足如冰。母女抱头痛哭。

正在悲啼，狄爷夫妇劝解间，那老家人跑进内堂，报知说："中军官方才将陈公公请回金亭驿去了。但陈公公说，老爷若肯将小姐献进，至为知机，但切不可延留耐久，即要就日还朝复旨。"狄爷说："知道了，你去罢。"家丁退出。又说这狄广有一子年方哺乳，故属不知事体；那九岁女儿虽知人事的，别离哭泣，到底不甚过伤；只有母女、夫妻四人的凄惨。

又过了三天，又见老家人传报："陈公公今日立刻要请小姐出府。只由于官宦人家选足了八十名之数，只差我家小姐一人未到。"老太太听了，母女痛哭得倍加凄惨。狄爷夫妇含泪苦苦相劝，老太太只得收了泪，说道："也罢！为娘且送你至驿中，以尽母子之情。"狄爷连忙吩咐备了两乘大轿伺候。小姐带泪相辞嫂嫂。这孟氏夫人下泪纷纷，各言珍重之话。当时母女上了大轿，狄爷骑上骏马，一班随行家将一路呼呼喝喝出了大堂帅府，一程来至驿中。先差旗牌官去通报，然后将二乘轿抬扛到内厢。狄爷下马相随，至大堂。陈公公敬他是位小姐，又是狄爷同到，步下阶相迎。母女下了大轿，太太携挽娇儿，站立右堂。陈琳先与狄爷见礼，后将小姐小心举目一瞧，果然生色丽异于众秀女。有诗赞曰：

轻盈娇艳一鲜花，均与西施斗丽华。

慢言古美堪飨色，再世杨妃产狄家。

当下陈琳看见小姐生得容光姣姣，拔出寻常，满心喜悦。说声："总戎大人，此位是你令爱小姐么？"狄爷曰："非也，乃下官同胞小妹。"陈琳曰："原来乃大人令妹。果然天赋美质，非凡香所及。倘注上册名回朝，如经圣上一目，乃一大贵人也，福分非轻的。"狄爷说："老公公前日已有言在先，倘众文武中有美不即献出，回朝奏知圣上，以违旨论。但下官思量妹子虽有此才美，只因家母年高，爱惜女儿如珍，割舍不离，是至隐瞒未报。望祈老公公回朝将就些，以免下官有欺君之罪，不胜感激了。"陈琳曰："总戎大人何须过虑。汝今依旨将令妹册上，何云为欺君？既迟些报献，不过人子体念亲心之意耳，陈某焉有深求。但令妹是何尊名？"狄爷曰："小妹闺名千金也。"陈琳即命秉笔人将进宫册上头名注上"狄千金"毕。陈琳得此美人，随即于众美中选了十余名，凑足了八十名之数，余美人发回，各家父母领还。

当时不用狄府大轿，要请小姐上香车。当下老太君心如刀割，小姐泪如涌泉，扯牵母手，奚忍分离？狄爷见此光景，也觉惨然，只得忍悲解劝母女一番。老太君只得含泪叮咛女儿一遍，转身又向陈琳道："陈公公，我女儿年少，寸步未离闺阁，娇生贵养一十六秋，万里风霜，望祈照管。老身即死在九泉，也寄归肝胆了！"陈琳诺诺应允。即说道："老太君，小姐今日选回朝，定然一位大贵人了，实乃可喜，何须悲苦？陈某凡事自当照管，不用挂怀。且暂请回府去，吾即要登程回朝了。"母女只是珠泪纷纷，实乃死别生离。母子情深，悲难尽述。狄爷也来催促。小姐又含泪说道："哥哥，小妹此去吉凶未卜。但母亲年老，小妹一别之后，定然愁惨不堪。万望哥哥、嫂嫂百般解劝，只祈留心，即小妹一别，死死生生，别无所虑了。并今趱急，不能与嫂嫂面别一言，心有不安。望哥哥回归代小妹拜上一言。留意抚训侄儿、侄女。哥嫂自能教育，固已不用小妹多嘱。总于母亲处用心留意，即乃哥哥看待小妹之恩了。"言未罢，珠泪一行。狄爷带泪连声允曰："贤妹，汝且放心。愚兄平日侍奉母亲，汝也尽晓。"当日兄妹二人，身同一脉，也觉不忍别离，各言衷曲之语。不特小姐女流情种，故属依依留恋兄母，即狄爷乃是轰轰烈烈英雄，此际未免儿女情长而英雄气短，说至胞谊生离，不禁潸然泪下。不知小姐分袂如何，且看下回分解。

此第一回开卷，在宋真宗戊戌咸平元年起始，于选狄氏结。元帅狄青是全部书之纲条也。

首叙明刘皇后、李宸妃二后俱怀龙妊，以为下文作针线；略叙表忠奸贤佞，以作后笔关照。

即历明狄氏世胄之家，有美迥异于众，而仍串贯后文之法，使全部书不至有首尾易形之弊。观母女分离，兄妹暌别，依依留恋，实乃天性情深也。故不独当日母子有泪，至今读来不免酸鼻。是发夫情性也。

此段书详言选狄氏而略写选众女，是以狄为主，以众为宾，下叙详略亦然。

第二回

仁慈主选美赐兄
贤孝女回书慰母

诗曰：

> 君圣臣贤国运昌，情深一脉更为良。
>
> 同眠大被姜家德，灼艾分疼是宋王。

当时狄爷兄妹正在悲离之际，岳太太流泪，在袖中取出玉鸳鸯一对，呼唤女儿："此对玉鸳鸯，乃是当初你爷爷奉旨征辽，回朝加爵，圣上所恩赐，实善能避邪镇怪，刀斧不能砍下。此乃传家之宝，父亲归世遗下，为娘谨敬收藏数十秋。今日与一只你带去，留下一只与你哥哥，以遗日后便了。"小姐一双玉手接过，正要说话，有陈公公几次催促，小姐只得含泪上了香车，与众女子上路。当日也有父母、哥嫂一班相送，何下三五百人，哭泣的哭泣，嘱咐的嘱咐，一一实难尽述。陈公公吩咐起程，文武官纷纷送别，俱已不提。

单说岳氏太太只见女儿香车一起，泪如雨下，心似刀割，哭声凄楚，扑跌于地上。狄爷连忙扶起，解慰一番，太太只得带泪起轿。狄爷辞别众官，乘马回衙，进内安慰太太。孟氏夫人已知姑娘别去，夫妻谈论，不胜伤感。

按下狄府慢提，却说陈琳催车出了城外，一路程途急发，直向汴京而来。水陆并进，已有月余，方至河南地面，又是数天方达帝都，于午朝门外候旨。此日悉值真宗天子方临朝罢，与南清宫八王爷在着长乐殿内下棋。有内侍奏知选至美女回朝一事。天子闻奏，龙颜大悦，传旨先宣陈琳，一一奏明；然后传旨："宣进美人于殿内，朕当亲目。"陈琳领旨，即跑出外殿，至午朝门外，吩咐众美人："下了香车，即要入朝面圣。"当下陈琳带领八十位美人，引进长乐殿中，在丹墀之下齐齐倒身下跪。陈琳捧册献上，有内侍展于龙案上。天子举目一观，只见头一名美女姓狄名千金，下边注着"宦门"二字。天子此时从头至尾看毕，或有宦门，或有闺女不等。天子看罢，即传旨宣首名狄千金上殿。陈琳领旨下阶，奉宣千金见驾。言毕，只见中央一位美裙钗，金莲慢趱，上了丹墀，正身跪下，俯伏，燕语莺声，口称"万岁"。天子看见此位美人，不啻蕊宫仙女，宛如月殿嫦娥。龙颜倍喜，说："此女果然美丽不凡。"八王爷也是赞叹："不独美色天姿，更且礼数雍容，出身必非微贱之辈。但不知怎样人家官职耳？"天子说："待朕细问他。"便问道："狄千金，你既是山西太原人氏，身入宦门，父居何职？你且细细奏与朕知。"狄小姐说："臣妾领旨。"即有七言绝句奏上。诗曰：

> 原籍山西府太原，父为督制狄名元。
>
> 总兵狄广亲兄长，深沐王恩世代沾。

真宗天子听奏，喜气洋洋。八王爷曰："不意此美人才貌双全也。"天子说："王兄果然眼力不差，他果然是世代勋家之女。朕选此美女，原有个主意在先：想来王嫂去岁登仙，王兄目今尚缺中馈之人。朕今将此女赐与王兄，送至南清宫内，以主内助便了。"当时八王爷一闻天子之言，慌忙离位，欠身打拱，口称："陛下虽有此美意，但臣该有罪如天了。狄千金乃奉旨点选，圣上以充宫中使唤，微臣焉敢领旨匹配！伏望我主龙意参详。"天子说："王兄不必推辞。此是朕之美意，有旨在先，如不中于理，陷王兄于不义，朕岂为之哉！"即传旨陈琳，将狄美人送至南清宫，再赠宫娥十六名陪伴美人，脂粉银十万两。八王爷只得谢恩而出。此时陈琳领旨，送狄小姐往南清宫去了。天子又看第二名美人名册，唤寇承御。天子说声："好个承御的美名！"也就将他改填作头名。当时天子又命宫娥领了七十九名美人，带引至东宫见娘娘，待他分发三宫六院也，且不表。

次日天子命发出库银一万六千两，发往山西各家出选父母，以为保养之资。又说是日狄小姐早有宫娥与他梳妆，穿过宫衣服式。而八王爷望北阙先拜谢君恩，后坐于正殿当中。早有宫娥扶出贵人，两边音乐齐鸣，铿铿盈耳。来至正殿中，朝见千岁，行了君臣大礼，然后参天叩地。已毕，有宫女一班，扶了美人还宫。当晚王府内摆设筵宴，众文武俱来叩贺，在于正殿上饮宴庆闹，直至日落西山，众大臣拜辞千岁爷回府而去。陈琳复又进宫回复圣上，俱已不表。

　　单言是夜，王爷回进宫中，与贵妃合卺传情交杯，酒至数巡，方才命散去余席。君臣二人同携玉手，同归罗帐，共效于飞之乐，难以形容。一宵好事，不觉五鼓更初。次日，王爷与贵妃梳洗已毕，清晨进朝谢了君恩，退朝回归王府内，有狄妃接迎王驾。坐下，王爷开言说："贤妃，你匹配孤家，实乃圣上龙恩美意。但只一说，前日陈琳奉旨往选时，将你名姓报入皇册内，充作宫娥，以供使唤；今日身作皇妃贵人，你的令堂、令兄远隔数千里外，未必知之。明上圣上差官往山西赏赐银两与众秀女父母，以补赔养育之资。你何不修书一封，待孤家命差官附搭你兄母，以免他切望之心。你意下如何？"狄妃闻命，立即离位下拜谢恩。八王爷命左右宫娥扶起，即取过文房四宝放于桌上。宫女浓研香瀚。狄妃玉指将龙笺展开，提持毫管，快似龙飞凤舞，又如骤雨狂风，笺上书得"沙沙"有声。大意安亲问候信息，不用多述。当下八王爷看见狄妃下笔敏捷，拾起书笺一看，言如锦绣，字字珠玑，心下暗喜，赞羡道："贤妃真乃才貌两兼也！"此刻狄妃将家书封固，八王爷接转，即起位离后宫，到正殿上坐下，即命掌府官宣来往山西的钦差见孤。掌府官领旨，去不一刻，将钦差宣到王府，掌府官引见。此时一见王爷，登时俯伏拜见，八王爷即命平身。原来这钦差乃一位奸佞狼臣，由知府职行贿赂于上司，拜大奸臣冯丞太尉为门下，庞太师是他岳丈。数进大财帛于众奸权，是以由知府升为道，以至知谏院。此人姓孙名秀，当时躬身立着。八王爷呼声："孙钦差，你今奉旨往山西给赏，但孤家狄妃子有家书一封，劳你顺带往榆次县，投于狄总戎府中，回朝日孤家自有重赏。"孙秀听了，诺诺连声，双手接过书来，叩谢出了王府，扳鞍上马，数名家丁随后而回。想道："狄总兵名狄广，乃狄元之子。

想当初狄元为两粤制台，那时吾父在他麾下，奉命解粮，只因违误了限期，被他按以军法枭首，死得好不惨伤。我今与狄门不共戴天之仇。如今八王爷选这狄妃，此女是他亲生。此一封书不过是报喜的吉信。不若我将此书埋没了不与，再与他报个凶信，暂解心头之愤，岂不快哉！"主意已定，即将书藏过，押起车辆，离却汴京城，一路登程。水陆并进，已至山西。

是日城中督府司道早知钦差到来，远远恭迎见礼之间，不能尽述。当日孙钦差即将银子交付布政使司暂贮，传命县主传示选女的父母人民，报名领给，每一门赐赏白金二百两，实得一百二十两。此缘孙秀乃奸贪之辈，折出每二百两赃克了八十多金，赚出六千四百两，被他吞去瞒昧了，众人哪里得知。

当日狄总爷一闻圣上有银两恩赐，故钦差一到，他正要打听妹子的信息。至次早晨，具备名帖，吩咐家丁到衙邀请钦差。当日孙秀早已定下主意，即传命回了名帖，吩咐就日打道向总戎狄府而来。狄爷闻报孙钦差来拜会，又称言有机密事情相商，必要到后堂才好相见，狄爷连忙出府迎接。两相见礼毕，携手进至后堂，再复叙礼坐下。家丁敬递过名茶。狄爷启口道："无事不敢邀驾钦差。只为大人奉旨到来，给赏众秀女父母，内有位狄千金之名，进京之后，但不知如何下落？谅大人在朝必晓缘由，故小将特请孙大人到来，求达消息。"孙秀听了，反问："老总戎，你因何知有狄千金之名？又是同姓，莫非此女是令爱么？"狄爷曰："非也。不瞒大人，此女乃末将舍妹子也。"孙秀曰："原来乃总戎大人令妹，真乃可怜可惜也。"狄爷听了，连忙问曰："孙大人为何说起怜惜二字，莫非有甚差池不美么？"孙秀故意左右一瞧，呼声："总戎大人，几个侍家丁，可是内堂家人，抑或是外班散役？"狄爷言道："乃内堂服役。"孙秀曰："下官言来不要传扬出外方妙，倘一走漏风声，便祸于不测，连下官也要累及了。初时令妹进到皇宫，略闻他思念家乡，忆思父母，日夜悲啼，天天怨吵，三宫六院，个个憎嫌不悦。岂知令妹性急，抑或忧愤过多，竟自悬梁而死。圣上闻知大怒，说污渎了宫闱，罪不容于诛，已将尸首弃抛于荒郊之外。下官奉旨之日，圣旨称言，命我密访他父母问罪。幸得陈公公一力为大人遮瞒，不奏明是大人嫡妹。想来大人还须趁个早时寻条出路，以免受此罗网之灾。下官但据事直言，只恐冲渎，休得见怪。"狄爷听了，神色惨变，只得称谢。孙爷顿时告别。狄爷当时无心留款，相送钦差去了。

　　回至内堂，早有岳氏老太太在堂后听得明白，一见狄爷进堂来，他便一把扯住，问曰："我儿！方才钦差之言是真是假？倘若是真的，为娘的性命断难留于世了。"狄爷听了，忙说道："母亲何用惊慌？早间钦差不过谈论国家事情，未有什么言辞，你为甚如此着忙？"太太叫道："我的儿！方才钦差与你说的一番，我也明白得七分，为何你倒反瞒我么？"狄爷听了，不觉垂泪，说："母亲，这是祸福无常，如今不必追究真假了。你既然得闻钦差之言，便是如此了。"老太太说："我女儿到底怎生光景的，须要速速说明来！"狄爷曰："母亲啊！今日圣上旨调孙钦差到来，恩赏众秀女父母，不论官民，一概俱有给赏的，惟我家无名，料想起来，妹子定然凶多吉少了。这钦差之言岂不是真的么？"岳氏太太听了，早吓得三魂失去，七魄飞腾，大呼一声："我的好苦命的女儿，死得好惨伤啊！"往后一跤，跌于地中，一气绝了。狄爷夫妇齐步赶上，慌忙扶起，哭呼"母亲""婆婆"。众丫鬟、使女齐集至内堂，看见老太太面如金纸，一息俱无，已知死了。狄爷含泪说："手足已冰冷了。"夫妇对着放声哭泣。狄爷说："一向安安然，岂知今日妹死母亡，如此惨伤，实乃天之不祚也，至弄得如此收场！"孟氏夫人纷纷下泪，说："不意祸从天降，实我狄门不幸，至有此灾殃。可怜姑娘年少惨死，又受此暴露尸骸之罪。老婆婆又因他而亡。数月之久，家散人亡，言之令人痛心不已。"狄爷闻言，更觉凄惶。夫妻对着尸骸，痛哭过哀。有众家丁、丫鬟、仆妇一同下跪道："禀上老爷、夫人，不可过恸。老太太既已殡天，好打点收拾为安，方正是理。况于天暑，烈炽非凡，诚恐太太玉躯停贮不得多天。"当时狄爷夫妇听得家人禀告，只得收泪，即于堂上安放下太太。狄爷又进内取出白金百两，命得力家下去备办棺椁。不一会扛抬到，即命匠人登时赶造起一棺一椁，又做许多衣装之类。官家使用丰烦，不比民间埋葬，一一实难尽述。到次日，将太太玉躯入殓已毕，夫妻痛哭一番。其时大小姐金鸾年已十岁，已知人事，不免伤感，忆着婆婆。只有小公子年幼，不知人事，也不多叙。当日收殓太太之后，少不免僧道追荐。狄爷忙乱数天，方才宁静。

有一天，夫妻商议，狄爷曰："如今妹子在朝自尽了，母亲又因妹子气愤身亡。且孙钦差又通知皇上大怒，只因妹子自缢了，污秽了宫闱，还言要访拿父母取罪。幸得此机未泄。我今不免趁母亲亡过，预上一本，搭附抚台，辞退官职，一来省却祸患之忧，二来归回祖居，以葬母亲，夫人以为何如？"孟氏夫人听了，说道："此言未为不是。但想这钦差之官未知真假，岂可因此一言，便灰了壮行之心？老爷还该细细参详，抑或命人回朝打听才是。"狄爷曰："据这孙秀之言，说得似乎真确，但今又难得实信。倘要回朝打听，往返数十天，倘圣上当真追究起来，那时逃遁不及了。况吾年近五旬，在朝为官十余年，后来奉旨回乡剿盗寇，不觉将近十载。如今看得仕途甚淡，不若趁此退回故土，乐得自活消闲，省得担忧受虑，羁制于官规。如今且不分孙秀真假之言，且辞官回归故土，以了吾毕生，以终天年。"不知狄爷如何辞官，告驾允准否，且看下回分解。

此第二回之针线，而以老太太玉鸳鸯赠一与女，赠一与子，方联络于十余回也。复接叙八王爷之显贵，狄妃方得后日之柄持有属。

又书孙秀先人与狄氏已有宿隙，而复用之以投书一触醒，小人之心，见其何等狠毒。并媚牵于冯、庞二奸，怪不得日后蛇蝎同群也。惟观其欺君利己，贪婪已甚，削民所应得，而行贿于巨资臣粟之奸，可不吁哉。

写狄广瞒母之辞，乃一腔纯孝之心，日后儿子昌大门闾，上苍非故无赐之也。

第三回

奸用奸谋图正士
孽龙孽作陷生灵

诗曰：

> 用舍行藏不可期，乐天听命要知机。

> 避凶趋吉多明哲，方见保身智士奇。

却说狄广夫妻商议已定，是夜狄爷于灯下书了辞官殡母本章一道，封固了。到次早，打道来至左都御使衙中，恳求附呈辞官本折一道，制台只得顺情收了。当下狄爷辞别回府，登时打点起行装，天天等候圣旨下，且慢表。

先说孙钦差颁给完了公务，是日动身回朝。有各府司道送财礼，彼乃奸贪之辈，一概收领，并不推辞。是日，文武官员纷纷送别。克日登程，涉水行舟，月余方到汴梁城中。次早上朝缴旨后，到南清宫复命，对八王爷言："狄总兵外出巡边，未曾讨得回书，故臣难以听候他回至，今日还朝复旨。"当下八王爷信以为确，倒厚赏了孙秀数色礼物。孙秀拜谢回府，即将私抽秀女之赏银及各官送礼，共得银三万余两，派为三股，与冯拯、庞洪分得。二奸臣大悦。次日上朝，冯太尉、庞枢密启奏圣上，言孙秀奉命往山西，一路风霜，未得赏劳，又力荐他才可大用。圣上升他为通政司，专理各路本章呈还。孙秀不胜喜悦，感激冯庞二人。当日孙秀侍奉庞洪甚恭，二人十分相得。孙秀言听计从，故庞洪将女儿匹配于孙秀。闲话休提。

忽一天，适有山西左都御使有本回朝奏圣，并附搭狄广辞官告假折子一道，一同投达至京都。本章经由通政司，当日孙秀见了此本，犹恐八王

15

爷得知，问起根由，泄出机关，就不妙了。即将狄广折子竟自私下埋没了，只将御使本章达呈。圣上准奏，旨下山西。孙秀又阴与冯、庞二相酌量，假行圣旨，准了狄广辞官归林本章。此事果然被三奸瞒没了。

圣旨一下，狄爷接得旨意，欣然大喜，与孟夫人连日收拾起软细物件，打点行程。是日带领家眷人口，车辆驾着岳太太棺柩，一程回到西河县小阳地故居宅子。住顿数天，择选了良辰吉日，将岳太太灵柩安葬已毕。狄爷又在坟前起造了一间茅屋，自要守墓三年。狄爷之纯孝，尽人子之心，诚难以及也。

又说狄青乃武曲星君降世，为大宋撑持社稷之臣。但狄门三代忠良，惠民保国，是以武曲降生其家，使其先苦后甜，以磨砺其志，正见金愈锻而愈坚，玉愈琢而愈光也。又言江南省苏州府内包门三代行孝，初时玉帝原命武曲星下界，降生包门。有文曲星，听了玉旨差走武曲，他亦请求下凡，先造包氏家降生了，故玉旨命敕武曲往狄府临凡。及各凶星私走下凡者甚多，大宋委曲讼狱者不少，故应于文武二曲除寇攘奸，故今大宋文包武狄，在仁宗之世，非此二臣不能安邦定国也。

按下闲言少表，且言景德甲辰元年，皇太后李氏崩，文武百官挂孝，旨下遍告四方，不用多述。至仲秋八月，毕士安、寇准二位忠贤并进相位，不过群臣朝贺，也不烦谈。忽至闰九月，契丹主兴兵五十万，杀奔至北直保定府，逢州夺州，遇县劫县，四面攻击，兵势利锐。定州老将王超拒守唐河，契丹几次攻打不进。王将军百般保守，弓箭火炮城上准备，亲冒矢石，日夜巡查。契丹攻不得利，只得驻师于阳城。王老将军即日急告回朝，又有保定府四路边书告急，一夕五至，中外震骇。文臣虚恐，真宗天子心头纳闷，惶惶无主，问计于左相寇准。准言："契丹虽然深入内境，无足惧也。向所失败，皆由彼众我寡，人心不定，至失去数城。倘我主奋起，一时领兵，御驾亲征，虏寇何难却逐！"时天子心疑不定，悉值内宫报道刘皇后、李宸妃娘娘两宫同时产下太子，当时帝心闷乱，忧喜交半。闻奏正欲退回内宫，有寇公谏帝曰："今日澶州有泰山压卵之危，人心未定，若非陛下御驾亲征，不能鼓舞众武去之锐气。倘一回内宫，陛下疑难不决，料在不往亲征，则北直势难保守。北省既陷，大名府与吾汴梁交界若此，则中外彷徨，臣料虽愚劣，以智者所猜，必曰大事去矣。恳乞陛下深思之，请勿还宫而行，如臣所请，则辛甚矣！"当时毕士安丞相亦劝帝准寇丞相之言。真宗天子时已准奏，乃不进宫，酌议进征之策，传旨两宫皇后好生保护初生太子，不表。

是日，天子召集群臣，问以征伐方略。有奸臣二人：资政学士王钦若，彼乃南京临江人，犹恐圣上亲征，累及于己，要随驾同进征伐，契丹兵精将勇，抵敌不过，就难逃遁了。故奏请圣上驾幸金陵，以避契丹锋锐，然后旨调各路勤王师征剿，无有不克矣。又有陈尧叟附和搭奏，他乃四川保宁府人，请帝临幸成都。其时天子尚未准奏，即以二臣奏请出奔之言，以问寇公。然寇公心中明白二人奸谋，乃大声言曰："谁为陛下设画此谋者，其罪可诛也！此人劝驾出奔，不过为一身一家之计耳，岂以陛下之江山为重乎？况今陛下英名神武，群臣协和，文武具备，倘大驾亲征，敌当远遁。不然，出奇以挠其谋，坚守以老其师，劳逸之势，我得胜算之利矣。奈何陛下弃社稷而幸楚蜀远地哉，万一人心散溃，敌人乘势而深入，岂不危哉？"于是帝意乃决，准于即日兴兵。将陈尧叟贬罚其禄。寇公又惧王钦若诡谋多端，疑阻误了军国大事，奏他出镇大名府。他一到成守，契丹兵至城下，他束手无策，惶惶恐惧，只是闭城修斋诵经，祈祷不已。后得圣上大军一至，方才救回此城。此是后话，休得过述。却说冯拯太师一见圣上依寇准之谋，御驾亲征，又罚去陈尧叟俸，贬出王钦若，心中愤恨不平，即奏曰："陛下专用准谋者，斯亦危矣。谚云：凤不离窠，龙不离窝。今陛下离朝中而历此疆场险地，岂不危乎？不若命将出师，便能奏效，何必定请圣上亲征？伏祈我主勿用寇准之言，则社稷幸甚！"圣上未及开言，寇公怒曰："谗言误国，而妒妇乱家，信有之矣！尔冯拯不过以文章耀世，军国大事，非尔所知也。如再沮疑君心，所误非浅。不念君恩，不恤生民，只图身家计者，则非人类也！"冯拯亦怒，正要开言，恼了一位世袭老元勋：官居太尉，姓高，他乃高怀德子，名高琼，即出班大声奏道："寇丞相之谋，深益社稷良策。奈何陛下阻于奸臣之论，误之非轻。今日澶州危于旦夕，百姓彷徨，将士离心。目击澶州全省尽陷，陛下再迟疑不往亲征，则北直失守，中州乃四面受敌之地，社稷非吾有矣，陛下不免为失国之君。"冯拯在旁叱曰："辱骂圣上，当得斩罪，还敢多言么！"高太尉厉声喝曰："老匹夫！尔乃区区于笔砚之间，以文字位至两府，不思答报君恩，只图私己以平天下，生成人面畜心，还敢多言沮惑！如众文武中有忠义同心者，共斩尔头，以谢天下，然后请圣上兴师。况尔既以文章得贵，今日大敌当前，何不赋一诗以退寇虏乎？"冯拯被骂得羞惭满面，不敢复言。当时天子决意亲征，不许再多议论。是日点起精兵三十万，偏将百余员，命高千岁挂帅，寇丞相为参谋，大小三军皆听高、寇二人调度。即日祭旗兴师，旗幡招展，一路出了汴京城，水陆并进，非止一日。可退得契丹否？按考一连相持十余年，方得平服，按下不提。

又说宫中刘皇后当日闻知李妃产下太子，至晚他产下公主，他心头愤愤。次朝，二后俱报生太子。但刘后思量，今日圣上虽然出征，不知何日回朝？倘班师回来，吾生下公主，出报太子，一时之愤，岂不惹下欺君之罪，怎生方策才好？忽又想内监郭槐是吾得用之人，且喜他智谋百出，不免召他来，商议有何良策便了。想罢，即命宫女寇承御召至。郭槐来到宫中，叩见刘娘娘，问曰："呼唤奴婢有何吩咐？"当下刘娘娘将一时心急，差人报产太子，犹恐圣上回朝诘责之事说了一遍。刘娘娘曰："既恐圣上执罪，又恼着碧云宫李宸妃产下太子，实忧圣上还朝倍宠于他。故哀家特召你来商量，怎生了结得他太子？"郭槐听了，想下一计，说道："娘娘勿忧，只须如此如此，包得谋陷得太子了。"刘后听了大悦，说："好妙计！"即要依计而行。

忽一日，李氏娘娘正在宫中闲坐，思量圣上为国辛劳，不见亲生太子一面，克日兴兵去了，但愿早早得胜回朝。为今产下太子数月，且喜太子精神倍足，健质魁魁，实乃令吾暗喜也。李娘娘正在思量间，忽见宫女报说刘娘娘进宫，李娘娘听了，出宫相迎。二后一同见礼坐下，二人细细谈言。刘后装成和颜悦色，甚是自然，说："宫主乏乳，要喂乳，特到宫中。"当时李娘娘接抱了公主，刘娘娘抱着了太子，耍弄一番。时刘后十分喜色，说："今日圣上亲征北夷，闲坐宫中甚觉寂寥，贤妹不若到我宫中一游，以尽姊妹之乐，不知贤妹意下何如?"当时李后见他喜色满面，不知是计，不好却意，只言道："蒙贤姐娘娘美意。但吾往游，只恐太子无人小心持怀，怎生是好?"刘后说："不妨。这内侍郭槐为人甚是谨细小心，太子交他怀抱，一同进宫去，便可放心了。"李后欣然应允。是日，带领了几个宫娥，将公主交回刘后，小太子刘后交郭槐怀抱，一路进到昭阳宫。二后分坐交谈，刘后传命摆宴。不一刻，佳宴丰盛，两位皇后东西并席，两行宫娥奏乐，欢叙畅饮。刘后殷勤相劝，交酢多时，已至日落西山，方罢止宴。李后问及太子时，刘后言道："太子睡觉，犹恐惊了他，故命郭槐早送回贤妹宫中去了。"此时李后信以为真，安心在此交谈一番。已是宫灯亮设，李后谢别，刘后相送出宫房去了。

先说刘后回至宫中，唤来郭槐，问及太子放于何所。郭槐道："禀上娘娘，已将太子藏过了，用此物顶冒过。但奴婢想来，此事瞒不得众人，况娘娘生的是公主，人人尽知。倘圣上回朝，他奏明，便祸关非小，不特奴婢万死之罪，即累及娘娘亦危矣。"刘后听了，大惊说："此事弄坏了，怎生是好?"郭槐一想，说："娘娘，如今事已至此，一不做，二不休，只须用如此如此计谋，方免后患。"刘后说："事不宜迟，即晚可为。"时交三鼓，二人定下计谋，刘娘娘命寇宫娥将太子抱往金水池抛下去。寇宫女大惊，只得领命抱着太子到得金水池来。已是时将天亮，寇宫女珠泪汪汪，不忍将太子抛溺，但无计可出得宫去，救得太子。只深恨郭槐奸谋，刘后听从毒计。但此事秘密，只有我一人得知，如何是好?

不表寇承御之言，先说李后回至碧云宫来，问及众宫女，太子在哪里。宫女言："郭槐方才将太子抱回，放下龙床，又用绫罗袱盖了，说太子睡熟，不可惊觉于他，故我不敢少动，特候娘娘回宫。"李后说："如此，你们去睡罢。"众宫娥退出。其时李后卸去宫妆，正要安睡，将罗帐揭开，绫罗袱揭去，要抱起儿子。一见吓得魂魄俱无，一跤跌扑于尘埃。一刻，悠悠复醒，慢慢扶起，说："不好了! 中了刘后、郭槐毒计! 将儿子换去，拿一只死狸猫在此，如何是好?"不觉纷纷下泪，"如今圣上不在朝，哪人与吾做主? 况刘氏凶狠，与外奸臣交通，党羽强盛，泄出来圣上未得详明，反为不美。不若且待圣上班师回朝，密奏明方得妥当。"

不表李后愤怒，却说寇宫女抱持太子在金水池边哀哀暗哭。时天色大亮，有陈琳奉了八王爷之命，到御花园来摘采鲜花，一见寇宫女抱持一位小主子在河边暗泣落泪，大惊，即问其缘由。寇宫女即将刘后与郭槐计害李后母子缘故一一说明。陈琳惊惧，说："事急矣！且不采花了。你且将太子交吾载藏于花盒之内，脱离了此地才是。"当时寇宫女交付太子与陈琳，叮嘱他："须要小心，露出风声，奴命休矣！"陈琳应允，急忙忙载太子于盒中。正借先王灵庇，大宋不应失嗣，太子在盒中不独不哭泣，而且沉沉睡熟。故陈琳捧着花盒，一路出宫，并无一人知觉。

又说寇宫女回宫复禀刘皇后。是晚刘后与郭槐定计，又要了结李娘娘。至三更时分，待众宫人睡去，然后下手。寇宫女早知其谋，急急奔至碧云宫，报知李娘娘。李后闻言大惊。寇宫女说："娘娘不可迟缓了，倘若多延一刻，逃脱不及了。幸得太子得陈公公救去，脱离虎口。今奴婢偷盗得金牌一面，娘娘可速扮为内监，且往南清宫去狄娘娘处避一时，待圣上回朝，然后申奏此冤情也。"当下李后十分感激，说："吾李氏受你大恩，既救了吾儿，又来通知奸人焚宫。今日无可报答，且受吾全礼，待来生衔环结草，以酬大德。但今一别，未卜死生，你如此高情义侠，令我难忍分离。"言罢倒身下拜。寇宫女慌忙跪下，曰："娘娘不要折杀奴婢，且请起，速改妆逃离此难。待圣上还朝，自有会朝。但须保重玉体，不可日夕愁烦。奸人自有复报。"说完，李后急忙忙改妆，黑夜中逃出宫院，又不见逃到南清宫，不知去向，后文自有交代。是晚火焚碧云宫，半夜中宫娥、太监、三宫六院惊慌无主，及至天明，方才救灭。众人只言可惜李娘娘遭此火难，哪里知是奸人计谋。连及八王爷与狄后，虽知奸计焚毁此宫，但亦不知李后逃出，只言"可惜焚死于宫中"，不表。

又说刘后，有宫人报上，寇宫女投死金水池中。刘后与郭槐大惊，说："不好了！料然他通知李后逃去。他既通知李后，必然不肯溺死太子。"是时又无踪迹可追，只得罢了，命人埋掩了寇宫女，按下不提。

又说狄广自从埋葬了母亲，守墓三年。不觉又过几载，狄爷年已四十

20

八，狄青公子年方七岁，小姐金鸾年已十六。此日狄爷对妻言："女儿年已长成，前时已许字张参将之子。吾年将五十，谅后头光景无多，意欲送女去完了婚，了却心头一事也。"孟夫人说："老爷之言不差。男大须婚，女大须嫁，定不更移之理。所恨者，前时姑娘至年长，未许字于人，耽搁至年十六，故被选去，白断送了性命，真可悯也。"狄爷说："妹子死了，实乃母亲爱惜之过。至年年不愿许字，可怜他青年惨死也。"说完，其束通知张家。

又说这张参将，名张虎，现做本省官，为人正直，与人寡合。上数载夫妇前后而亡，遗下独子名张文。他自父母弃世，仍袭依武职守备官，年方二十一岁。接得狄爷书，他思量：父母去世，又无弟兄叔伯，不免承命完娶了好，待内助维持家业。是日一诺允承。是月择了良辰吉日，娶了狄小姐，忙乱数天，不用烦言。这是少年夫妻，况小姐贤惠和顺，夫妻自是恩爱。但张文家与狄府同县，故张文时常来探望岳母，意气相投。时狄公子年已八岁，郎舅相得叙话，极尽其欢。张文见舅子虽是年少，生得堂堂仪表，言谈气概与众不同，必不久于人下之辈。话休烦絮。

一天，狄爷平起打个寒战，觉得身子欠安，染了一病。公子母子惊慌，延医调治，皆云莫治。想是大限难逃，一日沉重一日。张文夫妇回来狄府，看见狄爷奄奄一息，料然此病不起，母子四人暗暗垂泪，不敢离声哭泣。小姐暗对狄公子含泪叫道："兄弟啊！你今年幼，倘爹爹有何差池，依靠何人？"公子含泪道："姐姐，这是小弟命应吃苦也。"

不言姐弟伤心。忽一天，狄爷命人与他穿着冠带朝服，众家人小使不知其故，孟夫人早已会其意。狄爷二目一睁，也知辞世之苦，泪丝一滚，呼声："贤妻、子女，就此永别也！"说完瞑目而逝。孟夫人母子哀哀痛切，一家大小哭声凄惨。张文泣下，劝解岳母不必过哀。当日公子年幼未谙事情，凡丧事张文代办，数天料理，方才安殓殡葬了狄爷。又说狄爷在日，身为武职，并非文员有财帛得来。况他为人正直，私毫不苟，焉有重资遗后？无非借些旧日田园度日。是以两次殡葬之后，一贫如洗。小公子得些园中蔬菜之类，与母苦度。亏得张文时常来往照管。公子年幼，乃伶仃孤苦。狄小姐挂念母、弟，故恳丈夫常常来往，是他的贤孝处。

是时，又是一阳复始，初春了，家家户户庆贺新年，独有公子母子寂寥寥过岁。忽一天，日正午中，只闻狂风大作，呼呼响振，乌云满天，忽又闻汲汲水浪泌涌之声。一乡中人高声喧闹，多说："不好了！如何有此大水滔滔涌进？想必地陷天崩了。"母子听了大惊，正要赶出街中，不想水势奔腾，已涌进内堂，平地忽高三尺。一阵狂风，白浪滔天，子母漂流，各分一处。原来此水乃赤龙作孽，即将西河一县反作浮海。不分大小屋宇，登时冲成白地，数十万生灵俱葬鱼腹，深为可悯。恶龙既作此恶孽，伤害多人，岂无罪过？上帝原以好生为德，岂容作此恶孽，灾虐殃民！后来贬下凡间作龙马，以待有用之人，下文详谈。

当日公子年方九岁，母子分离于波浪之中，自分必死。按下孟夫人不表，单言公子被浪一冲，早已吓得昏迷不醒，哪里顾得娘亲。耳边忽闻狂风一卷，早已吹起空中。又开不得双目，只闻耳边风声呼呼响亮，不久身已定了。慌忙睁开二目四边一看，只见山幽寂静，左边青松古树，右边鹤鹿仙禽，茅屋内石台石椅，幽雅无尘，看来乃仙家之地。心中不明其故。见此光景，心下惊疑之际，不觉洞里有一位老道者，生得童颜鹤发，三绺长须，身穿八卦道衣、头戴方巾、脚穿草履，浑然仙气不凡，走将出来。公子一见，慌忙跪拜于洞外，口称："仙长原来搭救弟子危途也。"老道人听了，呵呵冷笑曰："公子若非贫道救你，早已丧于水府了。你今难已离了，但休想回转故乡了。"公子听罢，目中流泪，呼声："仙师！"不知公子有何言论，何日回归故土，且听下回分解。

此第三回。孙秀得进位于通政司，亦由于行贿赂之力。然由通政司方得总理本章，方得暗没狄广本章。机关合就，小人可不叹哉！

此回书接交数曲，况交综数转机，曷似觉太速，第不得不然耳。放下狄、孙一笔，而即转契丹一边，真宗兴师一去，而李后被害，而接入山西水灾，狄氏母子分离捷笔。

此回接写狄门夫妻、父子惨切之情，母子伶仃孤苦并姊弟悲伤之语，读来足挥英雄之泪也。

第四回

西夏国兴兵侵宋
王禅祖遣徒下山

诗曰：

边疆敌患古今常，定国安邦借良将。

武曲降生扶宋室，功标麟阁姓名芳。

当下狄公子言曰："仙师！弟子如此一般苦命，自幼年失怙，与母苦度安贫。不意洪水为灾，谅来母亲已死于波涛之内。今弟子虽蒙仙师搭救了，但想母亲已亡，又是举目无亲，一身孤苦，实不愿留命于人间。伏望仙师仍将弟子送回波涛之内，以毕此生，免受阳尘苦楚，实见仙师恩德矣。"道人听了，微笑曰："公子不用心烦。吾非别人，吾道号鬼谷子。此地乃峨眉山也。贫道在此山修道有年，久脱凡尘俗务，颇明天意。你目今虽然困苦多灾，日后实乃国家栋梁之贵。即你母亲虽然被水漂淘，尚还未死，仍得亲人救了，日后母子还有重逢之日。你今且坚心在吾山中守候，待贫道传授你几载兵机武艺，灾退之时，然后回归故土，自有一番显达惊人、扬名后世之举，方不负吾救你上山一番缘遇之心。"公子听了，即连连叩首不已，愿拜仙长为师。当时公子叩首，仙师双手扶起，带他至洞中安慰一番。自此狄公子在洞中，安心习学武艺。王禅又授他六韬三略奇能，以待天时协举。公子虽听仙师劝勉，但思亲之念未尝一日忘之，并忆姐丈夫妻，亦未知被水所伤否，生死如何？

不表仙山公子习业，再言朝上情由。却说南清宫八王爷，自从得陈琳忠心，为主救了小太子回宫，只因圣上起兵征讨未回朝，故未得奏明奸后奸监陷害太子情由，只得将太子认作亲生儿，与狄后抚育。至次年，狄后又产下一子，八王爷大喜，一同抚养。又过了数年，圣上仍未回朝，时真宗自起兵，一去已有九载，太子已有九岁，狄后子已八岁。其年八王爷年已五十八，一天王爷得病不起，崩于庚申四年。圣上未回，满朝文武百官开丧挂孝。只因八王爷乃赵太祖匡胤嫡裔，其威名素著至外夷，萧后也闻其贤，即当今皇帝亦敬重于他。故今殡天，不异帝崩，大小文武挂孝，绝禁乐音。闲言休絮，话不重烦。

又说真宗天子一连进征十一载，方解了澶州之围，败逐契丹。契丹遣使讲和，每岁纳币二十万。天子准旨，命寇丞相、高元帅即日班师。涉水登山，非止一日。大兵一路凯歌高奏，王者之师一程毫不惊扰，百姓安宁。一朝回至汴梁，各文武大臣齐集，远远出城接驾。天子只因得胜还朝，文武大臣各各加升。随征文武论功升赏，不能一一尽述。帝一回朝，方知八王去世，不胜伤感，即谥为忠孝王。其长子原乃太子，如今真宗哪里得知？八王去世，狄后不敢奏明，故圣上只痛恨火毁碧云宫，李后母子遭难而已。只言不幸，不得太子接嗣江山。自思：年将花甲，精力已衰，未必再嗣；即有孕嗣，恐已不久于世，年幼儿难以嗣位，不如册立了王兄长子，以嗣江山便了。主意已定，次早降旨，册立受益为玉太子，改名曰桢，其年十四。又敕旨加封狄妃为太后；次子赵璧封潞花王，年方十三，袭父职。其年册立太子，群臣朝贺，大赦天下。旨意一颁，各省十恶大罪俱沾了天子恩德，一一实难尽述。到次年壬戌，乾兴三年春二月，真宗天子果如所料，不久于世，得染一病，调治不愈，月内崩于廷庆殿，寿五十五。计其在位二十五载，谥曰文明武定，葬于永定陵。是时百官举哀，遍颁天下，不用烦谈。皇太子桢即位，号曰仁宗。刘、狄二后并尊为皇太后。其时未有太子，故未册立。癸亥天圣元年，立正宫郭氏为皇后，美人张氏为贵妃。后来郭妃被废，罪由吕夷简唆言。再立曹氏为皇后，是曹彬孙女，后话不提。

至秋闰九月，故相寇准卒于雷州。自真宗得胜回朝，有奸党一班：王钦若、丁谓、钱惟演、冯丞、陈尧叟、内侍雷允恭等，谗毁寇准，至降贬至司户。是丁谓内结刘太后，假传圣旨，而帝尚不知。而人畏太后、丁谓，无敢扶准以明奏也。卒于雷州，归葬西京。路至荆州公安县，民间感德，皆设祭于路，因立庙，字号竹林寇公祠。公兰居相位，忘身报国，守道嫉邪，却被奸臣陷算，深为可叹。后追赠为中书令，敕封莱国公，谥曰忠愍。厚锡良臣，也不多表。

更考大宋真宗之时，常有契丹入寇之患，至仁宗即位之后，增岁币四十万，契丹以兄礼事帝，其侵扰之患方息。当时虽无契丹北扰，而西戎日见强威，兵精将勇，屡思夺占宋室江山。前者雄关既得杨延昭拒敌，屡次兴兵未得其利。延昭既没，又有后嗣杨宗保领守北关多年，西戎屡被败回，戎主略不敢侵扰。但今日蓄师已久，一交秋日，发动大军四十万，战将数十员，领兵主帅乃赞天王，副元帅子牙猜，左右先锋大孟洋、小孟洋，主佐中军伍须丰，五员猛将，乃西戎头等英雄。是日奉了西夏主命，路经巩昌府发进。巩昌府在陕西边界，一连凤翔、平凉、延安几府，俱被攻陷，直抵绥德府，与山西省偏头关交界。三川关口守将杨宗保，几次开兵，未分胜负，只得差官快马上本回朝告急。当时差官不分星夜，赶趱回朝。此一天正在设朝，众文武臣趋跄朝贺毕，有值殿官传圣旨旨意："有事出班启奏，无事退朝。"旨意宣罢，只见武班中有兵部尚书孙秀出班奏上："雄关杨元帅有本上谒我主天颜。"当时有殿前侍卫接上本章，展开御案上。仁宗展龙目一观，本章曰：

雄关总领兼理军兵粮务事、军国大臣杨宗保：臣奉守三川二十余年，向借圣朝威德，陛下深仁，宁谧多年，兵无锋镝之忧，将无甲胄之苦。可恼西夏国赵元昊贼心不改，称帝于西羌，于七月孟秋日兴兵四十万，水陆并进，寇陷陕西，全省震动，数府扰攘，直抵德绥，与三川边界相连。臣几次开兵，未得其利。臣年花甲，精力已衰，难胜其任，不能为主分忧。恳乞陛下早发锐师，经统谋臣，成此重地，方解旦暮之危。缓则雄州之地非吾有矣。并虑隆冬寒候，军士苦寒，还仰陛下早赐军衣三十万，得以军濡。乞陛下龙意留神，万勿以为泛视。臣冒死谨陈，不胜待命迫切之至。

当下仁宗天子看毕，开言问曰："既然西夏元昊作叛，寇陷陕西，众卿有何良策禁他？"言未了，只见文班中一位大人执笏步至金阶，奏曰："臣启陛下！"天子一见，乃吏部天官文彦博也。天子说："卿有何良谋以禁叛逆？"文彦博奏曰："臣思偏头关与绥德府交界，三川重地若非杨元帅镇守，不独陕西失守，即邻省山西危矣。今有本回朝请益兵并求军衣，可见求救兵之急切。无奈契丹攻于北，朝内武略大臣曹伟、韩琦、仲世衡等，皆分兵守镇，今一时未得领兵之臣。陛下须早降旨意，操练三军，招兵募勇，岂无出类拔萃之人？然后挑选智勇双全者，解送征衣。我主以为何如？"天子闻奏，点头曰："依卿所奏。"即命孙兵部召集智勇双全之将，并往御教场操训十万军马，以备登程。是日孙秀领旨，天子退朝，文武各散回衙。

又说当日仁宗皇帝即位之后，选了庞洪之女为西宫昭仪，加升其职，庞洪入相。孙秀，庞洪之婿，由通政司又进为兵部尚书。二人显耀权势威隆，不多烦表。

按西夏姓拓跋，自赤眉归唐，太宗赐其姓李，后又讨黄巢有功，虽未称国，而久已称王。五代子孙世王，至宋太祖加封镇兴太尉，赐德明姓赵，称臣于宋室，至子元昊始称帝，兴兵寇宋凡二十年，强悍莫禁。及降服，以臣事宋。凡传二百五十八年，后元灭之。后话不提。

再说狄公子自遭水患，子母分离，幸得王禅鬼谷救上峨眉山，收纳为徒，传授诸般武略，屈指光阴迅速，已有七载。一日独自思量曰："吾命生不辰，父亲身居武职，祖父亦是显贵名扬，不料及至我身，父亲亡后，与母借住旧产相依，清贫苦挨，也是本然。岂料年方九岁时，洪水为灾，伤害了多少人民。吾蒙王禅老祖救上仙山，收纳为徒习艺。但不知母亲落水后，存亡如何？倘若丧于波涛之内，不免鱼腹安葬了，为子岂不痛哉！但日前师父有言安慰，吾母命不该终，还得亲人搭救，日后自有重逢。思量师父虽然为此说来，但吾思亲心切，愁心焉能放下？几次要拜辞师父下山，寻访母亲下落，无奈师父不许，款留了，我只不明其意。今在山中七载，且喜学得武艺高强，志在安邦定国，建立功劳，恢宏先人之绪，方得遂心。但吾年已十六，少年当年，正该与国家出力。但师父近年吩咐我，待时而动，下山扶助宋君。料此机会不远，但不知待到何时？

慢言公子日日山中思闷，半思立业半思亲。又说鬼谷仙师，一旦推算阴阳，西羌称王称帝，赵元昊得势，雄师猛将如林，要争占大宋江山。杨家将不能平伏，狄青贤徒不得在山修道了，只好保宋安邦。今在山中已有七载，不免差他回归汴京，趁此机会扶助宋君便了。即命童子唤来狄公子。当下公子拜见，称说："不知师尊呼唤，有何叮嘱？"老祖曰："贤徒，喜得你今灾难已消，为师今日命你往汴京，速速离山去。一旦回朝，自得亲人相会。就今日下山去罢。"公子闻言，不觉落泪曰："师父，既然我灾难已消，可以离山。但一来蒙师父救吾一命，恩育七年，传授全身武艺，一旦分别离山，心中不忍负此恩惠；二者弟子既下山，实乃思亲念切，待我先回山西故土，待我寻着母亲下落，然后回朝，未知可否？"老祖听了，微笑说："贤徒！你虽有此良孝之心，且丢开离师为母忧愁。我许你到汴京，自有亲人相会。为师岂有误你的，何必定转故乡？"公子一想，曰："师父命我速回汴京，许有亲人相见，想必是我母亲了。"只得诺诺应允："谨依师命。但盘费毫无，哪里走得？"老师父冷笑曰："男子汉大丈夫，盘费小事，何须挂虑！吾今与你子母钱一个，须当谨记收藏，便是盘费日用了。但到得汴河桥地面，就没了此金钱，也无妨碍了。"公子听了大喜，拜谢师尊，双手接了金钱，收入香囊中，微笑道："上启师尊，再有什么神通妙术，传些与弟子，以应防身之用。"老祖曰："贤徒，你的随身武艺尽可足矣，何必再求仙术的？况且仙家妙术，非一朝一夕可传也。趁此天气晴明，下山去罢！"公子称是："弟子就此拜别了！"深深四叩，起来肩负行囊，踩开大步，出仙山而去。老祖微笑曰："好个年少小英雄也！实乃国家栋梁之臣。岂惧西羌猛将雄师？但狄青此去，尚有微灾。小将，但趁赶机会，该应如此。虽然先历些苦楚，后来显贵非比寻常。"即唤童子："你可于七月十五之日，在河南开封府汴河桥，将狄青子母金钱收取回来，不得有误。"童子奉命去了不提。

　　不表老祖妙算机关，却言狄公子出洞下山，独自行走，忽然耳边呼呼响亮，开不得双目，身不由主起在空中。不久腾腾而下，双眼睁开，不是仙山，乃平街大道。日已西归，一见旅店，即进内安身。但思量：不知此

27

处是何地名。被风吹到此处，必然是师父的妙法。想必近朝中了。不觉店主拿到酒饭，便问他："此何地名？"店主言："河南省近开封府。"狄青闻言大悦："不料师父一阵狂风送吾到汴京，不用跋涉程途，妙啊！"不觉放开大量饮嚼。只因在仙山素食七年，如今见了三牲鱼肉，觉得甘美异常，吃个不休。再言狄青乃一员名将，贵品不凡。生来堂堂一表身躯，不长不短，肥瘦合宜。面如傅粉，唇似丹珠，口方鼻直，目秀眉清，看来不甚像个有勇力有武艺之辈。岂知他乃一员虎将，食量自然广大，店主多送酒馔，一概吃个尽罄，反吓得店主惊讶不已。老夫妻两口儿说："不料这人生来如此清秀，又不是猛汉粗豪，吃酒馔如此过多，果奇哉也！"

不言店内两夫妻之语，却说小英雄吃酒半酣半饱之际，偶然想起没有盘费结交店主酒馔钱，心下筹思，说声："罢了！且将囊中金钱做抵庄押在此招商店中，且寻另日机会便了。"用饭已毕，即向囊袋中一摸，此番公子大喜，说曰："奇了！吾别师父动身之时，只得一个金钱，为何此时有了许多？"捞将出来，数了一数，却有一百个铜钱；再摸，没有了。原来要晓得这金钱来历，乃鬼谷的子母金钱，产出一百个铜钱，待他足一天用度，多也不得，少也不得。当日狄青欣然想来：这子母钱原乃仙家宝物，深感师父大恩，一铜钱反化出一百个来，但愿天天如此便好了，路中盘费不用过虑的。当日歇宿了一宵，次朝又用了早膳。店主算账，用了酒饭铜钱九十三文。公子交结完，又问明开封府城，路途还有四五天，方进得大城。问毕一路而去。这子母钱，日日如是产出一百个来。

公子一连数天，夜则宿，晓则行，单身寂寞凄凉不觉到了皇城。但见六街三市，人烟稠密，人民居止，铺户密密层层。到了一方，名曰汴河桥，公子就驻足于桥栏中，自言："师父有言吩咐，倘我进了汴城，自得亲人相会。我今已进了皇城，未晓亲人在于何方，教我哪里去寻找？况且我年交九岁，就上了仙山，至今已有七载，纵使亲人在目，日久生疏，也难识认。料想必非别的亲人在此，想必是我生身母也。母亲啊！不知你在于何方！"一路感叹，不觉腹中饥了，欲进招商店，伸手向袋中一摸，不觉大惊，说："不好了！因何子母钱今天只得一个，连余剩的一文也没了？"不信地又摸一回，果然剩下一个金钱。此时小英雄心中烦恼，紧锁双眉。不知狄青此日如何度日寻亲，下回分解。

此第四回，仍接前上文。征胜契丹，奏凯还朝，真宗一闻八王去世，随即册立太子，实为国之根本。并将李宸妃一提，而仁宗嗣位之初，即及废弃嫡后之变，此非盛朝所有之事也，故不免后日争宠之患。

契丹攘扰一平，不意又生西戎赵元昊叛乱。虽国之不幸，亦民之灾殃也。武将之劳瘁也甚矣，宋之扰攘也。

此回写小英雄初出，统观其辞师下泪之言，思亲之语，可知孝子必能忠君，仁心天性，断无两移也。

第五回

小英雄受困参神
豪侠汉怜贫结义

诗曰：

> 英雄结识义相投，合志同心契合稠。
>
> 今日贫交初聚会，他年功业觅封侯。

当下狄公子曰："金钱，我一路而来，亏得你天天以作用度，为什么你却产不出百十个来？倘你化不出来，就没了盘费，教我哪里去觅食？"当时公子自言自语地踌躇，取出金钱，反反复复地摸弄，不觉失手咕咕碌碌掉下桥栏下。公子说声"不好"，两手抢抓不及，跌于桥下波澜中。公子心中大恼，眼睁睁只看着桥下水似箭流，对着波涛说出痴话来，呼声："水啊！你好作孽也！此子母钱乃师父赠吾度日的，你因何夺去？真好狠心也！如今失去金钱，从何物觅食？又无亲近可依，如何是好？"心中气闷，长叹一声："罢了！我狄青真乃苦命之人，该受困乏的。奉师之命到此，只望得会亲切之人，料然师父之言有准，岂知到此失去子母钱。如今难以度日，我亦断不到街头求丐的，顶天立地之汉，岂肯作此羞惭之行？不若身投水府，以了此生，岂不干干净净！"——又论这狄青，小小少年，全不想到七年肄业，武艺高强，又记忆师父之言：一到汴京，自有好处。失了金钱，愁无盘费度日，就寻起短见来。这是小英雄立志不愿乞度丐食以辱亲，高品也！当时放下衣囊在于桥边，低头下拜，呼声："水啊！我九岁时便遭你大难淹溺，因命未该终，得师父救了。今朝不愿乞丐度日辱亲，愿入波涛之内，料想师父未必再来搭救。虚劳精力集得全身武艺，师父奇能未展，

30

双亲未报劬劳……"

正在倒身下拜，有些来往之人立着观看，都说他痴呆人，纷纷交头接耳言谈。忽来了一位年老公公，前来扯着小公子，问曰："你这小小年纪，是何方来的？缘何在此望空叩拜，且说与老汉得知。"公子抬头一看，说曰："老公公，你有所不知。吾不是你贵省人，我乃山西省来的。为遭水难，得师王禅救上仙山收为徒，习艺七载……"老公公说："你既上仙山，因何又来此处？"公子曰："只因奉师之命，到此访亲。得师赠我金钱度日，方才堕下水中。没有盘费，因不愿丐食偷生，特地拜谢师父之德，父母之恩，溺于波涛之内。"老公公听了，微笑曰："你这小官人好痴呆也！万物皆惜生，为人岂不惜命？你为失此金钱小事就寻此短见，真乃痴呆也。"公子曰："老公公，非我看得生死轻微，只因没了金钱，乏了盘资，乞丐于道中，岂不羞惭于先祖？与其生不如死为高耳。"老人听罢，说："小汉子，你是远方外省人，不晓得我们本省事。待老汉指点你一个所在：离此地不远，有一座相国寺庙，当日周朝郑国贤大夫子产为爱民清正，死后人民感德，立庙而祀之，十分灵感。人若虔诚祷告，十有九验。不若你去求问神圣，倘若神圣许你得会亲人，自然神差鬼使，你得相见了；如神圣说你难会亲人，那时候你再死未晚也。"众观看之人也来相劝他。狄公子听罢，只得依从，说曰："既蒙老公公、众位良言，小子前往求祷神明便了。"老人又呼："小汉子，还有一言你可晓得？古话云：逢人且说三分话，未可全抛一片心。你师命你下山，是天机秘密之旨，言语之间须要敛迹些。在老汉跟前，言既出便罢了，倘别人询你真情，断断不可透露。"公子应充。当时拿回包囊，踩开大步而去。

又明：这子母钱虽是狄青失落水中，实是王禅手下童子收还去。更有一说驳问老祖：既将子母钱赠与狄青，为何今日又收取回此钱？无非助他路上的盘费，但他到得汴京，自然另有机会，故收去此钱，正是助他得会亲人机窍也。即方才老公公言语机密，或是老祖化身来点化也未可知。

当下狄青一路上逢人便问相国寺的去处。一到寺前，果见来往参神之人过多，十分拥闹。这公子等候一会，方得来往人少些，即忙进内放下衣囊。只见有僧人在此，便呼一声："和尚，吾要参神求问灵签。"僧人听了应诺，即引公子到了中殿。灶上名香，跪于蒲团上，稽首祷告一番，诉明来意情由。禀告罢起来，到神案上提签筒，信手拾起竹签一支。公子一看，其签上有绝诗四句云：

古树连年花未开，至今长出嫩枝来。

月缺月圆周复始，原人何必费疑骇。

狄公子看罢，持签对僧人曰："和尚，吾小子请问你：我要寻访一人，未知可得会晤否？"和尚接签诀看罢，问曰："你寻访之人未知亲切的人抑或异姓友朋？"公子言："是亲切之人。"和尚曰："据贫僧详细来，此位亲人分离日久的了。"公子曰："何以见是久不会的？"和尚曰："首言'古树连年'句，岂不是日久不会之意么？"公子说："不差也。"和尚又曰："'至今长出'第二句，是与你至亲至切，同脉而来，他是尊辈，你是晚辈之意。其人必然得会相见，日期不远。"公子想来：一脉亲人，必然吾母亲无疑了。又问："应于何期相会？"和尚曰："'月缺月圆'，即在此一二天即可相会了。但今日虽是月圆之夜，据贫僧推详起来，即此七月还未得相会。"公子曰："缘何还有一月隔离？"僧曰："'周复始'三字，还要过了此月。待至下月中旬中秋之节，定得亲人聚会无疑了。"公子听罢，复又倒身下跪，叩谢过神祇，拱手作谢过僧人。

正要踱出，僧人上前与公子讨些签资，公子微笑曰："和尚，小子是个初到汴京贫客，实无钱钞与你。已经动劳于你，我不该当的，改日多送双倍香资便了。"岂知僧人最是势利，钱财上岂肯放得分文？听了狄青之言，即上前扯牢，怒曰："万般闲物可以赊脱得，唯有求神问卜之资，难以拖欠神明的。你这人真乃可恶，劳动贫僧一番，分文不与的么？你倘不拿出钱钞来，体想拿出此囊包。"说未了，向地下抢去香囊。当时公子大怒，喝声："休走！"抢上捞住僧人一手。不须用力，这僧人十分疼痛，挣扭不脱，高声嚷救。不意当时外边来了两个人：一人是淡红脸，宛如太祖赵匡胤一般；一人生得漆黑脸，好像唐朝尉迟敬德模样。若问两汉来由，乃是天盖山为强盗的英雄，结拜弟兄。当日扮为贩卖绸缎，是在山上打劫得来的绸缎，来到河南开封府城做客商。进城将缎子贮于行家销发，但未销发完，是以二人也来相国寺中参神。听闻相国寺乃子产庙，神圣灵感，弟兄二人特至寺中求问日后如何结果。参神已毕，早闻公子、僧人争论之言，也不甚在意。正要跑出庙门去，猛然看见狄公子乃一纤纤少年，扭住僧人一手，僧人就大呼救喊，痛得额汗并流。当下这红脸汉对黑脸汉说："看此人细细身躯，不想有此臂力，必非等闲之人。"黑脸汉言："如此看来，此人只在你我之上。但不知他何等样人，且与他做个相识也妙。"言罢，二人复跑进庙中，带笑曰："你这和尚行为太差也！你既为出家之人，原要方便为主。既然他是外省人，未曾便得钱钞也罢了，不该强抢他的包囊。"又说道："此位仁兄，且看吾弟兄面上，放手饶他。"当下公子抬头，一看二位少年昂昂气象，便放了僧人，喝声："出家之人如此势利，若非二位来劝解，定断不饶你的！"当下僧人得放，心中气闷，只得进内拿出杯茶相奉。三人叙礼坐下。有红脸汉曰："请问仁兄尊姓高名，贵省仙乡，乞道其详。"狄公子曰："小弟姓狄，贱名青，乃山西太原府西河人氏。二位尊姓高名，还要请教。"红脸汉微笑曰："原来狄兄与弟一府之谊。"公子曰："兄弟也是西河人么？"红脸汉言："非也，乃同府各县，吾乃榆次县。贱姓张，名忠也。"公子曰："久仰英名！此位是令昆玉么？"张忠曰："不是。他是北直顺天府人，姓李名义。吾二人是结交异姓弟兄。但不知狄兄远居山西，来到汴京何干？"青言："二位有所未知，小弟只因贫寒困乏，特到京中寻访亲人下落。二位仁兄，到此有何贵干的？"二人言："狄兄，吾二人只因学习得些武艺，但无能得荐效力，故在家置办些缎子布匹到来销发，以遣愁烦。如今货物销发于行，不意在此相会狄兄，实乃三生有幸。"公子曰："原来二位乃英雄之辈，正该效力于国家，足见与弟心同一业。"张忠曰："敢问狄兄，小弟闻西河县有位总戎狄老爷，是位清官，勤政，除凶暴，保善良，为远近人民称感：不知可是狄兄贵族否？"公子曰："乃弟先严也。"二人闻言，笑曰："小弟有眼不识泰山，冒昧不恭，多多有罪。原来狄兄是位贵公子，果然生来贵品，非比常流。"公子曰："二位言重，弟岂敢当。但吾一贫如洗，涸辙之中，言来羞愧。不得已诉之神明，以待许吾以生死的。"二人听罢，微笑曰："公子休得太谦。既不鄙吾弟兄卑贱，且到我们寓中叙首盘桓，不知尊意如何？"李义又呼唤和尚："且拿去此小锭银子，只作狄公子的香资。"这僧人见了五两多一锭银子，好生喜悦，连称厚赐作谢，要留住再款斋茶。三人说："不消了。"公子拿回香囊，三人一同出庙。

三人一路谈谈说说，进了行店中。店主姓周名成，当时与狄公子通问了姓名，方知狄青乃官家公子，厚礼谦恭。当晚周成备了一桌上品酒筵，四人分宾主坐下，一同畅叙，传杯把盏，话很投机，谈说直至更深，各各睡去。至次日，张忠、李义对狄青言曰："你乃一位官家贵公子，吾二人出身微贱，原不敢亲近。但我弟兄最敬是英豪，今见公子英雄义气，实欲仰攀，意欲拜为异姓手足之交，不知尊意容纳否？"公子听罢，微微笑曰："我狄青虽然忝属先人之余光，今已落后，是个贫穷下汉。二位仁兄是富厚英雄，弟执鞭左右，尚且不足，但辱承过爱，敢不如二位之命？"二人听了大悦。张忠又曰："若论年纪，公子最小，应该排在第三。但尔乃贵公子出身，若称之为弟，到底心上不安。莫若结个少兄长弟之意。"李义笑言："此话倒也说得相宜。"公子闻言曰："二位仁兄说的话，倒也糊涂了。论理般般原要挨次序才是，年长即为兄，年轻即为弟，方合于理。"李义又曰："吾二人主意已定，公子休得异议多端。且在于店中阶下，当空叩告神祇便了。"当下又求店主周成备办齐香烛之类，焚炷香，一同告祷。狄青恭身将居止、年辰上书表白，张忠、李义亦是皆然，此不用再言。述过即禀告结拜桃园之誓，无非烦俗之谈，也难尽说。三人祝告已毕，起来复坐。自此之后，张忠、李义不称狄公子，即转呼狄哥哥。

是曰，狄青想来：前者多蒙师父搭救上仙山，学全武略，打发吾下山，许以到京便有亲人相会。岂料亲人不见，及得邂逅相逢，结交得异姓弟兄，算来乃一奇遇也。但见一紫脸，一黑脸，昂昂气概的英雄，生来异相，觉得惊人。且弟兄二人言，在家天天操习武艺，但今未曾与他比较得高低，未知哪人精通。要知武艺谁好，且待空闲之日，或当演比英雄便了。张忠一日呼声："狄大哥，你初到汴京，未曾遍耍各地头风俗，且耽搁多几天，与你玩耍。待销完货物，再与你一同访亲，未知意下如何?"李义亦笑着开言……

不知李义有何言语，如何比较雌雄，下回分解。

谚曰：床头金尽，壮士无颜。信乎斯语矣！观当日汉之壮士，漂母一饭之惠，即观本宋范氏困乏始，而设学校以训徒，后皆天降以大任，益见其言之真切乎。壮士既困乏已极，又遇势利僧人，足令人一叹。既见势利僧，又逢豪侠士，两相映射，足使读者悦目触心；更令壮士一喜一欣，侠利一恶一好。

此回写僧人何等势利，何等鄙吝，正与张、李疏财仗义相反。第今人与僧之同志何多，张、李同心何少。

第六回

较演英雄分上下
玩游酒肆惹灾殃

诗曰:

> 穷困英雄涸困龙，一朝奋翻便乘风。
>
> 可量海水人难量，方信天机造化功。

当时李义笑曰:"张二哥，今日既为手足，何分彼此。好鸟尚且同巢，何况我们义气之交。况狄哥哥为遭水患，亲切之人已稀，又不知此地亲人访寻得遇否，莫若三人叙首，岂不胜于各分两地哉。"张忠听罢，言曰:"贤弟之言有理，愚兄差了。"狄青听了二人之言，不觉咨嗟一声曰:"二位贤弟提起我离乡别井，不觉触动吾满腹愁烦。"张、李言:"不知哥哥有何不安也?"狄青曰:"吾单身漂泊，好比水面浮萍，倘不相逢二位贤弟如此意气相投，寻亲若不遇，必然流荡无踪了。"张、李齐呼:"哥哥，你既为大丈夫英雄汉，何必为此担忧。古言'钱财如粪千金义'，我三人须学管、鲍分金，勿效孙、庞结怨。"狄青听了曰:"难得二位如此重义也。吾之疏见，难及高怀。"言谈之间，不觉日坠西山。一宵晚景，夜膳休提。次日，李义取了几匹缎子，与狄青做了几套衣裳更换。张忠又对行主周成说:"倘若哥哥要用银子多少，且与他，即在吾货物账扣回便是。"周成应允。从此三人日日往外边耍玩，或是饥渴，即进酒肆茶坊歇叙。玩水游山，好生有兴。当时张忠对李义私言议曰:"吾们且待货物销完，收起银子，与狄大哥回山受用，岂不妙哉! 今且不对他明说。"

不表二人之言，原来狄青又一别样心，要试看二人力量武艺如何。偶一天，耍玩到一座关公庙宇，其庙殿中两旁有石狮一对，高约有三尺，长约有四尺。狄青曰："二位贤弟，当日楚项王举鼎百钧，能服八千英雄。此石狮贤弟可提得动否？"张忠曰："看来此物有千六百斤，差不上下，且试试提举罢。"当下张忠将袖袍一卷，身躯一低，右手挽起狮腿一提，拿得半高，只得加上左手，方才高高擎起。只得走了七八步，觉得沉重，轻轻放下，头一摇，说声："来不得了，只因此物重得很。"李义曰："待吾来也。"低躯一坐，一手提起，亦拿不高。双手高持，亦走得殿前一围，只得放将下来，笑曰："大哥，小弟力量不济，休得见笑。"狄青言："二位贤弟力气狠强，真乃英雄之辈。"李义曰："大哥，你也提拿来与小弟一观。"青曰："只恐吾一些也拿不动的。"张忠曰："哥哥且请试看拿来。"当下狄青微笑走上前，身躯一低，脚分八字，伸出猿臂，一手插入狮腿，早已高高擎起，周围团团三四转。张忠、李义见了，吐舌摇头，言曰："不想哥哥如此怯弱之躯，力量如此强狠，我们不能稍及。"当下狄青提着狮子运转几围，面不改色，气不速喘，将狮子一高一低几次，然后轻轻放下，依旧安放原处。张忠笑曰："哥哥，你果然力勇无双，吾二人所深服也。实乃安邦定国奇能，唾手可取功名富贵了。"狄青曰："二位贤弟休得过誉，愚兄的力量武艺有甚奇罕。"当下又见庙左侧有青龙偃月刀一把，拿来演武。上镌着"重二百四十斤"。张忠、李义虽然舞得动，仍及不得狄青演得如龙取水、燕子穿梭一般。张、李实乃深服。顽耍一番，三人一同出了庙，向兴闹街而去。李义曰："二位哥哥，如今天色尚早，顽得腹枵了，须寻个酒肆坐坐才好。"张忠、狄青皆言有理。

一路言谈多见投机，不觉来到一处十字街头，只见一座高楼，十分幽雅。三人步进内楼，呼唤拿进上号美酒佳馔来。酒保一见三人，吓了一惊，言："不好了！蜀中刘、关、张三人出现来，走罢！"张忠曰："酒保不须害怕，吾二人生就面庞凶恶，心中乃是善良也。"酒保曰："原来客官不是吾本省人声音，休得见怪。且请少坐片时，即有佳酒馔送来。"当下三人只见阁子内有几桌人食酒，又见楼中不甚宽大，一望至里厢。对面一座高楼，雕画工巧，芳香花气远远吹喷出外厢，阵阵扑鼻芬芳。张忠呼酒保，要拣个好座头。酒保应诺："客官且在此位便甚好了。"张忠曰："这个所在我们不坐，须要对面此座高楼，我们要在此食酒。"酒保说："三位客官要食此高楼，断难从命了。"张忠曰："这却也为何？"酒保言："休问多端，你且在此食酒罢。"张忠听了，问曰："到底为什么登不得此楼的？快些明言来。如若果然坐不得的，我们就不坐了，你也何妨直言。"酒保说："三位客官不是我本省人，怪不得你们不知。吾隔楼有个大势力的官家，本省胡老爷，官居制台职。有位凶蛮公子，强占此地，赶逐去一坊居民，将吾阁子后厢起建此间画楼，多栽奇花异草，古玩琴棋名画，无不具备，改号此楼为'万花楼'。"张忠曰："他既是官家公子，更有这样凶蛮的？"酒保曰："客官你不知其故。只因孙兵部就是庞太师女婿，胡制台是孙兵部契交党羽，是以他势炎滔天，人人害怕，百姓人家哪个敢去惹他？这公子名胡伦，日日带领十余个家丁，倘愚民有些小关犯于他，即时拿回府中，登时打死，谁人敢去讨命？如今公子建造此楼，时常到来赏花游玩，食酒开心的。故禁止一众，不论军民人等，不许到他楼上闲顽，岂敢在此食酒？如有违命者，立刻拿回重处。故吾劝客官休问此楼，犹恐惹着，大凡灾祸不轻了。"当时不独张忠、李义听了大怒，如雷高声咆哮，狄青也觉气愤不平。张忠早已大喝一声："休得多说！我三人今日必要登楼用酒，岂惧胡伦这小畜生！"言罢，三人正要跑进楼去，吓得酒保大惊，额汗并流，只得跪下叩头求告，言："客官千祈勿上楼去，方才饶得我性命也。"狄公子曰："酒保，吾三人上楼食酒，倘若胡伦到来放肆，自有我们与他理论，与你什么相干，弄得如此光景？"酒保曰："客官有所不知，胡公子谕条上面有规定：本店若纵放闲人上楼者，捆打一百。客官啊！我岂经得起打一百么，岂非一命无辜送在你三人手里！恳祈三位客官不要登楼，只要算个买物放生，存些阴骘也罢。"张忠冷笑曰："二位哥弟，胡伦这狗子如此凶狠，也怪他不得，恃着数十个蠢汉，横行无忌，顺者生，逆者死，不知陷害过多少个良民也！"狄青曰："我们不上花楼去，显然惧怕这狗乌龟了，非为汉子之称。"李义也答以有理。急吓得酒保心乱如麻，此番叩头如捣蒜一般。张忠一手拉起，呼声："酒保，你且起来，吾有个主张。如今赏你十两银子，我三人且上楼坐坐，片时就下来了。那胡伦难道有此尴尬，即此刻到来么？"李义曰："酒保你好愚呆也！一刻间受用了十两银子，还不妙么？"当日酒保也贪想这十两银子，想来这紫脸客官说的倒也无差，难道胡公子却有此凑巧，向此时候就来了不成罢了？且大着胆子受用了十两银子罢。即说："三位啊，就登一刻即要下来的。"三弟兄说："这个自然，决不累着你淘气的。且拿进上上品好酒肴送上楼来，还是重重银锭供你。"酒保听罢，应诺而下。

三人登进楼台，但见前后纱窗多已关着，先推开前面纱窗，一看就是街衢上，多少人来往，铺户居民，宇屋重重；又推开后面窗扇，果见一座芳园，森森树木，队队习禽，亭台楼阁，犹如图画一般。只见秋花满目，及时而开，青松翠柏，参天秀茂一片，巧鸟灵禽，娇声频美。弟兄称意开怀。李义曰："此座花园好幽雅也！"只见西边粉壁如雪如霜，张着名人古轴，箫管铜丝的的具备；玩物器皿俱齐。只因胡公子四时登楼顽耍，合了一班朋党，吹弹歌唱，是以如此。三人坐于白玉凳上，一刻酒肴送到，排开案桌上，弟兄放开大量，畅饮醇醪，言言谈论。又闻阵阵花香喷鼻，更觉称心。若说这三位少年英雄，包天胆量，况且张忠、李义乃是天盖山的强盗，放火伤人不知见过多少，哪里畏惧什么胡制台的公子。他不登楼则已，到了花楼来，总要吃个爽快的酒，焉肯即时下楼。当时高声喧闹，几次催取好酒。李义高声呼唤："酒保！还不速送酒上来？"拍台掷凳。张忠骂声："狗王八的浅囊，既开的是酒肆，巴不得客人多用酒馔，多卖钱钞。"酒保一闻呼骂之言，急忙跑走上楼中，称："客官！小店里实在没了酒的，且请往别处再用罢。"张忠喝声："狗囊！你言没了酒，欺着我们的？"一把将酒保揪住，圆睁环眼，擎起左拳，吓得酒保色寒，抖抖蹲作一堆的求饶。在旁李义曰："酒保，到底有酒没有的？"狄青言："酒是有的，无非厌烦着我们在此，只恐胡伦到来，连累于他之意耳。酒保，如若胡伦到来处治你，只言我们强抢上楼的，决然不干累于你。"酒保曰："既如此，请此位红脸客官放手，待吾拿酒来罢。"当下张忠放手。酒保下得楼来，吐舌伸唇，言："不好了！这三人食了两缸酒，还要添起来，也罢了，只忧公子到来，就不妥当的。"酒保正在心头着急，却然胡伦就到了。

　　再讲胡伦，年方二十外，生得面貌不佳，不是胡制台亲生，乃胡爷继养独子，只贪游荡，不喜攻书。胡爷并不拘束，听其所为，是至胡伦放纵得品行不端。平素凌虐良民过多，众民一知他到，便远远躲避，所以送他一个诨名"胡狼虎"。这一天，乘了一匹白马，带了八个家丁，各处去顽了而回。本来不是要到酒肆中，只因狄青三人未登楼之先，已有一个无赖棍汉名徐二，在里面食酒。后来看见酒家得了张忠十两银子，私放三人上花楼食酒，徐二暗言曰："我前日食了他的酒肴未有钱钞，仰恳他记挂数日欠账，他却偏偏不肯，要吾身上衣衫折抵了。如今破绽落吾眼内，不免报察与胡公子得知，搬弄些唇舌。料想恶公子必不肯干休，教这狗囊混闹一场，方出我的怨气。正是明枪易躲，暗箭难防也。"想罢，完了酒钞，出门而去。事有凑巧，胡公子正在一路回府，徐二急赶上跪下，言："小人迎接胡大爷。"胡伦曰："你是哪人？有甚事情？"徐二曰："无事不敢惊动大爷。只因方才酒保故违大爷之命，贪得财帛，擅敢容放三人在万花楼食酒，特来禀知大爷。"胡伦听了，问曰："如今还在此么？"徐二曰："如今还在楼中。"胡伦曰："你且去罢，明天到来领赏。"徐二言"多谢大爷"而去，喜而言："白搬唆了口舌，还有赏领，这场买卖真好做也。"

　　不说徐二喜悦，却说胡伦想来怒气冲冲，带了家丁，如狼似虎，一程来到酒肆中，喝声："酒保！哪人登楼食酒？"当时店中阁内坐下食酒人一见公子到来，一哄走散了。酒家吓得魄散魂飞，连忙跪下叩头不止。有八个家丁跑进楼台，大喝："这里什么所在，你们敢在此吃酒么？"弟兄三人听了大怒，立起座位，言曰："酒楼是留客之所，人人可进。你莫非就是胡家几个奴才么，奉命来阻挠吾们吃酒，好生胆大！"八人齐喝："我家胡府大爷要登楼来，你们快些走下还好，这算不知者不罪。"三人喝声："放屁！胡伦有甚大来头，不许吾们在此么？快教他认认我桃园三弟兄，立侧侍酒，方恕他简慢之罪。"家丁大怒，喝声："胆大奴才，好生无礼！"早有胡兴、胡霸抢上，挥起双拳就打。却被张忠一手格一人，乘势一进，又至胸前，二人东西跌去丈远。又有胡福、胡进飞步抢来。不知如何争持，且看下回分解。

英雄同心共志，一味率性，不较利害机关，胸襟何等活阔。一见酒肆，偏执进上万花楼，势狠公子哪里放在眼中。故楼中只知酒甜，奚分灾祸！

君子小人，心地有天渊之隔。愤恨着平日间不货酒食于彼，即云禀报胡公子，是以"明枪易躲，暗箭难防"。吁！小人心狠矣哉！

此回写小英雄闲玩之日，实乃胡公子急死之期。所以害民众而惨祸，其烈而犹速，是天道之公报耳。

第七回

打死愚凶除众害
置生豪杰慰民情

诗曰：

> 官民犯律一般同，岂料制台纵子凶。
>
> 当世若无包府尹，善良定遭罗网中。

当时李义看见两人打来，他圆睁环眼，喝声："慢来！"飞起连环脚，二人一齐跌去。胡昌、胡荣、胡贵、胡顺四人一齐拥上，向三人奔来。狄青实不介怀，将身一低，伸开双手，向四人腿上一擦，四人喊声"不好"，一齐扑地跌覆下。八人一齐起来，又是抢上，岂知身躯未近，人已先跌，只得爬起身来，一同逃下楼去。狄青看见，冷笑曰："这八个奴才，不消三拳两脚，打他奔下楼去。二位贤弟，我想胡伦未必肯干休，料他必来寻事，不免我们三个一同下楼去，方为上策。虽然不是畏怯于彼，犹恐他多差奴才来，就虎落平阳被犬所欺了。"张忠曰："哥哥所算不差，我们下楼罢。"此时狄青在前，张忠、李义在后，正要下楼，岂料胡伦公子雄起起气昂昂抢上楼来，高声大喝："谁敢无礼！吾胡大爷来也！"狄青问曰："你就是胡伦么？"轻轻在他肩上一拍，胡伦已立脚不稳，翻身跌下。八个家人上前扶起，已跌得头晕眼花了。即唤家丁们："快拿住三个贼奴才！"狄青喝声："胡伦，你还敢来么？"胡伦被扑跌得疼痛，心中愤怒，喝声："何方野畜，擅敢放肆！我公子就来，你便怎的？"直抢上前，七个家人随后；胡荣见势头不好，先回家中禀报胡爷去了。胡伦奔抢至狄青跟前，狄青伸手夹胸抓住提起，脊背向天，如抓鸡一般。七个家人只管呐喊，又见张忠、李义怒目圆睁，不敢上前，大骂："这还了得！三个死囚奴，如此胆大凶狠，还不放下公子。胡老爷一怒，担忧你三条狗命死得惨刑！"当时狄青乃少年心性猛，二者酒已半酣之际，一闻家丁之言，怒气冲冲，喝声："狗奴才！要吾放他么也不难，且还你罢！"将胡伦一抛，高高掷起，头向地，脚顶天，已跌于楼下。三人哈哈冷笑，重回楼中食酒，已忘记了方才下楼之言。当下七名家将见抛了公子下楼，急急跑走下楼来。只见公子磕破天灵盖，血流满地，已是不活。吓得面如土色，大呼："反了！反了！清平世界，有此凶恶之徒，将公子打死，真乃目无王法了！"店家早已唬吓得半死。街上闲观之人渐多。是时胡府家丁又添上百十余人，将店中重重围了。

　　这三人在楼中食酒，还不晓得胡伦跌死。正在食酒高兴之中，你一盅我一盏，有二三十人一拥上楼来，要拿捉凶手。这三人一见大恼，立起来，仍复拳打脚踢，多已打退下去。酒家看来不好，只得硬着胆子登楼来，跪下叩头不已，称言："三位英雄，乞祈勿动手，救救小人狗命才好。"三弟兄曰："我们又不是打你，何用这等慌忙的？"酒家曰："三位啊，你今扑跌死了胡公子，他的势大凶狠，你不知么？方才小人已曾告禀过了。"狄青曰："胡伦死了么？"酒保曰："天灵盖已打得粉碎，鲜血满地，还有活的么？但今胡老爷必来拿问我了，岂不日小人一命丧于你三位手中！"狄青曰："店主休得着忙，我们一身做事一身抵当，决不来干连你的。"酒家曰："你虽然如此言来，只是你三人乃异省的，一时逃脱去，岂不连累害了小人？"张忠曰："我三人乃顶天立地英雄，决不逃走的。你且再拿美酒上来，我弟兄食个爽快就是。如不送酒来食，我们即逃走去了。"酒家听了，诺诺应允，言："要酒也容易了。"此时急忙跑下楼，取一坛美酒送上楼来。三弟兄大悦，尽量饮用不休。

　　是日胡制台闻报，大惊大怒，立刻传地头知县，前往捉拿凶身。差役人等数十名，到了酒肆门前。县主于此排堂，验明尸伤，系跌扑殒命的，当时县主唤酒家，问其姓名，酒家禀上："大老爷在上，小人名唤张高。"县主又询："三人姓氏，怎样将胡公子打死的，你直白说来。"酒家言："老爷，他三人名姓小人倒也不晓，只是一人红面的，一个黑面的，一位白面的同来食酒，要上对楼中。当时小人再三不肯，再四推辞，岂知他十分凶狠，伸出大拳头，将小人揪住要打。那时小人畏怯了，只得容他登楼去。后来公子到了，即时登楼厮闹。若问如何殴打，小人倒也不知，只为小人在楼下，他相殴在楼上，所以不知其由。老爷若问公子如何死法，只要询三个客人才知明白。"县主听罢点头。当下衙役唤至三人，县主问曰："你们姓名且禀来。"张忠曰："吾姓张名忠，山西榆次县人氏。"李义禀曰："吾乃北直顺天府李义也。"青曰："吾乃山西西河人狄青是也。"县主曰："你三人既为越省人氏，在外为商，该当事事隐忍才是。在此食酒，缘何一刻便将胡公子打死？你且从实招来，以免再动刑！"张忠曰："大老爷明鉴，吾三人在楼中食酒，与这胡伦两不交关的。岂料他领了七八个家丁打上楼来，不许我们食酒。这是胡伦差也。"县主听了，喝声："胡说！你还说胡公子差么？你既坐了他楼，只须相让，用些婉辞赔语解劝，未必至于相殴的。况他是个尊贵公子，你三人乃一匹愚民。即同辈中借用了东西，还要婉话相让。如今料你三个凶徒欺他质弱斯文之体，行凶将他打死了，还说此强蛮之话，好生可恶！"狄青曰："老爷，若论理来，胡伦亦有差处。他一到店中，即差家人打上楼来，不分理论。后至胡伦厮闹进楼，小人并不曾将他殴打，他已怒气冲冲，失足扑于楼下。他是失足跌死，怎好冤屈小人打死他？望乞大老爷明鉴参详，保持为民父母之心。"县主大怒，喝声："利口凶徒，你们将公子打死，还敢花言强辩！况属皇城法地，岂容此凶恶强徒！若不动刑法，怎好招认？"吩咐："先将这红脸贼狠狠夹起来！"

当时差役正动手，要将张忠靴子脱了，岂知来了一位铁面阎罗官。此人姓包名拯，一路巡查到此。却论包爷身为巡抚，此时不是圣上差他做个日巡官，乃是包公自为主意。只因目下奸党甚多，恐怕他作弊端陷民，是日不打道又不鸣锣，只静悄悄带了张龙、赵虎、董超、薛霸四个排军各处巡察。一近酒肆坊中，只见喧哗人拥，包爷住轿，唤赵虎去查问何事。赵虎领命，去一会回来："禀上大老爷，有三个外省人氏：张忠、李义、狄青，将胡制台公子打死在酒肆中，封丘县老爷在此相验问供，是以喧闹。"

包爷一想：老胡奸贼，纵子不法，横行无忌，几次要擒他破绽收除，奈无机窍。这小畜生也有今日，正死得好，地头除一大虫子。想未了，有知县到来迎接，曲背弯腰，称言："卑职封丘县参见包大人。"包爷就问："贵县，这三个凶身哪一人招认的？"知县曰："启上大人，这三个凶身都不招认。卑职正要用刑，却值大人到此，理当恭迎。"包爷曰："贵县，这件事情重大，谅你办不来也。待本部带转回衙细细究问，不忧他不招认的。"县主曰："包大人，卑职是个地方官，待卑职审究，不敢重劳烦大人费心。"包爷冷笑言："你是地方官，难道本部是个客家官么？张龙、赵虎，可将三名凶犯带转回衙。"二人应诺，一同带住三人。包公又转店中，再验尸首，并非拳刃所伤，只是破了天灵脑盖。当下心中明白，登轿回衙。只有封丘知县心中不悦，恨着包公多管闲事，必然带去开豁了凶身，岂不令胡大人将吾见怪，只恐这官儿做不成了，只得吩咐衙役："录了张酒家口供，将公子尸骸送到胡府中。"不打道，一程到了胡府中。

先说胡爷一闻儿子身亡，怒愤不消的痛恨，夫人哀哀苦哭，痛着儿子丧于无辜。忽报封丘县到来，胡爷传命后堂相见。知县进来，叩见毕，低头禀知："大人，方才卑职验明公子被害，正在严究凶身，不想包大人到来，将三名凶犯拉去。为此卑职特送公子尸躯回府，禀明大人定夺。"胡爷言："包拯如此无礼么？"知县曰："是。"胡爷大叫道："包拯啊！这是人命重大事情，谅你不敢将凶身开豁的。先请贵县回衙罢。"知县打拱言："如此，卑职告退了。"知县去后，胡爷回进后堂，一见尸首，放声悲哭。又见夫人苦切，家小丫头也是悲哀。胡爷长叹一声："如今为爹娘年老，单养成你一人，爱如掌上明珠。儿啊！指望你承嗣香烟，今被凶徒打死，后嗣倚靠谁人？贼啊！我与你何仇，行凶将吾儿打死，斩绝我胡氏香烟？恨不能将你这贼千刀万剐！"闲话休提。是日，免不得备棺入殓。

却说包公带转犯人，升堂坐下，凛烈威严令人着惊。命人先带张忠，吩咐他抬起头。张忠深知包公乃是一位正直无私清官，故一心钦敬，呼声："包大老爷，小民张忠叩见。"包公举目一观，见他豹头虎额，双目电光，紫膛面，看他猛勇之辈，若为一武职，不难挑上，即言："张忠，你既非本省人，做什么生理？因何将胡伦打死？且公禀来。"张忠想定：这胡伦乃是狄哥哥将他撩下楼去跌死的，方才在知县跟前岂肯轻轻招认？但今包公案下，料想瞒不过的。况且结义时立誓义同生死。罢！待我一人认了罪，以免二人之累便了。定下主意，呼声："大老爷！小民乃山西人氏，贩些缎匹到京发卖，与狄、李二人在万花楼酒肆叙谈。不料胡伦到来，不许我们坐于楼中，领着家人七八个，如虎如狼，打上楼来。只为小人有些膂力，将众人打退下去。后来胡伦跑上楼，与小人交手，一跤跌于楼下，撞破脑盖而亡。小的原是个凶手。"包拯想曰：本官见你是个英雄汉子，与民除害，倒有开豁你们之意，怎么一刑未动，竟自认为凶手，这是何解？即喝曰："这是胡伦自己跌下身亡，与你何干？"忠曰："是小的打他下楼的。"包爷喝声："胡说！胡家人多，你人少，焉能反将胡伦打下楼的？"喝他下去，又唤李义上前，命他当面。包公一看李义，铁面生光，环眼有神，燕颔虎额，凛凛威严。包爷曰："你是李义么？哪里人氏？这胡伦与你们相殴，据张忠言，他跌坠下楼身死，可是真么？"原来李义亦是莽夫，哪里听得出包公开释他们之意，只想：张二哥因何认作凶手？待我禀上大老爷，代替他罢。"启禀大老爷，小人乃北直顺天人。三人到来，贩卖缎匹，在万花楼食酒。与胡伦吵闹，小的性烈，将他打下楼，坠扑身亡。"包爷喝曰："张忠已经说明白，两相殴打，他失足坠楼而死，你怎的冒认打死他？难道打死人不要偿命的么？"李义言："小的情愿偿命，只恳大老爷赦脱张忠的罪，便沾大恩了。"包爷听了，冷笑曰："好个莽匹夫也，下去！"再唤狄青上堂。包爷细看小英雄，好生面熟，但不知在哪里相会过的。原来包公乃文曲星，狄青乃武曲星，今生虽未会，前世已相逢，故尔当时包爷满腹思疑，此人好生面善，但一时记认不着。呼声："你是狄青么？哪省人氏？"狄青禀曰："小民乃山西省太原人氏。只为到此访亲不遇，后逢张、李，结拜投机。是日在楼中食酒，不知胡伦何故引了多人上楼，要打吾三人。但小民等颇精武艺，反将众人打退下楼，吾将胡伦丢抛下楼跌死。罪归小民，张、李并非凶手。大老爷明鉴万里，望开二人之恩。"包爷将案桌一拍，大喝："你小小年纪，说话糊涂！看你身躯怯弱，岂像打斗之人，如何这等冒认胡供？此人必是痴呆的。"喝命："攥他出去！"狄青大呼："老爷，小的是凶手正犯！"包公喝曰："痴呆人胡说！况且张忠说明他坠楼身死，你这奴才敢在本部跟前冒为凶身！"大喝攥出。早有差人将狄青推出去了。旁边胡府家人看见，急上前："禀上大老爷，这狄青既是凶手正犯，因何将他赶出？"包爷曰："他乃年轻弱质，不是打斗之人。"家丁："启上大老爷，他已自己招认作凶身的。"包公曰："他乃冒认，欲脱张、李二人耳，怎好再屈枉无辜！"家丁曰："望恳大老爷勿放走凶身，只恐家老爷动恼了。"包公怒曰："你这狗奴才！将主人来压抗本部么？"扯签撒下："打了二十板！"打得痛苦哀哀，登时逐出。包公本欲将张、李一齐开豁了，本无此法律，不免暂押狱中再处。即时退堂。有众民见包公审三人，将狄青赶出，打了胡府家人，好不称快。只为胡伦平日欺压众民，被害过多，今日见三人乃外省人氏，打死了他，犹如街道除去猛虎，十分感激三人，实欲包公一齐放脱了他，你言我语，不约而同心想来。好善憎恶，个个皆然。不知张、李如何出狱，下回分解。

胡伦，众民目之曰胡狼虎，其平日虐害何其惨毒。其狼虎虽烈，奈何遇三位专除虎狼之客。

保善良而除恶逆，吾事也，公事也，封丘县岂有不知之理？无奈前程重看，君公易忽，吁乎，难移矣！

莅民济之以严，未有不刻薄，过于残忍而已。而包公反忖思三人除却民害，而有开释心，岂非君子常存仁慈之志！

此回接写上文三杰收除一恶，固为时民之感激，亦与朝廷暗正一法，可见公之开释三人，宜矣。

第八回

说人情忠奸驳辩
演武艺英汉从权

诗曰：

> 忠良本是惜忠良，不比奸臣恶毒肠。
>
> 只为私仇忘正义，千秋难免臭名扬。

不表众民人喜得打杀了胡伦公子，除去本地头人患，却说狄青被包公赶逐出了衙门，不解其意，一路思量：包大人将我开释了，难道吾父亲做官时与他是故交？但吾幼年时爹爹升到本籍山西省做总兵时，包爷初在朝做内官。但今虽将我罪名脱摘，还不知二位弟兄怎么样了？狄青正在思想，只见衙役等押出两人，连忙上前随后："二位贤弟出来了么？愚兄在此等候多时了。"二人说："哥哥，你且回店中，等候我二人则甚？"狄青曰："候你二人一同回去。"二人微笑曰："小弟回去不成了。"狄青问曰："不知包大人为何断你二人？"张忠曰："包大人也没有什么审断，只传谕下来，将我二人收禁候定。"狄青曰："你二人下监牢去么？如此我也同去了。"二人言："大哥，你却痴了。你是无罪之人，如何进得狱中？"狄青曰："贤弟哪里话来！打死胡伦，原是我为凶手，包大人偏偏不究，教我如何得安？岂忍你二人羁于缧绁之中。我三人死生不离，方见桃园弟兄之义也。"张忠笑曰："哥哥，你今日就欠聪明了。吾二人是包大人之命，不得不然耳。你是局外之人，况乎这个所在，不是无罪之人可进得的。吾还有一说，哥哥附耳近些，方可说知。"当时张忠附耳细言："这件事情，包公却有开释之意，小弟决无抵偿之罪。哥哥可放心回去，对周成行主说知，拿百十两银子来使用便是了。"狄青闻言叹声曰:"屡闻包大人铁面无私的清官,若得他开发你二人无大罪,我心方安的。"谈谈说说,不觉到了牢中,狄青无奈,只得别去。回归店中,将情达知周成行主,吓得他吃惊不小,就将他货物银子兑了一百两,交付狄青。次日到狱中探望二人,分发使费。少停回转行中,心头烦闷,日望包爷释放二人。

按下三人不表,再言胡坤府内之事。家丁被打回来,禀知:"包公审坏此事,将一个正犯狄青开放去,小人驳说得一声,登时拿下,打了二十,痛苦难堪。"胡爷听了,怒曰:"可恼!包拯竟将正犯放走了,又毒打家人。如此可恶,包黑贼真不近人情了!"吩咐打道出衙,一路往孙兵部府中而来。

原来孙秀因庞洪入相,进女入宫为贵妃,他是国丈女婿,故由通政司职升为司马,名声赫赫的大奸权。适胡坤是庞国丈的门生,故孙、胡二人十分厚交,成其莫逆弟兄。又言胡坤不去见包公,名正言顺,说秉公之论,反却鬼头鬼脑来见孙司马,显见他不是光明正大之人了。当日孙兵部闻报,吩咐大开中门,衣冠齐整地迎接。携手进至内堂,分宾主坐下。茶递毕,孙爷问曰:"不知胡老哥到来,有失远迎,望祈恕罪。"胡爷曰:"老贤弟,休得客套了。愚兄此来非为别故……"胡坤将此事一长一短说知,再说道:"孙贤弟,吾平日本与包拯不投机的,今又打我家丁,欺吾太甚,故特来与你相商。但狄青是个凶身正犯,他已放脱了。有烦老贤弟去见这包拯,要他拿回狄青,与张、李一同审作凶身,一同定罪,万事干休;如若放走了狄青,势不两立,必要奏闻圣上,究问他一个坏法贪赃之罪,管教他头上乌纱帽子除下。"孙兵部听了,大怒曰:"可恼!可恼!包黑贼如此欺人太甚!胡兄不必心焦,愚弟亦与包拯不合。但为此事,亦代你走一遭去见他,凭彼性子倔强固执,吾往说话,谅包拯不得不依。"胡爷曰:"如此,足感贤弟,有带了!"孙秀当日吩咐备酒于书房,二人食至红日西归,胡坤方才作别回衙。

到次日,孙秀打道上马,一程来至包府,令人通报。包爷一想:孙秀从不来探望我的,此来甚是可疑。只得接进私衙内,双双见礼坐下。包爷曰："不知孙大人光降，有何见谕？"孙秀冷笑曰："包大人，难道你不晓得下官的来意么？"包爷曰："全然不晓。"孙爷曰："只为胡公子被张、李、狄三人打死，理当知县审究，却被包大人带转回衙来。"包公曰："这件案情知县办得，难道下官倒管不得么？"孙秀曰："管是管得的，但不应该将个凶身正犯放脱去，是何道理？"包爷曰："怎见小小少年狄青是凶身正犯？"孙秀曰："这是狄青自招认的。"包爷曰："如此孙大人亲自目击么？"孙秀曰："虽非目击，难道胡府人算不得目击么？"包公曰："如此，只算得传来之言，不足为信。倘国家大事，大人可以到来相商，如今不过是一桩误伤人命，不是什么大不了的事情。若要私说情面，休得多说。"孙秀曰："包大人，尔说的多是蛮话。"包爷冷笑曰："下官原是蛮话，只要蛮话蛮得有理就是了。但这胡伦是自跌扑于楼下而死，据你的主见，要他三人偿他一命之意，尔岂不晓得家无二犯，罪不重科？比方前数日有许多人在此食酒，如是，一概多人俱要偿他的命了？为民父母，好善乐生，大人未必昧此。况且此案下官未曾发结，少不得还要复审再行定夺。"孙秀曰："包大人，你一向正直无私，是至圣上十分看重于你，满朝文武人人敬你。岂知今日此桩人命正案便存了私，弄得化为乌有。如今你私放了正犯，胡坤儿子被他打死，岂肯干休？倘被他奏闻圣上，你头上乌纱帽可戴得稳牢么？"包爷听罢，冷笑曰："孙大人，下官这乌纱时刻由着不戴的，只有存着一点报国之心，并不计较机关利害也。"孙秀曰："包大人，据你的主见，这狄青不是个凶犯，应得释放的么？"包公曰："何曾是凶犯？自然应该放脱的，少不得也要奏知圣上。这胡坤不奏知圣上，下官也要上本的。"孙秀曰："大人，你奏他什么来？"包公曰："只奏他纵子行凶，欺压贫民，人人受害的款头。"秀曰："这有什么为据的？"包公冷笑曰："你言没有凭据么？这胡伦害民恶款过多，吾已查得的确，即现在万花楼之地，亦是赶逐去居民强占夺的。况且张、李、狄三人乃异乡孤客，这显见胡伦恃着官家势力，欺他寡不敌众，弱不敌强，哪人不晓？岂有人少的反把人多的打死，实难准信的。倘若奏知圣上，这胡坤先有治家不严之罪，纵子殃民，实乃知法犯法，比之庶民罪加一等。即大人来胡讲，私说情面，也有欺公

50

之罪。"这几句言来，说得孙秀无言可答，带怒曰："包大人，你好斗气之人！拿别人的款头，捉别人的破绽，我同你一殿之人，何苦尽结冤家？劝你世情看破些也罢。"包公大声言曰："孙大人，这是别人来惹下官淘气的，非吾去觅人结抗也。奏知圣上，亦是公断。是是非非，总恁圣上公议。倘若吾差了，总然罢职除官，吾包拯并不介怀的。"当时包公几句侃侃铁言，说得孙秀也觉心惊了。想来这包黑子的骨硬性鲠，动不动拿人踪迹，捉人破绽，倘或果然被他奏知圣上，这胡坤实乃有罪。悔恨此来反是失言了，此时倒觉收场不得。只得唤声："包大人！下官不过闻得传信之言，说你将凶手放脱了；又想大人乃秉公无私的，如何肯抹法瞒公，甚是难明，故特来问个详细。大人何必动恼？如此下官告辞了。"

当日孙兵部含怒作别，一路复来到胡府，将情告知：包拯强硬之言，反要上朝劾奏胡兄。胡坤听罢这番言语大怒，深恨包公。是晚，只得备酒相款。叙间，孙秀讲起狄青，言他乃一介小民，且差人慢慢缉着，访明下落，暗捉拿回处决他，有何难处。

不表二奸叙话，再说黑面清官包公见孙秀去后，冷笑曰："孙秀，你这奸党虽则借着丈人势力，只好去压制别人，若在我包拯跟前弄些乖巧，教你休想！也真扫刮得他来时热热，去时淡淡的。"又想："胡伦身死，到底因张忠、李义而来，于律又不能将二人置于无罪。故吾将二人权禁于囹圄中，这胡坤又奈不得我何。"

不说包公想象，再说狄青自别了张忠、李义之后，独自一个在店中寂寞不过，心中烦闷，只因弟兄两人坐于狱中，不知包爷定他之罪轻重，一日盼望一日。当时来了周成，笑曰："狄公子，有段美事与你商量。"狄青曰："周兄，有何见教？"周成曰："小弟有一故交好友，姓林名贵，前者一向当兵，而今升武员，为官两载。日中闲暇，来到谈叙，方才无意中谈及起你的武艺精通之处。林老爷言，既是年少英雄，武艺精熟，应该图个进身方是。我说只为无人提拔，故而埋没了英雄。林爷又说，待他看看你人品武艺如何。即依吾主见，公子有此全身武艺，如何不图个出身，强如在此天天无事的。若得林爷看观，你就有好处了。不知公子意下如何？"狄青想道：这句话确是说得有理。但想这林贵不过是个千总官儿，有什么稀罕？有什么提拔得出来？但这周成一片好心，不好却拒他之意。即时应诺，整顿衣巾，一路与周成到来拜见林贵。

当日林老爷一见狄青身材不甚魁伟，生得面如傅粉，目秀神奇，虽非落魄低微之相，谅他没有什么力气，决然没有武艺的。看他只好做文官，为武职休得想望了。便问狄青："你年多少？"狄青曰："小人年已十六了。"林爷曰："你是一年少文人，哪得深通武艺？"狄青曰："老爷，小人得师指教，略知一二。"周成说："林兄长不要将他小觑，果然武艺高强，气力狠大。"当日林爷哪里肯信，便叫狄青："既有武艺，须要面试演，可随吾来。"狄青应允。林爷即刻别过周成，带了狄青回到署中。开言："狄青，你善用什么器械？"青曰："不瞒老爷，小人不拘刀、枪、剑、戟、弓、矢、拳、棍，皆颇精熟。"林贵想来，你小小年纪，这般夸口，且试演尔一回便知分晓了。即同到后厢宽敞地，已有军器齐备，就命狄青演武。狄青暗想：可笑之贵，全无眼力，小视于吾。且将王禅师父的仙传武艺演来，只恐吓震杀你这官儿的。当时免不得上前说道："老爷，小人放肆了。"林爷曰："你且演试来。"小英雄一提起枪，精神抖擞，舞来犹如蛟龙剪尾，狮子滚球，真乃枪法稀奇，世所罕有。随营士卒见了，心寒惊讶。林爷更觉慌张深服，方信周成之言非谬。枪法已完，又取大刀玩演，只见霞光闪闪，刀花飞转，不见人形。当时人人喝彩，个个称扬。林爷大悦。大刀舞完，剑、戟、弓、矢般般试演，实乃非人可及。林爷不胜赞叹，自道肉眼无能，错觑英雄小汉。便问及狄青："你有此高强武艺，哪人传授你的？"狄青言："家传世习也。"林爷曰："既家传，你父是何官职？"狄青曰："父亲曾为总兵武职。"林爷曰："原来世代将门之种，怪不得武艺般般迥异寻常。今吾收用你在营中效用，倘得奇遇，何难武功显达惊人。恨吾官卑职小，不然还借你有光了。今且屈你在此效力，入你一名步卒便了。"狄青曰："多谢老爷提携也。"此时只得羁身于此兵营矣。狄青思算：欲托足于此，以图机会耳。不然即做了这把千总官儿，亦不稀罕的。是日周成店主心中喜悦，以为狄公子得进身地了。这是浅人之见如此耳。但他亦是一片留心盛意，故狄公子不好却他之意，权在林贵营中。不知如何图得机会进身，下回再叙。

君子小人固难以并立，即亦难以并言。一保民为国，一卖法存私，乌足以共事？君子上达，小人下达，信乎？

埋没英雄千古，令人一恨。以有用之躯而无用之人，故先主玄德有慵懒病生之叹，亦是无聊之感。未得志时，英雄与庸人何异？不独常人不识，即明智者也难透睹其才，况下此者，奚足怪乎？

此回写小英雄屈身于微员之下，乃有足不能动，有手不能伸，令小英雄可悲也。

第九回

急求名题诗得祸

私报怨越津伤人

诗曰:

爱民保国忠良志,妒技憎贤佞者心。

善恶两途奚混迹,春秋直笔见公吟。

慢言狄青在林贵营中进用,其时乃七月才残,始交八月。前时西夏赵元昊兴兵四十万,攻下陕西绥德、延安二府,直进兵偏头关。守镇三关口乃杨元帅。三关一曰偏头,一曰宁武,一曰雁门。此三关乃万里长城西北隘口重地,屡命名将保守。如今杨元帅关内亦是兵雄将勇。上月杨元帅已有本告急回朝,仁宗天子旨命兵部孙秀天天操演军马,挑选能将,然后发兵。时乃八月初二,选定吉日,谕集一班武职将官,要往教场开操。是日,城守营乃值林贵,于教场命人打扫洁净,孙兵部的公位乃铺毡结彩。安排了座位名款,预备以俟孙爷下教场不表。

又言狄青在教场中独自闲玩,不觉思思想想,动着一胸烦恼,长叹一声:"吾蒙师父打发下山,到了汴京已有二十多天,不见亲人,反结交得异姓手足,实见意气相投。岂知不多几日,惹起一场祸灾。但想我虽在营中当兵效用,到底不称吾心,不展我才。就是目下兵困三关,我狄青埋没在个小小武员名下,怎能与国家出力效劳?真枉为大丈夫也!"当时小英雄双眉紧锁,自叹自嗟,又想来:目下正是用兵较武之际,只可惜吾狄青枉有全身武艺也。想来又不便勉恳林爷,独推荐于己。这孙兵部焉能晓得石中藏玉,草里埋珠,这便怎的好?当日自言自想,走过东又游耍过西。又

54

见公案上有现成的笔墨在此，暗想：不免吾于粉壁上面题下数言，将姓名略见，好待孙兵部到此细问推详。倘得他贵人目举，始便可展吾的安邦定国之略了。想罢，即提起毫管书了四句诗辞于粉壁间，后面落了姓名。放下毫管言："孙兵部啊！你是职居司马，执掌兵符，总凭你部下武员将士许多，焉能敌得我狄青仙传技艺！"但见红日沉西，狄青回营去了。

次日五更天，教场中许多武将官员纷纷叙集，兵丁纷纷叙班，多少总兵、副将盔明甲亮，兵丁队伍旗幡招展，教场中杀气冲霄。当时人马拥旺闹热，天色尚属黎明，未大亮，故壁上字迹没有人瞧见。少停鼓乐喧天，孙兵部来到教场。非同小可，各位总兵、副将、参将、守备、游击、都司、总管等五营八哨，诸般将士，挨次恭迎，好不威严。当时孙兵部端然坐下公位，八位总兵分开左右，下边挨次侍立。两名家将送上参汤用过。时天色已大明，偶然看见东首正面壁上有字迹几行，不知哪人胆大书于此。只为往日开操，此壁并无一字，孙秀如今一见，命张恺、李晃二总兵往看分明。二位总兵奉命向前，细观诗句，记了姓名，复位上禀部台言："粉墙上字迹乃诗词也，旁边书着姓名，乃山西人，姓狄名青。"孙秀闻言，想来狄青还在京，又问："其诗如何？"张恺言："其诗曰：玉藏蛮石少人知，如逢识者见稀奇。有日琢磨成大器，惟期卞氏献丹墀。"孙秀当下想来：一些不错，料然是前日打死胡公子狄青也，却被包拯放走了他。虽则同名同姓，天下所有，怎的又是山西人氏？想必他仍在京中，未回故土，但未知安身在于何处。倘若为着胡伦之事查捕于他，犹恐结怨于包黑。不若因此事执罪，何难了决这小畜生！想罢，传知八位总兵言："作诗之人，诗句昂昂，寓意迁阔，必然狂妄。你等须要留心，细访其人，待本部另有规训于他。"众人同声答应。忽旁边闪出一位总兵："启上大人，卑职冯焕，前日查得兵粮册上有城守营林贵名下，新增步卒姓狄名青，亦是山西人氏。"孙兵部听罢，喜盈于色，言曰："妙！妙！"即传谕千总："引领狄青来见本部，暂停操演。"一声军令，谁敢有违？当时孙秀心花怒放，暗言："狄青啊！谁教你题此诗句？这是你命该如此的。少停来见本部时，好比蜻蜓飞进蛛丝网，鸟入牢笼，哪里逃？胡坤好不感激于本官也。但此事弄翻了，这包黑子那里得知，还来放脱得他的……"思未了，忽家将领进营员林贵到案下，双膝跪下，呼声："大人在上，城守营千总林贵叩见。"当时伏跪下。孙秀曰："林贵，你名下可有一新充步兵，是狄青否？"林贵禀曰："小弁名下果有步兵姓狄名青。蒙大人传唤，小弁已将狄青带同在此。"孙秀曰："如此快些唤来见本官。"当时林贵只道好意，恨不能狄青得遇贵人提拔，是以满心大悦，带同他来参叩兵部大人。此时跪倒尘埃，头也不敢抬。孙秀吩咐"抬头"。当面呼声："狄青，你是山西人氏么？"狄青曰："小人乃山西省人也。"孙秀曰："前日你在万花楼上打死了胡公子，已得包大人开豁，你怎不回归故里，还在京城，何也？"狄青言："启禀大人，小的多蒙包大人开释了罪名，实乃感恩无涯。如今欲在京中求名，故未归里。又蒙林爷收用名下，今闻大人呼唤，特随林爷到来参见。"孙秀听了，点头暗言："正是打死胡伦之狄青。"登时怒容满面，杀气顿生，喝声："左右，拿下！"当下一声答应，如狼似虎抢上，犹如鹰抓鸡儿。若论狄青的英雄膂力，更兼拳艺超群，这些军兵几人，焉能拿捉得他？只因思量：以国法，这孙秀乃一位兵部大人，此时身充兵役，是他管下之人，哪里敢造次？这是有力不敢用，有威不能施，只听他们拉拉扯起。当时旁边林贵吓得惊骇不小，又不敢动问。孙爷复喝令将狄青紧紧捆绑起。狄青呼曰："孙大人啊！小人并未犯法，何故将吾拿下的？"孙秀大喝曰："胆大奴才！你缘何于粉壁上妄题诗句的？"狄青禀上："大人，若言壁诗词，乃是小人一时戏笔妄言，并未有冒犯大人。只求大人洪量，开恩姑饶。"孙兵部喝声："狗奴才！这里是甚么所在，擅敢戏笔侮弄么！既晓本部今日前来操演，特此戏侮，显见你看得军法全无。照依军法，断不容情！"吩咐林贵："将他押出，斩首报来！"狄青呼："大人！原是小人无知，一时误犯，只求大人洪量，恕小人初犯。"复跪下连连叩头。有林千总也是跪在左边，一般的求免死罪。孙兵部变脸大喝："休得多言！这是军法，如何徇得情面？林贵再多言讨情，一同枭首正法！"当下林千总暗想：狄青料然与孙贼有甚宿仇，料也难以求情脱的。只可惜他死得好冤屈也。逆忤不过兵部权令，早已将此小英雄紧紧捆绑起，两边刀斧手推下。当下狄青看此，只是冷笑一声，言：

"吾狄青枉有全身仙艺，空怀韬略奇能，今日时乖运蹇，莫想安邦定国，休思名入凌烟。既残七尺之躯，实负却鬼谷仙师之德。"想来实觉怒气冲天，双眉倒竖，二目圆睁，哪里心上有惊，只是重重气勃，这是英雄气概出于自然也。当时捆推狄青出教场外，小英雄虽然不惧，反吓唬得林贵暗暗忧惊，教场中大小将官士卒个个骇然；又见林贵被叱，哪得还有人上前讨教。当其时，虽则军令森严，不许交头接耳，到底众军多人暗中你言我语，言："狄青死得无辜，孙兵部实乃糊涂之辈，全不体念人。若当兵，也是无可奈何的困苦人。他纵然一时戏写了几句诗词，犯了些小军法，也不该造次将他斩杀的。"有人言："孙兵部乃是庞太师一党，共同陷害忠良。想来狄青决是忠臣后裔，是以兵部访询得的确，要斩草除根，不留余蔓之意，也未可知。况且狄青一小卒耳，入队尚未多日，怎尽晓军法如炉的？还可以从宽饶恕于他。既不然陷害于人，也是狼心过毒了。"

不言众将众兵私议，再表狄青正在推出教场之际，忽报来说，五位王爷千岁到教场看操。孙爷吩咐将狄青带在一旁候开刀。是时兵部恭身出迎，林贵带狄青在西边，两扇绣旗裹住他身躯。林贵附耳教他："待千岁王爷一到，快速喊救，可得性命了。"又言兵部迎接的王爷，第一位年少，潞花王赵璧；第二位汝南王郑印，是郑恩之子；第三位勇平王高琼，高怀德之子；第四位静山王呼延显，呼延赞之子；第五位东平王曹伟，曹彬之子。此五位王爷除了潞花王一人，皆有七旬八十之年，在少年时皆是马上功名，故今还来看操演。此时身坐金銮，徐徐而至，许多文武官员等候两旁。此刻林贵悄悄将狄青肩背一拍，狄青便高声大喊："千岁王爷！救枉屈命啊！"一连三声。孙兵部觉得，呆了一呆。有四位王爷不甚管闲账的，只有汝南王郑印好查察事情，问曰："甚么人喊叫？左右速查来。"当下孙兵部低头不语，接了五位王爷。坐下，一同开言问曰："孙兵部，因何此时还未开操？"孙秀曰："启上众位千岁爷，只因有步卒一名，在粉壁正对公位胡乱题诗戏侮，为此将他查问正法，故而还未开操。"郑王爷问曰："其诗句在于哪里？"孙秀言："现在于对壁上。"当时汝南王特自踱上前，将诗词一看，思量：这几句诗词也不过高称自才，求人荐用之意，并非犯了什么军法。想来孙秀这奸贼，又要屈害军人了，本藩偏要救脱此人。即踱回坐下，早有军兵复禀："千岁爷！小人奉命查得，叫屈之人，乃是一名步兵，姓狄名青。"王爷吩咐："带他进来。"当时汝南王呼声："孙兵部，此乃一军卒，无知偶犯的，且姑饶他便了，何以定要将彼斩首？觉得狠心太残忍了。"孙秀呼声："老千岁，这是下官按军法而行，理该处斩的。"千岁冷笑曰："按什么军法？只恐有些仇怨是真。"言未了，不觉带上狄青，捆绑得牢牢跪下。王爷吩咐放了绑，穿回衣。当下狄青连连叩首，谢过千岁活命之恩。王爷曰："你名狄青么？"狄青俯伏称是。王爷又问曰："你犯了什么军法？"狄青曰："启禀千岁爷，小人并未犯军法。只为壁上偶题诗句，便干孙大人之怒，要处斩小的。"郑千岁听了点头，言曰："你既充兵役，便知军法，今日原算狂妄些。孙兵部，本藩今日好意，且饶恕了他。"孙秀曰："千岁，这军人不可姑饶的。"王爷曰："缘可饶恕他不得？你且说来。"孙秀曰："狄青身当兵役，岂不知军法利害？既敢如此不法，若不执法处斩，便于军法有乖了。"王爷冷笑说："你言虽有理，只算本藩今日讨个情，饶恕了他也。"孙秀曰："千岁的钧旨，下官原不敢违逆。但狄青如此狂妄，轻视军法，若不处决，则十万之众，将来难以处管了。"郑千岁曰："你必要处斩他么？本藩偏要放释他的！"当时激恼了静山王曰："孙兵部，你今太觉无情了！纵使狄青犯了军法，郑千岁在此讨饶，也该依他的。"四位王爷不约同心，一齐要救困扶危，你言我语，倒弄到孙秀哑口无言，满面发红，深恨五人来此，狄青杀不成，又羞惭得不好收场的，只得气闷难忍言曰："既蒙各位千岁钧旨，下官也不敢复忤了。但死罪既饶，活罪难免也。"汝南王曰："据你便怎么样再处的？"孙秀曰："打他四十军棍，以免有碍军规。"郑千岁曰："既饶他死罪，又何苦定打他四十棍的凶狠？且责他十棍也罢。"二人争执多时，孙秀皆以军法为言。众位王爷觉得厌烦了，勇平王言曰："若论小军兵犯了些小军律，念他初次，可以从宽概免，如责打四十棍，也过于狠毒。如今孙兵部还要置人于死地，可为残忍之人也。也罢，打他二十棍，好待孙兵部心头略遂，不许复多言。"孙秀听了大惭，不敢再辩，即离了座位，悄悄吩咐范总兵用药棍，总兵应允。又言平日间孙秀制造成药棍，倘不喜欢此人，或冒犯于他，便用此药棍。打了二十棍，七八天之内就要两腿腐烂，毒气攻于五脏，就呜呼哀哉了。打四十棍，对日死。打三十棍，三日亡。打二十棍不出十天外，打十棍不出一月中，也要死的。范总兵当时领命，将药棍拿到，按下小英雄，一连打了二十棍，好厉害疼痛。打毕："禀上千岁爷，已将狄青打完了，缴令。"王爷言："且放他起来。"孙秀吩咐："除了他名，撵他出去！"然后发令人马操演。此日重鼓齐鸣，教场中热闹操演。但不知狄公子乃日后一位王侯贵品，今日被药棍打了二十，苦痛难忍，血水淋漓，直觉可悯，出了教场而去。不知性命如何，且看下回分解。

此第九回，西夏兵势猖狂，正英雄出现之日，如何一羁于缧绁之中，一屈于小小武员管下？嗟乎！小人刻毒残忍之心太甚，君子扶危救急之志可喜。纵然未有汝南王之解厄，仁宗帝未必失此栋梁之将。以天生佐国之臣，小人药棍焉能害之？总之，见君子之仁厚，小人之狠凶耳。信受胯下之辱，受之于庸人。青受鞭笞之苦，受之于奸狠。二士奋起之日，此胯下鞭笞之苦，犹犬马尚且不足，是否？

此回写小英雄屈身受困于微员，观其叹咨之语，志量之宏，可知其日后非居人下者。

第十回

被伤豪杰求医急
搭救英雄普济良

诗曰：

运退黄金多失色，时来顽石也生辉。

未逢机会英雄困，能屈能伸智士为。

慢说教场中操演军马，却言狄青被药棍打了二十，痛楚难当，由你英雄猛汉，强健之躯，也难忍当此疼痛。一程出了教场，连心胸里也隐痛起来。可怜一路慢行迟步，思思想想：这孙兵部好生奇怪，吾与彼并非冤仇，为何将我如此欺凌的？当时若无千岁王爷解救，必然一命呜呼了。咳！但想我狄青不过年方长成二八，指望得些功劳，出力于皇家，以耀先人武烈。岂知时命不济，运多迍塞，受此欺凌。但想孙秀，你非为国求贤之辈，枉食朝廷厚禄，职司兵权之任。倘我狄青日后风云一助，不报此怨，誓不立于朝堂。但今痛得苦楚，如何行走？当下鲜血淋淋，不住滴流，犹如刀割一般。约慢走半里之遥，实欲走回周成店中，不想痛得挨走不动。不觉行至一座庙堂，不晓得何神圣，只得挨踱进庙中，权且歇息，在丹墀上卧下，呼喘叫痛连声。

约有个辰刻，来了一位本庙司祝老人，定睛一看，动问曰："你是何人，睡卧于此？"青曰："吾乃城守营林老爷名下兵役，因被孙兵部责打二十棍，两腿疼痛，难以行走，故于此处歇息片刻。"司祝曰："这孙兵部可与你有什么仇怨，抑或误了公干事情？"狄青言："非与彼有仇，亦不是误了公干。只一时犯了些小军规，被他打了二十军棍，痛苦难禁。"司祝曰：

"久闻孙爷的军棍比别官的倍加厉害，军人被打的，后来医治不痊，死过数人，老拙所目击。你今着此棍棒，必须早日调治才好。"狄青曰："不瞒尊者你，吾非本省人氏，初至京城，哪里得知有甚高明国手？"司祝曰："医士甚多，只不能调愈得此棒毒。只有相国寺内有位隐修和尚，他有妙药方便，乃吾省开封一府，有名神效打扑被伤诸般中毒方药。但这和尚比众不同，他为人心性最清高，常闭户静养，只有官员里来交参。又有一说，他人既与官宦相交，心性定然骄傲，但他不然，生来一片慈善之心，倘得医治人痊效，富厚者定然酬谢金帛玩器；如遇贫困人，说得苦切求恳，即方便赠送方药，也常常有的。"当下狄青听了，说："多承指教。"司祝言罢，进内去了。狄青思量：既有此去处，不免挨进去求见和尚调治便了。但我今身上未有资财，只得往去求恳他开个善心。调理好，张、李兄弟处，店中尚有余银子，借他些酬谢也使得。想罢起来，踱出庙去，一步挨着一步，逢人便问相国寺之所行址。

行不远，果有古庙一间，闭着寺门。只得忍着疼痛，将门叩上几声。里面开门，来了一位小和尚，言曰："尔这人因何叩门？到此何事？"狄青道："小师父，吾狄青有急难，来求搭救。身当兵役，却被棍棒打伤，要求和尚大师父调治。"这小和尚听了，进内禀知。去半刻而回，言："大和尚呼唤你进内相见。"当下狄青忍着痛，随着小和尚进至里厢。一连三进，内一座幽静书斋，一位和尚当中坐于交椅，年已有花甲，丰姿神圣，双目澄清，颜容绰彩，开言曰："尔这人来求药调疾的么？"狄青见问，即倒身下跪，将情一一达知。老和尚听他如此痛楚，便呼徒弟扶起。言曰："你既受此棍伤，十分痛楚，何须倒跪尘埃，更然痛上加苦了。贫道是出家人，无乃救人为心，何曾计较分毫。又念尔山西远省孤零客，更何计较。我想这孙兵部乃庞太师的女婿，二人相济为恶，更有王钦若等五人，百姓称之朝中五鬼，亦是大奸大恶之臣。贫僧看你的痛苦直透内心，必然被他药棍打伤的。这奸臣制造成毒药棍，伤害人死的已多。"言罢，引狄青至侧室，睡下禅床，将窗门紧闭。又细问狄公子一番，便言："你今受孙贼毒害了。他用药棍打尔两腿，不出三天就瘫烂，至七天之内，毒传五心，纵有名医妙药，也难救解的。"狄青一闻此言，心内一惊，口称："大和尚，万望慈悲，搭救我异乡难人，叨感恩德如山也。"这隐修听了，笑道："贫僧既入修戒之门，六畜微命尚且惜其所生，何况同生同类之人。你今受此重伤，吾若坐视不救，何用身入修行之域？"当时在架上取出一小葫芦，倒出两颗朱丹，一颗调化开教他先吃下，一颗汗后而服。回身又取出草药三束：一束是善能解毒，一束善能活血，一束善能止痛。就命小和尚一齐捣烂，用米醋化开，涂搽于两腿之上。当时狄青越觉痛得昏迷，大叫一声："痛杀也！"足一伸一缩，登时昏晕了，遍身冷汗滚流不住。此时小和尚也吓一惊。见他昏迷不醒，大和尚又唤徒弟："快取油纸，将他被伤处封固，再取被褥一张，与他盖好身躯。这一颗丹丸，待他汗止后化开而服。"时天色已晚，小和尚送进斋膳。武曲星身遭灾难按下慢提。

又言教场孙兵部见天色已晚，吩咐暂止操演，明日再操。当日五位王爷一齐起驾，孙秀频频恭送，此话休提。

又说林千总回归署内，心烦不乐，言："狄青，你具此英雄伟略，何难上取功名。岂知你祸起壁上，几行字迹险些一命难逃。你今虽得汝南王救了，但久闻这奸臣造成药棍一条，伤人不少，倘或被他仍用此棍打你，又是难逃一命也。但今未知你走在哪方，痛苦在哪里，使吾一心牵挂不安。也罢！且差人查访他罢了。"

不谈林贵差人查访，又言狄青虽遭药棍伤害，幸得隐修的妙药调治。当日内服丹丸，外敷山药，毒气尽消。一连过了五六天，其腐烂处已皮光肉实，走动如常。又按：这隐修和尚，实乃济世善良之辈，调愈了狄公子，尚怜他行走未能如常，且冒不得风。既无财帛相谢，反将公子留款，飧膳之费乃是他的。看来真乃救急扶危为心，不以资财为重之辈，在出家人中如是存心，亦不可多得。狄青在寺中治有数天，又调服了几次丹药，痊愈了。思想：这和尚如此救济，得他调理痊愈，吾赤手到来，飧膳所供，乃是他的，今日无物可谢于他，不免将此身上血结玉鸳鸯相送与他便了。但又思想：此宝吾七岁时母亲对吾言，此物乃三代流传家宝，外邦进贡一对与朝廷，圣上赠赐与曾祖。乃雌雄一双，一只雌的祖母已交付姑娘，一只雄的与吾母亲收藏。如今交于我佩服，于身边已有九载，一见鸳鸯如见生身母一般，今日无可奈何，只得将此宝送与老和尚罢！主意已定，向腰间解下绣囊，取出玉鸳鸯，但见闪闪霞光从口中吐出。言："宝物啊！你出产在番邦，曾祖叨先皇惠赐，伴吾佩服多年，今日不想要分离了。但今见此鸳鸯，不觉又想起吾的姑娘。曾记幼年时，母亲常说，父亲有一同胞妹子，似玉如花之美，先帝已选上朝中。父亲身为本省总制，选秀女时难以隐瞒，故将姑娘填册上名。自从送进朝中去后，后来得听凶信，已归黄土，可怜尸枢还在京邦，既不得归乡入土，想来也觉令人心酸。想我姑娘，虽则身死，未知雌的鸳鸯存于何所？想来此对鸳鸯好比夫妇一般，前日成双成对，岂料今朝又归别人，实乃不得完叙也。

正自言自想之际，只见小和尚含笑到来，言称："官人，你今患症痊了。"狄青曰："多感你师莫大之恩，无可酬报。"小和尚曰："你手中弄的是什么东西？"狄青曰："乃血结宝鸳鸯也。只因思量大和尚活命之恩，怎奈吾并无财物相谢，故将此宝送他，聊表微诚。有劳引见。"小和尚微笑曰："难得你存此良敬之心，去罢。"当下狄青随着小和尚来至静房，拜见隐修，言曰："有蒙活命深恩。"言未了，跪拜于地中。大和尚冷笑曰："些小搭救之情，何足言谢。"当下隐修起位，扶挽小英雄。狄青递上宝鸳鸯，隐修一见此宝，连忙问其缘由。狄青将此情历说明，言："深沾活命洪恩，无以报答，只有随身小物，聊表寸心，伏望勿嫌微薄。请收领，小子心下略安。"隐修听了，微微冷笑曰："吾既入戒门，必以方便救济为精修，哪个要尔酬谢的？况且此物是尔传家之宝，老僧断不敢领情也。"狄青当时恳切诉说一番，隐修只得收放下。是日，狄青想身体已如常痊愈了，即要拜辞出寺。隐修曰："你患伤虽痊，还未可粗动，且从缓，多耽搁两三天乃可。"狄青曰："还动不得么？"隐修曰："这是孙贼用毒药汁浸淫棒棍伤，他一心要绝你性命，非用药快速，总不出十天之内，毒气传于六腑，则难救矣。今幸安痊，到底两腿尚劣弱，且再耐静数天，服些丹丸。永无后日之患了。"狄青听罢，应诺依命。隐修又吩咐徒弟引他回到禅床安息去了。又说明，老隐修平生所爱者，古董玩器之物。如今狄公子做人情，相送得知已，故他满心欣然，拿起玉鸳鸯，看弄一番，笑道："果好一桩宝物也。我想狄青有此奇宝，必非平常人家之子，老僧要问过清白，才得放心。"当日就将此玉鸳鸯放装入香囊里，还有霞光闪射于外。隐修大喜，言："此物虽是桩宝贝，但他家传数代东西，怎领取的？且待他回时吾自有主意。"

又过了三天，无事不谈。此日乃八月初十，隐修正在禅房闲坐，忽小和尚报说静山王爷到来。原来静山王呼延千岁与这隐修和尚时常来往，甚是厚交。此一天呼千岁骑马，八名家丁跟随来到相国寺门首。隐修忙出迎接，随至静堂。参礼毕，递奉过茗茶。隐修请过千岁金安，王爷也说："和尚这几天可有兴么？"隐修曰："贫僧不晤千岁尊颜，十余天觉得太寂寞。"王爷言："和尚既然寂寞，何不讨个娘子来陪伴的？"隐修曰："阿弥陀佛，如此罪过良深了。"王爷微笑曰："本藩原与你取笑。"隐修点头不语。王爷言："吾倒忘记了。"隐修曰："千岁忘记什么？"王爷言："本藩有丹青一幅，相送与你，不相连次忘怀了，当真记性平常也。"隐修言："千岁爷为国分忧，记大不记小。贫僧改日到府领赐便了。"王爷四边一览，只见禅榻清静，迥无尘埃的幽雅，不觉嗟声曰："你修行无忧无虑，好比一活神仙。我等为官，纷繁于政务，实不如你自得逍遥。"隐修曰："承千岁谬赞。念贫僧在此，无非靠着十方田土供奉三尊圣佛，闲来数卷经书消遣。多蒙王爷抬举，贫衲得借有光。"王爷冷笑曰："可我说你这光头却会能言。今日本藩不往看操，且取棋来与你下几局罢。"隐修取出香囊，内拿出棋子。王爷偶然看见袋中一只玉鸳鸯，毫光四射，带笑把头一摇，言："你这和尚果是个趣客。这玉鸳鸯是件至趣妙的东西，但非民间所有之物，哪一位老爷送你的？"隐修微笑曰："千岁爷，原乃民间之物，只可惜雌雄不得成双。"王爷曰："是了！倘得雌的，配成一对，价值连城了，可以上进得朝廷的。不知你多少银子买下得来。"隐修笑曰："不用银子的。只因贫僧医痊一人，他送吾作谢的。"王爷曰："你这光头，倒也得此便宜奇货。"当时王爷放下这玉鸳鸯，隐修已将棋子四周排开，摆下对坐交椅。即桌面上是棋盘，棋子是象牙造成。不知二人下棋之后，狄公子如何拜别老和尚，且看下回分解。

英雄落魄未有如青之苦者：既受药棍之毒责，心中犹懵懂，言与孙非仇非怨者，可慨也！青之受责疼痛，挨至古庙中将息，不过为下文得遇相国寺之指引，仍先以庙中老者作衬。并青之得愈而以玉鸳鸯作谢，又为下文静山王劝还故物作一地步。况隐修之幽闲，愈衬吾人之不暇，所以为静山王叹曰"无忧无虑"，忙忙求仕，宁不灰其心也。

第十一回

爱英雄劝还故物
忿奸佞赐赠金刀

诗曰：

忠良小将多堪爱，奸佞之臣众所嫌。

嫉妒生成狠毒性，欺君联党势炎炎。

却说静山王正在与隐修长老下棋，方完一局，有小和尚趋进禀曰："启上师父，今有狄青在外，要拜辞师父。因见千岁爷在此下棋，故等候于外厢，不敢进来。"隐修曰："狄青要去了么？教他且耐半天罢。"小和尚应诺而去。当时王爷听得狄青之名，接言问曰："这狄青是何等之人？是你徒弟，抑或外来人？"隐修曰："千岁爷，这狄青乃营守林千总名下的步卒。"王爷言曰："他在此何干的？"隐修言："千岁爷，只为此人前数天被孙兵部大人打了二十药棍，故来见贫僧，求吾医治。今已患伤得痊了。"王爷曰："但想这狄青乃一穷兵，犹恐没钱钞谢答于你。"隐修曰："不瞒千岁爷，贫僧原不冀他酬谢的，倒亏他有知恩有报之心，方才此玉鸳鸯乃彼之物，送吾作谢。又言此物三代传家之宝。"静山王听了，看看隐修冷笑曰："你方才不说明此物来因，莫非你贪财爱宝，有意图谋他的？"隐修曰："千岁爷责备贫僧太重了。吾并非贪图之心，实乃彼恳切相送，迫吾收下的。"静山王言："此宝是他世代留传之物，竟然一旦送了你。然而你是出家之人，不该受领他的才是。"隐修曰："贫僧原推却不受领他的，但彼执性强恳，只得权且收下。抵待辞去，仍还于彼。"王爷微笑曰："曾见八月初二操兵有一步兵名狄青，人才出众，器宇轩昂，诗御安邦定国之怀，今必然是此人。可恨孙秀狠毒，要屈杀此人，亏得汝南王郑兄一力保全了狄小卒性命，不然身至鬼门关去了。但想这孙秀打他二十大棍，原要陷害他之意，但不知是何仇怨的？待本藩问个明白也罢。"呼曰："和尚！本藩有话问明，快些唤他来见孤家。"隐修曰："千岁爷，彼乃一小军民，怎好胡乱进见千岁爷的？"王爷曰："这也何妨，速速唤来！"当时隐修领命，亲往外厢迎进小英雄。狄青一睹，连忙拜伏在地，不敢抬头，呼："千岁王爷在上，小人重罪千斤，望乞容饶。"王爷呼狄青："你且抬起头来。"狄青领命抬头。当时呼千岁犹恐不是教场中狄青，故命他抬头，认个明白。静山王细认小英雄，果然不错，乃教场中题诗步卒。便问狄青："尔是何方人氏？"狄青禀："启千岁爷，小人家在山西省。"王爷曰："你既然远隔山西，今到京中何事？"狄青曰："小人落难困苦，原到此访寻亲人不遇，一身漂泊无依，后蒙总爷林贵收用，权且当兵苦捱也。"王爷曰："莫非你与孙兵部有什么宿仇的？"狄青曰："从无与彼瓜葛，并没有什么缘故的。即壁上题诗，乃平常无关犯的，他要借端杀害小人。非众位王爷解厄，难免身首分开。"王爷言："狄青，本藩前日看你诗中寓意不凡，乃一英雄大器，抑或尔素性狂妄，一时胡乱偶言，可明白说与本藩得知。"狄青曰："不瞒千岁爷，小人六韬三略、兵机战策，颇得精通，膂力强大，箭法稀奇。前日已在林爷处面为试演过，并非狂妄大言。"静山王想来：看不出这小狄青，身材不甚魁伟，一貌斯文，不料具此英雄技艺。他夸口大言，看来非假。但不知他胆量如何，待本藩试他一试，便知分晓了。便呼狄青："你言孙兵部与你并无仇怨，奈他一心要计害于你，莫非尔祖父宿仇也未可知。"狄青曰："小人也如此思量，足见千岁爷明训。纵然祖父之仇，小人全然不得而知。"王爷曰："你前日多亏郑千岁搭救，方免一刀之苦。那孙兵部的威权利害，似虎如狼。又言死罪既免，活罪难饶，打你二十无情棍。此位大和尚言，这奸臣制成药棍，曾经伤害过军民几命，他今原要你性命，是以又用此药棍打你。若非这隐修大和尚与你调治，便凭你盖世英雄终是死，铁石将军也命亡。"狄青曰："小人原知老师父大恩。"王爷曰："狄青，你虽然两次死中得活，只忧孙秀终难饶你，又生别的计谋捕擒于你，也未可知。"隐修在旁笑言："千岁爷虑得不差也。"王爷曰："尔既然武艺精通，明日去了结孙秀，免却终身之患，出了怨气，尔意下如何？"狄青曰："千岁爷啊！吾若得手持三尺龙泉剑，不斩奸臣誓不休！"静山王曰："本藩赠你军器，敢放胆往除奸臣否？"狄青言："千岁爷若有军器付赐，小人立刻便取奸臣孙秀首级，以复千岁爷尊命了。"王爷言："倘若画虎不成反类了犬，你便怎么得好？"狄青曰："如弄不倒奸臣，小人殒残一命，有何相碍，何须畏惧!?"王爷听了，哈哈笑言："果见高怀，是个英雄胆量。且随本藩回去府中。"狄青应诺。王爷还要询问："这玉鸳鸯是你送与和尚的么？"狄青曰："小人沾大和尚活命深恩，故将此物相送。"王爷曰："此鸳鸯乃雄的，有得雌的成双么？"狄青正要开言，忽醒起记忆前日老人教"逢人且说三分话"之训，只得转曰："禀知千岁爷，鸳鸯原有一双，只因日久，遗失去雌的了，至今只有雄耳。"王爷曰："此物既然是尔三代传家之宝，不当轻易送与别人。"狄青言："小人见受了和尚大恩，无可报效，故将此物相送，略表寸心。"王爷听了点头，言："和尚，本藩做主，尔且将此物还了狄青。如若尔少什么玩物，本藩送尔几款便了。"隐修曰："贫僧本来不领他的，况千岁爷的钧旨，岂敢不遵！"当日难得呼千岁爱惜小英雄之心，隐修即取出玉鸳鸯送还。狄青无奈，只得收回，载入香囊。王爷取出黄金二小锭，曰："和尚，此微资权作狄青医药之费，你且收下。"隐修曰："贫僧不敢受领千岁爷厚赐。"狄青曰："千岁爷如此，且待小人有寸进之日，再行报答深恩便了。"王爷曰："既如此，金子且留下作香烛之费便了。"隐修当时只得领谢过。王爷吩咐狄青出外伺候，他二人仍要下棋。一僧一俗，同比高低，一连耍了七盘，王爷赢了三局。小和尚连进香茶，二人随用，言语之间，无非论着狄青气概不凡，必非久于人下的。言谈之际，不觉日落西山。当下静山王别了隐修，带了狄青、家将一路随行，回到府中。

到次日早起，王爷传唤家人，请过先王金瓒定唐刀。家人领命，即时两人扛到。王爷一见，俯伏叩礼毕起来，呼唤狄青："兹今付尔先王金刀一口，着尔立斩孙秀首级。尔今敢放胆量去否？"狄青一听此言，接刀答应曰："谨遵千岁爷的钧旨！"发勇抖擞，别了王爷，一程跑出王府。王爷又着家丁刘文、李进二人远远随后。原来这柄金刀，乃是宋太祖留遗下的，犹恐日后国家出着奸佞之臣、不肖子孙，败素朝纲纪律者，若人人可拿出此刀，不论王亲国戚，也能割下首级，并不能执罪凶身。故太祖遗命，将刀现贮在潞花王、汝南王、静山王、东平王、勇平玉五位王爷府中，六日一轮，谨敬供奉。若问金刀轻重，上镌刊"一百斤"。此日静山王大喜，思量：狄青真乃英雄烈汉，倘然此去斩却孙秀，实乃初出场的第一功。除却孙贼不啻收除狼虎，还去命他灭决庞洪，真是除清朝野也。

不表王爷大悦，却言英雄情由。狄青提起大刀，高高擎起，一路跑来踱去。有官署里人，认得此金刀乃先王遗下的，又见此位小英雄拿起跑走，认得金刀的人人害怕，吓得惊慌躲避。当时狄公子初到汴京，哪里得知何处是孙兵部府中，一路逢人便问。细细思量被孙秀暗害，心中愤怒，立心要寻找他，了结冤案。当时王爷先已打发刘文、李进远远跟随在后，以为照应。狄青一程先走，并不知有人随后，所以往来便问孙府。当时寻问着，偏偏孙兵部不在府，往庞国丈府中去了。狄青问明缘故，只得转回。有孙府中众家人甚觉惊骇，商量："这壮士拿了先帝金刀，一胸愤气而来，寻问老爷，幸喜老爷往庞府去了，若在府中，只忧性命难保。倒也为着何由要杀我家老爷的？"内中有一家人，名孙龙，言："吾认得此人，名唤狄青，在教场中被老爷打了二十棍，结下冤家的。"众家人曰："为此快速去报知老爷才好。不然老爷不知其故，一路回来，逢着此人，就不妙了。"当下孙龙上马加鞭，急忙忙而去。

却说孙秀、庞洪翁婿二人正在着书斋吃酒，正到巳时牌，忽报道："孙龙要见孙老爷。"当下传进孙龙，翁婿二人动问何故。孙龙曰："禀上太师爷、大老爷，不好了！今有狄青，手持先帝金刀来到府门，要寻找我大老爷。有门上回说不在衙中，他又往别处去寻找了。小人犹恐大老爷不知其情由回府，恐有不测，特来禀知。"庞洪听了，骇然说："有这等事？"孙秀更觉一惊，唤孙龙且在外厢侍候，庞洪吩咐赏了他酒膳。当下孙秀急忙忙呼："岳丈，吾想狄青被药棍伤得深重，是个必死之徒，已达知胡兄，欢欣不尽。不知今日哪人将他医调好，教他弄起此事来。若非孙龙来报知，小婿几乎遭他毒手。"庞洪曰："贤婿，据我算将起来，今日乃呼延显值管金刀。这老匹夫与尔并非冤仇，如何干起此事来？"孙秀曰："岳丈，如今教吾怎生回去的？"庞洪曰："尔且留宿在此，这小畜生候不耐烦，自然去了。"孙秀言："呼延显，平日间吾不来算账尔，尔反来欺我么！况且狄青何等样人，擅把先帝金刀胡乱与他的？"庞洪曰："贤婿，呼延显老匹夫少不得慢慢算账他。"

　　按下不提翁婿商议，原文归表小英雄。当下，狄青气昂昂提刀到了天汉桥，乃是来往经由的要道。想来此奸贼经由此桥，不免在此等候，一刀结果他的性命，何不胜于往来跑走。当时坐下桥栏，吓得经由之人尽是惊慌，不知何故。还有胆小者，犹恐退后不及。只有刘文、李进，是远远离开，站立闲谈，只恨不得壮士一刀了却这孙贼，免得纵容下人强买民间什物，乘机诈取民财，多端扰害。

　　不表二人之论，且言狄青坐于桥栏杆半天，已交午未时，不觉腹中饥枵了。只见桥左边有饼面店一间，他就提刀踩开大步，跑进店来，呼声："大店主，快些取面来食。"早已将大刀放在店里，坐在一桌位。有众食面客人，不明此壮士的缘由，能提持此大刀。更有店主甚觉骇异不明。当下只得泡上一盆香料三仙佳面，送至桌中。狄青一见众客人，慌忙忙地赔结了钱钞账，一刻间走跑去尽。狄青问曰："你们众人因何如此慌忙的？且不用惊慌，吾的金刀不是胡乱杀人的。"店主曰："壮士如此英雄，能提百斤金刀，想必事有来因，方才动起先帝金刀，求言其故。"狄青曰："此刀不杀别人，只斩孙秀奸贼。"店主曰："他是害民贼，正该杀的。时常纵容家人，强买民间之物，借端如狼似虎，人人愤怨。不意这奸恶臣也有今日！"这狄青又呼："取酒。"将面正食得爽快，忽听桥面一片喊叫，多人之声，一望有许多人飞跑走上桥栏。又听大呼："要性命的快走啊！"顷刻间如山倒海的一般，多上桥中，口喊"逃命"，下桥而去。当下狄青看见许多人跑来疾奔，不知何故，众人如此慌乱。欲知详细，且看下回分解。

　　青之玉鸳鸯不独传留家宝，且后日南清宫相会为凭之物，而独假手于

70

静山王劝还之。写静山王之爱小英雄，故先诘他才艺，后试彼胆量。但观其志量，真是令人可爱者。

赠刀以除奸佞，故青当日所乐从。即使今日读者，拍掌欣然于桌上矣，故静山王所深喜。当日庞、孙二奸，闻此胆碎魂飞，更足会观者之爽目怡情也。不意有面店一笔拦开，观者更见心急迫迫。

此回写得金刀如此大来头，忖诸理上只无其事，且观其文，而存其略可也。

第十二回

打猛驹误入牢笼
救故主脱离罗网

诗曰:

忠厚生来性本然，知恩报效便称贤。

不忘旧德追思远，方见英雄品行全。

却说狄青看见远远一匹骏马，追赶跑上桥来，想来必然是匹颠狂之马，即跑出店去，走上桥栏，大喝:"逆畜休得猖狂，吾来也!"让过众人，走跑上前。当下店主言:"此人真乃装着狐假虎威，来骗食酒面了，趁着狂马而去，不拿出钱钞来，且收藏他此大刀便了。"店主正要呼伙伴来扛抬大刀，有刘文、李进跑至店来，喝声:"奴才! 这是祖帝金刀，吾们呼延王爷府中拿出来的，你敢动拿么?"店主言:"这是不敢的。王府人来，本当白食也。"刘、李二人只不管他，且扛回金刀，仍出桥旁。只见狄青在桥中，跑来一匹骏马，生得昂大高长雄胖，浑身好像朱砂点染，四蹄生来如铁，光身并无鞍辔，向狄青扑面冲来。原来此马乃东番进贡与朝廷，名曰"火骝驹"。只因此马凶恶狠狠，圣上赐与庞国丈。岂知马狠强不服鞍辔拘锁，反伤陷了几名家丁。只为钦赐之物，做制囚笼，将驹阱困了。这火骝驹不伏拘禁，力势儿狠，天天吵闹。此日却被他挣塌了笼厩，逃走出府外。家人飞报与太师。庞洪听了，忙唤能干家人追赶上前，谕令众人:"如有能降伏得此马，不拘军民也，须请到府中领赏。"众家丁领命，一程来追赶火骝驹。跑近桥边，只见一位少年揪住火骝驹，还是纵跳不已，嘶怒如雷。众人看见此人生得堂堂一表，力能挽擒此马，十分惊骇，看不出此人气力狠大。当下狄公子手挽马鬃，马儿挣跳不脱，前蹄抓后脚，躁恼了狄青，喝声："逆畜，强什么！"手狠力一撩，马已倒按尘埃，不能挣跳。公子性起，连连踹他几脚，痛得极了，滚来滚去，叫跳不出来。又复狠狠踹踏几脚，这火骝驹虽则雄壮，怎经得英雄虎力威狠，登时踹破肚腹，肠多已泻出，横倒于桥下。众人观看的愈多，人人赞叹英雄力大。又有庞府家人走上前，拉往小英雄，同声称说："壮士，我们此狂马乃庞府跑走出来，伤陷于人，无人可降伏。方才相爷有言，若得有人降伏此马，请到府中领赏。"狄青笑曰："哪人望他的赏？吾不往也。"众人曰："壮士不来，太师爷必要责备我们了。况且壮士降杀此马，乃是一位英雄无敌之人，速往见太师爷，还有重用于你。"当时你也扯，我也拉。狄青不觉也见可笑，真乃生来性心粗莽，也忘记了拿回店内金刀，只随相府家人，一同而走。后面刘文、李进不住呼叫："狄壮士，不要随他去，快些转回来！"当日观看的闲人何下千万，一片喧嚷之声不绝，狄青哪里听得见呼唤他，随了众人，竟归相府去了。刘、李只得无奈，扛了金刀回归王府。岂料呼延千岁不在，勇平王高府请他赴宴去了。二人只得将金刀藏好，又不往禀知千岁，故静山王此日也不知其缘由。不多细表。

却说庞洪、孙秀在书房吃酒已完，仍谈及狄青之事。只见几个家丁前来禀上："太师爷，火骝驹逃至天汉桥，遇一少年，十分猛勇，揪住马儿，按倒在地，踹踏几脚，此马登时穿腹而死。为此小人等带了小汉子回来，禀知太师爷，可有赏赐否？"太师曰："此人能降伏打杀狂驹，是个英雄之辈，且唤他进来。"家丁领命出外唤狄青。庞洪即时踱出书斋，在中堂坐下。狄青已倒身下跪。若讲到狄青至汴京未及一月，是以不知孙兵部就是庞太师女婿也，不晓庞洪是个大奸臣，所以到他府中。当时倒跪尘埃，言："太师在上，小人叩头。"庞洪说："英雄少礼。尔尊姓高名？"狄青曰："小人姓狄名青。"太师曰："尔是狄青么？原籍何方？"狄青曰："世籍山西。"当时庞洪听了不语，暗思量：不料此人是吾贤婿大仇人，不意他反投入吾府中，正如困进铁网牢笼。待老夫款留在府中，断送了这小畜生，方免了贤婿大患。想罢说道："狄壮士，老夫有言在先，如有能人降除此猛

73

驹，必当重用。难得你如今除却了狂驹，是位盖世英雄，天下稀少。目今兵犯边关，杨元帅受困，你如此英雄，岂可埋没了？目下正是调兵遣将之期，尔且在吾府中耽搁几天，待老夫于圣上前，保举你到军前效用，建立功劳，尔意下如何？"当时狄青哪里知他暗算机谋，听他此言，倒跪连连叩头曰："若得太师爷抬举，小人三生有幸，深沾大恩。只为小人前时有犯孙爷，只忧他不肯容留于我。"国丈言："不妨，待老夫保举你，岂惮他不收用的。家将且请他往后楼园中少歇，备酒款待。"家人领命。

当时狄青竟忘记了奉杀孙秀之事，随着庞府家人到着后园楼丹桂亭中食酒，真乃是个有头无尾的莽少年。独有庞太师大悦，踱回书房，只见孙秀已睡在醉翁床上。太师喜欣欣叫道："贤婿，且大放心了，狄青已入吾彀中了。"孙秀闻言，立起来问其缘故。太师就将他自投到此一一说知。孙秀大悦，喜洋洋言："岳丈啊！这小畜生听了呼延显使唤，仗着金刀如此猖狂。今日难得上苍怜悯，使彼自投罗网，反自遭殃，实乃快哉也。"太师曰："贤婿，如今放下愁肠了，早些回府罢。"孙秀言："谢过太师。"即时告辞过，喜悦回衙中而去。

且说太师是晚差唤四名得力家丁，要将狄青弄得大醉，然后待夜深放起火来，将他焚害死，明日另有金银赏劳。当时内有一名家将，名唤李继英，此人生来心雄胆壮，拳艺精通，上前禀曰："太师爷，这贼狄青如此狠恶，不独太师爷动恼，触及小人也气愤于他。但思附近皇城之内放火，惊扰不安，终为不美。"太师曰："依你便怎生打算来？"继英曰："据小人的主见，一些不难。三位不用多劳，且待今夜小人进往苑中，与狄青假作厚款他，弄彼大醉，何难一刀了结彼性命。神不知鬼不觉，即夜埋了尸首，泄却兵部大人之气，岂不省烦，强如放火惊扬。"太师听了继英之言，点首笑曰："如此更妙。但汝虽有些本事，犹恐独力难成，倘然刺他不得，反为不美。"继英曰："太师爷！不是小人夸口，倘若不斩得狄青，愿将小人首级送献上抵当。如若杀了狄青，只求太师爷提拔，小人便是感恩。"太师曰："既如此，看你往取他首级，老夫且提拔你做个美地头七品县官。"继英曰："还求太师爷，再赏酒筵一桌，待小人将他劝醉如泥，方好下手。"

太师准请，命复备酒于园中。又启上："太师爷，这匹死马如何料理？"太师言埋于土中可也。是晚国丈排夜宴于书房，独对银灯而自酌，言："狄青，汝先遭了药棍，又得医痊不死。不想今日依从呼延显，持刀来杀吾婿，汝图杀命官，应该重罪。奈此刀乃先帝遗留之物，人人杀却，也无偿罪。幸喜有救星，小畜生今夜遭吾毒手。但呼处显这老狗，吾的女婿与你并无仇怨，因何怀此毒念？有日教你一命难逃，方见吾老夫手段也！"

不表国丈之言，却表继英一路进园，思量当初随着狄广老爷在边关，多亏先老爷自少年出生，长育加恩，不异亲生儿女。自从恩师归仙之后，又遇水灾，西河一县，人民俱遭水难。吾在水中得逃性命，自奔投相府，已将八载。吾时常在此想念着夫人、小主，遇水之灾，未知生死。方至今朝得逢公子于此，力降龙驹，反遭罗网。但吾继英曾受先老爷恩德，今日小主有难，岂得坐观不救？故特领此差，搭救了小主离灾，方见吾继英知恩报答之心。思未了，不觉已进至花园中。只见星光灿灿，月白如银。当晚狄青用过晚膳已久，正站立于桂花亭中。只见寒露霏霏，金风拂拂。此时人静心清时候，不觉中肠动起，满胸烦闷。思起下山之日，仙师有言说知，教吾至汴京，自得故人会合，至今还未得切谊人一会。又曾记逃水难时，与母分离，今已八载，不得重逢，说来骨肉沉于波浪中了。又不知张忠、李义身下囹圄，何时脱难？只恨孙秀妒嫉，险些将吾身首分开，还亏得众位王爷相救。孙贼又用药棍打吾二十，几乎丧命，又蒙隐修调理痊，恩德如山，使吾铭心刻骨。又思到一段念头，不觉顿足，悔恨心粗，拍胸言："不好了！呼千岁赐吾金刀往杀孙贼，为降除狂马，将金刀抛弃在面店中，我之罪大如天了。若不杀孙秀也不打紧，要失去金刀，千岁爷岂不动恼者？此时又夜深，难以出相府，不免捱至明宵晨早，取回金刀，杀了孙贼，千岁爷岂不提拔吾的，强如在此庞府也。"正在思量，又见来了一人，送来酒馔一桌，道："壮士，太师爷敬汝是个英雄汉子，方才传言备酒设筵，以待壮士尽欢赏月，勿要辜负此良宵也。"狄青曰："方才已领太师爷叨赐了，如何一而再至？"家丁曰："太师爷赏尔的酒食，有什么稀罕？还要狠狠地提拔尔也。"狄青言："因何用着两副杯箸？"家丁曰："太师爷犹恐壮士寂寞，特命继英兄来伴汝用酒。"狄青曰："尔们继英是何等之人？"
家丁曰："此人乃是太师爷得用家将也。"狄青听了，暗言曰："思记那继
英之名十分熟悉，但一时刻想不起来。"若问狄青九岁时已遭水难，主仆分
离已经七八载，故不能记忆。正自言之际，继英早已到了，扛酒馔家人已
转身去。继英到亭中，呼声："壮士！"狄青呼："足下是何人？"继英曰：
"小人姓李名继英，特奉太师爷之命，着吾到伴，奉敬数杯。"狄青曰：
"哪里敢当！"二人坐下用酒一番。

　　时交二鼓，一轮明月当空。四顾无人，当下继英细观公子，长叹一声，
立起身躯，把首一摇。狄青不解其意，便问："李兄，好好食酒，因甚登时
发此长叹，何也？"当时继英离座，双膝下跪，呼声："小主人！汝可知今
夜有大难临身否？"狄青惊道："李兄，因何如此相呼？未知劣弟有何大
难，且请起才说。"正要伸手搀扶，继英起来，手一招，二人并跑至登云
阁。足踏扶梯，步步而上。秋风阵阵卷透衣襟，时继英道："公子，汝不认
识小人了？"狄青曰："想继英之名似甚善熟，奈一时记认不来。"继英道：
"公子，我昔日跟随先老爷，多蒙恩育，故今不更别名。自从老主人归仙之
后，小主人长成九岁，忽遇水灾，小人水里逃得性命，流落至汴京。无奈
一贫如洗，只得投于相府羁身。时思主母、公子，逢灾存亡未卜。今幸公
子脱难长成，只可惜不晓得狼虎共同群，难脱此祸耳。"狄青听罢言："不
差了，如今醒记汝了。但汝言语不明，犹如昏镜，速些说明罢。"继英呼
唤："公子，尔与孙兵部不知结下什么大冤仇？"狄青曰："吾与彼风牛马
不相关，不知他如何生心害吾的？"继英曰："公子，尔难道不知兵部是庞
太师的女婿么？"狄青曰："我实也不知他是翁婿。"继英说曰："太师言，
尔要杀他女婿，为此今夜留款于尔。公子岂不中了奸谋毒害？犹如蝇投蛛
网，鱼入纱罾，焉能飞遁？"狄青听罢，双眉紧竖，怒目圆睁："如此言
来，庞贼也要害我了？"继英曰："他是翁婿相通，要谋害公子。是以小人
特领此差，以搭救公子。"狄青曰："只要尔通知消息，吾明白了。待我今
夜打出庞府去，明日还来报仇。"继英道："此事不可！尔虽则英雄胆壮，
但思侯门比海，断断不能易逃。况且他家将人多，狠勇者不少。"狄青曰：

"纵使他庞府千军万马，我何惧哉！"继英曰："尔纵然打出相府去了，太师爷明知小人通风，岂不将小人处治，一命难逃了？"狄青曰："倘若不打将出府，如何得脱离虎穴？"继英曰："吾先已打算准，园门已经封锁，逃以私逃，即此一带围墙如斯高险，也难爬跨。只有对壁盘陀石旁有古树，高接云烟，公子若爬得上树枝，就可跨得过高墙了。墙外也有大树相接，即是韩琦吏部老爷府第。"狄青曰："韩吏部可是庞贼奸党否？"继英曰："非也，韩爷乃赤心为国、无私之臣。我太师爷几次欲除他，也动不得。公子权且走过韩府，避过一宵才可。"狄青道："继英，若非今夜汝通知消息，吾定然遭其奸害。受汝大恩，理当拜谢。"言罢，低头便拜。继英也忙跪下，摇首曰："公子不要折杀了小人，且请起。事不宜迟，休得耽搁，速些离却此地为高。公子且来此处。"二人下了登云阁，即至盘陀石。公子扒上大树，继英又恐有人进园，东西四瞧，只见寂静无声，略觉放心。当时公子爬上古树，又跨过高墙，双手又扒过隔墙大树而去。狄青过得隔墙大树，望下有三丈余，也觉心寒，只得扒枝立而不下。未知过园如何逃脱，且看下回分解。

此回打死猛驹，为下文降伏龙马作一引子。因打驹而遗失金刀而不顾，写小英雄粗心鲁莽已甚。写青之进庞府，为庞洪所喜、孙秀所悦，使读者有为青汗下之急。及至继英领差，方为青危一宽。既误进庞府，苟非继英通知，如害，则青危矣。而犹思力打逃脱，是青少年轻进之心，不及继英机智。接言继英知恩报恩，思脱小主急难，观彼机变深心，人所难及。庞洪不得不入其算诳之中。

第十三回

脱牢笼英雄避难
逢世谊吏部扶危

诗曰：

持危周急是仁人，妒技憎贤是佞臣。

君子小人难混迹，忠奸善恶两途分。

不表狄公子跨过隔壁大树，扳树不下，一望园林，一派亭台画阁，此处乃韩府后园。

却言韩琦官居吏部尚书，年近六旬，为朝廷社稷重臣，忠心耿耿，深疾目前奸佞弄权，朝中五鬼当道。其时相得厚交，不过范仲淹、孔道辅、赵清献、文彦博、包拯、富弼，几位忠贤而已。只因西夏兵困三关，韩爷日夕心忧为国。近于月中，夜观星象，只见武曲星金光灿灿，该当有名将出现，保邦护国。但不知何方埋没了英雄将士，至边夷外敌屡见侵凌，皆由外无良将，内有奸臣也。此夜韩爷用过晚膳，在着庭前少坐片时。其夜乃八月十三，仲秋之节，天晴气爽，万籁无声，但见：

月射光辉窗透影，庭留芬馥桂生香。

当晚韩爷踱进花园中，更觉皎洁无尘。风敲竹韵，月照花容。韩爷命童子炷上炉香，于月下跪于当空，祷告上苍悯恤生民，早降定国安邦之将，以攘外敌侵凌。告祝一番，起来又仰观星月，正应在武曲星显现，缘何不见将士闻于朝？韩爷正在思量，四方观望。于当时缘何不见狄青在树中？其夜虽然月色光辉，但树大枝丛，是以看不见树上有人。但狄青在树上听得韩爷上禀苍天之语，句句为君忧民志，果乃中流砥柱之臣。吾今下去见他，必无妨碍了。想罢，呼声："来也！"飞身而下，反吓得韩爷一惊。定睛一瞧，乃一位少年汉子，穿着长袍短袄。韩爷连忙喝声："尔是何人？好生胆子，于更深夜静，从空而下来。"其人即下，跪呼称："大人在上，小人姓狄名青，山西人氏。只因庞太师要将小人谋害死，四门已封闭了，小人无奈，只得越垣而过。久闻在人爱民忠君，清廉刚正，望乞宽容渡廷蚁命，世代沾恩。"韩爷听了，暗言曰："庞洪此奸贼，今夜又要陷害人了。且今天早晨闻老管门言，有位小英雄名狄青，持了定唐金刀行凶，要杀孙秀，莫非反被他们拿下？"想毕，即呼狄青："汝与庞、孙，实言有何仇怨，至他们生谋陷害？"狄青曰："大人听禀上。"当下狄青将七月内至汴城，得林千总收用，入为步兵起，又说至领命持刀，刺杀孙兵部，后至降除火骝驹。韩爷听了即打死火骝驹，即拦止他，曰："今日蹿死猛驹者，即是汝否？"狄青曰："正是小人也。"韩爷大喜，曰："妙！妙！看汝不过文雅之姿，不像个有狠力气之士，不道能除此猛驹，乃是个英雄无敌之汉了。前日番邦贡来此驹，殿前勇侍御四人降他不服，后得石玉小将，方能拿下，放于马厩。尔既降驹，以后即如何？"狄青曰："小人打死猛驹，早有许多家丁要小人至相府领赏。小人不允，家丁人多，说太师爷还要重用，由他等扯的扯，拖的拖。吾闻彼言要重用，心下亦有思图机会之意。当时见了庞太师，他大赞赏我之英雄技艺，故殷勤留款在后楼园，暗图杀害。"韩爷曰："汝难道不知孙秀乃庞太师的女婿？"狄青曰："小人果也不知。幸有他家将继英通知消息，教吾逃到此园。"韩爷曰："此人为何有此好意也？"狄青曰："那继英本乃吾父旧日家丁，只因身遇水灾，分散以后投归相府。承他不负先人之德，故来搭救通知。"韩爷听了，曰："尔父何等之人？"当此狄青说开了，便忘却"逢人且说三分话"之意，言："先君狄广，在故土身为总兵武职。"韩爷曰："尔祖何名？"狄青曰："先祖考狄元，先帝时官居两粤左都御史。"此时韩爷听了，不胜大喜，曰："原来汝乃一位贵公子，世交谊侄。吾中年时，与汝先君在朝十分相得，曾有八拜之交，不啻同胞谊切。后来山西地方盗贼猖狂，本处官不能禁制，故先王命狄广哥哥出镇山西，已将三十载。后也一音不闻，已是登仙，亦未知他后裔几人。

但前七八载，山西警报山水灌注，伤坏了万数生民，只言狄门灭尽了。喜得今日叔侄相逢于偶遇，且生来气宇非凡，更具此英雄武略，今宵一会，令老夫喜得心花大开。但愿汝大展谋猷，光恢先人伟业，老夫之深望也。"狄青听了，曰："小人身已落魄，怎敢妄想的？"当时韩爷双手扶起，曰："如今不必如此相呼，竟是叔侄呼唤便是了。"狄青领命，即称："叔父请上，待侄儿拜见。"韩爷曰："不消了。"即手挽狄青，一路回进书房中，只见桌上银灯尚还光亮。

狄青立着不敢坐，韩爷再三命坐，二人方对坐交椅中。问曰："贤侄，如今不知令堂还在否？"狄青称："叔父听禀：自吾父归天，小侄年方七岁，与娘苦挨清贫两载。九岁时，身遇水灾，西河一县万民遭殃，母子被水分离，至今七八载，母亲还未知生死。"韩爷曰："汝昔者耽搁在何方？"狄青曰："侄儿被水时，幸得王禅鬼谷师救上峨眉山上，收为门徒，传授武技。向在仙山七载，蒙师传习将略兵机。但思亲念切，日夕愁怀。奉师下山之日，又不许吾回归故土，言一至汴京，自得亲谊相会。不料今朝未得娘亲一面。"当下韩爷听了，不觉喜形于色，曰："怪不得贤侄有此英雄技俩，原来是王禅老祖之门徒。"是晚，又吩咐家丁设备酒筵排桌，二人持盏饮酒。叙中，韩爷询曰："汝是王禅老祖高徒，自然武艺精通，须要寻个进身之地。待有机会，老夫自然荐拔于汝。"狄青称："叔父，小侄虽略有些武艺，奈无提拔之人，只得守株待兔而已。"韩爷曰："尔言差矣。说什么守拙无能之语，为大丈夫立身处世，须要扬名显世，以昭耀先人。虽有千难万苦，何须计较，必要轰轰烈烈，显现一番。虽周末仪、秦，寒儒奋翮，即汉初信、哙，亦行伍功勋。遍观出类拔萃之人，多出于微贱。汝今正当少年发奋之期，岂可灰冷功名二字！汝无非碍着庞、孙翁婿灰心。但众奸罪恶满盈，何能远遁长存？贤侄可想得来？"狄青曰："叔父，小侄非是夸能。既得兵符满腹，武艺全身，心存万丈冲霄志。即日兵困边关，我亦时思效力，奈何机会不就。其时倘能一百风云助，撑持社稷定稳江山，小侄亦不让于旁人也。"韩爷听了，不觉抚掌欣然，称言："妙！妙！贤侄，汝有此大鹏奋翅之量，何难云龙风虎之会无期！果然志量高天，非老夫所限

80

量也。"狄青曰："此乃小侄妄言狂思耳，岂当叔父谬赞。"当夜，尔言我语，更觉投机。叔侄情深谊切。

按下韩府长谈，却说庞府内家人继英，见狄青跨过了高垣，心头放下。回转身，步进书房，只见庞太师坐下独对银灯，持杯自饮。继英上前，禀上："太师爷，小人已将狄青弄得大醉如泥睡了，请太师爷赐口龙泉与小人，好待下手。"太师笑曰："狄青果然弄醉了？如此，与汝宝剑一口，速速割他首级来回话。但此人能力打猛驹，乃英雄猛汉，汝往除他须要小心。"继英曰："太师爷不必费心，狄青已醉得懵懂了，何难一刀结果他！"当时继英怒气顿生，恨不能一刀挥去这老奸臣脑袋。还防一身独力难逃，只是忍耐性子。早已将私积百余两白金束系腰间，再持相府提笼，挂了宝剑，哄骗出重重府门。时候已交三鼓，庞府众家人有睡有还未睡者，故府门尚未下锁。当时继英只言奉太师爷之命，差往孙兵部府中有话，慌忙出逃。重重府门可瞒，只为平日庞太师也有夜差家人往兵部府，况断英往日行为光明正大，是以人人信服，并无拦阻盘诘。继英一哄出，犹如鸟出牢笼，鱼脱金钩，骗出关城，如飞而去，只为一片心怀报主之恩。

当夜庞太师独酌持杯，不觉沉沉大醉，和衣而睡在沉香榻中。内外家丁，各自睡去。庞太师酒一醒了，已是五鼓更初，自然先往上朝。朝罢回来，早有园官禀报："逃走了狄青。"庞太师一闻此语大惊，即查问继英。内有家丁几人禀上："昨夜三更将近，继英出府，言称奉太师差往孙大人府中，但昨夜一去未回。"太师曰："他一人出府门，抑或与狄青同走？"家丁言："他独自一人去了。"太师曰："好胆大奴才！明乃将狄青放走了。"当时庞太师大怒，步进园中。四围一瞧，园中墙垣高有三丈，园门四路封锁，难道腾云飞遁了的？走过东又步至西，偶然看至盘陀大石与旁边大树紧紧相连，说声："是了！狄青定然逃往隔壁韩吏部府中而去。"即踱回中堂，登时打发了家丁四十名，两人一路，分头去追捕继英；又发令往兵部府中，取兵三千往围韩府，前门后户，俱要搜查狄青回话。当时孙秀闻报，也怒气冲冲，踏穿靴子，骂声："狗奴才！好生放肆。"又恨韩吏部窝留逃卒，顷刻点起三千铁甲军，一齐来至韩府，重重围困，呐喊喧天。

早吓得韩府家人惊慌无措，不知为着何由，当时禀报上："大人，不好了！今有庞太师点兵数千，将吾府中前门后户团团围困了，声言要献出狄青，万事皆休，如若大人窝留不放者，即打进门来，言大人也有不便之处。"韩爷曰："有此异事？尔等何须大惊小怪，老夫自有道理。"韩爷不觉发声冷笑，骂曰："狂妄庞贼，尔真乃眼底无人，太放肆，敢来与吾结冤作对！"狄青在旁听了，大怒道："且休惧！数千军马，只唯小侄一口兵器出府，可杀他马倒人亡，才算小侄手段非弱。"韩爷听了，摇首曰："贤侄，休得将杀人两字作玩耍。彼是命官，尔是子民，岂有强民擅杀官兵而无罪律？这老奸臣好生刁滑者，尔如杀伤他兵，必来奏劾老夫了。吾自有主意，且玩弄得他糊糊涂涂，不敢来查也。"正在言谈之际，忽闻一片喧闹之声，又有家人禀知："庞太师亲自到府来了。"韩爷曰："这老贼亲自到来好了，贤侄且这里来。"当日韩爷不慌不忙，引狄青到一所在，有三丈高楼，上书一匾，曰"御书楼"。此楼乃先王钦赐韩爷校阅典籍，旁有圣旨牌位，除了皇上，不许别人擅进此楼，知有私进，即同侮君论。当日韩爷引狄青进楼，开了重门，留他在内，仍复封锁回。然后出外，吩咐家人大开府门。当下庞太师登时蹀进通名。韩爷少不免衣冠迎接，施礼，分宾主中堂下坐。韩爷开言："请问老太师，本官并未干犯国法，因何私差许多军马围困吾家，是何缘故？"庞太师曰："韩大人，为人倘若欺瞒，自然败露。尔将狄青窝藏在哪里？速些放交出，老夫即不敢唐突骚扰了。"韩爷曰："本官也不明什么狄青。太师既带兵在此，谅来要搜查了。汝且查来，吾并不阻挡的。"太师听了，点头称是。即呼众兵，且进搜来。当时众兵领命，如狼似虎，内外中堂尽搜，单单搜剩的御书楼，余外均不见有什么狄青。众兵与家人只得禀上庞太师。当时太师狐疑不决，不知他早已放去狄青，抑或留藏在御书楼上。是时韩爷冷笑道："老太师，这狄青在着御书楼上，为什么不搜查此人下来？真乃枉用多军了，乃愚夫之见量也。"不知狄青被查捕捉如何，且看下回分解。

　　青之避难于韩之后园，原出于继英之筹划定。不意又逢世谊之交，足令人为青之一喜。观乎韩吏部祈祷上苍之语，可见忠肝义胆之臣，致君泽民之念，无日不结切于衷怀也。读者只知青逃难于韩园，不意青会一世谊，真令读者所难测也。并青之遇韩，又映下文韩吏部之言，真乃训诲子侄良言，奖励少年发奋妙旨。呜呼！世之至勉人子侄，难得如琦之艮。继英一脱狄青之虎口，即离脱之牢笼，只气死庞洪，恼杀孙秀。其胆量机智优矣。

第十四回

感义侠同志离奸
圆奇梦贤王慰母

诗曰：

> 骨肉分离二十年，衡阳雁断信稀传。
> 此日鸳鸯重聚会，方知作善感青天。

却说庞太师听了韩吏部讽刺之言，也觉没趣，又兜收不得场，无奈何只得传与众家丁："三千兵丁不分日夜，在此守候。狄青必藏在御书楼，如今是韩琦的硬话，老夫岂有不知。"又叫道："狄青啊，你藏也藏得好，少不得连累及老韩了！"说完吩咐打道回归相府。当时三千兵卒，日夜轮流看守，日给饔飧，往庞府发用。狄青在着御书楼内，十分恼恨，但遵着韩爷之言，只得忍耐。当时韩爷见庞洪去了，拍掌冷笑曰："庞奸贼啊，说是搜不出狄青，也不消用许多守候之人，劳兵费饷，真比愚夫呆子的，乃是自作自弄也！"

不表韩爷之言，却说静山王回府，是晚不是他有心不问金刀之事，只因是夜食酒过多，醉了，一觉睡至四更时。朝罢回府，方才省悟此。即时呼唤至刘文、李进，二人叩首上禀："千岁爷，昨夜狄壮士在天汉桥等候孙兵部未见遇。先将庞府中的火骝驹踹死，后被庞府人邀去，至今还未见回来。"千岁曰："金刀放在何方？"二人言："狄青弃了金刀去收除此驹，为此小人将金刀请转回来。"千岁言："因何不即禀明？"二人曰："昨夜只因千岁爷去赴宴，回来已经沉醉了，故未得禀明。小人该得有罪，望乞姑宽。"千岁听了，言："尔们去罢。"又想：可笑，狄青是个有勇无谋的莽夫，要除狂马，就将金刀抛弃了。倘或失去此刀，怎生是好？本藩一片真情，有心提拔于尔，岂知尔如此狂莽心粗。一事误来，诸事也误了，还望尔掌什么帅印兵符？尔今到着庞府中，犹如困入毒蛇窠里一般。但如此不中用的东西，我也难顾了，但落得奸臣怪着老夫。

按着静山王之言不表，再言庞府一班狼虎奴才四十名，分为二十队，分路去查提继英，追赶出关城，加鞭拍马，不敢少懈。二十路人，你走一路，我跑一方，倘一路之人拿了继英，二十路之人一众有功同赏。当时庞喜、庞兴同伙，一路不从官街大道，只向私路盘查。

话分两说，先表继英一路逃出皇城，他原虑得庞太师差人追赶，是以不从官街而走，却由小路而奔。其时日已午中了，腹内觉得饥了，只跑一阵，不觉有酒肆一所，是静淡淡之方。当下继英将身直进，坐下一桌，呼酒保拿至上好酒馔、鲜鱼、美肉、时菜排开，一人独自擎杯，十分幽静，倒觉开怀。一边食酒，一心思量叹曰："吾继英虽为下等之人，出身微贱，也是轰轰烈烈之汉。自幼身进狄门，先主归天之后，还指望小主长成，早日袭荫为官。岂知未久遭逢水难，一家骨肉分离，流落汴京，只得身投相府。难得今日公子脱得水灾，长成了。可恨孙秀、庞洪与他结下深冤，昨夜险些中了他奸谋暗害。我想韩琦老爷是个忠良之官，昨夜必然留救于你，在此我也略得放心。庞洪啊！尔是刁奸万恶之臣，势焰滔天，算计多人。吾并不疏言，并不管理，若然要害吾小主，不得不由不搭救的，纵然弄得我投奔无地，也尽吾一点报主之心。但今虽脱离虎穴，奈无家可奔，如今哪里去才好？也罢！不免回转山西，另寻机会便了。"

不言继英正在思算，又说庞兴、庞喜二人，一路逢人便查问，查过东来查过西，不论茶坊酒肆，也要看看；即招商旅店、古庙庵堂，也进去瞧瞧，哪处地头不查不诘？二人寻找得焦闷起来，商量言："继英不知去向，人来人往许多，知道他打从哪路途走的？吾二人定然空徒奔波也。"又行至一所三岔路的去处，只有一座高耸耸的酒肆，二人也是同行同走，进去查看。只见望进内厢三大进，四周桌椅两边排，但是静悄悄并无一人在此用酒宴。有店主一见，问曰："客官要用酒么？"二人言："非也，我们要寻一人。"店中笑曰："里面一人也没有的。"庞喜曰："没有就罢了。"正要跑出来，忽听得楼上喊曰："大店主，取酒来！"店主应诺。庞兴言："楼上还有人吃酒，快些看来。"二人洒步进至楼中，继英只道是酒家送酒到楼，忽一见了庞兴、庞喜，顿觉呆了。庞兴叫道："继英，你做得好！为什么放走了狄青，自己脱身而去？故违主命，该当何罪？我们特奉太师爷之命，前来拿尔，快快回府罢！"继英道："二位哥哥，我是不回去了。"二人曰："尔为何不回去的？"继英曰："弟在相府七八秋，多无差处。但狄青是吾旧小主，不忍彼死于非命，故特将他放走。二位哥哥啊！我想世间万物尽贪生，为人岂有不惜命。如今放走了狄青，我原该有罪，如若回去，太师爷岂肯轻饶于我？今日好比鳌鱼得脱金钩钓，岂有再回去之理！"庞喜言："继英休得多言，快些与吾二人回去见太师爷。"继英曰："二位哥哥，若要吾回去万万不能了。"又呼酒保，且再添两箸杯来二位食酒。店主应诺下楼而去。兴、喜二人大呼："店家不用去拿杯箸，哪个要食他的酒？"当时店主下得高楼。有兴、喜二人即时翻转面目，喝声："继英，你到底当真回去否？"继英曰："去是断然不回去的。"庞喜曰："你当真不回去，休怪我们动手了。"他二人一齐跑将过去，要拿捉继英，却被继英一拳飞去，打倒庞兴。当胸一托，好不利害，庞兴已仰面跌于楼台。庞兴爬起身，还不肯干休，一拳飞到门面，又被继英左手一接，右手一拍，已打于楼下。庞喜抢来，又被继英飞脚打去，跌抛数尺。打得二人满身疼痛，只喊声："好打的！"当时店主拿上杯箸两双，到楼一见之时，大惊呼曰："客官，不要殴打！"继英曰："还要打死这两个奴才，抵挡偿他的命。"店主曰："不可！倘若当真打死了，岂不累及我开店之人么？三位且吃酒罢。"当时二人被打，思量：不料继英有此本事，实难与争。我二人何苦与他结抗？回归只言不见就是了。庞兴呼声："李兄不必多言了，既然你不肯强去，我们只回去复禀太师爷便了。"继英听罢，微笑曰："你二人早些如此说，我也不敢得罪。二位且请过来吃酒罢。"兴、喜曰："我们没有酒东。"继英曰："多是吾办的酒馔。"二人言："如此，叨扰了。"继英曰："哪里话来，同伴弟兄，何须客套？"店主问曰："客官可是做贼盗的么？不然争打一番，又同食酒。"继英喝声："胡说！这二位是吾同伴弟兄，我们是庞府中来的。再有上品佳肴美酒，且拿几品来用罢。"店主领命，登时取到。三人一同把盏，尽欢畅饮一番。二人问曰："继英兄，我们方才不是了。但今不知尔到着哪里安身？又缺少盘钱，怎生主张？"继英曰："二位哥哥不须为我担忧，行程盘费吾尽足的。"庞喜曰："继英兄，方才说回转山西，你却愚了。在着庞太师府中，吃的现成茶饭，穿着现成衣冠，仗着太师爷的威权，好不荣光有庆头的。那狄青到底与尔有甚相关？尔将他放走了，抛却富贵荣华的大门风，只落得孤零飘荡苦受风霜。纵然尔回得山西，一艺不成，怎生是好？"继英曰："二位哥哥，人各有心。吾当初跟随狄老爷之日，待吾不异儿子一般。今日小主人有难，理当搭救，保全了先主人一脉香烟。吾继英纵然祸有不测，死在九泉也是心安了。况且庞太师行恶，势如烈火，多少无辜尽丧得惨，然日后终无好报答的。我断不永远与此奸臣做伴也。况男子之志在四方，六尺身躯男子汉，何愁度日无依！"庞兴听了，道："继英兄，果然言来不错。"便对庞喜言："我家太师爷作恶多端，后来决无好报。倘或有什么祸事临门，欲思逃遁迟矣。古道：识时权变者呼豪杰。不如趁此另寻机会，与继英兄做伴同行，尔意下如何？"庞喜曰："正该如此。但不知继英兄肯允否？"继英笑道："二位哥哥既愿同行，妙甚。"庞兴又曰："只是吾两人盘费未曾拿得，空空两个光身，如何远遁？不若转回盗他些银两，连日同行，岂不更胜的？"继英曰："不消如此。二位倘能做伴同行，盘钱多是我的。"兴、喜曰："叨扰尔的酒东，怎好又费尔的盘钱？着实不该当。"继英曰："弟兄同志，奚分彼此！"当时三位说谈胶漆，下楼完了酒钞，齐齐出了酒肆门，一路而行，意向山西而去。适经天盖山，有数十强徒，手持利刃，要打劫东西。却被继英抢了钢刀，一口杀死数人，余外的四散奔逃，亦有逃走回山中。原来此座山岗乃是张忠、李义聚集所在，他二人一去两月多不返，这些小喽啰天天在此打劫。今被继英等占夺此山，三人在此暂且羁身落脚，叫小喽啰伏其使唤。此话暂停，后文自有交代。

回书再表汴京潞花王讳赵璧，乃是赵太祖嫡玄孙，当时年方十五。生来一貌堂堂，与当今嘉祐王手足之称。不幸父王早已归天十余载，他父排行第八，即八大王赵德昭其讳名也。上书选狄妃，已有叙明。如今他子袭依父职，封为潞花王。先帝已敕赐南清宫居住，仍授着打王金鞭。宫中建造一座嵌宝龙亭，供奉着太祖龙牌。有一天潞花王在宫中，夫妻朝参母后毕，坐于两旁。宫娥送上参汤，用罢。潞花王爷一看，说："王儿上启母后，为什么愁眉关锁，带着忧容，未知有何不悦？伏望母后说与儿媳们知之。"狄后听见动问，便言："儿媳，只因昨夜三更得了一梦，思量实见奇哉，未知主何吉兆，故以想起来，也觉烦闷不悦。"小王爷曰："不知母后有何梦兆，怎生梦来？"狄后道："儿媳，为娘的梦见饮燕之间，取一肉馅，方入口中，咬着两开，内中有肉骨一块，骨已将牙齿插得疼痛，血来将骨肉染遍了，其馅即合圆。醒后方觉了，想来牙损见血，滤于骨肉，其梦兆谅来凶多吉少，是以想来纳闷不安。方才查搜诸典籍上，并无此详。"小王爷听了，言："母后休得心烦。待臣儿去召取详梦官到来详解，便知其兆吉凶了。"当时潞花王辞过母后出堂，想来龙图阁包拯、韩琦，是乃博学之臣。想罢即差内监往召到二臣。

先来韩老，后到包公，上银銮殿，参见千岁。王爷言："二位卿家休得拘礼。"即命赐座。内侍献茶毕，潞花王即将母后之梦说明。早有包爷曰："微臣粗老愚蠢之辈，只知判断民情，圆梦幻事，从来不懂。"王爷道："包卿不明详解么？"包爷曰："臣详解不来。"王爷又道："如此，韩卿可详解否？"韩爷曰："臣略能详解此兆。"王爷曰："其意如何？"韩爷曰："其梦肉开见骨，齿血滤于骨肉之间，太后娘娘必主骨肉重逢，是乃吉兆。"王爷曰："见应在何时？"韩爷曰："臣思馅缺复圆，该应于十五月圆之夜。"包公暗想，喜道："韩年兄为人学问广博，比老包中用，枉为龙图阁之臣也。"包公正在自言，当时潞花王微笑曰："果也如此，实见奇了。"韩爷曰："臣据理而详，该得此兆。但未知准验与否。"潞花王道："包卿，尔职王太烦，且请先回府。韩卿且少留，待孤家禀复母后，再行定夺。"当时包爷别去，韩爷留待，潞花王进内禀知母后。不知狄太后如何主见，且看下回分解。

贤臣保我子孙黎民，尚亦有利哉。圣言千古不易之论。观庞洪之深究狄青，是非保黎民之辈；观李继英之一心报主，固属心存于仁厚。一其行为磊落，实乃大丈夫局量。卑贱奚足尽视英雄。

此回接着上回，狄氏母子而仍暗而不显。写太祖嫡裔潞花王，仁宗实乃真宗嫡裔，此处仍不直叙明，何也？仍留后文地步耳。不然，下文四十余回之书索然无味矣。细味分者，定然知此。

第十五回

因圆梦力荐英雄
奉懿旨擒拿龙马

诗曰：

> 龙驹觅主下凡尘，佐弼英雄立大勋。
>
> 有日功成完正果，依然试雨复行云。

当日潞花王回进内宫，将韩吏部圆梦之言一一禀知。狄太后想来，不觉倍加愁闷。追思昔日离别家乡，已将二十载，别却母亲、哥嫂以后，一信无闻。后来只闻水涨山西太原，狄氏宗枝无人已久，还有什么骨肉重逢的？遂言曰："儿啊，既然韩吏部如此言来，亦真假未分，且待来天月圆之夜，准验如何。且留款下韩吏部，倘果有此事无差，必然厚赏于彼。倘梦详不验，然后教他回衙。"当时潞花王领旨，是日留款下韩爷。又言狄太后自思：吾身虽云玉叶金枝，王家之贵，只可惜故乡骨肉分散如烟，还有什么亲谊之人相会？可怪韩吏部无凭无据，反惹着吾的心酸。言未了，不觉泪已一行。

却说韩爷是日被潞花王留款在书斋，不觉心中气闷起来，反恨方才圆详此梦，抑或未知激恼了狄娘娘。但据梦而圆，依理而详，也该有骨肉相逢之兆，但不知验准否。如若准了便好，倘或不验，太后娘娘怪责，就不妙了。早知如此，方才悔恨把梦来详，不如照着包年兄，只推不懂，何等不美？

书中慢表韩琦语，再说宫中一事端。当初有一龙马，名九点斑豹御骝骏，乃是一条火龙变化，帮助赵匡胤骑乘。混一江山以后，此马仍归上天为龙，受玉旨恩封。不想数十年间，凡心未了，走下落在山西省，将西河县翻沉了，残害却十数万生民性命。玉帝大恼，要剐此孽龙。后得众星君保奏："目今西夏叛宋，武曲星下凡，平西保国。莫若仍贬他下去作龙马，劳顿数十年，帮助征战，将功折罪，以彰吾王好生之德。"玉皇准奏，故今降下此龙在于南清宫后花园荷花池内，作浪兴波，好生猖獗。当日吓得管园官魂不附体，认作妖魔在花园作怪，即来银銮殿上禀知。潞花王听此，也觉心寒。当日王府众人，多已唬怕。狄太后听知，心中倍恼。不知哪方妖怪作孽，思往龙虎山召取法师商量收怪，又觅路途遥远，往返日久，不知妖魔怎样猖狂，天天将园门下锁闭固。众家丁内监人人唬心，三言两语，早已惊知书斋韩吏部。他想来：狄青乃王禅鬼谷门徒，向在水帘洞学法七年，况勇力能除狂马，不免待吾保荐他去收服了怪魔罢。如若狄青收除此妖，千岁自然将他重用，便得进身了，又可免了孙、庞之害，有何不美？主意已定，即日对潞花王说知："有壮士狄青，本领强狠。他是王禅老祖之徒，仙传武艺，非人可及，曾在天汉桥力除狂马。不如召到此人，拿了怪魔，以净雷宫。千岁意下如何？"潞花王曰："韩卿，未知此人在于何方？"韩爷曰："现在微臣之家。"潞花王曰："既在卿府，即速召来。"韩爷曰："这狄青踹死了庞家狂马，被他哄去到府中，欲图谋害。幸亏得他故旧家人放走，逃入臣家。询起世家，原非微贱，乃臣世交谊侄。年纪青春，气宇昂昂。不想目今庞洪得知在臣府，即差兵围守于臣家，犹如抄没家产一般。"王爷听了言："可恼！此老贼如此无礼么？"韩爷曰："臣该当有罪，不得已藏了狄青在御书楼。"王爷曰："后来庞贼便怎的？"韩爷曰："当时庞洪只得回去了。"王爷曰："忧他不回的！"韩爷曰："庞洪虽云回去，尚有数千军兵，不分日夕看守，将臣衙署前门后户也多把守了。"王爷怒曰："有这等事么？真可恼老奸臣！"即传差官捧了龙牌，立刻要将庞府兵驱散。当时差官领旨，一到韩府，将铁甲军尽皆赶散。这些军兵实守厌烦了，一借此为由，一哄而散。

又提庞府打发四十名家丁，前往追擒继英，先有三十八名回来禀知，继英并无踪迹。庞太师听言，正在着恼，忽听潞花王降旨，驱散了三千兵丁，倍加火上添油愤怒。想来狄青小奴才，定到南清宫里去，教老夫也无可奈何了。即差人往报知孙兵部，且也休提。

却说狄青出了御书楼，身乘银骏马，离了韩府。一路思量："不知此去是凶是吉？"当时进至藩王府中，千岁降旨，召进。狄青双膝跪于银銮殿下，俯伏，头也不敢抬，山呼："臣山野子民狄青，朝参千岁爷！"潞花王曰："平身。"呼："狄青，孤家召你到来，只为宫中后花园新出了一妖魔，十分厉害。其形似龙，狰狞两角，遍体血结通红，在荷花池内作波兴波。合府忙乱，今关闭数重园门。正欲往召法官，今有韩吏部保荐尔有降龙伏虎之能，从王禅师学艺法力高强。倘能除了精怪，令母后心安，当今圣上自然封爵奖赏功劳。"狄青听了思量：叔父真乃可笑。吾虽是王禅老祖之徒，武艺般般多晓，唯有擒拿妖魔不曾学得，尔如何将我保举起来？这是何解？但想想叔父已经引荐于我，倘若推辞了，千岁爷岂不见怪的？也罢，我想既为男子汉大丈夫，须要做出掀天揭地奇能，方为显也。倘若伤在妖魔之手，连叔父也倒翻了。若吾命不该亡，得除妖怪，千岁爷自然收用，就那庞洪算账也不相碍了。想罢，便说："野民果有降魔妙手，千岁爷何用担忧！"潞花王听了大喜，传旨备酒相待。用酒膳已毕，已是红日归西。

是晚八月十四之夜，一轮明月东升，秋夜天晴气爽，迥净无尘。是晚银銮殿上灯高挂，南清宫内烛辉煌。夜宴方完，又闻园内喧振之声。宫人内监个个惊慌，多言："妖怪凶狠。"当晚，狄青对众内监说："你们只须助吾皮鼓、铜锣声响，便立擒妖怪了。"众人多说："全仗英雄大力，不知要用盔甲否？"狄青曰："不消盔甲，只要钢刀一口。"当时内侍急忙忙扛至钢刀。好个心雄胆壮的英雄，腰间挂起宝剑，手提着大钢刀，呼人引道。众人不敢先走，内中有胆大些内监，引着小英雄，敲锣击鼓，好比庆闹元宵。方才开了几重园门，放狄青一人进去，连忙闭锁回，在着门里筛起锣，擂起鼓，一片响声，无非助其兴也。当时狄青勇略略提起大刀，跑来走去。花园宽大，走过东，跑过西。又走走至望月堂，大喝："妖魔怪畜，快来纳命，狄青在此！"当时跑走呼喝不已。看看走到荷花池所，未到池边，先见水高数丈，伸出一怪，遍体朱红，看来原是一条火赤龙也。张牙舞爪，真有翻江倒海之势，大吼一声，如此雷鸣。当下狄青大喝："逆畜，来试试钢刀！"说完，擎起刀尖，指定火龙。其龙一起于岸，池中水势定了，波浪不抛。但觉耳边狂风大作，呼呼响亮，园内叶落纷飞。此龙哮咆之声不绝，张开大口，摆尾昂头，月光之下，红麟闪耀，铮齿像钢枪，照狄青抓来。人龙相搏，已有半个辰刻。狄青虽有此英雄武艺，然龙势更强，相斗已久，手中一松，大刀坠地。急急回身退后，跑走如飞，却被火龙赶上，张开血盆大口。狄青反吓了一惊，原神出现，火龙方知是武曲星。只见红光一道，透上青霄，大吼一声，在地滚滚碌碌。红光过后，只听嘶唎之声，化成一匹大龙驹，约有五尺高，遍身红绒毛，乌黑生光。马蹄四个。双眼与月映射，如灯血红。两耳，头上当中一角，色青，生来异样无双。当时狄青立着看定，不觉笑曰称奇："方才交斗时一火龙，倏忽之间变化为马，莫非上天赐此奇马于我？"呼声："龙驹，尔若肯随吾狄青，可将头儿点上三点；如若不归吾者，首摇上三回。"说言未了，马头顷刻连点三点。当时狄青大喜，急忙跪下，拜谢当空。起来，即扳上马角坐上，徐徐走回。连叩园门不见开——只为园里军人敲锣擂鼓，喧闹之声不绝，左右园门皆叩不开。心中喜悦，在着园中往来驰骋。其时约有二更时候，园里众人且住了鼓锣，一同忖度，言："狄青进园已有三四个辰刻，与妖怪相斗，料然胜负已分了。思量开园门，只好狄青收除了妖怪，倘怪物吞了狄青，开园门就不妙了。"你言我语，只得静住听一回，才开了门，一同涌进。只不见有人，又不听妖物吼叫之声。东西四望，不独不听妖怪倾波作浪之声，即狄青也不见了。岂知此座囿园宽大，一望渺茫，周围有四五十里。当下只瞧见远远有一人一骑而来，快如闪电，登时跑至。座上狄青，高与檐齐。又见他在马上，呵呵发笑，得意扬扬，往来驰骋。见了众人，连忙下马，呼声："众位侍官，我已将妖魔收降了。"众曰："妖魔在哪里？"青曰："此龙驹便是了。"众人看来，此马果然生得奇异于寻常。一同往报知千岁爷。

当下潞花王听知，心中大喜，登时传命召到。狄青一路牵着龙驹，一见千岁，即下跪禀曰："小民已收服火龙，不料化为此马。"潞花王一见此驹，连称奇事。又看此驹生来过于高长，遍体红毛生采，中央一只独角，果然异于凡马。狄青启上："千岁爷，此马乃龙变化而成，人间罕有之物。今千岁爷府中出此宝驹，料然祥瑞之物，必须装上一副鞍辔乃可。"潞花王曰："尔言不差。传旨，将孤家的追风驹鞍辔卸下来，装配此驹之上。"当时内侍领旨而去。王爷又传命，备排筵宴。当晚王府中人，七张八口，多称奇异。早有宫娥一众禀知狄太后去了。又有韩琦在书斋听知，连忙跑至内殿，见过此驹，不觉喜悦，称奇曰："世所骇闻，龙变化为驹。"看罢又道："贤侄，看尔果也奇能，王禅鬼谷之徒名不虚传也。"狄青说："叔父，此乃千岁爷的洪福齐天，小侄何能之有？"话未完，鞍辔到了，装配起来，更见毫毛光采。潞花王见装配起此驹更加异色，吩咐两旁侍官即扶上马。哪知龙驹发起狠性，将一头一摆，前蹄一曲，后腿一伸，险些儿将潞花王跌将下来。早有侍官扶下来，便说："此驹不服孤家。韩卿，尔且试试骑上，龙驹服否？"韩爷笑呼："千岁，老臣福分薄低，如何乘得此宝驹？"潞花王曰："休得过谦，且坐试如何。"当时韩爷无奈何，只得来乘。只为马高人矮，仍要侍官扶上。果然韩爷上得龙驹，又是依然不伏。马背一曲，头一颠一摆，几乎将韩爷跌将下来。侍官连忙扶持，下了驹。王爷见了，微笑呼唤狄青，言："此龙驹尔降伏他的，彼必然伏畏于尔。且乘骑上看看。"当下狄青曲背躬腰，曰："此驹既然不伏千岁与韩叔父，焉肯畏伏着小人？"潞花王喜而言曰："此驹乃尔降服的，岂不畏惧于尔？"韩爷曰："千岁有旨，尔且试乘坐来，也是无妨。"狄青听了，言："小人为此告罪了。"即扳上当中马角，轻轻一跳，早已跨上金鞍。此驹全然不动。韩爷一见，大喜称奇。潞花王喜形于色，跑上前呼："马啊！你真乃欺善畏狠了，偏会使刁作难的，将本藩欺着。"当时狄青心中暗暗大喜。一刻下了鞍来，上前叩谢过千岁爷，即开言曰："此驹既不伏千岁爷乘坐，且待小人道他几句，待千岁爷再乘上看是如何。"潞花王曰："不消了。孤家的宝驹异马尽多，如今连鞍辔一并赏与尔罢。"狄青大悦，说："多谢千岁！"狄青受赐龙驹之后，不知如何得会狄太后娘娘，且看下回分解。

此十五回，因圆梦引出韩琦，而琦又荐出狄青。青有此武略，琦方敢果于荐，是会合之机也。

94

青之受荐擒魔亦险矣。苟果非龙马，而青未必有降魔手段。凡事难以逆料，殆命与青之胆量，人所难及，自知非有降魔手段，而思忖身已受荐，而即一诺相承，非胆量大有过人者，如青之胆量，吾人其孰能之？

　　驹之不服藩王，不服吏部，而服青，为后立多少战伐之功，此驹之助用也。

第十六回

降龙驹因针引线
应尘梦异会奇逢

诗曰：

> 悲离欢合是情常，久别重逢倍喜扬。
>
> 善锡盈亏天道报，矢函两艺要参详。

话说狄青得潞花王将龙马赏赐于他，心中大喜。拜谢复又启上："既蒙千岁爷惠赐，还请赏他一个美名，未知可否？"潞花王曰："在月色光圆之下所得，即名'现月龙驹'便了。"狄青听罢，欣然下阶，与众侍官站立。当时天色曙亮了，王爷吩咐带龙驹入后槽喂料，内侍领旨牵驹而去。是日，潞花王复诘询小英雄道："狄青，看尔不出，青年俊美，不意有此奇能。家中父母还存否？作何生理度日？几久得到仙山，拜着王禅为师？今朝降伏了龙驹，免了府中忙乱，皆得尔之功力也。明天奏知圣上，自有奖赏尔劳。"狄青见问，即启禀上："千岁爷，小人原祖上不为无名之辈，世籍山西太原府西河县小杨村，祖父狄元，曾为两粤都堂；父亲狄广，官居总制，不幸相继而亡。小人九岁便逢水难，母子分离，自得王禅老祖救至峨眉山学艺，曾经七载。上月七夕间，奉师命下山，还汴京，自得亲人相会。岂知亲人不见，反被奸臣谋害。"当时潞花王还要再盘诘他几言，忽听说太后娘娘请千岁爷进见。潞花王正要抽身，又有韩吏部道："千岁，这狄青命他回去还是留在这里？"潞花王曰："他有此重功，自然留在此，少不得母后娘娘还有恩赐。尔且陪伴狄青饮宴可也。"韩爷言："领旨。"当下韩爷叔侄倾杯，谈谈论论，更觉开怀。

却说潞花王一路跑回宫内，心喜欣欣的，朝见母后娘娘。当下年尊太后开内，道："孩儿，方才宫监报说，已经有一英雄汉收服了妖魔。"潞花王曰："臣儿禀知母后，此人年轻，武艺高强，名唤狄青，山西人氏。诘问起他家，原非下等之流，世代为官，一位贵公子。又得王禅带至峨眉山学艺，果也英雄。收服龙驹，皆得韩吏部之荐。"狄太后听了，言："此人名唤狄青，山西人氏么？"潞花王曰："山西省太原府西河县小杨村人也。"太后听了，沉吟自语："我想小杨村地名乃是吾家乡，一村中没有别姓，所居单有我狄姓之卜耳。数载之前，只听水决山西，西河一县尽皆淹没，料得我狄姓之人尽遭水难，也未可知。莫非此少年即水中逃脱的？又名狄青，有此尴尬的？"呼："孩儿，尔可询他祖上父亲名讳否？"潞花王呆想一会，曰："儿也曾诘过他，彼言祖上名狄元，曾为两粤都堂；父名狄广，官居山西总制。"当时狄太后听了，连声言："不错！不错！"话未完，珠泪纷纷，愁锁双眉。呼唤："王儿，立即传旨，快令狄青进见。"当时命宫娥垂挂珠帘。当时潞花王不晓其意，忙道："母后，你传他进见，何也？"狄太后说声："王儿，据他言来世胄，乃是做娘的嫡亲侄儿了，故要询他一个明白。"潞花王听了，反觉惊骇，说曰："既然如此，即要宣唤他来问个明白的了。"即传旨召进小英雄。太后娘娘坐于珠帘里面，潞花王坐于珠帘外边。

　　当时狄青膝行而进，伏倒宫前，不敢抬头仰面。更有太监一名，传言道："狄青，太后娘娘问尔，既是山西省人，哪一府、哪一县、哪一乡、哪一庄？祖宗三代名讳、字号、官居何职？母亲何姓氏？如今在也否？且要一一奏明上来。若有藏头露尾，反取罪戾不便。"当下狄青不语，暗言："这太后娘娘盘问得太奇了，因何盘诘起我的家世来？但内里机关吾难猜测，说出其情来，未知是吉是凶。"只是无可奈何，只得从祖父母姓氏、官职一概说起，说到并无亲叔伯弟兄，只有长姊金鸾早已出适了，次姊银鸾早已夭亡。太后娘娘见说到此处，便问："尔既无叔伯弟兄，可有姑娘否？"狄青曰："姑娘果有一人，只幼年时听母亲言过，进上皇宫，早已身故了。"太后娘娘闻言，暗暗惨然，泪珠滚落，嗟叹一声，言："现在皇都之地，说什么身故的？"又问曰："尔既知姑娘身故，死在哪几载？得何病症而亡？"狄青曰："只为先帝点采秀女进朝，时小人年幼，不知其由。至长时只听母所说，姑娘进京之后，即已归仙。"

　　原来此段情由，上书已明了：当初狄氏选进宫，圣上赐配八大王。孙秀奉旨做钦差，八王爷命顺搭附家书，往山西知照于太原府。孙秀诓言狄氏进宫之后已经身故，是以狄广听知，认为妹子死了，即时上本辞了官。告驾被准，亦是奸臣暗算。故狄公子长成八九之年，孟氏夫人已告知姑娘进宫身死，故今狄青见问，即如是而对。狄太后听罢狄青之言，不觉肝肠欲断，带泪又道："狄青，尔既是狄广之儿，有何凭据的？"狄青一想，便说："禀上太后娘娘，小人有一家传血结玉鸳鸯一只，幼年时母亲与吾佩系于身，曾说鸳鸯原有一对，雄的留于此，雌的留与姑娘进朝，但不知雌的失遗在于何方。"太后带泪取钥匙，开了取出雌的鸳鸯。狄青又将雄的献上，仔细看来，一双无异，一色无分。太后娘娘看过此宝，传旨："速将珠帘高卷起。"狄太后珠泪盈腮，抽身出外，连呼唤两声"侄儿"！狄青一见，呆然惶恐，伏倒尘埃，开言不得。早有潞花王见母后唤他"侄儿"，自然非错的，即起位说曰："请起。"狄青忙呼："千岁爷，小人乃一介贫民，还祈不要认错了。"太后娘娘听了，带泪双手扶住狄青，道："侄儿啊！老身是尔嫡亲姑娘，在此与尔认真了，何用犹疑。还不起来相见。"当下潞花王微微含笑，言："真乃天赐骨肉重逢，不期叙会。"呼道："贤兄，尔何用犹疑，吃此忧惊。"即呼内侍备下香汤，待狄爷沐浴，又命宫娥取讨衣冠。有宫人启禀："千岁爷，不知用什么服式与狄爷更换？"潞花王曰："即取孤的服式与狄爷更换是也。"内监、宫娥领旨去讫。当时狄后娘娘手挽狄青，呼曰："我那侄儿，做姑娘的今朝与尔相逢，犹如见尔爹娘一般的了。喜得尔长成，得延一脉，生一表堂堂，威威烈烈气概。若非花园中逆龙作祟，怎能今日姑侄相逢？"狄青道："千岁爷、太后娘娘啊！吾实无姑娘的，犹恐错认了。"狄太后言曰："汝方才说有姑娘的，怎么今言没有，何也？"狄青曰："姑娘本是有的。"太后曰："如今在哪里？"当时狄青又要说出已经身故的话，但细想他如此相认，又不好如此说来，只得转口言：

"只知进宫之后已音信俱无，不知详细了。"太后道："侄儿，吾是你嫡亲姑娘狄氏也。吾生身故土是小杨庄，与尔父身同一脉。吾父官居两粤都堂，如今现合鸳鸯成对，雌的吾所收拾，雄的尔母收藏。如今有了凭据，还来糊惑不认姑娘么？"当下狄青言："师父之言验了。他有言吩咐，教我一至汴京，自得亲人相会。岂知相见亲人于此地！"只是连连叩首，道："姑母大人在上，侄儿不孝，罪大如天。只为侄儿九岁年间，母子分离，六亲无靠。后得王禅老祖救离水难，峨眉山学艺七年。今朝不期而会，何异古木逢春，枯苗得雨，实乃可喜欢！"潞花王喜色洋洋，上前拍拍狄青肩上言："太后方才与尔初见，至尔殷勤尽礼，弟之罪也。以后不用相呼千岁的，弟兄呼唤可也。"狄青曰："岂敢如此僭越。贵贱悬殊，岂得并称。"潞花王曰："至亲切中，哪分贵贱。"狄太后道："侄儿且起来，沐浴更衣，再行相见。"狄青领命，辞过姑娘母子，侍宫领他沐浴慢表。

当时狄太后呼曰："孩儿，尔且看此双血结玉鸳鸯好否？分别多年，今日始得成双。"少年千岁接转鸳鸯细看，连声称妙。只见鲜血彩彩，口吐霞光，即曰："请问母后，此对鸳鸯既乃一颗宝贝，不知此物产在何方？"狄太后道："孩儿，此双鸳鸯原出于北番，外邦进贡与先王，后钦赐封尔外公祖。为娘得了雌的，雄的留于尔舅母。为娘时常想念雌雄两宝，原道没有会期，岂料鸳鸯今重逢有日。追思曩者，倍复惨然。"潞花王曰："这却为何？"狄太后曰："王儿有所不知。此双鸳鸯乃狄门已传留三世镇家之宝，贵重好东西。今日为娘见鞍思马，把亲人念。外祖与舅哥哥得病而亡，倒也罢了。苦则苦舅母遭殃，被水而亡。骨肉沉流波底，不得嗣享以安。"潞花王启上："母后且免愁烦，今喜得表兄长成，气宇非凡。外舅父母留得英雄好后裔，此乃天不亏良善之报也。而今贤表兄生来品质昂昂，其此英雄武略，何难光继先人？待明日进朝，奏知圣上皇兄得知，封他一员武职官，还有哪功臣敢于欺侮的？"狄太后道："王儿说什么封武职官，等明朝传吾之命，要当今封他一个王位。如若不封，说言做娘必要动气了。"潞花王应允。狄太后又言："韩吏部洞深算理，圆梦如斯准验。如今且请他回府去，如赠他金帛财宝，谅他也不领受；也须奏知当今，升他职爵，以奖其劳。"

正言语间，狄青已沐浴更衣，穿着潞花王服式，看来愈见增威模数倍。即上前拜见姑娘，太后娘娘见了，心花大放。当日表弟兄一同叙过礼，宫娥内监多人，俱来参见狄王亲。太后娘娘又道："侄儿且往外中堂，会宴毕再来与尔叙谈。"狄青领命，告辞退出中堂去了。

当时日已午中了，潞花王带喜，即传知韩吏部先归衙署，候日加封，即差内官送他回府。此时韩爷喜悦万分，不觉暗暗称奇，说："哪知狄太后即狄广哥哥妹子。即陈琳奉选回朝，将已二十年，老夫亦未深究及此事，但想详梦，不意如是神准的。"又言："狄青，尔若非吾荐尔往王府擒魔，焉能今日得姑侄相逢？如今是赫赫然一位王亲了，庞洪、孙秀的打算暗谋难施了，即吾老人家也觉心安放了。

不表韩爷心悦，却说潞花王爷是夜陪伴狄青筵宴，弟兄开怀畅叙，自未刻谈言交酢，不觉吃酒数巡，已是时交二鼓。用过夜膳已毕，潞花王传旨：内监宫人不必多人在此侍候，只留下四名侍儿服侍狄王亲。当晚潞花王辞别，自回寝宫安歇去了慢表。

却言狄青当晚已经吃酒过多了，又说他酒量虽高，然而他的酒性有分。大凡酒量与酒性却有两般之别，吃酒多而不醉者为之好酒量，吃酒多过醉而不生端狂莽者为之好酒性。狄青的酒量虽高，而酒性却也平常。所以前者在万花楼上打死胡公子，也因酒性平常之累也，如今又要因酒后弄出事来了。当夜吃酒膳已完，却有三更时候，他仍未安睡，却于灯下想象一番，思着两奸臣，一人乃孙兵部，一人乃庞太师。想来便说："孙秀啊！吾与尔毫无瓜葛，又并非世仇，为什么两次三番要害吾性命？"越思越怒，大呼："可恼！可恼！尔这恶毒之人真难容也。今夜必要除决尔这个奸恶臣，免却毒害无辜之患。"登时怒气冲冲，即要抽身。便呼侍儿两人："快打提笼，吾要出府。"侍官禀上："狄爷，时交三鼓中了，要往哪里去？"当下狄青到底醒中已醉，醉中有醒，倘若言明往找杀孙兵部，他们不愿与往的，不若骗哄他们说到韩吏部府中乃可。是时言来。未知狄青如何找杀孙兵部，且看下回分解。

琦之荐青，非知青有降魔手段，只知他武勇可恃耳。至于其一心为青筹算，可称尽心矣。

一降龙马后，小英雄何等生色！潞花王何等见爱！韩吏部何等骇然！

正诘写出世家，狄太后之认侄心有定见；狄青之不认姑，心无主持。故太后有纷纷之泪，青有狐疑之忧。

玉鸳鸯一分离已有二十载，而今物得叙会，人亦得叙会，可见万事只可随时，非人料测所及也。

写青一自辞师出山，便流离颠沛，而无依归。今日一会姑亲，其显贵若此，亦一梦也。

第十七回

忿奸佞图杀被获
脱英雄解危生嗔

诗曰：

> 未遇英雄困不舒，一朝奋翮有谁如？
>
> 漫言胯下为羞辱，多少高人发达殊。

当下王府侍官禀上："狄爷，夜已深了，请明朝去罢。"狄青喝声："吾必要走的！尔敢阻挡么？"当时内侍不敢违逆，只得点起灯笼。这狄青穿的是潞花王服式，腰下又悬着一口宝剑，两名侍官持了一双南清宫大灯笼，一重重地叩出府门而出，一连出了九重，方至王府头门。跑出平街大道，真好一天月色也：万里无云，一天星斗。街衢中家家户户肃静无声，只闻鸡声唱叫无休，犬吠留连不断。两侍官不觉向南路而往韩府。狄青指着南方言："此道往哪去处？"侍官曰："此地是往韩吏部府中。"狄青曰："如今不往韩大人府了。"侍官曰："狄王亲不往吏部府，要往哪里去？"狄青曰："吾与孙兵部有深仇，如今要往他府中，仗着三尺龙泉宝剑，今夜必取这奸臣脑袋！"侍官听罢，吓了一惊，叫道："狄王亲，这是行凶之事，万万不可。"狄青喝曰："谁言杀他不得？只须吾一剑，即挥成两段了。"侍官不敢多言，只得引道往孙兵部府而去。过了天汉桥，一路不觉已至孙府衙前，周围照壁高昂，府门前大灯笼照耀光辉。有千总官、把总官四围巡哨，一见了南清宫灯笼到来，吓得惊骇，躲避不及，慌忙无措。认作潞花王驾到，俯伏尘埃，声声呼着"王爷的饶恕"。狄青听了，呵呵冷笑曰："尔们夜深在此，却也何因？吾不是妄乱杀人的，只手中宝剑要破奸臣的头颅耳。"众员曰："禀上千岁爷，小臣等乃孙兵部衙中巡哨也。"狄青曰："既然如此，快唤孙秀出来见我。"众员曰："孙大人不在府中。"狄青曰："他不在府中，哪里去了？"众员禀曰："孙大人往九门提督王大将军衙中赴宴去了。"狄青曰："可是真么？"众员曰："小臣们怎敢哄骗千岁爷？"狄青听了，又吩咐向王提督府衙而去。侍官应诺，提灯引道，踩步频频。

若说孙兵部府往提督衙的路，原要经过天汉桥，故今狄青仍要转回天汉桥，遂持着宝剑随着侍官。三人正上了桥中，狄青酒不觉涌泛起来，双足酸麻，晕懵懵的，东一步，西一摆。侍官两人，左右扶定，道："狄爷仔细些才好。"狄青曰："吾要杀孙秀奸臣。"内侍曰："狄爷沉醉了，明日杀他不迟。"狄青喝声："胡说！吾今夜不取孙秀脑袋，枉称英雄。"口中说话，四肢已酥麻了，此刻一步也难移。内监只得扶定在桥栏立着。狄青此际甚是糊涂，便大呼："孙秀，尔这狗奴才，躲过了么？"侍官道："狄爷，孙秀是惧怕了，果然避躲过的。"狄青曰："奸贼啊！躲得好！弄我找寻得好。但今夜不除了尔这害民奸贼，非为大丈夫。"当时狄青身体困软了，凭尔英雄健汉也用不出强来。算来非狄青酒量不高，易于沉醉，只为王府中的美酒比不得闲等之家，酒性好比药力烈焚，是至狄青醉得沉沉不醒，手插剑尖于地中，侧身合眼已入睡乡了。侍官两人心焦意闷，只得一手持灯笼，一手扶持伺候立定。

不一刻，只见远远有灯笼火把而来，一乘白马，一座大轿，原来二人乃孙秀、庞洪也。是晚，只为王提督大将军天化的母亲庆祝寿辰——这王天化乃庞太师的得意门生——故此夜翁婿二人在于提督衙门中开筵会庆闹。梨园唱戏，酒叙数巡，许多文员武吏，畅叙于府堂。当晚翁婿吃酒至三鼓终方回。两乘轿马，正要过桥，早有家将跑转回禀："启上太师爷，桥上边有潞花王爷，坐在桥栏之上，像着有些酒醉一般。"二人齐曰："有这等偶然事也？快些下轿马便了。"一翁一婿，慌忙下马，急急步上桥栏。一看，俯伏跟前，呼声："千岁王！"当时只为狄青手插宝剑于地中，头已低下，是至庞洪、孙秀看不出面貌来，只见南清宫的灯笼，又是一般服式，自然是潞花王了。二人俯伏在地呼："千岁！臣庞洪、孙秀见驾，愿王爷千岁千千岁!"当时两个侍官平素也怪着二人,是时并不作声,待他们跪在此地。一对佞臣的膝儿跪得已疼痛了,实觉不耐烦,又明言:"臣等护送千岁爷回府罢。"狄青耳风听言,头略抬一抬,二人一见,顿觉骇然,登时抽身而起。庞洪即跑开呼道:"贤婿过来!"孙秀走近,庞洪曰:"贤婿,细看此人容貌,并非潞花王也。"孙秀道:"岳丈,此人乃是狄青了。"登时吩咐家丁把火一照,喝令众军上前提拿。早有侍官两人阻挡住,言:"此人拿捉不得的,太后娘娘听知,尔们之罪还了得么?"庞洪喝曰:"他是有罪之人,还敢穿此服式,冒认王爷,万死不赦的罪!"侍官听了,心中着急,大喝曰:"此人是太后娘娘嫡侄,尔们还敢动手么!"庞洪大喝道:"休得胡说!"孙秀呼家丁:"一并三人拿下来!"当下两名内监看来不好,飞也似跑走了,竟回归王府内宫报知。

又言狄青虽有英雄奇能,此际无奈醉得麻软如泥了,糊糊涂涂,不知所以了,故被他们紧紧绑缚了,还毫不知觉。有数十对家丁,见他迷迷不醒,只得扛抬而起。翁婿二人登上轿马,下了桥忽忽赶路。狄青的宝剑一柄也被庞府家人拿去。方才跑得两箭之路,只见前途一对小红灯笼,一肩小轿,坐着一位官员。庞洪是妄大自尊之辈,全无忌惮,在轿命家人喝曰:"哪个瞎眼官儿,还不回避么?"原来此位官员正来得凑巧,乃是正直无私的包龙图也。夜来巡察地头,在此不期相遇。他本非奉着圣上旨意巡查,皆因勤于朝政,不惜辛劳,自要查察。强恶顽民乘夜抢夺,酗酒行凶,即要擒拿处治。当时张龙、赵虎启禀:"大老爷,前面庞太师、孙兵部来了,不知为什么拿了一位王爷服式人,请大老爷定裁。"包爷听罢言曰:"这两人又在此作祟了。"吩咐:"与他相见,可将此位王爷放了绑。"当下张龙、赵虎领命上前,呼声:"包大人在此,请庞太师、孙大人请住宝车。"正是赫赫有名的包铡刀,庞、孙府的众家丁也心惊了,即丢抛了狄青,远远地走开。董超、薛霸已将狄青松绑扶定。孙秀、庞洪一见大怒,齐呼:"包大人哪里来?"包爷曰:"下官巡夜稽查到此。庞太师二位哪里来?"庞洪曰:"往提督府那里赴宴回来。"包爷曰:"老太师为何将这位王爷拿着,何故的?"庞太师曰:"是什么王爷?乃是一位逃兵狄青,穿王爷服式,假冒王爷，如今将他拿下定罪。"包爷听了狄青之名，暗说："前日将他开豁了罪名，后来又在演武教场几乎死在孙秀钢刀之下，前两天闻家丁传知他力降狂马，被庞府人邀去，不知今夜怎生穿了潞花王服式，又被他们拿下了。"原来狄青逃往韩府，又往南清宫降龙驹，姑侄相会事情，包公尚还未知。当下心内猜疑，便开言："本官来稽查巡夜，那狄青是个犯夜小民，待吾带回衙中查询便了。"孙兵部道："包大人，这是逃兵小卒，应该下官带回去的。"包爷曰："你说哪里话来？狄青兵粮已经大人革退了，还是什么逃兵？只算犯夜百姓，应该下官带回。"孙秀曰："这人原是与尔不相干，是吾管下的革兵，休得多管。"包爷曰："胡说！这是下官犯夜之民，于尔甚事？"庞洪曰："包大人太觉多招多揽了。这狄青非尔捕捉，休想带去！"包爷曰："老太师不必多言争论了，一同去见驾，是兵是民，悉听圣上主裁。"庞洪听了，便言："此话倒也说得不差。"三人多不转回衙，竟往朝房来伺候圣上，按下慢提。

先说王府二名内监路回南清宫报知。是晚潞花王已安睡了，太后娘娘尚未睡卧，与媳妇谈言，不期而遇嫡侄，狄氏香烟有继，不尽欣喜。一闻此说，心中惊怒，忙传内侍宣召潞花王。潞花王闻言，心中带怒言："狄表兄为人真乃狂莽也。尔今虽是王家内戚，不应夜出持刀往杀这奸臣。如今偏偏又遇着这两个冤家，被他拿去。孤不去救解，谁人出力？"太后道："我儿，汝今不必往寻问庞洪、孙秀，且亲自出朝往见当今，将此段情由剖奏明白。若要将吾侄儿难为了，吾为娘断不干休的。"潞花王曰："遵懿旨。"太后又言："须要对圣上说知，必要封赠他一家王爵乃可。奏上当今，须要体谅做娘情面。"潞花王应答时，耽耽搁搁，已是四更中了。潞花王梳洗已毕，将龙袍朝衣穿上，用过参汤，嵌宝璞头上戴，蓝田玉带半腰围。上了一匹白雪小龙驹，三十六对内监跟随，灯火辉煌引道。

慢说年轻千岁来朝。其时五鼓初交，狄青已经酒醒了，问曰："宝剑哪里去了？"董超曰："没有什么宝剑的。"狄青曰："孙秀的脑袋在哪里？"薛霸曰："休得如此。尔方才已被孙兵部拿下，难道不知么？"狄青曰："奇了，果有此事么？"即把眼睛一抹，睁开虎目，立起来，骂声："孙兵部，尔这可恶奴才！"口中骂，又要踩步动手。旁边四名旗牌军扯住言："休要走，不要痴呆！孙兵部乃圣上的命官，你敢杀他的？倘杀了他，尔还了得！"狄青曰："吾若杀了此奸臣，抵挡偿他一命。"四人曰："此地乃官员叙会之所，休得在此啰唣。"狄青曰："吾缘何在于此方？尔等是何人？"四人曰："我们乃包大人手下旗牌军也。方才尔已被拿，全亏我家大老爷巡夜而来，方得放脱，尔方免了此灾。如今大老爷、庞太师、孙兵部带尔前来面圣，且不要张声。"狄青听罢，言曰："不意有此等事的，真乃妙、妙！罢了，且静静在此伺候便了。"

当日上朝大小众官，先后而来，叙集于朝房中候驾。时交五鼓，未央之天，只听得钟鸣鼓响，文武百官朝参，叙爵分列两行。圣上降旨："哪官有奏，即可启明，以待宣批。"早有庞太师出班奏曰："臣庞洪昨夜与兵部孙秀拿得逃兵一名，唤狄青。身穿着潞花王服式，张着南清宫的灯笼，假冒王爷的刀棍。如今拿下，该得奏闻，以候圣裁。"天子闻奏，正要开言，又有包爷出班奏曰："臣启陛下，昨夜臣因于衢道上稽查奸匪强民，时初交四鼓，不想一名犯夜之民，被孙兵部捉获。但思臣是文官，他是武职，武员定例管理军兵，文职定然司管百姓。伏维圣上降旨，与臣将此犯夜民并冒穿王爷服式情由交臣询察明复旨，未知圣意如何？"当时圣上有旨："狄青不论是兵是民，总以假冒服式为重，即着包卿询明复旨定夺。"包爷称言："领旨。"翁婿二人面光扫尽，只得归班不语。

又道年少藩王驾到，直上金銮殿上。朝参已毕，即将狄青于王府降伏龙驹，母后问起因由，得据玉鸳鸯之事，一长一短，启奏明。当时天子闻奏知，心中也觉骇异。想来狄青是母后侄儿，是寡人表弟兄了。又转言道："庞卿，尔也太欠主张，不该混拿御戚为逃兵犯人。倘母后得知，罪干非小。"庞太师听了，吓得跪倒丹墀，抽身不得。在旁孙兵部也是一般。只有包公大喜，暗思道：不意一介小民，乃一显贵王亲也，只好戏弄得两奸臣着急的。当时又有制台胡坤在右班中，听见圣上责斥庞太师，并知狄青是圣上内亲，暗中怒气冲冲，思想如今难以报孩儿之仇了。当下狄青如何处分，且看下回分解。

写青之醉中忽怒，是少年难忍。观其一刀两段痛快之词，是英雄血性。只不略顾死生利害机关。

青未得高官显爵，先有许多呼称为王爷，斯亦奇矣。复使庞、孙伏地不起，更令观者可笑可哂。

一写更将四鼓，翁婿食酒赴宴方回，包公稽查民情方至，均同职员，一逸一劳，啻天渊之隔。读此方知忠佞两途，心之两端：一欲度民之后生，一欲置民之所死。观包、孙、庞三人，贤奸自有公论断矣。

第十八回

辞高官英雄血性
妒国戚奸佞同心

诗曰：

降生武曲英雄将，扶助江山第一功。

枉尔群奸交冒嫉，昭昭天眼岂朦胧。

当下包公一闻圣上责斥庞太师之言，暗暗大喜：不意这狄青是当今御戚，好作弄得这两奸臣也。是日，嘉祐君王喜色洋洋，传旨："宣御戚上殿！"值殿官领旨，降出午朝门，引见官乃包龙图。狄青闻召，即叩问包爷曰："小人乃一介小民，穿了这等服式，如何见得当今？"包爷曰："圣上不许则已，倘动问来，尔原说太后娘娘赐尔所穿的，便无碍了。"时包爷领了小英雄至金銮殿，山呼拜舞已毕，圣上钦赐平身。细观狄青，气概昂昂，好英雄小汉，便道："御卿，可将尔世系重新细细奏与朕得知。"当时狄青听了圣上动诰世胄，只得将祖上世谱官职，尽细奏明。上闻奏知，喜色洋洋，又遵着母后懿旨，即封赠为王。狄青一闻上言，倒伏丹墀不起，口呼："虽蒙陛下天恩浩荡，咸感无疆。但无功而受此重爵，于理上难行，免不得满朝文武批论不公也。"天子言曰："此乃朕遵着太后娘娘之懿旨，哪有非理之所可议者？御弟休得过辞。"狄青奏曰："臣启陛下，念小人并无寸功于国，格外恩封重职，纵然众文武大臣不议，即小人亦有何颜面在朝？故断然不敢拜受此重爵也。"当时潞花王巴不能狄青受职，岂知他偏偏不受，心中甚觉不悦。便道："表兄，这是母后娘娘的懿旨，断不可违忤的。"狄青道："千岁啊！微臣蒙太后娘娘、万岁龙恩，原不敢违逆；但毫无寸功于国，难以受此厚禄耳。但臣有一言启奏陛下。"天子曰："汝且奏来。"狄青曰："伏乞万岁降旨，着令英雄武将与微臣比武，臣若强如一品者，愿受一品职；胜于二品者，服二品，不过于三品者，即受三品职。此上不负太后、万岁之恩，下不干满朝文武之议；臣列于班僚之中方不有愧。此乃量材拔用，方见公平也。"嘉之祐君王听奏，微笑曰："御弟言来有理，实可准依。即传旨文武诸卿，次日清晨伺候，寡人亲临御教场看比武。"众臣皆称领旨。又言："御弟二人自回王府，明天早往御教场中。"潞花王、狄青称言"领旨"。时已辰刻，候驾退回宫，群臣各散。

潞花王表弟兄一路回归王府，进至内宫，挽手同参太后娘娘。狄太后开言道："侄儿，不是姑娘埋怨了你，原不该夜深人静外出王府去行凶杀这奸臣。若非内监回来报知，又是牢笼之鸟矣。"狄青禀曰："并不是小侄平自妄寻生事，只因想起孙兵部奸贼，愤恨难消，时刻也难容忍，思杀这奸臣。不料到了天汉桥，酒醉就糊涂了，呆呆不醒，反被二奸所获。多感恩官包大人稽查救脱，奏明当今。"狄太后曰："既然得包大人脱尔，但不知圣上封赠尔什么官爵？"潞花王曰："王上遵着母后，封他一家王位。岂知表兄偏偏说不愿无功受此重职，反讨教场比武，然后封官。故今圣上已经降旨，明日清晨亲临御教场比武。"当时太后娘娘听了，顿生不悦，道："侄儿，尔为人真乃不知进退也。不费吹毛之力，当今即加恩封赠尔为王爵，正乃平步登天之易。尔缘何反要逞勇恃强，场中校武？大欠主张也。"狄青曰："姑母娘娘，不是侄儿不知进退。吾自幼许为顶天立地奇男子，必要光明正大的行为，不受着别人背后言谈，方为无愧。况且笔头尖上文官业，刀剑撑持武将威。情面上为官，有甚稀罕的？借武艺高强，量材调用，此乃大中至正之明理。侄儿立志如此也。"狄太后曰："侄儿，尔言虽有理，但满朝武将不少，内中岂无本事强狠者？而尔只言自强，还更有英雄的。倘怯弱于他人，即要当场出丑了。别人耻笑犹可，若被一班奸党笑谈，连我姑娘也少面光了。"狄青曰："姑母娘娘不须过虑。虽然满朝强似我者亦有，然弱于我者不少。侄儿自有主见，姑娘且免挂怀。"狄青虽然如此说来，但太后娘娘心烦不乐，唤声："王儿，虑只虑庞洪、孙秀与他结仇冤，党羽之中岂无武官狠强的？定然被奸臣托嘱，暗中算计了。况且刀枪之上，乃无情之物，万一失手便伤身，如何是好？"潞花王摇头曰："儿也想至其间了。无奈贤表兄不听劝言耳。倘有差池，便遂了众奸权之愿。"当时狄太后想了一会，道："我儿，做娘有个道理在此：若要保全侄儿，且暂借高太祖的金刀盔甲与他穿戴起，还有哪人敢在他身上动一动么？"潞花王曰："母后之言甚属有理。"狄太后即时领了宫娥、太监，来至中殿太祖龙亭位，焚香俯伏禀告太祖公公，要求借用盔甲，以保全嫡侄之故。告祝完，有司管龙亭太监，就将八宝金盔金甲一齐请出。两名内监，一人捧甲，一人捧盔。太后娘娘接过，谢恩而回。还有一柄金瓒刀，其日乃东平王值管，潞花王亲身往借，请回府中，以备明朝之用。

按下西边，却讲东边话文。原表两奸雄是日退朝，孙秀与胡坤随着庞洪回至相府。太师心头大悦，道："二位啊！我想那小畜生是个痴呆人了，现现的一个王爵不要做，反要比武受职，不知他甚么想头。"孙兵部曰："岳父，但如今冤家愈结愈深了，总要将这小畜生收拾了才好。"庞太师曰："这也何消说的。"胡制台曰："不知老太师有什么摆布之法？"庞太师曰："一些也不难。待吾即日传请几位武员厚交的：王天化、任福、徐鉴、高艾到来，教他比武之时将狄青了结性命，何曾费吹毫之力。"孙、胡二人听了大喜，说曰："果然高见不差。"

当下庞太师即时差家人分头相请，只言请至相府芳园赏桂玩菊。又吩咐备列酒筵。翁婿二人等候，不一刻，先后而来，吃茶已毕，一会邀至待月亭，七人就位畅叙，待酒自有旁童。八音齐奏，韵雅铿锵。酒过数巡，有徐鉴动问曰："老太师，不想狄青就是狄太后嫡侄。孙兄，尔三位欲收除此人，如今反把狄青光辉到这个势头了。"高艾答曰："若是狄青受此重职在朝，好比山林出了大虫一般。靠着太后娘娘势力，必然横冲直撞，我辈休矣。我们岂不倒了威风？"孙秀听了，点头称言："二位想来透论了。"胡坤曰："原为此事，故请诸位仁兄到此酌量。但凭小卒如此猖狂，这还了得！"有殿前校尉任福笑而言曰："列位老年兄，这狄青乃太后娘娘内戚，与当今御表相称，看来难以作对。这段冤家只可解，不可结的。"庞太师听了，双目圆睁，带怒而言曰："任兄之言，直也欠通。尔难道不闻：狠小非君子，无毒不丈夫。这狄青乃吾翁婿所深疾，胡兄的大仇人，如何容得能过？"王天化问曰："不知老太师意欲如何？"庞洪曰："老夫特因此事，故请各位贤兄到来商议。明日比武之时，将这小奴才一刀一枪，了结其性命。"王天化曰："老师，若要了结狄青是不难事，只恐太后娘娘加罪，圣上诘责，这便如何？"庞洪曰："此事不妨。从来比武争雄，律无抵偿之例。如若太后有甚言辞，自有老夫与尔分辩；万岁诘责，有老夫力保，包得无事也。"王天化曰："如若老太师包得定无事，即在吾王天化身上，立取狄青脑袋便了。"庞洪曰："这是老夫包保得定，无妨的。"有孙秀、胡坤齐呼道："王将军，才算得尔英雄胆量！"王天化曰："孙、胡二兄，哪里话来！俺明日若不取狄青首级，愿将自身的脑袋献上。"孙、胡大悦，曰："休得重言。"计较已完，复又畅叙，交酬劝醉。用酒毕，四人作谢，告别归衙；孙、胡也归府去。此日闲文不表。

再说次日，是当今天子亲临教场看比武，非同小可，故御教场中打点得清清净净，采山殿上排得整整齐齐。龙亭座铺着虎皮毡褥，殿旁围绕玉石栏杆，说不尽奇灯异彩，兰菊四芳，金炉霭浓。复又设立两旁东西的位次，好待公侯将相序排班。是日五更初，满朝武职文臣，纷纷入朝见驾。众王侯大臣，俯伏金阶，恭请万岁往御教场看比较武艺。未知何时起驾，候旨定夺。圣上旨下：于辰刻起驾，着今一品文武大臣随驾，二品、三品文武俱往教场而去。当时一交辰刻，天子宴罢，排摆金銮起驾。侍御数百名，太监数十对，一路行程，笙歌嘹亮，香馥满街。一到了教场外，早有二、三品文武官数十员，俯伏两旁，恭迎圣驾。当下天子下了八宝沉香彩辇，太监侍御等随从。至采山宝殿，升登龙位。文武臣再行参见，已毕，站立分班。潞花王复奏："狄青已带来至教场中候着旨宣。"当时天子降旨："狄青进见。"狄青听召，即顶盔贯甲来见君王。天子一见狄青用起太祖盔甲，顿觉慌忙，立起位来迎接。若言到赵太祖驾崩之后，遗下一顶八宝金盔，一副八宝黄金甲，一柄九环金瓒定唐刀。先王旨意，将此金盔铠藏在南清宫，另用座宝龙亭，谨敬供奉，四名内监，逐日司管。这柄金瓒刀，发与五家王爷，六日一轮，轮流值管。若请得出此刀，人人由他斩去首级。请得盔甲出见，满朝王亲御戚大臣也要俯伏恭迎。即当今天子见了此盔甲，亦如见了赵太祖的一般。今狄太后欲使侄儿不受他人之害，故今请借了金刀盔铠与狄青用。天子忙问潞花王曰："御弟，这副盔铠是哪个主意与他用的？"潞花王曰："是母后借与他用也。"嘉祐王曰："如若狄表弟能用此盔甲，即宋室江山也可让与他了。御弟即速回宫，请问母后才是，如若臣下可用王家之物，尊卑无序，君臣难以辨别了。"当下庞洪等暗暗欢然。潞花王听了，一想主上之言原不差也，即时辞驾回至宫中，禀明母后。狄太后听言，想来言曰："这原是我失于打算，免不得满朝文武私谈了。但今已借了侄儿所用，儿啊！决不又收还的。汝对圣上言明，只不计较是先王之物，只作狄青自用之物便了。但只一说，倘狄青有甚差池，总要当今讨取的。"当时潞花王应诺，拜辞上马，加鞭回来，采山殿上将母后的言辞一一奏知圣上。嘉祐君王一闻此语，不觉微微含笑言："母后真乃浅见多心也。原来借此盔铠金刀与狄表弟用，无非是恐妨别人所欺也。但他是一王亲御戚，众臣中岂不留情面与寡人的？"

当下狄青见君，出呼万岁。天子降旨平身，又传旨意："三品武员先与狄青校武。"三品中称言领旨。天子又言："贤御表须要小心。"狄青言："领旨。小臣告罪了。"辞君下了采山宝殿，连忙上了现月龙驹，手执百斤重九环大刀，豪气昂昂。有庞家翁婿、胡坤、冯拯与着丁谓、陈彭年、陈尧叟一班奸党，巴不得将狄青一刀挥为两段。只有包拯、呼延显、韩琦、富弼、文彦博、赵忠献等一众忠良，实欲狄青取胜，以扫奸臣之兴。不一刻，只见三品武员中闪出一位总兵官，姓徐，名銮，年未满三十。生来一张紫膛脸，颏下短短微髭，平高七尺身材，顶盔贯甲，来近采山殿，俯伏见驾。不知比武哪人胜负，且看下回分解。

辞万钟之禄，令人之所难，而青之辞王爵，亦人之所难。患得患失者奚足道哉！

写太后有太后之心，狄青有狄青之品。但观其顶天立地自许，想见其正大矣。

一窝蛆虫，其同一穴，咀嚼粪中，何等厚味。小人有小人穴，君子有君子居。

写妇人之偏爱，略不问理。怪不得嘉祐君王之辨以尊卑为问宜矣。

第十九回

御教场英雄比武
采山殿恶党被诛

诗曰:

强中更遇强中手，逞勇还逢逞勇人。

寄语力微休重负，且看刚暴必伤身。

再说总兵徐将军，俯伏奏帝曰:"臣徐銮愿与狄王亲较比。惟彼持着先帝金刀，将人压制，还有哪人敢与交手? 伏维陛下降旨，着令狄王亲转用械器方好交锋。"有旨意下来言:"太后有旨，金刀盔甲不作先王之物，不须转换，只作狄青自用之物。卿家不须过虑了。"当时徐总兵领旨下殿，骑上花骏驹，勇赳赳，手持丈二蛇矛。两旁战鼓轰天，四围肃静。狄青金盔、金甲、持执金刀，目睹威严凛凛。徐总兵在马上拱手呼狄青:"王亲小将，徐銮奉旨与尔比较武艺，望恕粗率之肆。"狄青也横刀打拱曰:"请总戎大人指教。"二人言毕，放开架势。狄青飞动金刀一起即落。徐銮纵马持枪，急架相迎。徐总兵虽然武艺不弱，怎当得狄青刀重力狠。徐銮枪上一连三挡五架，枪如秤钩，手疼臂麻。勒退马曰:"难对敌也!"狄青一见，也不追赶，喜洋洋曰:"如此东西，也来胡混!"又呼:"哪位出马?"当中三品班中几员武将，多在徐銮之下，只见彼交手，只挡招得三四架，自忖不用献丑了，是至三品班中无人出马。有庞洪等暗暗心忙:"不道他一介小卒，有此高强武艺。"

当下三品班中退缩无人出敌，只有二品武班中，闪出一位带刀指挥，姓高名艾，年方四九上下，身长八尺余，脸如淡烟密刷，浓眉环目阔颔，颏下半截短乌髭。黑甲乌盔，手提大斧，拍打乌骓马。二人拱逊已毕，双方迎敌逞强。若论高艾本领，比徐鉴高两倍，彼由武进士出身，官升至指挥，二品之中，算他头领英雄。斯时恶狠狠飞动大斧，当头砍劈。狄青金刀急迎。二马相交已十余合，高艾已急喘吁吁，招架不牢。连忙退后，连呼："狄王亲也强狠，小将无能了。"高指挥退归班内。当日不独潞花王与一众贤臣心悦，嘉祐君王也见蔼蔼龙颜，暗想：喜得此英雄小将，乃寡人之幸也。当时只有庞、冯、孙、胡众奸羞愧成怒，满面红红。又有长沙小将石玉，官居御使，慕羡狄青武艺高强，思量欲与彼交手，见个高低。但思他一者是太后内亲，二者乃忠良之后，倘或胜他，日后也不好相见，不如退步为高。

不表石玉思筹，当日二品班中见高艾已败，武将人人不敢出班。忽一班中跑出一员猛将，声如巨雷，此人乃九门提督王天化也。生来青蓝面，头大腰宽，獠牙露齿，身长九尺，宛像唐时单雄信转生之貌。这王天化乃庞洪心腹门生，故上时已先奉着太师之托，今日要取狄青首级。彼穿戴上青盔金甲，手执青铜大刀，有双钩半轻重。座下浑红点子马，飞奔而出，大呼："狄王亲，小将今日奉旨比武，倘有妄动得罪之处，休多见怪。"狄青称："言重不敢当。小子武艺庸常，还望将军大人疏容一二，足领厚情。"王天化听了，冷笑云曰："休得谦言。"当日王天化轻视狄青，大刀当头砍下。狄青哪里着急，持定金刀撒开。王天化原自恃英雄无敌，故不将狄青放在目中，岂知被他金刀一撒，王天化在马上一连退后两步。想来他乃一弱少年，劣劣之躯，没有什么狠勇，岂期如此利害！当下使尽平生技力赛战，将青铜刀紧紧挥去，大刀左右飞腾。狄青见彼第一刀架开，即一连两振，知是个无用之辈。但想来彼乃官高职显，且相让一二有何干。且持刀一架一挑，并不回刀。

当时潞花王见此，心中暗急：想来九门提督王天化，有名无敌大将，倘或狄青败于他，母后定然不乐了。当日不独年少藩王心头着急，连及众位老贤臣人人惊惧，恨不能两边住手。长沙小石玉暗暗思量：狄青与王天化杀个平手，倘吾石玉出马，何难杀败这王提督？但比武场中不许协助。

115

斯时只有庞、孙、胡三奸暗喜：想来名不虚传蓝面王也！何不早早一刀两断，取他脑袋，还要挨到什么时候也？嘉祐君王细细观看二人比武，想来狄青谅难取胜。倘有措手不及时就不妙了，母后怎肯干休。想罢，即忙降旨鼓金。君王旨召，两位英雄方才住马歇手。两旁校军扛抬过大刀，二人相拱揖逊下马，二驹小军牵过。一并同到采山殿上，两旁俯伏。君王开言曰："二卿家的武艺均平，略无伯仲之分。今天较比一场，谁高谁下，不必认真起来。"即旨命狄青授一品之职。狄青曰："臣有启奏。陛下今天亲临御教场，各献武艺，岂可不分高下？既未分高下，微臣焉敢受此显职？这断然不可。"天子曰："依尔主见如何？"狄青曰："微臣之见，自然见个高低才是。"王天化暗言：吾因看太后娘娘面上，故不伤害于汝。岂料汝不知进退，定要见个高低，只忧性命难保了。此时嘉祐君王闻奏，也无主见。庞太师自言曰："这小畜生焉能斗得过王天化？原算吾贤契的狠勇，吾也明透了王天化之意，一心到底碍着狄太后怪责，故不敢将狄青伤害。如若不能断送狄青，枉尔王天化平日称雄逞勇。也罢，待老夫唆动，来断送这小畜生，才得遂愿。"即忙出班，俯伏奏曰："臣启陛下，从来比较技武，定然见个高低。谅来王天化有碍太后娘娘诘责，是以带着三分情，让过狄王亲。至当者，立下一纸生死状，彼此有伤，皆不计及，方可重新再比。伏维我主准奏。"嘉祐君王一闻此奏，龙颜冷笑而言曰："同殿中比武，如同玩一般，又不是阵中厮杀，岂可弄成真的。况二人武艺一般均勇，方才已见，如今何用重新再比，立什么生死状来？尔心明将狄青欺弄也。倘或狄青有甚差池处，太后娘娘已有言在先，要在寡人身上赔交狄青，尔可担当否？"狄青又暗言："这老奸贼想岔了念头，吾无非逊让三分，彼即疑吾难胜王天化，故特来请旨立文书。若将王天化了结性命，有何难哉？岂不是奸贼尔害了王提督也！"当时即结奏曰："臣愿立生死文书。"天子未及开言，潞花王曰："狄贤兄，汝如立了生死文书，万一有伤，母后定然与万岁吵气。尔因何如此痴呆不悟也？"狄青听了，微笑曰："千岁爷勿忧，纵然吾死在钢刀之下，全然与万岁无干碍，太后娘娘何得追究？且请陛下降旨，立了生死文书，以待微臣决个雌雄。"嘉祐君王又曰："贤御表休得狂躁。

既然立了生死文书，倘被伤了，决无抵偿命也。寡人劝汝受职为高。"当时狄青见说论得长编，厌烦了，带着怒，高声呼道："陛下，臣今断不敢受职；如要受职，除非取下王大将军首级。"狄青此言，激恼得王天化怒气顿生，大声言曰："如若立了生死状，本将军不断送尔一命，誓不称雄汉！"登时蓝面涨成紫色，高声呼曰："请陛下准立生死状，待臣再见个高低！"当时天子只得准奏。内侍传下文房四宝，即于殿下各立生死状一纸，大意言御校场中比武，即遇伤人，并无抵偿的缘由。各立一编，各觅一位大臣见证，书花押。当日王天化见证人是庞太师，只有狄青见证没有一人书押填名。众王侯、大臣想来，狄青本领怯于王天化，如若做个见证，倘他被伤，太后娘娘追责，祸必干连了。别的诸事何妨，只此桩重大事哪里有此证人担当？众位忠良大臣，不约同心，故他见证无人。只有潞花王心急，带怒圆睁双目，看着狄青，暗暗言曰："世间有此执拗呆人！圣上也如此恳谕，不须再比，以授官爵，岂不现现容易一品朝臣之贵，因何尔如此执拗不依？实乃自寻死路的。倘失手于王天化，只干连着圣上与孤家与母后淘气了。"

慢言赵千岁心中烦恼，又谈石玉透想机关，自语曰："据吾看起来，狄青之技艺还在王天化之上，方才见他所用刀法，乃是虚招浮架，并不发刀。察其情，又肯立生死状，定然复有本领使来，可胜王天化。可笑众臣无此胆量做个证人，待本官与他做个证人也何妨。纵然狄青死于王天化之手，即太后娘娘诘责，将吾处决了，无非将一命结交了此位英雄耳。"即出班见君王曰："臣石玉愿与狄王亲做证人，伏乞准旨书名。"嘉祐君准奏，石御史即押填上名，仍复归班。有勇平王高千岁顿然不悦，双目注看石玉，言曰："可笑贤婿，为人毫无智识也。倘然狄青被伤了，连尔一命也难保。"当时意欲阻挡，无奈圣上已准旨，又已书上姓名。

不表年老王爷烦恼，且说狄青得了证人，二纸文书呈于龙案上。嘉祐君对王天化曰："卿家须要谅情些。狄青乃朕内戚。"王天化曰："臣领旨。"王天化自语曰："生死状已经立了，还有什么谅情的！"二人离了采山殿，各请上马提刀。战鼓复响，九环大刀一起，青铜大刀架迎响亮，火光迸出，闪烁交加。二马飞腾，已有三十合，还未见高低。若论王天化，也有千斤狠力，当日只见立了生死文书，要取狄青首级，故今舞动大刀，左右上下砍发，尽着平生技俩较比。狄青曰："方才且让尔三分，如今顽真了，让尔不得，取尔脑袋下来也！"即将九环金刀紧紧挥逼十刀，杀得王天化只有抵挡之功，并无还刀之力。越觉两臂酸麻，双手振痛。正思量败走，却被狄青持刀背砍去。王天化慌忙大刀撤架，即要还刀，早被狄青顺转刀口落下，喝声："去也！"向着王天化太阳斜半面劈下。喊叫得一声，王天化合体分为两片，跌于马下。狄青笑曰："王将军，小子狄青得罪了，伏祈恕怪也。"将他一摆，下了雕鞍。庞太师等见了大惊，呆呆瞪着双目。有韩爷呼道："千岁！"包公、石御使一众贤臣大喜，人人欣美英雄武艺。

又表狄青身躯只得七尺余，王天化将有一丈之高，怎能从他上体劈下地中？只因现月龙驹比王天化青骏马高多三尺，故而一长一短，两英豪比来原是一般高。当日劈死了王天化，各位武员将士人人吐舌摇头，哪里还再有一人出马。若云王提督身死，虽云庞洪挑唆，但彼趋炎附势，混交于奸臣党羽中，身居重职，不念君恩，未尝无罪。而今一死，亦自取哉，而且污名难免。前后有诗讥叹之曰：

为国致身臣子任，趋奸党恶必忘君。

扬名百世忠良铭，遗臭千秋志佞人。

当日君子降旨，着令狄青去了盔甲，更换一品朝服。狄青即称言："领旨。"有庞太师出班奏曰："臣有启奏。"天子曰："庞卿有事且奏朕晓。"庞太师曰："狄青虽云王家内戚，但未受王封，乃一子民耳。擅敢无礼，当驾前杀死大臣，应得取罪，未便赐其一品之职。望我主龙意参详。"不知嘉祐君王如何处分，将狄拟罪否，且看下回分解。

前十八回之书，虽略见狄青武勇，并无见彼马上兵刃之能。此回直写其当御校场驰骋之威，写比武，徐、高、王三将一样笔法。第王天化一出阵，与徐、高二将大异，观其大呼之语，何等轻躁，何等轻视。不讥此轻躁轻敌，亦足以杀其躯矣。王天化虽死于狄青刀下，实死于庞洪

118

唆奏立生死状之中。接写仁宗王不准立生死状，固属原待亲亲之义，且明庞洪暗算狄青之心，明哲哉。

　　潞花王怒目狄青，亦与勇平王双目石玉一般着急。一关于母之内戚，一关于翁婿之谊，故也。

第二十回

奖英雄荣封一品
会侠烈晤对相投

诗曰：

> 明君有道重贤良，凤虎云龙此日当。
>
> 慢语赓飓难际遇，一朝期会见鹰扬。

当下嘉祐君王听了庞太师奏言，未及问答，早有潞花王奏曰："思忖比武者，各逞平生技俩。况已当御前众臣耳目立下生死文书，是乃铁笔，无更异言。王天化伤了，狄青亦不能加罪，老国丈言差矣。既唆言立生死状，又欲背约倾人，诚乃出尔反尔。尔亦拟青罪，其唆立状者其谁之咎？"天子闻言，点首开言曰："御弟之言明而更公。庞卿勿得多辩。"即宣狄青更换一品朝衣。当日英明天子将庞太师面光扫尽，此老奸羞惭满面，呆呆不敢复辩。孙、胡二人，也恼得通脸涨红。时狄青卸下金盔金铠，着人请回南清宫收管，九环大刀送回王府收藏。狄青更换朝衣：一品蟒服。气象岩岩，轩昂雅质，俯伏面君。君王传召，钦赐御表弟平身。言："武艺奇能，即授王天化缺职，再勿固辞。"狄青谢恩起来。传旨摆驾回銮，众文武随驾相送。又旨："恩赠收殓王提督，用侯礼，世禄其子。"是君上加恩。王天化夫人闻报，哀哀痛哭。满门老小，恼恨庞太师害了王提督。

不表收殓事情，却说潞花藩王，手挽狄青并归王府，进宫朝见。太后娘娘好生大悦："难得贤侄儿年少英雄，今已足抑尽众奸臣也，可与先人有光及吾姑娘壮气。"是日，南清宫内设张筵宴，潞花王弟兄把盏，先敬高年。

闲文少表，即日潞花王传旨："着令王提督家属人口，限以三天内迁衙署，以待狄王亲接印。"连日新任提督先往呼府拜见静山王，谢了前日赠刀杀奸之情；复往谢韩琦叔父；后拜望各位王侯大臣；并谢石御史于教场内做证。众皆留款酒宴。内有领的领，辞的辞，长编之书，一难尽述。次日朝罢回来，又往拜谢包公，谈论一番，不觉已交辰候。包爷留挽，狄爷不好却意。叙间说起庞、孙翁婿二奸权，狄青曰："未知缘由，与晚生结此深冤，好教吾难揣难猜这两奸徒了。"包爷听了，微笑曰："狄王亲大人，尔还不明也。据下官看度来，不因别故，只为前时胡伦之父胡坤——他乃庞洪党羽，拜他门下，孙秀是为相助。今乃朝中奸党成群，犹如蛆附臭穴窠中，焉有美虫？尔前者伤了胡伦，下官看尔是个有用英雄，又除民害，将此开释免究。故此贼怀恼在心，上日借着演武题诗为由，将尔诸责要斩，也是如此。"狄爷听至其间，方觉醒悟。曰："包大人明见，猜测不差。"包爷曰："王亲大人，下官想来也怪及于汝。是汝原有差处：当日也不该恃勇将胡伦打死。他虽犯法害民不少，死有余辜。论理，执政惟官吏可杀。若非下官知尔是有用之人，将尔开豁，一经到官辩理，定然依律抵命了。"狄爷曰："这原得大人之恩德也。"包爷又曰："即前日既奉命执金瓒刀杀这孙秀，不成即可了，缘何又力降狂马，被庞府家丁诱去？是尔躁莽，不知机之过。并且昨夜醉得如泥，又要持刀往杀孙兵部，亦尔之差也。况乎子民杀官，事关重大。杀不成，又醉中被他拿下，这原是尔少年心性，轻妄不谙也。今已拘于官箴，以后须知切戒，方不误大事。"狄爷听了，曰："大人金石教谕良言，晚生敢不佩服？种种提拔之恩，没世不忘。"包爷曰："休得重言。下官不过度理而劝言耳。即今尔虽高御戚，但庞老贼是圣上得爱之臣，宠妃之父，从不畏别人官高势重，暗恶阴谋，人人怯惧。尔须刻刻要当心。"狄青首点言诺。又曰："敢问大人，这张忠、李义，未知怎样处分？"包爷曰："下官原知彼二人亦是少年英雄气概，不愿将他归入重典，只拟个误伤人命，断个缓决之罪耳。"狄爷曰："足见大人保赤之恩，惜重人才也。"

包爷又曰："下官想来可发一笑。"狄爷曰："未知大人所笑何事？"包爷曰："笑只笑孙、胡、庞三奸，千般暗算，纠合众厚交党羽，又挑唆立下生死文书——欺着汝再无本事可胜王天化，故力唆立生死状。但这王天化乃武状元出身，果有一臂力千斤。今天老奸贼将尔计算，反把王天化一命断送了。可笑这党奸臣，空徒打算也。今王天化虽死，反害得他夫人年少无夫，子幼无父，觉也生怜。"狄青道："包大人，不是吾晚生夸能。倘有日捉得奸贼破绽，定然削草除根也。"包公听了，只管点头称是，暗言：尔虽则英雄，原是个鲁直之夫。朝中多少能臣，也扳他不倒，尔初出仕的少年，虽有此志气，焉能即办得来！当日谈论多时，重酌交酬已毕。狄爷作谢而别，却归王府，别无多叙。

却言提督夫人米氏，遵着潞花王钧旨，三天之外，衙署已迁清楚。当有吉期，狄爷进衙内，有相得大臣多来护送，衙役、伶人数百恭迎，别有一番庆闹。只因无关之论，却不重言。

又表狄太后喜得狄青，不啻见睹亲兄，故爱惜彼，不异亲儿一般。缘他是将门之裔，要将太祖金盔、铠甲赐赠侄儿。狄青推辞言："先皇之物，臣下不敢动用。"太后又传懿旨，照式造成盔铠一副，九环金刀一柄，又将血鸳鸯一对嵌镶在金盔左右。此宝能避诸邪妖物，刀枪箭石不能侵。狄青谢恩拜受。

再言石御史，一天闲坐衙中，想来：与庞洪有不共戴天之仇，父亲无辜，一命被他陷害。又想上年与母初至汴京，屈指光阴又已一载。已经送母还乡，托了姐丈夫妻二人，代着本官承欢膝下，略觉无虑。第思去秋与母离乡别土，到汴寻觅父亲，中途困乏，后得奋勇斩蛇，今职御使。可恨庞老贼伤吾父命，未知何日得雪深仇，不觉为官蹉跎一载。又想：这奸贼又与狄青作对，不知为甚因由。前数天狄青一比武时，这些武将多人不是他对手。一伤了王提督，旁目老奸臣满面怒容，定然二人会谋暗算狄青，故力请立生死状，亦此意也。吾前日收拾了白蟒怪，多言本官狠勇，岂期又出一狄青英雄，不在吾下。但吾二人，多是庞洪眼中钉。况狄青狄太后一脉之亲，上日彼来拜望，在先前时，他在王府中，不便往答拜，彼今已归署所，不免前往答谢也。

是日石郡马端正衣冠，高乘银骢白马，十六对家丁拥护，相随一程，而至提督府门。令人通报进内达禀。若照官规，自有尊卑之叙。狄青因彼是勇平王之婿，又曾与己做见证人，是个义侠之辈，而御使与提督之职，不分上下之官，吩咐大开中堂门，恭身迎接至后堂。分宾主坐下，叙说温寒一番，复提及庞太师。石爷曰："彼老贼是个弄权不法大奸臣，不知又与王亲大人何以作对，乞道其详。"当时狄青将包公忖度之胡伦事一一说明。御使听了微笑曰："这老贼好没分晓，为着他人事情，将个冤家担在自身。但思王亲虽乃英雄之汉，怎奈庞贼阴谋狠毒，甚于蛇虎，倘被他暗中又起波澜，难出奸臣圈困。这便如何？"狄爷听了，冷笑曰："石大人，庞贼奸谋，吾也原防早备。但削佞除奸志不忘。"石爷听了，点头曰："倘然如此，本官也感大人之恩也。"狄爷曰："郡马大人何出此言？"石爷曰："一言难尽。"将庞洪陷害，父仇未报，细细言知。狄爷听罢，曰："原来郡马也是会中之人。"石爷曰："狄王亲，尔若除此奸佞，只消请了太后娘娘懿旨，则何难剪除庞贼众奸党？"狄爷曰："大人哪里话来？若靠了太后娘娘势力，将人抑制，则尽可杀人不偿命了。此言不必言也，说来只恐被人入耳笑耻，识智低了。庞贼岂无权势倾消破绽之日乎？"石爷听罢，觉得失言没趣了，即曰："足见狄王亲丈夫气概，下官失言了。"登时告别。狄爷曰："下官狂言差了，莫非郡马大人见怪？"石爷曰："非也。莫逆之交，岂因言语中执泥者？"狄爷曰："如不见怪，再请坐少时，奉敬数杯薄酒，略表敬诚，然后回府如何？"石爷曰："不敢叨扰，改日再领情。告辞了！"狄青殷勤留款不住，只得送别。石御使回归府中，想来：狄青原是气量清高之英雄，只因思报亲仇，心急口快，恼怒而失言了。此时不可将石玉错看了，彼原赞美狄青志量宏高，心中敬爱。

慢语石爷思虑，书中再表狄青，因当日闲中无事，思起身入王家显贵，想出几条心事来：一者撇不下生身之母，未知死活存亡；二来抛不下张忠、李义英雄两弟。自于万花楼一别，至吾今日身荣安享，彼在牢中苦挨，不知何日得出牢笼；又思及王禅仙师救难之恩，道德清高，阴阳准断无差。原许我至汴京得会亲谊之人，前时未知因果，现今姑娘身入宫闱荣贵，三番数次，死里逃生，得遇姑娘，皆亏韩叔父之荐，方得今日身荣，可知师父之言不谬。但吾一心还朝安邦保国，扫除外寇，灭尽内奸，是吾志也。

　　不表英雄思念，却言狄后娘娘，一天心头自悦，只因思起姑侄重逢，狄门香烟有靠，追思往事，如同春梦。自离故土已经二十年，南清宫内，身作王妃，生下王儿赵璧。未及半载，陈琳救得太子进宫，八王爷收育为己子，抚育一十六年。自太子一经救出，即晚火焚碧云宫，可怜李后遭其一难，只落得刘氏太后安享逍遥。即当今王儿，哪里得知认仇人为嫡母。数载之后，八王爷殡天，先帝真宗数载后得胜还朝，不一载亦驾崩。早立了太子登基嗣位，年方十七，至今二载。老身今已安享晚年天福，但因故土心牵，难得今日姑侄重逢，狄门香烟有种。喜得侄儿虽然年少，生来烈烈英雄汉，心性清高，令人敬爱。无功受职不为，自要校场比武逞奇，能立下生死状，险也令人惊心。岂料他有此本领，伤却王提督，目今已一品高官。但未成配，须要寻觅贤淑娇娥匹配，重整先人庙宇、坟茔，振作旧家园，方不负侄儿显贵，吾之心愿毕矣。但连数天不会侄儿，心殊怅怅，不免宣来，谈及此事便了。顷刻便传懿旨。九门提督闻召，即刻端正衣冠，至王府内拜见。太后娘娘心头恰悦，赐座于旁。内监递过龙泉茶一盏。狄太后开言道："侄儿，想汝父亲弃世，母子相依，又逢水难，汝得仙师搭救，但母亲未知生死，汝今思念否？"狄爷曰："提及吾母亲，使吾心更切。一自耽搁仙山七载，日日思念老萱亲。但想当初身入波涛之内，怎得复有王禅相救？想来娘亲定然不在世了，只可怜身躯若浮萍漂泊于水晶宫。"狄太后听了，不觉心酸，下泪不语。半晌叹声，曰："贤侄儿，汝今已身荣一品，无奈故居府第，先祖庙宇茔坟被水塌坍，已成白土。今须重壮门墙，昭耀先人才是。未知贤侄意下何如？"狄青离位称："是。姑娘大人训谕，敢不如命！"太后曰："虽然如此，但汝乃一武员之官，哪能抽俸费办？待吾发出黄金四千两，差两名得力官员前往料理可也。"狄爷曰:"恩谢姑娘大人费心。"狄太后又道:"贤侄儿,为姑娘还有事说与汝言。知汝今年少,官居一品之荣,无如内助人尚缺,待吾与汝细选贤淑作匹,以主中馈便了。"狄爷曰:"姑娘此说,且慢酌量。待侄儿觅回生身母着落,如若果不在世,是终身不娶了。"太后听了,摇首曰:"如此,是痴儿了!枉汝是一英雄汉子,理上欠通。汝不闻不孝有三,无后为大。为人又岂欲斩绝宗枝的?即汝母亲不在阳世,亦要继后传流。愿汝今天遵着吾言,倘得汝香烟种有赖,吾姑娘复有何忧?"狄青只得曰:"谨依姑娘训谕金玉。"

言谈未毕,潞花王已至内宫,表弟兄相见,欣然喜色。叙礼复坐,叙谈一刻间,不觉设摆华筵,弟兄对酌,音乐和鸣。欢叙间,已是红日西沉。狄爷吃酒至半酣,用过晚膳,狄太后曰:"恐妨侄儿酒醺醉了糊涂,又往外厢生事故。"只打发随从人等回衙,将狄青留宿于王府中。次日饭后,方拜别太后,又辞过潞花王,还至署中。数日后,狄太后选择吉期,发出黄金四千两,差文武官两员,竟往山西西河修建坟茔第宇而去。不关正传,不须详言。不知后文如何交代,且看下回分解。

数十回之书,直叱庞奸,未有此段之快捷侃言。除却潞花王势重,力敢于直叱,宜其面光扫尽。年少无夫,年幼无父,此天下之穷民无告,而王提督夫人,有其二矣。噫!虽化逞勇轻敌之取祸,然实庞洪之惠赐,悲哉!宜为包公叹惜,为可生怜语。

观包公戒勉狄青,诚乃老成持重之言,故为青所佩服。第酒、色、财、气四者,谁能逃脱?青乌乎怪哉。

石玉爱慕狄青,观二雄晤对投机之语,下为后日五将联名之端也。

狄太后于狄青,用情之深,过于厚。第过于厚,岂不愈于薄?所谓亲亲隆谊之义,狄后其有焉!

第二十一回

荐解军衣施毒计

趁承王命出牢笼

诗曰：

英雄出现异寻常，蹈险行危不较量。

为国勤劳无别念，留名青史见馨香。

话说左都御使胡坤，前者儿子胡伦死在狄青之手，反被包公将他开释了，几次杀他不成，如今又是狄太后内亲，当今御戚，官封一品，哪敢动他？一天，孙兵部与胡御使并车排道来见庞太师，议及一番。庞太师定下一计谋，呼声："胡贤兄与贤婿不必心烦。老夫想来，前月杨宗保一连三本，催讨军衣，如今军衣已经赶造完成，定于本月十五起解。待老夫保奏狄青做名正解官，那石玉这小畜生又是容他不得，保荐他为副解官，好待两条狗命一刻倾消也。"孙秀曰："岳父大人，即解送征衣，如何害得他二人性命？"庞洪曰："贤婿，尔未知其详。前月仁安县王登有书到来，言他金台舍驿中有妖魔作祟伤人。惟县丞乃老夫的门子，待吾修书一封，前往拜托，他照书而行，这双小畜生还不中计？"孙秀未及回言，有胡坤曰："石玉曾斩过白蛇蟒怪，狄青曾降伏龙驹狂马，这两名奴才何曾畏惧什么妖邪？倘然此计不成，也是徒然打算了。"庞太师听了，冷笑曰："此计不成，还有奇谋打算。再修书一封交寄潼关马总兵。此人姓马名应龙，是吾心腹家丁放升的，一见了老夫的来书，岂敢违忤。教他如此如此，纵他不在仁安县死，定然潼关上亡。尔们思此计妙否？"孙、胡听了大悦，曰："此连合计谋大妙也！"登时双双告别。

至次日，庞太师奏知圣上，言："三十万征衣已经造备完成，惟缺能士解官。但臣遍观满殿文武官员，皆不可领此重任，惟狄王亲、石郡马二人智勇双全，此去可保万全。望吾主准奏。"天子下旨曰："依卿所奏。"即旨召取至二英雄。金阶朝谒已毕，旨命钦赐平身。曰："二位卿家，只因边关杨元帅催取军衣，即于急用。三十万已经赶备，惟缺能勇解官。兹有庞卿荐保二卿解送，狄表弟为正解官，石郡马做副佐官，不知二卿可往否？"狄青一闻此旨，想来："莫非又乃庞洪用的奸谋？吾今若不领旨，反被他笑我无能，没此胆量。即解送军衣，也是非难事，即差吾往边关破敌也何妨？"想罢即奏曰："臣无功劳尺寸，身受陛下隆恩，不啻天高地厚，敢不遵旨而往？"天子又曰："石卿之意何如？"石玉想来：狄青已领旨，本官岂得推辞，即奏曰："国家有事，臣下当代劳。臣何敢忤旨？"天子又曰："狄卿，但解送一事，律有限期：定于一月解至，如迟一天，打军棍二十；迟误两天，耳环插箭；三日不至者，随到随斩。这是军法无情，将在外，君命有所不受，杨元帅执法，即寡人也不便讨饶。卿家二人也须立定意见，可行则行，不欲前往者，待寡人另立差官解送。"数句言辞，乃圣上暗点狄青勿往之意。岂期狄青会意差了，想来：圣上也用反激我们。但吾有现月龙驹，不消半月可至，有何惧哉？即奏曰："臣愿遵定限；如若违误限期，甘当军法。"天子曰："倘卿果误了限期，杨元帅执法无情，必然处治，母后定然着恼，即朕也不安。"狄爷曰："臣既不误限期，难道杨元帅还执责于臣的？"天子听了，舒颜点首曰："传旨意，与兵部挑选三千锐兵，备下文书旨意，前操十万之师，且待调回招讨使曹伟，为后队进发。"当时狄青又想：李义、张忠二人，尚且羁留于囹圄之中，不免趁此机会奏明圣上，将他二人释放出狱，庶不负当初结义之情，又得同伴前往，有何不妙？即奏帝曰："臣启陛下，臣未遇之时，与张、李二人在酒肆中，因酒招灾，误伤了胡公子。曾经包待制判询明白，现发于狱中。但误伤者，原无抵命之罪。但二士虽乃一小民，然武艺超群，不居臣下。当初义结金兰之日，许以患难相均。伏乞陛下开恩，旨赦二人，与臣共往边关，以防路途虞阻，或可将功折罪。"圣上准旨，即命包拯询明定夺。是日退朝，各也不表。

单提狄爷回衙，下坐未久，有内役禀知："石郡马拜访。"狄爷闻言，即开中门迎接，分东西阶并进后堂，弟兄相称。只因二人乃年少英雄，言谈得投机意合，今者又共往边关，故石爷特来拜望。当时二人见礼已毕，石爷曰："狄哥哥，吾料庞洪荐吾二人解送军衣，谅非好意也，须提防小心。"狄爷微笑曰："贤弟。"——又表明白，原来石玉年长于狄青三岁，乃敬彼是王家内戚也，是少兄长弟之意。当时曰："纵然庞贼群奸设施计谋，焉制困得吾英雄之汉？贤弟，尔若介怀畏怯者，吾自抵挡也。"石爷曰："哥哥，尔哪里说来？小弟岂是怯劣之夫？如或惧彼奸谋百出，吾亦不愿在朝为官了，一心还要报复不共戴天之仇！"狄爷听了，点头曰："足见是英雄胆量了！须早打点动身。"石爷曰："这也自然。但还要请问哥哥，方才启奏这张忠、李义缘故，祈与弟知之。"狄爷即将结义在万花楼，打死胡公子之事，一一说知。石爷听了，微笑曰："哥哥既然结交生死之重，便当救他出牢笼，及早关照知包大人，好待复旨圣上。"狄爷悦曰："弟高见不差。"当交辰中，狄爷留款，双双持盏欢叙闲谈，一言难尽。

用酒膳已毕，石爷谢别，随从多人回还府内。有彩霞郡主动问丈夫："未知圣上相宣如何，还祈达知。"石爷曰："郡主未知其详。只因庞太师这奸贼，在圣上驾前荐举本官与狄家哥哥解送征衣往边关应用，故有旨宣召。"郡主听了，登时不悦，曰："君家，汝今领旨否？"石爷微笑曰："君王有命，为臣岂得推辞？"郡主曰："君家，汝可晓庞贼奸计狠毒，当初已把老公公谋害了，如今又妒忌汝为官近帝，犹恐君家要报复父仇，是以平地立起风波。今荐尔往边关，定然差心腹人在前途等候暗算，要斩草除根之意，如何是好？"石爷曰："郡主休得担烦。本官与狄哥哥乃是英雄杰汉，岂惧庞贼诡谋？今既奉旨，岂容推卸，有奸谋，也必往也。郡主奚用挂牵，但愿平安还朝，夫妻再叙。"当时郡主花容上眉锁不开，只为女流胆怯情柔，是皆如此。银牙切咬，大骂奸权，只得将此情由上达双亲。高王爷闻此，心头大怒；郡太夫人气愤不过，骂声：

128

"庞贼万恶刁奸，须千刀万剐不足尽其辜！贤婿在朝，吾得相依，今又使甚么奸谋，荐彼往边关。吾年老夫妻，只存一女。贤婿此去，吉凶未卜，倘被奸臣害了，倚靠谁来？"勇平王也是一般愁闷。

慢表高家不乐，再言狄太后得知，心中烦恼，即日宣至狄青。开言唤："侄儿，汝缘何全无主见，只听奸臣挥调的？况今已隆冬在即，朔风凛烈，大雪纷飞。倘然风雪将儿阻挡，耽搁了光阴，违误限期，杨宗保的军法如山，岂认得汝是王亲御戚，定然受亏了。教吾不尽挂牵，不免待吾打发王儿，伴汝共往。"狄爷曰："姑娘休得挂牵。侄儿有此龙驹，限一月光阴也能转回。"太后听了，想来：侄儿乃鲁直英雄。即曰："汝一人自然仗得龙驹倚赖，一月可以回来。只今三千兵丁，难道人人都有龙驹的？侄儿且不往为妙。"狄爷曰："吾自许是烈烈男儿，大丈夫些些小事看得甚也平常，管教此去毫无所碍，即月回朝。"狄太后想来：侄儿乃执性的硬男儿，须由他去，只命王儿伴他前往。原来太后爱惜狄青，一来只惧庞洪暗算，二者恐他耽误了限期，杨宗保执法无情，故要潞花王与往，可保无碍之意。此是妇人爱惜之见，皆已如此。岂期狄青看得甚不介意，再三推却力辞。潞花王曰："倘兄果误了限期，杨元帅岂徇情于汝，定然执法处正的。况又庞洪所荐，不知他又用什么阴谋。不若待弟伴尔前往，方可无虑于心。"狄青听得厌烦了，即言曰："姑母娘娘，侄儿性命只付由天命，人或死或生，自有分定之数。若仗着姑娘、千岁势头，压制别人，反被群奸哂笑，非为丈夫也。"说罢，辞别娘娘，回归衙去。

当时太后娘娘想下一个主意，即传懿旨往天波无佞府，召宣佘氏老太君。旨下，太君不敢停延，即离却天波府，驾銮车竟至王府内，朝参太后，山呼之礼。狄太后即命宫娥扶挽，赐座于旁。茶吃罢，佘太君开言曰："不知太后娘娘宣召臣妾，有何懿旨？"太后曰："劳宣太君到来，只因侄儿狄青，小小少年，初出仕于朝廷，不知利害，领了当今之命，解押军衣往边关。但此去只愁关山险阻，雨雪延绵，违却限期，犹恐令孙执法森严之缘故。"佘太君听了，曰："原来娘娘为此挂怀。何不降懿旨叠往，吾孙儿怎敢违却？"太后曰："吾的旨意也无如太君的手书更切也。故而请汝到来商议，有劳太君作书一封，待吾侄儿亲投与令孙，纵然他程途上多耽阻几天，也无妨碍了。"太君曰："折枝小事，有何难处？待臣妾就此修书也。"太后大喜，即唤宫娥取到文房四宝。佘太君举笔，大意只言：狄钦差领旨解送军衣，因他是太后娘娘嫡侄，狄门后继一人，倘然违了日期，须要从宽不究，凡事要周全，看体娘娘金面，叮嘱一遍之词。书罢，送与狄太后。太后观看毕，欣然喜悦。当日佘太君不曾带得图印，立刻差人到天波府取至珍藏印，打上固封。太后接转收藏过，即排筵相款。佘太君领谢了，少停回归天波府而去。

话分两头，再说狄青是日打道前往见包公，只为张、李弟兄，言知包公明察，从宽复奏之意。包公曰："下官原知二人可为武职，今得狄王亲奏明圣上，下官可以从宽复旨。但王亲此去押解征衣，是庞老贼荐的，谅有奸谋，路途上须要提防。又属重任之事，倘然途中阻隔，误了批期，杨元帅执法无情，不认汝是王亲，定然正法不饶。如今下官预修书一封，汝且带藏在身，倘恐违限期，自有照应。"狄爷领书称谢，登时告别回衙。次日，包公上朝奏明圣上："张、李二民，果无抵偿之罪，实乃误伤，跌扑死胡伦。二人仍禁于狱中，以候圣旨。"当有旨命："既胡伦自跌扑身死，焉能牵连得张、李抵命。今准狄卿之奏，恩赦二人，护从押解征衣，将功折罪，回朝赏劳升职。"包爷言："领旨。"当时气恼得庞、孙、胡三奸，暗咬铜牙，深恨包公开释二凶身。料想狄青先奏明二人护押征衣，再奏圣上亦不准。

当日退朝，有包公回衙，释出张、李。二人拜谢包大人，包公言明："狄青，太后内戚，今已官居九门提督。汝二人是他保奏出狱耶，可到衙门拜谢。"二人听了，喜从天降，拜别包大人，一程飞跑至提督衙来。狄爷早已预吩咐两旗牌官，引进二人，沐浴更衣。然后中堂三人晤会，彼此欣然。狄爷曰："二位贤弟请坐。"张忠曰："如今哥哥是王亲大人了，我们何等之人，焉敢望坐。"狄爷曰："汝言差矣。想当初结义之日，各愿苦乐相均，患难相济。岂料祸生不测，至二位贤弟身禁囹圄之中，为兄非但不能甘同患难，亦无能为与解纷，过意不及。今始脱罪，伏望贤弟大度海涵，不怪愚兄。"张、李二人听了不知如何，下回分解。

看三奸算计合谋，左评右论，公报私仇，不曰仁安县死，而曰潼关上亡，何等狠烈！第人之死生，其如定数何？

狄青明晓庞洪之暗算，彼原见英雄胆量过人处。谚语云："明知山有虎，偏向虎山行。"其胆量当作如是观也。

石玉夫妻、翁岳烦恼，愤恨着庞洪。第石玉略不介怀，与狄青之气度慷慨仿佛，是英雄暗合群。妇人酸情之心，与英雄从容之志，有天渊高下之分。观狄青对答太后母子刚侃之词，可见其不凡之品。

太后召请太君修书，待狄青投与杨元帅。然下文偏不亲投，而杨家书不期而得，亦变换之笔。

第二十二回

出牢狱三杰谈情
解军衣二雄言志

诗曰：

当兴运会出贤良，撑定乾坤佐帝王。

佞者若登为国患，忠臣出现必安邦。

当下张忠、李义闻言，打拱曰："哥哥言重，使弟羞赧无措足之地了。"狄爷曰："二位贤弟既不见罪，且请坐。"二人欣然落座两旁。内役献茶华，二人合言动问："难得哥哥一朝平步登云，古今罕及。自从包公堂上别离，只道今生难期再会，但不晓哥哥一朝荣贵，祈言弟得知。"狄青曰："言来也觉长编。"将身投在林千总当步兵，后被孙秀陷害，幸逢五位王爷救脱；又将呼千岁赠金刀杀奸之事述说一遍。二人曰："哥哥，当日千岁赐汝金刀，未知汝有此胆量去否？"狄青曰："也愿往也。只杀这贼不成。"张忠曰："哥哥，不杀这奸臣既非英雄汉，又徒然负却静山王之心。"狄爷曰："二位贤弟有所不知。"又将降狂马，得庞府继英通线，逃难于韩园，后荐伏龙驹，得认太后姑娘，至比武得官为止之经过说了。张、李曰："哥哥既是太后娘娘亲人，如今岂惧庞、孙众奸再使刁的？"狄青曰："奸臣虽奈我何不得，但他狠毒之心未已，不知他又生甚么诡谋，竟在君前保奏吾二人解送军衣。"张忠曰："哥哥，这奸臣定必又生恶谋了。但未知尔今领旨否？"狄青曰："二位贤弟还未知，今日虽然是庞洪恶计多端，押解军衣乃圣上所命，如辞旨不往，一者逆忤君上，二者被庞洪哂笑，言吾无此志量。若畏惧他奸谋计算，辞旨不往，非为丈夫也。"张忠、李义齐曰："哥哥此语言来有理。汝还要何人同往?"狄青曰："愚兄为正解官，有御使石郡马为副佐。"张忠曰："为此，我们也要随从哥哥前往来了。"狄青笑曰："贤弟，只因尔二人坐禁牢中，愚兄无日不切思，故特借此为由，保奏尔二人出狱，随同押护征衣，将功消罪。同到边关，见机而行，立些武功，有何不妙?"二人听了曰："哥哥高见不差。"狄爷曰："贤弟，吾还有句衷肠之语，在别人跟前并不说出也。"李义曰："哥哥有何要语?"狄爷曰："目今西夏兵犯边关，久闻兵雄将勇，杨元帅前者有本回朝，来请救兵，目今难以退敌。不是愚见夸张，不独杀退边关围困之兵，即领旨往平西夏，也是非难之事。"张、李二人道："哥哥说来，尔却愚了。"狄爷曰："何愚之有?"二人曰："汝何不即于驾前讨请旨意，前往征西，显些本事与庞、孙众奸贼看看，岂不更妙的?"狄爷曰："贤弟，吾若在驾前请旨征西，也不是稀罕。押解征衣到得边关，即在杨元帅帐中，也不说明。但在此见景生情，将兵马出于意外，大破西夏兵，方使庞洪众奸党心头畏服。奏凯还朝，乘机将奸党拔除，方得朝中宁静。"张忠听得"奸臣"二字，觉得怒气顿生，曰："哥哥，尔是个绒囊子，不中用的! 尔既称烈烈英雄汉，王亲御戚大势头，前时被奸臣陷害，险些丧命，死中得活，哪里还待得及奏凯班师! 小弟甚也容他不得! 倘哥哥若付三尺龙泉剑与小弟，若不将庞、孙、胡三奸首级拿来，即将己之首级献上。"旁侧李义冷笑曰："张哥哥，汝且收忍耐些乃可，休思动凶。才得身脱牢灾，又思闯祸，倘若再犯时，脑袋难保了。"张忠曰："三弟虽然如此，但这些群奸，令人一刻也难忘忍性了。倘杀得三奸臣，万死不辞，并无反悔。"狄爷道："张贤弟，今异于昔矣，也须耐着三分性子。前日身为百姓，一口一身，纵然死活，有何干碍? 汝今刺杀了奸臣，不独自身有罪，究起来，愚兄先有干连，难得到边关去了。不若权且忍耐，待奸权终有破露破绽之日，然后削除，岂不得当?"李义连声称是，张忠默而不语。李义又言："绸子什物、银子，且交付周成店主也罢。"张忠曰："如今何暇计及此事的。"当日狄爷吩咐，排备酒筵，三人持盏言谈多少，言难尽述，是日不提。

到了限期日，乃九月初八日，端备了三十万军衣，车辆满载，正副领了批文，张忠、李义押管三千兵丁，车辆粮草悉备，随从二位钦差，拜别忠良，不辞奸佞。有韩爷将书一封，交付狄钦差曰："此书投送与打虎将杨青，他是同乡之谊厚交，见了来书，自有照应之意。"狄爷作谢，将书收藏过。是日，狄爷复进王府内，拜别潞花王母子。狄太后带闷交付余太君家书。后又嘱咐曰："侄儿，尔虽乃英雄少汉，只是程途遥远，苦冒风霜，进退小心为要，休得莽为。渡水登山，非比在朝安逸，倍加提防。庞贼众奸党，阴谋设陷定有也，须时刻当心。交卸了征衣，即须早日回朝。"狄爷跪受姑母娘娘训谕。当日，潞花王吩咐，早排筵宴饯别，弟兄对酌闲谈，无非饯行之语，不用烦言。宴毕，拜别姑娘母子，来至教场。顶盔贯甲，三千兵丁早班伺候。

又言石御使，拜别岳父母、彩霞郡主，也是一番饯别叮嘱之词，不表。即日高昂骏马，已至教场。又言狄青众人确书付交照察，这石玉并无一书。只因狄青是正解官，石玉是副佐，正解无事，副佐自然无碍了，故石玉无人付书也。

当日狄钦差头上金盔，内藏玉鸳鸯一对，闪闪霞光，直冲霄汉，可以驱邪避妖物，挡刀枪。手提金刀，左插狼牙之袋，右佩那锋利龙泉剑，坐上现月龙驹，真乃威严凛凛。石御使头戴银盔雪甲，坐下白龙驹，一双霜雪铁鞭分插左右，手捧长银枪，实乃浩气昂昂。即张忠、李义，虽无官职，也是顶盔披甲，高坐骓骝，押了车辆。炮响三声，旗旛飞动，离却皇城。所至地头，哪官不来迎接？非止一天行程也，且按下。又说庞洪一心图害两位栋梁小将，尚早数天差家人送书一封与仁安县，一书送与潼关马应龙总兵。

不表庞洪暗计，再言河北陈州，一连遇饥荒数载，地头该当遭劫。至第四载，更倍饥馑凄凉，粒米无收。百姓饥死者填盈衢道，贫困者十不存三四。县主详文上司，是日本折进朝。君王览表，方知河北陈州饥馑，问治于群臣。有枢密使太师富弼奏上君王曰："老臣当日曾莅任于河北，惟陈州之地，土豪恶奸甚多，诡谋百出。有豪恶积聚，不枭者猥多。惟地方官只图贪酷，焉有为国安民者。至强恶日增，用财可以买法。即丰稔之年，粮米不得贱枭。此事必须得包待制往陈州，赈济饥民，并收除土恶。有粟之家，自然出枭，虽年不丰熟，而良民自得食矣。"君王闻奏大悦，曰："老卿家之荐得其人矣，可为朕分忧也。即降旨包公往河北陈州，开皇仓赈济。御赐龙凤剑一口，不拘文武官员，如有不法，任卿施行处斩。"当日包公领旨，拜辞同僚文武，限日登程，也且不表。

再说仁安王知县，得接庞太师来书，观毕即回与来人，复赠白金二十两，以作程途费用。又表：仁安县金亭官驿中，上年出一妖魔，是以众民沸扬起来，远近惧怕。即扬传至汴京城，也有知者。惟日午中有胆英雄汉方敢进驿中，至晚夜来，连驿外近地没一人跑走。当日王登依了庞太师吩咐，一心要害狄、石二位钦差。想来：纵然二人被妖怪吞陷了，也非吾之立心。纵然上司追究，庞太师来书说，自有他一力担肩无碍，还要升吾官职。当日即差唤役人数名，将金亭驿扫洒得洁净无尘，铺毡绪彩，四壁熏香，以待安顿钦差大人。当时衙役人有多般议论，内有胆小者，进内洒扫，只得胆战心寒，迫于上人之命，不得不然耳。众役人曰："王老爷好泼天大胆，此驿中妖魔厉害，屡说伤人，倘或钦差大人来，也被伤了，这还了得！况乎二位钦差势头狠大，天子内戚，追究起来，老爷焉能得保性命。倘有干连我们差役，也有不便之处。"当时议议论论，果有胆小的几人，也逃走了，且按下。

已是端备净驿中，仁安县王登天天伺候钦差大人。驿外平阳大地，安排营帐，安排兵丁。另设空场马厩，众武员束备武装，军兵弓箭马匹齐备。是日乃十五日，忽报二位钦差大人到了，众文武员齐迎跪接。王登知县及文员，跪请二位大人下马归驿中，安顿兵丁。当日二位钦差一进了驿中，齐揖见礼坐下。狄爷下令驻兵驿外。张忠、李义押管兵丁，小心巡逻征衣，在此留宿一宵。仁安县与众文武回衙，不必在此伺候。号令一下，炮响连天，安了营帐。二位钦差即卸下盔甲，穿过便服。十六名勇壮铁甲军乃亲随身役。当时日落西山，驿内灯烛辉煌，文武官员早备酒筵，款过二钦差毕。

是夜，狄爷曰："石贤弟，吾观此驿，一望空荒野地，吾二人且不安睡，明日黎明赶程也。"石爷曰："狄哥哥思虑是了。"二人同志，尔言安邦，我思定国。时交一鼓，更锣响敲。石爷曰："哥哥，不觉说话之间，已是一更时分了。"狄爷曰："贤弟，吾与汝辞别汴京到此，已有八九天了。吾恨已不能早到边关，交了征衣，方得心头放下。"石爷曰："小弟也是这个主意。还未晓此去三关还有多少程途，倘然违误了日期，杨元帅定然着恼了。"狄爷曰："贤弟，这也不妨。即误了数天限期，尚有谅情，杨元帅未必见罪，自然无碍也。"石爷又曰："哥哥，尔看好月色光辉也。"狄爷曰："贤弟，今天十月十五夜，月明如昼，地上如霜。曾记来八月中秋夜事，南清宫内后花园称言有怪，岂知乃龙驹出现，愚兄得会太后姑娘，亲人圆叙，犹如天上月缺而复圆。真乃光阴迅速催期快，而今又是阳春天了。"石爷曰："因尔言，小弟却也想起去年，也是中秋月圆之夜，有白蟒精变化人形，在勇平王府内摄去彩霞郡主。当时已将郡主拖入蟠云洞，高千岁着急。是时，小弟初至汴京，觅寻父亲，贫困如燃眉之急。故弟领旨探其穴，进其巢，与怪蟒争持，力斩蛇妖，救得郡主回府中。勇平千岁大喜，将郡主匹配了小弟，又奏闻圣上，加封官爵。瞬息间已是对岁一秋多，真乃光阴似箭，日月如梭也。"狄爷闻言，长叹一声，也想起困乏遇张、李弟兄时苦处，曰："果也，世间凡事原难料，富贵穷通只在天。"

二人言谈之际，不觉二鼓更敲，登时一阵狂怪风吹起，呼呼耳边响亮。弟兄二人立起，四周一看，十六个亲随壮军也觉心寒。石爷曰："哥哥，此狂风非正风也。"狄爷曰："贤弟，尔看此风又起来了。"果然又是一阵狂风，已将灯烛尽皆吹灭。二人呆想其故，此风又打从东北上吹来，明知是怪风，当时各拔出佩剑，面向东北上定睛一看，里厢并无一物。只见月光遍洒，耳边仍是呼呼响振，唬吓得十六名铁甲壮军，呆呆发抖惊惧。狄青大喝曰："本官二人在此，妖魔敢来作祟也！"二人正呼喝之际，但见远远射出白光一道，跳出一雪亮人，身高丈多，皱口攒眉，上身短短，下身尖长，飞奔而出，直向石玉跟前跳蹿。石爷呼道："哥哥，此物莫非又乃白蟒蛇魔的？"言未了，见此怪扑来，石爷大喝，挥剑砍去。只见白光闪亮，不知此物是何妖怪，人妖胜败如何，且看下回分解。

患难之交久别，一朝聚会，何等欣欣喜色。并观狄青衷肠话，深心处乃慷慨嘉嘉英雄，非一味胆雄者。

狄太后有佘太君之书付交，已固当然矣。但前包公有书，今韩吏部亦有书，皆恐狄青耽误限期之用。观此其内佐提拔，何多。怪不得俗谚有云："壶中有钞方沽酒，朝里无人勿做官。"其俗谚虽俗，思之亦确论也。

押解军衣之日，写得小英雄声势扬扬，竟为本宋生色。

接写包公河北赈饥，为下文四十余回绪端。

二英雄夜语言谈，已见其包天胆量矣。并青言凡事原难料，穷通只在天，与迫于名利者远矣。

第二十三回

现金躯玄天赐宝
临凡界鬼谷收徒

诗曰：

> 神圣临凡赠法宝，他年破敌立功勋。
>
> 天生英雄扶真主，枉尔群奸用计深。

当时石爷大喝一声："逆畜休得猖狂！"挥动起龙泉剑，光射寒霜。此物持铁棍如银光抵挡，人妖争持，光如闪电，兵刃交加。狄青意欲上前帮助，思量：且试他武艺如何，如若怯于此怪物，然后相助未迟。故旁站不动。当有石玉气勃勃，剑飞闪烁斩去。只见白人且斗且退，诱他至庭心。石玉一步步追出庭前。又闻狂风大作响亮，只见后厢门大开两扇，前面妖魔飞奔出外。外厢一带空荒，周围野地。忽妖魔口吐人言，喝声："石玉，汝既逞强，好胆子出外见个高低。"石玉大喊："吾来也！"即飞奔追出内厢门。狄爷笑曰："真乃胆量英雄也！"高声接言曰："贤弟，休得放走了妖魔，吾来助汝！"即手持宝剑，大步飞跑出至庭心。登时一派白光射目，双眼昏花了。闻步曰："狄大人，不可出外了。"狄青听了，即擦目一看，只见一人祥云乘体，身高丈多，披发仗剑，半离地土，约与檐齐，阻挡去路。狄青喝曰："尔莫非也是妖魔？"此人言曰："非也，吾乃北极玄天真武也。今夜贵人在此，特来一会。"狄青听了，惊疑不定。细看一番，开言曰："或者尔是妖魔，敢冒圣帝，也难分辨也。"此人曰："狄大人何必多疑。吾乃北极玄天，只因本部下神将思凡，目前俱已流至于西夏，扰侵炎宋二十余载。全赖范、韩、杨、狄韬略能

138

臣四人，振抚西夏，保邦安民。兹有两桩法宝付汝。此宝名'人面金牌'，如遇西夏交兵，急难之际，将此宝盖于脸上，发念'无量寿佛'自然敌人七窍流红，归原了；此宝虽小小葫芦，内藏七星箭三支，如逢劲敌，危败之时，发出一箭，其状捷如风，敌当授首。今赠汝二宝，是汝一生建立功劳，安民保国，尽此二物，须谨细收藏，勿得轻亵。倘成功后，二宝仍要收还。"当下狄青听了，满心大悦。原来今夜圣帝赐二法宝，即双手殷勤接转。细看"人面金牌"，倒像孩子们玩弄之物，只是金光闪闪。又将葫芦内覆出三支七星箭，细细看来，约有三寸余长，两头尖小利锐，霞光炎炎冲起，方知宝贝之妙。看毕，将二法宝收藏皮囊中，跪伏尘埃叩谢。圣帝吩咐："大人不须多礼了。但叮嘱之言还须谨记：此去多灾转福，遇难呈祥，不烦多虑。"狄青曰："谨遵圣帝法旨。但小子还有义弟石玉，追拿妖魔出外，未知吉凶如何，再求指示。"圣帝曰："此非妖，乃变形物耳，石御使追赶去，须无碍。惟去而不返，难以相见了。"狄爷曰："石弟去而不返，怎生复旨？"圣帝曰："日后自得重逢，不必介怀也。"当时圣帝使起神通，龙袍袖一展，高起祥云，香生馥馥，霭射飘飘，光华冉冉而去。狄爷殷殷下拜毕起来，有十六名壮军，跪至上禀狄爷言："方才石大人追捉妖魔，还未见回来，请大人定夺。"狄青一想，自言："圣帝虽然如此吩咐，吾若不往追寻相助他，非是弟兄手足。"想罢，即跑进内厢。岂知四处周围敞阔，四壁围墙无路可通。狄青四方一瞧，曰："奇了！方才见有门户一重，如今四周密壁。圣帝预定天机，言石弟日后自有相逢。罢了，如难以追寻石弟，只难免忧疑介挂胸中。"坐下只呆呆想象。旁从人点起明灯。

　　再说白人在前诱石玉，虽战且走。石玉偏不肯纵饶，高擎宝剑，大喝："怪物哪里走！还不早现形。"趁着月光如昼，紧紧追来。不知有多少程途了，妖人复兜转步，喝曰："休赶！"持棍当头打去。石英雄哪里怯惧分毫，剑上挥开，复手砍去。白怪急忙闪退，石爷飞进数步，剑如雨下。怪物架挡不及，将身一低，在地滚滚碌碌，团团而转。石玉目光跟定，细细观睹，不觉自笑曰："奇了！只言此物是魔魔，却原乃三尖枪柄。"即拾起来舞动，只见霞光闪闪，与月争辉。心头喜悦，连称："妙妙！今夜幸矣，皇天赐赠宝枪。不免叩谢上苍，然后回见狄哥哥。"石玉正思下跪，又闻香浓拂拂，云绕当空，一位仙翁乘云而下，五绺长须，微笑曰："石贵人，你今虽得此神枪，只缘枪法未精，还不见尔之英雄，怎能与主保国安民？不如拜贫道为师，再传授尔兵机武艺，练习精通，才建奇功。尔如不准信，待吾试演双枪之法尔看来。"石爷曰："仙师肯教习，乃深幸也。且请试双枪一观。"言毕，将双枪与道人。只见他大袖一展，双枪起时，左旋右复，宛似蛟龙取水，又如燕子穿梭。石爷呆呆而看，果见枪法精奇，迥异寻常。只见他使一路方完毕了，呼声："贵人观枪法如何？"石爷一想，道："也觉奇怪，不通姓名也相识吾姓名，料然是位有道仙翁。"又见枪法稀奇，即曰："愿拜仙长为师。但今日有王命在身，不能违误，待到了边关，交卸征衣毕，然后拜从赐艺便了。"道人曰："吾非别凡人，乃鬼谷也。如尔到边关，再无机缘会吾的。即夜可随往了。"石爷曰："今夜断难从命。我奉旨解征衣，杨元帅有限定之期，倘违定期，就不妙了。"道人笑曰："小小事情，即过于介怀，岂是名将襟怀的？"语毕，口念有词，将枪尖挑起顽石二段，忽化作一对斑猛白虎，爪舞牙张，向石玉奔扑。石玉大喝："逆畜慢来！"即拳打足踢。道人喝声，虎不敢动。即跨上虎背，又对石玉曰："尔若骑上虎背，可胜坐马，倘出敢百战百胜也。"石玉曰："如此妙甚！"即跨上虎背。道人一见大喜，喝声："起！"风一响，二虎即跑上云端。石玉惊骇呼曰："倘跌扑下，吾命休矣！"鬼谷笑曰："如此胆小，焉能出得沙场，杀得上将？"言话之间，跑得渐高，双入云霄，竟往峨眉山而去。按下不提。

却言狄青独坐，心烦不乐，思量：方才圣帝吩咐如此，料然石弟难以相见，还不知他收除得怪物如何，不知走往哪方，教吾实难猜测。方才果见后厢围壁中门户遥远，石弟追赶出外，因何霎时并无门户？想来乃神仙妙术变化无穷也。惟正、副二解官共事，今缺了石弟，如何复旨？少不免照此宣言也。不觉天明，发令宣扬，众兵方知驿中有怪祟出现，昨夜摄去石郡马。狄爷言："仁安县这狗官，定有机谋。"即传王登进内问供。护兵三千闻此，人人骇惧。张忠、李义私议称奇。当时王知县进驿参大人。狄爷喝声："刁狗官，好生胆子！此驿中既有怪物，因何将本部留宿于此？昨夜已将郡马爷摄去，定然凶多吉少。尔这狗官，是受人嘱托，抑或自见主张？从实招供，以免动刑！"王登听了，惊慌无措，倒跪叩头不止，腾腾振抖。上告："王亲大人，此驿从无怪物，不知怪祟从何方而至。卑职怎敢生心，主谋暗害二位大人！"狄爷喝声："胡说！这不是尔自主谋，定然受奸臣密托。若不明言，刀斧手斩讫！"庭下一声答应，上前扭起王知县，解去袍服，又除乌纱帽，吓得王登魂魄飞天，高声呼道："大人饶命！此乃庞太师有书到来，压着卑职行此机谋的。他要害二位钦差大人之意，实非卑职敢生胆子，立此歪心也。"狄爷听了，点头骂声："恶毒奸臣！岂知尔又行此阴谋毒害。但虽庞贼压制着尔行此恶谋，尔既是正大之人，即挂官不做，亦不行此不义之事。尔今罪亦难免。"王登曰："是！是！原卑职悔恨已晚了，虽有罪死无辞。只求大人姑宽开恩一线，来世当衔草以报。"叩头不已。狄爷终于仁慈，况留他为证复旨。喝声："本官王命在身，不能耽搁。王知县交府官，下禁狱牢。即着本地文武官员访寻石御使着落。待本官公务毕了，回朝于圣上驾前，与庞贼算账，知县由圣上旨处。"当时王知县谢了大人不斩之恩，众文武官员多言"领命"。时交辰刻，本地文武官员备酒宴送行相款，休得多谈。犒劳三军，也无烦叙。是日，发令登程。炮一响，旗旛飞动，文武俱齐相送。张、李二将，仍押管军马征衣。只有石爷撇下坐骑一匹，狄爷仍令马夫带行，好生喂料。此日慢提。

又说王知县带往府衙而去，自己短叹长嗟，恨着庞太师："方才若不分明说白，险些性命活不成了。"只恳求府尊，申详文书，送投上宪，附达还朝。庞、孙、胡闻此，重重纳闷，言："狄青、石玉皆吾作对，今石玉已经中了毒计，定遭妖魔伤陷了；只有狄青仍在，只望他至潼关，不知此计成就如何？"是日君王一看表文，龙心大恼怒，曰："仁安县丞定议处决。"当日庞洪力与分辩保免，私传旨命复职不表。

再说勇平王得知大恼，郡主母女苦切万分，深恨庞贼设施奸谋，害了石玉。郡主道："母亲！去年白蟒摄去女儿，多亏丈夫救脱，收除怪物。不意今被庞贼所害，妖魔摄去无踪，还有何人救拔？定然凶多吉少了。"王爷、夫人终日安解女儿，也且不表。

却说潼关总兵官名马应龙，前月得接庞太师来书，想太师立心要除害狄王亲、石郡马，本总兵定然依命的。但关外地方，乃本镇所属，如何刺他？也须在百里外方可，虽是所管属，也隔远荒野，差刘参将前往下手方安。马总兵打点定，传备大小将官，明盔亮甲，候接钦差大人。一天未到，又一天。是日，狄爷一至潼关，马总兵与大小官员迎接，进关中坐下。众员参谒过大人，上请金安毕。是日盛筵设款，也无多叙。当下马总兵自语："太师书上言副佐石御使，因何不见到来？也须问个明白。"即询问王亲大人。狄爷将在仁安县上，被妖魔摄去说明。马应龙听了，曰："有此奇事也！但今潼关外面也是地广人稀，空荒之所，王亲大人须要小心。"狄爷曰："这也何妨？如今天色尚早，即速启关，以待本官趱途。"当此总兵领命放关，车辆纷纷，都出关城而去。马总兵送出关外而回，即日邀传参将刘庆。

又表明：这刘庆，年方二十四少年，身高九尺，面玄黑而光彩。从幼得异人传授席云之技，来去如飞，故他诨号"飞山虎"。以后当兵效用，膂力强狠，生擒凶盗，敌先已拔为千户，今已升为参将，随同马总兵守潼关。年少父亡母存，一妻二子。今得为参将职，时常还望高飞，取得玉带横腰，屡思领兵灭西夏。但这飞山虎仗着席云本领，常想征西，抑不知西夏兵雄将勇，只些席云之技怎能抵挡。是日遵着呼唤，进见打拱，曰："不知总爷传召有何吩咐？"总兵即将庞太师与钦差狄青作对，今他来书要结果他一命，一一说知。参将道："总爷，既云庞太师要取狄钦差一命，何不方才设宴时将他弄醉，一刀砍下头颅，有何难处？"马总兵冷笑曰："尔乃粗莽之徒，哪里得知？若在关中弄死，况他有三千兵，人岂有不知？况又有步将二人，十分凶恶之貌，不是良善之徒。故特放他出关，在百里之外，要尔往行刺了他，也无干咎我们。倘谋事成了，庞太师喜悦，尔我官爵定有加升了。"刘庆听了，笑曰："这也非难，且至落雁坡地起云席结果他便了。"马总兵闻言，大悦曰："参将须要小心。"刘庆允诺，藏了利刃，驾云而去。不知刺杀得狄青如何，且看下回再叙。

此书三言怪祟，实是一怪：南清宫言怪，乃龙驹，今驿中言怪，乃两刃锐枪，只勇平府怪蟒怪也。

青之法宝，得授之于神圣。史册亦及人面牌具，凡青出敌，披发戴牌，敌人望之如神，多有授首之说。兹竟云玄帝所授，未可实考。惟言玄帝部将降于西夏，其言谬矣。据理所参，可以悟矣。

观青责谕王知县之言，思之令人钦敬。责其挂官不做，亦不行此不义之事，其立品之高，令人莫及。

赏罚不明，不可以行军，刑罚不中，则国何以立？当时仁安县有此重罪议处，而为庞力辩保免，私自复职，吁！其国法何在？

第二十四回

出潼关虎将行刺
入酒肆母子重逢

诗曰：

图谋虎将重重计，恶党群奸个个狠。

转难成祥豪杰福，多谋佞者反遭殃。

话说刘参将奉了马总兵之命，驾上席云，离了潼关，向前途落雁坡而来。一路追上，将已七十里，早已赶上。在空中缓缓随着狄青，岂料他金盔上一对宝鸳鸯有霞光冲起，人下得来，大刀不能落下。今日方知玉鸳鸯之妙处：霞光冲起，刀斧不能砍下，真乃世间无价之宝，故刺客难伤狄青一命。当日乃九月二十九，已日沉西坠，天色昏暗。三人并马同行，催军前进，意欲赶个好些地头安扎。张忠不意抬头观看，连忙抽勒丝缰，叫道："大哥、三弟！你看空中这朵乌云，倏上倏又下，总正对着大哥头顶上，是何缘故？"李义曰："果奇的。莫不是妖云也？"狄青曰："不理论他妖云妖物，且赏他一箭罢。"即向皮囊中取一箭，搭上弓弦，照定乌云，嗖的一声放出。只见这朵乌云像流星飞去。当时一箭已射中飞山虎的左腿上，好生疼痛。弟兄三人因天色乌暗，到底不知此物是什么东西。又见天晚难行，只得在平阳大地安扎，屯了军马。

是夜军士埋锅造饭，马匹喂料。张忠、李义巡管征衣，点起灯烛，四野光辉。狄青不觉步行四野，下得平阳地，远远见有灯火光辉，再跑数十步，乃丁字长街衢也。对面左侧，有酒肆一间，酒店主正在将上好美酒，小缸倾转大缸，香浓浓的，顺风吹送来。大凡爱酒之人，见了酒总要下顾的。狄青想来：此刻夜静更深，这酒肆还不闭门，夜来还做买卖。不免进内吃酒数盅，然后回营也未为迟。想罢，徐徐举步而进。店主一见，吓得慌忙下跪不及，满面涨红。但见此位将官，头戴金盔，身穿金甲，想来不是等闲之人，故店主跪地叩头，呼声："将军老爷！小人叩头。不知驾临何事？"狄青曰："店主不必叩头。你店可是卖酒的所在么？"酒保曰："将军爷，此处乃卖酒馔之所。"狄青曰："如此，有好酒馔取来，本官要用。"酒家诺诺连声，曰："将军爷，且请至里厢下坐，即刻送来。"当时狄爷进内一看，只见座中并无一客，堂中一盏玻璃明灯，四壁周围四盏壁灯，两旁交椅，数张梨花桌，十分幽静。狄爷看罢，倒觉开心。拣了一桌，面朝里厢，背向街外坐定。半刻，店主已将美馔佳酿送至。狄爷独自一人斟酌。吃过数杯，偶然瞧看里厢西半角内，坐着一个妇人，年纪约有二十三四，面庞俊俏，淡淡梳妆，目不转睛地观看。狄爷见了，心中不悦，曰："这钗裙真乃不识羞惭也，因何眼呆呆将本官瞧看？父母家若养了这等女儿，大不幸也！认他为妻子，必然家颠倒而衰落的。"原来狄青暗暗之言，乃他正大光明，不贪女色的英雄，故见女子目呆呆看他，恼他不是正性妇人。当下妇人唤酒保进去，便问此位将军姓名、住居、多少年纪。酒保曰："奶奶，他是不意到店中吃酒，过路的客官长，你诘盘他何事？"妇人曰："不要多管，快些往问清白来。"酒保应诺，暗言："小奶奶甚奇，吾在他店中两载，一向谨细无偏，今教吾诘此位将军姓名、住居、年纪，定然看中了少年郎。"不觉行至桌旁，曰："将军爷，请问你尊姓高名，住居何处，乞道其详。"狄爷见问，不觉顺口言："世籍山西，狄姓名青。"酒保曰："多少年纪？"狄爷听了问曰："你因甚诘起年纪来？"酒保曰："我这里奶奶请问的。"狄爷称："奇了！"即言："吾年方一十六，你好不明礼体也！"酒保曰："将军爷，休得见怪，吾回报奶奶了。"酒保跑进内言知。那妇人听了，喜盈于色，还要再诘。酒保曰："奶奶，还要再动问什么？"妇人曰："问他世籍山西哪府、哪县、哪乡、哪保，速问他来。"酒保强着应允，一路摇头曰："我家奶奶好蹊跷。但想青春女子，谁不愿乐风流？怪不得见了年少郎君，春心发动。只恐你画饼充饥难得饱。我看此位将军，生来性硬无私，你在思他，他不来就你。"又到了桌边，道："将军爷，休得动气。小人还要请问，贵省既是山西，请问哪府、哪县、哪村庄？"狄青想来：为什么盘诘起吾的根底来？即说明你知，且看你这妇人怎奈我何？便言："吾乃山西太原西河小杨庄人也。快去报知。"酒保欣然去了，将情达知。这妇人听了，眼睁睁地瞩着外厢少年将军一会，只得转身进内，开言叫道："母亲，外厢有位年少将军，女儿看他举止容貌，好像我家兄弟。故查诘他姓名，又是山西太原西河，又同小杨庄，名狄青，分明确是吾弟了。但女儿不敢造次轻出，母亲快去看来。"孟氏听了，又惊又喜曰："想起前七载，水灌太原，骨肉分离，多入波涛之内，只言汝弟死于水中，为娘时时伤感，暗暗忧思。今日万千之幸，孩儿还在世。"狄金鸾曰："母亲休得多言，快些出外厢认明是否。"孟氏急步道："女儿且随娘出外。"

金鸾随后，孟氏来至酒堂所。金鸾在后，轻指将军曰："母亲，此人便是，汝可近前认看来。"孟氏即近前细看少年，点首大呼曰："孩儿狄青，可知娘在此否？"狄小姐忙呼道："兄弟，母亲来了！"狄爷停杯一看，立起来抢上双膝下跪，呼道："母亲！姐姐！可是梦中相会么？"孟氏夫人手按儿肩，声言不出，泪珠滚流。狄青呼曰："母亲休得伤怀。只因不孝孩儿自那日大水分离，已经七八载。儿得仙师搭救在仙山，无时无刻不挂念生身母。今宵偶会，好比花残复发，月缺重圆。"老太太曰："孩儿，汝多年耽搁在何方，且起来说娘知。"狄爷曰："不孝孩儿多年远离膝下，至虑老母愁苦，罪重非轻。待儿叩禀。"哪里敢起来。孟氏曰："这降自天灾，何独汝一人，且起来再谈罢。"小姐悲喜交半，又呼曰："兄弟休言自罪，且起来相见。"狄青曰："方才弟认不得姐姐了。"金鸾曰："兄弟同胞一脉焉，有何不记认的？"狄青曰："早时只为离别多年，不期相会，一时间记认不来。今日实乃天遣，母子弟姊重逢也。"小姐听了，含笑曰："也怪不得兄弟。汝只因水灾分离之日，年才九岁耳。"转声又对母曰："且到里厢，然后言谈心事罢。"又吩咐酒保收拾残馔，闭门，不表。

当时母子三人进内坐下，太太呼曰："汝一向身羁哪里？怎生取得重爵高官？"狄爷曰："母亲听禀。"就将被水灾之日，得师救上仙山，习艺七年，至得高官。但思亲之泪难止，但师父言应得数年稳灾，留阻不许归乡之事说了。太太听到此，也说："为娘遭此水难，几乎性命难存。幸得汝姐丈张文驾舟相救了，留育在家中。前为潼关游击，故今在此藏身。不料姐夫去年被马总兵革职了，故在此开了酒肆。"狄爷曰："如今姐丈哪里去了？"太太曰："他往顾客家收取账钞去。"狄爷道："母亲，但姐夫曾经做过武官，何妨乐守清贫，因何做此微贱生意，开此酒肆？实乃羞颜也。"太太曰："此乃素其分位而行，不得不然耳。"狄青曰："姐姐乃女流之辈，又是官宦门之女，如何管理店内生理？岂不被旁人议论，有何面目的？"又论狄青原乃直性英雄，是以有言在口，便按捺不住，就埋怨多言。金鸾小姐想来：因何兄弟初会，就怨言着奴的？便曰："兄弟，此乃妇人从夫而贵，从夫而贱，事到其间也，无可奈何了。"说完抽身往厨中再备办菜馔。当晚狄爷言来烈烈轰轰，又见姐姐去了，心甚不安，悔错失言，招姐姐见怪。老夫人道："孩儿，汝性直心粗，埋怨着姐姐，但今久别初逢，不该如此。"狄青曰："母亲，这原是孩儿失言了。姐姐见怪，怎生是好？"孟氏曰："不妨，待娘与汝消解便了。但汝方才将分离别后的始末才说得半途，怎生得官，如何受职，且尽说明白来。"狄爷将别师下山时起，一长一短，直言到目前领旨解送征衣。孟氏闻言，心花大放，喜曰："前闻姑娘已归泉世，岂知今日仍存身做皇家母后之尊，相认孩儿，情深义重。可幸玉鸳鸯也有会期之日。但儿啊，你奏旨解送军衣，身当重任，不可耽搁了程途，早到的好，倘然违误了限期，罪责非轻。"狄爷曰："母亲不妨也。得蒙姑母娘娘恐忧孩儿耽却程途，逆了限期，特宣到佘太君，授着一封书与杨元帅，还有韩叔父、包大人密书相保，倘孩儿过些限期，杨元帅也要谅情，决不加罪于孩儿。"孟氏听了，深感姑娘用情，并各位忠良厚爱。母子言言论论，不觉已交二鼓。狄金鸾烹好佳肴美酒，排开桌上，请母亲上坐，弟姊对坐，细酌慢斟，按下不表。

再说飞山虎倘是弱些汉子，被狄青一箭，早已当熬不起，岂不跌下尘埃。幸然飞山虎的本领很好，雄壮身躯，左腿带箭，忍着疼痛，缓缓些落下云头，在着无人所在，拔箭头，捻出尽瘀血，再驾起席云，探得狄青落在张文酒肆中，又是远远落下，坐在一块顽石之上。想来：张文是吾同僚好友，待我与他商量，好去了结这狄青罢。刘庆正在思量，只见火光之下，有人一程跑来，原是张游击。刘庆欣然招手道："张老爷，哪里来？"张文止步一观，笑曰："原来是刘老爷。夜深一人，缘何在于此？"刘庆曰："有话与你商量。但你往哪里回来？"张文曰："收些账目，遇友人留款，是以回归晚了些。但有何商量，快些说知。"刘庆曰："非为别故，只为朝廷差来狄王亲解送征衣往三关，今已出潼关。但此人与庞太师作对，故太师有书来与马总兵，要害钦差一命，教吾行刺死他，即加升官爵。方才驾上席云，正欲下手，不知他头盔上两道豪光冲起，大刀不能下，实见奇也。今反被他放一箭，射伤了左腿，十分疼痛。如今打听他进了汝店中吃酒。你回去若用计劝灌醉他，待吾去了结此人性命，将汝之功上达太师，管教起复你的前程。"张文听了，道："刘老爷，你得包定起复吾前程，即帮助你一力便了。"刘庆曰："多在吾身上的。"张文曰："如此，你且在此候着，一个更鼓方好来的。"刘庆允诺，暗喜，在此等候张文回音。

这张文急匆匆来至家中，将门叩上几声。酒保早已睡熟，当时惊醒了，开了店门，说曰："原来是老爷回来。"又说这酒保，缘何称张文是老爷？只因他前上年曾做游击武官，人人称呼惯张老爷，即近处的百姓或厚朋，也是"张老爷"的惯称。当下酒保揉开睡眼，道："老爷，今夜有亲眷人来探访你了。"张文曰："是什么亲人？"酒保曰："老爷，你不知缘故，待小人说知。此人年少，气宇昂昂，穿戴金盔金甲，一位武官。老太太说是他儿子，今进内与奶奶三人同吃酒，说谈心事。老爷还该进去陪伴吃数杯。"张文曰："此人什么姓名？"酒保曰："姓狄名青，老爷认得他否？"张文曰："如此，果然是吾舅子了。"方才刘庆在张文跟前只说狄王亲，并不说狄青名字，是致张文全然不知。如若他说出狄青之名，张文自然晓得是郎舅了，也不担承刘庆将他算计。当夜张文自言："岳母时常愁苦，想念孩儿，猜他死在波涛之内，日夕惨伤。岂知仍留于世，又得重逢，真乃可喜。"不知张文相会狄青，如何处置刘庆，且看下回，便知分解。

刺客之不能害青，由于玉鸳鸯之功。第生死相关，自有定数。以群奸之谋算，其如定数何？

青之进酒肆而身披甲胄，仍只觉酒是甜。甚矣，酒之牵人矣！然青之不牵于酒，是会合无机矣。

观母子之叙会，不独为青所不料，即今读者亦难测猜也。青不期进店，金鸾偶然注目，奇哉。当日母子初逢，弟姊得会，其喜到怎的，乐到怎样，即笔墨上难以尽极其形容也。

第二十五回

设机谋缚拿虎将
盗云帕降伏英雄

诗曰：

> 奸臣党羽计谋多，欲把英雄入网罗。
>
> 天降将星难逆害，愈图愈福奈谁何。

当晚张文一路进内，思量喜悦。到了中堂，果见一位满身甲胄的将军，坐于妻子左侧，丫鬟两人旁立，当中老太太，一同举杯。又闻妻曰："兄弟，酒虽寒了，再吃数杯，包汝姐夫回来。"言未了，张文进至，言曰："待我来陪伴一杯可否？"金鸾顿时站起，呼声："相公，我家兄弟在此！"狄爷见姐姐起位，他也站起来，抬头一观，呼声："姐丈！"太太也言："贤婿，吾儿子到此。"张文喜曰："岳母啊！你今从此眉锁得遇钥匙了，真乃可喜也。"转声呼曰："舅舅兄弟，请坐罢。"当时二人殷勤见礼，丫鬟又掇上椅一张，郎舅二人对坐，添上杯箸，重新吃酒。至数杯，张文又问及狄青别后之事，狄青将前话一长一短说知。张文听罢大悦："难得兄弟少年英雄，早取高官，人所难及。但吾有一言问及，汝前途可曾遇有刺客否？"狄爷曰："前途并未逢什么刺客。姐丈何出此言？"张文曰："为此，还算你造化，险些儿一命送于乌有了。"当时太太母女大惊。狄爷问曰："什么人行刺？你何以得知？"张文听了冷笑："多是庞贼奸臣起此风波。有书到来，马总兵将要结果你命，故差飞山虎在前途等候。"狄青曰："吾在程途二十多天，并未逢什么刺客。如今姐夫既知刺客，在哪方埋伏？"张文曰："你出关后可曾发放一箭否？"狄

150

爷曰："途中果见乌云对顶，或上或下，于空中不知何物，故放射一箭。这段乌云犹为鹰鸟飞去，到底不知什么东西，正见狐疑。"张文冷笑曰："你不知也。此段乌云乃是马总兵手下的参将，姓刘名庆，诨号飞山虎。曾遇异人，传授腾云之技，来去如飞，算得稀奇绝技。方才刘庆对吾说知，身驾高空要行刺于你，不知何故，你盔顶上两道红光冲起，大刀不能砍下。又说反被你一箭伤了左腿。今打听得你进吾家中，教我灌醉你，待他来取首级，事成之后，许升复我游击前程。当时他说狄王亲，我不知何等之人，岂料是至戚谊弟兄。刘庆固属妄想徒思，庞贼毒计又不成了。"狄爷听罢，重重发怒。母女深恨奸臣恶毒。老太太曰："这玉鸳鸯原是一对宝贝，若非娘娘好意，将此宝佩于盔上，早已身赴黄泉了。"金鸾曰："母亲之言不差，实得此宝贝之功也。"狄爷曰："姐丈，这奸臣如此恶毒，数番计害。待飞山虎来，小弟宝剑先结果此人，后回关斩马总兵。他是一班奸臣党羽。"张文曰："贤弟且慢，休得动恼。这飞山虎虽有行刺之心，乃是希图官高爵显之故耳。但此人秉性坚刚，最有胆智。虽然人非出众超群，然而算得一员英雄上将。只可用计将他降伏，不可伤其性命。"狄青曰："倘或他不肯跟我便如何？"张文曰："不妨。他平素与我相交，不啻同胞之谊，吾言无有不从。须用如此如此计较，诱引他落圈中，还忧彼不降伏么？"狄爷听了，喜曰："姐丈方算真乃妙用也。"孟氏母女也觉欣然。当时母子四人，酒已不用，金鸾命丫鬟收拾去了。张文计较已定，将狄青安顿在后楼阁中藏睡。若论张文，曾做过武官，是至房屋宽大，也是厅堂书斋，楼阁内外，多是幽雅洁净，不比俗中，肆灶旁是床帐，堂中是堆柴之所。

当下张文秉烛，命丫鬟将方才余馔搬出酒堂中，两双杯箸，一壶冷酒。这是张文的设施，只因要收服这刘庆，故而设此圈套。只言与狄青二人一同对饮之意，酒未完而青已先醉了。又唤醒酒保，吩咐曰："少停刘老爷来时，不可说出狄老爷是我郎舅之亲。不要先睡去，犹恐要你相帮之处。"酒保应诺。张文即开了门，提了火把，来至衢中。一见这飞山虎，只言狄钦差早已吃酒醺醺大醉，如今睡于后楼中了。刘庆闻言，心头大悦，道："张老爷，既然狄钦差被你灌醉，待吾前往赏他一刀，你的前程即可起复了。"张文曰："刘老爷且慢。快的，倘或被他挣扎起来，你我不是他的对手，如何是好？"刘庆冷笑曰："张老爷，不是吾的夸言，只一刀管送他性命，若再复刀，不为豪汉了。"张文曰："既如此，与你同往了。"二人进了店中，将门闭上，引刘庆至方才摆列残酒馔之所，然后唤酒保收拾去杯箸残羹，吩咐再取几品好馔菜，上美酒一大壶，吃个爽快，然后下手不迟。飞山虎果然跑走至三更多，腹中饥乏了，况是好酒之徒，心中大悦，道："张老爷之言有理，果是肺腑兄弟。说到吃酒二字，是吾意中之物。但屡到你家便吃酒，叨扰过多，弟过意不去。"张文曰："刘老爷，你若说此言，便不是谊交爱友了。"刘庆喜曰："足见厚情。但方才收拾的余馔，可是狄钦差食残余的么？"张文言："是也。"当下酒保摊开几品佳馔，一大壶双烧美酒，备办得速捷，皆因他店中馔酒尚有余多。二人对坐，你一盅我一盏，张文同吃，是有心算他无意的，杯杯都是虚食。飞山虎一见酒便大饮大嚼，顷刻一连进了三大瓶，张文杯杯殷勤而劝，不一时间吃得醺醺大醉，心内糊涂。张文大喜。忽时刻间，飞山虎喃喃胡说，已睡于长板凳中，呼呼鼻息如雷。张文连呼不觉，即唤酒保取到麻绳，将他紧紧捆牢了。又言："刘参将的本领我却不惧，只妨他的席云帕跑走厉害，不免搜将出来便了。"即解脱衣襟，内有软布囊一个，裹着席云帕，即忙取了，又腰下一把尖刀，即也拿下。一一收拾停当，然后加上一大绳捆绑着，犹恐他力狠挣扎脱。拿了尖刀、帕子，回到后楼中，对狄青说知：弄醉他，捆缚了，并拿下尖刀，盗藏了云帕。狄青接转明亮一把尖刀，想来怒气冲冲，说："可恼这党奸臣，必要害吾一命。我却怪这刘庆不得，他不过奉公命而来。只有庞洪、孙秀这两虎狼，行此毒意。今生不报复此仇，枉称英雄也！"将尖刀撂于地下，又将席云帕拿起一看，道："姐夫，此物取他何用？"张文曰："弟有所不知，飞山虎一生的本事全仗此帕，来去如飞。今夜盗了他的，就不是飞山猛虎了。且待他降伏，然后送还。"狄青笑曰："果也，算无遗策了，吾不及也。"郎舅二人言谈有兴，言语烦多，不能尽述。

时交四鼓，四声鸡声，飞山虎悠悠醉醒了，呵叹一声，一抻一缩，动舒不得，呼曰："哪个狗囊将吾捆绑了么？"用力一挣，身躯一扭，挣扎不脱，便高声大骂："哪个狗奴才将吾捆绑，还不松脱吾么？"旁边酒保笑曰："刘老爷，哪人教你贪杯，吃得昏迷不醒的？那狄王亲是我们老爷亲舅舅，我老爷是他姐姐夫君。你今落在他圈套中，只忧今夜一命呜呼了。"刘庆听了，二目圆睁，大骂张文不绝口。郎舅二人同跑至外厢，张文抚掌笑曰："刘老爷，为何如此？"刘庆骂声："张文，我与汝平素厚交爱友，不异同胞，不当口是心非哄骗的。为什么将吾捆绑了？莫非欲陷吾性命么？"张文曰："非也。刘老爷休得心烦。这狄钦差原与小弟郎舅之亲，他是当今太后嫡侄，贵比玉叶金枝。况他奉旨解送征衣，身担王命重任不轻。你今害了他性命，一则狄门香烟断送了，二来征衣重任，何人担当？即你害了他，圣上根究起来，太后娘娘怎肯干休？即庞太师也难逃脱，你与马总兵难道得脱干系么？"刘庆曰："张文，既有此言，何不明言早说？将吾弄醉，捆绑身躯，是何理说？"张文曰："吾不下此手，谅来你不依，活活一位狄王亲，岂不死在你尖刀之上么？"狄爷又唤："刘参将，你既食君之禄，须要忠君之事，不应该听信马应龙的恶意，要伤害于我。况与吾平素非冤非仇，并无瓜葛，汝今依着奸臣，害吾一命，即苍天亦不佑汝。奸党之辈，终有恶贯满盈，失势之时，臭名扬播于人间，有何美处？即庞洪的作奸为恶，我也深知，有日捉拿他破绽，定不姑饶，必要削除奸臣党羽，肃正朝纲。待至此时，即马总兵也难脱。党羽中只忧此时，汝也要埋怨着这大奸大恶之臣了。"张文又道："刘老爷，你与我平日故交，何殊箕簏一脉。但你立心入于奸党中，忘却君恩，图害钦差，即杀你亦不为过。弟念昔日厚交之情，不忍相害，故劝准狄王亲收录于你，随同前往边关。倘或立得功劳，与国家效力，即不为潼关上参将，也不稀罕的。你原乃一位烈烈英雄，何必依奸附势，受奸人牵制，即高官显爵，总非馨香。况先王多少势大奸臣，王钦若、丁谓、林持等，前对威福炎炎，后来人人恶死焉，有好收场的？你今听弟劝言，便是你知机之处。"当下飞山虎听了，想来：已入圈套中，况他郎舅串通，将吾捆绑了，不允依他，也不能的。即想来狄青是太后嫡侄，官高势重，年少英雄。虽则太师身居国丈，焉能及得此人。一出仕未及半载，已名扬姓显。况太师作恶为奸，立心不善，张文之言，果也不差，后来必无善报的。莫若听彼之言，随钦差到三关，倘立得战功，岂不强于在此为副佐武员。想罢便道："张老爷既有此美意，何不早与我商量？"张文笑道："刘老爷，若不如此，你未必丢此参将前程。"狄青又笑曰："可惜你乃堂堂七尺之躯英雄，不与国家效力，反附和奸臣，瞒心昧己行为，真乃愚人也。"飞山虎道："王亲大人，原是小将差了。"张文又道："刘老爷，如今汝果愿随我家舅舅否？"刘庆曰："固欲与狄王亲执鞭左右，只恨马总兵愤恨不容情，要害吾的家属也。且待吾回去提携家口而遁便了。"张文听罢，言曰："你见不差。若接来吾家中同处，未知尊意如何？"刘庆曰："张老爷若就相容，更妙也。但今狄王亲有王命在身，料难耽搁，请自先登程，待小将安顿了家眷，随后而来便了。"狄爷曰："你言是也。"当时张文跑过来，将绳索轻轻解脱了。飞山虎上前参见狄王亲，又将怀中一摸，不觉呆然了，即叫道："张老爷，吾这席云帕被你收藏过，快些交还。待吾回关，打算回复马总兵的。"张文笑曰："若将席云帕交还你回关，犹恐不愿往矣，不再来了。"飞山虎曰："君子一言，快马一鞭，哪有回去失言负约不来之理？况弟兄之间，何用多疑。刘某虽乃一愚卤之夫，颇知爱善，岂是奸诈之徒。"张文曰："这也不相干，你且回去，携了家口前来，方能还你。"飞山虎听罢，无奈只得拜别狄王亲，辞过张文。

此日话分两说，单提飞山虎徒步而走，一程回至潼关，不觉天色已黎明了。当日早晨，马总兵起来升帐，坐于虎堂，自言曰："昨夜飞山虎一去，狄青性命定然了结矣。"正在自语思量，忽见小军报上："禀启大老爷，今有参将刘老爷进见。"马总兵传说："请进来相见。"小军领命，起来出到关前，请进飞山虎。但不知他怎生回复总兵，如何脱身逃遁，且看下回分解。

　　此回刺客从张文道出，为母女所大惊，而为青所大怒。甚矣蛇蝎同

154

群，其蜂毒锐矣。

飞山虎为张文称之曰"秉性坚刚，但思利而忘义，非一也"。可见磨不磷，涅不淄，非圣不能。

观张文之劝青收录庆，以其平日之厚交，亦情也。但盗彼云帕挟之以降，亦智而谲。庆之从张文劝告，亦是迁善改恶之美。且青言言合理，即庆不依从，亦非人杰矣。

利之害义，不惧天地鬼神之不敬畏，君臣父子之尊亲，概多抹杀不顾，万年遗臭，而不及计矣。

第二十六回

军营内传通消息
路途中搭救冤人

诗曰：

> 君子相交道义亲，芝兰气味与同群。
>
> 惟归是德无偏倚，方睹贤臣国宝珍。

当下刘庆传进，参见过总兵大人。马应龙一见，开言道："刘参将，昨夜此事成功也否？"飞山虎曰："马大人，不要说起昨夜，徒费而行。小将一驾上席云，即追赶至三四十里外，已赶至狄青。一下手，不想他顶盔上两道豪光冲起，大刀不能下，不知他盔上有甚宝贝的。一赶追去，已有二更时候，刺杀不成，反被他一箭射伤左腿，只得不追而回。"马应龙听了，曰："果有此奇事么？但庞太师特有此意，如若害不得狄钦差，被他看得我们是个无能之辈了。"飞山虎曰："大人不须烦恼，待小将今夜打算，定必了结他性命，才算小将不是口上夸言也。"当时马应龙点头喜悦。

刘庆辞别，回至家中，将言细说妻母得知。妻曰："夫言妾无有不依。但吾乃女流之辈，出关一事为难，怎能骗哄瞒得马总兵，共出得潼关？"母又曰："媳妇之言不差，须要打算而行，不可造次乃可。"飞山虎笑曰："母亲、贤妻，不必过虑了，如今不用出关了。"就将张文收留于家中一一说明，妻母二人应允。

按下刘庆与家属商量，且说张忠、李义只因昨夜狄哥哥一人信步去了，等候至天色微明，还不见回营，只得东西找寻，分途而觅。先说狄青，是夜原恐二人寻找，故要辞别母亲。孟氏太君唤声："孩儿，我母子分离七八载，死中得活，难得今日天赐重逢，实乃万千之幸也。但汝身承王命，做娘不便牵留。但今夜人马安扎了，不用趱程，且不宿睡罢，谈谈离别后事，天明你登程便了。"狄青不逆违母命，是夜，母子、姊弟言言谈谈，不觉天已微亮。狄青一心牵挂着征衣，又恐妨张、李二弟兄找寻不遇，故先差张文姐夫前往军营通知信息，说明一红脸的名唤张忠，一漆脸的名唤李义，"他二人是吾结义弟兄，有烦姐丈前往言明，以免二人找寻，放心不下"。张文领诺登时抽身出门。不及行走三箭之途，将近军营，只见一位红脸大汉踩步而来。张文迎上前，欠身拱曰："将军可是张姓么？"张忠住步说："是也。你这人一面不交，问我何干？"张文曰："将军可是张忠否？"张忠喝曰："你是何等之人，敢诘吾姓讳么？"上前一把抓住。张文呼声："将军不必动恼，我特奉狄王亲之命，前来寻你。"张忠听了，言："狄王亲今在哪里？"张文将情由一一说知。张忠听了，急忙放手不及，笑曰："多有得罪，望祈恕怪！狄钦差一命，又多亏张兄保存，实见恩德如天，待吾叩谢便了。"正要下拜，张文慌忙扶定，曰："张将军，弟辈哪里敢当！且请到前边弟舍相见如何？"张忠曰："前边一带高檐之所是尊府么？如此，兄且先请回，待小弟寻找过李义兄弟，一同到府便了。"张文曰："李兄哪里去了？"张忠曰："亦因不见了狄哥哥，故吾二人分途去寻访，不知他寻找到哪方去了。待吾往寻找他回来也。"张文曰："如此，弟回去俟候二位便了。"

慢表张文回归，言知狄青，却说张忠一程跨走，寻觅李义，东西往返。当时日出东方，只见前途连连叫喊哭泣之声。驻足远观，只见前面有二十余人，多是青衣短衲，又见后边马上坐着一人，横放一个妇女，犹如强盗打抢光景，拥向而来。那女子哀声呼喊"救命"，连声不断。张忠一见，怒气顿生，抢上数步，站立定，大喝一声："狗强盗，休得放肆！目无王法，抢夺妇女，断难容饶的！"一众闻言，犹如雷声发响，反吓了一惊。只见他一人，哪里在心，蜂拥上前，动手打他。却被张忠双拳跌二人，一拳倒一个，打得众人躲的躲去，奔的奔逃。伸手将马上人拖下扶定，妇人站立道中。一连几拳，打得此人抵痛不过。喝声："奸贼奴才！怎敢青天白日之下擅敢抢人家妇女！难道朝廷王法管你不得么？打死你这贼奴才不为过！"此人呼喊："大王爷勿要打我，望乞宽饶！"张忠喝声："你是什么样奴才？说得明明白白，饶你狗命。"此人道："大王爷且容我说明。吾本姓孙，世居前面太平村。哥哥孙秀在朝，职为兵部。我名孙云，号景文。张忠喝曰："你这奴才就是孙兵部弟么？"孙云曰："是也。且看我哥哥面，饶了我罢。"张忠喝声："看你哥哥面上，正要打死你这狗畜生！"孙云呼喊："大王爷恳乞饶命，不要打我，以后再不敢胡行了。"张忠冷笑曰："你没眼珠的奴才，我不是强盗，呼甚大王爷！且问你，这女子是哪里地头抢来的？说得明白时，便饶你性命；若是含糊，登时活活打死。"孙云未及开言，旁边妇人哭告曰："奴居前面村庄，不逾二里。丈夫姓赵，排行第二，耕种度日。这孙云倚着哥哥势头，欺人多少。几番来调戏强蛮，要奴作妾。丈夫不允，前数天，强恶几人将我丈夫捉拿去，今日还不知丈夫生死。今早晨天色还未明，打进妾家，强抢了我。喊叫四邻，无人救援。今得仗义英雄救拔奴家，世代沾恩。"张忠听了，气怒倍加，曰："有此事？真乃无国法、无青天了。可恼！可恼！"骂声："奴才，你将他丈夫怎样摆布了？"孙云曰："英雄爷，这不知何人捉他丈夫，休得枉屈我。"张忠听了，喝声："你不知么？"一拳打在他肩膊上。孙云叫痛，抵挨不过，只得直言："收禁在府中。"张忠曰："既在你府中，放他出来方才饶你。"孙云恳曰："望英雄放吾回去，方能将赵二放回。"张忠曰："不稳当！放他出来方才饶你。"孙云只得大呼："哪人躲在林中？可急急回府放出赵二也！"当时众虎狼辈已走散，单剩得家丁孙茂、孙高，远远地走开，吓得魂不附体，又不敢上前救解，探头探脑地听瞧；一闻主言，二人同跑回府中。又说张忠拔出宝剑一撒，喝声："孙云你这畜生！你哥哥是个不法大奸臣，与我等忠良之辈结尽冤家。你这狗囊该当行为好些，以盖哥子之愆，缘何倚势，全无国法，强抢有夫之妇女，该得斩罪否？"孙云苦苦恳求，声声饶命。正在哀恳之间，来了孙高、孙茂，拥着赵二郎而来，哭叫曰："将军老爷，吾即赵二郎了。请将军爷放饶了孙二老爷罢。"张忠冷笑曰："你是赵二郎么？"此人说："小人正是赵二。"有妇人在旁边说："官人，吾夫妇得亏此位仗义将军爷救拔，今妾又得脱离虎口，理当拜谢。"赵二曰："娘子之言有理。"登时下跪，连连叩首。张忠曰："不消了。你被他拿到家中，可曾受他灾殃否？"赵二道："将军爷，不要说起。小人被捉到孙家，不胜苦楚。将我禁锁后园中，绝粮三日，饥难熬忍，逼勒我将妻子献出。小人是愿死不从，被他们日夜拷打，苦楚难禁。今日若非恩人将军救拔，小人一命看看难保了。"张忠听罢，言："你今脱离虎口，且携妻子回去罢。"赵二曰："将军爷，今日我夫妇虽蒙搭救了，得脱灾殃，只虑孙云未必肯干休，吾夫妻仍是难保无事的。"张忠曰："既然如此，你且勿忧，待吾将这狗畜类一刀分两段，你便除了后患。"

张忠将孙云正骂言动手，只听得后面一声喝曰："休得猖狂，吾来也！"张忠扭回头一看，只见一长大人，一铁棍打来。张忠将剑急挡架开，左手一松，却被孙云挣脱了。即呼喊："孙高、孙茂二人在此打听这红脸野贼是何名字，哪里来历，速回报知。"二人称言领命。当时孙云满身疼痛，一步步跑走回家中。且说张忠一剑挡开铁棍，大怒喝曰："你这奴才有何本领，敢来与吾争斗么？"那人大喝："红脸贼！你老子行不更名，坐不改姓，吾名潘豹，诨名飞天狼也。你这贼奴才本事低微，擅敢将吾孙云表弟欺压么？你且来试试俺的铁棍滋味，立刻送你到阎王老子那里去！"言未了，铁棍打来。张忠急架宝剑相迎，共比高低。只有野旁地赵二夫妻巴不得张忠取胜，方能保得夫妻无事而回，倘或红脸汉有失，我夫妻难保无虞了。一边夫妇私言暗惧。若稽张忠本领、力气，原非弱于飞天狼，但这护身宝剑轻小，不堪用。飞天狼的铁棍沉重长大，故斗格不住。即大喝："飞天狼，我的儿！果然厉害！"大呼："赵二郎，我也顾不得汝了，快些走罢！"他踩开大步望前而奔。潘豹哪里肯放松，大喝："红脸贼，我定要结果你的狗命！"一程追去。这张忠飞步而逃，喝声："潘豹，我的儿！休得赶来！"后面大呼"休走"。

不说张忠被他追赶，当下赵二夫妻心惊胆战，妇人说："官人你虽无力相帮，也该跟去看看恩人吉凶如何，若有差池处，我夫妻打算去避离虎穴，方免后忧。"赵二曰："娘子之言不差。汝且躲于树林中，吾即转回。"赵二飞步跑走赶去。先说赵娘子躲在树林之内，遍身发抖，早有孙茂、孙高先已看见。孙茂曰："你看赵娘子独自一人在此，吾与你将他抢回府，送上主人，必有厚赏的。"孙高听了大喜。二人即向前，不声不响背上妇人而走。这妇人惊慌叫救，那孙高背着他，言曰："你喊破喉咙中什么用的？"一头说，一路奔。可怜赵娘子，喊叫连声，地头民家知是孙家强蛮，无人敢救。

此时将近太平村不远，真乃来得凑巧，原来前面来了离山虎李义。他与张忠分路去找寻狄青，寻觅不遇，一路看些野景人才，寻不见人，又无心绪。忽一阵狂风吹送到耳边，闻得娇声悲切哭泣，甚觉惨然。抬头一看，远远一人背负一女人，后面一人随着飞奔而来。离山虎大怒，使出英雄烈性，大喝："两个畜生哪里走！清平世界，名教乾坤，胆敢强抢妇女！"提拳奔向孙茂而来。孙茂喊声"不好"，发足走了。只有倒运孙高背负女子走不及，丢得下来，被李义拉定，挣走不脱。妇人还坐地上哭泣。李义曰："你这妇人是哪里被他抢来的？这两个奴才怎样行凶？速说明来。"当下妇人住哭，从始至末，细言尽说。李义听了，怒目圆睁，大喝："奴才仗了主人的威势即行凶，今日断难容汝，送汝归阴罢！"说完，倒拿住孙高两大腿，他还哀求饶命几声。李义哪里睬他，喝声："容你贼奴才不得！"双手一开，扯为两段。笑曰："来得爽快也！"望着荒地一撂。当时妇人慢慢上前，深深叩谢。李义摇头曰："你这妇人，何须拜谢。你丈夫哪里去了？"妇人曰："将军爷，奴丈夫只因红脸英雄斗败了，被飞天狼追赶，故丈夫追赶，看他吉凶如何。但小妇人亦不知追去好歹。"李义曰："如此说来，是吾张哥哥了。但从哪道途中去？"妇人一一说明。李义听了，心中着急，抛别妇人，一程飞奔而去。只有妇人仍从此路一步步地慢行，仍是胆战心惊。

不表孙茂逃回家中奔报，当日张忠被飞天狼追赶得气喘吁吁，幸得李义如飞赶到，呼声："前面可是张二哥否？"当时张忠恨着逃走得迟慢，哪里听得后头呼唤之声。赵二郎一程追随去，慌忙忙正在四方瞧望，欲找寻个帮助之人。一见此黑脸大汉，赶上呼唤，心中大喜，说："好了！救星到了！"是时不知李义赶来救得张忠如何，且看下回分解。

史言仁宗之世，群奸专务，攻击忠良，斯言实断不移。观今日马应龙相济为恶是矣。

写刘庆立志离奸，诚乃豪杰卓然之勇，又乃五将联合之肇端也。五将始见于此始。

张、李二英雄，写其品质行为，略不差分。其救援赵二夫妻，一般发怒，一般处决奸狠甚矣。

倚势土豪害民，惨毒烈于猛虎。受其荼毒之民，何所指其手足。吁！贫民不幸也欤！抑亦国法之荡然替矣！

第二十七回

图奸惹祸因心急
别母登程为国忙

诗曰：

> 扶民保国是忠贤，秉正朝纲所重先。
>
> 藉势奸徒惟利己，损人奚惮有青天。

却说潘豹只顾追赶张忠，哪里顾得后面有人追赶，却被李义飞趣上数步，一刀望他顶门落下，喝道："贼徒！狗命活不成了！"飞天狼喊不半声："痛死也……"一颗首级，砍落尘埃，头东身西。李义笑道："不中用的东西，强狠什么？"便将刀穿上飞天狼的首级，一路赶上来呼曰："张二哥不要走！"张忠被飞天狼逼昏了，呼道："贼奴才，休得追赶！"口中喊叫，飞奔而逃。李义赶上前，夹领伸手抓住。张忠回头喝呼："毛贼还不放手！"李义曰："同伴合伙，还唤毛贼么？"张忠方觉是李义，问曰："三弟从哪里赶来？"李义放手言曰："二哥，尔这等没用，日后如何出师对垒？"张忠曰："三弟，我斗此人不过，只因剑短太轻，不称使用，却被他赶得逃走无门。"李义刀尖一挑，呼言："二哥，你观此物是什么东西？"张忠一看是首级，笑曰："三弟，你的本事狠胜于愚兄也。"李义曰："他名飞天狼，如今目击他狠不得了。"说完将刀一撒，首级撂去丈远。李义又曰："二哥，这班奴才如此强恶，白日抢掠妇女，不知是何等土豪恶棍的人？"张忠即将孙云藉势作恶一一说明。李义听罢，带怒骂声："可恶奴才！藉着哥哥势头，欺压善良，真乃朝廷无法了！"言未了，赵二到来，欣然呼道："二位将军爷，小人夫妻得蒙搭救，且请到茅舍中，待吾夫妻拜谢，尊意如何？"张忠曰："不消，我二人有国务在身，耽搁不得。且尔姓名吾忘了。"他曰："小人名赵二。"张忠曰："马上人挣逃去的是孙云，乃孙兵部之弟。但后来救孙云的一脸胡须，这是何人？尔可认得此人否？"赵二曰："他是孙云中表之亲，唤之为兄，诨名飞天狼潘豹也。平素恶狠如虎，本事高强，与孙云交通并恶，二人倚势官家势力，欺凌万姓。个个憎嫌，人人被害怨恨，不知何日何时，收没此大虫也。"李义道："二哥，若论孙秀是我狄哥哥仇人，他的兄弟如此不法，这还了得！不若吾二人到太平村杀尽孙家满门，方才出得我怨气，好待百姓家家平宁也好。"张忠也是粗豪胆量汉，言："三弟主见不差，去罢。"赵二曰："二位将军动不得的。若杀了孙云，不独小人夫妻性命不保，即本地头百姓也要累及了。"李义曰："我们杀了孙云乃与民除害，缘何反害了地头百姓？此何故也？"赵二曰："若将孙云杀了，朝中孙兵部得知，但二位将军已去了，他奏闻圣上，地头百姓岂不尽遭殃么？"张忠曰："不妨。吾二人乃狄王亲部下副将，今领旨解送征衣往三关。今日倘杀了孙家，必然禀明狄王亲，自然拜本回朝，定然为国除奸，以安黎庶。圣上必然追究孙兵部——恶弟在家藉势行恶害民，圣上岂不加罪？扳倒了孙兵部，地方上万民永保平宁了。"赵二听罢大喜："如此小人引路便了。"

当日张忠、李义随着赵二行程不上二里，驻足曰："前面一带高大围墙，便是他的府门了。"李义曰："尔且站着。"二人一人提剑，一人执刀，一同跑近孙家府门处，喧闹不休，喝呼："孙云我的儿，仗了孙秀之势，强抢有夫之女，这等无法无天，今特来取尔脑袋！我两位英雄名唤张忠、李义，随同狄钦差大人解送征衣到三关上去，今日路见不平，拔刀相助。尔这狗奴才，即速出来受死。若再延迟，吾二人就杀进来了！"当下守府人飞报知，孙云大惊失色，连说几声："不好了！他杀了飞天狼表兄，料必厉害英雄，众家丁哪里是他的对手。"吩咐关了府门勿启。孙府中家人大小，唬吓得魄散魂飞。幸得有位西席先生，名唤唐芹，乃教训孙云儿子孙浩习惯的。唐芹道："东翁不用慌忙。古言：柔能克刚。待晚生出府以柔而言，管教两位粗豪，转刚为柔而退。"孙云曰："先生出府，倘被他们杀将进来，如何是好？"唐芹曰："晚生包得不妨也。"便教家人开了府门。一见尊称："二位将军请息雷霆之怒。"二人问曰："尔是何人？"他言："小人唐芹，也传闻狄钦差大人清正好官，并帐下张、李二位乃盖世英雄，有保国安民之志。幸到此方，不啻熏风冬日之仁爱也。"唐芹要解劝二人，自然要奉赞他几句。此言奉迎人意，哪个不喜欢，谁人不乐爱？二人冷笑曰："我们原与国家效力，收除尽刁奸强棍的英雄。"唐芹曰："二位将军之言是也。尔二位原乃当世英雄，要到边关立战功的。彼孙云没用东西，何足轻重，杀之不费吹毛之力。杀便杀了，但杀之污了器械，二位将军饶了他如何？"二人喝声："休得多言！这孙云可恶，不守王法，强抢有夫妇人，捉他丈夫，几乎困屈死，岂得轻恕此奴才！不须多说，速教他出来纳命。"唐芹曰："二位将军是个明事人，岂不知孙云是个村愚俗汉，不读圣书，不明礼法，是一时妄做。做下不法事，皆因表亲飞天狼不好，挑唆他行此事。今这恶徒被二位杀了，谅孙云再不胡行了。望祈二位将军赦他，老汉再不令他蹈前辙了。"张忠曰："既赦他强抢妇女之罪，但彼哥子孙秀乃狄王亲仇人，这孙云趁此有罪，断断饶他不得。"唐芹曰："二位不知其详。若说孙兵部，与孙云虽是弟兄，岂知两不投机，犹如陌路一般。故兄官居兵部之职多年，孙云没有官做。况冤有直报，德有德酬，狄钦差与兵部有仇，理该去寻兵部算账，若将孙云准折，岂不屈杀他？请二位将军参详。"张、李听了，李义曰："孙云果与孙秀不投机么？"唐芹曰："老汉怎敢欺瞒二位将军？"张忠曰："三弟，我们果与这孙云无怨无仇，不过一时气愤。况冤家乃孙秀，他既与兄不睦，且饶他罢。"李义气易平了，说："走罢。"二人踩开大步走跑了。唐芹喜曰："好不中用的莽夫！来时雄勇狞狰，不须老汉舌尖几点，一溜烟走了。"当时唐芹喜进内府堂，将言对孙云一一说知。孙云听了唐芹一遍之言，不觉怒从心上起，恶向胆中生，说曰："原来这班狗畜类，与我哥哥为仇。我孙云倘不害他；终然有日被他们所害了。欲保全孙家免祸，不如先下手为强。"想定一计，暗弄机关，瞒着唐老先生，只因事关重大，不轻易露得风声。即回书房写下密书一封，取出五百两黄金，明珠四颗，打发一个心腹家人，名唤孙通，将书并金珠物件，吩咐如此，速去速回，不许泄露，回来重赏。孙通领命而去。要知孙云用计，下文自有交代。

却说两位莽英雄不杀孙云，一依原路而回。赵二一见道："将军，未知孙府中被杀得如何？"张忠想来，一盆火性承应去杀人，焉好说出一个也杀不得之话，只言："孙云已趁手一刀割下脑袋了。"李义接言曰："杀得干干净净，鸡犬也不留的。快些寻妻子回去罢！"赵二称谢不尽，叩头起来，往寻妻子回家。却说李义道："二哥可曾寻找遇狄哥哥否？"张忠曰："早已寻着落了。"李义曰："找寻遇了方得心安。"张忠又将狄青会母，飞山虎行刺，反被降伏，一一说明。李义听了此言，拍掌笑曰："原来狄哥哥母子相逢，姐弟叙会，真乃可喜！我二人同往拜见狄家伯母，尔意下如何？"张忠曰："且先回营中去看看征衣，然后去也未迟。"

二人回营，已见微微红日东升，有丈余高，是辰时中了。但天色昏暗，红日淡淡。李义曰："二哥，尔看天色像着阴暗了，倘若下雨，如何是好？"张忠曰："三弟，东北角上重云黑黑，朔风紧紧，若非下雨，定然风雪狂飞。倘耽误在中途，征衣就过限期了。"李义曰："二哥，算来批文御旨上限期十三解至关前，今日已是初二了，不知还有十几天程途，可赶得及限期否？"张忠曰："吾前六载曾由本省至陕西一次，若一刻不停步，决不过限期。"李义曰："就限期过了，也无干碍，有太后娘娘金面，难道杨元帅不谅情些么？"张忠称是："倘迟三两天，杨元帅未必执责吾狄哥哥。只忧天下雪霜，军士受苦也。我们往催促哥哥频些赶程便了。"李义曰："张文家中我却不认得。"张忠曰："贤弟勿忧，愚兄得知了。"

当时吩咐军士造朝飱，好打点登程。弟兄一同来到张文家中，张文出迎，接进内见了狄爷。同说："狄哥哥，难得尔今母子不意重逢，同胞完叙。我二人特来拜见高年太太。"狄爷曰："二位贤弟如此美意，且请坐。待进内禀知母亲相见。"当时狄爷进内禀明母亲，老太太大喜，传请二位英雄进堂内。狄青引见，张文在后。二人一见太太，纳头叩拜。老太太双手挽扶曰："二位贤侄请起。我儿前日飘荡到汴京，身穷落难，得蒙二位周旋，使老身感激不尽了。可恨众奸结通党羽，设计施谋，驾前保奏我儿解送征衣，在仁安县几乎被害，今出潼关，又险遭行刺。今全亏二位贤侄同伴，情谊如胞，更使老身铭感殊深也。"二人说："伯母大人言过重了！"当时二人告坐，狄爷与张文相陪，吃过茶一盏。太太曰："贤侄，若未逢会面，也不谈言，今日奉解三十万军衣，非同小可。我儿为正解，尔二人本属不相干，忝叨结义为手足，全仗二位贤侄小心扶持，一路防患保护到关，老身才得放心。"张、李答言："小侄自然关心检点程途，不过所差十一二天的，老伯母且请宽心。"张文又对狄青曰："贤弟久别初逢，心犹留恋，实思盘叙久几天，言谈别后长编之语。无奈限期迫速，且待交卸了征衣，再叙话便了。"狄青曰：深感姐夫美情，但母亲在府全仗照管。"张文曰："这也自然，何须挂虑。"狄青曰："倘刘庆来，即教他早到边关。"张文应允。言语间早膳到来，四人用过。当时只为行色匆匆，离别言辞尚且谈不尽，张忠、李义哪有工夫说出孙云的话来，是以当时母子众人尚未得知情由。是日，狄青又进内辞别姐姐，彼此言谈几句分离之语，然后转出拜别母亲、姐丈；张忠、李义也辞别太太、张文出门而去。当日老太太不见儿面，倒也绝其念，只为母子离别多年，才得相逢，即时别去，未免胆酸心酸，尚属依依。只因迫于王命，不得已母子天各一方，只有张文夫妇安慰不表。

单提营中众军兵已用过早膳，还不见狄钦差回营，多疑评论，有说犹恐过了限期，逃遁了不成？有言猜他到嫖妓家里去，尔言我语不一。书中有话即长，无辞即短。当下狄钦差与张忠、李义三人回至营中，众将士纷纷跪接进。狄爷传知："众将兵，本官已用过早膳，倘众军用了早膳，发令刻日登程。"众军上前禀复过。是日狄爷吩咐拔寨起程，仍是身披甲胄，骑上现月龙驹，张忠、李义也坐上高骏骅骝马，随侍两旁。数十辆车征衣在前，粮草在后。不想是日果然天昏地暗，细雨霖霖，一连四五天，已是寒风凛凛。又一日是初八，加些霜雪飘飘，军士多人着急。

张忠、李义曰："我们大抵要停顿了。"狄爷曰："贤弟，今天已将晚，再停一刻，寻个地头屯扎便了。"当日冒着风霜而走。不知路途上征衣有阻隔如何，且看下回分解。

张忠未除得孙云，犹放脱一虎。李义得除一潘豹，犹除却一狼，连刀七八段更快民心。

张、李同心往除孙云，固属当日众民除暴，即读者莫不欣然于纸上矣。奈何惑于浮言吁乎。

张、李未杀得孙云，反为孙云暗笑，狄青险些为其所杀，只咎张、李有始无终，粗莽疏失耳。

此回俱借张、李口中，写到关限期，处处提出，方见不紊乱于限期一月中也，结文数句亦然。

第二十八回

报恩寺得遇圣僧
磨盘山偶逢强盗

诗曰：

英雄奇遇有仙缘，指点无差妙道玄。

厚福有归方得渡，人谋岂胜道根原。

当日众将兵三千军马，冒着风霜而走。张忠马上叹言："苍天何不方便我们数天的！"李义曰："二哥，果然有此大雪霜也。何不待我们到了边关，再飞雨雪，悉听风雨下到明年也何干。"次日，狄爷传知军士，各换上油衣油兜，并将油套套在车辆之上，盖好了。弟兄三人也用雨笼摺子，仍复催赶程途前进。雨雪仍不断加大，狄爷思算程限不多，只得三四天，如若耽搁多一天，就违一天期限。虽有几封密书的倚靠，到底不违限期为妙。是以悉由天下雨雪，日则兼程赶趱，夜方屯扎。一连三天，已是霜雪加大，雨点浓浓，滑足难走。众军士叫苦悲号，颇有私言怨语。狄青对张忠、李义曰："二位贤弟，今天雪霜比往常倍加，军士们声声叫苦，于心不忍。无可奈何，只得暂且停顿，待雨雪略小些再行前进便了。"张忠曰："此地一片荒郊，四边受风霜雨打，在此屯扎，仍见吃亏，须要得个安固地头安顿才好。"狄爷曰："二位贤弟略且停车，待吾往寻个好地段安扎也。"张、李允诺。李义道："哥哥寻了地段，速回乃可。"狄青点首，即提金刀拍马而奔。一瞧四处，荒冈野岭，多是银霜。算来，今天已是十一天了，计到三关路途差不多尚有三百里。我原指望再两天到得三关，交卸了军衣，销了御旨，事已毕也。岂料连天雨雪纷飞，可怜军士叫苦悲号。朝来雪似烟翻片片，此时绿水盈衢。目击军兵劳苦，又因并且兼程，真苦恼也。只得安顿，把限期耽误了。想来虽则耽误了限期，杨元帅军法虽乃森严，自然看太后娘娘情面，并且还有几封书暗佐，料得杨元帅决不加罪于我也。

一路思量，觉已有二十里程途。西风迎面而来，隐隐闻钟声在耳边而抽过。当时狄青只道行走四五里之遥，这现月龙驹乃一匹龙马，已走了二十里。又跑走半刻，狄青看见一座寺院十分高广，不觉满心大悦。说曰："这个所在，正可停顿了。"想着，复加鞭如飞，迎着雨雪，但此龙驹既能翻腾波浪，何愁三尺途中霜雪？奔至山门首，只见石狮东西对立，左种是松，右栽是柏。山寺门漆朱油红，直竖金字牌匾一个，是"报恩寺"三大字。狄青跑进头门，下了龙驹。不觉内厢走出两个僧人，笑容欣欣，年方三十上下，拱揖曲背呼声："狄贵人老爷，吾家师知今天驾到，故打发贫僧在此恭候。难得果然有贵人到来，方见家师之言神准也。且请至里厢叙谈。"当下一人牵马，一人引道，金刀狄青自己拿着——只为刀重，二人拿得艰辛。狄青想来："和尚之言觉得奇骇。素未晤交，先知吾名姓，真乃令大疑惑难猜。"当下到了内厢，正中央立着一位老和尚，下阶相迎。但见他脸黑如乌金，僧袍皂帽草蒲履雪白，三绺长须，双目湛澄，胸挂一串珊瑚念珠，手执龙头杖一根。身高九尺多，腰圆背厚，宛似天神上圣下凡的庄严。狄青见他来接迎，但见此老僧形容古怪，未会面先知姓名，必然是一位有德善行高僧，故不敢怠慢于他，先打了一躬。那和尚只两手略略一拱，言："王亲大人何须拘礼。"狄青一想：本官深深打躬，这和尚只拱手而答，必然是个大来头的和尚了。便开言询问老和尚法名、年纪。老僧曰："大人请坐，待老僧上告一言。老僧法名圣觉。问年纪，自唐至今三百八十五了。"狄青闻言，骇异曰："如此，一位活佛了。"和尚曰："王亲大人，老僧的父亲乃唐朝尉迟恭，吾俗名宝林也。"狄青听了，言曰："原来大唐天子驾下尉老将军的后裔。小将不知，多有失敬之罪了。"和尚曰："王亲大人休得谦恭，贫僧失乎远迎，望祈恕怪。"狄爷曰："哪里敢当！但老师父既然唐朝大功臣之后，因何做了佛门弟子？"和尚曰："王亲大人，尔也未知其详。只因大唐贞观天子跨海东征之日，老僧也随天子东征。岂料大海洋中波浪大作，险阻无涯，君臣将士个个惊惶。当日天子志诚祷告上天，若得波浪平息，回朝后，情愿身入佛门，潜修超圣。祷愿毕，果得浪波平静，方渡东洋。后来征服东辽，班师归国，我王不忘此愿，要去潜修佛道。王亲御戚、文武大臣，多言万岁乃天下之主，爱民所瞻依，岂得潜修佛教，效着愚民所为？我王言：'君无食言，况祈许上天之语。'不依众臣谏言。当时老僧志愿代圣修行。我王大悦，即于此处敕赐建造报恩寺，是如此来头也。"狄青曰："原来有此缘由，足见老师父忠心为主，不愧万古流芳也。但今下官有请教于老师父。"和尚曰："大人所欲何为？"狄爷曰："下官只为奉旨解送军衣前往边关交卸，哪知近数天雨雪纷飞，军兵苦楚。目睹伤心，又无地安营，故而特到此地，欲借宝山寺中安顿一两天。若得雨雪一消，即行前进了。"和尚摇头曰："不须借扎此地了。尔们数千万征衣尽数失去，休思此处安顿也。"狄青变色曰："老师父，这是圣上钦命征衣，断不失得。"和尚曰："是失去了，还说失不得么？"狄青曰："倘失去征衣，下官性命就难保了。"和尚曰："大人这征衣于来时候还未失去，今乃失也，此乃定数。如今申时候了，尔且在此权宿一宵，贫僧有言奉告。征衣虽然失去，大人不必惊心，有失自然有归，从中因祸而得福。老僧断然不误尔的。"狄青听了，心下惊疑："看观此僧，是个清高超越不群辈。又言有失有归，因祸而得福，言吾不用心烦疑，留吾宿此，想必一番缘遇，也不免在此耽搁一天，明早再行罢。况天色将晚，雨雪难奔。但只虑张忠、李义两人在中途盼望的。"

不表狄爷权宿寺中，与圣觉祖师叙话，却说杨元帅自真宗天子对己奉旨镇守雄关，只因杨延昭弃世后，朝中武将虽有几位王爷，但年已高迈，少年智勇者却稀。杨宗保年二十六七，袭依父职后，至仁宗帝即位，加封为定国王，敕赐龙凤剑，专主生杀之权。三关上将士专由升革，先斩后奏。他为帅多年，冰心铁面，军令森严，扬名当世。是日升帅堂，言曰："本帅自先帝时，已奉旨镇守此关。只因父亲去世，袭依父职执掌兵符。此关一向平宁十余载，岂知近年数秋，西戎兵连年入寇，兴动干戈。内有权奸当道，外有敌兵犯境，怎能有日向化邦宁也？屈指光阴，守关二十六载。自西戎兴兵争战多年，本帅只有保守之力，奈无退敌之能。目下隆冬霜雪之天，帐下军兵数千万，专候军衣待用。前者连连有本回朝催取，不料此时候尚还未到。前月正解官有飞文到来，言在于仁安县驿中被妖怪将副解官摄去。本帅犹恐有弊端欺瞒，是以飞差查探，果有其事，已经走本进朝去了。但限期一月，今日已是十二天了，是二十八日期，因何征衣御标不见到来？狄青既为钦命臣，可知隆冬霜雪，兵丁苦寒，早该急赶程途到关，为何耽误限期？可怜数千万兵丁寒苦，实见惨伤。"当中杨元师公位在中央，左有文职范仲淹，官居礼部尚书；右坐武将杨青，年高七十八，仍是气烈昂昂。年少时已随杨延昭身经百战，两臂膊犹如铁铸之坚，曾经见二虎相争，被他力打而服，故有名"打虎将官"，封"无敌将军"；还有多少文官武将，多在帐外东西而列。当时范爷见元帅嗟叹，微笑道："元帅不必心烦。圣上命狄青解送军衣，决不敢在途中延误。况今限期未到，何须过虑？"元帅曰："范大人，如此天气阴寒，兵丁惨苦，倘或被他再耽迟三五天，可不寒坏了多军也。"范爷曰："元帅，这狄青既为朝廷御戚，岂不体念军兵寒苦？或于限内到关也定论不得。"元帅曰："范大人，狄青既然奉旨，限了军期，莫非仗着王亲势力，看得军士轻微，故意耽误日期也？"杨老将军冷笑道："元帅，尔哪里话来？如此连天雨雪，三十万征衣，车辆数百，途中好生费力，定然雨雪阻隔行程。如要征衣解至，除非雨止雪消。"元帅曰："老将军，若待雪消衣到，众军兵已寒死了。"范爷曰："元师既不放心，何不差位将官往前途催钦差，意下如何？"元帅曰："大人言之有理。"元帅正要开言，只见部中一将匆匆跑上帅堂，身长九尺，膀阔腰圆，面如锅底，豹头虎目。上前打拱呼道："元帅，小将愿往领此差！"一声响振如雷。此人乃焦赞之孙名唤焦廷贵。元帅曰："焦廷贵，本帅着尔往前途催赶征衣，限尔明日午刻回关缴令，如违定斩不饶。"焦廷贵手执短刀，身乘骏马，带上干粮火料，离关飞马而去。此话暂停。

又说雄关之内，相离二百五十里有座磨盘山，山上有两名强盗，乃嫡亲手足，长名牛健，次名牛刚。弟兄是个英雄之汉，占据此山已有一十二年，喽啰兵约有万多，粮草也有三年。这两名强盗无非打劫为生，并不想什么大事。故杨元师道他蝇虫之类，不介怀于心，又因西北兵连年入寇不暇，故不征剿他。又有李继英自在庞府放走狄青，与庞兴、庞福据了天盖山为盗。只因庞兴二人心性不良，只得一月，继英见他残忍害民，不睦分伙而奔，路经磨盘山，又结交牛家兄弟。牛家兄弟二人向与孙云有事相通。是日乃十月十二清晨，孙通有书送来，二人看罢，牛健曰："原来孙二老爷要害狄王亲，教吾劫他征衣。尔意劫也否？"牛刚曰："哥哥，孙大老爷乃庞太师女婿，并且他二房中孙武前时向有关照，我们岂可逆他之意？况有金宝相送，有什么劫不得？"牛健曰："劫是劫得，但这狄钦差与我并无仇怨，劫了征衣，害他性命，于心不忍。"牛刚笑曰："哥哥，狄王亲若向日与我弟兄有相交，今日原难劫他的；今妙不过一向无交，正好行此事了。"牛健闻言只得回了来书，白银五两赏孙通而去。登时敲鼓传集众喽啰，吩咐毕，再请至三大王。继英、牛家弟兄起位，三位告坐。牛健笑而言道："李三弟，方才孙二老爷有书到来，只因孙大老爷与钦差狄青有仇，如今狄青奉旨押解征衣到三关，故孙二爷托着我们劫取征衣，待他难保性命。有劳三弟管守此山，我弟兄各带喽啰五千下山往劫掠他征衣。"继英听了，呆想一番，摇首言："不可劫他征衣！这是朝廷之物，二位哥哥休得听孙云之言，莫贪此无义之财也罢。"牛刚曰："三弟之言却像痴呆者，哥哥不可听他之言。"继英又言："二位哥哥，那孙家乃是奸臣一党，奉承着奸臣，非为英雄大丈夫也。尔二位果要劫掠征衣，结义之情撒开便了。"牛健闻言，怒发于色，二目圆睁，喝声："胡说！尔是异姓之人，如何做得我们之主！尔要交情撒开，决不留尔的。"继英想来：看他们如此，料想阻挡不住了。不免待吾先跑到军营，通个消息，待狄公子准备便了。这继英装着假怒，气昂昂顷刻分离，单身上马，提了双鞭，即匆匆而去。牛健弟兄也不相留，即时召集喽啰，兴兵下山。

又说继英到山入伙之时，只言知是天盖山的英雄，牛家兄弟不知他是庞府的家人，为私放走狄青逃出来的，若知此缘由，定然不对他说此事。当时继英冒着风寒雪雨，跑马如飞。岂知一来道途不熟识，二来性急，慌忙走岔了路途，故不能去保守得征衣，有些尴尬，亦是定数之难移也。是至张忠、李义，并不知此缘由，不做得准备，不表。

却说牛健弟兄留下一千守山寨，各带五千喽啰，是日，各执兵器，杀下山来。此日现阳光雪略消，但继英是迷失走岔去路，是致牛健喽啰兵先杀封。牛氏弟兄在此山为寇一十二年，哪个僻静地头不稔熟？料度东京到此，必从此道经由，必在此处安扎屯，如今果然不出所料。张忠、李义上一日等候狄钦差择地安营，岂知去久不回，故二人只得商量，屯扎于荒郊之中，四面受抵风霜之地。一面安营，又是埋锅造膳。军士人人抵冒风雨私言；张、李弟兄言谈曰："怪不得言征夫劳苦。非此些小辛劳，今日身经担任方知也。"不表弟兄言谈，众军私论，不知强盗杀来，征衣劫得如何，且看下回分解。

写一路催赶进前，又加风霜寒雨，可见解官重任匪轻，程途劳瘁，匪易也。

择地安营，不意引出报恩寺老僧。不独当日狄青所骇异，自唐贞观至此已有三百八十余年，此僧又云尉迟之嗣，不知拟此老僧为仙，抑或活佛，吾甚疑之，特为指出以醒读者。

此回历叙明杨元帅继守雄关袭阴之始，以为结书后帅狄青，初也故写其巍巍权势亦然。

前十四回写继英与庞兴、庞福三人优劣见矣。今又写其心性不良，一日分伙。呜呼！君子、小人势难并立也乎。

第二十九回

磨盘盗劫掠征衣
西夏帅收留降将

诗曰：

　　　军衣一失害钦差，奸险小人立志歪。

　　　关节交通强盗辈，英雄中计遂心怀。

　　话说李义道："张二哥，今天乃十二日了，风雪雨霜已消了。但解官老爷因何昨天往寻地段安营扎屯征衣，如今不见回来？待他一回，好赶到关了。"张忠道："三弟，我想这狄钦差实有些呆癫，前数天一人独出，险些被飞山虎结果了性命，今日又不知哪里去了？"正言之际，忽有军士飞报："启上二位将军，前面远远刀枪密密，不知哪里来的军马。恐妨征衣有碍，请二位将军主裁。"李义喝声："有路必有人走，有人马必持军器用的。我们奉旨御标征衣，谁敢动他一动！轻事重报的戍囊，混账的狗王八！"军士不敢再多言，去了。未久，又报启上："二位将军，两彪军马杀近我营来了！"张忠、李义齐言："有这等事？"一同出外观看，果有两支军马，分东西营杀进。刀枪剑戟重重，喧哗喊杀大呼，要献出征衣。牛大王五千喽啰冲进东营，二大王五千喽啰杀入西营。张忠、李义连声呼道："不好！"即速上马，取家伙不及。李义拔出腰刀，张忠拿出佩剑，喝令众军抵敌强人。岂知牛刚、牛健的人马分左右裹将进来，好生厉害。高声喊："杀！献出征衣！"张忠、李义心慌意乱，各出刀剑迎敌，四人厮杀在荒郊。众军兵慌忙不定，保护征衣尚且不及，还敢迎敌？张忠挡住牛健，李义敌截牛刚，东西争战，哪里顾得征衣。三千军又不知喽啰多少，喊战如雷，早已惊慌四散，纷纷逃窜，幸得早奔保全性命。当下三十万军衣及粮草盔甲、马匹，尽数劫上磨盘山而去。

再言张忠与牛健对敌，岂知手剑短小，抵挡大砍刀不住，只得纵马散走，却被牛健追了三四里。幸得继英赶来，一马飞来接战，张忠复回马，二人杀退牛健，也不追赶。又言李义与牛刚大杀一场，亦因腰刀短小不称手，放马败走。牛刚见他去远，不来追赶，带领喽啰回归山寨，撞遇牛健，弟兄喜悦而回。

先表李义败回，想来心中大怒，言："可恼！可恼！不知哪里来的强盗，如此厉害！"又有败回军士叙集回启上："将军爷，征衣、粮草、马匹尽遭劫去了。"李义一闻，连声说："不好了！"又问："张将军哪里去了？"军士言："杀败而逃，不知去向了。"李义烦恼，正寻抽身帮助，张忠已至，又多出一继英。问明缘故，继英细细说知前情，方知是磨盘山上的强盗，受了孙云之托，来劫征衣。李义听了大恼，悔不当初杀却这奴才。又呼道："二哥，不若我们带了军士，杀上山去，夺取军衣回来如何？"张忠曰："三弟不可。方才我二人已被他们杀得窜败了，保也保不住，哪里夺得转来？"继英曰："军衣果在他山中，且待狄老爷来时，再行商量罢。"李义曰："尔们且在此召集回军士，存顿于空营，待我去找寻狄大哥回来便了。"张忠曰："你知他在哪里，何方去找寻的？"李义曰："人非蝇虫之类，长长七尺之躯，藏得到哪里，有什么找寻不遇？待我去找寻回哥哥，将山中一班狗盗强人一齐了结！"说完，怒气冲冲，加鞭而去。张忠与继英只得召集回三千兵丁，守了空营等待，也不多表。

先说磨盘山牛氏弟兄、一万喽啰，回到山中，将三十万军衣收点停顿了，犒赏众喽啰，休得细表。弟兄开怀乐饮，谈言一番。牛健忽然想起，拍案说："贤弟不好了！此事弄球了。"牛刚曰："哥哥因何大惊小怪起来？"牛健曰："贤弟，征衣劫差了。"牛刚曰："到底怎生劫差也？"牛健曰："那三十万军衣，乃是杨元帅众兵待用之物，被我们劫掠上山来，杨元帅岂不动恼么？他关内兵多将广，经不得他差遣大军前来征讨。我弟兄虽有些武艺，哪里抵挡得过他关上的多军？可不是征衣劫坏了么!"牛刚听了，顿然呆了，连声说："果然抢劫得不妙了。杨元帅震怒必不干休的。哥哥，不若今宵速速送回他，可免此患。尔意下何如？"牛健曰："贤弟，这是尔撺掇我去抢劫的，如今劫了回来，又教我送回，岂不是害我的么？"牛刚曰："今已劫错了，悔恨已迟。杨元帅大怒，他兵一到，这万把喽啰必不济了。不若及早送还的妙。"牛健曰："我弟兄做了十余年山寇，颇有声名，劫了东西又要送还，岂不倒了自己名威，而且被同道中晒笑不智了。"牛刚曰："如若不然，怎生打算也？"牛健曰："朝廷御标杨元帅征衣，擅或抢劫，还敢大胆往送献，只好将脑袋割下送献，方得元帅允准也。"牛刚曰："果然中孙云计的。"当时兄着急，弟慌忙，思来想去，酒已不食。到底还是牛健有些智略，呼声："贤弟，我有个道理在此：不免我们连夜收拾起金银粮物，带了征衣喽啰，奔往大狼山，投往赞天王麾下，定然收录。若得西戎兵破了三关，西夏王得了大宋江山，尔我做名官儿，岂非一举两得也！"牛刚喜曰："哥哥妙算不差。"二人算计定，传知众喽啰，将征衣车辆数百驾起，推出山前，并粮草马匹，一齐牵载出。二人收拾财物，然后吩咐放火烧焚山寨，下山而去。

不表牛家兄弟向大狼山而去，先说焦廷贵奉了元帅将令匆匆忙急，来到荒郊上，日夜不停蹄走，已是时交五鼓，寻觅不遇钦差。他在马上思量：奉了元帅将令，催取征衣，岂知鬼也不遇一位。元帅限我明天午时缴令，如今寻至天将大亮，回关缴令就不及了。如今我也不往找寻了，且进前边数里看看罢。手持火把，马上而奔行。行不觉数里，猛然抬头一看，只见火光一派跨天，山丘一片通红。焦廷贵驻马曰："这座山乃磨盘山也。山上刚、健两只牛，二人做了十多年强盗，从来没有一些鬼孝敬我焦将军。如今山上放火，不免待吾跑上山去打抢他些财宝用用，岂不妙哉！"言罢，拍马加鞭，上到山峰。只见寨中一派火光，哪有一物？便言："两只山牛多已走散了，想必财宝一空了。下山去罢。"打从山后抄转，且喜得一轮明月光辉，天犹未亮。跑下山脚，有座亭驿子，进内，仍有明灯一盏。焦廷贵此时腹内饥了，就将干粮包裹打开，食个爽快。

解下葫芦壳，将酒尽罄喝了，已醉饱。且将马拴于大树根，打算睡于亭中。此言慢表。

却说牛健、牛刚弟兄，一路往投奔大狼山，打从燕子河过渡，但无船只可渡，冰坚塞河，只得沿绕河边而进。到了大狼山，天色大亮，阳和日暖，雪霁冰消。吩咐众喽啰将军衣、车辆、粮草、马匹停顿山下，弟兄上山，求见赞天王。有军兵进内，禀知其事。赞天王登时升坐金顶莲花帐，百胜无敌将军子牙猜对坐，还有大孟洋、小孟洋左右先锋坐于两旁。赞天王传令："速唤牛氏兄弟进见。"当时弟兄进至山中帐下，同见赞天王已毕，仍然跪下。赞天王闻言诘曰："尔二人名牛健、牛刚么？"弟兄二人说："然，小人乃磨盘山上强民，乃同胞手足。"赞天王曰："尔二人既是磨盘山为盗，而今到此何干？"二人禀启："大王，小人久已有心要来投降麾下，奈无进身之路。幸喜得宋君差来狄王亲解送军衣到边关，道经磨盘，已被小人杀退护标将兵，劫掠军衣到来，投献大王。又有三年粮草并财帛、马匹、精壮喽啰一万二千，伏乞大王一并收用，小人弟兄当效犬马之劳。"赞天王曰："孤打听得朝中狄青，乃一员虎将，况三十万征衣，岂无将兵护送？尔弟兄有多大本领，杀退得解官，抢掠得征衣？莫非杨宗保打发来的奸细，欲为内应么？"二人曰："大王，小人并非杨宗保打发来的奸细。现在磨盘山今将火焚毁山寨，有凭有据的。三十万征衣余外，金银万余，喽啰、马匹、粮饷多在山下，并没有丝毫作弊的。"当时赞天王听了，吩咐大孟洋下山去查明。大孟洋领令，立刻下山，逐一检验讫，即进回帐中禀知。赞天王方才准了收录弟兄二人，一万两千喽啰兵，注名上册。粮草归仓，马匹归厩，金宝收贮了。又将三十万军衣给散众兵。又说这些西兵多是皮衣裘裤，比大宋军衣和暖，有天渊之隔，是以众兵用不着，原封数百车一件也不乱动，待等狄青一到，原璧奉还。此是后话，也不烦言。

此书先说狄钦差上一夜在着报恩寺安宿，至次日早晨，天乃十二日。红日东升，急忙忙洗浴，用茶已毕，登时告别老僧人。是日圣觉禅师微笑道："王亲大人，昨夜已失征衣了。但原有归还之日，大人不必介怀也。如今贫僧还有偈言数句相赠，大人休得多哂，即今此去，便有应验了。"当时狄青细思：这老和尚未逢面即知名姓，是个深明德性、潜修品粹高僧，故一心恭敬，于彼即言言入耳，句句中听。当下这老和尚言未了，向大袖中取出一束。递写狄青。这狄青双手接过，口中称谢，曰："得蒙老师父指示，感德殊深也。"又将束上一看，有绝句诗四句曰：

匹马单刀径向西，高山烟锁雾云迷。
防备半途逢刺客，立功犹恐被奸危。

狄爷看罢偈言，收藏进皮囊中。又说："小将此去边关，不知吉凶如何，还求老师父再指迷途，更见慈悲之德。"老和尚曰："大人乃保宋佐主之臣，总有凶险，从凶两化吉，何须多虑。"狄爷听了曰："老师父妙旨不差，就此拜别也。"早有少年僧牵至龙驹，狄爷坐上，执起金刀，出寺而去。

先说焦廷贵在驿亭中睡醒转来，已是一轮红日出现东方。一揉开二目，说声："不好了！"插回腰刀，拿回铁棍，急匆匆地解下马，即跨上。只为奉元帅将令，要在日午后赶回关中，不然脑袋不保。此为何说？只因杨元师军令森严，一过限期回关，即要受罚，是以焦廷贵睡醒，急忙忙地跑走。他用的镔铁长棍，倘有失时倒运之人，撞在他棍上，阴他马道，就到阎王老爷的去处了。当时飞马，心急回关缴令，只碍着雪成冰块，一见太阳就消化，冰滑马要快时，蹄滑难快。但这焦廷贵生来性情躁，急说："不好了！我赶回关去，尚有七八十里途程，如今已是辰时了，这马又行走不快，如何是好？罢了，罢了，不要坐这老祖宗，舍脱丢下他罢。"想完，连忙跑跳下马，撒在路旁。不知何人造化白得此马，书中也无交代。

当下焦先锋一程踏冰跑走，反觉快捷。只见前面来了一位黑脸将军。原来焦、李二位莽汉的尊容，黑得光辉，不相上下。原来此人乃李义，一路找寻狄钦差。当下路逢焦廷贵，诘曰："黑将军可见狄钦差否？"焦廷贵见问，喝声："尔这乌黑人，擅敢与吾焦老爷拱手么？"李义曰："不瞒将军，吾乃狄钦差帐下副将，吾名李义，诨名离山虎也。"焦廷贵曰："离山老虎，果然凶也。吾今与尔斗上三合，强似我者，才算尔为离山虎；如怯弱于我者，只算煨灶猫儿也。且看铁棍来！"言罢，当头打来。不知二人如何顽战，焦廷贵如何回关缴令，且看下回分解。

军衣被劫，祸由张、李不杀孙云而起。牛家兄弟劫得军衣，反弄得急忙忙降献大狼山，亦在孙云计算中。牛家兄弟奔降大狼山，亦出于不得已。但观牛健品质言论，与牛刚有异，观此可知后日异奔前程。

初写焦廷贵出现，一出便狂莽粗率，故得后日被奸险所算，是皆由狂莽粗率中得来。

狄青原乃一血性英雄，一闻老僧人言"征衣乃定数有失"，即依僧言不还营，由天而不介怀也。

第三十回

李将军寻觅钦差
焦先锋图谋龙马

诗曰：

> 二缘一会总无期，不意知交更见奇。
>
> 只为勤劳同护国，丹心协力佐军机。

当时李义见铁棍打来，短刀架过，呼道："将军休得动手！吾要觅寻钦差狄老爷，哪里有闲暇日期与尔赛斗？"焦廷贵曰："谈讲了半天，尔今往觅找哪个狄老爷？"李义曰："即正解官狄王亲也。"焦廷贵曰："他与尔一程同走，一营同止，何用找寻。"李义曰："只因昨天单身独马觅地安营，至今未见他回，故往找寻。"焦廷贵听了，喝声："胡说！他既择地安营，怎说不见回？此言何解？吾奉杨元帅将令，催取征衣，尔反言不见了正解钦差。莫非尔得他钱钞，放他脱身走了么？"李义怒而喝曰："这狄钦差又没有什么罪名，怎说吾贪财放走？尔这人言来太狂妄了。莫非尔暗中害了钦差性命，反向我们讨取么？"当日两人一言贪财放走钦差，一言暗中图害他性命，二人多是狂妄粗蠢之徒，在此痴言戏语。焦廷贵曰："吾今奉元帅将令，来催趱他军衣，怎说吾图害了钦差？倘尔这鸟人激恼了吾，焦将军就要动手了！"李义微笑曰："尔来催取军衣，休得妄想了！军衣数十万已被磨盘山上的强盗尽数劫掠去了。"焦廷贵曰："此话是真否？"李义曰："吾半生未说谎言。为此我找寻狄钦差，前去取讨回来。"焦廷贵曰："没用的饭囊！尔还说去找取磨盘山的强盗么？如今山上的鬼也没有了，不知走散在哪一方。且请拿下吃饭的东西去见元帅！"李义听了，吓了一惊，言："不好了！既然强盗奔散，狄钦差不见回来，怎生是好？可恼强徒，狄老爷性命休矣！"焦廷贵见李义着急，便呼道："李将军不用着忙，既失了军衣，只求我焦将军在元帅跟前讨个情面，元帅决不计较了。"李义曰："焦将军，尔休得哄我。"焦廷贵曰："谁哄尔的？吾平生并未说些谎言。"李义曰："如此，分头去觅寻钦差便了。倘一遇狄钦差，焦将军须要对他说个明白，言征衣虽然失去，幸喜军兵未受伤残，现停顿于荒岗，要他速速回营定裁。"焦廷贵应允，各自分途。

又表明：焦廷贵固属粗莽之徒，倒有些主意。想来：这班强徒既烧了山林，毁了巢穴，又不见投到我关，想必别无去路。定然劫了征衣，犹恐元帅发兵征剿，想来立身不定，投奔大狼山而去。一路思量，心中带怒。又见远远马上一员将官，真乃威严凛凛，金盔、金甲、金刀，盔顶上豪光现上。又想：这员小将的坐骑，在于冰雪堆跑走如飞，更兼马丰如此奇异，一片淡赤绒毛，定然是龙驹马。不免打他一闷棍，抢夺此马回关，献与元帅坐乘，岂不美哉？焦廷贵想定主意，将身躲在一株大树的背后，等待此将而来。当日狄青别却圣觉僧，依他偈言，望西大道而奔。行程不觉二十余里，果见烟透路迷，封罩树林中。狄爷自言曰："老僧人偈言验矣！果然烟封林径了。"岂知此路是磨盘后山山寨，虽然焚透，然而山后顺着风，故烟锁山林。狄爷想来，既烟透道途，定然有刺客了。犹恐被他暗算，即发动大刀，前遮后拦，闪闪金光飞越。焦廷贵在着大树后闪将出来一看，不觉呆观一会。言："此人好生奇了！难道知吾在此打他闷棍么？一路而来，舞起大刀，前劈后挡，做出几路架势来。他的刀法周密，哪里有下棍之处？"焦廷贵曰："一闷棍也闷他不得，不免做个挡路神罢。若不抢夺他马匹，不见焦老爷的厉害。"即跑出，迎面横棍挡拦，大喝："马上人休走！腰间有多少金银，尽数留下来。"狄青驻马一观，原来乃一条黑脸大汉，步走手提铁棍，要讨取金银。当时狄青亦不着恼，徐徐答曰："本官只得一人一骑，并无财帛，改日带来送尔如何？"焦廷贵喝曰："尔不遇我的，是尔造化；若遇了，路途钱定然要拿出的。"狄爷曰："实实没有在身边。"焦廷贵曰："当真没有么?"狄爷曰："果也没有了。"焦廷贵曰："罢了!航船不载无钱客。尔既经由我径,必要路途钱了。若果没有钱钞送我,且将此马留下准折,便放尔去路。"狄爷曰："要本官的坐骑么?倘若不送此马,尔便怎的处置?"焦廷贵曰："此乃放心,不忧尔不送;尔若不送此马我手中,家伙强蛮了。"狄爷曰："吾固愿送尔,只有同行伴当不愿。如若同伴允了,本官即送尔了。"焦廷贵曰："尔伙伴在哪里?"狄爷金刀一摆,大喝:"狗强盗!此是本官的伙伴,今无别物相送,且将金刀送尔作路途钱!"金刀连连砍发。焦廷贵铁棍左右砍架,哪里抵挡得住,振得双手疼痛,大刀已将铁棍打下地中,大呼:"不好!真厉害也!马上将军,饶恕小将,休得动手!"狄爷冷笑曰:"尔今要钱钞、马匹否?焦廷贵曰:"不要了,让尔去罢。"狄爷曰:"与本官速速送来路途钱,好待赶程。"焦廷贵曰:"吾既不要尔的钱马,尔反讨我的路钱,有此情理否?"狄爷曰:"没有钱钞送上,定然不去。"焦廷贵曰:"吾不知尔这俊俏人如此厉害。如今果没有钱钞携来送尔。"狄爷曰:"既无钱相送,且将一件东西抵押,我就趱程了。"焦廷贵曰:"没有哪一件东西。也罢,且将头盔、铠甲奉送尔如何?"狄爷曰:"不要。"焦廷贵曰:"短扑刀、铁狼棍送尔罢。"狄爷曰:"要他没用处,焉抵得尔身上的好东西?"焦廷贵曰:"这不要,那没用,难道我身边有好东西尔要急用也?"狄青微笑曰:"只要尔的脑袋也。"焦廷贵曰:"这家伙实乃奉送不得。"狄爷曰:"这也何难,只消本官一刀撇下了。"焦廷贵曰:"这实难送的东西,倘拿下送尔,教吾拿什么物件饮食?"狄爷喝曰:"既不肯将脑袋相送,本官伙伴强蛮了。"提起金刀,光辉灿灿,正要砍下,焦廷贵慌张得着急了,高声喊曰:"尔这人,不要错认吾为强盗,我乃三关上杨元帅麾下焦先锋。尔若杀我焦廷贵,杨元帅要与尔讨命也。"当下狄青听了此言,住手言:"边关闻有焦廷贵,乃是当初焦赞裔孙。想他既为边关将士,为何做此非歹之事?既然尔既乃杨元帅帐下先锋,缘何在此做此勾当?莫非尔贪生畏死,假冒焦先锋么?"焦廷贵曰:"哪里话来!吾乃一个硬直汉,哪有假冒别人姓名。"狄青曰："既非假冒，乃为焦先锋，应当在关中司职，缘何反在于此劫掠，这是何解？"焦廷贵曰："吾奉元帅将令，催取狄钦差军衣。只为关中众兵急需之物，限期已满，还不见军衣到关。吾也限午刻回关缴令，跑近此山，见此匹坐骑生得异常，意欲劫回关中，送与元帅乘坐。此是实言。"狄爷曰："尔元帅差来催取征衣么？本官乃正解狄青也。"焦廷贵厉声喝曰："尔何等之人，胆敢冒认钦命大臣，罪该万死！"狄爷笑曰："一钦差官有什么稀罕，何必冒认起来？"焦廷贵曰："尔既是狄钦差，缘何一人一骑的耍乐？征衣不见，何也。"狄爷言："现停顿前途，不出二十里外，在于荒郊中。"焦廷贵听了，大笑不已。狄爷曰："尔发此大笑是何缘故？"焦廷贵只是笑而不言。狄爷曰："尔这人莫非疯癫呆的么？"焦廷贵曰："吾虽则半癫半呆，只是你们管的征衣尽数失去了。"狄爷闻言着惊而言："果也应了老僧之言了。"焦廷贵还在那大笑不休。狄爷呼道："焦将军，尔既知军衣失去，必知失去哪个地头所在。"焦廷贵曰："尔跟寻失却的所在，莫非要吾赔还尔么？"狄爷曰："非也，只要焦将军言明失却在哪方，吾自有道理。"焦廷贵曰："失在大狼山赞天王贼营里边。只是朝廷差汝督解军衣，应该小心防守，怎么尽数失了，反来诘问于我？还不割下脑袋来见元帅。"狄爷曰："失去征衣，原是下官疏失。既然尽失落大狼山，吾即单枪匹马，立刻讨取回，岂惧贼将强狼！倘若缺少一件，也不稀罕。"焦廷贵曰："尔这人正是癫呆的了，管守也管不牢，还说此妄言。单枪匹马取回，尔今在此做梦么？况大狼山赞天王、子牙猜、大小孟洋五将，英雄无敌，且具十万精兵，屡称劲敌。杨元帅血战多年，尚难取胜，尔这人身长不过七尺耳，一人一骑，不要说与他交锋，被他一唾液也灌淹倒。尔休得痴心妄想。尔若知识权变者，早些听吾好言妙语，不过逃之夭夭。待吾回关禀明元帅，只说强盗劫去征衣，杀了钦差。尔便遁回去，隐姓埋名，休思出仕，以毕天年，方保得吃饭东西。"狄爷听了此言，不觉动恼，双眉一皱，二目圆睁，呼道："焦将军非得将本官小视也。但吾非惧怯赞天王等强狼，十万精兵劲敌。吾自有翻山手段，管教他马倒人亡，才算得吾狄青平生本领。"焦廷贵曰："吾今听尔说此荒唐之言，真乃要河边洗耳不堪听的。"狄青曰："焦将军难道尔不知么？"焦廷贵曰："岂有不知。固知尔是太后娘娘嫡内亲。但太后的势头压不倒西戎兵将。"狄爷喝声："胡说！谁将势头来压制贼帅！但本官在京刀劈王提督，力降狂驹马，赫赫扬名，谁人不晓？今宵定必伤了赞天王，单刀一骑，翻扰十万西兵。"焦廷贵曰："倘尔杀不得赞天王，讨不转征衣，那时一溜烟走了，教吾老焦哪处去寻？实准信不得尔。"狄爷曰："吾亦不与尔斗唇弄舌，倘杀不得赞天王，愿将首级送尔回关缴令。倘吾讨取回征衣，焦将军愿在元帅跟前与下官讨个情，将功折罪，可允准否？并不知大狼山在于哪方，还要动劳尔指引。"焦廷贵曰："尔果也收除得西夏将兵，即征衣失去，元帅也不敢责罪了。大狼山路程小将更为熟认，如今不必多言，就此去罢。"说完，拾起铁棍，踩开大步而走。一对飞毛腿，跑捷不弱于狄青现月龙驹。

又说明：别位正人说来的言辞自然清清楚楚，那焦廷贵是个痴呆莽汉，言来七不答八，驴唇不对马嘴。方才李义说明被磨盘山强盗劫去征衣，是有凭有据实事，并不提起反说征衣现在大狼山赞天王营中，此是焦廷贵见磨盘山放火烧尽，是他猜疑测度，反当作真实为据的。今幸果然猜测准了，反助着狄青立下战功，这实乃出于意外也。当时二人迅速行程，已有数里，前面燕子河阻隔了前程，没有船筏可渡。若直河而走，只得五里之遥，倘沿河周围而走，却有十多里。狄爷勒马，二人商量，只得绕着河边而走。幸喜龙驹跑走得快捷，焦廷贵两腿如飞赶进，一连跑走十里多，其时日交巳刻了，相近大狼山不远。又只见远远一座高耸巍峨山，连天相接，密密刀枪如雪布，层层旗旛似云铺。又闻吹动胡笳一遍，声音嘹亮。有巡哨的巴都军，四山巡逻；许多偏将，驰骋飞奔。狄爷看罢，呼声："焦将军，前面这座高山，一派旗旛招展，莫非即大狼山也么？"焦廷贵曰："正是，只恐尔今见了此座山，魂魄也倾消了，还敢前往对垒争锋否？"不知狄青如何答话，到山讨战不晓胜败怎分，且看下回分解。

焦、李二将，均同寻觅钦差，一责任于失征衣，一责任于催征衣，是皆责任之重者。如何二将犹戏言闲言而没紧关，何也？不仅李义有此顽耍之妄，至焦廷贵则不堪矣，粗莽狂妄皆优。焦廷贵与李义分途觅青，顺笔又写出图夺龙马，二人顽戏之语，与上文如出一口吻。焦廷贵虽云狂莽，但观其责备失征衣之咎，与教育逃走埋名，万一失去征衣讨不回者，言之未尝不是。是他粗莽中之机变处，不似今人，一味粗莽，身罹陷阱而不知者。

第三十一回

匹马力剿强虎寨
单刀倒搅大狼山

诗曰：

> 一出惊人大将材，单刀匹马疾如雷。
>
> 沙场破敌功魁首，名表凌烟凤阁台。

当下焦廷贵正讥诮着，狄青言："焦将军休得多言。尔且看下官往讨转征衣回来，才见吾言非谬说也。"焦廷贵曰："尔一人果杀得赞天王，讨取得回征衣，算得尔仙人手段了。但吾不能帮助尔的，只好远远在此旷野之中等候尔。"狄青诺允，一连打马三鞭，飞跑到半山中，高声大喊："西奴才的叛贼赞天王，抢掠了征衣，速速送还，万事干休；不出会战，本官即杀上山了！"早有巡哨军进寨报知。是日赞天王、众将同在帅堂吃酒畅乐，吹番笛，唱番歌，一片胡笳声彻响亮。闹庆之际，见小番进来跪报："有山下一小将，单刀独骑，十分猖狂，痛骂要讨取回征衣，必要与大王会阵，如无将士出马，他即杀上山来了。请定裁。"赞天王曰："有多大本领的宋将，如此狂言！他若讨取回征衣，且还他便了，这些军衣一些也用不着。"子牙猜曰："不可。吾自兴兵以来，威名远惧，何曾畏怯？固这小宋将，一向强狠，岂可一朝怯弱还他征衣！"赞天王曰："孤这里众兵，一衣也不合用，还了他原无损益的。"子牙猜曰："大王若将征衣还他，不但我人人之耻辱，而且敌人只言我等惧战，畏怯了他，断然还不得征衣的。"言未了，又闻报："山下小将自称解官狄青，必要与大王见个高低，若再延迟，他就杀上山来。"赞天王曰："宋将如此猖狂，必要与孤家出敌，可恼！可恼！

186

传左右，抬过兵器盔甲！"这赞天王生来面似乌金，两道板眉，豹头虎额，凛凛神威；朱砂狮子鼻，口阔唇方；长拖两耳，眼珠碧绿而圆；颔下花黑，半如灰色；长大身躯，一丈二尺；声如巨雷。他的本来面目无人晓，乃圣帝跟前一大龟化生也。穿挂上镶铁金铠盔，手持流金铛，骑上乌骓马，不异金刚神汉，乃西夏国首领英雄。赞天王想来：孤屡日沙场未逢敌手，这狄青单刀独骑杀来，取他首级，不费吹毛之力。如若多带兵丁去杀了他一人，反被宋人言吾领众欺寡了。故赞天王不带一卒，拍马加鞭，一声炮响，冲下山坡。子牙猜、大小孟洋出至山峰观看。

赞天王跑出山前，高持流金铛，大喝："宋朝来的无名小卒，有多大本领，敢来大虫额上捏汗么！速速回马，保全性命！"狄爷大喝："番奴休得无礼！吾乃大宋天子驾前官居九门提督狄青也。吾金刀之下不斩无名弱将，快马上姓名。"赞天王曰："孤乃西夏王御弟，今奉命为监军总管赞天王也。"狄爷大喝："叛贼畜生！还不知我主嘉祐君王，乃仁德之君，文忠武勇。屡次姑宽，只道由尔逞强，吾主以惜悯生民为心，故略不行征伐，是尔造化。令又胆大，将本官数十万军衣劫掠。今日断难容尔狗命！"赞天王喝声："狄青休得妄夸大言。孤自兴兵七八载，百战百胜。杨宗保尚且不敢出敌，尔乃黄毛未退的小儿，休来送死！况我国自唐末时已世胄称王，今日兵雄将勇，取尔大宋江山易如反掌。且吃吾一刀！"言未了，一铛打来，狄青金刀豪光闪闪地挑开。若问赞天王身高一丈二尺，比狄青七尺之躯，虽则龙马高大，然比之赞天王矮了三尺多。他虽是王禅老祖门徒，仙传刀法，技艺精通，然赞天王实力很大。当时狄青与他兵刃交锋七八回合，觉得两臂酸麻，难以抵敌，斯时欲败而不可败，欲战又不能战。这焦廷贵在旷野中探出头一瞧，高声大喊："大狼山翻不转，赞天王杀不成，军衣讨不还，流金铛挡不过了！"这几言送到狄青耳边，激恼他只得拖刀败走。赞天王拍马而追，狄青想来：圣帝赠吾的法宝，今日危急之际，不免试用起来罢。勒住马缰，急向囊中取出七星箭一支，呼念"无量寿佛"，登时祭起一道金光，飞绕空中。赞天王眼晕神乱，兵刃低垂。七星小箭犹如流星一般，嗖嗖声音。焦廷贵大呼曰："好个戏法来了！"只听得空中一响，宝箭飞溜下来，金光四射，向赞天王头盔心射下，复飞起空中。此时赞天王痛得难挨，自马上翻身跌下。焦廷贵一见，即要动强蛮，飞步赶上，拔出腰刀，将头砍下。扼发束系在铁棍上，踏扁铜盔，收藏怀内。狄青手一招收回七星箭。焦廷贵好生喜悦，言："不想尔有此妙戏法来弄倒了赞天王。这等看起来，打破大狼山却是容易了。"狄爷曰："焦将军，且收拾番奴首级。"焦廷贵曰："然也。但见此宝贝西瓜灯一般，狄钦差，尔云好看也否？"当时箭杀赞天王，龟将先归真武殿，只邀蛇将其成双。焦廷贵曰："且再收除了子牙猜，夺还征衣，攻破大狼山，回见元帅缴令罢。"狄爷允诺大呼曰："子牙猜，吾狄青在此，逮将征衣献还，卷戈投顺，便饶尔等狗命；若再延迟，吾即杀进山中，不饶一卒！"

有子牙猜番将，见赞天王被他杀翻下马，大惊言曰："不好！"番兵扛至铁铠，即刻上马，提持兵器。这子牙猜生得面方而长，淡淡青色；浓眉高竖，两耳兜风；阔额与大鼻相连，颏下根根赤短须；身高一丈余，膂力在赞天王之次。手执金楂榘，一丈八尺，十分沉重。乘上一匹追云豹，凶恶狠狠。他自言："二狼主尚且被伤了，要小心些防备乃可。"即带领一万番兵，一声炮响，飞杀下山来。大喝："小小宋将，本事低微，用此邪术伤人，有何稀罕！"狄青大喝："番奴可是子牙猜么？"番将喝曰："既知本先锋大名，还不献上首级，还敢多言猖獗！且看金楂榘。"当头打来。狄青大刀急架相迎。又论子牙猜力量虽则次于赞天王，然而力强于狄青。当日二员猛将尔一刀我一榘，杀得征尘四起。番兵喊杀如雷，正要杀上前帮助，焦廷贵大呼："不要平战，再变一套戏法，又好割脑袋！"狄青杀得看看抵敌不住，虽然未闻焦廷贵之言，然而却有此意。左手架榘，向怀中取出金面牌，口上念声"无量寿佛"。焦廷贵笑曰："如今不弄戏法，竟在此演剧耍戏了。狄钦差乃趣人也。"有子牙猜见了此法宝，登时晕了，目定睁睁，手足低垂了，金楂榘跌于地中。只听得半空中一声响亮，一阵霞光，子牙猜喊呼一声，七窍血流，直僵僵地翻于马下。狄青一刀枭去首级。焦廷贵大悦，笑曰："妙！妙！戏文做得果然高。"又见一万番兵，吓得四散奔逃，狄青二人不赶。焦廷贵又将首级束发绑于棍上，大呼："首级卖银子，五两一颗，两颗只取十两，是贱货而售！"狄青暗暗发笑："世闻有此痴呆的东西也！"仍踏扁头盔，塞于怀中，呼："狄大人，已经收拾了二凶狼，余不足介意，快些攻散山上番蛮将兵，得征衣转回。"狄青收回宝牌，大呼："杀不尽的番奴，有多少，顺速下山来，会吾祭刀！"有大小孟洋，吓得骇然不定，登时提刀上马，尽领十万戎兵、众副将，杀下山来，犹如山崩海倒一般，将狄青团团围困，喊杀连天。狄青虽然武艺精通，但数千员番将，十万戎兵，非同小可。狄青飞动大刀，连杀番兵数百人。无奈兵多拥挤不能杀出。焦廷贵速速瞧见势头不妙，挑起两颗首级，如飞跑走，要回边关报告元帅，添兵帮助。此话慢提。

却说两牛力量英雄将，初出交锋被敌欺，密密刀枪狄青围中，左冲右踩，杀得血染征袍，人头满地。众番将坠马者亦不少，故众兵亦不敢逼近他马前。又复言狄青现月龙驹，乃一临凡龙马，所以特异于寻常，一灵不泯，当日大叫，嘶唎一声，吓得众偏将与两孟洋的凡马儿纷纷跌扑，有缩跑数十步，反将众兵踩踏死者甚多。狄青趁此持大刀急劈，杀出重围而去。两孟洋、众将多吓一惊，言："狄青这匹马，分明是马祖宗也。"只得吩咐小番将两个尸骸抬上山头，着令牛健弟兄好生成殓，保守山寨；即带领十万兵到八卦山，去见伍大元帅，待他尽起大军，与杨宗保算账，并拿狄青。当日一路旗旛招展，往八卦山而去。大狼山单剩两牛弟兄，一万喽啰兵把守，按下慢题。

再言狄青杀出重围跑走下山，不见番兵来追赶，放心驻了马。想来：戎兵众盛，一人难以讨取征衣。息憩一会，又见大队军马往后山远远去了，不知何故，即拍马又奔上山峰顶，大喝："番奴，还不送转征衣，必要杀尽罄才送么？"正在痛骂，牛健弟兄觉得惊慌，吩咐一万小兵放箭。狄青正讨债间，只见箭如飞蝗骤雨纷纷射来，将金刀舞动，纷纷撇下山中，一支也近不着他。但此时十月中，天日是迅速，早已黄昏天了。狄青想来：日沉西，今天料难讨还得征衣，不免回营，明日再来讨索便了。

慢语狄青回营，先说焦廷贵棍上挑了两颗首级，喜色洋洋来到燕子河中，绕河边而走。这焦廷贵虽然步走快速，然绕河边而走，将有二十里，跑到五云汛上，已是初更了。十三夜，月色光辉如画。一路想来：到得关中，请到元帅救兵不及，狄钦差胜负已见，死活已分。不走了，连回关也无用，枉力的。不免先到五云汛上李守备衙中，不忧这官儿不请我焦老爷吃个大饱醉，况腹中已饥乏太甚。想罢，转向五云汛来。但只见守备衙门关闭了，只有巡哨兵丁，在此敲梆打报更筹，已是一更天，一只守备府灯笼点起光辉。焦廷贵到了府门中，大呼小叫，将门犹如擂鼓。大喝："门上有人在么？快些教李守备出来迎接吾焦将军！"当下惊动了把首门兵，跑出一瞧，只见一位黑脸将军手持腰刀，铁棍上挑着两个人头，鲜血淋漓，好不害怕。不敢怠慢，呼声："此位哪里来的？到此何事相商？"焦廷贵喝声："瞎目的王八！吾乃边关杨大元帅帐前先锋焦老爷，多不认得么？"这兵丁听了，吓惊了不小，即忙下跪，言："小役不知将军爷驾到，望乞宽容免罪。"焦廷贵曰："吾又不来杀尔，又不罪尔，为何这等畏惧？好不生胆子之人。只这两颗人头要贱卖的，如今卖不去，速唤李守备出来买了。"这小兵惊诺而去，一重一重门地叩开。有丫头传进话来，李成听了大惊，忙与沈氏奶奶酌议言："边关这焦廷贵，呆头呆脑，不知哪里将人杀害，拿人头来强卖诈银子。若不将他招接，必有是非寻扰。"李守备妻沈氏，虽乃一妇人，然有些胆识。他胞兄沈国清，在朝现为西台御使，拜在庞洪门下，也是不法奸臣。李守备单生一子，沈氏所出，名唤李岱，父子同守五云汛。这李岱年登二十，习学武艺，目下已为千总武职。当下沈氏听了，笑曰："老爷休得惧怯。这焦先锋将人头发作者，无非借端强取些东西。"李成曰："他若要我的财帛，这就难了。"沈氏曰："他是上司，老爷是下属，上司到来，理当接迎。如彼来，若要财帛，汝原说吾是穷乏小武员，实难孝敬。又闻得此人是位贪杯之客，汝且请他食个饱醉兼全，管教他拿了人头，远远别方去发利市，也未可知。"当夜不知李成如何打发焦廷贵出衙，且看下回分解。

青言一人一骑能收除十万兵众敌将，不独当日焦廷贵不准信，即今阅者亦不能无疑也。写得大狼山声势猖狂，可见杨元帅保守边关非易。又见强劲，狄青一人一骑得胜之难。

初写英雄出敌，便收除首寇，异日武功班首，并史称有为宋良将才，已肇端于此日矣。

此回得除西戎巨寇，皆赖圣帝法宝之力。可见人力之逞强不足恃，而天数自有定分也。

单刀匹马而赴十万之众，其胆量英雄，直与鸿门宴舞剑一般，英悦气壮哉。

第三十二回

贪酒英雄遭毒害
冒功奸辈胆包天

诗曰：

> 生死机关定数排，人谋枉尔用心歪。
>
> 祸淫福善循还理，天视分明报应佳。

当下李成听了沈氏之言，大喜言："贤妻高见不差。"即整衣冠出至府堂，言："不知焦将军夜深到来，迎接不周，卑职多多有罪。且请将军至中堂坐如何？"焦廷贵道："李守备，这两颗脑袋尔可认得么？"李成曰："实认不得来。"焦廷贵曰："尔真乃一名冒失鬼了！与吾拿此宝贝去罢。"李成允答，双手接过铁棍，背了人头，曰："焦将军请进来！"当时焦廷贵进至内堂坐下，喧喊啾啾道："李守备，比言上宪到来尔衙内中，孝敬东西该当送否？"李成曰："该当敬送的。"焦廷贵曰："吾今亲自到此，说什么周与不周的接迎，只明欺我的。好生胆子，想尔颈上多生一颗头么？"李成曰："焦将军请息怒。如若将军常常到惯的，自然不时伺候。况并夜深时，将军密地而来，卑职果于不知，伏惟谅请宽恕。"焦廷贵曰："也罢！尔既出于不知，不来多较。但吾今夜杀尽大狼山敌人，如今要转回三关，尚有百里多，未带得盘费，进不得酒肆，是以将两颗首级售于尔，速将盘费拿出来。"当日焦廷贵对李成说此套话，无非希图些酒食。李成心中明白，想来：他说什么杀尽大狼山，我想大狼山兵雄将勇，如此东西焉有此手段！这两颗首级不知哪个倒运的被他杀了，在我跟前夸张恐吓，即道："焦将军，尔只一身，又无坐骑，怎说杀尽大狼山？莫非哄我的？"焦廷贵曰：

"好个不明白的李守备！尔岂闻将在谋而不在勇，兵贵精而不贵多。为将者于军中队伍畏怯而退，乃庸懦之夫，非英雄将也。"李成曰："大狼山赞天王、子牙猜、两孟洋五将，乃英雄盖世，更具十万雄兵，杨元帅尚且不能取胜，焦将军只得一人，如何杀得尽他将兵？"焦廷贵冷笑曰："尔言吾杀不得西夏将兵么？这是赞天王的首级，此是子牙猜的脑袋，乃本先锋一手亲杀的，难道我偷盗抢掠的么？好个不识货的李守备也！"李成曰："果然是焦将军亲除此二巨寇，实乃可喜可贺，立此重大功劳。但不知怎杀法，求将军说明卑职知之。"焦廷贵曰："不瞒尔，吾一箭射倒赞天王，割下首级，一扑刀砍死子牙猜，取他脑袋。杀得大小孟洋、十万夏兵，四方奔散，杀得好爽快也！"李成曰："请问将军，并无方箭，如何射得赞天王？"焦廷贵喝曰："以下属盘诘上司么？多管闲账也。"李成应诺，不敢再问。焦廷贵曰："两颗人头，吾要回关报功的，实不能卖送尔的。但吾既到此，尔是下属，今天怎生相待？"李成曰："卑职是个穷小守备，实难孝敬，只好奉敬三杯美酒，聊表微诚，且权屈一宵也。"焦廷贵曰："请我食酒么？也罢了，只酒要食得爽快，便不深求余外的别事了。"李成诺诺连声，进内与妻商量，言："外厢焦廷贵说来箭伤赞天王、子牙猜，现有两颗首级在此，立此重大武功。吾今夜欲思谋死焦廷贵，明日拿首级往见杨元帅，与孩儿李岱冒了此功。待杨元帅奏知圣上，定然父子加封官爵，岂不留名于古的馨么？"沈氏听罢大喜，道："老爷好高见计谋也！"即时传与众丫鬟，往东厨安排酒馔。如今焦廷贵说话荒唐，哄着李成将功冒认，称己之能，岂知弄出天大祸事来。

当夜守备立心冒此功劳，故将蒙汗药放在酒中。焦廷贵是个贪杯莽汉，见此美酒佳肴，大饮频嚼，食尽不休，食得东歪西倒，不一刻已遍身麻软了，动弹不得。李守备一见，满心大悦，始对儿子说明。李岱是个胆怯少年，听了说声："爹爹此事行不得的，还要商量才好。"李成曰："吾主意已定，还用什么商量？"李岱曰："爹爹，孩儿想这焦廷贵乃是杨元帅麾下的先锋将，倘或果然杨元帅差他出敌，立了功劳，而今爹爹弄死他，前往冒功，元帅不准信，盘诘起来，登时对答不及，就要败露了。倘然机关一泄，此罪重大如天的。那时父子难逃军法，反惹人耻笑批谈。望爹爹参详乃可。"李成听了，冷笑曰："孩儿，尔真乃一痴蠢呆人了。这是送来的礼物，焉有不受之理？吾与尔暗中杀了焦廷贵，神不知鬼不觉，拿了两颗首级到关，只言十三夜父子二人在汛巡查，只见赞天王、子牙猜在汛口上图奸百姓之妻，我父子不服，吾一箭射死赞天王，尔一刀了结子牙猜，故连夜拿了首级，特到辕门献功。杨元帅定然欢欣，自然申奏朝廷得知，稳稳一二品的前程了，强如做此守备微员，无人恭敬。千总官儿到老也贫穷，若问富贵荣华，谁人不想望的？"当时李岱听了父亲之言，上梯一般的容易，其心已转，便曰："爹爹此事果做得周密便好。"李成曰："有什么做不密？杀了焦廷贵，便放心托胆到三关去献功，轩轩昂昂做位大员，好不快意也。"李岱曰："爹爹，既然如此，须要杀得焦廷贵暗密才好。"李成曰："这也自然。"登时取上一条大绳，就将焦廷贵缚捆牢牢。李岱只是浑身抖振腾腾。李成曰："不中用的东西！这点点的小事，就发振抖？"李岱曰："爹爹，这个勾当孩儿实在没有做惯，故弄不来的。"李成曰："现现成成的一人杀不来，如何上阵打仗交锋？"李岱曰："爹爹，所以孩儿只好做一个千总官儿玩玩的。"李成曰："如此，且闪开些，待吾来也。"李岱曰："爹爹小心些，不要反被他杀了。"李成喝声："休得多言！"即拿起尖刀磨刷，便道："焦廷贵，不是吾今天无理心狠的。可进禄加官，谁人不想念的？今日杀了尔，休得怨着吾不仁。"

正言语间，说："奇了，为什么心也惊，胆也不定？不好了，因何两臂也酸麻起来？"李岱在旁自言想：我家爹爹有些硬咀。曰："爹爹为何不下手杀他？"当时李成走上前两步，不觉胆战心寒，莫言下手杀人，连刀也跌下地中央了。李岱叫道："爹爹，何故呆呆不拾大刀？"李成曰："我儿，且来帮助吾，一刻可成就此事。"李岱曰："儿已有言在先，此事我实实弄不来的。"李成曰："罢了！原是我来拿起刀，不觉手软发抖，又是跌下。想来莫非这焦廷贵不该刀上死，应该水上亡的不成？也罢，不免将他撂抛水中便了。"又等候一时，已是三更候了。这李成恐防众人得知，事风泄露，故待至夜静更深，丫鬟、家丁睡去，外面兵丁人人睡熟。故焦廷贵如何被害，无人得知，单有守门的王龙晓得他放进了焦先锋，即闭回府门。当时李成父子二人取到棍索，将焦廷贵扛抬起出了府门外，沈氏将门关闩闭回。父子趁着月明下，一路匆匆而走。沈氏府中等候父子回来，思量今夜害了焦廷贵，决无人知觉。明日父子辕门报此大功，杨元帅定然喜悦，差官回朝，奏知圣上，岂不加官封爵？奴随夫封赠，好不荣光。

慢言沈氏胡乱思量，却说李成父子急忙忙扛了焦廷贵，李岱道："爹爹，将他抛在哪里？"李成曰："且到燕子河送他下去。"李岱曰："前面有山，山中有水窖，抛他下去，纵使淹灌不死，也寒冻死他。"李成曰："此算倒也不差。"二人扛抬至前山。但这冰窖，月光照下，乌光灿灿，深有丈余，还不知水之浅深。即将焦廷贵抛下，父子二人转回。岂期失手，连铁棍也跌下去。后来焦廷贵赖以不死，是人之奸谋断不能越于定数之外。故李岱不欲杀害，李成欲杀害而不能下手。不摞抛燕子河反投水窖中，又连铁棍丢下，有许多周折，实焦廷贵不该绝命，天使其灵之故也。当时父子欢然跑归，仍是一轮明月当空。不贤沈氏正在等候，且喜父子回来。进内，仍闭回府门内。余馔，夫妻、父子仍酌。吃过数盅，李成曰："夫人，这段事情神不知鬼不觉，吾与孩儿拿了首级，连夜到关去献功的。"沈氏曰："老爷，如此速些登程乃妙。"当夜李成拿了赞天王首级，李岱持了子牙猜脑袋，二人上马出府，沈氏闭门安息。

话分两头，慢语沈氏，休表李成，却说狄钦差杀出重围，拍马飞程来到燕子河边，已是月色澄辉。当狄青到了燕子河时，乃焦廷贵进守备衙的时候，故一口难提二话。当有燕子河隔五云汛有十里程途。是日，狄钦差下得大狼山，已不见了焦廷贵，一到河边，方才想起焦廷贵，言："从河面过，仅得四五里，绕河边走，倒有十五六里。如何是好？"只因已有一更时候，心急意忙，要赶回营中，但大水汪洋，无船筏载渡，正要沿河跑走。加上几鞭，岂料现月龙驹闻言，站立不动。狄青言："奇了！莫非龙驹思渡水不成？"不意此马点头拦搭，前蹄一低，后腿一纵，嘶喇一声，正要飘下河中。狄青紧紧扣定丝缰，言："马啊，下不得水也。倘被淹灌，尔我不能活命了。"此马闻言，倍加纵跳，嘶喇之声不绝，早已飞奔于浪波了。狄青紧挽丝僵，扣不定，身不由主，只得随马下水。但见此马发开四蹄，蹈水面犹如平地。月照河中，马蹄灌水，金光灿烂。狄青初时也觉怯些，及至半里，不觉大悦，笑曰："妙！妙！此马世所稀罕了，能浮水面，是奇见也。但是，吾在南清宫降伏，尔出身原乃金龙，化成匹马的，故乃善伏水性。"当时半刻，已将狄青渡过燕子河，趁着月光，一程跑过数十个山冈。一到了荒郊大营扎屯之所，高声呼曰："张忠、李义二位贤弟可在么？"

当晚张忠、李义与继英找寻不遇狄爷，三人正在烦恼：征衣被劫去，又寻找狄青不遇，粮草又经劫尽，与着三千军兵人人受饥。忽闻呼张李贤弟之声，人也到了营中来。三人齐呼曰："狄老爷虽然回来了，但征衣已被抢劫完。"狄爷言："吾已得知了，粮、草、马匹齐全，尽馨的。"狄爷又曰："此乃小事也。"又问继英缘何得到此方。继英见问，将逃出相府后事一一说知，又要叩头。狄爷不许，连忙下马扶起。继英接金刀，带过马匹，交付小军去了。张忠、李义曰："狄哥哥，尔果好，往寻地头安顿征衣，一去日夜不见回来，却被磨盘山强盗劫抢了征衣；连夜放火烧山，逃遁而去，如今只剩下一座空营寨的。着尔如何到得三关，交卸复命得杨元帅？"狄爷曰："贤弟，征衣失去也不妨，乃小事的。"张、李曰："失了征衣还是小事？必要失了江山才算大事不成？"狄爷曰："贤弟不知其详。征衣虽然失劫去，今日立了大战功，杀赞天王、子牙猜、杀散十万西兵，到关也可将功赎罪了。"张忠曰："哥哥愈觉荒唐了。赞天王、子牙猜英雄盖世，杨元帅尚且不能取胜，汝虽乃员虎将，到底一人一骑，他有十万雄兵，又闻精锐，哪里杀得过，杀散他兵？休得哄着我们的。"狄爷曰："贤弟，吾非谬言哄你们。"即将报恩寺内得遇老僧人，赠了偈言，路遇焦廷贵，方知磨盘山的强盗劫去征衣，献上大狼山。吾即单刀匹马与焦廷贵到了大狼山，箭除赞天王，金面宝收拾了子牙猜，细细说明。李义曰："哥哥，尔既收除得二贼首雄，也该割下他两颗首级，前往三关献功。难道无凭无据，杨元帅便准信了？"不知狄青如何答说，如何到关，且看下回分解。

好险狠毒心肠，男女有之，究不竟妇人心肠为最。观乎李成妻沈氏唆丈夫冒功害命，是矣。

所以人生立品，说不得一句谎言，观焦廷贵是也。数句哄妄之词，便惹出滔天大祸，不独己之自首险些两分，更累着狄青险送性命。不独此果至沈氏归朝叩阍，尹氏劝夫尽节，数种大祸，皆从谎言妄语得来。可不谨言戒之哉！

李成夫妻父子狠毒成性而不能绝焦廷贵一命，非无故也，天命佐国之臣，人谋焉能害之？尚焦廷贵害死，狄青又曰而生，是人谋断无用也。

第三十三回

守备冒功奔报急
钦差违限趱程忙

诗曰：

　　行险奸徒冒大功，生成狠毒立心凶。

　　只图自富行残忍，不畏苍天听视聪。

　　当下狄青闻李义之言，即道："贤弟，这两颗首级是焦廷贵取下，难道他没有到营中？"李义曰："并未有一人到此。"张忠曰："不好了！焦廷贵拿首级回关冒此功劳也。"狄爷曰："不妨，此人是杨元帅的先锋，乃硬直莽汉，绝非冒功之辈。"继英曰："谅他先回关通信息，杨元帅也是理论不得。"狄爷又诘继英："方才尔言孙云有书与强盗，劫去征衣。但不知此人是怎生来历，要害我们？"继英曰："小人自迷离相府，与庞兴、庞福同到天盖山落草存身，不料二人残杀良人，吾为劝言相失，与二人分伙，偶到磨盘山，又与牛健弟兄结拜为盗。不想孙兵部之弟名孙云，将金宝相送，打劫征衣，要害主人。吾即再三相劝，二人不允，只得反面分了手。意定下山通个信息与主人，不料心急意忙走岔路途，未到营中，征衣已失。如今既立了大战功劳，失去征衣之罪可赎，不须在此耽搁，趁此天色已亮，即可动身。"狄爷听了曰："尔言有理。"李义又将遇见孙云强抢妇人，吾二人搭救了，一一说明。"可狠这奴才，又通连两名狗强盗，将征衣粮草尽罄齐劫，弄得我们众人受饥抵寒，好闷人也！"狄爷言："我们彼此一般。"张忠曰："身为大将，挨饥一天二日，有什么难挨的！"李义曰："又只苦众军兵同饥寒趱路也。"张忠曰："一到关中，即膳用了。"狄青又理论孙

198

云抢劫妇女，又串强盗劫征衣，理即擒拿定罪。但无实据，并今趱程在即，不能即办，暂且丢开。计程急走，明日到关，过限期五天。幸圣上外加恩限！多五日限，明日到关，实过期一天。即日拔寨，狄爷上了龙驹，张忠、李义、继英三人同上坐驹而行。三千兵丁，人饥马渴的，同赶趱三关，按下慢言。

先说李成、李岱拿了两颗首级，是夜趁着月光，一程飞跑，到得三关，已是巳时候。父子下马，早有多少关上的游击、参将、千百把总、多少官员诘询曰："尔是五云汛的守备李成、千总李岱？"二人称是。参将曰："尔父子离水汛而来，到此何干？这两颗大大人头哪里得来？"李成曰："卑职父子射杀赞天王、子牙猜此两凶狠的脑袋，特来元帅帐前献功。"众武员听了，又惊又喜，说："妙！妙！能员的李成，英勇的李岱。"二人称言："不敢当！"中军官言："尔且在此伺候着。"父子应允。

又表杨元帅是日正用过早膳，坐于中军堂帐，浩气岩岩，威严凛凛。左有尚书范仲淹，右有铁臂老将军杨青，下面还有文武官员，分列左右。杨元帅开言道："范大人！想这狄青为钦命督解官，征衣期限十四天，已蒙圣上多限五天，今天十五，尚未到，想他仗着王亲势头，故耽延日期。他若到时不即处斩，难正军法了。"范爷道："元帅，这狄钦差倘或不是王亲，只故意怠惰延运，也未可知。他乃朝廷内戚，岂故延程，以伤圣上边兵？元帅明见参详。"杨青老将曰："解官未到，只算他故意耽延，即迟到一天，不过打二十军棍，何至于斩首？元帅的军法过于严了。"遂冷笑数声。元帅想来：范、杨二人因何帮助着狄青？莫非狄青先已通个关？又莫非二人已趋奉着当今太后娘娘也？乃言："杨将军、范大人，如若犹青心存党团，惜念多军冻寒之苦，还该早日到关。如今限期已过，况大寒雪霜天，众军苦寒，倘遭寒死，此关如何保守？"范爷曰："关中苦寒，未为惨烈；他在途中跑走，迎冒风霜，倍加苦楚。"杨青曰："如若要杀狄钦差，须先斩焦廷贵。"元帅曰："焦廷贵不过催趱之人，怎的牵罪于他？"杨青曰："元帅限他十四午时缴令，今日十五，还未回关，此乃故违军令，应该正军法处斩的。"杨元帅听了默默不语。

正在沉想之间，忽见禀事中军跪倒帐前："启上元帅公爷，今有五云汛守备李成、千总李岱，同到辕门求见帅爷。"元帅曰："他二人乃守汛官儿，怎敢无令擅离汛地？又非有什么紧急军情来见本帅，与吾绑进！"中军官言："启上元帅爷，那李成、李岱有莫大之功，特来报献。"元帅曰："他二人又不能行军厮杀，本帅又不差他去打仗交锋，有何功劳可报，何功可立？"中军启禀："元帅爷，这李成言箭射赞天王，李岱杀却子牙猜，现有两颗首级带至关前，求见元帅爷。"元帅曰："有此奇事也？有此事，实乃可喜。传他二人进见。"范爷听了，微笑道："元帅，吾想他父子二人毫无智勇，如何将此二巨雄收除得？此事实有跷蹊动疑。"杨青曰："如此听来，是被鬼弄迷了，元帅休得轻信他。这该死的狗官儿，将吾辈欺负，好生可恶。"元帅曰："范大人、杨将军且慢动恼，若言此事，本帅原是不准信的。但想李成父子若无此事，也不敢轻妄来报，况且现有首级拿来，那赞天王、子牙猜面容岂无识认？且待他父子进来，将两首级一瞧，可明白了。"当时父子二人进至帅堂，双双下跪，称："元帅爷在上，五云汛守备李成、千总李岱参谒叩见。只因卑职父子箭杀赞天王，刀劈子牙猜，有首级两颗呈上。"元帅当时令左右两边提近，还是血滴淋漓。元帅细细认来，点首面向东西叫道："范大人、老将军！看来两颗首级果也赞天王、子牙猜的，请二位看明是否。"二人细认来，言曰："果是不差了。不信李成父子一向无能，今日如何强在一朝？"范爷道："元帅，那首级虽然是两贼首的，但不知李成父子怎样取来也，须问询个明白。"元帅曰："这也自然。"又发令将两颗首级辕门号令，觉得人人害怕，个个惊寒。当下元帅问道："李成，尔父子两人有多大本领，能收拾得此二雄？须将实情由言明本帅得知。"李成曰："帅爷听禀：前天卑职父子同在汛巡查，已是二更天时候，只见二人身高体胖，踏雪步月而来，吃酒醺醉沉沉，并无械器护身。询诘卑职，此地头有姿色妓女如何。当时吾父子见他不是中原人声音，即动问他姓名。这黑脸大汉自言是赞大王，紫面的是子牙猜。卑职父子见他二人已经醉了，吾即发一箭，射倒赞天王，儿子李岱顺刀劈下了结子牙猜。将二首级割下，今到元帅帐前请功。"当时倘李成言在阵场中交战立功，自然众人不准信；他言是夜深了，二人趁他酒醉，无人保护，手无兵器，趁此出其无意中下手，说得理可凭。当是时，杨元帅、范爷、杨青俱已准信为真了，一同出位言曰："此乃贤乔梓莫大之功也。本帅之幸，国家宁靖可赖了。且请起。"李成曰："元帅、范大人、老将军，吾父子毫无所能，全仗天子洪福齐天，元帅雄威显著，是以二凶狠自投罗网而来。卑职父子偶然侥幸，何蒙元帅如此抬举，实为惶恐也。"元帅欣然扶起李成，礼部范爷扶起李岱，此番乐杀两愚夫。父子二人起来，曲背垂头。元帅吩咐摆下两个座位，父子连称："不敢当此座位。"元帅再三命坐，范、杨二人亦命坐。李成、李岱只得告罪坐位。帅堂上吃过献茶，元帅又吩咐备酒筵贺功。元帅曰："难得贤乔梓除此二凶狠，大小孟洋即不介怀也。待本帅申奏朝廷，贤乔梓定有赏功，重爵荣封了。本帅先奉敬一杯，以贺将来。"李成、李岱曰："元帅爷虽有此美意，但卑职断然当不起的。"

当日帅堂排开酒宴，李成父子正食得兴阑，忽闻报进狄王亲钦命官，解送至三十万军衣，现有批文呈上元帅。将批文拆开，上填三十万军衣，九月初九在汴京发进，圣上加恩限期多此五天，算今天十五也，算过限期一天。元帅吩咐："将狄钦差捆绑进。"范爷道："元帅，狄钦差此刻到关，也算差得半天。且念他风霜雪雨劳徒，该应免绑才是。"杨老将军也言曰："元帅须要谅情些。护载数百辆车、三十万征衣，途中霏霏雨雪难行，昨天不到，今日方来，虽说过了限期，不过差得几个时刻，便要绑进钦差，元帅太觉无情了。"元帅想来：尔二人受了狄青贿赂，所以屡次帮衬于他。便曰："既然如此，免绑。有劳二位大人出关，点明征衣，倘差失一件，仍要取罪。"二人言："领命。"一同出关外。范爷东边立着，杨将军西首拱立。开言曰："足下是钦差狄王亲否？"狄爷曰："不敢当。晚生辈狄青也。请问大人尊官？"范爷曰："下官礼部范仲淹也。"狄爷曰："原来范大人，多多失敬了。"深深打拱，向锦囊中取出待制书一封，双手递过范爷，言曰："此书乃待制包大人命晚生送与大人。"范爷接转曰："重劳王亲大人了。"狄爷曰"岂敢！当劳的。"此地不是看书之所，范爷将书藏于袖中。想来：包年兄料得狄青在途中必耽误限期，要吾周全之意。又问曰："包年兄与各位王侯近来如何？”狄爷言："一一安康。"又向囊中取书一封，不想取杨青的书，连佘太君之书一同取出。狄爷也不敢藏回囊中，且揣于怀内。又向杨青打拱曰："此位老将军是何人？"杨青曰："某乃安西将军杨青也。"狄爷曰："原来杨老将军，失敬，多多有罪了！"连连打拱。杨青还礼。狄爷曰："吏部韩大人有书命晚生带送上。"打虎将军笑曰："原来韩乡亲不曾忘记我铁臂杨也。"此间不便开书，且揣于怀内。杨将军不问忠臣，反诘奸党："这些冯拯、丁谓、王钦若、吕夷简、陈尧叟、庞、孙一班奸党乌龟，近今如何？"狄爷曰："不要说来！一班奸佞倚势陷害忠良，如狼似虎，君子退贬，小人日进了。"范、杨二人叹咨一声："圣上原乃一明君，但终于仁慈，致奸臣胆大弄权，滔天焰势，可慨也！"范爷又曰："狄王亲，元帅如今正在着恼，只因天寒冻苦，征衣待用，理该及早到关。但限期在于昨天，今天方至，莫非尔果有意耽误延迟的？"狄青曰："范大人哪里话来？晚生辈虽则蒙昧少年，但岂不知天气严寒，征衣乃众将兵待用之物？况且仰承王命，焉敢故意延迟，以取罪戾？奈何路途上风雨雪霜，兵丁寒苦，难走程途，不得已停顿。如今延迟一天，不过只差半日。"范爷又询："征衣可是齐到了么？"狄青曰："齐到了，但现停顿在大狼山。"范爷听了曰："是何言也？元帅委我们查点明征衣，方好给散众军人。如何汝反说停于大狼山？此是何解？"狄青曰："大人不用查检了，谅也不差错的。范爷曰："休得闲谈，速命众兵押车辆到来，方好查点给众军。"狄爷曰："大人，这些征衣已经失去了。"范爷曰："怎么说失去的？"狄爷曰："被强盗抢劫去，解往大狼山。范爷曰："抢去多少？"狄爷曰："三十万尽数抢劫去了，一件也不留存了。"范爷听罢高声说："不好了！如今是捆绑得成的。"杨将军曰："杀也杀得成了，有什么理论说情的？快些走罢，勿来此混账，休得耽搁，且走回朝中，不要在三关上做孤魂鬼。"不知狄青如何答话，被杨元帅执斩否，且看下书便识详细。

此回接着上文，李成父子星夜持了首级，奔关献功，极写小人心肠，恋贪不义之宝贵。

狄青征衣未到，李成已在关献功，可见李成奔走之速，冒功心头之热。

甚矣！富贵之牵人也。

杨元帅数论责狄青，数被范、杨二人挡护，怪不得杨元帅起疑，二人奉承君后，受青之贿。

观李成对答收除二首寇之词，何等机智，何等滑佞，倘焦廷贵害死，狄青战功如何分辩？

狄青到关，范、杨即论及忠良奸佞，即叹慨圣上乃明君，而过于慈，至奸佞弄权法度，可恨噫！宋自北面有事于契丹，西面见扰于赵元昊，奸臣弄权于内，边将之难为可知也。

第三十四回

杨元帅怒失军衣
狄钦差嗔追功绩

诗曰：

> 一念贪图冒大功，机关败露法难容。
> 须知作善膺天眷，行恶奸徒定必凶。

当时杨青、范仲淹并曰："征衣既然尽失，须要逃走回朝，方得性命也。"狄青曰："二位大人，征衣虽然失去，明日定然讨还。"杨青曰："征衣失在大狼山，汝还想讨得回么？随口乱谈！休得多说，速些遁逃，没藏姓字，方保得头颅。"狄青道："二位大人，晚生既未讨回征衣，如立下一战功，可以抵消此罪否？"范爷曰："征衣尚然管不牢，被强徒劫去，还有什么大功来抵此重罪？"狄青曰："小将匹马单刀，杀上大狼山，已经箭杀赞天王，刀伤子牙猜，杀退西戎两孟洋。晚生虽然有罪，但此功可以抵偿。伏惟二位大人明鉴推详，引见杨元帅。待晚生领些军马，刻日讨回征衣。"范爷曰："缘何又是尔收除此二贼雄？吾却不准信。"杨青曰："口说无凭，哪人准信？由尔说出天花坠地，且自去见元帅，待尔分辩的。"

当下三人迳关，杨、范二人踱至无人之处，将书拆开。二人看毕，范爷曰："包年兄，若是狄钦差违了限期之罪，本部便能一力周全。无奈军衣尽失，除非代补赔了方得完善。"杨青也言："韩大人，军衣一失，重罪难宽，教我二人如何搭插帮助他？除非圣上有旨颁到方免，不是朝廷赦旨，哪人保得此罪？"当时二人将书收藏过。杨青曰："范大人，若在元帅跟前说明失了军衣之事，定然捆绑辕门立正军法了。"范爷曰："这也自然的。"

杨青曰："且不要说明，待他自往分辩，我与尔见景生情，可以帮衬者帮衬，不可帮衬者，再行处置。范大人意下何如？"范爷曰："老将军之言有理。"二人进至帅堂，杨元帅立起位，言曰："二位大人，军衣可无差么？查点得如此捷速也。"范、杨曰："一一无差，值得甚事？"元帅曰："二位大人且坐。"范爷曰："元帅请坐。"当下又传狄青进见。

又复言明：前日焦廷贵说明狄青功劳，李成断然不敢冒此功，如今只因焦莽夫夸口，扯下弥天谎语；今又已将焦廷贵弄死，故放胆前来冒功，是死无对质了。父子二人只晓得是焦廷贵功劳，不知狄钦差功绩。当是时，狄青到了，李成、李岱全不介意，只顾扬扬然于帅堂侧吃酒爽快。想到元帅定然奏知圣上，父子加官进禄，好生荣华，岂不快哉！乐哉！古言：愚人做事亦愚，皆因不免个贪字，招取杀身之祸也。当下狄青进见元帅，躬腰曲背呼声："元帅，正解官狄青进见。"杨元帅见他的盔甲，乃是赵太祖之物，想：狄青虽是太后内戚，总为臣子，怎合用着先王太祖的遗物？定然太后赐赠于他。又言：此副盔甲前已交代明白，狄青以臣下不当用王家之物，故太后另加照式造成一副，与侄儿所用，故今元帅认为太祖之物，心头颇有不悦。即起位立着拱手曰："王亲大人休得多礼。"又问曰："批文上副解官石郡马何在？"狄青曰："启上元帅，只因副解官石郡马在于仁安县金亭驿中被妖魔摄去，未知下落。小将已有本章回朝启奏圣上。"元帅曰："关中亦有文书到来。狄王亲，解送征衣限期十四日，如今十五了，及早该体恤众兵寒苦，即早些赶趱到关，交卸才是，为何违却限外面来？本帅这里军法断不徇私，汝难道不知？"狄爷曰："元帅听禀：小将既承王命，遵着军法森严，岂有不知。原要是日赶到关来交卸，并非偷安延缓日期。无奈中途霜雪严寒，雨水泥泞，人马难行，故违期一天，望元帅体谅姑宽。"范爷点头自语："尔言言有理，只恐说出不好话来，就要动劳捆绑手了，看尔如何招架？"元帅曰："若依军法，还该得罪王亲大人。姑念数天雨雪阻隔，本帅从宽不较。"即呼统制孟定国，吩咐速将征衣散给众军。

孟将军得令，正要动身，范、杨摇首，暗言："不好了！不好了！"狄爷打拱告曰："元帅且慢。"元帅曰："却是为何？"狄爷曰："征衣已失去，无从给散了。"元帅听罢，喝声："胡说！怎样说的？"狄爷曰："征衣果然尽失了。"杨元帅登时大怒，案基一拍："尔既管解三十万征衣，因何不小心？想必偷安懈怠。御标军衣，岂容失的？是欺君藐视本帅了！"喝令捆绑手，卸他盔甲，辕门斩首正法。两旁一声答应，刀斧手上前，跪参过元帅，如狼似虎，上前要动手捆绑钦差。这狄青两手东西拦开，道："元帅！小将虽然失去征衣有罪，还有功劳可以抵偿。"元帅只做不知不听。范爷接言道："元帅！钦差既言有功抵罪，何不问他明白，什么功可抵此重罪？待他可抵则准抵，不可抵者再正军法，未为晚也。"元帅将范爷一瞧，杨青一看，似乎道："尔二人说查点过征衣，一一无差少，为什么尽罄没有？还要多言插嘴的！"范仲淹俱已理会。二人想来：失了征衣，于我甚事？莫非要我们赔偿还尔不成？不然观看我怎的？狄青曰："元帅，若问失去征衣，小将理该正法，但元帅的罪名却是难免。如若要执斩小将，元帅理该一同斩首正法，独斩我一人，小将岂是贪生畏死之徒！元帅是畏死贪生之辈，没奈何将大罪卸在小将身上，只恐圣上察知其情由，凭尔位隆势重，天波府内之人也要正其罪法的！"元帅闻言，心头着恼，案基一拍，喝曰："尔失去军衣，难以卸罪。本帅吩咐捆绑起，不用多言！"刀斧手应答上前。杨青问曰："汝的征衣在哪处地头失去的？"元帅曰："不要管他哪个地头失去，此乃谎言耳。"杨青曰："元帅身当天下攘寇之任，督理各路军民，皆乃元帅所谓。失了征衣，不独远方失警，元帅失察捕盗之罪难免。况这磨盘山离关不满二百里程途，尔既为各路捕督元戎，即附境之内管察不着？吾见尔按兵不举，且夕偷安，元帅纵盗偷安之罪，将何功绩抵消得来？"当时若问狄青之罪，比之杨宗保之罪还有分别：譬之地头上失了东西，自然是地方官身上之事。杨宗保统管各路军民，难道二百里之内磨盘山的强徒即管察不及？须早已剿灭安民乃是，缘何日久纵容强盗，故而敢胆来打劫征衣？是杨元帅失捕近处强盗，比之狄青失征衣之罪加倍重大了。时狄青曰："小将在元帅关内地失征衣，理该元帅补偿还，如何反将本官屈杀？军法上全无此理。吾与尔回朝，面见天子，情理上看谁是谁非！尔今不过以势头恫恐相欺。但本官乃一烈烈丈夫，岂惧尔存私立法的！"范爷听了，暗言曰："此语却是有理有窍正论。"元帅听罢，难以答话，只得说曰："尔失去征衣，罪该万死，还来顶撞本帅么？吾且问汝，言将功抵罪，实实有什么功劳于此？"狄青曰："收除西戎首寇赞天王、子牙猜不是战功么？"元帅喝曰："胡说！现有李成箭射赞天王，刀伤子牙猜是李岱，尔擅敢冒认么？不须多说，捆绑手，速将解官拿下正法！"狄青冷笑一声："杨宗保，尔当真要杀害我么？也罢！由尔便了。"即自卸下盔甲，脱去征袍，刀斧手将狄青紧紧捆绑了。元帅手拿出尚方宝剑，旁边礼部范爷怒气满胸，打虎老将气塞喉咙。狄青厉声大骂："杨宗保！吾明知尔受了朝中大奸臣买嘱，串通了磨盘山强盗，劫去征衣，抹杀本官战功，忘却无佞府三字，故归于奸臣党羽中，辜负了圣上洪恩。尔虽生臭名万载；吾虽死百世之冤。"这几句言辞，将杨元帅几乎气倒帅堂。二目圆睁，首一摇，骂声："胆大狄青！敢将本帅枉屈痛骂么？速速将他推出辕门斩首正法！"狄爷曰："杨宗保，尔且住。如若要斩我，须将赞天王、子牙猜首级拿来还我，便由尔杀的。"元帅喝曰："尔有什么首级拿来，向本帅讨取？"狄青曰："交代与焦廷贵拿来，已经在尔辕门号令，怎言没有，何也？"杨元帅听此言，顿觉惊骇，心中有几分明白，忙问左右："焦先锋可曾回关否？"众将曰："启禀元帅，焦先锋尚未回关。"范爷听了，只是冷笑。杨青曰："既然狄王亲交首级与焦廷贵，须向他取讨还，方得分明此事。"

正说之间，偶见地下一封书，拾起一看，上面书着："长孙儿宗保展观。"杨青微笑曰："元帅的家书到了。"只因此书狄青卸甲解袍卸跌下来。当时杨元帅心中明白，哪里按捺得定，只得立起位，一手还拿尚方宝剑，一手接持家书，一瞧，乃祖母大人来的家书。只因在着帅堂上，不便折书观看，且收藏袖中。明知祖母大人要保庇狄青之意，一把尚方宝剑持定，发又发不出，放又放不下。正有些事在两难，便对范爷曰："礼部大人，狄青两颗首级，他说是焦廷贵拿回，但今是真是假，须问焦廷贵才知明白。尔道如何？"范仲淹听了，冷笑自言想：方才要将狄青处斩，如今看尔杀得他成否？即言曰："狄钦差过却限期，罪之一也；失去征衣，罪之二也；冒功抵罪，罪之三也；辱骂元帅，罪之四也。正他处斩之罪还轻，理该碎剐尸骸方正军法。"这几句言辞，说得元帅脸色无光，只转向西边，呼问杨青言："狄青失去征衣，已该正罪，但有此大功，可以抵偿。然而焦廷贵回来方知明白。不知老将军怎样主裁？"杨青曰："生死之权，多在元帅手中，缘何动问起小将来？倘吾劝谏不要斩他，又补赔还不得征衣。此事牵干重大，吾实不敢担当多言喋喋也。"当时言语，又说得元帅满脸通红，呆呆不发，只得吩咐刀斧手且住。又推转狄青，徐徐道："狄青，尔即收除了赞天王、子牙猜，可将其情由细细言明本帅的。"狄青带怒大声曰："杨宗保且听着！"将失征衣在磨盘山，后往大狼山杀了二将，交首级与焦廷贵先回关中报知，一一说明。复言："吾立下此战功，可以抵偿了失征衣之罪。尔今实贪冒吾大功，害我一命耳。"元帅闻言，心中不安。杨青笑曰："妙！妙！两颗人头，三人的功劳，这场官司打斗诉来，着实好看不过也。"

元帅即吩咐传进李成、李岱父子。二人闻令，即齐来进见元帅。只因官卑职小，自然该当跪下：父跪东，子跪西。言："卑职李成、李岱谢帅爷赐宴。"元帅曰："李成、李岱，这赞天王、子牙猜二将，乃钦差狄王亲箭射刀伤的，尔父子二人为何冒认了他的功劳？该当何罪？"李成见问及吓惊不小；李岱慌张得头也不敢抬。李成想来：只道功劳是焦廷贵的，故立心冒认了，希图富贵，岂知乃狄王亲功劳。也罢，事已至此，木已成舟，但抵罪不招，要冒到底了。遂道："元帅爷，实实是卑职箭杀赞天王、儿子刀伤子牙猜，岂敢冒别人之功以欺元帅的！"元帅曰："狄青，那里李成、李岱认是他功劳，现有两颗首级为凭，缘何反说是尔之功？李成、李岱现在这里，尔且与他对质来。"狄青曰："既捆绑了本官，杀之何难，何必多诘言的！"元帅即吩咐放了捆绑，觉得面无容光，尚方宝剑只得放下。不知狄青如何对质分明，且看下回分解。

观范、杨二人，为狄青失去征衣心烦，一筹一算，何等深护助！包、韩二书之力，是青之倚靠者欤。

青之进见元帅，何等雍容有序，只因有功抵罪可恃。惟有范、杨二公，

208

不知青之底，止而烦急也。

宗保之责狄青失征衣，辞狠而理屈；青讨回战功，理顺而辞伸。况有范仲淹将功抵罪轻重之论，言正而顺；杨青责以督统攘寇之任，言强而烈。又有佘太君手书，三面击攻杨宗保，尚方剑安得不为之放下。

第三十五回

帅堂上烈汉嗔功
水窖中莽将逢救

诗曰：

> 贫富穷通各有时，强求未必遂如期。
>
> 乐天听命何云辱，知足无忧古训辞。

当时杨元帅收回尚方宝剑，道："李成、李岱，狄王亲在此，尔与他质对分明。"李成曰："是卑职父子功劳，不消对质了。"元帅又唤狄青："若是尔的功劳，为何并无一言与李成父子对话？"狄青曰："李成父子何等之人，教堂堂一品，青衣秃首，与他讲话的？"元帅又道："左右复还他盔甲。"狄青穿戴回盔甲，怒目纵眉，大言曰："拿首级回关者，乃焦廷贵。若要分明此功，须待焦廷贵回关见证。本官与这李成对质，终什么用？犹如虎犬同堂，岂不威光灭尽！"范爷听了，点头答言曰："钦差大臣如何与冒功的犯人言论？失了帅堂之威。"杨元帅喝声："将李成、李岱拿下！"左右刀斧手答应一声，登时将李成父子拿下。可笑一念之贪，至弄巧反拙。元帅即差孟定国将李成、李岱管守，又拔令唤沈达速往五云汛，确查十三夜可有赞天王、子牙猜二人酒醉踏雪私行否。沈达得令，快马加鞭而去。再令精细兵丁查访焦先锋去处。元帅曰："二位大人且与狄钦差做个保人如何？"范爷二人曰："事关重大，保人难做的，休来惠赐也。"元帅曰："暂做何妨？"言来只觉少面光，退下帅堂，进里厢去了。当时失去征衣的事情丢抛一边，重在冒功之事，只等待焦廷贵回来，就得明白。范仲淹见元帅退堂，笑曰："元帅方才气昂昂，只怪狄王亲。只因理上颇偏，又有佘太君书一封，要杀要斩，竟难下手。"杨青曰："方才险些儿气坏吾老人家！观王亲大人，好像一位奇男子，说得理上，烈烈铮铮的敏捷。但不用心烦，待焦莽夫回来，自有公论。且先到吾衙中叙话如何？"狄爷曰："多谢老将军！"杨青又道："范大人，同往如何？"范爷应允，三人同行。

又说关中众文武官员，尔言我语，喧哗谈论短长，不关正传不录。有孟定国奉了元帅将令，收管李成父子，上了锁具不表。

又言李岱道："爹爹，太太平平，安安逸逸，做个把小武官，岂不逍遥？因何自寻出烦恼，痴心妄想荣华？岂知今日大祸临身，皆由不安守天命也。"李成叹声："我儿，这件事情多是焦廷贵不好，狄钦差功劳他说己之功劳。若还说明狄钦差战功，我也决不将他弄死，决不冒认此功了。"李岱曰："爹爹，明日追究起来，招也要死，不招也要亡，如何是好？"李成曰："我儿，挡抵一顿夹棍，即使断两腿，总然招认不得。"

不言父子二人之说，且表元帅进至帅府内，拆展祖母家书一瞧，看罢言："祖母大人，若是狄青过了限期几天，孙儿敢不依命周全？无奈征衣尽失，大罪岂得姑宽？连及孙儿也有失于捕盗之罪。如若狄青果有战功，还可以将功消罪。但不知焦廷贵哪里去了？想来定然李成父子希图富贵，谋害了焦廷贵，混拿了首级，到来冒认功的。倘焦廷贵果遭其陷害，这桩公案怎生了结？"是夜，元帅闷闷不乐，也且慢表。

再言副将沈达，奉了元帅将令，带了数十名兵丁，向五云汛而来。先说焦廷贵，一夜昏沉在水窖中。若讲水窖，差不多有二丈深，李成将他抛撂下去，跌扑也死了；纵然跌扑不死，天寒大雪，也寒浸死了。今日焦廷贵不死，想必要与国家效力，建立武功的，不当胡乱死于李成之手，故得地头上神祇救护，寒跌不死，亦造化定分也。但彼贪图口腹，满口胡言，冒了别人功劳，使人争论不明，罚他小小磨难，也是报复之公耳。一夜及至天明，蒙汗药已醒，焦廷贵即忘记了昨夜事情，反说浴堂内绚了水窖，还要洗什么澡。手足一伸，呼道："不好了！哪个狗囊将吾身体捆绑了么？"口中大骂不止："哪个狗王八要吾焦老爷的性命？"两手一伸，断了绳索，又将腿上麻绳解下，周围一看，说："不好了！此方黑暗，是什么所

211

在?"又细细想来:昨天要打闷棍打不着,做了挡路神;后同狄钦差往大狼山,一款戏法射死了赞天王,一剧戏文弄死了子牙猜;番兵大队杀来,吾挑了人头两颗,往三关讨救兵,打从汛上过,教李守备请吾吃酒。怎的吃到这个所在来的?是了,定然吾吃醉而回,却被歹人鼠盗劫了东西,捆绑身躯,撂在水窖里,冻得吾死了一般。想来:我的一空空如此,又无什么好东西、多金帛,莫非劫吾鸡巴去的?真乃可恶的狗强盗!大骂时,东西跳跃,但并无一处路相通。几次捞住铁棍板上,有二丈多深难以爬上。山高广大,人到又稀,只怜了焦廷贵!到了下午时分,方得一樵子经过,只闻呼曰:"救人啊!吾焦老爷也寒冻死了。"那樵子住步,四下一瞧,言:"奇了,何处声声喊救?"不觉行至水窖,原乃跌下一人。又闻呼喊,曰:"上面那人,拉了焦老爷上来,妙过买乌龟放生的。"樵子曰:"尔是将烧焦老的人么?"焦廷贵喝声:"胆大戎囊!吾乃三关焦将军,哪人不闻名的,岂是烧焦老的?"樵夫笑曰:"原来三关上的焦黑将军也,多多有罪了。"焦廷贵喝曰:"吾不过面貌黑色,岂是烧老焦黑的么?不必多言,快些拉吾起来,到衙中吃酒。"樵夫听罢,笑曰:"原来是个酒徒。"即将绳索放下。幸得手中还长二三尺,焦廷贵两手挽住麻绳,双足蹬着铁棍。这樵夫幸喜气力很大,两手一提,吊将起来,大呼曰:"像着死尸一般的沉重!"焦廷贵上得来,喝声:"多言!得罪吾焦将军么?"樵子曰:"焦黑将军,尔方才言过请吾吃酒,休要失信的。"焦廷贵曰:"尔要酒吃也何难,且随吾来。"樵夫曰:"焦黑将军哪里去?"焦廷贵曰:"且到李守备衙中去,即有酒吞了。"樵夫曰:"吾不去的。"焦廷贵曰:"尔何不往?"樵夫曰:"李守备那个儿子李岱,前月来吾家中强奸吾妻,被吾取尿一缸撒去,他方才奔了。我今若到他衙里来,此人岂不记恨前情么?定然要报雪此恨了。"焦廷贵曰:"如此说来,尔定然不去,焦将军一人去也。"踩开大步,奔走如飞。樵夫见了,发笑不已:"莫非此人是个癫呆的么?"

　　不谈樵子归家去,书接前文。莽汉因又到来守备衙中,高声呼喊门上的。有管门的王龙出外一看,呼声:"焦将军爷,昨夜哪里去了?为何今日又来?"焦廷贵喝声:"来不得的么?速些唤这两名官儿来便了!"王龙曰:

"两位老爷都出外去了。"焦廷贵喝声："狗奴才！无非言我又要吃酒的，虚言相哄，言两个狗官不在么。吾今不吃酒，只要用膳了。"口中言，大步已踏到里边来，当中坐下，双手拍案，喧声响振。大呼："李成！李岱！在哪里？"焦廷贵大骂，催取用膳。当时府内人免不得禀知。沈氏恭人闻言，吓惊不小，说声："不好了！焦廷贵不死，即死他父子了。"只得吩咐备酒饭出去。奶奶思量下些毒药，怎奈日间人目众多，反为不美。沈氏当时心如焚烁。

却言副将沈达一路上查来，没有踪迹。只因此事李成说是初更已尽之时的事情，是以汛地上众百姓军民多说不知。一程又到守备衙中查问，众兵役也说不知。当时沈达一到，只有守门王龙理会，猜着："定然老爷害了焦廷贵，拿了人头往三关上献功。这是胆大如天的行险也。如若焦廷贵死了倒也不妨，如今焦廷贵现在，老爷、公子便有丧身之祸了。"

慢说王龙自语自惊，有沈将军一到了守备衙中，进府堂内见了焦廷贵，不觉又惊又喜，呼声："焦将军，尔吃酒好有兴的！还不快些回关去。"焦廷贵一见，笑曰："沈将军，因何尔也到此处来？"又说明，沈达为人最是仔细，想来：这是事关天大，只好在元帅跟前方好说明白；若在此处说知，倘被他癫性发作，恶狠狠一刻杀出，不好看来了。若说明白，犹恐招惹违令之责，不若暂瞒了这狂莽酒徒的妙，即道："焦将军，元帅差尔催取军衣，到底军衣到否？狄钦差在哪里？为何尔也违将令而耽搁限期？"焦廷贵曰："沈将军，不要说起来，吾昨夜食醉了酒，跌下水窖中，险些寒冻死了，还顾得什么征衣军令的鸟娘！"沈达曰："元帅只因尔违误军令，大振发怒，特差吾来抓尔回去。如若再延迟，取下首级，然后回关。"焦廷贵曰："迟些即取去首级回去？不好了！去了首级，用什么东西吃饭？速速走罢。"沈达曰："刀马在哪里？"焦廷贵曰："失掉去了。铁棍也跌下水窖中。"沈达曰："不中用的东西！"焦廷贵曰："若是中用的，不在水窖中过夜了。"

慢表沈达带回兵丁、焦廷贵而去，又说李守备府王龙，当时被吓得惊呆不已，只悄悄到着三关打听消息去了。又言沈氏在内堂，倍加着急，呼天呼地呼神祇，只愿父子平安无事回来便好了。但想此事，原是老爷欠主张，及早杀了焦莽夫，方免后祸的，因何将他活活地撂抛在水窖里？岂料他偏偏不死，又得回关。如今凶多吉少，如何是好？免不得父子同归刀下而亡。

丢下沈氏心中惊乱，再说焦廷贵、沈达二人飞跑，马不停蹄，到得关来已有二更天了。内重关已紧紧闭下锁，沈达只得邀他到己之衙府中。登时吩咐摆酒，二人双双对酌。尔一盏，我一盏，半酣之间，沈达向焦廷贵道："焦将军，如今此事要动问尔了。"焦廷贵曰："沈老爷诘问什么事来？"沈达曰："元帅差尔催趱军衣，因何一去不回，反在水窖中过夜？又在守备衙中吃酒，是何缘故？"焦廷贵曰："沈老爷不要言来，吾焦廷贵真乃倒运也。"即将来去情由细细说明。沈达听了，点首明白。又将李成父子冒功细细达知。此番焦廷贵大怒，咆哮如雷，火光直喷，呼叫道："沈老爷！我原想不起怎生在水窖里过夜，原来是李成父子将吾弄醉，丢抛在水窖里，拿却人头去冒功。可恼！可恼！这还了得！待吾连夜回去，将他狗男畜女，大小齐齐杀尽，还出不得吾之气愤也！"沈达曰："焦将军，去不得的。"焦廷贵曰："有什么去不得的？只消吾两足飞奔，明天早到汛了。"沈达曰："不然了，李成父子已经拿下。尔今不知，只要尔回来询质明白，李成、李岱的性命即难保了，何劳尔去将他杀的？是是非非，总在明天了。"焦廷贵曰："沈老爷，待吾先往杀他家口男女，留下李成父子，难道没有凭证的么？"沈达曰："军中自有一定之法。他虽有罪，但罪不及于妻孥。若尔不奉法令，擅自杀人，岂得无罪的？断然是动不得，不可造次也。"焦廷贵曰："但气愤他不过的！但这个人情卖在沈老爷面上来，乃便宜了这班奸党了。"沈达曰："焦将军，明日元帅审问起来，汝便怎生对质他？"焦廷贵曰："吾只言狄王亲一弄戏法，射死赞天王，一弄戏文，刀劈子牙猜，吾代他挑了首级，道经五云汛，被李成父子用酒灌醉，捆绑，丢抛下水窖中，拿了首级，前来冒认功劳。汝道是否？"不知沈达如何答话，且看下回分解。

狄青之险送性命，虽由李成贪图富贵奸险狼心，亦由焦廷贵妄言，故

214

在水窖中喊救，亦云小报。

观樵夫与焦廷贵言，均同孟浪妄说。彼樵夫一愚民耳，奚足深怪；独焦廷贵身居武职，俗陋可恶耳。

圣人之心安人，庸人之心为己，小人之心损人利己。沈氏只呼天地神祇，愿父、子平安无事，并恨不杀焦廷贵，显见小人损人利己之心也。

写沈达与焦廷贵一仔细，一狂妄，有天渊高下之别。至回关对酌方话醒李成冒功之事，焦廷贵果怒如雷，方见其存细智识高过于人之验也。

第三十六回

莽先锋质证冒功
刁守备强词夺理

诗曰：

英雄量大福仍大，奸佞机深祸更深。

昧法瞒天终泄露，千秋只染臭名音。

当下焦廷贵道："沈老爷，小将明日如此证他冒功，管教李成父子头儿滚下来。"沈达笑曰："忧他头儿不滚下的！"是夜不表。

到了次日，太阳东升，辕门炮鼓响鸣，文武官员穿袍盔甲，兵丁刀斧如银明亮。杨元帅升了中军公位，身穿大红文武袍，背插绣龙旗八面，腰围宝玉赤金绦，头上朝阳金盔戴起，双足战靴蹬踏，真乃浩气腾腾，威严凛凛，乃宋朝一位保国功勋，寄命大臣。有诗赞曰：

六尺之孤托大臣，边疆首重抚三军。

羹梅辅弼文官任，攘寇除凶赖武勋。

左位有范礼部，右坐有安西杨老将军。文员袍服分班立，武将戎装合集站。狄青上帐见礼毕，即于范仲淹位下摆，坐金椅位。昨天要正军法斩首，今天元帅不即深究，又命人摆了座位，实乃元帅心中明白了李成父子冒认战功。又有沈达上帐缴令："启禀元帅，昨天奉令往五云汛细细查确，据众军民多言夜深人静，并不知其有无此事。但焦廷贵拿了两颗首级道经五云汛上，被李成父子灌得大醉，捆绑身躯，抛于水窖中一夜，直至昨天午时分，亏得一樵夫将他扯吊上，如今现在辕门候令。"元帅曰："果有此事？李成父子冒功无疑了。"吩咐孟定国抓李成、李岱到来。孟将军奉令，

216

展出虎威，抓拿到二犯，拍搭在地。父子不啻磕头虫一般，呼曰："元帅开恩！卑职父子实乃有功之人。"元帅大喝："该死的狗官！本帅已经差将查明五云汛上并没有赞天王、子牙猜二人酒醉夜出之事。尔敢无中生有，捏诳虚言，冒认功劳的么？"李成曰："元帅，其时只为更夜已深，汛上军民多已睡熟，是以无人得知。"元帅喝声："佞口的狗奴才！本帅且问汝，因甚用酒弄醉焦先锋，捆绑抛于水窖中？一心希图富贵，将人陷害，取了首级来冒功，忍心害理，畜类不如！"父子闻言，吓得大惊，犹比头颅上打个大霹雳。李岱想来：这件事情，料想抵赖不过的，不如招了，免挨夹棍之苦。哪晓得李成立定主意，只愿抵死不招。李岱无奈，只得随着父亲抵赖不招。李守备只管叩头，"元帅爷"连连呼叫不已，言并不曾将焦先锋灌醉，抛下水窖中，岂敢在元帅台前欺心诳言，上有青天，下有地祇，三光日月内，焉敢将人谋害。元帅闻言，重重大怒，喝令传进焦廷贵。

这焦廷贵一进至帅堂，怒气冲冲抢上，靴尖将李成、李岱踢打不已。大骂："好胆大的乌龟的李成！狗王八的李岱！将吾弄得大醉，捆绑了丢下水窖中，至吾寒得几乎险死。可恼尔丧良心狼贼，一刻处死尔两个狗畜类，也难消吾愤气！"父子二人呼叫："焦将军！望乞饶恕了卑职的狗命罢！"焦廷贵喝声："狼心狗肺的戎囊，也要命么？难道本将军由尔捆绑了，抛在水窖中，拿首级来冒功，便不要性命？"李成曰："焦将军休得枉屈了人，卑职父子哪有此事？"焦廷贵大怒，喝曰："还言枉屈尔么？好畜类！"靴尖踢打不已，父子二人呼叫将军不已地讨饶。范爷喝曰："帅堂之上，不许喧哗。焦廷贵休得啰唣，失了军规。"杨元帅问曰："焦廷贵，本帅差尔催趱狄钦差征衣，为何反在五云汛而去？李成父子怎生将尔弄醉，且细说明本帅得知。"当时焦廷贵从奉令未到军营，先逢李义寻找狄青，又说至生心图谋青之龙驹马。又略表明，焦廷贵乃一直性莽撞英雄，从来说话有一句言一句，即做贼盗、做乌龟也要说个明明白白，藏留不住一句，所以他抢掠东西的行为也要直言出来。元帅曰："蠢匹夫！身为将士，立此歪心，一鄙陋小民耳！敢于本帅跟前胡说也。"焦廷贵呼曰："元帅有些缘故。当时小将见此马乃一匹异色龙驹，意欲做个打闷棍人抢劫了这匹异驹，回来送与元帅乘坐。"元帅喝声："该死的蠢匹夫！"怒基一拍，两旁吆喝齐声。焦廷贵慌忙打拱，再言闷棍打不进，直言得功，道经五云汛，腹中饥了，只得进守备衙中讨膳一饱，然后跑走。"不想被他父子弄醉，捆伏身躯，抛下水窖，几乎寒浸死。混拿首级来冒功，险将小将与狄王亲一命遭此恶狼毒手。这两员狗官，虽粉身碎骨，不足以尽其辜的。"元帅听了，冷笑一声，喝道："李成、李岱！焦先锋说得有凭有据，尔还不招认冒功么？"李成曰："元帅这些虚言何足为据。实乃卑职箭杀赞天王，儿子刀伤子牙猜，现有两颗首级为凭。若是狄钦差之功劳，何故并无首级？卑职现有首级为凭，倒是假的；狄王亲没有首级可据，倒是真的？只求元帅将卑职父子与狄王亲、焦将军狠夹起来，便分真假了。"焦廷贵听得，怒气冲冲，抢上一抓提起，喝声："胆大狗畜生！吾的首级被尔盗来，自然没了凭证的。"又呼曰："元帅不必问长问短，快将两个狗官正法便了！"元帅曰："焦廷贵不必动手。"又呼曰："李成，既是尔父子功劳，可晓得赞天王、子牙猜头上戴什么头盔，身中穿什么战袍？须说得对准，才算尔的功劳。"李成想来：须要说得情形相配才好。又想：焦廷贵只有两颗光光人头，没有盔帽的。若说酒醉踏雪，决无有盔甲在身的。便呼道："元帅爷，这赞天王头戴螺皮玄皮帽，身穿大红袍，子牙猜身穿玄色皂袍，头上红褶子。"李成说未完，焦廷贵高声大喝："尔该死的狗囊！说什么皮螺帽子，乌尔的娘！"伸手向胸怀中取出踏扁头盔，呼曰："元帅！这是赞天王的盔，这是子牙猜的盔，无意之中带藏在此。人多说我呆痴，今日也不算痴了。"李成想来：若吾知尔有踏扁头盔藏在怀内，早已拿出来了。元帅曰："李成，如今还有何分辩？"李成曰："元帅，不知道焦将军哪里找来此盔搪塞元帅。揆其情，度其理，实乃钦差失去征衣，故以买嘱焦将军为硬证，冒着功劳，欺瞒元帅的。"范爷曰："李成，本部且问尔：二贼人既有首级，被尔父子乘其不备所杀，岂无身体的？倘二贼人身体尚在，尔找寻得来，也算尔之功。"范爷询诘也诘得透，李成辩答也辩答得妙。即言："他二人原有四个随从同走，已将身体抢回去了。"范爷曰："他马匹何在？"李成曰："他是雪夜步行，哪有马匹？"狄爷听了，不觉微笑，叹声："辩得清楚，好个伶牙俐齿的刁奸贼也。"

帅堂之上，正在审诘未得分明，忽有军兵报曰："启上元帅爷，今有八卦山伍须丰合同大小孟洋统领三十万劲师，将四城围困了，要与钦差狄大人会战，要报赞天王、子牙猜之仇，十分猖獗。请元帅爷定夺。"元帅打发报军兵去了，想：西兵卷地而来围困，我也曾会敌过红须三眼将，身高丈余，十分凶勇，在八卦山屯扎，与赞天王大狼山相隔一百二十里，两边成列掎角之势，定称劲敌。今天尽起雄师而来，只因狄青杀了他二员猛将也。当下又呼曰："李成，若果然是尔父子二人功劳，为什么贼将伍须丰反不与尔父子讨仇，偏偏要狄钦差会战，何说？"李成曰："元帅，这个缘故，卑职却不晓得贼将伍须丰怎么与狄钦差讨战。那段功劳，只是吾父子的。"元帅喝声："佞口贼！明白到此也不招认么？"忽又报道："元帅爷！西兵攻打四关甚急，请令定夺。"狄爷听了，立起位，道："元帅，既是西寇猖狂，待小将出马，或借元帅之威，以立寸功。"元帅正要开言，焦廷贵曰："且慢！尔的仙法奇巧虽好，但今用尔不着。"又言："元帅，李成父子既能收除赞天王、子牙猜，待他二人出马与西戎对垒，倘杀得退敌兵，便算他功劳；倘杀败了，是个无能之辈，休思此段功劳，是冒认已真了。未知元帅意见如何？"当时焦廷贵虽然鲁莽，却有些主见，倘他父子出敌，必被西兵一刀一个，岂不省却许多烦折？元帅曰："匹夫说来，乃不知进退之见，说什么倘或李成父子杀了，不须言必被番蛮冲进关中，哪敢担此干系？"焦廷贵曰："不妨。倘他父子出敌，待小将随后掠阵，不许西兵冲进关来。"范爷曰："焦廷贵也有三分近理。如若狄钦差在大狼山收除了赞天王、子牙猜，这大小孟洋定然认识他，见了李成、李岱，自然说不是狄钦差，仍要觅他交战的。果然西戎二将在五云汛被他父子所伤了，大小孟洋定然有说了，那时真假可立分的。"焦廷贵曰："吾愿往做个见证。"杨青笑曰："范大人之言公断不差，元帅可准依。"元帅听了点首，即差李成、李岱领兵出敌，唯当小心。父子二人闻令，吓得胆战心惊，父子叩首求元帅免差。元帅曰："尔父子身居武职，必与朝廷出力。沙场对敌，乃武将之

219

常，何得推诿？"李成恳告曰："卑职父子虽云武职，只好守着近汛查诘奸民，若要打仗交锋，实在弄不来的。"元帅喝曰：身作武员，如何畏惧对垒交锋？许多将士，谁敢违吾号令，尔敢不遵将令么！"焦廷贵大喝："狗囊子！做了武官，全仗交锋对敌之劳。若尔这般贪生畏死，朝廷何用养军蓄将？倘不遵元帅将令，伸舒狗项吃刀。尔若杀不过敌人，自有吾在此帮助尔二人。"父子听了无奈，只得胆战心惊，令已领了，道："元帅，卑职父子出关抵敌便了。"元帅又给他盔甲、马匹，与他父子二人手持兵器，带兵一万而去。焦廷贵在后远远跟随着。李成暗对李岱曰："再不想冒功冒出这般事来，今日可以死得成了。"李岱曰："爹爹好好地守着汛地上，吃的现成俸禄，逍逍遥遥，岂不是好？为贪富贵高官，拿了人头来冒功，连膝盖儿也跪得痛破了，不想仍要死的。"

不言父子一路出关，懊悔不已。有关内狄爷起位，道："元帅，我想李成父子岂是西戎将兵对手！不若待小将出马，帮助抵敌如何？"元帅曰："这伍须丰也是西戎一员有名上将，身为贼帅，本领不弱于赞天王、子牙猜二人。尔既出敌，须要小心。"狄爷称言："领令！"元帅复唤："狄王亲，须带多少军马，乃可退敌？"狄爷曰："须得二万兵丁。方才李成共足三万，尽足了。"当时元帅打发二万锐兵，与狄青出关接应；杨青老将也带兵一万，随后跟着。孟定国、沈达等另有一班武将、副将，一一不能尽述。炮响连天，冲关而出。当日杨元帅深知西戎将兵势大，故仍令众将领兵助战。时发兵已毕，与范仲淹登上高城观看。

却说炮响一声，关门大开，李成父子二人心惊胆碎，魄散魂飞。李成提枪不起，李岱低伏于马鞍，一万精兵纷纷涌出。只见西戎兵列成阵势，倒海推山一般，剑戟如林之锐。有西戎国大元帅伍须丰，座下花斑豹，手持钢铁金鞭丈余长，耀日光辉灿灿。不知李成父子如何迎敌，三关怎样解围，且看下回分解。

李成父子冒功，只愿抵死不招，帅堂上文武齐集，军法如炉，不能决断一小小奸滑武员。数询数辩，而李成刁侫口才不少屈一语。不独杨元帅难决，即有才智如范公，不能处断。可见心狠意毒之人，胆大包天矣。可

220

见世之弄乖法律者，以曲为直，以理为偏者之多。

　　杨元帅、范礼部不能决断李成，反是焦廷贵断之。倘李成父子被敌所杀本土，只言战殁沙场，省却许多后果，偏偏他父子不死军前而死于军法，至有下文四十回做证。

第三十七回

刻日连伤三猛将
同时即戮两微员

诗曰:

运会兴隆将勇集，边疆破敌立功超。

五凤楼前登伟绩，麒麟阁上姓名标。

却说西戎主帅伍须丰列开阵势，左有大孟洋，右有小孟洋，三十万兵，旗旌密布，器械交森。这李成父子一出至阵前，惊慌得几乎坠于马下，枪刀早已落下尘埃。伍须丰一马飞出，大喝："宋将何名？因甚如此惊惧？莫非不是狄青？本帅金鞭之下不死无名之将，快些通下名来，好送尔狗命！"金鞭高举，吓得父子二人抖振腾腾，倒伏马鞍上，叩首不已，连呼曰："伍大元帅，吾名李成，现为守备微员。原无计谋力量，无奈勉强临阵的。望乞元帅饶吾一命，永沾大恩。"伍须丰听了，不觉发笑一声，言："杨宗保气数已绝，打发这样东西出阵混耍。也罢，饶尔的狗命。"李成曰："多谢伍元帅。"伍须丰又喝道："马上倒伏的，要死还要活？"李岱曰："元帅，恳乞勿动手，且开恩。吾名李岱，是五云汛的千总官儿，从来不会相争相杀的。"伍须丰曰："尔既不会上阵交锋，来到阵中何故？"李岱曰："伍元帅，此是奉元帅所差。只因军令难违，无奈出阵，只求元帅开恩，留吾蝼命。"伏贴马鞍，叩头不住。伍须丰见了，言曰："果然不济了，又是个没用的东西。杨宗保这般倒运，只打发此废物来奚落本帅，好生可恶。本帅的金鞭之下，惯打有名上将，今日取了尔小卒性命，岂不污了吾的金鞭，饶尔去罢！"李岱曰："沾元帅大恩。"父子得命，喜洋洋心安了。焦廷贵

222

一见，怒气冲冲，大喝："两名狗官，为何如此畏死贪生，倒灭了吾元帅之威？"父子不回言答话，只转马跑回。廷贵只恐二人逃走了，上前一手捞一人，拿翻下马，交付与孟定国收管了，复又带兵一万出关。

伍须丰正带领众将兵冲杀进关，早有焦廷贵率众兵涌出。狄爷又统领二万铁甲军，一马飞出，拦阻伍须丰，金刀耀日，高声大喝："叛贼奴！尔何人？且通报名来！"伍须丰曰："吾乃西夏国赵王驾下灭宋元帅伍须丰是也。尔这无名小卒，可是狄青么？且报上名来，好送尔归阴。"狄青喝曰："叛贼奴！既知本官名望，还不倒戈投降，献上首级来！且看刀！"言未了，金刀砍去。伍元帅一闪，金鞭复又打来。狄爷还刀、急架，拦腰复斩。二员虎将杀战沙场。西夏兵刀斧交加，宋将喝令数万雄师奋勇杀上。西兵势倒，各自退后，自相残踏，死者甚多。又言狄青与伍须丰，连人马相比，狄青还短四尺，所以交锋时伍须丰低头，狄青仰面，所以金刀发动处只好在他腰膊左右。但伍须丰的力狠强猛，狄青不过以刀法抵挡，冲锋十余合，觉得抵敌不能，只一马退后半箭，取出人面金牌戴上，念声"无量寿佛"，只听得半空中雷鸣响振，一派金光罩目。伍须丰一马正在追去，忽然金鞭跌地，目定如呆不语，直僵僵地跌下马来，八窍流红——只为他多生一目，故八窍血流。焦廷贵早已见了，飞步抢来，破为两段。王天君归于圣帝殿中。有大小孟洋，气怒塞胸，一持大斧，一提长枪，大喝："狄青！"飞马奔来。狄青法宝尚未收还，连连咒念"无量佛"数声，金光闪闪飞扬，一声轰响，二贼将翻身下尘埃，七窍血流。焦廷贵仍把割下首级三颗，共为一束，笑曰："果好妙！妙仙戏！"又说明：狄青这两件法宝，只收除得圣帝殿前神将，这些副将众军，多不在其中，故而没有应验。如有应验者，岂不人人尽死，个个皆亡，狄青可以一战成功了？大孟洋是张元帅，小孟洋是邓将军，一日同归真武殿。只有三十万贼兵，见主将尽死，吓得四散奔逃，却被宋兵奋勇追杀得真乃可悯可怜，尸横遍野，鲜血滚流，只逃走脱的数万残兵，跑回八卦山，合会在山的众兵，也有数万，走回西羌而去。未知又哪将来争锋！下文交代。

当日沙场中，狄青收回法宝。焦廷贵大悦，拿了三颗首级，抛掷起空中又接回，大呼曰："狄王亲好戏法也！"狄青意欲带兵杀上大狼山，要剿除尽贼营，只见天色已晚，只得收兵回关。杨元帅喜气洋洋，与范礼部齐步出关，迎接进内。各见礼，四人坐于帅堂，狄青刀马自有小军牵抬去了。元帅曰："狄王亲如此英年神武，今复尽除敌寇，立此重功，本帅有何颜面执行兵符，居此重位？告归在即，托王亲也。"狄爷曰："小将哪里敢当？元帅重言谬奖了。"焦廷贵又提三颗人头呼曰："元帅，好一段戏文，杀了三名贼将，真成仙戏了。"元帅喝声："匹夫休得戏言！"吩咐拿出辕门弓令。

又溯明：狄青到关，已有两天，缘何张忠、李义、李继英并三千军马不见提出？因狄青昨天性命尚且未保，故未对元帅说明。他一到了，即交归关内大营，张忠三人守候狄钦差回音，故略按下。当时元帅又曰："狄王亲立下此大战功，实为可敬。圣上洪福，故天授此韬略英雄。"狄爷拱手曰："小将罪重如山，还望元帅大度雍容，小将即感恩了。"元帅言罢，即吩咐摆宴庆功，并犒赏大小三军众将。又发令沈达，将被杀贼兵尸首觅地掩埋，未死的马匹、械器、盔甲一一收管，暂入军装库内。又将众将功劳一一记录毕，候来日再升。又传孟定国："李成、李岱何在？"孟将军禀曰："小将已收管在此。"元帅吩咐："即速带来！"孟将军领命，即拘李成父子至帅堂，跪倒在尘埃。父子二人齐呼曰："元帅，卑职是有功之人，如今不望荣华富贵，只求元帅爷开恩复职，父子便深沾大恩不浅了。"元帅大震雷怒，拍案骂声："丧心毒贼！只贪图富贵，便忍心伤人，如此心毒意狠，真乃畜类不如也！"李成曰："元帅，这功劳实乃卑职父子的。"焦廷贵喝声："万死的狗王八！差尔出敌伍须丰，为什么一见番将尔即叩头不已，倒灭了元帅的威名？可恶的狗官！"李成曰："元帅，卑职原说过并不会相争相杀。"焦廷贵曰："可恼的狗官，将吾扔下水窖中，便会得紧。"当下元帅喝令："将李成父子捆绑起，推出辕门枭首正军法。"父子乞曰："元帅开恩，休要屈抹卑职父子功劳。"元帅大喝："死在目前，还要冒功么？"当时捆绑手将父子二人剥去衣帽，赤条条的，刀斧手登时提起大刀，推出辕门。一声炮响，两颗人头落地，高挂上辕门号令，尸骸抛弃于荒郊野外。一心妄图高官显爵，立心伤害于人，是日过刀而亡，亦如斯狼心之一报也。

有王龙守门兵，上日急赶至三关，不分日夜在着附近打听，方知杨元帅将父子二人一同正法。他即日夜如飞赶回，次日方到衙中，进内报告沈奶奶。这沈氏闻言，吓得魂魄俱无，痛哭凄凄，咬牙切齿，深恨杨宗保："若不申冤抑雪，不算吾手段！"即日暗暗将父子的尸骸收拾埋掩了，又收拾好柜箱物件，带了两名使女，与王龙竟向东京西台御史沈国清哥哥处商量翻冤，计较告御状，又是一番混揽生端也，且慢表。

却说杨元帅是日大排筵宴，庆贺大功，犒赏众将士兵丁。且心爱敬小英雄，欢叙闲言谈国家政务，狄爷一一对答如流。元帅大加赞叹："不意狄王亲如斯年少，具此韬略奇能，真乃当今洪福。"范爷、杨将军也是大悦。四人尔言我论，甚觉投机。元帅又言："失去征衣，如何上本奏明圣上乃可？"狄爷曰："元帅，今日西夏贼兵虽退，但大狼山余寇未除。且待明日小将领兵，借着元帅之威，或尽铲余寇，夺回征衣，未可知也。望祈元帅本上周全些小将之罪，便足感元帅用情之德了。"元帅曰："如若夺得转回征衣，免了众兵丁寒苦，本帅即当上本奏知圣上，抹过失去征衣之事，只将狄王亲大功陈奏，明请旨荐尔执掌印令兵符，保守此关，本帅可以告退了。"狄爷曰："元帅休出此言。小将乃初仕王家的晚辈，全无才德，敢当此万钧重任？况有误失征衣大罪，只可将功消罪，还敢望嘉奖？元帅重于过奖了，反使小将赧颜也。"元帅曰："不然。王亲具此少年英略，本帅足以放心重托边疆重任了。吾领守此关将已三十载，军务太烦，自思年迈，及不得英年精锐时。如今交此任与王亲，吾回京少奉年老萱亲、高年祖母几秋，以终天年也。"范爷、杨青曰："元帅立意已定，王亲休得推辞。有此大功，为帅何言是赧颜的？"言谈已毕，是夜各归营帐。

次日，元帅道："狄王亲，如今仍劳尔往大狼山，剿除尽余寇，夺回征衣，好待本帅备本回朝。"狄青曰："元帅，小将如今要禀明了。"元帅曰："王亲有何酌量？"狄青曰："小将有结盟义弟，现带领三千兵，路护征衣，而现伫停关外。但张、李二将，本领不弱于小将，待他领兵往大狼山，自然夺取征衣而回。"元帅曰："王亲既有二将随来,何不早说?"狄爷曰："昨天小将自命几乎不保,哪有心情及此二人。"元帅听了,言："昨天错罪王亲,休得见怪。"言罢,拔令焦廷贵言:"本帅着尔出关外,速传张忠、李义到本帅营中,领兵二万,前往进征大狼山余寇,夺回丢失征衣,不得有违。"焦廷贵得令而出,传知关外两弟兄。张忠、李义领了雄兵二万,提了刀枪,杀气冲冲而去。

先说大狼山牛健、牛刚二人,一闻伍须丰已死,吓得惊慌不定。皆因一时之错,贪了些少金钞,误听孙云之言,劫去征衣,思害狄钦差。岂知投至此未满七八天,众贼兵尽消亡。想来:狄青本领非凡厉害也。牛健曰:"谅他们必要讨取回征衣,倘他领兵剿捣,我辈怎能抵敌?如此危矣!"牛刚听言,冷笑道:"哥哥说此没用之言,倘被旁人知之,羞报难当的。"牛健曰:"兄弟,据尔之见若何?"牛刚曰:"有何难处?如今打发喽啰,在着山前山后,山左山右埋伏,倘有兵来,四边发箭,他兵一退,即不妨了。"牛健曰:"此庸才算耳!能有多少箭的?倘放完了,便吃亏了。如劫了别的东西还小故,如今劫了征衣,杨元帅怎肯干休?他关兵精粮足,被他经年累月来征剿,吾山中兵微粮寡,怎与争锋?"牛刚曰:"哥哥,如若不然,怎生算计乃可?"牛健曰:"吾也算计不来的。"牛刚曰:"罢了!吾二人不若即日带兵投奔到西夏赵元昊,或投取一官,即永远安身了。未知哥哥意下如何?"牛健曰:"贤弟若要做官,还在本邦故土的为美。据吾之见,弃此大狼山,亲到辕门边上叩见,退还军衣,想杨元帅乃宽宏大度英雄,倘允收留,不究前非,收录于麾下军前效力,要做一个小小武员,也何难的?想来强如在此落草为盗,是非结果收场也。况吾又不思九五之尊,无非靠着喽啰在山前打劫小民,既非善行,又思有日年高老迈之时,即打劫不得了,岂非无结果的?吾兄弟不如趁此机会,往投三关,待杨元帅收录了,这是正路行为。"不知牛刚如何答话,往三关否,且看下回分解。

奸人惜己一命,不拘怎样羞辱,怎生乞怜,可厌可耻!观乎李成父子阵上,如绘二小人。

青逢骁勇敌将,皆借圣帝法宝收除,但指云圣帝神将,其言颇谬。第古本已实录其辞，兹不暇改窜，顺其文而姑存之。是非之论，且待明者寓目拟焉，是不深求删之之意。

家有贤妻，夫不招横祸，谚屡有。岂知沈氏反唆夫、子冒功害命。李成非军法杀之，实乃沈氏杀之。

观杨元帅之赞美小英雄，何等爱重之。但观青对答之语，雅度雍容，谦让之恭有足，令人爱重。

第三十八回

大狼山盗降宋室
杨元帅本荐英雄

诗曰：

> 天生豪杰护君王，保国安民赖将良。
>
> 运会当兴贤者任，同心同德振边疆。

却说牛刚听了牛健之言，气昂昂道："哥哥，尔如此胆怯，称什么英雄？既为男子汉，须要自作自为的。奈何哥哥一心畏怯杨宗保，要往投降的？"牛健曰："贤弟，尔休得一偏之见，听吾之言，方是见机也。"牛刚曰："哥哥尔言无有不依，如要三关投顺，弟断不往也。哥哥立意要去，弟亦不相强留。"牛健曰："既然贤弟不愿同往，别有良图，也罢，与尔分伙便了。"牛刚笑曰："倒也不差。"当时牛健将在山的喽啰兵带了三千，尽将征衣装载回车辆，出山而去。余外的物件，牛健一些也不拿，留与牛刚受用。牛刚曰："哥哥，此去须要做个大大的官员，荣宗显祖，荫子封妻才好。"牛健曰："贤弟，尔做强盗，也要做得长久称雄的方妙。"牛刚笑曰："且待看谁算的高。"当下牛健吩咐喽啰三千，推押征衣三十万，并劫来粮草，一同推下。炮响三声，离山望三关路途而去。牛刚也不来相送，摇头长叹一声，道："哥哥，尔缘何如此惧怯杨宗保，劫抢了征衣送交还？也罢，倘然他不允收录于尔，那时一命难逃，反吃一刀之苦了。"

书中不表牛刚之言，再说李义、张忠，奉了元帅将令，带领精兵二万，将近燕子河，只见前面一标军马，直望而来。李义曰："二哥，尔看前途那支人马，哪里来的？"张忠曰："三弟，此路军马，定然是杀不尽的余寇也。"李义曰:"狄钦差立了大战功,我二人也立一点小小功劳,尔道可否?"张忠曰:"说得有理。"吩咐军士杀上前。当时二万雄师,齐齐队伍,杀奔上前。张忠、李义刀枪并举,勇赳赳的,飞奔杀去。大喝:"杀不尽的反贼,哪里走!"牛健一看,认得二人是护守征衣二将,知他是杨元帅麾下之人,今既去投降,必先向二人礼下,方是进见之机。即马上欠身打拱,口叫道:"二位将军,吾不是西夏叛徒之党,不必阻拦。"二将曰:"既不是叛徒,莫非强盗么?"牛健曰:"吾原是强盗,如今不做了。强盗所为,非有结果的。"张忠曰:"尔是哪方的强徒?今欲何往?"牛健曰:"二位将军听禀:吾本在磨盘山落草……"说未完,弟兄重重发怒,骂声:"狗强盗,尔一班狗党,劫抢去军衣,险些儿钦差被害,连累及吾众将兵,关中三四十万兵丁,俱受冻寒之苦。今日仇敌相遇,断不容饶!"言未了,长枪大刀齐砍刺来。牛健闪开刀,架过枪,即打拱呼道:"二位将军,请息雷霆之怒,且容小的奉告一言。"张忠、李义曰:"尔有话快言来!"牛健道:"二位且听禀:念小人一时不合误听了孙云的言语唆弄,劫抢征衣,罪该万死。即日劫上山,已悔之不及,恐妨连于钦差有罪,原要即日送还到关。不想牛刚兄弟不明,言已误劫抢征衣,送还料杨元帅执罪不赦,不如献送大狼山。见日心忙意乱,吾也依他,即晚放火烧山,投奔上大狼山,献于赞天王,纷赏众军。岂知他是西北外,所穿的多是皮袄毛衣,比中国征衣有天渊和暖之隔,故征衣原装不动。吾今连劫来粮草,送还元帅,立志归投效力,伏望将军引见元帅。"张忠曰:"尔唤何名?"牛健曰:"小的名牛健。"李义曰:"还有一人在哪里?"牛健想来:若说明在大狼山,他二人必往寻牛刚了。故言:"他与吾已经分散,不知去向了。"张忠喝声:"胡说!想尔们已经投顺赞天王,既为敌国叛寇。今将征衣为由,其中定有计谋,不然,差尔来做奸细,内应消息?"言罢,大刀砍去。李义长枪又刺。牛健是有心投伏,故仍不敢动手,几次架闪开刀枪,道:"二位将军,小人实有投降之心,望勿动疑。"张、李言曰:"尔既有投降之心,也罢,且睹下誓来方准尔。"牛键闻言,道:"天地昭然在上,吾牛健立心投顺杨元帅麾下效力,若有丝毫歹意,口是心非,上遇神明责谴,在阵过刀而亡。"张忠、李义是个直性英雄，见他立下重咒，即放下刀枪，言曰："我二人且留些情面，但作不得主张，且带尔回关，待杨元帅定夺。如若元帅允准收留，是尔的造化，倘然不准投降，便不干吾二人事了。"牛健曰："深谢二位将军高义，还乞周全些。"张忠吩咐众兵丁："就此回头。"二将押兵而回。牛健随后押着征衣车辆，仍从燕子河道而回。有李义打算立功，道："张二哥，吾与尔到元帅帐前须说些谎语，也可立些功劳。"张忠曰："三弟，尔怎生说谎可以立得战功？"李义曰："只言奉了元帅将令，杀到大狼山，杀得二牛大败，被牛刚逃脱了，牛健已被擒回，取回征衣，夺转粮草。如此，岂不尔我得功的？尔主见如何？"张忠曰："三弟，元帅案前且勿谎言，方见光明正大。即拿回强盗，讨还征衣，也不算什么功劳。且待有日血战沙场，敌人授首，定国安邦，显标名姓，方见馨香也。假功劳有何稀罕的！岂可效着昨天李守备父子行为？"李义曰："二哥这句言辞深为有理，到底不说谎言不欺公的好。"张忠曰："这个自然。"路上二人谈谈说说，已是红日西归，早已封锁关门，只得在外城屯扎一宵。

次早，元帅升坐中军帐，文武官员多来参见毕，有焦廷贵上帐说："启禀元帅，于今有李义、张忠，带领大军前往大狼山，路逢强盗牛健投降，送还征衣，现予辕门外候令。"杨元帅喜色冲冲，连称："妙！妙！"吩咐连传进二人。焦廷贵领令，不一刻间，张忠、李义报名，进至帅堂，参见过元帅，站立于两旁。元帅虎目一瞧二将：一人面如枣色，一人脸如淡墨，体壮身魁，凛凛凶狠，不凡将士。元帅开言道："张忠、李义，尔二人带兵往大狼山讨取征衣，事体如何，且细言本帅得知。"二将齐禀元帅："小将奉令，带兵未到大狼山，在燕子河即逢牛健，押解回原劫征衣并粮草。元帅，他自愿投降，军前效力，小将只得冒昧带同牛健而来。准其投降否，伏祈元帅定裁。"元帅闻言点头，又唤孟定国将征衣检点明白，给散众军兵，粮饷贮归军库。狄爷点首，自言曰："今朝才应圣僧之言，有失有归，祸中而得福，毫厘不差也。"

不表狄青思忖，当日杨元帅吩咐捆绑进牛健至帅堂，跪于帐前，低头伏地。元帅带怒喝声："牛健，尔据占磨盘山为盗，本帅一向全尔蝼蚁之命，故未来剿灭。尔蛆虫群队，今日擅敢劫抢御征衣，连累钦差、本帅，多有罪名。尔今又投于敌人麾下，今见贼人倾尽，进退无门，方来投顺，本帅这里用尔不着。"喝令刀斧手，推出辕门斩讫号令。牛健曰："元帅爷开恩，听禀告一言。原只因孙云有书，投到磨盘山，教吾弟兄将征衣抢劫，原该如山重罪。一劫上山来，想起登时悔已不及，料得元帅震怒，大兵一至，吾弟兄休矣。登时原思送还，但当时吾弟牛刚不明，只恐元帅爷加罪，参唆吾发火烧山，投归赞天王部下。但今粮草征衣原装未动，今日小人悔改前非，特来献降，愿在元帅军前牧马效劳，以盖前愆。伏乞开恩，留残躯于一线，足见元帅爷仁恩。"元帅又问："孙云是何等之人，与尔书信往来？且直言，休得隐瞒。"牛健曰："元帅，那孙云的胞兄名孙秀，在朝现为兵部之职。"元帅曰："如此，是孙秀之弟。"又道："王亲大人，那孙云与尔为仇么？"狄爷细将情由说明，元帅方知其故。又问牛健："那孙云的来书何在？"牛健曰："放火焚山，其书未存，已烧毁在山中了。"元帅曰："狄王亲，如若有书留存，本帅可以上本声明，收除此贼了。怎奈凭证全无，言辞不足为据，如何是好？"狄爷曰："元帅，孙云虽然有罪，但今不得书为凭，他的恶贯未盈之故耳，今且慢除他。小人立心不善，下次岂无再作恶之时？待犯了大关节，再行除他未晚。"元帅喜曰："狄王亲海量仁慈，非人可及。"又有焦廷贵半痴呆呼道："元帅，小将有禀。"元帅曰："尔有何商议？"焦廷贵曰："牛健是个信人，断然杀不得！"元帅曰："尔怎知他是信人？"焦廷贵曰："他不是信人，怎肯听信孙云之言，劫了征衣，来害钦差，劫去又送还？况只有拿来犯人，没有自来犯人。元帅是明理的，杀这自来盗寇，不是元帅欺着信善之人？"元帅大喝："匹夫胡言乱语。"又问："范大人怎生处决？"范爷曰："想大狼山寇尽除，饶了他谅亦无妨。"杨青曰："他投降无歹心，何须杀却此人。"狄青见焦廷贵讨饶，料与牛健有瓜葛，就此呼道："元帅，牛健也是一念之差，恕彼已知罪，送还征衣，免其一死，仰见元帅仁慈。"元帅曰："狄王亲既如此宽宏大度，本帅未便执法。死罪饶了，活罪难宽。"吩咐捆打二十，发在军前效用。当时打了二十军棍，起来忍痛谢了元帅之恩。元帅曰："牛健，尔还有弟牛

231

刚，如今何在？"牛健曰："逆弟不愿归降，已经分散，不知去向了。"元帅曰："何须猜测，定然在大狼山，少不得发兵征剿也。"牛健曰："上启元帅，小人尚有兵三千，求元帅一并收用。"元帅命焦廷贵将兵点明上册，焦廷贵得令而去。牛健随后而出。又有孟将军上帐缴令，已将三十万军衣给散毕，并三千押征衣兵补归元帅麾下，粮饷贮归军库，缴还军令。狄爷曰："元帅，小将有言告禀。"元帅曰："王亲大人有何见谕？"狄爷曰："五云汛守备衙，现今空缺，小将有一姐丈，名唤张文，向为潼关游击，被马应龙无故革除，望元帅着他暂署此缺，未知可否？"元帅允准，拨令差将前往，起复张文。此事慢提。

当日张忠、李义，元帅命作三关副将。独有三关上的官员要升要革，要死要活，悉凭元帅定裁，先行后奏。只因先帝真宗时，杨延昭守关之日，已敕援斧钺生杀之权，至宗保袭职，复赠赐龙凤尚方剑，得专授官爵，扼掌重大兵符。当下杨元帅要备本回朝，一众商量，荐举狄青拜帅。只因失却征衣之事，须要怎生周全乃可。范爷曰："若言失了征衣，其罪非小。大狼山破敌，功劳虽大，只好功罪两消，焉得圣上准旨拜帅？"杨青曰："征衣虽失，不过三天已复还了，将此事抹杀去，有什么证考的？本上只言钦差征衣依限期而至，进城数日，立下大战功，岂不省却烦思多虑。"元帅听了，依此拟备修本章赍奏，即日差将登程。吩咐一回汴京，勿与众奸党得知，须要亲到午朝门，通知王门官传奏。另有书一封，送回天波府祖母佘太君、母亲王氏夫人；狄爷一书，送至南清宫狄太后；范爷一书，送至包待制府中；杨将军一书，送交韩吏部府上。别无言语，无非关照狄青征衣解至的话，并破大狼山立下血战功。长编文义，实难细述。是日，只有狄青想来：生身母在张文姐丈家，一心牵于两地。今日起复张文为守备，母亲定然到此，待吾少侍晨昏，为子方得安心。是夜不表。不知后事如何，且看下回分解。

二牛既为手足，均为强盗，而其索性有分，故日后异奔前程，一趋于正，一仍昧于邪。观此可鉴。

牛健劫去征衣，实为张、李所愤，不啻仇敌之人，只见牛健两番实告，即刀枪放下，亦英雄伟度。

　　张、李以英雄并称，观其私言打算，虽非比奸贪之行，李义略有贪功之志。甚矣，功利之困人也。君子仁慈恻隐存心，小人险毒凶狠算计。是以只见君子容恕小人，未见小人容放君子。

　　处处写杨宗保威权势重，莫不提及杨延昭，此追根觅蒂之法。即一回于狄广并提狄元、狄泰之意亦然。

第三十九回

五云汛李张授职

临潼关刘庆冒神

诗曰：

> 莫道英雄发达迟，只因忠硬被奸欺。
>
> 时来有会仍叨福，运至无亏天禄期。

当晚狄爷思亲之际，杨元帅退了帅堂，众将各归营。只狄青一切无差，单单差得忘却一位活命恩人，原来此乃庞府逃出的李继英。他乃与张忠、李义同到此，是日，元帅只令张、李进见，狄爷已忘遗他在外营。忽一天，得遇张忠，他只言要见狄老爷。张忠反觉骇然，言："狄老爷忘遗了活命恩人？待吾与汝传知。"是日，狄爷正与杨元帅对坐，谈论圣上增送岁币与北夷契丹之差处，有张忠上帅堂向狄爷禀知："继英要求见。"狄爷听了，忽觉醒悟来，言曰："果也忘遗了他，只算吾无情的。传命他速请进相见。"张忠领命而出。元帅忙问："那继英乃是何人？"狄爷细将得他搭救前情说明。元帅与众将多言："此等义侠人，实为可敬。"正言之间，李继英已至，参见过元帅，又拜见狄爷，狄爷即挽扶起继英；再参见范礼部大人、杨老将军、孟、焦等一班文武员，众将敬他是侠烈士，不便轻慢。元帅又与他一座位于狄爷位下。谈论数言，元帅吩咐赏酒一桌。狄爷命张忠、李义陪宴，不用多表。狄爷又曰："元帅，五云汛上还缺一千总官，可命着继英补了此缺，不知元帅意下如何？"杨元帅曰："狄王亲即荐他，本帅且依命。"即着继英莅任五云汛，继英叩谢而往。此事暂停。

再说前文飞山虎刘庆前月依了张文之言，归随了狄王亲，但碍着妻子，又不能逃出潼关。当日算计定，收拾起金帛细软物件，丫鬟家眷送在一所僻静尼庵安顿了，又来见马总兵。他言："庞太师一心要害狄王亲，不想前月一连几次汝不下手，莫非尔与他有什么瓜葛，不肯下手的？"飞山虎拱手曰："小将与他毫无相交，焉有违命不下手？但他盔上甚奇，日夜放光，冲开大刀，不能劈下。不免待小将再至三关走一遭便了。"马应龙曰："狄青到关已久，尔今此去，更难下手了。"刘庆曰："不妨。小将此去，定取狄青首级回来，断不再误。"马应龙曰："既如此，速速前往。"飞山虎退出，想来：马总兵果也糊涂，乃贪财受贿之徒，实不可与此奸佞同群。按下刘庆不往别处，只往张文家。

又说孟氏太君，自与孩儿分别，终天挂念，只时值三冬，雪、霜飞下，倘道途耽搁，违了限期，犹恐杨元帅执法无情。虽有佘太君书一封，不知元帅遵从宽限否？金鸾小姐时常安慰母亲。张文又言："狄兄弟乃烈烈英雄，定然无碍的。"是时已十月下旬了，忽一天，报进杨元帅差官到来，反吓得张文一惊，只得接进来。武员见过礼，杯茶递毕，动问："孟将军，到此有何公干？"孟定国曰："只为狄钦差英勇，杀退敌人，即于元帅前保举张老爷为五云汛守备职。元帅有文书在此，请看便知明白。"张文曰："有此奇事么？"张文前日虽做过游击，但前程已被革去，因何孟定国仍称他为张老爷？只为张文是狄钦差谊戚，今又起复为守备，故孟定国特恭敬于他。当下张文看了文书，满心大悦，言："备酒款留。"这孟将军告辞而去。张文大喜，进内堂告知岳娘。太君孟氏闻言大悦，言："有幸！难得孩儿立此大功。"金鸾欣然道："母亲，果见兄弟为人胆正志高，具此奇能，如今愁闷尽消了。"太君曰："此乃苍天庇佑，至吾儿年少立此奇功也。"是日，张文选了本月吉日廿七，登程赴任。预早收拾物件，不用细言。

是日，又来了刘参将，言："马总兵必要谋害狄王亲，但吾已将家口安顿在尼寺，心中无挂碍了。张老爷可还吾席云帕也。"张文微笑曰："刘老爷乃言而有信之君子也。"刘庆曰："为人言出如山之重，岂容变更的！"张文曰："我家兄弟年虽轻，实见英雄骁勇，方到边关即立下大功。"刘庆曰："立了什么大功？"张文笑曰："首寇赞天王等五将，数十万敌兵，齐杀个尽罄；今又来保荐我做五云汛守备，尔道奇妙否？"刘庆曰："可惜！可惜！追悔已迟了。我何不及早跟随狄钦差的？若还早到边关，也立下些战功了，岂不快哉！孰知耽搁来迟了，还有何面目往见钦差也？"张文曰："刘老爷何须着恼。尔今来见，小功还有，大功待后建立。"刘庆曰："张老爷且还吾席云帕，待吾刻日往见狄钦差。"张文曰："尔即日往三关，也终迟了。如今何须性急，小弟再两天也要动身，同往如何？"当时张文款留飞山虎，堂中排开酒宴一桌，二人对坐，吃得尽欢。酒至半酣之际，谈论庞洪奸恶，马应龙附和趋权，要陷害狄钦差，张文不觉宽泛而言，道："刘老爷，吾想庞洪、孙秀、胡坤与狄钦差结下深仇，要图陷害，也不计较；但马应龙与狄钦差并非宿怨，不该深信庞洪恶言，紧紧图害，他比之三奸狠恶，倍加锐毒也。他命尔往杀狄钦差，不若尔今反往杀这奸贼，取彼首级，拿到边关，待我家狄弟，言尔是个为国除奸英雄。但不知尔有此胆量否？"飞山虎听了，冷笑曰："要杀奸臣到手，可得连将席云帕还吾，管教即晚取到首级来此。"张文曰："刘老爷，果敢胆于去乎？"飞山虎曰："畏怯于往者，非为丈夫也。"张文暗自言曰："吾不过是戏言，岂知认作为真。待吾索性将他激恼，着除却奸党。"即道："刘老爷，但下属擅杀上司，罪名重大，倘然杀害不成，尔命休矣，这是不稳当的。"刘庆曰："尔休得小觑于我。如一诺允承，即赴汤蹈火也不辞，何独些小事情，有何难处？若无首级回见于尔，即将吾脑袋送割与尔。"张文曰："如若杀此奸臣，也算除一国患也。"当日食酒已完，不觉红日归西，张文取出帕子，交还了飞山虎，再言谈一番。

时交二鼓，刘庆将腰刀紧紧束紧，驾飞席上来，至潼关还不落下庭中，在着他内府四城观望，想来：马应龙谅已睡卧了，不若特唤他出来，赏彼一刀矣。即大呼："马应龙，吾乃上界速报神，今奉玉帝旨到此，即速按旨。"却言马应龙正在内堂与夫人食酒闲谈，已二更残，夫人先醉了，这马总兵还不住杯。想飞山虎的席云奇本领，但愿此去一刀两段，收除了狄青。除得此人，其功不小，庞太师定然材算，升吾的官爵。正在心中思想，忽闻庭外大呼喧唤之声，静听来言，奇了，什么上天速报神？忙唤丫鬟小使，岂期夜深多已熟睡了。他只得自持银灯，起位步出庭前。飞山虎看得明白，即厉言大喝："马应龙身居武员，当为国除奸，今不念君恩，反附奸臣，断无轻赦！"马应龙早已吓得魄散魂消，抖振腾腾，跪下尘埃呼曰："尊神在上，吾实无此事……"方说得一声"无此事"，刘庆已飞身而下，一刀血淋淋头儿滚将下来，提了人头，飞空而去。又腾空到临潼府内。当日刘庆想来：不好！犹恐牵连近地官民。按住云头高呼："临潼府太守何在？"

是晚府太爷还在灯前批阅几款下属详文，忽闻半天中呼唤，不觉吓了一惊，抽身出外，喝问："哪方呼唤本府？"又闻高空曰："临潼府听吾吩咐：我乃上界速报神也，奉了玉旨所差，至此地。只因潼关马总兵应龙所信庞洪奸佞之言，嘱托打发刘参将前往边关行刺狄钦差，此等恶狠奸臣，趋权附势，今已上于天怒。吾乃值日，奉差先往边关，取了刘参将首级，又回潼关，斩却马总兵。俱拿去首级复旨也。本神知尔是位爱民清正官，是以特此报知，此非盗杀凶手可延追的，不要累及近地官民，即庞洪奸恶险毒，后头自有报应诛之。"说完，嗖的一声去了。当晚府太守闻言并不惊慌，心中明白，进回书房中。

又表明：这位临潼府太爷姓白，讳山，字峻高，乃位公正无私清官。江西省人氏，两榜出身。年近五旬，办过多少公案，经历有年，岂不明白此事。自言曰："什么上界速报神？本府久闻潼关参将刘庆善于席云之技，想必马总兵差他行刺狄青，刘庆反而刀枪杀了马应龙，犹恐累及他人，故来本府跟前言此诘诈之言。"想罢长叹一声："刘庆，尔自不附奸臣党羽，却是尔正大光明立品。但不该胆大，擅杀上司。况且杀害官员事关重大，岂不干连近地头百姓、本府官员的，教我如何处决？此无凭无据之论，难以申详上宪。有此桩重案，如何了得？"想来思去，只得请来刑名、幕宾师两人商酌。两师道："老爷，这桩重案不据此而办者，一府城文武员多有干碍了。依晚生愚见，只须据此而办，又须快马赶回朝，密禀冯、庞二相，送副厚礼，要挽求他周全，方保本府官员无碍。但老爷可连夜进关查确有无此事，方好播扬众官员得知。要先说明天遣神人责备之言方妥。"白老爷听罢点首。顷刻传知众衙役，打道随从白老爷，一程来至马总兵衙中。见其丧命，实有此事，即吩咐差人分头往报知各官。城厢内外文武员，多有熟睡了，一闻此报，众员吓得骇惊不小，不一刻已齐到马府中。进中堂，只见是该身体，不见了首级，众员嗟叹称奇。当日府内夫人也信为确，哭得肝肠寸断。众文武议议论论，言："若非白老爷连夜查明是神圣显灵，上干天谴，哪里去捕拿凶手？此桩大事怎生完结？"当下天明，众官散去，少不得复会叙商，备厚礼申备文书本章投达东京。马府夫人只得收拾无头尸首，哭泣哀哀，不须多表。地头百姓私议称奇，正所谓湛湛青天，焉可欺也！

不表众民多论，却说飞山虎驾云走到荒郊之外，将首级埋藏于地土中，然后回见张文，细言其事。张文抚掌欣然曰："刘老爷果也胆量包天。"时天色已亮，只有金鸾母女，又惊又喜：惊只惊杀人如同儿戏；喜只喜除了一奸臣，免了弟兄后患。次日是十月二十七日，张文已收拾齐备，携家眷在大舟水面运进。有五云汛上的兵役纷纷迎接进衙，又有李继英也来参见上司张守备。众兵人人叩首毕，一言交代，文不烦言。

却说飞山虎一到了边关，将此情由启知狄青。这狄青一闻此语，责怪他目无王法，彼虽乃附和奸恶之臣，但并非尔可杀者。又妨于累及此处官民，只得将此情由禀知杨元帅。杨元帅反敬羡他是义侠刚烈英雄，授他副将之职；又制造成四扇大旗上，取狄青为"出山虎"，张忠为"扒山虎"，李义为"离山虎"，刘庆为"飞山虎"，四围辕门，高高竖起。此时方得四虎将，后来石玉到关，加上一旗，名笑面虎，又成全五虎将。

又说狄青是日一见张文有文书到帅堂，他即日到五云汛见了母亲，喜色欣欣，又与姐丈、姐姐一堂谊叙重逢。叙话长编，不能细述。不知后文如何，且看下回分解。

　　狄青一人进用，又增出四人身荣：张忠、李义效用于边关，张文、继英莅任于五云汛，是皆任之称者。

　　孟氏太君思念儿子，先写刘庆往张文家，忽又报杨元帅差将到，张文一惊，为孟氏忧中变喜。孟定国一去，刘庆即至，筍接针线之笔，非若续文可比。

马应龙身居总戎武职，是职之重任者，未尝闻彼一言国家、政事，是不称其职、不胜其任者。只一味速刘庆除狄青，是足以杀其躯矣。

　　刘庆冒神戮奸，人皆被瞒，独府尹不能瞒，是哲明之士。酌议据办仍不免厚礼回朝，挽求冯、庞二相，甚矣！铢锱足以行事，于上者可慨也。

第四十回

贤德夫人心报国
贪婪国丈计瞒天

诗曰：

贤良诰命达君恩，劝保留全护国臣。

不负朝廷存大节，流芳青史女钗裙。

慢语狄青母子姐弟重逢，又言杨元帅身居二十六七载边关主帅，从无半点私曲徇情，唯独自今本章一道，周全狄青之罪，抹刷过失征衣，单提到关即退大敌，立下战功，李成父子冒功之事，一概不提，只候圣上准旨，封拜青为帅。岂料偏偏有李沈氏要与丈夫、儿子报仇之事，至失征衣事情仍然败露，故又有一番大大波澜兴出，搅扰一场。故杨元帅本章未到，他早到三天。沈氏一程进城，到沈御史衙中，进内拜见哥哥，又与嫂嫂尹氏贞娘殷勤见礼，东西而坐、叙谈。各问平安毕，沈国清曰："贤妹，尔今初到来，似觉愁眉双锁，满面含悲，是何缘故？"当下沈氏呼声："哥哥，妹子好苦也！"未出言辞，泪已先堕。言："丈夫、儿子，尽屈死于钢刀之下，故特来告诉亲兄做主。"沈御史听了，吓一大惊，呼道："妹子，且慢悲啼，速透明白说知。"沈氏含泪将夫、子身死情由，一一说明。沈御史曰："贤妹，这段冒功事情，原乃妹丈差处，教我也难处决。"沈氏曰："哥哥，妹夫虽差，但杨宗保太觉狂妄了，即使冒功也无处死之罪。"沈国清曰："怎言无死罪的？死有余辜也！"沈氏曰："哥哥，但父未招，予未认，不画供，不立案，如何诛杀得？人命大事，故以妹子心实是不甘愿。抵死而至回朝，要求哥哥做主，将仇恨雪，即父、子在九泉之下，也得瞑目。"沈国清曰："贤妹，且开怀罢手为高，何苦如此？"沈氏曰："哥哥若不出头，枉为御史高官。赫赫有名，反被旁人耻笑尔是个没智量之人也。"尹氏夫人听了这些言辞，想来：这等不贤之妇，不明情理之人，世间罕有。不嫌己之歹心恶行，反怪他人立法秉公，言来句句理偏，乃不中听的，转身向内室去了。沈国清曰："妹子，吾还要问尔，古言木不离根，水不脱源。尔言狄青失去征衣之事，须要真的，方可说来。"沈氏曰："乃磨盘山上的强盗抢劫去征衣，众耳目见闻，不但妹子一人所晓。"沈国清曰："尔若要报仇，事关重大，为兄的主张不来，待吾往见庞国丈商量方可。但有一说，这位老头儿最是贪爱财帛的，倘或要素白银一二万两之数，尔可拿得出否？"沈氏曰："妹子带回金珠白镪约有五万两，如若太师做主，报雪得仇冤，妹子决不惜此资财。"沈国清曰："如此，待吾往商量便了。"吩咐丫鬟服侍夫人进内。众丫鬟领主之命，扶引这恶毒妇人进内。沈氏心下思量忖曰："缘何嫂嫂不来瞅睬于我？难道没有三分姑嫂之情？"便命自带来两名侍女去邀请尹氏。这夫人只强着相见叙谈。是日排开酒宴，面和心逆，二人对饮言谈，多不表。

又言沈国清匆匆来到庞府，家丁通报，见过国丈，即将妹子之事，细细言明。有庞国丈想来：老夫几番计害狄青，岂料愈计算他愈得福，如此冤家更倍结深。此小贼断断容饶不得！即杨宗保恃其权势，目中无人，做了二三十年边关元帅，老夫这里无一丝一毫敬送列来。老夫屡次要起风波，搅扰于他，不料彼全无破绽，实奈不得。彼今幸有此大交关好机会，将几个奴才一网打尽，方称吾怀。但人既要除，收财帛也要领惠。待吾先取其财，后图其人，一举两得，岂不为美？开言呼声："贤契，这段事情难办的。"沈国清曰："老师，此何故也？"国丈曰："贤契，尔难道不知么？杨宗保乃天波无佞府之人，又是个天下都元帅，兵权狠重，哪人动他一动，摇彼一摇？除了放着胆子叩阍，即别无打算了。"沈国清曰："老师，叩阍便怎生打算的？"国丈曰："叩阍是在圣上殿前告诉一状，倘圣上准了此状，杨宗保这罪名了当不得，干及狄青、焦廷贵二人也走不开，杀的杀，绞的绞。他即势大封王、御戚，也要倒翻了。碍只碍这张御状无人主见秉笔，只因事情交关，所以尔妹子之冤竟难申雪。"沈国清曰："老师，这张御状别人实难秉笔，必求老师主裁方可。"国丈曰："贤契，尔笑话了。老夫只晓得与国家办公事，倘然管闲事的，不在行也，且另寻门路罢！"此刻庞洪装着冷腔，头摇数摇，只言难办。沈御史当时也会其意，明知国丈要财帛，即曰："老师，俗语言：揭开天窗说明亮话。这段事情乃是门生妹子之事，只为门生才疏智浅，必求老师一臂之力，小妹愿将篚中白金奉送。"国丈冷笑曰："贤契，难道在尔面上也要此物的么？"沈御史曰："老师，古人言：人无利己，谁肯早起？况此物非吾之资，乃妹子之物。拈物无非借脂光，秀士人情输半纸。今日仍算门生挽求老师谅情些，足见情深了。但得妹子雪冤，不独生人感德，即父子在阴灵，不忘大德。"国丈曰："此事必要老夫料理么？"沈国清曰："必求老师料理的。"国丈曰："御状词尔用何人秉管？"沈国清曰："此状词正求老太师主裁；若老太师不承办，谁人敢担当此重事？"国丈曰："或有言：持笔去墨取人头者，不益荫子孙。"沈国清曰："非也。为人申冤雪恨，无量之功，上天岂有不佑者？老太师休得多心。"国丈曰："也罢，既汝此说来，也不计较多虑了。但还有一说，御状一事，非同小故。守黄门官、值殿当驾官一切也要借重使费，即用些面情，只抵微用，也要四万多白金。劝尔令妹且收心也，是省得费去四万多金。"沈国清曰："既费去四万金，吾妹子也不罕惜。休言御状大事要资财费用，即民间有事于官门，也用资财。"国丈笑曰："足见贤契明白的。但不知尔带在此，抑或回去拿来？"沈国清点头暗言："未知心腹事，且听口中言。这句话明要现钞了。"便说："不曾带至，待吾去取如何？"国丈曰："既如此，尔回取至，待老夫订稿。"沈御使应允，相辞而去。

当时国丈大悦。好个贪财爱宝奸臣，进至书房坐定，点头自喜，自言："老夫所忌者包拯，除了包待制，哪怕惮别人？今幸喜他奉旨往陈州赈饥，不在朝，故老夫不畏他。哪畏天波无佞府之人，天下都元帅威权狠重！哪畏彼南清宫内戚，一张御状呈进金阶，稳将个狗男女一刀两段。啊！杨宗保，不是老夫心狠除尔，只因尔二十余年没一些孝敬老夫。"当日庞洪犹恐机关泄露，闭上两扇门，轻磨香翰，稠墨而挥，一长一短，吐此情由。写毕，将此稿细细看阅，不胜自喜："不费少思，数行字迹人头落，四万白金唾手而得。但老夫不领，谁人敢取？"

国丈正在心花大放，外厢来了沈御史，已将四万银子送到。国丈检点明收领，即曰："贤契，尔是个明白之人，自然不用多嘱。只恐令妹不惯此事，待老夫说明与尔，尔今回去将言说知令妹。"沈国清曰："吾为官日久，从不曾见告王状之人，怎生一法，望老太师指教如何？"国丈曰："贤契，这一纸乃是状词稿耳，只要尔妹誊书的更妙。"沈国清曰："幸喜吾妹子善予书誊。"国丈曰："又须要咬破指头，沥血在上。他虽有重孝，且勿穿孝服。"沈国清曰："此二事也容易的。"国丈曰："又须一身素服，勿用奢华，须要装成惨切之状。一肩小轿，到午朝门外侍候，待王门官奏称李沈氏花绑衔刀。然而此事假传，可以行得，并不用花押绑的。"沈国清点头称是。国丈又曰："主上若询问时，缓缓而答，雍容而对，不用慌忙，切不可奏称尔是他胞兄，他是尔妹子。倘圣上不询问也不可多言答话。又须将状词连连熟诵，须防对答状词不准，还防背诵。这是切要机关，教汝令妹须要牢牢记着。"沈国清听了，言曰："谨遵吩咐。"沈御史即时接过状词，从头遍诵完，便连称："妙！妙！老太师才雄笔劲，学贯古今，此状词果也委曲周章，情词恳挚。"看毕，轻轻收藏袍袖中。是日，国丈早已命人排开酒宴，留饮一番。少刻辞别归衙，便将状稿付交妹子，又将国丈之言一一说知。这沈氏听得，一注珠泪辞别哥哥，回至自寓内室中。若论沈氏虽则为妇人之蛮恶狠毒者，然而于夫妻情分却有无差之处，立心要与夫、儿报仇，拼着一死而不惜。即晚于灯下书正状词，记诵一番，待至明天五鼓，要至午朝门外进呈不表。

又言沈御史至夜深，回至内室中，只见灯前肃静无声。有尹氏夫人，一见丈夫进来，只得抽身曰："相公请坐！"沈御史也答言而坐。又曰："夫人还未安睡么？"尹氏曰："未也。"沈国清曰："夫人为什么愁眉不展，面带忧容，莫不是有什么不称心之事？"尹氏曰："非有不称心忧怀。"沈国清曰："是了，定然憎厌姑娘到此，故夫人心内不安也。可晓得他是吾同胞之妹，千朵鲜花一树开也，须念未亡人最苦。夫人，尔即日间冷淡他，也不应该的。"尹氏听罢，叹声道："相公，亏尔也说此言。妾之不言无非假着呆聋耳目，我不埋怨于汝，何故相公反埋怨于妾，何也？"沈国清曰："夫人，今日姑娘非无故而至，是个难中人。姑夫、甥儿多死于刀下，有何心乐？尔为嫂嫂，当看吾面分，多言劝慰，方见亲亲之情。何故这般冷落于他，还要埋怨下官怎的？夫人尔却差了。"尹氏曰："相公，妾既冷落了令妹，尔该还亲热些。但这不贤之妇不冷落他也难令人喜欢的。可笑彼为人不通情理，不埋怨丈夫、儿子冒功，反心恨着杨宗保，强要翻冤。这事是他夫、儿己之干差，冒了别人功劳，希图富贵，将人伤害，人心变为兽心。岂知天理昭然，水落石出之时，罪该诛戮。如达理妇人即收拾夫、儿尸首，闺中自守，才为妇道。今日还亏他老着面颜，来见相公，打算报仇，岂非良心丧尽之人！妾实难与此恶狼情厚。只因他是相公合母同胞妹子，只得勉强与他交谈。相公官居御史，岂不明此理的？实是不该担承领助他翻冤。倘然害了边疆杨元帅，大宋江山社稷何人保守？奉劝相公，休得忘公惠私的，及早回绝了他，免行此事为理。"沈御史听了笑曰："夫人，尔真乃是个不明白之妇也。杨宗保在着边关，兵权独掌，瞒过圣上耳目，不知干了多少弊端。"夫人曰："相公尔知他作何弊端以欺圣上？"沈国清曰："怎么不知的？圣上命他边疆把守拒敌西戎，如命经年累月，不能退敌，耗费兵粮不计其数之多，其中作弊处不胜枚举。纵使吾妹丈、甥儿干差了事，重则革职，轻则重打军杖即罢了，为什么这般惨薄，没一些情面，竟将他父子双双杀害？况且并不画供，又不立案，杀人杀得如此强狠，法过于律外。别人哪个不愤恨？况吾的妹子，一人是丈夫，一个是儿子，焉得不思报仇？即铁石人也心上不甘，焉怪责他报仇是蛮的？夫人，尔错怪他了。彼今既来找哥哥作靠，岂有袖手旁观不帮助之理！"不知尹氏夫人如何答话，图害得三关将士如何，且看下回分解。

上回沈氏虽云翻冤，读者还未深信，何也？这沈氏一微微武员之妻，焉有此力量，倒得巍巍世代武功将帅？及至此，方见沈御史是沈氏倚靠，庞国丈又是沈御史之胆，方知御状可行矣。

虽云沈御史、庞国丈皆为李沈氏胆靠，然非四万多金，亦不可行也。

可见凡事非用锱铢不可行。

观庞洪老奸滑言，先取其财，后图其人，一举两得。可见资财是宝，害士为要，君上江山不足重也欤！

沈国清夫妇辩论，各执一理，不竟尹氏为正大有公，沈国清顾私而泯公，止不美沈而美尹亦公也。

第四十一回

行贿得机呈御状
受赃设计害邦贤

诗曰：

> 心狠欲毁擎天柱，受贿婪赃昧主恩。
>
> 灭法瞒天奸佞辈，朝纲败紊绝彝伦。

当时尹氏夫人听了丈夫之言，即曰："不知相公如何料理审冤大事？"沈御史曰："本官也料理不来，故与庞老师酌议，费去四万银子，做御状一纸，待妹子于驾前哭告。但愿得上苍默祐，得君王准了，天大冤仇可稳稳雪翻了啊！夫人，是亲必顾。从来说：哪管得江山倒与坍也。尔是一介妇人，休得多管，休思阻挡。吾自有主意，断无不助妹子之理。"尹氏夫人自语曰："大奸弄些伎俩，众忠良虽然凶多吉少，但思沈氏乃单微武员之妻，呈此御状，事关天大，料必君王未必准他。但沈氏身属女流之辈，如何起此恶毒念头？泼天大胆，又如蛇蝎之凶！投仗奸权作士谋，纵然御书状词做得狠切，看尔弱弱钗裙，怎到得巍巍五凤楼前？即圣上乃英明有道之君，尔要扳倒此大忠良，怎生准汝？岂不一场画饼充饥的妄想，反惹人笑话，万人羞也！"当时沈御史见夫人自言自语，又不阻挡他，只说出一番有紧无关之言，暗中挡他。便说："夫人休得多言。尔且看冤仇翻与不翻，日后自见。且请安睡罢。"夫人诺而不再言。

不表东边却说西，当日庞国丈收领沈御史四万两白金，喜色冲冲，是日即往见黄门官，言曰："明日万岁临朝，有一妇人在午朝门外来叩阍呈御状，断断不可拦阻他。劳尔奏明圣上，一切言语之间帮衬些。"黄门官答言

246

曰："国丈大人吩咐，当得效劳。"若问庞太师女为宠妃，把握朝纲，赫赫有名一品，上下官员十有七在他门下，如今他对黄门官说了一声，哪有不遵，谁敢强辩？是以李沈氏叩阍，名说费了四万银子，而庞太师一厘一毫也不曾破费，实乃一人叨惠了。

次日五更三点，东方未明，已有文武官员齐集。天子登金殿，香烟霭霭，氤气腾腾，但见：

文臣武将参天子，国戚王亲一体朝。

东西对面分班列，个个低头尽曲腰。

朝罢，圣上有旨："文武众臣，有事出班启奏，无事即此退朝。"有黄门官俯伏："启奏上万岁，有一妇人于午朝门外，自称李沈氏，花绑衔刀，手呈御状，俯伏哀泣，声言身负沉冤，无门申诉，冒死而来，乞求万岁爷做主。小臣即将该氏驱逐，该氏称言杨宗保误国欺君之语，不知是真是假。小臣不敢不奏明万岁定裁。"班中国丈暗点头，自语："黄门官果也能言之辈。"当日众文武员个个心惊，不知真假，竟有此交关重大事情；独有庞洪、沈国清心头胆定。嘉祐君开言曰："妇女之流，泼天胆子，敢到此间，哪有此理，不知死活！有何海底极情之冤，敢于午朝门外呈此御状？寡人不是地头官司案民情者。恕他妇女无知，从宽免究，逐退午朝门，不许再奏。"黄门官听了万岁之言，焉敢再奏，口称："领旨。"正要抽身，只见庞太师执笏当胸，俯伏金阶，奏曰："臣思李沈氏乃一妇人耳，据称身负大冤，无门申雪，想必冤沉案没，故敢于吾主驾前求申也。更言杨宗保误国欺君，此事必因溺家而起。陛下若不究询明虚实，而该氏果有重冤者，何忍其申诉无门？至如杨宗保，倘果有欺君误国之弊，亦不便由其所作也。伏惟陛下睿鉴参详。"君王曰："朕思杨宗保，世沐君恩，府居无侫，为将多年，只有保邦，从无误国。此事定然妇人听了别人唆惑而来。朕必不询究，卿勿多言。"天子果乃明君，参透此事。有众位忠良大臣猜测无言；独有庞国丈满脸透红，沈御史心如火炙，眼睁睁只看着庞国丈。这庞洪只得再奏曰："臣思地方有司衙署，或有刁民藐视国法，以假作真，以曲为直，捏情诬告，刁讼唆斗者不胜枚举，姑所勿论。但万岁驾前，该氏若非沉冤重枉，焉敢冒死而来，以身而试法？况有误国欺君大款头，谅非海市蜃楼之虚也。伏望陛下，准收御状，以免此妇有屈难申。重臣弊法，有碍朝廷纲纪，圣朝风化。臣待罪宰阁，不得不冒死罪上言。"嘉祐王看看国丈，想：此事必是汝从中主唆也，故以着力为言。也罢，寡人且看状上情由如何便了，言："依卿所奏，着黄门官取状进呈。"黄门官口称："领旨。"去不逾时，取到李沈氏状词，呈于龙案上。嘉祐君御目一瞧，状曰：

诚惶诚恐，稽首顿首，冒死上言。诉冤妇李沈氏，现年四十五，江南松江府华亭县原籍。诉为冒功枉法婪赃冤屈，斩宗绝嗣，屈杀害命事：氏夫李成，曾为五云汛守备，仅有独子李岱，是汛千总。冤于本年十月十三日，钦差狄王亲领解征衣，已至关外荒地屯扎，悉被磨盘山强盗抢劫。至十四夜，氏夫、子经汛巡查，偶遇胡人赞天王、子牙猜醺醉逻巡，蹈雪履霜而至。夫思二恶乃西戎巨寇，中土大患，父子私算，乘其醺醉糊涂，伺机除灭。夫箭射赞天王，子刀伤子牙猜，二首并枭。双功望奖，父子共赴边关，献功帅府。孰料狄钦差尽失征衣，难弥其罪，整行贿赂于焦先锋，而为硬证，故钦差得以冒功卸罪。惟杨宗保徇情弊法，混将氏夫及子枭首辕门。痛思氏之夫、子，功凭级证，奈杨宗保恃职司权，凌属如蚁。嗟乎！人心何在？国法何彰？既掌三军司命，职司生死之权，理应秉公报国，乃竟有罪得功，因功惨死。在氏冤屈沉沦，绝嗣斩宗；在杨宗保昧法欺君，专权屈杀。至彼兵符统属，势大藩王，故氏无天申诉，不得已冒死午门，沥血金阶。倘黑天翻白，虽死之日，犹生之年。衔刀上陈，恳乞皇天电鉴，不胜哀惨痛切之至！

嘉祐君王看罢，将信将疑，推测不明。若说狄青征衣尽失，照依国法原该有罪，如无此事，这沈氏妇人怎敢轻告此词？也罢，寡人且自准他，将情由一询，看是如何？传旨："李沈氏放绑卸刀，着进金銮。"黄门官领旨。当日天子吩咐将沈氏松绑卸刀，然这沈氏跪于午朝门外，并无背刀花押，无如是庞太师的权柄大，得了银子，在黄门官奏事官知会，弄了手脚，自然入奏沈氏背刀绑押，天子哪里得知？这沈氏低着头，一身淡素服式，步至金銮殿俯伏下，两泪交流。当时圣上诘他情节，而沈氏照依状词上，句句对答无差。天子想来：此款状词十有七八是国丈专主的，故不诘及谁人代笔主谋，降旨："将李沈氏发往刑部天牢中。但此案未分明皂白，寡人暂准此状，着令九卿四相，公同酌议办理，以三日内复明定夺。"当时退朝，群臣各散，俱各不表。

单言李沈氏，天子虽言降发他在刑部天牢中，但沈御史即日弄了些权势，只与司狱官知照说了数言，李沈氏仍归御使衙中。原因妯娌二人不甚相得，沈爷又差人悄悄将妹子送至一尼庵内，权且耽搁。一言交代，也不多提。

当日九卿四相、文武大臣，奉了圣旨，在朝房公议。当初忠义重臣，首相寇准、毕士安，仁宗即位元年已卒；次后则继而亡者：太师李沈、待制孙奭等已弃世。如今冯太尉、庞国丈、吕夷简秉政，欲拟狄青中途失去征衣，贿证冒功；杨宗保昏昧不察，妄伤有功两命，误国瞒公，其罪重大。又有左班丞相富弼、平章文彦博、吏部天官韩琦三位忠贤，驳论曰："据妇人乃一面之词，岂得为凭，而伤边疆望重之臣？依私秉正，焉有此法律？如要力办此事，须要严审狠究李沈氏，方得分明真伪的。"此一天议不定，第二天仍复如此。

又至次日，五更晓，天子设朝，正在君臣议论此事，忽有黄门官入觐："奏知圣上，有边关杨元帅差官赍表进呈御览，现于午朝门外候旨。"圣上当时传旨宣进。赍本官进阶俯伏，山呼"万岁"。有侍官取上本章，在于龙案上展开。天子看罢，其表上叙及"狄青征衣限内到关，力除西戎国五员骁将，杀败十数万敌兵，解了边关围困，特请旨荐保狄青为帅，彼要告驾回朝"之意。天子看完，欣然大悦，开言道："庞卿，汝且将杨元帅折本看来。"当下庞国丈言："臣领旨。"看罢本张，吓惊不小，顷刻满脸涨红，暗想来：再不想狄青有此本领奇能深算，他反得此重大功劳。今杨宗保又荐他拜帅。如若狄青做了边关主帅，老夫休矣。即忙俯伏奏曰："陛下明并日月。臣思杨宗保荐狄青为帅，但现据沈氏控他失征衣，贿证冒功，希图抵罪，此乃机关不对。而杨宗保本上于失征衣之事并浸了，既李成父子冒功正法，因何本上绝无一字提陈？是沈氏所呈确切而杨宗保弊端显然。

但昧法欺君，理当究本穷源，仰祈陛下龙心明察，庶无负冤之妇，蒙弊之臣也！"当下君主听罢，想来：此事教寡人也推测不来，怎生是好？有首相富弼怒气不平，出班奏曰："陛下，老臣有奏。"天子曰："老卿家有何奏闻？"富相曰："臣思此妇敢于叩阍者，必有主唆奸臣。而李成父子若不冒功，杨宗保岂有屈杀无辜；狄青果然无功，彼焉肯欺君请旨拜帅？陛下如要明追此重案，先将沈氏泼妇交包拯严究何人唆诱，则李成父子冒功真假，彻底澄清矣。"此番话弄得君王心无定主，思想来：富卿所奏虽然合理，但想此事定是国丈主谋的。但凭贵妃情面，如何深究？倒教寡人左右两难。当下庞洪又奏曰："臣思该氏冤大惨天，无门申雪，到午朝上呈御状，实为极情，冒死而来，还有哪人不畏死的，与他把持？如要究李沈氏，须先究明杨宗保。祈陛下降旨往边关，即将狄青、杨宗保、焦廷贵等扭解回朝，陛下发交大臣勘问，便分奸伪了。"有吏部韩爷出班奏曰："臣思边关重地，岂可一天无帅。若将彼等扭解回朝，一有泄露，其祸匪轻。契丹在北未平，西夏叛叉未服，此举万万不可。"天子闻奏，喜色道："韩卿所言至理。江山为重，非同小故。三位卿家且平身。"三位大臣谢恩而起。天子曰："朕想杨宗保失察征衣，狄青疏忽被劫，焦廷贵婪赃硬证，朕亦未深信；李沈氏诉雪夫冤，亦不便置之不办。待寡人差一大臣，密往边关，明为清盘库仓，实则暗查此事真伪，则无糊涂不决了。众卿以为何如？"富、韩两相都言："陛下之旨甚善。"当时庞太师也无可奈何，不便再奏。天子看看两旁班列，即下旨二品文员，此人乃工部侍郎孙武，往边关。庞国丈自言曰："此官差得有机窍了。"当此，富弼、韩琦、文彦博几位忠贤思："孙侍郎虽是奸臣党羽，料想杨宗保等立于不败之地，畏他什么！"是日只因功罪未分，天子于杨元帅的本章也不批旨，狄青的元帅也未封赠，且待孙武回朝再行定夺。时朝廷退驾，群臣回衙。不知孙武到边关，如何复旨回，且看下回分解。

　　奸佞只贪锱铢，便有许多臭名不顾：一不顾仁心大理；二不顾君臣父子之情；三不顾万年遗臭。锱铢败镶土，行之多可慨也。

　　当仁宗之世，因属君子满朝莫聚，敛弊法者不少，故君子或进或退，立足而不定。但为君者常明鉴焉。首观仁宗叱退呈状妇人，何等明透，及至闻富弼陈奏，知庞洪弄作，而一心碍着庞妃。嗟乎！史言仁宗仁柔有余而刚武不足，信乎！实断也。

二举若非富、韩二患辩论，奸计有就犹速。

第四十二回

封库仓将计就计
获奸佞露机乘机

诗曰：

代君保国是贤良，污利婪赃佞党行。

青史留名忠义辈，千秋唾骂是奸狼。

群臣朝罢回衙，俱各不表。单提庞国丈回归相府，自语曰："只言几个畜生易于翻倒了，岂知这昏君心事不决，反差孙武往边关盘查仓库。汝这昏君，主意虽好，但这差官已错用了。孙武乃孙秀从兄弟，又是老夫的心腹人，不免邀请到来，嘱咐而行，岂不美哉！"想罢主意，吩咐备酒席，设于暖房。然后差人请到孙侍郎，进相府拜见庞太师。即于暖楼中，二人举杯，细细商量一番。国丈言曰："孙兄，老夫请汝到来，非为别故，一则与汝饯程，二来有事相托。"孙武称谢，又曰："不知老太师有何嘱咐之言？"国丈曰："狄青乃老夫不喜，又与汝哥哥、胡坤二人切齿仇人，孙兄所知也。"孙武曰："晚生也深知的。"国丈曰："几番下手算账，不独害他不成，反被他取高官，封显爵，又得此重大战功。这冤对如此，与孙、胡二位实不甘心的。即杨宗保身居二十六七秋元帅，眼底无人，不看老夫在目中，从无一些孝敬送回朝。此老狗囊，亦是容他不得，是以吾也刻刻恨恼于他。汝是吾的心腹厚交，今日圣上差尔到边关，古言：明人不用细嘱……"当下国丈说到此言辞，孙侍郎即打了一拱曰："此事多在晚生身上。"国丈笑曰："孙兄乃明白之人，我也不用多言了。只是回朝如此如此，收拾此党也。"孙武连连应诺。再复持杯一刻，至晚完毕，辞别而回。

道经孙兵部府，顺便传进，谈说之间，孙兵部与国丈不约同心。是日，胡制台亦在孙府把盏，心中大悦，总要力托计算狄、杨二人。孙武见二人之言，即说："国丈方才已说过，小弟自必当心注意，无差误也。"孙秀曰："若得如此，愚兄感激无涯矣。"孙武曰："哥哥，弟兄之间，些小之托，何足介怀？"孙、胡二人听了大悦。孙武登时告别回衙，打点动身。宴毕，胡坤亦告辞分手。

当日不表孙武出京，又说边关赍本官尚在京中，是日将杨元帅、狄钦差各书分途送达，还有一书要送投包待制，岂期包拯在陈州赈饥未回，故将书投送包府。是日，韩爷将杨青来书展阅，分明知果乃狄青功劳，只恨庞奸贼兴此风波，至有沈氏叩阍之事。当日备酒款了差官，又修书一封，带回边关，说明钦差孙武到关，明查仓库，暗则访失征衣的缘故。

又言天波无佞府老太君，是日接到边关来书，与孙媳穆氏、众夫人等拆书，一看，方知狄青初进，即杀退敌兵。众位夫人一同羡慕，不用烦述。然佘太君与众人俱不上朝，故不知孙武奉旨出京之事。

交代清楚天波府情由，又说南清宫狄太后得接侄儿回书，母子大喜，言："难得此英雄，立建大功。"又表明：潞花王是朔望上朝，或一月一朝，平日间并不上朝，随着其便不等，故今孙武出京之事，又不得而知，即沈氏叩阍情由，亦无人提及，是悉有凑巧之端，不表。

再说庞国丈、冯太尉，一天接了几方密禀，方知潼关马应龙被神圣所诛，说出他用计恶处。冯太尉不知其由，只有庞国丈心下大惊。二人不敢陈奏圣上，即私自酌量，私放一官，赴任潼关总兵。用此暗里机关，圣上何以能得知？

不表二奸欺君昧法，却说边关杨元帅，见狄青力退敌兵，灭除五将，解了边关围困，一心敬重他乃当世英雄，国家有赖，随时设宴款叙。每日间谈论兵机、邦家、时政，觉得相投契合。忽一天，赍本官回关，元帅细问圣旨缘故不下，赍本官回禀曰："朝廷未有加封拜帅旨意。但不日之间即有钦差孙侍郎到关，盘查仓库了。"元帅曰："孙侍郎奉旨到关盘查仓库么？本帅守关二十余年，并未见盘查仓库，莫非又是大奸臣的计谋也？"赍本官又将韩爷的回书送与杨青，然后叩辞元帅而出。杨青将书拆展，细细看明，发声冷笑："可恼庞洪老贼，弄此恶奸谋，将此美事又弄歪了。"细细说知三人。元帅曰："纵有钦差到来，我何惧哉！况乎仓库历年无亏，岂畏盘查的？"范爷曰："这孙武乃孙秀族弟，庞洪心腹，料这老贼定然有计作弄，他亦必需索财帛，回京复旨，只言失征衣是真，李成父子冒功事假。我众人亦不在朝与辩，必中上奸计，不妙了。须要预早打算，不落他圈陷为高。"元帅曰："礼部大人才高智广，如何打算便是？"范爷冷笑曰："只略用半点小功夫可也。先将库仓封固了，只说仓库钱量亏空过多，要求请钦差回朝周全免盘查之意。想孙武乃贪财帛小人，送彼三五万银子，求彼万岁驾前只言仓库无亏无缺之言。如孙武得了银子，自然应允，待他转身后，预差一精细将官在于前途，埋伏拿下，踏住赃银子为凭，即备本劾他。他罪如天了，既陈奏李成冒功事假，失征衣事真，圣上也不准信他。自然扳顶出庞洪来，此为诈赃处赃之计，未知元帅尊意如何？"元帅听了，笑曰："范大人智略高明，非人可及。所虑者，孙武倘然不上钩，如何再处治这奴才的？"范爷曰："定然中计的，老夫稳稳拿定也。"狄青点首曰："这众奸臣见了财帛，岂有放脱的！元帅休得过虑也。"言谈已是日落西山，帅堂上夜宴安排，四人就席把盏，书不烦谈。范爷又言："孙武一到关，且依计而行。但焦廷贵跟前说不得明，倘被他癫癫呆呆，泄露出机关，事不成了。"元帅曰："范大人高见不差。"是夜不表，次早，元帅发令，将仓库悉皆封固，不许私开。

不言边关安排妙计，却言孙武一自离却王城，一程自恃钦差，故所至地方，文武官员多来迎接，留款燕宴，送程仪食物之官员不少。如若送馈得轻微些，孙侍郎便不动身，故一程耽耽搁搁，获发大财。孙武想来："这个买卖，果也做着了。但本官一到边关，必要将仓库查得清清楚楚。料想杨宗保领职边关二三十载，亏空的谅也不少，不忧他不来买求本官的。此款好美差也！"一程途喜欣欣。非止一日，到得边关。报知杨元帅，排开香案，孙侍郎气昂昂下马进关，开读罢诏书，方见礼，坐于帅堂，闲言一番。元帅又曰："本帅职任此关有年，圣上从无查盘旨章。如今忽差大人到来察查，莫非又是庞国丈的主唆也？"孙武冷笑曰："元帅之言说得奇了。下官奉了朝廷旨意，只因圣上常忧仓库空虚，是至差下官到来，一盘清白，岂是国丈从中起此根由？"元帅曰："果也朝廷的旨意，本帅失言了。敢问大人，本帅有本还朝，请旨荐狄王亲为帅，不知何故万岁没有旨意下来？准旨否也，大人必知其由。"孙武曰："元帅，圣上览表之后，并无语及准与不准，下官却也不得而知。"元帅冷笑曰："大人竟不得知么？果然不得知也。"当时元帅也不多辩明言。是日，少不免酒宴盛款，那天只为天色已晚，是以仓库尚未盘查。

下一日，孙侍郎先要暗查失征衣之事，有关内的偏将兵丁，自然护着元帅，多言征衣未有疏失。即咐城中百姓，内有智识者，知他来访察杨元帅的底蕴，亦言不失。故孙武不甚查访得的确。又访察到李成父子冒功之事真假，众人多言冒功是实。这孙武此日又亲往打探库仓，岂知尽皆封固。自言曰："杨宗保，不知尔亏空得怎样，尔若非个在行知事者，早在吾跟前说个明白，送我三五万两也不为过多。本官看了银子分上，自然在圣上驾前将尔掩饰，只言仓库并不空缺，还将误杀瞒公之罪遮掩几分。"是日，又进来见杨元帅，只见帅堂上早已安排早膳。叙席间，孙武开言道："元帅，下官原奉旨盘查库仓，不知为何悉皆封固了，难道不许盘查以逆圣旨不成？"元帅曰："孙大人有所不知，只因本帅在此领职二十六七年，哪有一载不亏空钱粮的？向来圣上不曾降过旨来盘查，本帅也便糊糊涂涂混过了。岂知圣上今天忽然要盘查起来，特命大人到关，教本帅千方百计打算，难以弥补得足，亏空多年，一朝败露也。"孙武听了，想来：我料定尔亏缺仓库的。即言曰："据元帅的主裁，叫下官不盘查了么？"元帅曰："盘查是悉凭尔的。但本帅亏空之处，仰仗大人周全些为妙。"孙武一看，自言："我又开不得口要借取他银子，但彼既要我周全，不免一肩卸在国丈身，当才易言也。"即言："元帅若要下官回朝遮饰，这是不难。圣上可以瞒过，独有国丈瞒他不得。"元帅曰："国丈如何不能瞒他？"孙武曰："吾实言元帅得知，国丈明晓库仓有亏缺，故教下官彻底清盘。"元帅曰："国丈既然如此，怎生料理的好？"孙武曰："下官断没有不肯周全的。"元帅曰："如此，国丈那边送他二万两，大人处奉送一万两，有劳大人与本帅在国丈那里说个人情如何？"孙武曰："下官一厘也不敢领元帅之惠，但国丈那边还要商量。"元帅曰："还嫌微薄么？"孙武曰："国丈也曾言来，元帅二三十载，从无些小往来，此是真否？"元帅曰："果然也。历久并未丝毫往来。再增一万如何？"孙武曰："元帅，尔在此为官二十余秋，职掌重位，即一年计来三千，合总七万二千两。如依下官之请，不查仓库，也免国丈多言了。"元帅开言微笑曰："奈何本帅乃边城一贫武官，七万二千两实难筹办得来。也罢，国丈三万两，大人二万，共成五万两，多也万不能筹办了。"孙武笑曰："既元帅如此说，下官从命，如数五万两，不用查仓库了。"

正说之间，哪知不的当，焦廷贵在左阶部中，听着大怒，跑上帅堂，不知情由，将孙武夹领一抓，啪嗒一声，撂在地上，喝声："贪财污利的狗王八！我元帅在此多年，从无亏空仓库的。庞洪奸贼要元帅的财帛，想是他做梦么！"已将孙武拿按地中。这焦廷贵哪管什么钦命大臣不大臣，将拳犹擂鼓一般打下。孙武大骂："无礼畜生！尔辱殴钦差，该得重罪！莫非杨宗保暗使尔这奴才如此的？"当时杨元帅气怒得二目圆睁，大骂焦廷贵，离位上前扯开。孙侍郎方得抽身而起，还是气喘吁吁，纱帽歪斜，怒气冲冲，喝道："杨宗保，尔纵将行凶，可知国法否？"杨元帅想来：好个巧妙计，被这匹夫弄坏了。早知如此，不瞒他也好。今日此计不成，范公的机谋枉用了，只落得本帅有纵将行凶、辱打钦差之罪。只得骂一声："孙武！尔也不该如此。圣上命尔到来盘查库仓，本帅此库仓历年无亏无缺，如何尔反听信庞恶，贪图诈赃银五万两？尔乃大奸党羽，本帅容尔不得。好生可恶！诈着赃银，欺君误国，王法已无。"喝声："拿下！"与焦廷贵用两架囚车禁了，连忙写本章一道，差沈达解到京中，悉凭圣上做主。另修书一封，这一封书教沈达到了京，悄悄交送天波府，达知佘太君。沈达领命，带了十名壮军，押了两个囚笼，离了边关，向汴京城而去。二人不知如何发落，下回分解。

观一班蛇蝎小人，何等臭味相投，千方百计打算，无非图害忠良伎俩，何曾见其道及国政之得失？

当务者，宰相之任，均天下之任，上卫天子之德政，下关庶民教化，重任之罪轻者。独观冯拯、庞洪，既云称相，既无丝毫善引祈君保国，只一味贪财爱宝，私放卖官，其罪可胜诛哉！既不足以称宰相均衡之任，其病鼠何哉？写孙武亦是一味贪婪，不以奉旨为公办，亦与庞罪之相等也。

接写奸臣，又奸臣党。患者有患者相连，奸钦差未封，而韩吏部有书先报，只此观公私耳。

范公妙计将成，固为读者所喜，及至焦廷贵狂莽露机，又为读者所恼。

第四十三回

杨元帅劾奸上本
庞国丈图谋蔽君

诗曰：

慧眼君王照万方，贤奸须辨察行藏。

倘然受蔽非轻祸，佞者得谋忠被伤。

却说沈达进京去了，杨元帅心头气怒，又觉发笑。然哂笑者，范礼部未事而先知，设成妙计，孙武已上了圈套；恼者是不遂其谋，被莽匹夫弄歪了，不得不将焦廷贵并解回朝中，总要朝廷议罪也。体念开恩，又有祖母佘太君周全，管取无碍。范爷长叹一声："都是这莽匹夫，将机谋泄露了。虽然有佘太君保庇无妨，只忧这老贼臣又有风波兴作来。"杨元帅曰："事已弄坏了，纵然朝廷执罪，也定论不得。"狄爷也是点头，长叹一声，言："朝内有奸臣，实难宁靖的。"杨爷曰："从今之事，不可重用这狂莽之徒也。"

且住边关忠良语，又言沈达趱程途。一程无阻，不分昼夜而奔，其时过了残冬春又复。沈达到得东京地面，未进王城，思量：若将二人解进王城，圣上未知，奸臣先晓，倘或被他谲弄起来，便不稳当了。即于相国寺中将两架囚车悄悄寄放僧房内余地，着令兵丁看守。其时天当午中，处置停妥，先往天波府内投递了家书。佘太君接书，从头细看，冷笑一声，道："庞洪！尔何苦将此恶毒计施来？虽则狠烈，只好将别人摆弄，我府中人休得妄思下手也！"太君吩咐摆下酒宴，留款沈将军。当日众位夫人也知此事，即日差人往朝中打听消息，倘有干系情由，即要报告，此说书中慢表。

又言相国寺中，焦廷贵将孙武大骂"奸贼"不休，一程出关，已是大骂喧喧，是日寺中更吵骂得凶。虽孙武欲即时通个消息到庞府，无奈随行家将人等，多被杨元帅留在边关，当时并无一人在于身旁，只得忍耐，只由焦廷贵痛骂，且待来朝庞太师自有打点，按下不表。

至五更三点，万岁登坐金銮殿，百官入朝，参见已毕，文立东，武立西。值殿官传旨已毕，忽有黄门官奏知万岁："今有边关杨元帅，特差副将沈达赍本还朝，现在午门候旨。"天子闻奏，想来：朕差孙武往边关查察，尚未还朝，杨宗保缘何又有本章回朝？即传旨黄门官取本进看。不一刻，已将本章呈上御案前。圣上龙目细细看完毕，又向文班中看看庞国丈，明白他贪财帛诈赃的，便曰："庞卿，杨元帅此本，汝且看来。"国丈领旨上前，在御案侧旁细看。只见上书曰：

原任太傅左仆射、统领银饷军机大臣、兼理吏、兵、刑三部尚书罪臣杨宗保，恭迎先帝浩恩浩荡，职任边疆将已三十载。复蒙我主陛下加恩，奂宫天高地厚，虽肝脑涂地，难补于万一。至臣铭心刻骨，颇效愚忠，敢替先人余烈，以紊六律章程。兹奉钦差工部侍部孙武，至关盘查仓库，臣即遵旨，将仓禀库藏悉行封固，恭候稽查。孰意孙武阳奉阴违，诈赃索贿，仓不查，库不察，称系庞洪嘱托，言臣按照每年应得馈礼五千两，共合镒银十三万五千，而孙武言索送五万二千，每年二千两不为伤廉之语。依与则免费盘查之意，不允彼索，则回朝劾奏仓不亏为亏，库不缺言缺。当臣不遂其欲；即帅堂吵闹。悉有焦廷贵，愤怒激烈，不遵规束，辱殴钦差，与臣例应并罪。惟臣领职边疆重地，不敢擅离。先将孙武、焦廷贵遣差沈达押解回朝，恭仰圣裁定夺。臣在边关恭候旨命待罪，谨此奏闻。

当时庞国丈看罢大惊，想来：只言孙武是才干能员，岂知是个无用东西！今日驾前多文武之众，教我如何对答当今？只得奏曰："陛下啊，念老臣伴驾多年，深沐王恩，岂肯贪图索诈。前蒙陛下差孙武出城，何曾有言嘱托？况今孙武现在，只求万岁询问他便知明白了。杨宗保会使刁，自知有罪难逃，捏言谎奏，无据无凭，希图搪塞重罪。但现今纵将行凶，将钦差辱打，狂徒胆大，显系恃势欺凌。伏惟我王明鉴参详。"天子曰："庞卿平身。"即传旨焦廷贵见驾。当驾官领旨，宣进这焦廷贵。他昂然挺胸，踩开大步，一至金銮殿，全然不懂山呼万岁见驾之礼，高声呼："皇帝在上，末将打拱。"天子见他如此，也觉可哂笑。想来：此人莫非呆呆的？早有值殿将军呼曰："万岁驾前，擅敢无礼，还不俯伏下跪么！"焦廷贵曰："要我下跪的？也罢，跪何妨事乎？皇帝，我焦廷贵下跪了。"天子倒也喜色洋洋："此人是一般呆呆腔的，只闻呆呆人老朴直梗，待寡人细盘诘他失征衣之事，定然分明了。"当日圣上缘何不问辱殴钦差，倒盘诘起失征衣之事？原来法律重于失征衣。况殴辱钦差缘由，为着失征衣而起，故先问征衣失否。向呆将讨固实信，如若失征衣事真，孙武诈赃事定假，诈赃既假，则焦廷贵辱殴钦差之罪不免。天子曰："焦廷贵，狄青解到征衣如何？且明言来。"焦廷贵曰："征衣到也到了，只因不小心，被强盗抢劫去的，险些狄钦差吃饭东西保不牢也。"国丈在旁，心头暗暗喜欢：难得圣上先问失征衣事，喜这莽汉毫不包藏半言的。天子听了失去征衣，点首而问："焦廷贵，征衣失去在哪地头？"焦廷贵曰："离关不过二百里，是磨盘山强盗抢去，哪人不知，谁人不晓？天子曰："失去多少，留存多少？"焦廷贵曰："抢去光光，失得尽罄，一件也不留存。"庞洪想来：圣上若再问诘下去，杀射赞天王、子牙猜事情必败露了，必须阻挡着君王问诸方妙。即俯伏金銮殿，奏曰："臣启陛下，那焦廷贵乃是杨宗保麾下将官，今日已经招认，失征衣的事既真，一事真，事事皆实了。狄青冒功抵罪，杨宗保屈杀无辜，李氏呈他冒功屈杀之语，实为确切。孙武诈赃，显然并无事了。焦廷贵如此强暴，岂无辱殴钦差之事？但审供案情委曲周章程，恐有费龙心，伏祈殿下发交大臣，细加严鞫，询明复旨。未知圣意如何？"天子曰："依卿所奏。但此事交关非小，不知发交何人可办。"国丈曰："臣保荐西台御史沈国清承办，必不有误。"原来沈御史嫡名沈不清，只因圣上跟前，其名不雅，久后更名国清。

当日圣上准了国丈奏议，发交西台御史审询。当时沈御史口称"领旨"，早有值殿将军拿下焦廷贵，他还是高声大骂，呼曰："尔如此，真乃糊涂不明帝王了。怎么听了这鸟奸臣的言，欺吾焦将军么？"国丈大喝曰：

"万岁驾前，休得无礼！"焦廷贵乃一蠢莽之徒，怎知君王之尊威？还不断大骂"奸贼！狗畜类！"当有值殿将军将焦廷贵拿推出午朝门外而去，押回入囚车。国丈又奏："押解沈达不可放归边关。"天子诘曰："此何也？"国丈曰："臣启陛下，倘然沈达回关，杨宗保得知了，自觉情虚，恐有变端之弊。且将沈达暂行拘禁，待审询明之后释放方可。"天子准奏，着将沈达暂禁天牢。值殿将军领旨，登时将沈达押下天牢。

赵天子退朝，当有忠义大臣几人，见天子事事准依国丈佞言，气怒不平，愤愤怪着圣上不念忠良勤劳王室，不以江山为重，轻听一面之词，而伤重托股肱之臣。他既不以江山大事为重，我们何用多言插嘴？众大臣几位愤气不平，不约同心，也不谏诤。又想：沈国清是庞洪奸党，朝内官员尽知，独有天子不晓，故发与沈御史公断复旨，众员索性由他。此朝所议，并无一臣答奏。

时文武各回衙，有庞洪、孙秀，一退朝，命人打开孙武囚车，同至庞府中。若问孙武也是犯官，因何沈御史既领旨审办，又不带去？只为一班奸党相连，私放了孙侍郎，独欺瞒得朝廷耳目。仁宗之世，原算奸臣势焰滔天。当日孙武随着庞洪、孙秀至庞府，胡坤悉来叙会。国丈曰："出京之日，一力担肩，怎生倒翻杨宗保之手？几乎及于老夫，实乃不中用的东西。"孙武曰："太师，非吾不才，他们早已暗算机关，装成巧计。"孙秀曰："岳丈大人且免心烦，如今埋怨已迟了。但焦廷贵已经招出尽失征衣，只要御史用严刑，还逼他招出狄青冒功之罪，何妨杨宗保刁滑势头，即佘太君、狄太后也难遮庇得狄、杨也。"四人正言间，沈御史也到了。"晚生特来请命太师，这焦廷贵如何审办？"国丈曰："沈兄，这些许小事，还来动问么？只要将焦廷贵用严刑拷究，失征衣之事，已经在驾前招认了，还要他招出李成父子功劳被狄青冒去，焦廷贵又受赃，做了硬证，杨宗保不加细察，反将李成父子糊涂屈杀了。再审得钦差孙武诈赃事假，焦廷贵殴打钦差事实。审明复旨，将这几名狗党斩的斩，杀的杀，好不沁心凉也！"胡坤曰："太师，但想那焦廷贵乃一铮铮烈烈硬汉，倘然抵死不招，便怎生设法？"国丈曰："他抵死不招，何难之有？做了假供复旨可也。"沈御史喜悦允诺。是日辰刻时候，顷刻中堂上摊开筵宴，五奸叙酌。多言不能细述。宴别，各告辞回府，俱已不提。

　　单言沈御史，进归内堂，时交午刻。尹氏夫人一见，道："老爷，今天上朝因何这时候方回？莫非议政国大事？"沈国清曰："夫人，吾与汝夫妻之谈，言知也不妨。"即将始末情由细言明。尹氏夫人听了，心中不悦，顷刻花容失色，又道："老爷，此是他人之事，别人之冤，即妹子适人，已是外戚；何况胡氏之子死有余辜，胡坤不过与汝同僚，一殿为人。既出仕王家，须望名标青史，后日馨香乃可，缘何入此不肖党羽，将众贤良一网兜收？此事断然不可！万祈老爷三思衡量为高。"沈御史冷笑曰："夫人，汝言差矣。本官若非庞太师提拔，怎能御史高升？夫人汝也非此凤冠霞帔了。"夫人曰："国丈今日势头虽高，但他刁恶多端，上天岂得轻饶！有朝倒势之日，料这老奸臣遗臭千秋也。"沈御史听了"奸臣"两字，即怒气顷生，连骂"不贤泼妇"数声，"不明情由，出语伤人，因何平风自浪，惹来淘气！"夫人曰："老爷，不是妾身平空惹汝动气，也不过将情度理，劝告以免灾祸耳。"沈御史曰："怎见吾有灾祸来？"夫人曰："老爷这般奉趋奸相……"言未完，御史喝骂："不贤泼妇，他何为奸相？奸在何来？汝且说知。"夫人曰："妾是劝谏老爷忠君之美，何须动恼。但国丈作尽威恶，陷害忠良，贪财误国，即妾不呼他为奸臣，也难遮外人耳目。"沈御史曰："汝知他害了哪个忠臣？"夫人曰："怎言不是？即今要扳倒边关杨元帅是也。尔可晓得他乃大宋世袭忠良将，保护江山老元勋。即提拔狄青，乃当今太后内亲，在边关立下此大战功，亦武勇之臣，为国家所倚重将士。若还灭害了众英雄，君王社稷哪人撑持？但老爷食了王家厚俸禄，须当忠君报国，方得后世流芳，若趋炎附势的，千秋之下，臭名不免。倘君不入奸臣党羽中，妾即终身戴德了。"沈御史听罢，怒曰："可恼贱人！你乃一无知妇人，休得多言。倘烦饶舌，逆吾之意，定断不饶！"不知尹氏夫人如何答话，劝谏得夫君依从否，且看下回分解。

　　观沈达奉命押解，一程筹算，言圣上未知奸臣，先晓其中定见，可嘉托用此等纪纲之人，断不至错误。

262

杨元帅上本原为劾奸立法，不意仁宗反为奸臣佞言所惑，所以大奸似忠，为君者当明鉴焉。

焦廷贵之见驾，犹称末将打拱，直言征衣之失，足见莽将榜样。

一班奸佞算计忠良，尔称我论，何等用心。奸佞人未尝不恶，人目之为奸，所以沈国清一听尹氏呼庞洪为"奸臣"即大怒，而不顾夫妇情深，即恶言叱骂。既奸矣，而不愿自己为奸，亦良心唯未昧矣。

第四十四回

贤慧劝夫身尽节

奸愚蔽主自乖名

诗曰：

彼此不分男与女，但行仁义便称贤。

君恩洪荡臣当念，方见存心不愧天。

当日尹氏夫人呼唤："老爷，妾是一片忠言谏劝，还望准从。岂期尔仍归奸臣党羽，难怪妾身多言，也还防日后有倾家荡嗣之祸，方知船至江心补漏迟，此日方懊悔不听妻谏之言，反落得臭名与后人笑话。"沈爷大喝："不贤之妇！后日纵然有倾覆之祸，与汝何涉何干！"伸手两个巴掌打去。旁首众丫鬟趱近，扯着老爷袖袍，呼道："老爷既骂夫人，也罢，乞祈万勿动手。"众丫鬟扶持主母，共归内房。夫人坐下，呼唤丫鬟素兰往外堂屏风后打听老爷将三关官如何审断，即回来复知。丫鬟领命而出，不表。

又言沈御史怒气冲冲，不听夫人劝谏，一出外堂，登时传话升堂。早有差役带上焦廷贵。他早已上了刑具，一到御史堂上，高声大喝，立定呼道："沈不清！尔休得妄自尊大。"沈御史拍案，喝声："蠢奴才！法堂上还敢如此无礼！尔要怎的？"焦廷贵曰："焦老爷要回边关去。"沈御史曰："焦廷贵，今日本御史奉旨审询杨宗保乱法欺君之事，速将狄青失征衣、冒功劳、杨宗保屈斩李成父子、尔受狄青多少贿赃、怎生殴辱钦差、杨宗保妄奏诈赃事，细细供来，以免动刑。"焦廷贵大喝："沈不清的鸟御史！说什么话，吾焦老爷只不知，休得多问。"御史曰："本官也知尔不动刑法怎肯招认。"吩咐将他狠狠地夹起。差人领命，即将焦廷贵下脚镣，登时赤足一双，套入三根木中。焦廷贵曰："这个东西人耍足，甚趣！"沈御史拍案喝声："焦廷贵招罪否？"焦廷贵曰："吾焦老爷招取尔狗命！"御史再呼役人，将夹棍一连三收，两棍头又加数十斤。焦廷贵愈加大骂不绝，喝曰："沈不清，鸟龟官！狗奴才！敢如此欺侮尔焦老爷么？"御史曰："焦廷贵，本官劝尔招了罢。"焦廷贵大喝："沈不清，尔取得下吾脑袋，才算尔的本领。"沈御史想来：焦廷贵原乃一硬汉英雄，谅他不肯招罪的，不免做个假招供也。吩咐左右，将他松了刑棍，上回镣具，发回天牢，待明天取他脑袋。

不表焦廷贵发下天牢。御史退堂回进书斋内，做备假口供，当有丫鬟素兰在后屏风瞧着，打探得分明，进至后堂，细细达知主母。尹氏夫人听了，登时脸上无光，汪汪珠泪。打发丫鬟众人多出房外去了，夫人独自一人，将房门闭上，浓磨香翰，题绝命诗曰：

妾身一殒有谁怜？虚度光阴三十年。

但愿夫君偏性改，纵归黄土也安然。

诗罢，泪如涌泉，言："可怜十余载恩爱夫妻，一旦分离，未免伤情。第今日劝谏夫君不从，出于不得已，日后亦不免杀身之祸，反要出乖露丑。与其生不如与其死也。"言罢，自缢身亡。众丫鬟见夫人进房。耐久闭门不开，众人说："老爷从未与夫人淘气，今朝口语相驳，叱骂一番，又动手打两个巴掌，为着外人之事，夫妻惹起气来。今久闭门不开，不知夫人吉凶如何？"众丫鬟商议，甚觉慌忙，只得齐齐动手，打开房门一瞧，吓得惊慌无措。多言："不好！夫人当真寻了短见。"素兰呼道："金菊姐姐，尔等且看夫人，待吾往报老爷得知。"言罢，慌急忙忙去了。内房丫鬟将汗帕解下，哭啼呼叫，灌下姜汤，哪知夫人身体冰冷，哪得复苏？

不表众丫鬟张惶，当时沈御史在书楼中正做完假口供，写就一本，要来朝奏帝。自笑曰："此一本哪管尔天波府势头高，杨宗保也性命难存，即狄青是太后娘娘内戚，也逃不脱狗命。"沈奸写就此本，正要连日去见庞国丈，看假口供本章。只见素兰丫鬟跑进，气喘喘而来，呼声："老爷，不好了！"沈不清喝曰："贱丫头，因何大惊小怪？"素兰曰："老爷，不是贱奴惊怪，只为夫人死了。"沈御史喝声："小贱人，敢来唬恐吾老爷！夫人毫无病症，怎言死了？"丫鬟曰："果然夫人自缢身死，我众丫鬟打开房室门，现有众人尚在房中救唤夫人。"御史曰："此不贤妇人，应该死的。"素兰听了，泪流呼曰："老爷，谁道口头上争闹几言，就断了夫妻之情不成？又可惜夫人乃一位贤良诰命，翰墨名家之女，死得如此惨伤，老爷还不速往看来夫人救活否？"沈御史喝声："贱丫头，胡说！尔们且救他，吾不往了。彼如此可恶，口口声声，只骂吾奸臣，还有什么夫妻情分！"言未了，又见两名丫鬟飞奔进来，啼啼哭哭，称："老爷，夫人缢死惨伤，我们多方解救，只不得还阳了。"当日沈不清趋奉奸权，厌恼夫人谏阻多言，竟将夫妇之情付于流水。是日见丫鬟多来禀告，只得进内房，走近尸旁立着，冷笑呼曰："尹氏，谁教汝多管我的差处？为此，尔自寻死路，实乃口头取祸也。汝死在九泉，怨恨不得丈夫。"回身吩咐丫鬟："连唤家丁掘土埋他。"众丫鬟呼曰："老爷，不知怎生埋法？"沈爷曰："即于后园亭中掘个地窖，埋掩尸骸是也。"众丫鬟齐称："老爷言差了！主母夫人曾受王封诰命，二者是老爷敌体之贵，结发夫妻，今日寻了短见，死得如此惨伤，理应开丧超度，然后棺椁入土为安才是。"沈爷喝声："贱婢！休要尔们多管。"众丫鬟呼曰："老爷，这是理该如此，算不得我们丫鬟多言也。"沈爷喝曰："这是不贤之妇，死何足惜？有什么超度棺椁成丧？哪个再敢多言，活活处死！"言罢，出房而去。众丫鬟、妇女听了不敢再言，珠泪纷纷，人人苦切。言："夫人死得好苦楚也！何故老爷心肠如此硬，全无夫妇半点恩情？夫人你在九泉之下，略有三分未泯，必须哭诉阎君天子，诉明苦楚才好。"当日只得无奈遵命，唤至几名家丁，哪一个不道及主人之差？即日带备锹锄，一至后园心，掘开泥潭数尺之深，众丫鬟伏侍夫人，沐浴了身体，更换新衣裳，头上插些花钿环钗之物。众人落泪伤心。其时候乃初更鼓也，前后有提笼灯火引道，将夫人抬起，是日乃三月初二，故月色早沉。来至后庭中，家人、妇女悲号惨切，已将夫人埋入土泥窖中，上面仍用泥土浮松盖掩，以免压腐体骸。这是众家丁、妇女怜惜夫人受屈，不忍之心，不然日后怎生全尸起还？后话不提。是夜众家丁、妇女，人人叩首，个个含悲。多言："夫人受过王封，金枝玉叶之体，惨死了，不得棺椁安装，皆乃老爷薄幸不情也。"

不表家人痛泣主母，又言沈爷亲到后庭心，看见夫人埋于土中，言："尹氏，你今死了，是尔命所该，勿怨着我丈夫无情。待吾来朝奏主，杀了焦廷贵，公事一毕，然后棺椁再埋葬。只因今日公事烦忙，不及备棺收殓，今暂屈尔涂泥数天的。"言罢，回进书房，头一摇，言："罢了！哪有这等多管闲事妇女、不畏死的裙钗！可恼他还留下诗辞四句，要本官改什么偏性来。"言罢，命家丁持火把往国丈府中。一至，令人通报进内相见，即将本章假供与国丈观看。国丈灯下看毕大悦："此本甚是妥当详明，待明朝呈进相见。"沈爷曰："夜深如此，告退了。"当时算得神差鬼使，尹氏自尽的缘由御史并不说明，是以国丈全然不晓。

沈爷回衙，二鼓将残了。归房坐下，不觉动起愁思，咨叹一声："夫人死去，顾影孤单，今宵没有做伴了。"想至其间，心中烦恼，不免唤名侍儿做伴也妙。想来素兰年长了，有些姿容，不免命他陪伴罢，忙呼素兰到房间。沈爷一见曰："素兰，吾老爷有句密语与汝言。"素兰曰："老爷有何吩咐？"沈爷曰："只为夫人死，衾寒寂寞，今夜汝来陪伴老爷，汝即承当敕诰凤珮了。"素兰听了，惊慌呼道："老爷，奴婢乃一下贱丫鬟，况主母夫人待我们犹如子女惜爱，厚德深恩岂敢忘？老爷休思此歪念头也。吾又乃下贱之体，怎能陪伴老爷贵人？"沈爷听了，曰："你这丫头，好不识抬举。今日陪伴老爷一宵，明日做夫人，与吾老爷敌体之贵，哪个敢来轻慢你的？"素兰曰："贱体福分微薄，承当不起，老爷免费盛心。"沈爷曰："贱丫头胆大！吾老爷好意抬举，汝擅敢违抗么？"言罢关闭房门，已将丫鬟拦上牙床。素兰犹恳老爷："吾贱质实有污老爷贵体，饶恕奴婢罢。"沈爷曰："若再不顺从，活活打死，不许多言！"当时素兰年纪虽长，但心怯主人之威，出于无奈，只得顺从。是夜陪伴老爷，不多细表。只苦尹氏夫人死得惨然，并不入土为安，魂在九泉之下，焉肯饶过此薄情薄幸丈夫？此言不表。

次日早，沈爷起觉，梳洗毕，穿过朝服，竟到朝房。少停万岁身登宝殿，文武朝参分列。值殿官传过旨意，有沈御史出班，俯伏奏曰："臣奉旨审断焦廷贵，初则倔强不招，次后略用薄刑，招出狄青失去征衣，冒功抵罪；焦廷贵受贿为证；李成父子除寇有功，杨宗保反不察而屈斩；钦差孙武又被他封固仓库，不许盘查，纵令焦廷贵殴打钦差，反刁滑劾孙侍郎诈赃。"又将本章供状上呈。天子看罢，龙颜大怒，骂声："泼天胆大杨宗保！朕只言尔乃边疆寄命大臣，看来乃一大奸臣也！深负国恳，目无王法。狄青既失征衣，不该冒功抵罪，屈斩有功良善。一班欺君藐法小人，断难轻恕。差官扭解进京！"国丈一看，如若扭解回朝，必被佘太君、狄太后出头，仍是杀不成。即出班奏曰："臣庞洪有奏。"天子曰："卿且奏来。"国丈曰："臣奏杨宗保久镇边关，兵权统属，如若扭解回朝，诚恐被他闻风准备，万一路途变端，祸关非小。"天子曰："卿之见如何？"国丈曰："臣思焦廷贵招认罪名，无容再问。莫若密旨一道，赐其刑典，待狄、杨二臣即于边城尽节，焦廷贵即于王城处决，未知我主龙意如何？"天子准奏，仍命孙武赍旨一道，朝典三般，密往边关，着令杨、狄二臣速行受命，孙兵部监斩焦廷贵复旨。二奸得差大悦。又有众贤臣文武，人人惊恐，一同出班保奏。有富太师、韩吏部与天子语争辩驳，天子只是不依。众臣只落得气怒不悦，又无奈。此时随驾在朝，也不能往南清宫、天波府通知消息。

　　时兵部奉了圣旨，一刻不停留，即往天牢中带出了焦廷贵。这位将军还是不绝大骂："奸臣乌龟！"一程骂到西郊。早有天波府家丁打听明飞奔回府报知。佘氏老太君自从沈达回朝后，得接边关来书，日日差家人往朝中打听，今一见绑出焦廷贵，即奔回府报知。佘太君闻言大怒，即时上了宝辇，亲自上朝面圣。犹恐搭救不及焦匹夫，先命杜夫人、穆桂英往法场阻挡监斩官，不许开刀。若问天波府几位夫人，十分厉害。这孙秀虽乃王亲，见了二位夫人恶狠狠，也惧怯三分。大喝："奉佘太君之命，刀下留人！"这孙秀哪里敢动？当下焦廷贵高声呼唤："夫人！速来搭救小将，不然活活的人分作两段。"二位夫人曰："焦廷贵不妨，如若杀你，自有孙兵部抵命。"焦廷贵曰："如此方妙也。"不知佘太君上殿见驾，救赦得焦廷贵如何，下回分解。

写尹氏夫人两番谏诤丈夫，此番不特不从，反遣叱骂殴辱，实御史趋权附势，心头之热也欤。

重刑焦廷贵，撰假供、做虚本，皆欺君瞒法之大恶。观御史所为，仁心天理丧尽，纵有贤哲之妻，良言何曾入耳？

为人既齐家必能治国，一心断无两用。不习善即为恶，于沈御史以遍鉴矣。

君臣伦之首，夫妇人伦之中，第御史一闻妻之缢死，毫不相关，而露体于土中，是兽心非人心也。

仁宗在位四十二年，史称贤君。第其政得失相兼，皆由忠奸淆混之弊。可见圣言为君虽难，为臣不易益切矣。

第四十五回

佘太君亲临金殿
包待制夜筑乌台

诗曰：

天波无佞府中臣，历世忠良建大勋。

岂料群奸行嫉妒，欲将一网陷贤人。

却说佘太君进至金銮殿中，俯伏见驾。天子即命内侍扶起，坐下锦墩。太君开言曰："陛下，未知因何处斩这焦廷贵？他乃边关效力之将，况及忠良之后，即有罪于国法，圣上亦须体念他祖焦赞有血战大功，略宽恕几分，免折断了忠良后裔，方见陛下仁慈。"天子听了，觉得难将此事分明说，只想一会。国丈暗言：君王何不善于答辞？何不言君要臣死，不死不忠。吾亦不敢多言辩驳，只因这位佘太君不是好惹争论的。当下天子不言。太君曰："陛下，臣妾丈夫、儿子数人，多是为国捐躯。苗裔只存一脉，即吾孙儿，领守边关，将已三十载，尽心报国，并无差处，陛下所深知。即焦廷贵随守边关，也有战功，未知犯了何罪，要处斩他？"天子见太君多问，只得言："朕差孙武往边关查仓库，焦廷贵不该辱殴钦差；如殴钦差，即殴朕一般。如此目无王法放肆，理该处决。"太君曰："孙武既奉旨查盘仓库，仓库不查，反诈取赃银五万两，钦差诈赃，犹陛下诈赃也。应该将孙武执法正处乃是。"天子又曰："孙武并未诈赃，处决他岂不枉屈的？"太君曰："焦廷贵辱殴钦差，并无此事，杀之无辜也。"天子听了，微笑曰："焦廷贵辱殴钦差，已经明究招供，岂是枉屈斩他。"太君曰："既重办焦廷贵，孙武何得并不追究？况殴打钦差，理该罪及杨宗保，如何独执焦廷贵？如

270

此，非陛下刑法私立，法不当乎？"天子听了太君之言，龙首略一点，开言曰："汝孙儿果也有罪，难以姑宽。朕且念彼是功臣之后，守关二十余年，不忍身首两分，特赠三般刑典，全其身首也。"太君听了大怒，大声言曰："故臣妾丈夫、儿子十人，死其七八，俱乃为国身亡，不得令终。圣上毫不作念，也罢；即吾孙儿杨宗保，守关有年，辛勤为国，陛下轻听谗言，一朝赐死，其心忍乎？即此民间讼案，也须询诘分明，两造谁是谁非，方能定断；何况如天大事情，不究孙武，不诘宗保、狄青亲供，但据狂妄焦廷贵之言，便杀者的杀，赐死者的死。倘果也奸臣作弊，不独一死何所惜命，而且忠良受此冤屈，一生忠义之名化作万年遗臭之行，岂不冤哉！然沈御史与庞国丈是师生之谊，孙武是孙兵部手足，内中岂无委曲之弊？伏祈陛下暂免焦廷贵典刑，且将杨、狄二臣取到，陛下亲自询供。如果有实情，非但宗保之罪难免，则无佞府之名污矣，臣妾满门亦愿甘受戮矣。若此陛下不分明四人罪端，先将焦廷贵处斩，是立志存私，非立法之公也，何能服众臣之心，公论怎泯？"

又有国丈暗看佘太君，想来：今天稳稳地杀了焦廷贵，并无反供口对，那边关上两名奴才，易于收拾。不知哪个畜生胆大，暗中往天波府通知消息，故这老婆儿到朝，说出一段臭言狠烈。君王犹如木偶一般，老夫好计谋枉用了，定然焦廷贵杀不成，狄青、杨宗保还在也。又有文阁老、韩吏部、富太师众良臣想来：老太君之言理明而公正，直破奸党衷肠，圣上定然准依了。当下天子闻太君之言，想来有理，只得传旨："焦廷贵暂免开刀，仍禁天牢；孙武免赍朝廷典物，另颁旨意；召取杨宗保、狄青回朝，询明定夺。"太君又恳奏陛下："将焦廷贵赐于臣妾收管，决不有碍。"天子准奏。又着旨太监四名，送老太君回归天波府内。

当时圣旨一到了法场，焦廷贵不用开刀，旨上又着令孙兵部送回天波府。有杜夫人、穆桂英冷笑，骂声："奸臣！佞贼！你敢向大虫头上捏汗么？"当日天子驾退，群臣出朝。有孙侍郎仍奉旨往三关，召取杨、狄回朝，次早登程。国丈回归相府，心中愤怒，也不多表。

再言佘太君与杜、穆二位夫人回府，众人带怒骂道："大奸臣！缘何平地起此风波？你要计害别人犹可，要计算我天波府内之人也难了。"太君曰："且待宗保孙儿回朝分明此事，复与众奸狼作对也。"当日焦廷贵到府，拜见老太君并列位夫人。太君曰："边关之事，实乃如何？"焦廷贵曰："狄青失征衣、立战功是真，李成父子冒功是实。孙贼一到，即诈赃数万，是以小将将他殴打。"太君曰："多是你打了孙武，中了庞洪众奸之计。"焦廷贵曰："太君不妨。庞洪这奸贼，断断容他不得，待小将往取他首级，方消此恨。"太君喝曰："休得闯祸！或是或非，且待元师回朝再行定夺。"当日太君犹恐焦廷贵出府招灾闯祸，故数将他留款在府中，不许私出。又差人往天牢吩咐狱官，待沈达细心供给。此话不表。

又先说明：阳间世事可见可闻，方可为据，独有阴司杳冥，不见不闻，何足为凭？但据尹氏夫人还阳之后，泄出情由，方有此段之书。不然书上言及鬼神阳府之事，实见荒唐荒诞了。今略表明，以免看官疑议也。

有尹氏夫人死去，寿数原未终尽。哭诉阎君身遭惨死之由，阎君查阅夫人年寿有八旬八，目下虽亡，实属屈死，应得还阳。沈不清年寿三十六，本年三月初八应死于凶刑刀下。阎君开言曰："尹氏夫人虽被冤屈，但汝丈夫本年该凶死于朝廷法律。夫人可速回阳世，包待制那边告诉他，自有救汝还嗣之法。"夫人上禀阎君："包大人往陈州赈饥未回，氏乃一亡女，如何越境远奔？岂无神人阻隔？"阎君闻言，即备牒文，差鬼兵二名，吩咐送夫人往陈州城隍司管收留，以待夫人告诉冤状回阳。二鬼卒领旨，护送尹氏夫人，一刻，乘风已至陈州城隍那边交代。

不能详表阴司之案，却说包爷上年奉旨赈饥，尚未回朝。前书言陈州地面连饥数载，众民苦度维艰，岁岁粟价倍增，只因蝗虫太盛，稼稻被蚀，十不存一。有产业之民犹稍可度挨，更有贫乏之家，老少多少，死于沟壑之中，灾殃可悯。故本府官员是年申详上宪督抚，文武拜本回朝。圣上恤民，敕旨包公，调取别省米粮到陈镇，低价而沽，济活多少生民性命。人人感沾皇恩，个个美戴包公大德。包爷又立法，不许富厚土豪积聚，倘查出多收积而昂价沽者，即要拿究，均施与贫民。是以恶棍土豪，不敢积粟图利，官吏粮差，不敢作弄卖法，人人惧怕着包拯厉害。

当日乃三月初三日，包公督理饥民粮粟，正在转回来。三十六对排军，前呼后拥。包爷身坐金装大座轿，凛凛威严，令人惊惧。其时日落西山，天色昏暮，忽一阵狂风，向包公耳边呼的一声响而过。包爷身坐轿中，眼也乌黑了，众排军被此怪风吹得汗毛直竖。包公想来：此风吹得怪异，难道又有什么枉屈冤情事？想罢即吩咐住轿。即开言大喝："何方冤魂作祟？倘有冤屈，容汝今夜在荒地上台前托告。果有冤情，本官自然与汝力辩，如今不须拦阻，去罢。"言未了，又闻呼一声狂风，卷起砂石，渐已静了。包公吩咐打道。回至衙中，用过夜膳，即命张龙、赵虎："今夜可于荒郊之外，略筑一台，排列公位于台中，在此伺候，不得延迟。"两名排军领命去讫。是晚只为要迅速赶办，立刻在于北关外寻了一所空闲荒地，周围四野空虚。邀齐五十余搭浮竹棚人，不半刻，已搭成一坐棚，上中央排列公案一位。其时初更将尽，二人回禀知包大人。

包公赏了众人之劳，不带多人，只携两对排军董超、薛霸，合共张、赵二人，在着台下伺候。当夜，二人提灯引道，二人后拥相随。街衢中寂静无声，只闻犬吠汪汪彻耳。是夜初三，早收钩月，只有一天星斗。到了北关，约有二里之遥，包公一到郊野之中，空荒之地，住了轿。但见周围多是青青葱草，乱丛丛的，砖瓦坍棺古冢，东一段，西一块骷髅。包大人见了，倒觉触目伤心。见有筑台，四边清静，是用工打扫洁的。包爷上了台中，焚香叩祝一番，然后向当中坐下，默静不言。下面四名排军遵着包爷命，立俟于台下肃静。已有二更中，台上只有包大人醒醒然地坐着，听候冤鬼告诉。当时台上只有一灯光焰，台下提笼一对。其时又闻三更初转，忽有一阵怪风，犹如冰霜，寒冒透肌肤，四排军早已毛骨悚然，双目昏昏睡去。当下包爷也似半睡半醒，于案中耳边尚觉阴风冷冷。蒙眬只见一女鬼，曲腰跪下，呼曰："大人听禀：妾乃尹氏，名贞娘，西台沈御史发妻也。"包爷又曰："汝既云沈御史发妻，乃是一位夫人了，且请起。"当下包爷曰："夫人，汝有甚冤屈之情，在本官跟前不妨直说。"当时夫人将丈夫沈国清与国丈众奸臣，欺君审歪了杨元帅、狄青，要为沈氏翻冤，欲杀诛了杨元帅三人等事言明，曰："妾只为一心劝谏丈夫，不要入奸臣党，须要尽忠报国，方是臣子之职，不料丈夫不听，后是重重发怒，垢骂殴辱妾身。是以想丈夫既归奸臣党中，日无岂无报应？定然累及妻孥出乖露丑，不如早死，以了终身。这是妾身自愿自归阴的，是别无所怨。惟有丈夫不仁，妾虽死有不甘心之处。今已哭诉阎君，言妾阳寿未终，故求大人起尸，妾可再生了，感恩非浅。"包公曰："夫人，汝却差了。古言妇有三从之道，出嫁从夫，理之当然。尔因丈夫不良，不依劝谏，愤恨而死，不该首告夫君。既告证丈夫，岂得无罪？"夫人曰："大人，妾自求身死，有何怨恨丈夫？但妾身曾叨圣上之恩，敕赠诰命之荣。丈夫既不念夫妻之情，死固不足惜，亦该备棺成殓，入土方安，何以暴露尸骸，将涂泥埋藏土内，辱没朝廷命妇？岂无欺君之罪？混将使女为妻，私承诰命，有乖人伦，纲常大变。妾若不申诉明，则世代忠良将士危矣。今现有钦差，往调拿杨、狄二臣回朝了，一付奸臣究问，二臣犹比釜中之鱼。若非大人回朝公办，擎天栋梁登时倒，宋室江山一旦倾。妾今告诉，一来为国除奸，并非别意；二来诉明被屈，以免有玷清白之躯。但大夫须速回朝，方能搭救二位功臣；如迟，二臣危矣。"包爷听了，不胜赞叹："你身属妇人，尚知忠君惜将之心，真乃一位贤哲夫人了。枉吾辈男子汉，七尺之躯，食着王家俸禄，尚不及你一妇人。"转声又问："夫人，你今玉体在沈御史衙署中否？"夫人曰："现在府中后厢内东首桂树旁，掘下涂泥数尺，便见骸尸了。"包爷听罢，怒曰："果有此事！可恼沈御史糊涂不通情理也。尔妻乃一诰命夫人，缘何暴露尸骸，便埋土中？欺天昧法，莫大于此！更兼行私刑，做假供状，以欺瞒圣上，欲害忠良，以假作真，更为死有余辜。夫人且请回原处，待本官星夜赶回朝便了。"夫人即拜谢，冉冉而去。包公已悠悠苏醒，耳边仍觉阴风冷冷。想来似梦非梦，十分诧异，心中一一记清白。不知是夜回朝如何起尸救活尹氏夫人，且看下回分解。

此回观佘太君当金殿中历陈剀切，并满门夫子为国捐躯，可见勤劳王室，忠良将士，事君致身之劳瘁也。如仁宗不感悟，不体恤，非君之仁。当日若非佘太君刚断详陈理论，仁宗未必准群臣谏诤，而轻办杨、狄二臣。可见知人则哲之难。

274

书中言及鬼神，非正论也。第以包公历历见闻之言，无非一梦耳。读者亦以一梦而观之可也。

此回亦以一风作警报，而作正辩，命筑乌台，引出许多奇幻之梦，亦可闻不可见之事。

此回狂风引出，下回落帽，风作一虚地步。

第四十六回

得冤有据还朝速

奉令无凭捉影难

诗曰：

莫道阴阳报应无，欺公瞒法罪难逃。

一朝势尽机关泄，天谴收除不错毫。

当晚包公醒觉起来，筹算尹氏所云，初二身亡，今日初三，赶得三天二夜回朝见驾，是第四天，起尸还阳，限期未晚，但早到些为妙。是以包公要星夜赶回朝，明奏奸臣，即要起尸的。主意下了，台棚四名排军早已醒定了，扶持包大人坐进轿中，持灯引道，一路回归衙署。坐下思量，定立下主意，发下钦赐龙牌一面，差两名排军："将奉旨往边关拿调狄、杨钦差阻挡住，不许出关。待本官进京见驾，待圣上准旨如何，再行定夺。"两名家将奉了钧谕，持了龙牌，连夜往关口而去。包爷即晚传进陈州知府，嘱咐曰："本官有重大案情，即要进京见驾。所有出粜赈济一事，目下民心已宁，且交贵府代办数天。必须照依本官赈济之法，断不可更易存私。如有作弊，即为扰害贫民，贵府有不便之处，本官断不谅情，必须公办。"陈府邢爷曰："大人吩咐，卑职自当力办，岂敢存私作弊，以取罪戾？大人休得多虑也。"是日，包公将粮米册子，尚存多寡粮金，贮下若干，一一交代清楚。张、赵等众排军拥护而行，外役人夫持携，火把光辉，不待天明，连夜动身。众排军役人不知其故。当日只因起尸心急，故即夜登程。有陈州知府、州、县文武得闻，齐齐相送毕。众官议论："这包黑子做的事俱也诡诈难猜，不知又是何故，不待天明，竟自去了，倒觉可笑。我们众同僚想来，包待制在本州枭赈饥民，众百姓人称恩颂德，如今我扚接手代办，比他倍外加厚，待百姓倍加喜，有何不妙？"众官称是，不多烦表。

再言包公是夜催速趱程，一心只望早回王城。一路思量言："庞洪只与一班奸党，妨贤病国，弄出奇奇怪怪事情。别人的财帛，尔或可贪取的，杨宗保是何等之人，尔想他的财帛，岂非大妄！吾今回朝，究明此事，谅来圣上不依，扳他不倒，也要吓他个胆战心寒也罢。"行行不觉天色曙亮，再趱一天，将近陈桥镇不远，包爷吩咐不许惊动本镇官员，免他跋涉徒劳，不拘左右，近地寻个庙宇观堂，权且耽搁可也。薛霸启禀："大人，前边有座东岳庙，十分宽广，可以暂息。"包公曰："如此，且在庙堂中将息便是。"原来一连二夜未睡，一天行走，众人劳苦，是以包爷此夜命众军暂行歇止。当晚包爷下了大轿，进至殿中，有司祝道人，多少着惊，齐齐跪接，同声曰："小道不知包大人驾到，有失恭迎，乞祈恕罪。"包爷曰："本官经由此地，本境官员尚且不用惊扰，只因天色已晚，寻些地头夜宿，即明早天登程了，不须拘泥也。况你们乃出家之人，无拘无管，何须言罪。"众道人曰："领沾大人洋洋海量姑饶，且乞大人到客堂请坐。只是地方未洁，多有亵渎为罪。"包公曰："本官只要坐歇一宵，不费你们一草一木，休得劳忙。"道人曰："大人到来，夜深了，小道无非奉敬盅清汤斋膳的。"包公曰："如此，足领了。"包爷进内，只见殿中两旁四位神将，对面当朝大丹墀，两边左植青松，右树绿柳。包爷进至大殿，中央一座尊神大帝，凛凛端严。道人早已点起灯火香烟，包大人沐手拈香跪下，将某官姓名告祝。礼叩毕起来。是夜，道人筹备了上品斋素一桌，与包公用晚膳。众排军、轿夫另设别堂相款，不多细表。

当晚众道人只言包大人在此安宿，忙往预备一所洁雅卧房，请大人安睡。包公几说他们厌烦："本官不用息睡，且坐待天明，你们不必伺候，吾于大殿中坐立。"又吩咐众排军、役夫众人将息，五更天即要趱程。当时众排军人等先夜未睡，今日又跑走一天，巴不得大人吩咐一言，众人各各睡去。单有包公在大殿上，往往来来，或行或坐。内道人远远陪伴包爷，不敢睡卧。包公几次催促他们睡，众道人曰："大人为国辛劳，终夜不睡，贵体不惜。况小道乃一幽闭无用卑民，焉敢不恭伴大人，擅敢私睡？"包爷曰："这也何妨。本官路经此地，只作借宿于此。"众道人见包公说出此谦婉之辞，人人感激。不一会，又恭奉清茶。至五更天，众军役措目抻身，道人早已设备烧汤梳洗。此地近陈桥，离王城不远，即膳行程。包公先取出白金十两，赏与道人，作香烛之资。即时打轿起程，众道人齐齐跪送。多言："包大人好官，用了两斋膳，却赏回十两白金。"

不表道人赞叹，却说包公催趱了一程，已是陈桥镇上。方到一桥中，忽狂风一卷，包爷打了个寒噤，一顶乌纱帽子吹卷，在滚滚碌碌，原来包公在西而下东来，当时这顶冠在轿中吹出在桥石上。张龙、赵虎即忙抓抢，岂料四手抢一冠，多抢不及，已滚跌于桥下，露出包爷光头一个。包公喝声："什么风这等放肆也！"旁立排军呆呆答曰："这是落帽风。"包公冷笑曰："如此是落帽风了，不得放肆。"正言间，张、赵将金冠与包公升戴回。包爷一想，唤张龙、赵虎："着你二人立刻往拿了落帽风回话。"二人想来：不好了！如今又要倒运来。二人启上大老爷："要往拿落帽风，但此是无影无踪之物，何处可拿捕？乞恳大人参详。"包爷喝声："狗才！差你些须小事，这等懒慵退避也！"二人曰："并不是小人们贪懒畏避，只因无根之物，难以捕拿，求乞大人开恩。"包公喝曰："该死奴才！天生之物，哪有无物之理？明是你们贪懒畏劳。限你们一个辰刻，拿落帽风回话，如违吾命者，刀斧手在此。"言罢，吩咐仍转回东岳庙宇中等候。

却说张龙、赵虎吐舌摇头，赵虎曰："张兄，吾二人今危矣。一连二夜睡得不多，如今又要拿什么落帽风。"张龙、赵虎二人正恼闷而行，张龙曰："赵弟，到底怎么是落帽风？怎生捕拿？"赵虎曰："这阵风是上天无形之物，哪得捕拿？实乃我二人倒运的。"张龙一路思量，又呼曰："赵弟，此事我们办不来的。不免且觅寻陈桥镇上的保领，要脱卸在他身，将落帽风交出。若还交代不出，即拿这保领回去见包大人。你便意下如何？"赵虎听了笑曰："这个主见倒也不差。"当日二人昏昏纳闷，寻镇上保领，是以逢人便问。内中有人言："此地保人家住居急水乡。"二人又即查诘至急水乡——名却尴尬。保人在家。二人动问姓名。此人姓周名全。又问二人到访何干。张龙曰："吾二人乃包大人排军。只因在桥上被狂风落帽，有此无理之风，故大人差吾二人取陈镇保人，立刻将落帽风拿回究罪。"此人曰："你二人既奉包大人差遣，岂无牌票拘谕？既无牌票，犹恐假冒官，真假谁辨。王城近地，你们休得逞凶也。如无印牌，吾不往，也奈我何不得！"二人笑曰："这句言说得有理。如此，你且在家中候着，待吾请了大人发牌，再来动劳。"周全应允。

二人一程跑回东岳庙宇中，上禀："大人，要签牌保人方肯将落帽风拿出。"包公听了大怒，二目圆睁，喝骂一声："两个奴才！本官经由的地头，尚且不惊动别人，如今差你往办些小事，即要惊动保人，可恼奴才！"二人启禀："大人，既要拘拿，只要据凭票牌，着落地方保人，乃能交犯人。"包爷喝声："胡说！地方上保人只管得地头百姓，落帽风不是保人管领，何用惊动他们？况你二人还未知落帽风着落，你擅敢妄扰保人么？"二人再禀上："大人，落帽风实乃无影无形之物，教小人如何捕捉？望恳大人开恩见谅，饶赦落帽风，早些趱路才是。"包爷喝声："胡说！凡为承担衙役，总要捕风捉影。今日有了风，还捉不着影么？也罢，本官念你二人是个不中用的，准赏差牌一面，不许惊动保人，滋扰地方，再限你一辰刻即办拿落帽风回来问究，再若推诿，文武棍一顿打死两狗命。"二人领诺，拿牌跑出庙宇中，垂头丧气，长叹一声："谁办此奇事也！"

当日若论包公不是当真要拿落帽风，故意难为二人。只因这狂风又来得奇怪，身坐轿中，能卷出乌纱，料然有些奇异事。这包老是多管事官员，故今知张龙、赵虎是个能智差役，故力着他二人捕风捉影查究，又不许他们惊扰地方保人，既免了一番周折，是包公深知差吏扰民之害。当下张、赵二人一路心烦意闷，恨着包阎罗，如差我二人捉霜拿雨也还有形可取，偏偏要捕落帽狂风之难。二人又跑上陈桥，立定了，左盼右瞧，当时何有些狂风？抑或多少人是哪个名落帽风？呆呆立着，彼此交看。有过往多人，见二人瞪目交睨，不明其故。内有多言的，诘询他们，二人言："奉包公所差，捕捉落帽风。只为伺候得久了，不见哪人是落帽风之名。"内有一年少多言曰："只有桥西侧药材店一人，名骆茂丰，且去拿拿他，看内有几人？"老成的曰："多言乱说！此人乃一良善人，守分营生二三十载，并不招非作歹。你这人好没分晓的，倘不是此人，岂不冤屈错拿了他！定然另有落帽风之着落也。"张、赵听了，倍加闷烦，手中摩摩弄弄牌票。站立得足困了，只得坐于石桥上自语："票牌包大人差我二人捉拿落帽风，如今寻抓不出，回去定然受责，如何是好？"二人想不着路，无奈只得叩首，禀告当空，声言"奉了包爷之命"，一番祝祷。当下如痴如呆一般又呼曰："风也，你好作弄人，缘何将他纱冠吹滚下，令吾二人受此苦灾差也？"言未了，只见呼的一阵狂风，卷将迎面。二人势急，即忙立起，四手抢拿，只呼"捉风！"岂知风捉不牢，反将票牌一纸吹卷过桥，犹如高放起风筝一般，已卷起半空中。二人并言："危矣！风捉不牢，反将牌票吹卷去，如何回复得包大人？"

又言陈桥镇东角上有一街衢，名曰"太平坊"，是一所小市头，对衢两厢铺店稠众，来往行人不少。当时这阵狂风实来得怪异，卷起票牌，吹至太平坊上，落在一副菜挑之内。那贩菜的人见了，言："为什么这纸当票狂张吹来也？"已将担子停住，双手拾起来看。早有张龙、赵虎急忙忙赶来，大呼曰："落帽风在此地了！"张、赵二人赶近了，要抢夺回那票牌。此人拿牢不放，反叱喝二人狂妄。张、赵也不争辩，只双手并扭挽牢，曰："落帽风，你可知包大人在着东岳庙宇中等候你讯究答，速些走罢。"那贩菜人吓惊得振抖抖，即大呼曰："我是贩小经纪人，并不为非犯法，为什么无端将吾拘扭的？"张、赵并言曰："不管你犯法不犯法，你且到包大人跟前，随你分辩。走罢！"不问情由，二人扭一人，推推拉拉，同并跑走。又有太平衢上众百姓，一见七富八语的喧吵，愤愤不平，一齐多少人跟随二人，看他将贩菜的扭扯往哪一方。不知拿捕此人可是落帽风，包公如何审究，且看下回分解。

此回写包公还朝，忙速秉公报国之心肠，何等热烈。写尽忠烈臣，为主除奸之诚于此，可钦可美！

赶趱途程，又往东岳庙中，以为下文提及东岳圣帝注一地步，是虚笼影映之笔，读者须细味之。

因风落帽捉弄得张、赵二役不胜苦差，可见劳心国务官员，稽查民情，不能半刻偷安也。

　　公责二役，以闻风捕影之究，是心测有奇事。第一重案在躬，连及影映未动，何暇究及别段根由？然公不以劳苦为辞，而严加深究，是史美公为宋室贤臣，并为包阎罗之严正。信乎公论！

第四十七回

落帽风无凭混捉

真国母有屈详申

诗曰：

光明日月有曚时，何况为人祸到期。

身居国母朝阳贵，十八年前事可悲。

却说张龙、赵虎扭捉了贩卖小民，有太平街道上众百姓曰："这贩卖人乃郭海寿也，穷困苦度，每日间贩些韭菜小物，进得分文膳母，虽乃困穷，而不失孝顺，是以近处地头上人多呼他为郭孝子。素知他是个朴质守分人，又不犯法招非，包大人拿捉他何故？我等众人不服也。"齐要至东岳庙中，一刻间拥闹得成群结队喧哗，何下二三百人民，老少不等。已有人代他挑了菜担，倘包大人错拿处治他，一同力保，要求放释良孝人之意。

不表众民拥来东岳庙，先说张、赵扭拉此人进至庙宇中，启上大人："小人已将落帽风拿到了。"包公吩咐带上。二人牵他，当面喝声下跪。此人曰："小人并不犯法，你冒捉良民，何须下跪？"包公将此人细细一看，倒也生得奇怪，年纪约来二十上下，脸半黑白之间，额窄陷而两目神光，耳珠缺而贴肉不挠，鼻塌低而井灶分明，两额深而地角丰润。当下包公细看此人，哪里是什么落帽风？本官因为风卷冠帽，疑有冤屈警报耳。如今定然张、赵二役难查办暗谜，混拿此人来搪塞。且也诘究他，有何机窍的？包爷反着发怒，喝声："你这人还不知法律么，本官跟前胆大不下跪！且细说明你的来历也罢。"此人启禀："大人在上，小的乃经纪小民，并不犯法，身无罪过。贵役不该冒捉无罪小民，故吾胆大，不下跪也。"包爷曰：

"你名落帽风么？"此人曰："启上大人，小民名郭海寿，并不是落帽风。"包爷曰："你是何等之人，居住何方，且细言本官得知。"此人曰："小人郭姓名海寿，乃陈镇一贫贱民。方出娘胎，父亲已丧，母亲苦守破窑。但前对亲娘街衢乞食，抚养小人。吾年交十五，岂知娘亲双目已失明。如今小民年纪长成十九，一力辛勤，积蓄得铜钱五百，近今几载，终朝买贩蔬菜为生，日中膳，方少足用。岂知近年二三载饥馑难甚，家家户户日见恓惶。米价如珍，每升钱资三十。小人生理不胜淡泊，日中只有一饭两粥，与娘贫度苦楚。今载有幸，上年十一月圣上差来包大人，好位清官，开皇仓平粜，方得米价如常，连及本地头官更也好了，不敢索诈银民，恶棍、匪盗远遁潜踪。本府数县，人人感德，个个称仁。但今小的乃一贫民，并不犯罪，大人拿吾求作落帽风，未知何故，恳乞大人明言下示。"包公想来：此人说来是个大孝之儿了。

正要开言动问，只见众百姓老少不等，何下二三百人，成群拥进庙首来，言言语语。内中有数位老成的，开言呼曰："大人！"早有排军三十余人阻挡呼叱，不许拥入庙宇中堂。包公远远瞧见，吩咐众役不须拦阻，容众人缓进来，不许喧哗。众人遵着吩咐，缓进至宇廊中。包爷问曰："你民许多有甚事情？本官在此，敢来这里胡闹么？"内有几位老人曰："大人在上，这郭海寿乃一经纪之民，勤劳良善之辈。家虽贫困而不失孝道供亲，此近地算他是个行孝少年。况向日安分守己，并不招非。我等小民，人人尽知。今日不明大人何故拿他。若是错捉了他，羁留了，彼不能做小生理，母在破窑饥饿死了。敬吾众子民到，恳大人开恩，释放他回。倘大人不准待，现有他贩卖笠担为凭，祈大人明鉴。"包爷曰："众民休得喧哗。"众民遵诺。原来包公的性情，不肯自认差的。当下呼唤张龙、赵虎，喝声："狗奴才！本官着你往拿落帽风，怎么混拿郭海寿来搪塞？可恶！"喝令打来。二人连忙启禀："大人，吾等有段情由启上。"包爷曰："容你言来。"张、赵曰："小人奉拿牌票，四下找寻落帽风。忽于陈桥又遇狂风，来得咤怪，已将牌票吹卷起半空中，吓得吾二人惊也不小，犹恐回不得命。一程追赶至太平衢上，只见挑小菜担人手中拿着牌票一纸。奉大人命捕风捉影，故将他拿来。"包爷喝声："胡说！风吹落帽，风卷牌票，多是风的作怪，只要拿风之类。尔二人故违吾命，妄捉良民，应该重处。"二人曰："大人开恩！待小的再往拿落帽风也。如若打伤小的，二腿难以行走，怎能奉命去拘拿？"包公曰："也罢，限尔交午时要拿回，如违重处。"二人谢了起来，一程跑出。赵虎曰："张兄，我二人今日危矣。"张龙曰："赵弟，这件事情教我们实难处置。且与汝再至陈桥阻捘一回，同归禀上，实办不出落帽风，抵生化除革身役罢了。"

书中不表张、赵之言，却说包爷呼声："郭海寿，既然尔乃善良之民，本官且释放尔了。只作役人误拿错的，你们不必在此阻搁喧哗。"众民叩首，多言："大人开恩，释了海寿，及他母亲可以活命了。"包公曰："本官念尔是个行孝贫民，赏尔银子五两，回去做些小买卖，好供养母亲。人若行孝，天必佑之。"董超早已交他白银五两。郭海寿好生大喜，即谢大人，挑回笠担而行。众民多已散去，皆言包公仁德清官，也且不表。

却说郭海寿回至太平坊上，将担笠交付住所，还至破窑，将茅门一推，进内呼声："母亲！"那瞎目婆娘唤道："孩儿，汝去之未久，何故即回？"郭海寿道："母亲，方才孩儿担挑笠子出了大街衢，还未有人与儿采买，方在太平坊上，忽一纸官牌票，风大卷来，儿方拾起，早有两位恶狠公差，拉扭儿至东岳庙。有位官员，浑身打扮皆黑色，面色黑，头戴乌纱帽，朝袍玄黑，朝靴黑。原我初不晓他是哪位官员，只道本处官员要拿我的，故不肯下跪。后又查历吾长短来了，众人禀吾行孝。此位官员带喜悦，赏吾白银五两，做小经纪供亲，真乃幸也！故特回安慰母亲。"婆儿曰："他如此爱民，是什么官员？"郭海寿曰："母亲，汝双目失明，如若好目见了此位官员，只恐吓坏了汝，凶恶难观。他乃朝中包待制大人，名包拯。难道母亲不闻人说，包公是个朝上大忠臣，为国爱民的清官？"婆娘曰："原来此官是包公，果验也。孩儿，你且往请他来，做娘有重大事与他面诉。"郭海寿曰："母亲有何事告诉，且说与儿知晓，代禀上包公。"婆娘曰："孩儿，吾的身世负极大冤情，满朝臣除了包公铁面无私，非轻可申诉也。吾儿往代诉，终于无益，必要与包公面言，方可历言。"海寿笑曰："母亲之言，也觉奇了。吾母子住居破窑虽然贫苦，但无一人欺侮母亲，有甚极惨之冤？"婆子曰："孩儿，此乃十八年前之事，你哪里得知？速往请他来，为娘自有言告诉。"海寿曰："原来十八年前事，果也，孩儿不得而知了。倘若包大人不来，便怎生是好？"婆娘曰："你往言：吾母有十八年前大冤，要当面申诉。别官不来，包公定然到的。"海寿曰："既然如此，孩儿往请他来。母亲且将银子收拾好。"言罢，奔出破窑。

先说张龙、赵虎两人奉令，商议若等候到明日也不中用，不如回去禀复大人，悉听他处治也罢。两人垂头丧气，战战兢兢，回转庙宇中，下跪启禀："大人，小的奉命抓拿落帽风，实乃无影无踪之物，难以搜求。恳乞大人开恩。"包公一想：只道狂风落帽有什么冤情警报，只强押二人去搜求，既无别事，且罢了。况尹氏之事要紧，耽误不得日期，吩咐打道回朝。有张、赵二人放心。

正要喝道出门，忽来了郭海寿，呼道："大人！吾家母请汝去告状。"众排军喝曰："该死奴才！你莫疯癫的人？还不速退！"海寿曰："吾家母有大冤事，故来请大人前往告诉，你们不须拦阻。"包爷见曰："不用阻他。"原来包公情性古怪，办事也是迥异。况今日事情更又奇怪，想他怎么反要本官去告状？想这妇人说得出此言，定有来历。即道："郭海寿，汝母亲在哪方？"海寿曰："现在破窑等候。"包爷听了，吩咐打道往破窑。当时郭海寿引道前行，又言："众人到门，不可吆喝，犹恐惊坏吾娘亲也。"包爷又命不用鸣锣打道。当时郭海寿先跑，后面差人肃静，却从太平坊上经由。旁人唤："海寿，缘何不往买卖，只管往来跑走，何也？"海寿言："母要包公到门告状说知。"众人曰："但不知包公来也否？"海寿曰："后面来者不是包黑么？"众人看见，果然排军蜂拥而来。多笑曰："这桩奇事，古今罕有。这化婆久住破窑，双目已瞎，年将五十，财势俱没，莫非犯了疯癫的？谅他没有什么冤情告诉。又少见告诉子民，妄自尊大，反要老爷上门告状。想来原乃包公蠢呆子也。"你言我语，随走观看。

当时海寿一至茅门，立着呼道："大人，这里就是了。"回转呼叫："母亲！包大人到了。"婆子曰："孩儿，且摆正这条破凳在中央，待吾坐下。"海寿领命摆正，婆娘当中下坐，海寿站立旁边。包公住轿，离茅居半箭之遥，命张、赵前往问妇人，速来告诉有甚冤情。二役领命到门，大呼道："妇人知悉，包大人亲自到此，有甚冤情，请速速出来诉禀。"这妇人答曰："教包拯进来见我。"张、赵大喝："贱妇人！好生胆大，擅敢呼唤大人名讳，罪该万死！"妇人曰："包拯名讳我却呼得，快速教他进来，有话与他商量。"张、赵二人又觉恼，又觉发笑，言："大人，目今官星不现了，至遇这痴癫妇人。"二人只得禀知包公，言："郭海寿的母亲是个痴呆妇人。"包爷曰："怎见彼是痴呆？"二人禀曰："他将大人的尊讳公然呼唤，要大人往见他答语。"包爷曰："要本官往见他的？"二人称是。包爷曰："这也何妨。"言罢，吩咐起轿。有众排军暗言："包大人真乃呆蠢官，如孩童之见。"更有闲看多人，称言奇事。论包大人乃贵显之官，随着这盲目污秽妇人耍弄也，觉可笑可哂。当时包公到了门首，张龙进茅屋中，呼曰："郭海寿，包大人到来，何不跪接？"有妇人接言曰："包拯来了么？唤他里厢讲话。"张龙声："狗贱妇人！这污秽所在，还敢要大人进来，休得做梦。"妇人喝声："胡说！吾也在此久居了，难道他却进来不得？必须他到里厢来，乃可面言。"张龙听了，不住地摇头，言："大人今日遇鬼迷了，回到京中乌纱冠也戴不稳也。"又来启上："大人，这呆妇人要大人进里边讲话，小人言此地污秽，不能够请大人进去。彼言住居久了，难道大人进去不得之言。"包公听了，心中忖度：这妇人出身定然不是微贱之辈，故有此狂大之言。也罢，且进他茅屋中，看此妇人有什么大冤情。当时包爷出轿进步，张龙、赵虎二人扶伴。包爷身高于茅门，故低首曲腰步至来。细将妇人一看，约有四旬七八的年纪，发髻蓬蓬，双目不明，衣破褴褛，面虽焦瘦，面貌却佳，似非闲贱之人。郭海寿曰："母亲，包大人来了。"他说："在哪里？"包爷曰："本官在此。"他说："包拯，你来了么？"包爷听了，又气恼又觉笑，胆大妇人，当真呼起本官之名，即曰："妇人，本官在此，称有什么冤情，速速诉明。"妇人曰："汝趱近来。"包爷又走近些，那妇人两手一捞一摸不着包公，又将手一招呼："趱近来。"此时包公无奈，只得走近，离不上三步，被他摸着了半边腰。他呼曰："包拯，你见了老身，还不下跪么？"包爷瞪目自语曰："好大来头妇人，还要本官下跪，是何缘故？"妇人曰："汝依吾下跪，我可诉说前情。"这包公只无奈，说声："也罢，本官且下跪。"张、赵二役见大人下跪，他也同跪地中。郭海寿见了，倒也哂笑起来。当下妇人将包公的脸上左右遍摸一摸，至他脑后偃月三叉骨，将指头揿几揿，捺几捺，连说两声，曰："正是包大人了，一些也不错。"包爷乃好生疑惑，倒觉难明不解，忙问："你这妇人果有什么缘故大冤情，速速说明来。"只见那妇人泪珠一线，呼声："包大人，我果有极情冤屈之事。十八年前久蓄至今，谅先夜神人吩咐，想必今日申冤有赖，只求包大人与吾一力担当，方得一朝云雾拨开，复光日月也。"包公听了曰："本官有要事在身，要急赶回朝。汝既有冤情，速速诉明，待本官与汝申雪。"当时这妇人呼声："包大人，且请起。"这包公果然跪得两膝生麻痛了，只得立起一旁。不知妇人诉说出什么冤情，且看下回分解。

一狂风落帽而包公力办搜求，观此遇重大事情怎肯轻轻放过，故吏有阎罗包待制之目欤！

一贩蔬圃小人，何足轻重？而众民保护如此，皆云以其行孝。所以朝廷重爵，以其忠，民间所足见爱者，行孝也。如不忠不孝之人，亦奚足重爱哉？

临莅下民，御之以严，未必过于残忍，抚之以威，未必由卑挥使。况公乃巍巍重望大臣，犹为郭母褴褛妇人一番渎狎，是人所难忍者。而公反多言慰劝，讨搜被冤，所云克宽克仁，公其有焉。

第四十八回

候审无心惊事重
诉冤有据令君悲

诗曰：

月缺重圆自有期，诉题前事实堪悲。

玉叶金枝栽秽土，遭冤千古最为奇。

当下妇人曰："包大人，尔乃铁面无私的清官，审究明多少奇冤重案，只忧我此段冤情审断不白了。"包爷曰："到底什么冤情，休得含糊隐讳。"妇人曰："吾原乃先帝真宗天子西宫李氏，正宫即今刘后也。十八年之前，吾与刘后身同怀孕，其时真宗天子与冦准丞相往解澶州之围，御驾亲征，尚未还宫。我在宫中产下太子，宫娥内监已有知者。过不刻间，正宫刘氏忽又报生公主，谁知一刻祸生不测，起于当时。"包公听此，眼睁睁呆想来：若是真情，此是李宸妃娘娘了。当初先帝兴兵往澶州，去后二载，吾出开封府后升知谏院，身在朝中干政。遂问："你在宫闱，有何人起祸?"妇人曰："只为正宫刘氏心怀妒毒，与着内监郭槐同谋。忽一天，刘氏自抱公主到我碧云宫来，只言乏乳，要吾乳娘喂饲。当时刘后假装美意，怀抱吾太子，又邀吾到昭阳宫赴宴。我即顺情，即日同行。当时本遇内监郭槐，抱持太子同召。岂知早已藏过，我焉知是奸人早施毒计。后来饮宴已毕，要取回太子，他言郭槐怀送太子先还碧云宫。我并不多疑，至回内宫，有宫娥言郭槐方才将太子放下龙床，称说睡熟，不可惊他，又用缎罗袱盖了。我只道是真情，又思小儿子不多惊扰，直至晚才揭开罗盖，要看儿子。不料吓得死去还魂，床上盖的乃血淋淋的死狸猫也，方知刘氏、郭槐计害。

是时，只因天子兴兵未回，怨海仇山怎发泄？岂知是夜刘氏、郭槐，泼天胆大，又生恶计，谋害于我，即晚放火烧吾碧云宫。当晚得寇宫女通知，盗取金牌，悄悄教吾扮为太监，腰挂金牌，连夜逃出后宰门。临去时说明太子交付陈琳持抱去，故又指点明我，别无去路，且往南清宫八王爷府狄氏娘娘。况且他心慈善良之人，定然收匿，且待万岁回朝，然后奏明此事申冤，奸后狠监自难逃脱。当日只是心忙意乱，依此而行……"包公听到其间，连忙跑近数步，又跪下曰："未知狄太后收留否？"妇人叹声："我乃女流之辈，久居深宫，从不曾出街衢一步，焉知八王爷府在哪方，故觅寻不到南清宫。可怜黑夜中孤身只影，灯火俱无，步行步跌，顾影生疑。忽闻后面似有人追迫，胆战心惊。晕厥跌扑在民家门首。岂期此家是一孤孀妇，郭姓，夫君上年身死，但此妇中年人，身怀六甲。当夜救苏醒，邀吾进家，问及来由。我亦不敢说明露迹，只言夫死翁姑逼勒改节不从，私为逃避。但此妇为人厚道有情，收留做伴。后来生下遗腹子，仅得半载，可惜此妇一命归阴，只得吾将此婴儿抚育。不一载，又遇祸不单行，隔邻失火，累及遭焚，一物难携，只逃得命。出于无奈，远出京城。后来得闻圣上班师，岂知八王爷上年已归仙界。圣上归朝未及半载，又闻颁诏，先帝殡天。岂非老身无望还宫也！惨守此破窑，屈指光阴将已二十载。"包公曰："娘娘如何度日？"妇人曰："言来也觉惨悲，守此破窑，哪得亲情看顾，只得沿门求乞，以度残生。抚养孤儿长大，取名海寿，年交十一二即知孝顺娘亲。子母相依，实难苦挨。幸得他一力辛勤，寻下些小生理度日。不料连年米价如珍，至夏天身受蚊虫毒噬，天寒不得暖服沾身，千秋苦挨，直至今日。每思腹里苦来，只有自知。近数载，双目恼盲了，若非孤儿行孝供养，一命亡之久矣。"言未了，号哭起来，咽噎塞喉，说言不出。

郭海寿在旁顿然惊呆了："原来我身不是他产下的，嫡母早归泉世。"包公亦带惊，又说："请问娘娘，你儿子既长成，何不教健引汝到南清宫去，甘心受此苦楚，何也？"妇人曰："大人有所未知，古言：画虎画皮难画骨，知人知面不知心。倘做了蝇投蛛网，思脱难矣。"包爷曰："请问娘娘，当年太子怎生着落？"妇人曰："方才说至寇宫娥通线救我，倘未说明。即日狸猫换去儿子。刘后差寇宫女将我儿摺抛金井池，幸他不忍加害，奈何欲救难救。喜遇陈琳进苑，怀抱儿子到南清宫，交狄氏收留。数年后，八五归天，那先帝班师回朝。后闻颁诏，册立八王长子为皇太子，故吾知当今是吾亲儿。只可怜母在破窑苦捱，受尽凄凉，弄得双目失明，子母无依。昨夜三更，偶得一梦，只见一神圣自言东岳大帝，言吾目今灾星已退，有清官可待明冤。当即问清官是谁，神圣言龙图阁待制包大人，乃忠梗无私清官，教吾将此段情由诉知，许我散开云雾，得月重圆也。我又问，陈州地面多少官员来往，哪知谁是包公？大帝又言：要知的确包公不难，他脑后生成偃月三叉骨，是以方才摸有三叉异骨，方肯白露十八年前之冤。若得大人与我断明此案，感德如天了。"言罢，泪下一行。

郭海寿想来：可笑母亲，既然是当今太后，有此大冤，遭磨此难，在我并不泄出，直至今天才知他不是我生身嫡母。但太后遭此大难，不孝要算当今圣上。又有张龙、赵虎闻此遍言，吓得魂不附体，低伏地中，不敢抬头。包公又请问："娘娘，那当今万岁是汝所产，有什么凭认否？"妇人曰："何言没有记认？手掌山河，足踹社稷，隐隐四字为凭，乃是吾嫡产儿子也。"包公倒伏尘埃，吐舌摇头，曰："可怜娘娘遭此十八年苦难，微臣也罪该万死！"妇人曰："大人言差了，此乃吾是该有此飞灾也。若究明此理，断饶不得郭槐。望祈大人为吾表白重冤，即死在破窑，也得瞑目了。"包公曰："娘娘且自开怀，微臣今日赶回朝中，于此顶乌纱不戴，也要究明此冤。望祈娘娘放开心绪，且免伤怀。"妇人曰："若得大人与吾申明冤屈，吾复何忧？"包爷曰："娘娘且耐着性，等候数天，回朝将此事究明，少不得万岁也排銮驾自来迎请。"妇人应诺。

当时包公差人，速唤地方文武官来朝见太后。官院赶办不及，须寻座奇雅楼房，买取几名精细丫鬟。是时三月初，天气尚寒，赶办些暖服佳馔供奉。双目不明，速觅名医调治，若一人懈慢者，作欺君罪论。两名排军如飞分报。李氏曰："大人不必费心，老身久居破窑，落难已久，侍奉又有孩儿，望大人不必动劳众官了。"包公虽然应允，但安顿了太后方得放心。当下妇人道："我儿，汝且代娘叩谢了包大人。"海寿领命，上前道："大人，吾家母拜托于你，祈代申冤。"包爷曰："多在本官担承。"海寿曰："如此，待叩谢。"包公想来：此人目今虽是贫民，但与太后子母之称，倘圣上认了母后，他是个王弟王兄了。当时还礼起来，连称："不敢当！为臣理当报效君恩。"妇人又道："大人站乎何处？"海寿接言曰："跪了许久也。"妇人曰："大人，快些请起！"包爷曰："谢恩！娘娘千岁！"起来立着，细看娘娘，发髻蓬蓬，衣衫褴楼，实觉伤心。丢下龙楼龙阁、御苑王宫，破窑落难十余秋，幸得孤儿孝养，他实乃圣上救母恩人。

不表包公思想，众排军惊骇，有窑外观看众民，交头接耳，多称奇异，再不想这求乞丐妇人，是一位当今国母。一人言曰："曾记前十载到门讨食，孩儿尚幼，哭泣哀求，被吾痛骂，方才蹒去，后来母子不再来了。早晓他是当今太后，也不该如此轻慢。果然海水可量，人不可量也。"众人听了，皆是叹息，也且不表。

此时来了许多文武官，将闲人驱逐散，不许啰唣。只见破窑门首，立着包大人，众官员多来参见，垂首曲腰。众曰："太后娘娘破窑落难，卑职等实出于不知，其咎难贷了。"包公冷笑曰："本官道经此地，即知太后在此，可怪你们在此为官，全然不懂？少不得本官还朝，奏闻圣上，追究起来，你们官职可做得稳安否？"众官员曲背俯腰，再恳曰：大人格外开恩，卑职等不知太后落难，实有失于觉察之罪，求大人海量姑宽。"包公闪过一旁，曰："你等文武员到此，理该朝见太后也。"众员应诺，即于窑门外，文东武西，通名道职，山呼千岁朝见。海寿远远瞧见，叫道："母亲，外厢许多官员，在此叩见。"妇人曰："教他各请回衙理事，不必在此伺候。"郭海寿蹒出曰："众位老爷，且听吾家母吩咐，各请回衙办理，不必在此叩礼。"众员虽闻如此说来，仍不动身，共启包爷曰："卑职方才奉命，已差人速办雅室，挑选丫鬟，供备朝服。"包公曰："如此才是。"忙进内曰："臣包拯启禀娘娘。"妇人曰："大人有甚商量？"包爷曰："臣因国家大事，却要还朝速办，故抛下赈饥公务事回朝，不想偶遇娘娘一段大冤，更不能耽搁。臣已着地方官好生安顿娘娘，臣即别驾，还望娘娘勿得见怪。臣回朝即奏明万岁，理明此事，即排銮来迎请了。祈娘娘且放宽怀，有屈多一天。"妇人曰："吾身久贱居破窑，今何用奢华？免劳盛心牵挂。且本地官员，政务太繁，岂可再劳他？有烦大人传知众官，一概俱免，日中不必到来。"包公谢别，出窑门，有言谕众官："太后吩咐，日中朝见问安，一概俱免，以省繁劳。此皆太后仁慈体恤之恩。但凤凰岂栖于荒林之地，方才吾言必当依办，但本官因有急事还朝。"众官连连共诺。言罢即吩咐起程，众官相送，众差役一路呼道而去。当时张、赵二人安心了，私议曰："落帽风实乃奇事，教吾二人好苦差也。不想拿落帽风搜出天大重事，大人又一力担承。但不知此事办理得安否？"

不表包公回朝，当有众官见包公已去，不敢进茅窑，只在门外站立。少刻有几位夫人，各带丫鬟进内，朝见请安。请娘娘沐浴更衣。岂知太后也不沐浴，也不更衣。言曰："吾在茅居十几载，已经苦挨了，不必你们费心，各自请回。"众夫人俱觉不安。哪知太后执性如山，众人无可处置。又有承办役人，禀上众位老爷，言："已经觅了幽雅室一所，可权为官院。"又请太后迁居，岂知太后又言："茅居久住，不劳众官。多请且各回衙。"众官再三恳求，太后只不允请。众官无奈，只得于茅窑前后立刻唤工匠，赶造宇房。一日三次，丰膳参茸药，一切调停。众官商议："太后不愿更衣，只求郭海寿可准了。"当下众官来恳求，海寿曰："既吾娘亲不愿更衣，也非众位老爷之咎，且请回衙中，不然反激恼他了。"众官无奈，只得听其自然。当对定然男官一班，女夫人一群，天天来请安。太后有百味珍馐多不用，母子只淡饭清汤常用，仍居破窑。丫鬟一人不用，仍打发回众官衙。

少言太后多事，百姓私淡，却说包公不分星夜，赶回朝中。其时乃三月初五，尹氏夫人初二终世，不过仅得四天。包公一进开封府，天色已晚，回至衙署中，众衙役齐齐跪接住了。内堂夫人迎接坐下，先请安，复问："老爷奉旨赈饥，如今回来，岂非完了公务也？"包爷曰："赈饥公务，尚未清楚，但本官因国家大事而回。"夫人还要诘情由，包公曰："国家政事，非夫人所知，不必动问。"夫人不敢再言，只命人备酒与老爷接风，言几句饥民苦楚，别的不言。不知包公来日面圣如何，且看下回分解。

西宫李宸妃，史言实生帝，刘修仪攘为己子，然而仁宗即位之后，已归仙境，与此回逃难而出有异。兹据此文纵曲折，亦不深求史实而废之。舜之耕于历山，说之屈首涂泥，岂期后日一作圣君，一作贤相。第未离耕涂之日，何人能知？即此妇人不遇包公，亦无太后屈于茅窑骇异事。于此可见，凡事分已定，穷通各有时，不独常人而然，即出类拔萃显贵未有不待时分而通也。

观包公之咎谕众僚何，见其保民为国者。第如公之为君保赤，不独宋世之不可多得也。

第四十九回

包待制当殿劾奸
沈御史欺君定罪

诗曰：

> 忠义贤臣惟护国，有如奸佞必欺君。
>
> 伦常不立徒瞒昧，泄露难逃杀戮身。

次日五更，包公进朝，先叙集于朝房，众文武顿觉惊骇。内有几位忠良诘曰："包大人，赈饥事已毕了？"包爷回言："未也。"内有众佞曰："既然赈饥未完，大人还朝何也？"包爷曰："有要事还朝，非此刻所言，少停便见。"众人听说，想来：包老是个怪东西，生成诡谲性情，暗里机关，谁人可晓？分加不悦的。庞国丈想：这包黑忽竟还朝，不知因甚事情。尽愿他月月年年不在老夫目前，吾心可活泼了。

少言国丈自语不喜，当五更初，只听得景阳钟撞，龙凤鼓敲，圣驾登座。东华门内文臣进，西华甬道武官奔，王亲国戚也不在正阳门而进。当日文武官金阶入觐已毕，执笏当殿。有黄门官启奏："万岁！有龙图阁待制包拯，在陈州还朝，现在午朝门外候旨。"天子传旨宣进。黄门官领旨宣进无私铁面贤臣，山呼万岁。朝参已毕，天子欣然传令"平身"，呼曰："卿赈饥公务完毕否？"包爷曰："臣赈饥未完，特回见驾。"天子曰："卿公务未完，何故忽回见朕？"包爷曰："臣启陛下，臣无事不敢私回。只为奸臣欺公瞒法，但国家大事，非同小故，岂容狼毒成群，暗里欺君误国？陛下虽然晓，老臣在外尽知，是以不分昼夜赶回朝，要奏明陛下，削佞除奸，以免江山摇动之忧。"天子曰："据卿所奏，奸佞出于何方，且奏朕晓。"

包公曰："臣知奸佞出在朝中。"君王闻奏看看两班文武，不知又是哪人动了包黑之恼？当时有几位不法奸臣，多是面面相觑。天子曰："满朝文武，人人赤胆忠心为国，卿家知道谁是奸臣？"当时包公向两班文武皆不朝头，只双目睹向沈御史，只有沈爷低下首，只恐他言彼是奸臣，心里只觉惊跳起来。包公奏曰："臣启万岁，那沈国清是奸佞之臣。"沈爷听了，越觉心骇，想来：不想他言我是奸臣。但本官虽然做些小不端小故，但今全无半点破绽，也难处分。君王听了，开言曰："包卿怎见沈国清是奸臣？"包爷曰："陛下，这沈国清是个欺君误国大奸臣，藐视国法之辈。"君王正要启言，有庞国丈出班曰："臣启陛下。"天子曰："庞卿有何奏？"庞曰："臣奏包拯欺瞒陛下，藐视国法。因何赈饥公务未完，又非奉旨宣召，擅离陈州饥土，忽地私自回朝？摇唇弄舌，欺压朝臣，望吾君王不可听他惑言，原命彼往陈州赈饥，完其公务乃可，饥民方得沾恩。"天子听罢，微哂一声，正想开言，激恼了包公，即呼曰："国丈！本上非干及你，下官所奏别官，尔今太觉多管了。"君王曰："彼不干涉，庞卿何须多说！"当时国丈也觉无颜，只怒而不言。有嘉祐君王想：包拯原乃正直之臣，不奉旨召，一日忽回，想必国有紧要事情。即呼曰："包卿有奏，速也明言。"包爷曰："臣启陛下，杨宗保领职边关二十余秋，辛劳佐国，我主所深知。即狄王亲失去征衣，旬日讨回，又有大战功，可抵大罪。五云汛李守备父子，谋害焦先锋，冒功而被杀戮，此乃按照军法而办。岂料李成妻沈氏，不守妇道，胆来告呈御状，冒犯天颜。我主未明内里主唆之弊，委曲多端，差孙武往边关，岂知仓库不查，竟公然图诈赃银多少，乃欺君佞臣也。又被莽汉愤怒其诈赃，打辱钦差，犯了法律……"

当下包拯尚未奏完，吓得国丈惊骇不小，连忙奏帝曰："陛下，包拯乃无凭无据之言。彼在陈州，远离边关数千里，边廷之事，焉能一一概知？况他不承宣召，民饥未赈毕，众民岂不仍受饥苦？望吾王仍命他往陈州救济饥民，方不废公务也。"包公曰："国丈何须喋喋烦言。吾非国家大故，必不舍公务而私回也。特为国除奸，与汝何涉？"当时君王点首，呼曰："包卿，尔在陈州；果也怎知边关委曲事情也？须细言朕知。"包爷曰：

"臣启陛下，臣在陈州，不但边廷之事明晰，即朝中大奸权欺君弊法之事，亦已尽知，容臣细奏。前数天，朝内奸狠摆唆妇人叩阁，上呈御状。我主但听一面之词，准状发交沈国清审办。圣上哪里知他存私，倒陷功臣，不究孙武诈赃，独究失征衣，严刑焦廷贵，屈责不能成招。胆大沈国清，传假口供以欺陛下。若非佘太君进朝分辩，焦廷贵固难免死，而功勋元老一朝倾殒于屈杀中。此等欺君昧法之臣，留为国患。臣故赶趱回朝，彻底澄清，定与奸党不两立于朝堂也。"言奏一番，吓得班中沈御史、孙侍郎暗暗惊惧，庞国丈也同心怯。君王又曰："包卿，尔果也明其内里缘由，且细细奏来。"当时包公曰："三月初三臣在陈州，路逢怪冷风冒体，是夜似梦非觉，只见女鬼魂，称言尹氏名贞娘，诉说丈夫是西台御史沈国清也……"君王听至此间，向沈国清曰："此姓名可是卿之妻否？"文班首有一内阁大臣文彦博，欣然奏曰："彼尹氏者，臣中表之戚，自少年时，贤淑之德素著，果沈国清原配发妻也。"当时君王听了点头。

再说沈国清，当他方才闻见包公之言，已听出元神了，毛骨悚然，心惊胆战，不敢抬头，君王询他，答言不出，愁然不语。君王见此，满心疑惑：因何问他，口也不开？旁首国丈，好生着急：想来机关定然败露了。君王又问："包卿，这尹氏有冤屈，至告托于汝？"包公曰："据尹氏诉言，丈夫沈国清食君之禄，深负君恩。又沈氏，是他胞妹子，只因妹丈李成父子冒认了狄王亲功劳，被杨元帅所杀，故特来求兄，胆敢呈皇状。圣上准状，差官查库，孙武欺君诈赃。丈夫身入奸臣党，至他劝谏丈夫多少，不特不从，反遭其殴辱。又思丈夫作此歪心之行，日后终无结果之美，故早完性命，以望丈夫改善离奸之意，又为君扶保忠良，知晓忠君大节。此等贤良，名播人间，留芳青史。故臣得此一信，速赶回朝，以分清白，奏明陛下，速办众奸乃可。倘或擎天栋柱忠良，被其尽情一网打尽，圣上江山谁与保守？"君王听了曰："卿言若此，朕以前误矣。"

三位奸臣听了，心摇摇不知措置。孙侍郎、沈御史欲待强辩几言，又思量果然自己理亏，反驳反露真情。只因包公先奏明众奸机窍，至说得二奸嘿嘿呆呆。即庞国丈亦是干连重系人，原要将二人帮助的，只因包公比别臣不同，他是位骨硬执性的，难以硬对的。况方才与他辩论太多，似涉于自涉了，故他在旁不语，眼睁睁看包公。当日君王曰："包卿，惟据鬼魅之言，作不得真算，不得为凭也。况前数天寡人已差官前往边关，召取狄、杨二臣回朝了。且待寡人亲自问供，不必卿家费心。且不要耽搁在朝，速往陈州赈救饥民，待完公务，然后还朝，厚报卿劳。"包公曰："陛下，若云杨元帅领守边关，无事平宁之日，尚且不可一日失守，何况目前兵临城下之秋，若将杨元帅等召取回京，边疆重地，万一有失，江山即难保守了。这是断然动不得也。臣斗胆已将御赐龙牌将奉旨钦差阻拦止步，恭候圣命追转。若论陈州之饥，赈济十已八完工竣了，故臣敢于交代与州官代办，决无误民之虑了。兹有此警报，陛下勿云鬼魅幻境尽属虚诬，臣会历历见闻之梦，只有自裁自忖，臣拿得定是真情，是敢于力办，以辨清浊也。伏乞我主发臣司办，是非公断不循的。"

嘉祐君王还未开言，有沈国卿忍耐不住，只得进阶，俯伏曰："臣也有奏言。"嘉祐君曰："卿家有何奏言？"沈国清曰："臣妻尹氏，乃急病身亡，并非怨愤自尽，岂有鬼魂警报，请求申冤的幻事？此乃包拯狂妄诬言耳。伏惟我主睿圣天聪，勿准包拯狂妄诬言耳，仍命他速往陈州救济饥民为上，又免他在朝妄生枝节也。"包爷曰："臣也有奏。前时臣借着圣上三般活命宝，曾救民间妇活转。又今石御史被王恩内监所害，也是臣救活，我主所目击。目今尹氏虽然身死，望吾主再借三般宝贝与臣，尹氏定然活也。继细审询，定知内里委曲了。及明其曲直，免教忠良被屈。"沈国清曰："臣妻身亡多日，已经备棺成殓，埋入茔坟，皮骨已消化了，焉有死而再生之日！包拯强言要奏，无非恩害臣一命耳。望吾主勿降此旨，方免死者不安。"这一番言激得包公怒气勃勃呼声："沈国清，休言此刁语！尔妻尹氏，曾经诰命，现受王恩，死了尚不备棺成殓，将尸埋掩泥土中。尔乃一刻薄之徒，今日驾前还敢谎奏欺人，说什么备棺成殓，什么玉体消化的？"沈国清听了此言，心下犹如火炙，振抖腾腾，不敢复辩。国丈听了，也觉心惊。当日尹氏身亡时，沈国清在国丈前未曾言及，如若庞洪知此不法事，定然劝勉他备棺埋土的了。当时国丈也气得面色青红，呆呆看着沈御史，想来：不该土掩这王封诰命的夫人，实乃欺君辱爵，大不敬也。倘被包拯起了尸体，实罪加重，怎能轻赦？

不表庞洪自语，当下包公驾前请旨起尸，好追究失征衣冒功诈赃事。嘉祐准旨，即曰："依卿所奏，即着起尸救活尹氏，召回钦差，免取杨、狄二臣。此案重大，卿须严加细究，审明复旨定夺。"包公称："臣领旨。"天子又命内侍，取出先帝时高丽国入贡三般还魂活命宝贝，付赐包公。已毕，忽班中闪出孙兵部启奏。他一来不服包拯多招管事，二来帮助着孙武弟兄，连忙俯伏金阶，曰："臣兵部尚书孙秀有奏。臣奏据包拯所语，尹氏的尸骸放于泥土中，是凭鬼魅邪说，乃一面之词。陛下也须问他尸骸埋于哪处土中，如若起不出尸者，包公也该有谎奏欺君之罪。"包爷曰："臣也有奏。臣据尹氏告诉之词，已知其尸骸在于沈府中署内庭前东方桂花树旁泥土之中，伏祈我主询问及沈国清，可知真否了。"嘉祐君曰："包卿之言是也。"又曰："沈卿，此事果也是否？"当时沈御史听了，心中又惊又乱，发震寒寒，料想瞒不过，再强辩不得，只得奏曰："臣妻尹氏，果也露体埋掩于后园桂树旁土内。"嘉祐君听了，龙颜触恼，喝声："无礼欺君贼臣，断难轻恕！王封命妇，不得备棺成殓，露体轻亵，全无夫妇之情，伦常倒置，败坏三纲，莫此为甚！"喝令值殿将军："将此欺君贼拿下！"登时剥除冠带。即国丈也难开口求饶，一班奸党尽吃惊慌慌；满朝文武多感吃惊。是日包公领了三般法宝，别了圣驾，带了沈御史，出朝而去。

　　是日天子退朝，文武各散，内有众官员多好议论者未回，仍在朝房内。忠良叙于一处，奸臣集会一方。有言："这些奸佞臣做此暗室亏心之事，陷害忠良，如今一经包拯之手，看汝怎生逃脱的！"又有奸党也有一番议论。不知什么言论，且看下回分解。

　　包公一还朝，众同僚中便有许多不悦，第不悦公之还朝者，鲜不为史氏直笔所议。史论仁宗世有鱼头参政鲁宗道，言其性情骨硬不移也。而待制包拯有一笑而可清黄河，亦荦荦与群寡合也。然仁宗时可与二公之并硬直者，唐介、欧阳修、富弼数人而已。

　　此回包公与众奸详驳，非有定见了然，亦不能直请旨力办。如仁宗非知公平素梗直，亦不准鬼魅之词为据。

　　奸臣只知目前之利，不顾后患之害，是至无恶不作。

第五十回

贤命妇得救还阳
忠梗臣溯原翻案

诗曰：

　　昭昭天眼岂徇私，善恶分明报有期。

　　未到循还仍不悟，一朝败露祸难离。

当时朝房内与沈御史厚交的官员，尔言我语，多言："沈国清不通情理，将王封诰命夫人不备棺成殓，暴露尸骸于土中，原乃欺君大罪。今被包拯拿定破绽，倘或起尸被他救活，你即难免过刀而亡了。"

不言奸党纷纷议论，又言包拯忖度自言："倘将孙武释纵回衙，犹恐情虚而寻短见，反为不美。"着令张龙、赵虎领了三般国宝，包公又邀同孙侍郎带同沈御史往他府衙而去。又有孙兵部倒也心上不安，不知包拯果能起尸否？并他邀同孙武兄弟，以故放心不下，同至沈府而来。然当日包公缘何抹杀李太后之事不提，单奏杨、狄、沈、孙之事？只因尹氏的尸骸过不得七天，倘至七天，难以还阳了，故以救活性命为先，将李太后之事暂且丢下。此一番仍惊动多少人民，言言论论称奇，远远跟随观看之闲人不少。不关正传，不用多提。

包公一刻进了御史衙，孙家弟兄并至。招进沈国清，无数役人从后徐进内。沈御史只得引至里厢，大小衙役房吏人等吓得骇惊不小，议论私谈，不明大人犯了何法，至包公来抄没家产。当时沈御史引至后园内，指明埋尸之所。包爷与孙家兄弟一同举目，果见一株小小树，乃月桂也，是新种植之象。包爷立差排军将土泥挖开，扒去土泥，仍觉阴风飒飒之惨。忽见有女尸骸，面目如生，略不改色。包公叹惜曰："可怜一位贤德夫人，遭此一难。"二孙弟兄也觉骇然。沈御史见了，心中烦闷，嘿嘿不言。包爷又曰："这尸骸是你妻否？"沈御史回言："是也。"包公又吩咐董超、薛霸二役，小心细细起尸，安放庭心静所。二排军领命，即将尸骸悠悠扶起，安放肃静所在。又命张、赵二人，将温凉揭子戴上夫人头上，还魂枕扶乘首下，返魂香放在身中，令四排军远离，传他内丫鬟侍女近前。有二孙弟兄，心中焦闷，不想包黑之言，尽有应验，正要别了包拯回衙，有包公冷笑曰："令排军速将孙侍郎拿下，他是朝廷重犯，哪里放得？此法律当然。"排军领命，即上前将孙侍郎抓定。孙兵部见了大怒，挺胸直前喝声："包拯！你非奉旨，怎生胡乱拿人？速些放了吾弟，万事干休；若不依时，与你面君。"包公冷笑曰："这是案内，你令弟亦在其中。他原是朝廷犯人，是非且待尹氏活了，皂白已分。若询问明有罪时，应该追究；倘若错捉无辜，定罪下官。大人且请回衙，休得多管。"原来孙兵部依着王亲之势，羽党相连，横冲直撞，欺侮同僚，单惧包拯的硬性。当时含怒不言，吩咐打道回到庞府中，另有一番忿话。

单表包公，令排军两人押着孙侍郎、沈御史，一同收禁天牢中。但孙侍郎不上刑具，只因不奉君命，止拘阻他不回衙，犹恐众奸谋反，又生枝节。当日沈府家人、妇女，吓得惊慌无措，素兰婶子，躲闪房中，紧闭房门。当下包爷在御史府中耽搁，只待救活了尹氏，然后回衙问供。又吩咐公堂上面烛上名香，包爷下跪叩礼，当空祝告上苍、过往神祇、地府、阎君、本都城隍，伏惟鉴察，信官包拯，一一说告奸臣误国之由，立心秉公报国之意。祷告已毕，仍起而坐于公堂，自有沈府家丁递送茶汤。是时天色已晚，夜膳设陈，佳酿美馔送至，包公用毕。是时包公在沈衙用膳，自然排军役人多在此用膳也，且不表。

又言孙兵部来到庞府见国丈，庞太师开言呼曰："贤婿，尔同往沈衙，可知事情怎办？"孙兵部曰："岳丈大人，休要提说！可恼恨这黑贼全无半分情面，一到沈府中，果于涂泥里超出一女尸骸，面目如生，而未腐消。又将吾弟阻留下，言他案内之中，难以放释回，与着沈兄一并收禁了。倘

300

或尹氏果被这包黑贼救活还阳，只要追究明此事，吾弟与沈兄即难逃遁了。"庞太师听罢烦闷，转加深恼包拯不往陈州，特赶回朝，偏究此事，连及老夫也有干系，日夕多忧不安也。又呼曰："贤婿，吾想沈国清乃平日之间十分精细能士，今此事愚呆了。妻死缘何不备棺椁埋殓，胡胡乱乱埋于土内？况属冬寒霜雪天，自然肉体不消化了。圣上三般还魂活命宝，出在东洋高丽，太宗时入贡，留传至今。前者包拯曾救过被冤两命，今尹氏又经包黑领办，复活还阳必矣。被他究出真情，二人正法，难免一刀之惨，连及老夫有碍的。今日事情破绽尽泄，即深宫通线与女儿，也难解救得两人之命。"孙兵部听了，长叹一声："可怜吾弟一命断送于包黑贼之手！"

　　不表翁婿之言，回文只说包公。是晚用膳毕，已有一更残，只觉寒风凛冽，青灯一暗一明，家人侍女在旁，将尹氏夫人声声呼唤。少停，初交二鼓，包爷早已传命他家人，于夫人睡所远远用火盆四围煨炙。再一刻，只见夫人手足洋洋转动，口气一呼一吸。有张、赵二人远远瞧见，启上包大人："尹氏夫人转活还阳了，手足远观已活动的情形也。"包爷听了，言曰："他还阳好了。然他土屈数天，身体定沾了寒土之气。"吩咐速备姜汤与吞下。二役传言，有侍女连忙往取姜汤，倾灌夫人喉中。有包爷复叩礼上苍，已毕，已有三更时分。尹氏夫人身体移动，双目张开，落下珠泪。包公离位远远观瞧，心头喜悦。又命取回三般宝贝，略言："夫人身负冤屈，归阴数日，今幸喜还阳，皆赖圣上宝物之功。"又吩咐沈府家小："小心扶起夫人更衣。众侍女须要殷勤，左右不可睡卧，守候夫人为要。"又言尹氏死去数天，今夜虽则还阳，但尚未醒灵，比不得平时，心神尚恍惚，一言也说不出，只叫得一声："苦也！"当下众妇侍女遵着包公吩咐，扶挽夫人进内，小心服伺，沐浴更衣。又有家丁、妇女不下百人，多说包大人神手清官，将我家夫人救活，交头接耳的喜欢。不言众人纷纷闲话，尹氏略略苏灵，当夜包公又唤役人将后庭土穴填回，吩咐从役一同回府，已是四更天候。

　　至天色黎明，包公带了三般法宝，要缴还圣上复旨。其时天色尚早，君王尚未坐朝，文武各员多在朝房候驾。当日尹氏夫人复活，文武官员知者很多，私言："包拯是位异人，不久既将人救活，莫非他不是凡间之种，奉天差来救搭凡人不成？"不拘忠佞多少言谈，只有孙秀、庞洪心焦恼闷，有什么意气来答话？少一刻，圣驾登銮，文武大员参拜已毕，分班侍立。有包爷执笏当胸，俯伏而奏曰："老臣包拯见驾。"圣上一询问尹氏之事，包公奏曰："臣启陛下，那尹氏夫人已于昨夜二更时候还阳，然而再生之德，皆叨陛下洪恩也。今臣复旨，复缴还三般国宝。"天子听了，喜色洋洋而言曰："活人命，功法弥天。今包卿数次救活冤死之人，乃代天活人，其功浩大，上帝赐福无涯了。如此，朕也难及了。但以后如有被屈身亡者，纵然又请此宝，拿去拿来，岂不周折返费。如今将此宝贝三般，赐与卿自用收藏。以后若逢冤屈枉死，便宜行事救搭是也。"包爷谢恩，还有奏言曰："昨蒙陛下敕臣究审李沈氏呈状重案，伏乞陛下将边关杨元帅本章并沈氏御状一并赐交于臣，核对分白。并求敕发焦廷贵与臣，方能面质详明。"嘉祐君曰："依卿所奏。"命内侍敕取焦廷贵，一并敕交包公，究办明复旨。包公领旨，收接了本章、御状，吓得庞洪浑身汗下，手足俱麻。想来："昏君主见不善，发交本章犹可，这纸御状交关非小，包黑好不厉害，非比别位官员，可以求些情面的。况李沈氏乃妇女之流，倘查究起御状哪人专写，那沈氏纵生铁舌钢牙，也难抵他刑法厉害。倘招出状词是老夫做的，那时乌纱帽子戴不牢了！"国丈自语着急。

当日包公将本章、御状一一看明，再启奏曰："杨宗保的本章上，只有狄青一人退敌立功。又言孙武到关，仓库不查，只诈赃银多少，并不陈及失征衣冒功的缘由，与李沈氏所呈状上，情节毫不相关，此中是破绽机窍也。唯杨宗保身居边廷主帅，率统兵权，二十余载，数世忠良将士，为朝中栋梁臣。即圣上也知他是尽忠保国之臣。他怎肯私庇狄青而伤害有功李成，作此损益不均以欺陛下？他既非奸贪之辈，断无欺君之行。从来妇人呈状，定有主唆之人。臣阅历民案多年，十有九验。那沈氏女妇之流，哪有此泼天胆量？内中岂无胆量势狠者唆拨他，故放胆叩阍，来冒犯天颜？当此之际，陛下也须追究主唆之人。若非尹氏弃世诉冤，险些奸臣以假作真，而忠良反遭枉陷矣。"天子听了，言曰："当时原是朕之愚也。"又诘：

"包卿主唆呈状者，汝可知否？"包公神明推测，十将八九是国丈专主。但想：这奸臣非别人可比，女在宫中做王妃，得君宠幸的。想今日扳他不倒，吾且留些地步。也罢，倘若不提出唆状之人，反被这老奸言吾无知识，没用了，不免说出此机窍之言，恐吓他一下便了。即开言曰："臣观此状词，句句来言不胜厉害恳切，即平等人也吐达不出，定然朝中大臣主笔，方得有此狠烈之词。待臣严究出其人，定不轻饶。只求陛下准臣严究。"国丈听了包公之言，满面遍红而白，又插不得言。天子又曰："包卿，朕思朝内大臣，虽则狠言，唯李沈氏在着边关，至此数千里，况微微武员之妻，怎能扳结朝内大臣？据朕思来，还是边关上书吏专唆，也定论不来。卿也不必深究其人了。"包爷曰："臣启陛下，这不是臣定究主唆之人。但这主唆者看得法律甚轻，狠心太重，要害尽忠良，方得称心。据臣愚见，其状定必朝内奸肠曲心刁臣做的。若做好佞，全不顾名节，只贪着财帛耳。李沈氏虽不识认朝内大臣，然只用了财帛，不结识而可结识了。"国丈当时满脸汗下振腾，可恨包黑贼，当驾前挑起老夫的心病，巴不得君王不将包拯询言，恨不能退了朝各散去。岂知君王偏偏不会得国丈之意，想来：这包拯好放刁，尔既知朝内大臣专写王状，着实指名哪人，算汝狠也。即曰："包卿既知朝内大臣秉笔，果也何人？"包爷又奏："此状词是一品大臣，权势狠重御戚，方有此胆量摆唆妇人而来。"国丈暗曰："如今看来，将说至吾身来了。"欲待插言论驳，又涉及于己；欲待不言，又妨这包黑说出他事来，实是两难，心头懊悔错干了此事。君王听了包公说到朝内一品大臣，君王心中岂不明白，无非国丈专唆的。倘或被他说出来，教朕如何处分？不及早兜收的可也。又道："包卿，朕思主唆之人，非是正案所关者，卿不须多究了。"当日包公也猜得君王之意，定碍国丈之故，只得做个人情，称言："领旨。"是日退朝，不知如何审办群奸，下回分解。

　　此回言用国宝救活尹氏之事，亦未可深信。即死而复活还阳世，亦多论，然只闻其语，从未见其事。

　　奸佞做不善事，及破绽之日，方思懊悔。其过也与君子反矣：君子之过，如日月之食，过而不贰；小人则不然，目前作恶之患未已，日后不善之事又张，是至机深祸亦深，卒至陷坑罗网而不得脱，悲乎！

　　史美包公不惮权贵，有图民之利，悉皆劾奏之，是彼秉公而不私倚于权贵也。所云"邦有道，如矢；邦无道，如矢"。公之谓欤。

　　史言仁宗多内宠，并即位之初即废郭后亦由多内宠。今碍国丈，亦由贵妃之宠。

第五十一回

包待制领审无私
焦先锋直供不讳

诗曰：

萧何六律定难移，岂料奸臣偏有私。

以假灭真多误国，只贪赃物便相欺。

不表君王退驾，文武官员各散，只有庞国丈回归府内，心烦不悦，恼恨包公。孙兵部愁闷沉沉。国丈只因做御状主唆人，事关非小。孙兵部只因兄弟难免国法之诛。当时国丈即差家丁两名，前往打听包拯如何究审，好歹也要报知，按下慢表。

再说包公回转衙中，将君王所赐宝贝物谨敬收藏下，即差张龙往天波府请发焦廷贵，又命赵虎速往沈府请至尹氏夫人，薛霸立拘李沈氏，董超带上犯官沈御史、孙武及众人候审，各各奉差而去。

当此三路不提，单言天波府内，先有旨意敕发，佘太君、众夫人得知大喜，焦廷贵闻此心中活泼。正在打点抽身，又有包公差人邀请。当下焦廷贵别了佘太君、几位夫人，与张龙竟往包衙而去。有赵虎往御史衙请至尹氏夫人，一肩小轿，扛至包府。单有原告人李沈氏并无下落，薛霸禀明包公，带出沈国清，诘他沈氏在于何所。沈御史想来：岂不分明的，此件案情经了包黑子之手，必要追究唆讼之人。但吾之妹子女流之辈，被他恐吓，用起刑，当熬不起，又要招出国丈来。也罢！吾今拼着一命抵注了，以免牵连国丈，又出脱了妹子。主意已定，呼声："包大人！那李沈氏本非汴城人，犯官审询后即行释放了，目前不知去向的，犯官哪里得知？"包公听了，冷笑曰："尔还放刁相瞒的！"沈国清曰："包大人，犯官哪有欺瞒？果然释放他不知去向了。"包爷喝声："胡说！这李沈氏是尔同胞妹子，况且此案未曾完结，尔如何便将他释放？显见是汝将他藏匿过，少不得严究来，不愧尔藏到哪里去！"吩咐坐堂。一声传令，衙役人列于两行，肃静威严。当下包公丛于法堂上，先传话敬请尹氏夫人上堂。当时若问告皇御状，乃李沈氏是原告，论阴告，要算尹氏是原告。凡听审情由，先要问原告。只因尹氏是位诰命夫人，更兼为谏夫保国，甘心自尽，不是罪犯，乃是贤良德妇，是以包爷不敢怠慢他，是以传请一声。尹氏一至法堂上，低着首，曲腰。早有左右两丫鬟，将蒲扇与夫人掩盖脸。呼曰："大人在上，再生妇尹氏叩见。"包爷立起位，双手一拱，曰："夫人身为诰命，本难亵渎尊体，因在法堂之上，权且告罪，有屈了。"夫人曰："贱妾已登鬼录，今得余生，皆叨大人洪恩也。"包爷曰："今日之事，夫人乃沈御史之妻，沈御史汝丈夫也。夫君有过，妻难控告。如此乃越礼之事，岂非夫人先有不合者？"夫人曰："大人听禀：妾虽女流，颇知礼节，岂不知今日有所不中夫礼？唯今日之事，为着国家之事、君事、公事也，是妾略去夫妻小节而就君臣大节。然妾少适沈夫君，承叨诰命一十三载，夫妻从来和顺无差。是非只为边关之事而至，容妾再诉明大人。"当此包公听了夫人说出为国公事，夫妻小节，君臣大节之言，不胜赞叹："明理！品行俱全，千秋上古，不独女中所稀，即男子汉不易多寻。"时夫人将丈夫帮扶李沈氏呈御状事，一长一短诉明。只因此事上回书已经表白详明，今不用重复。包公听禀罢，请夫人进后堂夫人里边。又吩咐带上焦廷贵。

这位莽将军，仍复癫头呆脑，来见包公。他在金銮殿上见君尚且没有规矩，由于莽将不知礼法也，当时他见包公，大步踏阶曰："包大人！吾在边关，闻尔在陈州赈饥，不胜劳忙事情，怎的又有闲工夫来为这段案情？"包公见他如此，想来：这焦廷贵原来乃莽鲁匹夫。只装假怒，二目圆睁，怒基一拍，喝声："焦廷贵！尔在本官法堂上擅敢没规矩，令人可恼！"焦廷贵冷笑曰："吾在杨元帅虎堂也由横冲直撞，即前天在君王殿上也是步跑飞奔，何况尔这小小地段，有什么稀罕！"包爷喝声："胆大匹夫，休得胡说！"张、赵二役喝曰："现中央供万岁圣旨牌，速速下跪。"焦廷贵曰："尔这官儿要下跪，无非为着圣旨牌。"只发笑，叨叨下跪。包爷曰："本官今天奉旨敕差究追此案，在别官跟前可以将真作假的胡言，在着本官案下，丝毫作弊也作不成的。须要实实公言，倘有半字虚诬隐瞒，一铡刀两断。吾且问汝，狄青如何失去征衣，又不该冒认功劳，反将有功李成杀害了？尔在边关，又不该辱殴钦差，即速一一招供。"焦廷贵听了包公几句言语，激恼起他性急火发，高声呼嚷："老包黑炭头，尔蠢呆子！人多称尔是位大忠臣，清白之官，原来是个假名声，诬人耳目的。吾也知你入了奸臣党羽，贪了金银，有忠臣不傲，要做奸臣的。"包公听了，不觉笑恼加半，喝声："焦廷贵休得花言！到底狄钦差征衣失与否，且明言来，不许啰唣。"焦廷贵曰："汝问失征衣之事，待吾从始说来，汝且恭听。"焦廷贵由奉帅令催取征衣说起，至被磨盘山劫去。包公听至此间，不觉摇首自语："狄青果也失去征衣，缘何本上全无一字提及？莫非狄青果也冒了功劳？"即道："焦廷贵，狄钦差既然失去征衣，因何杨元帅本上并不宣提？即有欺君大罪。据李沈氏所呈，冒功屈杀，定然情真了。你还欺瞒的？"焦廷贵听了，怒曰："你言差矣！吾元帅秉公报国，毫无私曲，焉肯庇着狄青，屈杀有功之人？况且与狄青毫无瓜葛，岂肯欺君昧己，以益他人？"包爷曰："据李沈氏御状上，乃李成箭杀赞天王，李岱刺杀子牙猜，是凿凿有据。你言狄青之功，莫非汝受了他财贿，做见证也？"焦廷贵挺胸膛喝曰："你这黑人，真不是个清官儿了！吾哪里受他财帛？岂是李成父子杀的西夏将，实乃狄钦差的好仙戏好手段的戏法。"包爷曰："你言什么仙法，什么戏法？你且说明。"焦廷贵听了，从强盗劫去征衣，与狄钦差中途相遇，同至大狼山讨战说起，至自挑了首级，在五云汛上守备府中夜膳，"当时李成问及吾首级哪里来历，吾即言……"这焦廷贵他倒也粗中有细，直里有勾，说至其间，顿住了口思想来：吾若说明来历，有冒功之弊，断断言不出的。且卸脱不出言为高。包爷目一瞬喝声："焦廷贵，因何不说？其中必有隐情。若有丝毫瞒昧，以假作真，且看铡刀。"焦廷贵曰："老包，你也欺人太甚！难道说了半天之言，不由歇一息之气的？"包爷曰："如此，须速说来。"彼听了，即卸脱哄瞒李成之言，冒功在己之语，却将被李成父子灌醉抛下冰窖，得樵夫所救，后至父子投关冒功，险些钦差遗害说了一遍。"小将回关，方得对质，显见他父子冒功，故元帅将他枭首。哪晓沈氏一妇人有此胆量，奔朝呈告王状。吾元帅众人在边疆，哪里得知？不过天天元帅摆宴庆贺狄钦差功劳，分加隆敬他英雄。忽一天，韩吏部大人书到，沈达回关，方知此事。孙武来盘查仓库，元帅早将仓库贴皮封固候旨盘查。只为历年无缺，只由查诘，有何怯惧！不料孙武这狗官妄自尊大，自认为是钦差官，一至边关即索酒吞，今日不查，明日不盘，反要诈取赃银七万多，不用盘查即回朝复旨。当时只气得吾焦将军火起攻天，忍耐不下，将这狗王八一掌打下。元帅登时大怒，说什么殴打钦差，国法难容，将孙武与吾拿下，打入囚车备本，沈达押解回京见驾。岂知这鸟皇帝不公平，听了老奸臣言，发吾与沈乌龟官问供，将吾一味夹打。但焦将军怎肯以假作真，听悉他们夹打？这奸贼也无奈何，将吾送入天牢，想必阴谋恶念，妄做假招供，不然这昏皇帝不将吾处斩。后亏得佘太君上殿保吾同归无佞府，方存吃饭的东西。"包爷曰："汝言狄钦差收除二敌人，用什么仙法戏文？"焦廷贵曰："言来也当好观看也。他与赞天王战，杀不上数合，只听得空中一声响亮，飞出一支两头尖小小箭儿，高起云端，半空中雷声相似，小箭溜下，金光团绕，已将赞天王打扑在地。这不是戏法？他又与子牙猜索战，取出金面儿，盖于脸上，像着跳加官模样，咒言声无量寿佛，恶狠狠的子牙猜已双目定瞪，身体不动如泥的，跌于马下。这不是仙戏？"包爷听了一番混语，想：这莽夫之言，三不对四，是什么他戏奇词？料然狄青有此仙术之能，故得立除敌将也。当时吩咐焦廷贵下堂。他曰："老包没有什么盘诘的，吾站在旁看看你审询公断，可否？"

　　包爷命取孙侍郎上堂。这孙武奸贼，平时恶狠狠的奸贪之辈，如今在着老包法地，刁奸狠不得，反心惊胆战，呼曰："包大人，犯官孙武当面！"包爷曰："孙武，汝食了朝廷俸禄，受了圣上恩典，理该秉公报国乃是。即汝平素行歹，吾也尽晰，今也不多诘汝。只今奉旨到边关，因何仓库不稽查，而索诈赃银数万？汝这贼臣，不念君恩，只图其利，欺瞒君王结党，要陷忠良。倘若屈害了焦廷贵，连于边关宿将元勋也遭此害。若此，擎天栋柱被砍折，锦绣江山岂不塌坠？可恨群奸结党，蛆蜂蛇蝎一般恶毒。但今在本官法堂，须招直供，倘一字支吾，刑法难免也！"孙武想来：包拯是个硬客，难以情面衷恳的，纵然乃巍巍王亲国戚，多畏惧此老。又审究过几番奇踪异迹的冤屈事，即当今曹国舅如此势力，尚且被他扳倒，何况吾今做了笼中之鸟。如经别官手，亦可以强辩，今也落在这活阎罗王手，倘糊涂抵赖，定必行刑，动了刑法。原要招供的，不如早供了诈赃，以免刑楚。况赃未入手，谅无死罪。但焦廷贵辱殴钦差，不怕包拯不究治其罪。又思卸脱了庞太师，好待他从中庇助吾些。原来事至福至心灵，定然灾随志昏。若孙武牵连出国丈来，仁宗王定碍着国丈，纵然大罪，也要从宽而办，孙氏未必至于死地。然而庞太师的福运很好，是以孙武立下此意，卸脱他，好待帮衬于己，反落得斩罪。这是彼倒运时，故其立意好歹错落也。即呼曰："大人！吾奉旨到关，岂料杨宗保将仓库悉已封固，言二十多年，岁岁亏空，难以彻查。若奏明圣上，还妨执罚，要犯官格外周全。但恨吾一刻差见，心利彼数万之资，故不查仓库，回朝复旨，只言仓库不亏。当时杨宗保恳吾，愿送数万白金。正言之间，焦廷贵已抢将来，扭着下官，辱殴不休。包大人但念犯官赃未入手，从宽免罪，足见大人洪恩。但杨宗保若无亏空，何故将仓库预先封固行贿，以免盘查？杨、焦二人，岂无欺君罪？"焦廷贵听了此语，大骂："狗官孙武！"抢进一足踹下，喝声："该诛的狗囊！吾元帅领守边疆二十余载，一切军需库饷，按例开销，何曾有丝毫亏缺？彼忠君保国大功臣，耿耿无私烈汉，犯了罪时，不分至厚至亲将士，必不废刑法；有了功时，不论至微至低小军，定必奖赏。你这狗官一到，即速取赃银数万两，吾元帅焉肯送尔银子？奸贼休得妄言！"不知孙武如何答话，包公如何分断，且看下回分解。

忠奸贤佞，历朝混淆不分；愚懦昏庸，举世朦聋莫辨。是谓臣有忠奸，而君当明哲以辨，而择而用之。

君臣主敬，父子主恩，夫妇主别，其义奚容少紊？然有不循其道，必至悖逆而行。观群奸昧主可鉴也。又论沈氏、尹氏二人，身属女流，然其品行有天渊之隔：一唆丈夫贪功害命，一谏丈夫惜将忠君。而尹氏宜为公之钦敬也。

观焦廷贵一味粗莽无规，听其禀供之语，虽觉鄙陋欠驯，然乃直供不讳。奸臣误国，始必计害忠良，后必持君权柄，改革先贤圣制度，而以传新立异为奇，而不知国势劣而民无所措止矣。

第五十二回

复审案扶忠抑佞
再查库办公难私

诗曰：

宋室若无包待制，奸臣越法更猖狂。

忠君方见留名后，误国惟斩缢不饶。

当下孙武听了焦廷贵骂言，即曰："胡说！前者乃汝元帅自送银子与吾的。"焦廷贵喝声："好刁滑狗官！吾元帅乃世袭侯王，兵权秉属，岂惧汝一群小鼠辈，送汝丝毫银子？狗官休得妄言欺公！"孙武又呼曰："包大人，前日焦廷贵辱殴钦差，也该问罪；今日在大人法堂上，原是如此没规矩的。"包爷喝声："焦廷贵不许胡闹！"喝令左右役推他出堂，焦廷贵下阶去了。包爷曰："孙武今未动刑，招认了诈赃之罪，也算你造化，得免行刑。"喝他下堂。又吩咐抓上沈国清。奸臣初时抵赖不招，次后熬煎刑法不得，只愿从细招认明，只独卸脱了庞大师这奸臣。虽念平日师生之情，也是庞洪威福当盛锐时。

包爷又诘："沈氏实藏哪方？"沈国清料想瞒不过，不免招出，齐同死罢，只得言明沈氏在尼庵中。包爷立差张龙、赵虎往拿捕沈氏。岂期这刁妇人早已知风，他虽躲存在庵寺内，天天差王龙打探消息，正候着与夫、子报仇。是日忽见王龙气喘吁吁进内报说："尹氏夫人被包大人起尸救活了，万岁又发交包大人审孙大人。沈大人一口招成了，今即差张、赵二役来拿捉扣阁告状人，倘奶奶去时，定然凶多吉少也，反不如速速逃生为妙。"沈氏听了，吓得魂飞天外，战惊曰："不好了！不想今日大难临身。

311

也罢，丈夫、儿子多已死尽，吾即留此残生也不中月了！"即打发王龙出外，急急忙忙正要悬缢死。又有七八名女尼跑进来，齐说："包大人差人在外，立刻要夫人至案，速些去也，不要干连我们。"沈氏曰："妾已知了。吾犯国法，决不连及尔们。"当时只怜沈氏上吊也弄不及，即望向旁柱上抢头去狠狠两撞，破了天灵盖，脑浆迸出，鲜血漂流，扑跌下而死。女尼数人，要救已不及，只由惊呆呆看罢，即齐奔出外，说与张龙、赵虎得知。二役闻言，并同进内看毕，回衙上复包大人。又言包公如闻别人之言，自然要相验分明。只因张、赵二役，乃包公得力用人，历历试测，秉直无差，谅无私弊，故免亲到相验。又议判曰：

李沈氏如若情真，立于不败地，何不挺身出堂？此乃情弊理亏，畏法自死。李成父子冒认功劳，事已显然；又见得杨宗保并无屈杀有功之人。然而焦廷贵擅殴钦差，应得有革职摘参之罪，姑念殴于诈赃之非，愤怒嫉奸激烈，从宽免议。据孙武供称，杨宗保库仓亏缺，尚应差官复往稽查明，倘果亏空，照数处分，依律定议。狄青失衣事真，幸其不日讨还，仍有血战军功抵罪，未便即封拜帅。李沈氏所呈王状，按律定，须严究主唆之人，存案定罪。但该氏早经殒命，无从根究。惟该氏刁恶，妄呈王状，有碍朝廷雅化，虽兹畏法毙命，然而典刑未正，不便苟且，以从应请戮尸，以彰严明国法。孙武藐违旨命，擅稽仓库，私图娶赃，虽赃未现获，律无死罪，只昧心逆旨，利己欺君，罪加深重，律该腰斩。沈国清身居御史，享朝廷厚禄，不念君恩，昏弊私恩，小惠而图网尽忠良，假供欺主，死有余辜。例应罪及妻子，幸妻贤良，可盖坐及之愆。惟其谏夫受辱，雍容自尽，死后尚图忠君保国，略私恩而存大节，当代贤淑，亘古无双，应叨旌奖。卑贱婢女素兰，混叨诰命，虽为主威所逼，亦为负主不贞，例应绞决。鸣呼！五刑不立，何以惩奸；功懋不赏，何以劝善？臣不胜待命屏切之至。

包公定断已毕，吩咐将犯官孙武、沈国清严加绁锁，收禁天牢；焦廷贵仍归杨府。又差家将护送尹氏夫人回转御使衙中。又着拿下素兰婢，好生收管。再命董超、薛霸将李沈氏尸骸严细看守，统候旨下正法。

当日不言二奸收禁、尹氏回衙，只言焦廷贵回转天波府，有佘太君、

312

众夫人大喜，有话不提。

是日，包爷备下本章，又有庞府家人打听明，回归相府报之。庞国丈得知，心头纳闷；孙秀也是一般着急，只为素知包拯是硬烈之官，即王亲国戚也畏惧于他，而当今天子也怯彼梗直性情。次日早朝，将审案本章呈上。天子看毕，龙颜变怒，曰："可恼贼臣，暗欺寡人！若非包卿回朝，险些害了边疆栋梁之将。朕今依议，包卿本上定断法律。"仁宗帝当即降旨下：

尹氏乃一女流耳，岂期具此贤惠，割略私恩，深明君臣大义，保国除奸，忠良免祸，朕也钦敬。洵为万古女师，足当表行。即于御使府改赐旌表流芳，加封恭烈元君，每岁额加俸银二万两。沈国清财宝俱归夫人所管，每逢朔望之日，文武员代朕一月两谒，以示荣翼加恩。生则永叨厚禄，死则附葬皇陵，享其庙祭。而边关依本差官复查定夺。狄青功罪两消，未得拜帅，着于边关效力，有功日再行封赏。焦廷贵虽辱殴钦差有罪，始念先祖功臣一脉，又出于愤怒嫉奸，情有可原，恩宽免究。即沈达跛跹被羁，加升一级，以补其缧绁无辜，并同回关，不得久留。二奸一婢正法，即着卿施行。

包爷称言："领旨！"当时国丈心头放下。他初时只恐案内定有牵连，因何并不提及老夫？想必包黑畏惧老夫狠也。若问包公岂不知庞洪主唆的，然沈氏已殒命，死无对质，非但扳他不倒，反被奸权讨笑。二者圣上也明白谕他不必追究主唆者，这个人情不得不从权做的。

不表国丈洋洋快意，只恼得孙秀涨面红红："可怜弟即一朝差，现依了丈人之计，免不得身遭国典了。"当日退朝。

却言包爷奉旨正法两奸，一刻难留，回衙吩咐调出二奸捆绑起，素兰并同拘出。这丫鬟苦恨满胸：前日做丫鬟时，是逍遥真乐；今老爷不仁，将吾逼害了。可怜这婢子乐得几天风流，如同一梦，做了枉屈幽魂。

不提丫鬟怨恨，当日包爷排道，威仪拥从至法场，众军人大刀绰起，押了犯人，排军抬押铡刀，哄动多少百姓闲人，远远偷瞻，言言论论："好清正包大人，严比冰霜，法如山岳。不然众奸臣愈作威福，而陷忠良也。"

不表闲人私论，只见沈、孙二奸押至西郊，犹如呆子不言，魂魄飞荡，倾刻铡分两段，鲜血淋淋，目现惨伤；素兰婢白绫绞决，全尸。是日打道回衙，多少人散去。

次日设朝，包公复旨。当日君王厚赐金帛与包公，想来包黑乃是不贪财宝硬人，故力辞圣上恩赐。君王只得传旨，排赐宴筵，命富太师、高太尉、韩吏部、庞太师相陪。包爷俯伏谢恩。就宴毕，复奏知君王："差着哪官往边关再查仓库？"君王瞧着两旁文武，呼曰："包卿，汝欲哪位官员可往？"包公尚未开言，庞太师出奏曰："臣有启奏。臣思狄青失去军衣，杨宗保本上缘何不提明？亦有瞒君之罪，未便置之不究，伏乞圣裁。"包公想来：本官放脱汝，汝反饶不过他人。随即奏曰："国丈保荐孙武查盘库仓，故违主命，仓库不查，反替国丈讨诈赃银起祸，他罪比杨宗保大加数倍也，该枭首正法，伏乞圣裁。"天子看看国丈未语，想来：汝何用多言插舌，反教朕如何分断？当下君王少不免因碍国丈，免不得两面周全，即曰："多是些小之过，一概宽免了。"国丈谢恩，又复奏，天子曰："庞卿不须奏了。"国丈曰："臣非奏别事，无非荐一官员复查库仓耳。"天子曰："卿荐哪官？"国丈曰："臣荐兵部尚书孙秀可往，方得无私。"天子听了，唤："包卿，汝知孙兵部可往否？"包爷曰："孙兵部可当此任也。"当时君王即传旨："孙秀往边关复查仓库，须要实力奉行，不得徇私。回朝复命，赏劳加升。"孙兵部领旨。国丈曰："臣有复奏。"天子曰："卿又有何奏？"国丈曰："陛下不准封赠狄青为帅，也须降旨。莫若使孙秀赍诏顺附，以免又复差官，往返徒劳。不知圣意如何？"天子曰："卿此算倒也合宜，可准。"即诏交孙秀。包公暗语曰："好不知厉害奸刁，还思作弄。孙秀好不知歹，教他又尝钢刀美味！"

当日群臣无别议章奏，君臣退朝。众文武领旨，多来御使衙首，代君参谒贤良夫人。早有夫人传话相辞，而当北阙叩谢君恩。又言尹氏夫人念着夫妻之情，早已收拾丈夫尸骸，不胜悲伤，备棺盛殓，挂孝尽情；又将素兰尸首掘土而埋。苦只苦沈氏立心不正，一念之差惨死了，又逢戮尸不饶，尸首示众。可怜亲属不周，飘零枯骨，这是恶人报应也。即孙武依了

314

庞洪计，贪婪财帛，腰分两段，幸有孙秀备棺成殓，差人送柩，回归故土去讫。当日铁官自有提升补代。又有工部奉了圣旨，将御使衙改造"淑德观"，待尹氏夫人在着里厢修行。静处正堂上供了当今万岁龙位，后楼堂供一尊观音大士，旁首奉着包大人的长生禄位，朝暮焚香，以报答活命之恩。素斋有期，以供丈夫牌位。每逢朔望，众官奉旨登谒，一概辞谢。谈不尽夫人多绪，且略不详。

又说包公一天到赵王府内见潞花王母子，于陈桥遇李太后之事，并不提及，只将狄王亲失征衣，立下战功之事详奏明。狄太后微笑曰："包卿，汝觉太不情了。吾侄儿既立下此大战功，理上还该加升重职，杨元帅上本自让为帅，汝何故反阻挡圣上的？"包爷曰："臣奏娘娘，狄王亲有此武功，该得升职，但他失去征衣，罪也重大。这是朝廷律例，有功得赏，有罪必罚。倘不计罪而计功，不独废弛国法，且难服众奸党之心。如若被他参奏明，反得无雅趣了。臣历历政办秉公，倘要徇私，宁断头难依，伏乞娘娘见谅。况王亲乃英雄汉子，自有大功在后，而显耀惊人。娘娘且请放心。"太后听了，欣然曰："包卿若不说明，吾也深怪汝了。且设宴，待王儿略款数盅淡酒如何？"包爷曰："多谢娘娘，臣不敢当赐了。"登时告别。潞花王也留款，包公力辞，只由拜别而去。

包公一路自思：可惜高年太后，不明道理，错怪别人。只我将狸猫换主事究明，尔也忧着欺君之罪。一路自言。到了天波府第，焦廷贵闻报，忙出接迎。请出佘太君，包爷见礼坐下，杯茶而叙客谈。太君曰："吾家孙儿被奸臣计算许多，亏大人一力周全，使老身感激不尽。未到府拜谢，又劳大人光降，心有不安。"包爷曰："此乃各官与国家办事，哪敢当太君重谢。"太君又曰："吾孙儿既无亏空，库仓今何又往盘查，是何缘故？"包爷曰："且告禀太君，下官当奏审究时，孙武称言元帅也有亏空之说，倘经别官领审，已将此言抹杀了，也未可知；惟下官出仕朝廷二十八载，由做知县官，案历万千，只依法律公办。故孙武供称言，也即奏知圣上。今天庞洪又荐保孙秀前往。"太君听了，不觉骇然，呼声："包大人！老身久晓兵部是奸臣党羽，如今奉旨盘查仓库，此贼未必秉公，只忧作弊，又波浪兴翻，怎生是好？"包爷曰："太君但请放心，孙兵部此去如有徇私作弊，自有国法与他理论，下官怎肯轻饶纵放？只祈太君早日发遣焦廷贵回转边关，不可羁延于此；况元帅未知情由不安的。"言罢告辞。太君曰："大人再请少坐，水酒粗馔相款，望祈勿却。"包爷曰："虽承太君美意，惟残冗太烦，改日叨领。"

按下包公回府而去，只言余太君即日说知孙媳，穆氏夫人早已修备家书一封，取付白银百两二人路费。书银交付毕，焦廷贵、沈达二将刻日用膳罢，拜别老太君与众位夫人等。家丁早已牵出两匹骏马，鞍辔整齐，二将欣然骑上。老太君又嘱咐二将："路程小心，休得恃勇闯祸招灾。并孙兵部奸臣不日奉旨又到复查结库仓，此贼定然诡谋百出算账，说知元帅、众人，早作防备，勿坠奸贼计中为要。路途上勿阻延迟，须速回关，免元帅悬望也。吾嘱言须牢谨记。"二将诺诺答言，一程出了杨府，匆匆马不停蹄而跑。此说两分，不知孙秀奉旨往边关查仓库，怎生妙计，害得杨宗保、狄青二人否，且看下回分解。

天作孽，犹可为；自作孽，不可活。不善小人昧此，何难转祸为福？无如气禀所掬，人欲所敝，不圈进机关陷阱之中而不止者，故云自作"忍心害理"四字，恶小人无一外脱者。其心刻薄，故妒贤嫉能，不问是非，只徒利己，故将"理"字抹杀，是至同党交攻，共恶相残，可慨也！

包公除奸，似乎过于残忍。第不得不用严。去小人如锄锹蔓草，苟不尽拔，则余蔓渐蕃而复。况乎宋世法缓奸狼之日，正当严而禁御之。

君不谒臣，父不拜子，是尊卑定分。而今仁宗之命朝臣，朔望而代谒尹氏，亦非理之所宜。然宪君保国之美行，孰不敬爱之？故权略去尊卑之分，只作奖忠，不为大错。

第五十三回

孙兵部领旨查仓
包侍制申冤惊主

诗曰：

中兴令主首尊亲，不比民间小孝闻。

不正乎名难主国，倒颠必失本来因。

一天，庞国丈排备下酒筵，差家丁请至孙兵部。国丈开言道："贤婿，不想此事愈弄愈败了。但杨宗保、狄青二畜，断难容留他的。因汝今奉旨复查仓库，吾持备酒饯行。汝一至边关，须要见景而为，算账二贼，好思复旨劾奏于他也。须拿定破绽，免被黑包子又放刁，则不妙了。"孙秀曰："有劳泰山大人费心。小婿至关，定然在意，待拿柄首，雪报弟仇。"言罢，用宴已毕，辞谢回衙，打点动身，拜别同僚。文武多官，齐送。御王亲众官不表，只有包公趋近，呼声："孙大人，尔今奉旨到边关，须要秉公着力而行乃可。即有奸权嘱之行私，汝切不可依行。倘存私作弊，下官定然秉公与汝作对。"孙秀曰："包大人，汝太多心了。此行哪有旁人唆嘱徇私得来？吾此去定须秉公，决不负君恩也。"包爷曰："如此，方为公也。"

不表孙秀离却汴京，是日天子设朝，包爷上殿谢君赐宴。天子曰："包卿，陈州赈济未毕，速宜打点登程，免使万民悬望。"包爷曰："臣还有一桩国家大事，也要理论分明，方往陈州。"君王曰："包卿，还有重大事情，且奏知寡人。"当此庞太师巴不能包公早早动身去，不啻拔去眼中钉，即出班曰："臣有奏。"仁宗王一想：国丈真乃多管闲账的，些小事也要多言嗓舌，只得道："庞卿，汝也有何章奏？"庞太师曰："臣奏非为别故，无非为国保民耳。今陈州赈济未完，包拯半途不往，万民仍不免饥寒苦楚，望乞吾王不要留他在朝。若说国家大事，即有何难处，自有多少朝臣可办。只要他说得分明，哪位官员不可办的？伏乞陛下准奏。"君王听了，正要开言复问，包公接言曰："这是如天大事。上于天子，下咎人臣，即臣身受陛下隆恩，难免失察之罪。"当时众文武大臣听了此言，心内惊疑不定，只有奸党交行者倍加惊骇，不知又有何故，只因沈御使之事，实乃惊弓之鸟。君王当下急唤："包卿，既如此交关大事，且速速细奏分明。"包公曰："今陛下不是来历真天子，故臣要理论分明。"仁宗听了，也觉他言奇说；两旁文武大臣一闻包公此言，吓得惊骇。庞国丈即出班俯伏奏曰："包拯仰叩圣上隆恩深重，不思报答君恩，反敢戏谤君王，冒渎天颜，不敬莫大于此，罪大滔天，乞陛下将他正法，以警慢君之罪。"嘉祐天子呼曰："庞卿平身。"天子虽然不悦，然而倒确向包公，言他为官日久，一向无错无差，丹心梗直之臣，何故发此戏言。说寡人是假天子，何也？且问他真天子在何方？呼声："包卿，寡人是天子非真的，汝且奏明缘故。"包爷曰："陛下若还说得出有凭为据，方是真的。"君王听了，也觉忍不得的微笑曰："包卿，朕是君，汝是臣，缘何与君讨起凭据来？寡人断御已有七八载，在朝之官多是先王旧臣，目今所升选新官计来仅十余臣耳。新旧众官，并无一人言朕是假的，包卿何故发此戏言？"包爷曰："陛下若是真天子，定有为凭。"君王曰："这颗玺印可不为凭？"包爷曰："陛下既接御江山，岂无玺印？这算不得为凭。只要陛下龙体上有何记认才是真凭据。"君王微笑曰："此语包卿说来甚奇。要讨凭据犹可，缘何又讨寡人体上之凭？若闻朕体上之凭，只掌中有两印纹，'山河'二字，足中央也有'社稷'两字，可得为凭据否？"包公听了"山河""社稷"，却准对了李后之言。即奏曰："陛下实乃真天子，只可惜宫中并无生身国母的。"君王曰："包卿，尔言差矣。现今南清宫狄太后是寡人生身母，安乐宫中的刘太后是寡人正嫡母。包卿妄言寡人无母也该有罪。"包爷曰："国母本有，只因不见了陛下生身国母。狄太后只生得潞花藩王，他并非陛下生身母。只因生母远隔别方。"嘉祐王闻言，大惊骇然，忙呼："包卿！尔言来不白，今朕难以推猜。既然

318

明知寡人生身之母落在哪方，何妨直说，缘何吞吞吐吐以欺侮寡人，此乃何解？"包爷曰："只今郭槐老太监未知今在哪宫？"君王曰："若问内监郭槐，现在永安官养静，卿何以问及于他？"包卿曰："陛下要知生身国母，须召郭槐，问他便知明白了。"

天子听了，不觉呆然，想来包拯说话蹉蹊，料此大事，他断非无中生有。又思南清宫狄母后，既非寡人生身，如何又冒认寡人为子？此事教人难以测猜。他又言内监老郭槐得知，不免先召郭槐询问明缘故。即传旨内侍往永安宫，宣召郭槐去了。天子又问："包卿既知此段情由，也须细细奏知根底。"包爷曰："陛下，臣若奏出情出，即铁肝心肠也令他坠泪。身居国母朝阳贵，屈于破茅窑，衣衫褴褛，垢面蓬头，乞度光阴，将二十载。双目苦恼失明，只因儿身登九五朝阳位，娘为乞丐下流。然我们主也有非，虽尊为天子，尚然孝养有亏，自然朝纲不正，要出奸臣乱法。家不齐，国难平治。"嘉祐听了包拯之言，色变神惶，急呼道："包卿，破窑之妇，汝曾目击耳闻？"包爷曰："臣若非目见稽查明，焉敢妄奏，以诬陛下？"天子曰："即此可细细详奏，怎生起止？"包公即将因尹氏之事，赶趱回朝，道经陈桥，被风落帽，疑有冤屈，至命役人闻风捕影；至郭海寿请去告状，当日李妇人将十八载被屈破窑长短，历情尽吐，力托于臣，言非臣不能代为申冤力办之事奏明。"当此惊骇臣不小，不意拿落帽风，拿来此天大冤情，实乃千古称奇也。臣思彼时之前十八年先帝时，官升开封府二载，尚未得干预朝政，即火毁内宫，臣亦不得而知，当此将信将疑。故匿又反诘他，既知太子，即今见在哪方？彼自言：得寇宫女交陈琳怀出，往八王府中，后闻长养成大，接位江山，即今王是吾亲产太子。当时臣也再盘诘他，有何凭认？他又言：掌上印纹是'山河'字，足心有'社稷'字，回朝且究问老郭槐，可明十八年前冤屈事了。陛下想来，儿登九五之尊，享天下臣民之福，岂知生身母屈身至卑贱苦楚之境，闻者如不伤心，非孝也；见者如不凄然，非仁也。若非孤儿郭氏子代养行孝，李娘娘早已赴归黄泉，身负沉冤，终难得白了。"

君王闻此奏言，吓得手足如冰，呆呆坐下龙位，口也难开。两旁文武官员，目定相观，暗暗称奇，还未明真假有无此事。内有几位大臣想来：十八年前之事，我们还未进位公卿。有国丈想来：我只言是非又涉及老夫，原来乃朝廷内事根由，不干我事，吾即心安了。

慢言殿上君语，先说瞒天昧法人。又言郭槐乃刘太后得用之人，是以仁宗即位，太后即传旨当今加封九锡，时年已八旬，奉旨在永安宫养静，随侍太监十六名，受享纳福，其乐无穷。仗着太后娘娘势力，人人趋奉，倘或宫娥、太监，少有服侍不细，即靴尖打踢，踢死一人，犹如摔死一蚁，厉害无穷，凶狠惨极。人人对面，自然要逢迎为"九千岁"，背后众人咒骂怨他不已，巴不得此凶狠早日灭亡。偏偏郭槐精神满足，虽则八旬之人，精健猛于少年。一体肥腴，生得溜圆面貌，两耳扛扇，头尖额阔，浓眉长一寸，鸳鸯怪眼，两颧高露，口方，莺哥尖鼻，腮颔大开。数十年来，安辜于永安宫内，福禄叨全，快乐不异天仙，即当今王上也无此清闲之福。每日闲中无事，与刘太后下棋、双陆，或抚琴、弄瑟。

这一天，正在永安宫中与刘太后吃酒谈心，言言语语，彼此欣然，多不能尽述。勿闻内侍进来，报说圣上在殿上相宣。又说明：若然郭槐平日做人良善，结好上下，自然内侍官帮助些，说明李后陈桥告发之事，也使郭槐早已打算如何脱身的计谋。只为他平日凶狠，敢人人蓄怨日深，内侍今得此消息，心中悦然，遂恨不能将他早日收除了，只说"万岁旨宣"四字，并不提及别的机关。郭槐听了，冷笑曰："从来万岁并不宣吾，今有什么闲账？但咱家今天食酒，不得空闲，改天出殿也罢。"内侍暗语曰："万岁爷多宣他不动，太觉狂妄自大了。"只得去复旨，将此言禀奏万岁。天子听了，龙颜变怒："可恼贱畜逆旨！"即呼内侍且再宣，言有国家大事，文武百官不能妥议，定再宣他上殿做个主见，看事体如何，今天必要奉宣，再不许逆旨。内侍领旨而去。若论君无戏言，只因当时郭槐不奉旨宣出殿，是出于无奈，将他哄出殿来，这事到其间，暂且从权耳。当有内侍复走至永安宫，曰："启上老公公，万岁爷有一国家大事，文武各大臣不能妥议，必要老公公出殿定个主见。万岁爷在殿候久了。"郭槐听了，曰："厌烦得紧！咱家心不喜出殿，何故两次相宣？有何大事？别改一天也罢。"刘太后微笑曰："郭槐，既然当今两次宣汝，汝若不往，岂不失君臣之礼？难免朝臣批点不是也。"郭槐曰："娘娘，朝臣批点我什么来？"太后曰："只言万岁君王宣汝不动，太觉妄大欺主了。理上还该出去见驾，以免朝臣多评是非。"郭槐冷笑曰："娘娘，汝还未知，满朝文武，谁敢言吾一声不是！"太后曰："尔说哪里话来！虽然对面无人说，背后防人把汝暗批。况国务非同小事，无人妥议，政令难行。当今宣汝，定然说汝年高智广，有政同商。劝汝再不可推辞。"郭槐听了，曰："娘娘既如此说来，吾且走走何妨。"太后曰："出殿回来，吾还等候共宴。"郭槐允诺，呼曰："左右扶吾出殿！"内监应诺，挽扶曰："九千岁慢些好。"太后曰："众人且小心挽扶。"当日并非年老难行，只为身躯肥胖异常，若独自行走多有不便。

四名内监绰绰拽拽，到了殿上。内侍先禀知，万岁宣旨。郭槐朝见，对君王曰："陛下在上，奴婢见驾。"君王曰："郭槐，寡人宣尔上殿，非为别故，只因内廷究事，有不明冤屈，故特宣汝究明奇事。"郭槐曰："未知陛下有甚内廷不白事？"君王曰："只因十八年前事，也觉奇哉怪哉，将狸猫换主；何故火烬碧云宫？为首是何人？李太后如何被害？今已尽泄机关，尔须将实事细细言明罢。"郭槐听诘此言，吓得呆呆，自语想来：因何今天一时提起十余、二十年事？不知哪个狗王八提掇起此事。但这桩事情只有天知地知，刘娘娘与咱家得知，余外别无一人可晓。不知今日哪人忽提及起来？也罢！吾只推不知当初之事，几句言辞撇开。君王见他不语，即喝道："郭槐！今日机谋尽露，何须隐讳不言！"郭槐即呼："陛下！奴婢实不知什么狸猫换主，哪人火烧宫，休来下问奴婢。孩子们，扶吾进宫。"四名太监左右挽扶。有包爷怒目圆睁，跑上金阶上，伸手当胸扭定，喝声："郭槐慢些走！"郭槐喝曰："尔这官儿是哪人，擅敢无礼的？"不知包公如何捉下郭槐，下回分解。

为人些小存私，即坏心术；既坏心术，是小人之流矣。如要小人不存私固难，要君子存私处亦难。其理何？居一代君，秉公报国，丝毫不苟；一专污利，看得君上与己漫不相关，故至怎样欺瞒不作出？

上四十八回书已略表明刘、李二后，史言仁宗实李宸妃所出，然仁宗

321

嗣位之初，刘后权柄国政，擅制二十一年而卒。惟李宸妃先刘后而卒十年之久，而仁宗不知己为李所出，而人畏太后之威，亦无敢言者。不知此回书之虚矣。即郭槐内监，史亦隐而不见，只有内侍雷允恭迎刘之恶，外官丁谓交通而为恶耳。然仁宗于刘后卒日，方得人言为李所出，大为惨恨，复尊为皇太后，痛切不殷朝者数天。

第五十四回

嘉祐王痛母含冤
王刑部奉君审案

诗曰：

> 齐家治国圣经言，南面为君首重先。
>
> 耕耨历山行大孝，上闻朝野觅高贤。

当下包爷喝声："郭槐！尔既不识认本官，好！吾说出姓名，只忧唬吓死汝这老奸狼！吾乃龙图阁大学士待制官包拯也。"郭槐听了，曰："尔是包拯么？当今人称尔是忠烈贤臣，即吾内宫也仰慕清名。既当今万岁加恩宠眷尔，不该胆大将咱藐欺。太觉狂妄了！"包爷冷笑曰："郭槐，尔还不知么？"郭槐曰："咱家知道什么来？"包公怒曰："恨尔为人凶刁狠毒，十八年前擅将幼主换去狸猫，又纵火焚毁碧云宫，谋陷了李宸妃娘娘，多是尔奸谋。瞒天昧地，只言永久遮瞒，岂期今日天发其奸，今圣上驾前，还不直供！"郭槐听了失色，只得喝声："包拯休得含血喷人，先红自口。尔缘何捕此无踪无影之言，妄唆圣上，欲害咱家？不知怎火毁碧云宫，什么狸猫换主。吾历内监数十秋，未闻此事，尔休得无端而寻唆鼓惑。擅敢当驾无礼，扭拉咱家。"喝令小监子："拈他去！吾还宫去也。"包爷喝曰："郭槐！尔今休思还宫了。"牢牢扭拉不开。四名内监只好呆呆看着，只因惧怯包黑子，岂敢妄动。众文武大臣，又无人答奏。君王心下也觉焦烦，喝令："拿下！寡人定须追究烧陷真情。"有值殿将军凶狠似虎，即拿下郭槐，捆绑捺定。郭槐慌忙中呼曰："圣上可怜奴婢今已见年八十二之秋，静处闲宫并无差错，伏乞我主勿依包拯无踪无影妄奏相欺之言，恕奴婢还宫，深沾陛下天恩。"君王曰："郭槐！尔将一十八年前一大事：狸猫换去小太子、放火焚烧碧云宫之事，一一奏明，即放尔回宫安养；如有支吾一字，定决不饶！"郭槐一想：若将此款大事说明，吾自抵罪必矣，又怎好害却刘太后娘娘？罢了，我也拿定主意，自愿抵死不招的。即呼曰："陛下说什么狸猫换主，怎生火焚碧云宫，奴婢实唯不知缘由，焉有凭据上奏？"包爷奏曰："此事交关重大，臣想郭槐是泼天肝胆之人，方能于此欺天害主之事。若将言辞盘诘，怎肯轻轻招认？伏乞我主将他发交与臣，待臣严加细究，方能明矣。"王曰："依卿所言。"庞国丈自言："不好了！发交包黑审究，郭槐危矣。审明又增他之威势也。"惺惺自是惜惺惺，奸臣只是为奸臣，并忌包拯之功，即出班奏曰："陛下，这郭槐发不得包拯究审。"王曰："庞卿，缘何此事发交不得包卿审询，何也？"庞洪曰："臣思此事关天重大，谚语云：来言此事者，即此事有碍之人。今此事包拯独自言来，焉知真假？倘被他一顿极刑，唯郭槐乃八旬以外之人，哪里抵挨得重刑？倘假事勘成真的，即大不妙矣。"君王闻奏，头一点，言："庞卿此论却是秉公而言，朕今不发交包卿审究，还有哪位卿家愿究此重大事情？"庞洪曰："伏乞陛下，发交于臣，自必秉公而办。"包爷曰："如将此案与国丈究断，必不秉公力办。倘被他存着三分私弊，十八年之冤终于不白，却将诞育生身之母永屈于涂泥中矣。"君王听了两奏之言，细思一刻，只得对包爷曰："包卿，据尔主见，还须发交尔审办的么？"包爷曰："国丈如此言来，臣也为涉嫌疑，不敢承办了。"王曰："卿既不领办，可于文武两班中挑选一人，可否？"包爷称："领旨。"立起一看，左班首是富弼老太师，他是一梗直大臣，然是老耄高年，烦务之事不代劳矣，将头低垂。包公又看首相吏部韩琦，他一想：此案重大事情，领办来，一位是刘太后，一位是狄太后，两人是被告，教我如何审法？只是摇首暗嗟而已。包公又看阁老大人文彦博，他又目也不一瞧，似乎不约同心，皆思此案所关甚大。当下包公想来：尔们众臣也称是忠良之辈，如何这等胆怯畏死的？只须秉公正办，有何妨碍，如何人人不愿领办？如此尔们徒有忠节之名，算不得铜肝铁胆之臣也。包爷又看至西班内，一见刑部尚书王炳，二目相瞧，包爷一想来：王兄与我是同党里，并同科出仕，他平素秉性贤良，此段事情如交他办理，谅得妥当矣。斯时包公一瞧，面头一摆，王刑部即出班奏曰："此事微臣领办，伏乞陛下降旨发交，自必秉公力办也。"王曰："包卿，王卿领办如何？"包公曰："王刑部果能领办不误也。"王曰："既如此，朕将郭槐发交王卿，定限三天内究明回奏。须要细心着力公办，如有半点私弊，即处决断不姑宥。"王刑部称："领旨！"当日散朝，王炳家丁带出郭槐。

君王还宫，庞贵妃迎接王驾，即请安，言问："君王何得龙颜不悦？"君王一闻动问，不觉触感孝行有亏之心，言："早朝据包拯所奏，朕不是南清宫狄母后生，也非安乐刘太后所产，尚有生身母在别方。"言毕，不觉龙目珠泪一行。庞妃闻言，也见骇然，却呼曰："圣上，既据包拯所奏，而必有因。我王何不询诘明他生育圣躬嫡母太后在于何方。"王曰："贵妃，朕也曾详诘他，包拯言，还朝道经陈市，有白发老妇人诉说十八年前之冤，言来确据分明。"当时，君王将前言一长一短，惨言尽吐，更觉感伤，纷纷泪下。此刻庞妃更觉心惊，不意有此弥天大事，未知真假。若还果有狸猫换主，此事郭槐罪重千条，狄、刘二太后俱有欺君之罪。只愿当初并无此事，两宫太后方保无虑，郭槐也无罪了，只将包拯罪其欺君谎奏，正了国法。若除了包拯，我父扼柄朝纲，畏惧何人？想罢，开言呼曰："我王且自放心。虽则包拯如此言来，臣妾细思此事，谅非真情也。破窑市井中老妇，非是狂癫之疾，定然妖人惑众。可笑包拯为明察之官，听信妄词，特犯惊君上。倘无此事，两宫太后一怒，这黑脸官儿岂活得成？况乎谎奏君上，谗污国母，罪该万死。我王乃至聪天子，岂从拯贼如此作弄尔圣心？我王其熟思之。"庞妃虽然狡猾，如此言来，唯君王心下分明：包公乃是正直无私清官，岂是轻信无凭谎奏以欺上的？即破窑妇人，说得有凭有据，何云犯疾痴癫？倘此事是真的，寡人便有弥天重罪了。身登九五之荣，母在破窑苦屈，岂不被满朝文武议论于寡人，有何面目南面称孤？今虽发交王刑部究询，倘或被他存了私弊，好生猜疑难决矣。只祈天地神明悯佑，若得冤明会母，即退位不为君也心安无愧矣。是晚，贵妃观君王恼闷，传旨于宫排宴，一腔娇媚，趋迎君乐。只君王勉强进宴，何尝喜悦添欢？

慢语宫中君臣夜宴，再言安乐宫中刘太后想来：不知外朝有何疑难国政酌议，两次召宣郭槐，去而许久，尚未还宫。正盼思之际，忽有太监四人，急匆匆报进宫曰："启上太后娘娘，不好了！"刘太后曰："我居宫闱三十余秋，从未闻不吉一字。"今闻此急言，不觉大怒，骂："狗奴才，何事擅敢大惊小怪！"众内监禀曰："只因当今万岁爷已将九千岁宣去拿下。非为别事，只因包大人奏明圣上为十八年前狸猫换主，火焚内宫之事。"刘太后听罢，吓惊不小，连忙立起位，即曰："万岁怎生分断的？"内监曰："万岁爷要九千岁招出真情，九千岁只言并无此事。万岁爷即喝值殿将军，登时拿缚了九千岁，发交刑部尚书王大人审断去矣。"刘太后闻言，曰："果有此事也！你们且退外去。"当时四内监出宫去。刘太后想来，惶恐无心，又言："十八年前，将太子换去，暗害李妃，但机关秘密，无一人所知，因何故急发泄？但不知有哪处冤仇人来作对，告诉包拯。又值君王偏听信他言，将吾心腹人拿下。若还究出当时事，郭槐固不免重刑处决，即累及吾老身，也难免欺君害主之罪矣。幸喜当今不是发交包拯审断，还有挽回之机。想来王刑部虽是位清官，不贪财宝，谅来及不得包拯铁胆铜肝之硬。且将密诏行下王炳，将金珠宝贝重赏他，岂有不受？难道他惧怯包拯，反不畏我的？倘王炳若肯周全郭槐，私留一线，郭槐无罪，我也无虑矣。"刘太后定下主见，登时端修密旨一道，外有马蹄金五十锭，明珠三百颗，不下十万之金，打发心腹内监三人，另遣王恩赍了密旨，至将晚时候，潜出后宰门，往刑部府衙。太后又嘱咐一番，王恩等领旨，按下慢提。

　　再言王刑部，是日将郭槐暂禁牢狱中。进归内衙，有马氏夫人忙来迎接坐下。夫人开言呼曰："相公何事今日退朝太晚，又有不悦之容，何故也？"王爷曰："夫人，尔未知其由。兹今领了圣旨，为圣上内廷一大异事，是以想来实于难办也。"马氏曰："老爷官居司寇，只管得顽民匪盗刑务事情，如天子内廷大事，自有富太师、范枢密、文阁老、韩吏部等办，老相公不该管涉，何用心烦？"王爷曰："夫人，尔有所未知。此事如尽忠办理，不避斧钺之诛，则王府六部，人人可领办的。"当日王爷将包公还朝于陈镇，遇妇人诉冤始末，一一言知。马夫人曰："既然陈州一贫妇有冤屈，自有本土官审理。"王爷曰："夫人，尔休将破窑中老妇人小觑，他乃先帝李宸妃也，产育当今圣

326

上，至尊之贵。"马氏夫人听罢，冷笑呼曰："老爷，莫非今日包拯道途中冲逢邪祟？不独妾女流不准信的，即满朝大臣皆先王手上大臣，岂不知当今乃狄氏所出，经先主所立。只有包拯一人偏执妄言。"王爷曰："包年兄乃一刚正无私之梗臣，岂有诬毁君上的？是得凭有据而言奏也。"马氏摇头道："老爷，你本是向来明理，为官十余载，难道不明此案关天重大？且交还包拯办理为上，尔何得多招烦恼，自寻忧恼。"王爷曰："夫人，并非下官多招烦恼，亦只因没一人敢于驾前领旨。我因思来，一位当今国母，冤屈当灾，于心未忍；况吾与包兄是同里年交，同科一殿之臣，故在驾前领办此事。然为君受禄，定代君劳也。"夫人曰："妾思满朝文武，多少官员，尽受君王俸禄，君愚人人可报效，何独老爷一人？想他众官知事关重大，故无一人承办。他们是明人，老爷是呆人，不谙事者。"王爷曰："尔哪里话来！倘吾将此案办明，难道圣上不见吾情分？即不厚加升爵，下官只愿留芳美名。"夫人曰："老爷，尔且拿稳些。妾劝尔休得痴心妄想，倘要安稳时，须当依妾之言，不结怨于上，又无旁人嗔怪，久远安妥为官，岂不妙的！"王爷曰："据夫人主见如何？"马氏曰："此案即云是真，唯今口说无据无凭；况且内奸郭槐威权太重，外交党羽，内结太后，况事如天大，郭槐怎敢轻轻招认？他如不招，定必动刑。如此他立下一主意，留头不留脚念头，抵死不招，老爷怎奈他何？事既不得完，先结仇于刘太后，倘被他执一破绽，暗算起来，实难防避，只得身授予罗网中。那时包拯决不来看顾尔是同里同科之谊，破窑中贫妇也难救搭于尔。古云：识权达变者为豪杰。老爷也须三思得来。"不知王炳依从夫人劝谏如何，且看下回分解。

此回书虽于史实有异，然为君上者当以宠官其多也。以其于君后，耳目较近，而内外得以关通。史言刘太后专政权柄，此非盛世之风。妇有三从：从父、从夫、从子，况子为君，临天下之尊乎！刘太后虽尊，臣属也。仁宗王虽卑，君上也乎。

宋之始末，贤佞并生，而于仁宗时，三登之世，亦稍称一治，其于奸佞臣直指出，亦不胜其数。然君子满朝，亦不免或进或退耳。其于国势不劲之由，缘内有奸佞挤退忠良，故强敌屡侵于西北也。

第五十五回

刁愚妇陷夫不义
无智臣昧主辜恩

诗曰：

为臣食禄报君恩，何故愚人昧此因？

只因智昏无远虑，至教欺主灭彝伦。

当时王刑部听了妻言，烦闷昏昏，呆呆不语，暗骂一声"不贤妇"！又表明王刑部有一畏惧不好言，听来：上则敬畏君王，是本然也；下则三分畏惧夫人。当时虽则怪着马氏，然而骂辱之言，不敢朗朗发于高声，只得将髭一弄，长叹一声，侧身呼侍环进上茶两盏，夫妻用过。夫人一看，又曰："老爷，尔今缘何像着痴呆一般，不言而发此叹声，莫非怪着妾身劝谏之言也？"王刑部闻言曰："怎敢见怪于夫人？下官只思代圣力办之难故也。"夫人曰："老爷既然不怪妾，须依吾言的了。"王刑部曰："夫人还有什么商量，尔且说来。"马氏曰："老爷，我劝谏尔多一事不如省一事，一动不如一静。通达者结千人缘，懵懂者结万人冤。若将郭槐认真严审，不过奉承包拯耳，包拯无非说一声'动劳年兄了'。这也不足为老爷之增荣，早有刘太后、狄太后两位娘娘将尔怪恨，正是福不来而祸先至。如今老爷既承领旨担办乃是卸肩不脱了。莫若假混瞒真，声张审询几堂，并无实据，复了圣旨，只由圣上主见，是两不失其情。包拯危与不危，我也不多管，唯两位太后娘娘深感尔之用情，定然暗中提拔尔为官，势力之倚靠如泰山之稳重矣。倘老爷不依妾言，定取祸生不测也。"王刑部曰："此言差矣！本官若将此案审断明，圣上既得母重逢，满朝文武人人钦敬，好不荣光。

即无极品偿劳，亦扬名于当世矣。"夫人曰："尔乃斗宵之见也！全不想破窑中贫妇，乃是随口胡言，或是狂癫之疾，只有痴呆包拯听他诓哄的。如若果有此事，为何一十八年之久，他甘心受苦？况天下官员甚广，平日之间并不提起，直至今，冷灰复热，岂有是理？想这包拯目今昏昧了，妄奏当今，也有这般昏昧君，又听此狗官之言。老爷一向是明白人，今日为何却愚了？现现成成一位刘太后，威威凛凛的九千岁不去奉承，反因着一呆贫妇，真假未分，以结大势力的冤仇，岂非老爷目今也颠倒了？尔若力求承办此事，只忧今世今生也究不明的，反做了灯蛾扑火，自惹焚身耳，可怜要累及妻孥的。若待死在钢刀之下，悔恨已迟，不若为妻先别了丈夫罢！"立起位，将茶盏一抛，假装飞撞石栋中。此番吓得王刑部一惊，飞步赶上，双手拿抓定，曰："夫人，死不得的！"夫人曰："妾身这一命，定然害在尔手中。强不如早些死在夫君之前，岂不干净也。"王爷曰："夫人且慢酌量。尔若一死，下官也活不得了，且再坐罢。"马氏首一摇，泪下纷纷。王刑部恰像奉敬如神一般，将夫人发鬓一一捏弄，戴正珠冠。

又说明：当初王炳原立下美意，与李太后鸣冤，今已被不贤马氏放刁弄坏，心偏别念。是以人生有贤良内助，有关乎一生名节。今王炳有此倒运夫人，犹如过鬼祟昏迷，一片铁石心肠，化为绵软，故做出欺君误国污名。当下又曰："夫人，尔原一向智慧之人，只因性情屡是急躁，不拘好歹，便将性命来抵挡。难道尔之性命是蝼蚁之贱？我劝夫人休得急恼，耐忍性子安也。"马氏呼曰："老爷，妾劝谏尔万语千言，皆因欲尔免遭灾祸耳，岂知反怪着妾言，呆呆不语，怒目睁睁。倘依包拯之言，两位太后娘娘治起罪，为妻也难逃脱。故先死于老爷目前，以免遭别人之辱，非妾有意撒赖老爷也。"王炳听了曰："夫人，尔言来句句金石之言，如不依从，我之差矣，如今且依夫人高见。"马氏喜曰："妙！妙！老爷如肯听妾之言，管教指日之间，尔定有福禄高增之荣。"王刑部又曰："此重案已经领旨，怎生办理，倒要夫人出个主意，下官照办，如何？"马氏一想，呼曰："老爷，一些不难，只须如此如此，神不知鬼不觉，便能奏知圣上了。"王炳听罢，笑曰："夫人倒有此机谋，下官且依计而行也。"当日夫妻言谈之际，早有侍环送上酒宴排开，音乐齐奏和鸣，夫妇坐定，畅叙细谈，无非商量此案情由，也且不表。

少停，日落西山，月儿渐起。又有家丁报进曰："有王恩内监三人奉太后娘娘密旨一道，金珠之宝相赐。"当下王刑部传进私衙，读来诏书大意，密旨上要核他审得郭槐并无此事，罪归包拯，便要加官增禄，厚赏金珠；如不遵旨意，先将王炳取罪，定不姑宽之意。当时王炳打发去扛抬金珠二内监先回。又对王恩曰："小公公，尔今且回上复太后娘娘，下官遵旨而办便了。"王恩道："王大人，尔老依太后娘娘旨意而办，太后娘娘不独如此些小金珠赐赠，还须极品高官，指日荣升矣。"王刑部诺诺连声，登时送别王恩去了。复进后堂，命家丁扛抬金珠物，将情说知夫人。有马夫人闻此，喜色洋洋，说道："老爷，妾只是不差的，尔之智见反不如妾之见也。兹今一些皂白未分，太后娘娘即有许多厚礼相赐，后又得显爵高官，封妻荫子。若还依了尔自主见，顷刻间即有灭门之祸也。破窑中贫妇，岂见尔之情，怜尔遭殃的？"王炳闻言，拍掌喜曰："夫人智见高明也。不必多说了，请用酒膳罢。"是夜，酒膳已毕，王炳又言："太后有懿旨，并赤金五十大锭、三百颗明珠，不下十万白金厚赐，夫人且一并收拾起。"马氏欣然应诺，又道："老爷，我想九千岁爵位尊隆，不该收禁天牢，速些差发家人请至内衙用酒膳才是。"王刑部曰："夫人，果也周到，理该如此。但今天时候尚早，还防众人耳目，且待至夜深寂静些，方可邀请他。"

其时话分两头，当初真宗先帝时，包爷已为官十载，然庞洪还先出仕早包公五六年。包公自升朝内官，正值庞洪当道之时，一向恐奸臣有什么诡谋不测，故日夕留心稽查，弄得群奸及庞洪有权难弄。前时喜得包公往陈州赈饥，众奸正在活泼之时，岂知他忽又还朝，庞奸党好生不悦。当时这包公夜膳罢，吩咐密夜稽查，不乘大轿，不骑马，不鸣锣打道，青衣小帽，只带了张龙、赵虎、董超、薛霸四健汉手，四衢大道上跑来闯去。只见街衢寂静，深夜少人行，一轮孤月高空，光辉灿灿。不觉远远是刑部衙，忽遇王恩内监。但他三人同来，因何只得一人回？只因两人一交卸了金宝，即时回宫去。有王恩是等候王炳读明诏书，又交代太后叮嘱一番方回。当时他认不出包公，包公亦不知王恩，一人过东，一人下西。月光之下，包爷见他是名内监，即迎步对面曰："尔奉哪人差使？往哪里？"王恩闻言，犹如做贼的心虚病，不敢回言，只管飞步跑去。包爷曰："此人定有跷蹊了！"忙喝拿下。张龙飞跑上前，恰如鹰抓小鸡一般拿定。这王恩，未曾被拿，一些凶恶不发出，一被抓擒，倒狠凶起来。喝声："该死的奴才！何等之人，擅敢将咱家拿下么？"张龙曰："包大人问得一声，尔一言不对，发步走，何也？"王恩听是包公，吓得涨红两脸，一时呆着，对答不来。包公越觉动疑，即曰："尔奉哪人差使的？"王恩曰："吾奉万岁爷差遣。"包爷曰："差遣尔往哪里去？"王恩曰："差往刑部衙中。"包爷曰："差往什么事情？"王恩曰："圣上命着刑部认真办理狸猫换主之事。速放咱家回复圣旨。"包公听了冷笑曰："尔言语支吾，岂是圣上所差。今日机关已经败露。"吩咐带转回衙。当下张龙勇赳赳押着王恩，赵、董、薛三人随伴包公，回至府衙。

更敲三鼓，包爷换了冠带坐堂，紧闭衙门，堂上四边灯烛，两旁排军三十二名。当时带上王内监。他立着喝声："狂妄包拯，咱家奉了圣上旨差，尔有多大胆子，擅敢拿我误旨的！"包公喝声："胡说！如若圣上旨差，何不差在日间，岂有夜静更深，并无火把，见本官问得一声，并不回答，一溜烟而遁，难道圣上差尔是这般光景？我早已明知刘太后娘娘差尔暗行贿于王刑部，命他不须严审郭槐也。须将实情招说，免教动刑难当。"王恩听了，心内惊慌，想来："包拯果然厉害，有神明之慧也，我所行之事，被他一猜而破。但不供认明，焉能罪我！"即道："包拯休得乱言！咱家天明奏知圣上，管叫尔驴头滚下。"当时包公捉得定他绝非奉圣上所差，喝令左右狠棍夹起，王内监痛楚得死去还魂。三番两次，只得想来：久闻包黑贼执法无情，即圣上尚畏他三分。料想今也瞒不过他，不如招了，免受惨刑。况且我是奉差，是非自有太后娘娘在，于我何干！况且是不是，乃一位当今国母，岂惧包拯的！"主意已定，呼声："包拯，尔好刑法，只算咱家今日让了尔，待吾实招也！"包公喝曰："招供来便饶尔狗命！"王恩只得将奉懿旨一一招明。包公吩咐一一录了口供，松了夹棍，上了刑具，不禁狱牢，就于侧衙内，锁在一空房，用四名役人看守，不许外厢走漏风声，待等审明此重案，然后释放。役人领守不必细云。

包公暗想自语曰："如今不是口说无凭的，刘太后反行贿赂于臣下，这是凭据也。我想王炳往日为官，却无差处，原是一良臣，故尔着他领办，我也放得下心。岂料刘太后竟将贿赂暗中而行。古云：酒红人面，财动人心。倘或王炳从中作弊审歪了，不独本官遭其所陷，李太后十八年之冤又难明矣。或另有一说：刘太后行贿于他，而王炳不便即推却，暂或收领下，如审不明白时，抱赃呈首，或是这个主见，也未可知。王炳，尔若有此心，才算尔与本官是同僚年交故友；况明白了十八年前李氏之冤，得圣上母子重逢，年兄弟但为司寇之官，即极品当朝却不难。尔若贪婪贿赂，欺瞒君上，暗弄弊生，管教尔钢刀过项也。且罢，是非曲直，且不张声，暗察他机关为要。"

不表包公神算，再说王刑部是夜差心腹人到天牢，悄悄将郭槐扶引至内衙中。王炳鞠躬接迎，内堂见过礼。当中南面摆下一位，请郭槐坐下，王炳朝上面向东而坐。当日泼天胆狠郭槐，虽被拿禁天牢，却也安然无虑。想来：咱家虽被禁天牢，然太后娘娘得知，自然极力周全于我，不用心烦也。正想之间，今又见王刑部差人相请到，心头喜悦，定然太后娘娘关照之验也。即开言曰："王大人，今日又不来审问，请咱家到来，是何故也？"王炳曰："千岁老公公，只因包拯平风起浪，要陷害于尔，下官岂不心愤的，即满朝文武尽皆着恼。若非下官领办，圣上定然发与包黑。倘经他之手，老公公定必吃刑苦。"郭槐曰："这也不妨，由他将吾放在铡刀之内，决不招认来。"王炳曰："老公公如受他之刑法，不如下官不得罪的更妙也。"郭槐称是，又问："太后娘娘有什么话来？"王炳即将太后行密旨并赐金帛一一说知，又云："下官未得密旨，已存庇护之心，今又承懿旨，吾何敢不遵？但日间犹恐耳目招摇，故今夜静方敢候请。待下官敬上薄酒，以示负荆。"郭槐大悦，曰："王大人是明白快士，且拿酒来，吾与尔细叙谈情。"当下郭槐公然正坐，王炳侧坐相陪，传杯把盏叙谈。还不知二奸如何泄露，且看下回分解。

所以知人贤哲之难，即包公之巨目。而王炳为平素之所信是贤良之辈，而孰知惑于泼妇，趋权附势，浪言刁饶之舌，将一片秉公报主之心，化作婪赃昧主之行。惜哉，妇女辈贵嘿静，而长舌为厉之阶。信乎矣！

观马氏言言有针锋贯顶之锐，句句有炉火炼金之辉，威威烈烈，一刑部之尊，反屈于心。骂而不敢言，从而不敢逆。吁哉！包公之勤劳王室，迥无半刻巳时，稽查案情之用心，亦无半刻之苟安也。是史美之为宋室之贤臣，亦品节之称欤。然非公之刻刻留心朝政，秉公不阿，则群佞欺公，有如天翻地悬倒置矣。

第五十六回

王刑部受贿欺君
包待制乘机获佞

诗曰：

君王大节五伦先，报答王恩方是贤。

倘立偏心辜负君，万年遗臭愧青天。

却说是夜郭槐与王炳对酌之际，王炳道："老公公，下官将断之法定算过，照计而行，万无有失也。"郭槐喜曰："尔且将审法说与咱家得知。"王炳曰："下官并不忌别人，只忧包拯。他久惯搜人破绽，瞷人罅漏，须防他暗里来探着机关。又不好用刑审询，如要瞒人耳目，用刑审询，须觅一人，面貌像老公公的，待他当起刑来，公公且躲避着，露发声音哀喊，别受着刑苦。老公公安然无事，糊糊涂涂询了一堂，便去复旨，那时包拯妄奏朝廷之罪非轻。"当时郭槐听罢，满面喜悦之颜，曰："王大人，尔若将此案办得妥当，不但咱家感尔之恩，即太后娘娘也见尔之情分也。今赐些少金珠，有甚稀罕，还要升个极品之荣的。"王炳曰："全仗老公公。用酒罢。"尔一盅，我一盏，甚是机合相投。郭槐又将王炳面上一观，曰："王大人，尔因何忽然呆呆不语，似有所思的，何故也？"王炳曰："老公公有所未知，尔之事容易妥办，只难觅一人像俏老公公体貌也，下官是以心内踌躇不来。"郭槐一想，曰："王大人，已有此人。方才确家下狱时，只见一犯人，生得身材肥胖，差不多与吾一体。咱家也曾问他名姓，他言蓝姓，没有名，排行第七，人人呼他为蓝七。乃是汴京人氏，只因打死人，问成死罪。尔若弄得他来，即可顶冒矣。"王炳听罢，欣然。

次早王炳差人往狱中，唤到司狱官进衙，将此事说明，许赏金银加封官爵。这狱官朱礼，乃是刑部的属下，怎敢违忤？立将蓝七带至。王炳目一瞧，果然生得身长肥胖，面貌亦略相像，单差得一张黑脸及一脸络腮须子，总有差处不符，只得要他代着。即将此情由达知蓝七，吩咐他不得泄露机关，事完之后，定然将尔开了死罪，还有赏赐东西。蓝七听了，上禀："大人，小人已是斧中之鱼矣。若受了些苦楚，得开此罪，实乃人生之德也。只待行刑夹棍收尽。小人只苦挨，无喊痛之音的。"王刑部大喜，曰："如此，尔尽会意矣。"即取过新鲜服色与蓝七更衣起。又赐赏酒食，不多细言。那时蓝七穿的服色与郭槐一般，且躲在内衙一个闲静所，以待候审。这王炳做成这般计策，一来忌着包公洞明探察，二来刑部衙役人多，只用两名心腹家丁来做夹军，教他不可泄露风声。这是欺君大事，故特用此心腹家人，一名钱成，一名李春，及狱官朱礼得知此事，余俱不知。又表明：郭槐住着永安宫养静，已久常不出经道涂的，他众衙役人多不识认得。且暂停此话。

再说刘太后娘娘，打发三名内监去，只得扛拾金锭内监两人回来，不见王恩回话，不知何故。倘或王炳不从，反将王恩拿下，前事即要明穿矣。自语自知，不敢发言。当晚刘太后心乱如麻，倒睡牙床，不能成寐。

不表太后是夜心烦，至次早天子坐朝，文武恭谒毕，君王开言，问王刑部曰："王卿家，朕昨天发交郭槐审办，未知审断如何？"王炳奏曰："还未审供。"君王曰："缘何还不审勘？"王炳曰："臣思此事关天重大，不便草率从事。况圣限三天，待臣细细严加勘究，依限复旨。"嘉祐君王曰："卿家，寡人知尔是忠良之臣，此事须要认真办理，休得疏忽。曲直须当分明决断，受不得贿，容不得情。若究明此事，寡人得母子重相逢，王卿即有天大之功；如若存了私，欺瞒于朕，定加处斩，断不轻饶。"王炳称言："领旨。微臣深沐王恩，常思报效，有此重案，自当公办理明。"天子点首退朝，百官纷纷骑马归衙。有包公出至朝门，曰："王年兄，乞念多年故里之情，务必诚心着力而办，使弟感激不尽矣。"王炳曰："年兄何出此言？"包公曰："王年兄，此事多因是小弟身上所关，年兄如若审坏了，小弟欺君谎奏之罪难免也。"王炳冷笑曰:"年兄言差矣!小弟与尔是同里故交,一殿同僚,相与伴驾,多年官同,何敢欺君,以害年兄?但有一说,如果然此事人假伪,也难审作真情复旨。"包公曰:"这也自然。只要兄秉公审断无欺就是了。但今天不审询,明天定然要审明复旨。倘明天仍不审断,小弟要劾奏尔故违钦限之罪名的。"王炳应诺,又言:"年兄言之公也。明天定然审明,不误事情罢。"二人一拱而别。

不言包公,却说王炳回衙,进内堂见了夫人,不谈别语,只言领审一事。夫人曰:"老爷,尔此事既然安排妥当,何不今日夜间审询一堂,好放下心。缘何应承着包拯,明朝审断?但闻这黑炭脸,最是把细明察,明朝若到确查,如一泄露些风,即危矣。"王炳笑曰:"夫人,尔虽明自,下官亦非愚呆也。今故意哄诓他明天审断,使他今夜不小心提防。即此夜审过一堂,明朝既上朝复奏圣上,尔道妙算否?"马氏夫人听了,大悦曰:"老爷,这是福将至,故生出心灵性巧也。"

少言夫妻闲说,是晚日落西山,王刑部尚未升堂,先将郭槐藏在桌案下,然后传谕候审夜堂。有一班衙役,俱已齐集在天牢内,调出假郭槐。法堂上挂一盏玻璃灯,是晚夜堂,不许多烧灯烛。又传谕出来,云:事关重大,须当秘密,衙役吏员人等,须要站立远远候着,不许近听审词亲询口供。这吩咐是王刑部怀着私弊之设:灯烛多犹恐认出桌下真郭槐;役吏近犹恐听出真郭槐口诉之音。当时众役人哪里知此弊端,只依着王大人吩咐,远远排班。

当下王刑部调到"郭槐",怒基一拍,大喝:"郭槐!尔可将十八年前狸猫换去小太子之事明白招认来!若有半字支吾,难当夹棍之刑!"蓝七只不开言,郭槐在桌下,口口声声叫屈,呼道:"王大人!尔休听包拯妄奏谎言,要咱家招出什么狸猫唤主来。"王炳喝曰:"本部也知尔硬强,不动刑怎肯招认!"喝令上夹棍,早有左右二名家丁,一声答应,恶狠狠提起生铜夹棍,将假郭槐夹起。可怜蓝七,痛楚得死去还魂。若问蓝七犯罪已经定案,只候一刀了决,余外没有一些痛苦,岂料今夜又在刑部堂中,再尝铜棍滋味。这是他倒运,祸不单行,又承马氏的厚惠。当时只夹得悠悠苏醒不呼声。郭槐桌下轻轻叫冤屈。一人真痛，一人假喊，其声音差不得尺远，不独站立衙役听不出假，即两名夹军家人也难分辨其喊叫之音。

　　先说包公，是夜又带四名健汉，青衣小帽，巡查夜出。侧耳听得街上两个行人，一人说："事关钦案，非同小可，但不知审得如何？"一人曰："既然开了衙门审询，缘何不许游人走进看的？"一人曰："刑部衙门，威严赫赫，岂容闲人喧集的？"言言谈谈地跑去。包公听了，满腹狐疑，想来：王炳约吾明天发审，因何今夜晚堂即审？必然生弊端矣。即急忙忙带了四健汉竟向刑部大衙而来。但见门首大灯笼点起光辉，包公进步，即呼管门人："尔家王大人可是审夜堂否？"有把门官，认得包爷，跪而答曰："正是。"包爷又问："审询何事？"把门官曰："启上包大人，即审断狸猫换主之案情。"包爷曰："且待本官进去看着。"把门官曰："如此，且待小的通报，速接大人。"包爷曰："不消通报，本官与尔大人是同年故交，且略礼。"把衙称："是！请大人进内。"退去把衙。包爷招呼张、赵、董、薛，随后一程进内。一连进了几重府门，多言不用通传，直进至中堂。只见差役远远两行班列，当时只在灯火之下，又值正在夹询假郭槐之际，这些衙役人等，面向刑部大人，小心于堂上，不当心于堂下。王刑部只顾问供假郭槐，哪里有眼目看瞧堂下。不觉他主仆五人已悄悄打从堂侧之半黑暗中而上，伏于旁侧，立着远离刑部半丈之隔。只闻王炳呼道："郭槐！速将真情招认！"一息不开声音，有桌案下哭叫冤屈之声不绝。王炳喝曰："还说冤屈么！"喝令再收。原来包公天性明灵，当时况又分外留神，又肃静公堂，故听出声音不见惨切，不是犯人喊苦。踩开大步，跑上堂，呼曰："王年兄，下边夹着是何人？"王炳侧身一看，吓得魂失去，犹如烈雷轰顶，立起位，硬着言曰："小弟在此审询狸猫换主之事。下边夹刑者，乃郭槐也。"包爷曰："据小弟看来，此人非是郭槐。"即持案烛，东西一瞧，伸手将桌围一撩，言："在此了！"夹领一把抓定，呼张龙、赵虎连忙拖出。包公连忙扭住王刑部，两个巴掌夹面打去，不问长短，即呼董超、薛霸，将王炳锁住。当时一堂差役吃惊不小。如别位官员犹可，一见此黑阎罗拿了王炳，好不惊骇，一哄而散。

337

当下包爷坐了王刑部的公位，吩咐薛霸放起犯人夹棍，大喝："尔这奴才是何人？听了哪人来顶冒当刑？招出情由，本官决不罪尔；若不明言，即上铡刀，分段不饶！"蓝七听了，想：包黑久仰芳名，不是好惹的，如今料想瞒不过了，只得将情一一禀知。包公听罢，冷笑道："王炳，尔果然弄得好神通！岂料我包拯偏偏又凑巧，又无通风密报，自来触破尔机关。本官不与尔多言，明日面圣再议。"王炳心中着急，只恳告："年兄，小弟一时差见，望兄大德周全，宽容子弟，再不敢欺瞒，着力而办也。"包公全然不睬，命张龙将蓝七发回原狱；赵虎带锁王炳；董、薛带了郭槐回衙管束，明朝见驾。好一位堂堂刑部官，皆因听依不贤妇之言，欺君贪财，今已鱼投罾网。

慢言包公带去犯人，有王府家丁，慌忙进内报知夫人。马氏一闻，吓得战战兢兢，咬牙切齿道："包公将丈夫拿去，定然凶多吉少，怎生是好？"一众使女丫鬟，也纷纷议论，不表。

却说包公回归府内，已是四更漏下，不去安睡，停一会，命四健丁持了提笼，带了两名犯人到朝房。众官均觉惊骇。庞洪道："包大人，两名犯人是哪个？"包公曰："国丈，尔且认认，像是何人？"庞洪免不得走近一瞧，骇然曰："这原是王炳，此是九千岁。"包公曰："亏尔身居国丈之尊，还要逢迎奸佞，呼他九千岁，岂不自倒威权也！"庞洪还要诘问，只听得钟鸣鼓响，天子临朝。各官无甚章奏，只有包公出位，曰："臣有事启奏天颜。"天子曰："包卿有何奏闻？"包公即将昨夜二更天候，带领家丁稽查奸究凶民，偶到刑部衙，将近时，有道衢中过往之民私语，方知刑部审询夜堂，又暗弄机关，遂一一奏闻。又言："兹臣已将二钦犯人拿下，带至午朝门外，恭候圣裁。"嘉祐君王闻奏，不觉龙颜大怒，曰："可恶王炳！有此欺瞒！"即差御前校尉，速拿王炳上殿见驾。御前校尉领旨。不知王炳宣进性命如何，且看下回分解。

为子尽孝，为臣尽忠，人生立品之大节。圣言迩之事父，远之事君，亦训也。是至一出仕王家，秉公报国，代君宣化，名标青史，百世流芳。虽人生寿算无几，然史氏直笔无偏，后之目寓交谈，令人啧啧美慕。去者

338

虽古，然美慕者不啻复见于今是。甘棠有不忍之伐，儿童有竹马之迎。其于贪敛臭铜者何与焉！而王炳身居刑部，未尝不先不肆业于十载寒窗，斯理岂不明知者乎？惟长舌妇刁唆终听，君王叮嘱委托偏违，至一生名节尽丧，万年遗臭。是曰可不叹哉！所以圣言："人心为危，道心为微"之验也。

第五十七回

包待制领旨勘奸
王刑部欺君正法

诗曰：

> 既承君命必公行，法律如何容乱更。
>
> 不是包公多把细，含冤李后屈难明。

当时庞国丈想来：这包黑贼是难以些小瞒昧的，他在朝中，人人弄些破绽也被他捏持着。早有王炳带到，俯伏金銮，曰："罪臣王炳见驾。"嘉祐君王龙颜发怒，骂声："胆大的恶佞臣！寡人待尔并无差处，因何全不念君恩，欺瞒昧法？朕也曾再三叮嘱，托尔代办，如断明此事，自然朕也知尔之劳，见尔之情。缘何口是心非，只强词而对，力言公办，却贪婪财宝，辜负朕之相托？实乃畜类之臣也！可晓得湛湛青天，瞒昧不来。可知包卿乃神明之智，可作弊端否？尔今有何分说，只管言来。"王炳伏倒驾前，呼曰："陛下开恩！罪臣初立定主见，即领旨将十八年屈事申理明。只因不合听信了旁人参唆，故今做出欺君误国之事，悔恨也迟了。"君王曰："尔听了哪人参唆的？"王炳曰："陛下，臣原不合软耳，恨误听马氏妻言，唆臣趋奉刘太后娘娘为上。破窑贫妇日久年多，不知他果是李太后否。或是此妇乃痴呆妄想的，审不明白时节，招两位太后娘娘嗔怪，官既做不成，命也活不得。误听了妻言，实乃罪臣志气昏迷也。万望我主念臣一向无差，法外从宽，赦臣重罪，深感天恩。"君王听了王炳之言，不觉笑怒交半，言曰："亏尔身居堂堂刑部之尊，听了妇人言。别缓事犹可，今欺君坏法之行，如何听之而为？尔妻比之尹氏贤良，有天差地远之行也。"当时君王又想来：一妇人家。断没有此胆量，还疑王炳推卸之词。一面无凭之言，不能深信，并要将马氏拿出，发与包卿质询。唯郭槐虽则拿到朝房，不用押他上殿，仍着包卿审询。当有国丈曰："臣有奏。此案情倒也发不得包拯询审。"君王曰："此是何缘由也？"庞洪曰："如今包拯是个有罪之人，如何陛下还发他审询？"君王曰："包卿有何罪可指？"庞洪曰："臣启陛下，这王炳乃是包丞保荐的，荐来一个欺君坏法之臣，岂非包拯先有大罪的？"君王一想，还未开言，包公曰："果然臣误荐王炳，愿甘待罪。念臣又有一功，可以将功消罪，仰乞龙心鉴察。"君王曰："包卿有何大功，可奏朕晓。"包公曰："臣前夜二更天，微行访察，路遇一人，月下观瞻，乃内监官，臣即诘他何往，他不回言，跑走如飞。是臣起疑，即捕他回衙审问明，方知刘太后娘娘行贿赂于刑部。他名王恩。用刑方招出：黄金五十锭，明珠三百颗。此是狸猫换主之实据，十八年前之冤白矣。俯唯陛下龙心详察，方准臣言非谬也。"国丈曰："臣还有奏言。臣思包拯前夜拿了内监，何不昨天奏明陛下，直至今天启奏？内监不见拿到，乃是口说无凭，希图卸罪耳。伏乞我主依准不得他一片谎言欺哄之语。"

当下尔一言，我一语，反弄得君王分辨不清，只得默默想象。又有左班首俯伏一位老贤臣，曰："老臣富弼有奏。"君王曰："老卿家请起，有何奏言与朕分忧？"富太师谢恩立起，曰："臣思包拯乃是忠肝义胆之臣，众民人人感德，个个称贤。目今此案所关重大，非比缓闲，乃是我主内廷重事。况此事乃包拯得据而来，他怎敢存私以取罪？伏万望陛下休听国丈饶舌之词。如托交别员究断，有些小弊端者，已有前辙，王刑部可鉴。且放开龙心，发交包拯，方能明白系十八年前之冤。况今王恩已被他拿下，看来不是无凭无据的谎言。再差官往刑部衙中捉拿马氏，并搜如金珠行贿之物，正如拨开云雾，复见青天。一事者真，诸事可白。望我主聪鉴参详。"天子听了此奏，点首言："老卿家之言甚属有理，可准依。"又呼曰："包卿，内监可曾拿捉下否？"包爷曰："臣即晚已将王恩拿下。"君王曰："现因予何所？"包爷曰："未发天牢，现押予臣衙署中。"君王即降旨内翰大学士欧阳修，往包府衙，将王恩押扭至金銮。欧相领旨而去。又差国舅庞志虎往刑部衙搜盘金宝，并拿下马氏，到来见驾。庞国舅正要领旨，有内阁中书文彦博连忙出班，曰："老臣有启奏。如今此案情，这庞姓一人也用不着。陛下如差国舅往搜，倘存一线弊端，谎言贿物搜不来，即天大事情又属狐疑不决了。"有庞家父子暗暗生嗔，又不能强辩"吾领旨无碍"之说。有东班内闪出知谏院杜衍，此人又是忠梗贤臣，俯伏曰："微臣领旨。如有少私，即与罪臣正法。"君王准信杜爷，曰："二位卿家平身。"文、杜二臣谢主，而后杜衍领旨而去。

殿上君臣还是议论言谈，已是红日东升。又有黄门官启奏，欧丞相已将王恩拿到。当下天子宣进。王恩犹如万箭攒心，战战兢兢的，俯伏金銮，连呼："万岁开恩！"嘉祐君曰："王恩，尔今奉着何人差使，缘何在着包拯衙署中？一一奏与寡人得知。"王恩曰："此乃太后娘娘打发奴婢往刑部衙署，赐送他赤金五十锭，明珠三百颗，密诏书一封。这是太后娘娘懿旨，奴婢如何敢违逆不往？还有两人同往，一交卸了金珠，二人回宫复旨。只有奴婢后回些，道中遇着包拯，被他拿下。"君王正要开言，有杜爷带了从人，将金宝贿物抬至驾前，一一交代。当时天子也觉无颜：只因她乃国母太后之尊，大不该行贿赂于臣下，教君王有何面目临臣下，统御满朝众文武的？当下龙颜不悦，面色红红。只得命王恩速速还宫，懿旨、金珠一并携回。刘太后得此，心中倍加慌忙着急，按下休提。

再言殿上君王命着包公，将男女钦犯尽发交他审断。君王曰："须要严加细究，不容少缓。倘明了母后冤屈之由，卿乃寡人救母之恩人也。"言罢，圣驾带着羞怒退朝，群臣各散。单有包公领旨，将犯人带转回衙。只有刑部的狱官朱礼，吓得寝食俱废，犹恐事有干连，身入网中。

慢言朱礼惊惧，却言包大人转回衙中，立刻坐堂不缓。公位排开，差役两行，嘿嘿吆喝威严，真乃：

法堂好比森罗殿，公位犹如照胆台。

包爷当中坐下，肃肃严严，怒基一拍，喝声："带上钦犯！"王炳只叹道："王炳昨天是堂堂刑部之官，今日做了犯人。"长链搭锁领项，一到法堂上，心下惊烦。当圣旨位，双膝下跪。往日"年兄""年弟"相呼，今

342

日"犯官"自待。包爷曰："王炳，尔难道不知，食君之禄，必当君之忧？领了圣上旨意之先，圣上何等面谕？即本官也再三嘱托，倘皂白分明，国母离灾，君王母子相逢，即没有加恩升爵，也是扬名后世的美事。因何口是心非，欺君弊法？若非本官勤查，岂不混浊难分？显见太后娘娘金珠是宝，且也不贤妇之言易听从也。"王炳闻骂言，低着头，告曰："原乃犯官痴愚也，误听不贤妻煽惑之言，实无颜面的。只求大人法外从宽，使领大恩德矣。"又言王炳当日若念夫妇之情，只不扳出马氏，实言刘太后行贿，剜足以脱卸了马氏之罪。偏偏王炳恼恨着他妻："我原要做个留名官，却被尔言三语四，弄得我变节行歹。如今害得我如此光景，如我王炳一死，将此残奴留存下，乃是一生未了之事。索性一同死去，岂不干干净净。"故以一口咬定于马氏。包公听了，冷笑一声，曰："亏尔堂堂刑部七尺男儿，畏听妇言。为民上者，家既不齐，焉能治国？欺君误国，坏法婪赃。国法森严，岂容私废！是死有余辜，还望什么法外从宽的！况且尔身居刑部，知法岂容犯法，有坏官规！"王炳只是叩头，恳恳哀求曰："犯官果然昏聩。"求情不已。包公吩咐：将王炳押过一边，又唤马氏上堂。有马氏低着头跪下，一双媚眼，两泪交流。若说包大人法堂上，纵凭尔胆大包天之汉，虎腹狼心之人，见此威严，无不惧畏几分。这马氏虽则狼心胆大，身出宫门，然到底女流之辈，久闻包黑厉害官员，当时心中惊惧，发振腾腾不已。包爷曰："马氏，尔也曾叨诰命，应念君恩，好生胆子，不守妇道，挑唆丈夫，干此不法欺君之事！今日罪有应得，皆尔不贤之起祸也。且直言与本官知之。"马氏呼称："大人，休得听信王炳之言。我妇女之辈，怎敢惑于男子？朝廷大事，岂有唆摆丈夫为恶？只因他不明差见，一心贪贿，要欺瞒圣上。妾曾将良言劝谏多少，不独不依，反嫌多言诤犯，要将妾处治，故生不睦。今事已破泄，仍怀恨于妾，定欲牵连在案，害吾一命也。"包公听此诉词，冷笑一声，叹曰："好个伶牙利齿的娇娆刁妇人！"即呼王炳，且与对质。当时夫妻情面俱无，一个怨尔多言，唆摆于我；一个骂尔妄扳牵连，害妾无辜。包公见他夫妻二人对质不分明，吩咐将王炳夹起，又将马氏拶起。一人夹一人拶，夫妻二人乃贵宦之躯，哪里抵挡刑法，只得一同直供，招出真情。包爷命人松了夹棍、拶子。又问："王炳，尔妻唆纵在前，还是太后行贿在先，也要说个明白。"王炳曰："实乃马氏唆摆在先，太后行贿在后。"包爷又诘马氏一番，口供原是一般。包爷得了口供，书明："刘太后既为天下母仪之尊，不该行赂于臣下，倒置尊卑，大失于礼体。即陛下不知内宫邪弊，焉知天下之邪正，亦不免失予觉察。且待审明郭槐，然后定夺。"当日包公将太后、圣上也指出不合之处，失察之由，即比修史官执法如山，一定不移之法律也。又上本劾奏王炳职司刑部之权，身居司马之任，不思报效君恩，混听妻言，并贪财宝，误国欺君；马氏身为妇道，不守闺阃之条，唆纵丈夫，欺君太恶。此等刁恶妇人，一者欺瞒上，二者惑陷丈夫，一刻难容，应得与王炳一同腰斩，以正国法。当时审断明，仍将犯人一并发下天牢，连郭槐也押去，待次日上本奏明圣上再审。是日不表。

次早五更初，天子临朝，圣上准依包公定断之法，命下，着包公押斩决王炳夫妻。有众文武奸党，人人惧畏。庞国丈吐舌摇头曰："如有包拯几人之辈，老夫的乌纱也忧保不牢。"是日，包公押出男女二犯人，捆绑至法场中。王炳怨着不贤妻唆纵于我，至今一命难逃；又有不贤马氏，深恨丈夫何故没一些夫妻之情，牵扳于妾，当时尔怨我恨。有闲民远远观看，涌道填衢。内有百姓曰："包大人回朝不到半月之间，杀了几位官员。今日斩一位，明日杀一双，岂非不消一年二载，众官被他杀戮绝也。"有一人言："杀的奸臣，最妙不过的。灭绝奸臣，待忠臣致太平之治。"

不表众民闲说，王炳夫妻时辰一到，包公吩咐，一铡刀一人，已是了结他性命。早命家人备棺成殓，命人运回故土，这是包公存心之厚处。当即喝道回衙。次日上朝，上复圣旨。缺了一官，自有挑选补缺，不用烦提。当日只有嘉祐君王龙心抱闷，皆因此案未明。不知郭槐发交哪官审办，且看下回分解。

君臣人伦之首，夫妇人伦之中，朋友人伦之末。而王炳于三纲之道，尽有所乖，而于其一死，亦何足惜哉！

当殿中，君臣毕集，乃公事公言，人人得而议之。惟观庞洪专一排斥包拯，饶饶诳奏不休，反惑侮君王烦疑犹豫之心，是可厌也。不独此也。上回挤退包拯，不领旨力办，兹王炳夫妇身首两分，亦庞洪之惠及也。如非众忠贤之力指庞父子之非，此重事何所底归而结详论？

马氏之刁恶，押登兰尺法堂，而口供尽反安证丈夫，希图均罪，可厌可恨！观其锐利之词，又令人可畏，惟难瞒此生阎罗之目。然王炳邀扳其同日齐亡，主意原是不错。

第五十八回

怀母后宋帝专差
审郭槐包公正办

诗曰：

> 天性之恩焉割爱，情深骨肉迥难离。
>
> 含冤李后灾殃满，母子重逢会有期。

当日嘉祐君王龙心不乐，只因生身母后屈于涂泥之中。初时据包公陈奏，还属将信将疑，费心推测。岂知谪母刘太后暗中行起贿赂于推官，又得包拯机智察出原赃，情真事实无疑矣，不意果然落难贫妇竟是寡人生身母。子为九五之尊，母屈衢廛乞丐，难道有此奇闻？天下臣民岂不言谈朕之差也。意欲即往陈桥，请母后还宫，但内中还有不安：郭槐尚未亲供招认，须待审询明白，方往迎请。圣上想罢，即敕旨包爷审办郭槐。包爷奏曰："微臣不敢领旨。"君王曰："卿如不领办，谁可领办？"包爷曰："臣保荐国丈可以承办此案。"庞洪一想，曰："这包拯昨前言老夫办领不得，今日反荐我承办，这包黑必然想下什么诡谋来算账老夫，他的鳞隙厉害，不可上钩。"即忙奏道："前日包拯言臣领办不得，望吾主另委别官办理。"君王复问包拯："如此发交何人方可？"包公曰："如国丈既然辞办，别员总是力办不来。"王曰："据卿所言，难道此事罢免不成？"包爷曰："算不来的。莫若陛下当殿亲询审供，才得无偏可白也。"当下君王烦闷，呼声："包卿，尔曩日所办多少奇难异案，一片丹心，为国勤劳。今日国母遭屈灾难，因何不与朕分忧，故意推辞不领办，何也？"包爷奏曰："臣启陛下，并不是微臣故意力辞逆旨，只因国丈曾经有言'来说此事者，即为此事之由'。唯臣若不承办此案则已，如将此事发交于臣，只要办至彻底澄清的，正条律也连及安乐宫，刘太后娘娘也须定罪，难以私秘不提。如若定了太后娘娘之罪，岂非臣有藐君犯上大罪？国丈一劾奏于臣，是臣哪里敢当抵其罪。望乞我主开恩，免发此案也。"君王听奏，想来：此论不差。即曰："包卿且免多虑，如若太后娘娘应得定罪，亦难掩饰，依卿定断。倘国丈多言，亦当议罪。如今不须多虑了。"包公曰："臣领旨。"国丈此时再不敢插言，惧着包公梗执之刚，只在班中气怒得二目圆睁，看观包拯。当下颁旨退朝，众臣各散，议论纷纷，不表。

却言宫中太后今又打听明圣上发旨包拯审供，深感不好的，心中着急。想来：如若别位官员，可以行旨恐吓，行贿私传。独有包黑，不惧风火烈臣，岂贪贿赂的？况此事是他得据而来，倘审询不明，他又有欺君大罪。此事总之不妙了。

不表太后心惊，宋君纳闷，只言包公退朝回，用过早膳，即传知吏役人，往天牢调出郭槐。顷刻间呼喝赞堂，正门大开，书役左右分排，包公正中坐，调出郭槐。又说明：此奸宦平日倚着刘太后恩宠，威权妄专，即当今天子也由太后执政，故他自逞自尊，是以王刑部领审时，越加看得轻微。今被包公捉破王刑部，又着人禁守天牢，即便有些介带于怀。然而心中主见有定，言："蒙太后娘娘待我恩深，自加封后，恩隆一十八载，今日平地起此风波，还来送金宝与王炳，尚图相救。岂料这包黑贼又来捉真破绽，领旨审供，但他比不得别官，免不得严刑勘断。彼的刑法虽狠，咱家自愿抵死不招，以报太后娘娘厚待我之恩也。"当有四名健军，如狼似虎，将他当中啪嗒一声，撂摈尘埃，跌得昏昏眼暗。郭槐骂声："包拯，尔乃多大的官儿，将咱家如此欺凌的？圣上虽然隆宠于尔，只好压制得下属卑员，即朝内平官，尔也敢欺侮不得，今如此轻视我的！劝尔休得如此猖狂也，须留情一二才好。"包爷冷笑，大喝："胆大奴才，图谋幼主，败紊纲常！汝欺瞒得人，湛湛青天焉可昧？今日恶贯满盈，不期穿发，分明报应有时。速速招出狸猫换主、放火焚宫的手段。倘藏半字托词，生铜夹棍，做不得情来！"郭槐听了，唤声："包拯！尔真乃呆愚人也。世间多少刁民滑吏，将假作真，尔既为官清正，并无私曲，

347

缘何今日混听破窑贫妇的胡言，竟来谎奏昏君？实乃无据无凭，无风自浪，比着刁民滑吏，又加凶狠矣。尔陷害了咱家也罢了，又扳害太后娘娘，以臣下诬陷君上，岂非大逆不道，罪叨天矣！据尔言，当初有此事，犹如海底捞觅绣针，悉听尔酷刑惨法，咱家断不胡乱招供，以害太后娘娘也。"包爷曰："郭槐！尔这奴才，休得强辩。若说当年无此事情，贫妇焉有此胆大，诉此大款头之冤？刘太后又暗中行贿，蓝七又做替身行刑。莫言贫妇诉词无凭据，他亲口言来：圣上手足'山河社稷'四字为分，岂非是凭据之大端也！本官也知尔这奴才平素骄横，日久看得国法轻如鸿毛，今且尝此美味。"喝令健军："将他狠狠夹起！"左右呼呼喝应，头号生铜夹棍，非同小可。如别人抵此刑，已经痛成发晕了，唯郭槐精神倍足于别人，当时抵挨疼痛，还不肯招认。包爷又喝："收尽！"加上七八十斤，郭槐喊痛声，还喝："包拯，尔之刑法虽狠，但咱家是难招认，以假作真，休得错了念头。"有包公自言曰："这奸贼果然挨挡得刑苦。但我也审断多少奇难冤屈案情，必也审出真情，分断明白，难道此办不来？如审不得口供，难以复旨。"

又说明：大凡案情事，不论官民之断定，有两造对供，询问了原呈又再勘被告；又有见证推详，反反复复，三推五问，自然有机窍可入手询明。只有此案，原告乃是李太后，被告乃是刘太后，对供二人皆不在法堂上，故只将郭槐一人究问。如郭槐硬帮却被告，是则原告输亏了。因他是正案人，又半是见证，所以包公与郭槐一般干系，原呈被告均及二人，唯郭槐抵庄。今日留头不留脚，宁死在他铡刀之内，只是不招供。当时也弄得包公摆布不来，只得重新盘诘，细细推问，郭槐反是高声狠骂。包爷吩咐将他上了脑箍。若问脑箍这件东西，原是极厉害之刑，凭尔铜将军铁猛汉，总是当受不能。郭槐上了脑箍，两边略略一收，顷刻间冷汗如珠，眼睛突暴，叫一声"疼痛死也！"登时发晕了。有健汉四人，左右扶定，冷水连连喷射，一刻方得渐渐复苏。首摇摇，气喘吁吁。包公曰："郭槐，汝还不招么？"郭槐曰："尔若要咱家招供，此事除非红日西升，高山波浪滔滔也。"包公曰："郭槐，在本案前，由不得尔不招。难道尔没有死的日期么？有日命归阴府，是阴府也要对案分明。阳间干下欺瞒事，阴府岂容作奸狼。有阎君明察尔也，可瞒可胡赖得成否?"郭槐曰:"包拯,咱家实对尔言:我若有一线之息,在着于阳世,凭尔敲牙碎骨,总只难招认;如非归阴,在着阎罗天子殿前,方能说也。"包公听了,自忖曰:"原来这贼奴单惧畏阎君的。"包公点首,即吩咐将他松刑,押回禁天牢。四名大汉扶他下了法堂,脚镣手锁而去。郭槐虽然精强神旺,唯生铜夹棍不是好玩耍之物,且脑箍倍加厉害,是一至狱中,两胫酸疼,头脑疼,竟觉身重脚轻,烦而不宁,恍惚如痴如醉,日间不知饥饱,夜里不懂坐眠,大大不如往日之刚健矣。

不表郭槐,再言包公,是日退堂,想来:这贼奴才自愿抵死不招,反说归阴在阎罗殿下方能实说。我不免将计就计,进朝奏知圣上,将御花园改办成阴府,等候更深夜静,然后行事。若得误认了,瞒过他,定然实吐缘由。唯宫中刘太后知不得,庞氏众奸党也要密瞒。包爷定下计谋,更换朝衣,即到午朝门,对守黄门官说知,有机谋事面奏君王,有劳请驾。当日黄门官深知包公是清正之官,并且当今耳目隆重之臣,又将郭槐发交他审办,定因此事而来,故即允诺请驾,一重重传叩进王宫。君王一闻此信,龙心略觉开怀,言:"包卿定然审得机窍了。"连忙急步跨至大殿中,宣进包公朝见。君王曰:"包卿此地休拘君臣礼,且坐下细谈。今见寡人,想必审询此事得机窍也否?"包公谢主下坐,曰:"上启陛下,只因事关机密,若待明朝启奏,朝臣人人得知。倘然机关泄露,事更难白矣。"君王曰:"卿既有机密,速言朕知。"包公曰:"臣即今天开堂严究郭槐,奸贼抵死不招,反说除非在着阎王殿上方招实言。故今臣将计就计,欲将御花园改造作阴府,人也如此如此。待至更深夜静,又如此作用,赚得他认不真,即可吐露出真情了。"当时嘉祐君巴不得早日会见生身母后,故于包公所言,无有不依,还赞叹曰:"包卿真乃朕手足心腹之臣也。"包公又道:"陛下,唯安乐宫中休得走漏与闻,倘太后娘娘得知,事难成矣。"君王应诺,又嘱咐道:"包卿,尔虽智足谋灵,但此大事还须倍加小心。倘朕得母子重逢,报卿不尽之劳辛矣。"包爷曰:"陛下何出此言?念臣之微劳,为臣尽忠,为子尽孝,理所当然。"君臣算计已定。是晚忙差人将一座御花园装作森罗阴府殿。刘太后宫中既不知晓,即众妃后圣上也不泄知。

包公别驾回转衙中。用过晚膳，已过初更鼓响，即于阶下吩咐排开香案，灯烛辉煌，祷告当空，上禀："信官某姓某名禀言：当今国母，身遭大难，将历二十年屈苦。信官道经陈州，得蒙东岳大帝梦中指示，太后娘娘在拯前诉冤，方知有此奇事。今夜奉君审断，只因奸监郭槐抵死不招，无奈将御花园改作阴府，以赚郭槐招认。但今夜月色光辉，狂风不起，倘李太后深冤得白，当今母子应得重逢，伏乞苍天后土，诸位神祇，威灵赫赫，降显神通，即夜施法，狂风黑云四起，敝遮星月，帮助阴风，以瞒奸恶，得露真情，方得当今认母无疑，仰感天恩。"包公祷告毕起来。莫道无有神明，凡事论理至正无差。如世人孝顺双亲者，尚且感动天庭，赐其福祉。今包公只为君保国，恺切忠诚，祷告上苍，岂有不护祐乎？况太后灾难已满之日，又属东岳大帝指点，李后告诉包公，方可代鸣冤屈之由，故而神灵显应，力助于他。不交二鼓，已是乌云四起，漫布满天，狂风大作，星月无光。闲人多少称奇："不见顷刻间如此狂风大作，树木拔摇，呼呼响亮。"还有胆小者惊慌无措，声言："天宫之变也！"闲语休表。只有包公暗喜，心里自知有感神明，实乃当今圣上之幸也。

　　当夜包公又吩咐众军役人如此如此，依计而行，各人重赏；如有一人倘若泄露者，可定不饶。众役人诺诺领命，依计而办。包公一出衙，一程来见圣上。其时已是二更中，有圣上扮为阎君王，包公扮作判官，还有数名内侍扮为鬼卒，多在两行，朝着阎罗天子。包公手下众健汉、役人搽花了脸，扮作夜叉、狱卒，四边绕立。其时扮齐妥当，往拿捉郭槐。但未知审得他供认如何，且看下回分解。

　　君臣父子，人之大伦。包拯勤劳王室，只知有君而不知有身；宋主念切思亲，只知有母而不以位为乐。是君臣皆得大伦之体者也。

　　贤奸并处，只凭义利两分。即今郭槐助刘为恶，亦尽亡义而专昧利耳。唯义利二字，其机其微，到后来便有天渊之隔。即如臣弑君、子弑父，是天地间非常大变，然原其心不过从利上起耳。若肯将名位富贵上看得轻便，自然没有此事了。所以圣言"不义而富且贵，于我如浮云"。其训至深切矣。读此便知利义之显分，而利字又为刘、郭之大病也。

350

第五十九回

假丰都赚佞招供
孝天子审奸得据

诗曰：

> 君王有道重贤良，宠任奸臣不久长。
>
> 李后多年遭苦困，只缘佞宦作灾殃。

却说君臣侍御军人等，装扮阴府事毕，并众军或朱紫涂脸，或墨水糊模，披发异装，四边绕立。其候阴风飒飒，冷气阴阴。推测其时，嘉祐君王该当母子相会之期，故包公禀告后，即感格天神地祇，助发狂风，吹动树木松竹，一派声音，呼呼啸叫。四周殿之前后，灯烛半明半暗。值当日正是郭槐罪恶满盈，该当报应之日，昨天受刑，押下天牢时，已是神思恍惚，如今似梦非梦，心下糊涂，想然鬼神暗里作祟于他，也未可知。当夜又见奇形怪状的狰狞凶恶催命鬼，手持钢叉，一到牵押，早已吓得仰面一跤，跌得昏迷懵懵认作死，一路只由拘锁而去。押至御花园首，只是阴风惨惨，冷气森森，东也鬼叫，西也鬼嚎。黑暗中一长高鬼，披发呼呼，厉声拦阻，喝曰："鬼门关哪得私走！"有后边拘押众恶鬼喝曰："他有大罪在身，奉了阎君王之命，拿捉询究，休得阻拦。"有长大凶鬼呼的一声，闪去不见。这郭槐吓得朦胧之际略苏，言曰："不好了！果然我今死去，得到鬼门关而来。"尚不知黄泉路渺茫茫，行一步跌翻数尺。黑暗中，隐隐微光，风狂竹响，阴冷侵骨。只闻鬼神呼呼嚎泣，又闻处处铜锤、锁链之声，惊慌得魂魄离身。忽声闻，拘至森罗殿中了。郭槐微微睁目，见殿中半明半暗，阎君天子远远南坐，两旁恶鬼披发，凶狠惨叫。一赤发红脸，抓提

351

上背，一掼扑倒了。郭槐伏倒发振腾腾，不敢抬头，低声呼道："阎君王饶恕！"阎君厉声喝曰："郭槐，尔在阳间，干此欺君恶事，可知罪否？"郭槐发抖，只是求饶。阎君喝曰："尔在阳世，将一龙胎凤种之君，希图谋害，又放火烧毁碧云宫，谋绝君嗣，罪孽渊深。阳间被尔瞒过，今阴府幽冥中，断难遮瞒。如有半字虚情，喝令鬼卒将此奸狠先撩入油锅之内！"早有青黄赤黑四凶鬼，嗷的一声，一把拖下。郭槐慌忙中喊泣曰："乞阎君饶宥！自愿招实无虚。恨我生时，原不该设计于刘太后，却自愚了。身为内监，还望什么富贵荣华。只因先帝北征未回，李宸妃娘娘于兴师之日产下太子，又值东宫刘氏产下娇娥。是时刘娘娘起了嫉妒之心，只恐先王回朝宠眷西宫诞生太子，必思将他母子早日陷害。当日吾与施谋，宰杀狸猫包裹固。刘娘娘是天亲往碧云宫，声言宫主要喂哺乳，又值圣上亲征，实烦寂寞，邀请赴宴。有李娘娘不知机谋，将太子付与刘娘娘，又转交于吾怀去。只将死狸猫用锦帕遮盖，送还碧云宫，言知宫监，太子睡熟，不许惊恐，是李娘娘的嘱咐云云。是夜，刘娘娘又密差寇承御宫女，将太子撩弃于御花园金水池。我又言知刘娘娘，先帝还朝，李娘娘定然奏知，即不妙了，不若斩草除根方稳妥。故吾一夜放火焚宫。岂料寇宫娥想必早已通知李娘娘逃去，只烧死他宫太监、宫娥百余人。后来寇宫女尸首浮于金水池面，方知不好。他死去前既通知李后，谅情未必肯将太子抛于池中。只四下差人密察李娘娘隐藏，并无踪迹，至今将近二十年，近此数秋不差访察矣。只今略知当今圣上非乃南清宫狄太后所生，实乃陈琳当初暗将太子怀归八王爷府中，狄后抚育长成。先帝回朝，只痛恨李后母子被火遭殃，哪知吾之深谋作弄。只当今圣上经先帝册立时，只言是八王爷长子，实情乃李宸妃娘娘诞生也。如今句句实言，一字不讳叩实。哀恳阎君王爷开恩免罪。"

当时嘉祐君王听毕，心如刀刺，止不住龙目珠泪一行，暗想：可怜母后遭此劫难，苦挨至今，将有二十载。当初之事，暗如黑漆，朕哪里得知？若非包卿明哲，胆量忠贞，屈冤沉沦，不孝之罪，朕负千斤矣！今日实乃君沾臣德之不尽也。只叹息："包卿如此勤劳于王室，今已年七十，缘何上苍不赐以后嗣之人？"语毕，乃命收禁去郭槐。包公早将伊口供一一录清，殿上灯烛复明，众军御洗净装扮形容。少刻，又见云开月现，君王颇觉略安。又呼曰："包卿，寡人虽得尔为吾明白了母后冤情，但朕实于孝养有亏，有何面目为君？又觉羞惭，难见生身之母也。"包爷曰："陛下龙心且安。太后娘娘当初遭逢此苦难，皆由刘太后妒心、郭槐诡谋作弄耳，我主正在哺乳之年，难将不孝以自待也。但今郭槐虽则招明，来日登朝，还要询及陈琳，既然曾将小主救出，缘何先帝回朝时又不奏明此事？"君王曰："包卿之言有理，深称朕心。"当晚早有内侍一众，四下持灯烛一遍引道伺候。君先臣后，同行出踱至偏殿，更换过衣冠。时将四鼓，君留臣宴言谈畅叙，也不烦陈。有御花园内假装阴府排层，自有一众闲人拆卸下。包公机智，非比别员，早已吩咐得力家丁四名看守天牢，不许一人私至狱中窥探。是夜，君臣叙谈宴畅。不觉已五更之初，百官齐叙朝房候驾。一刻钟鸣鼓响，圣上御临，百官朝拱毕，圣降谕旨："往南清宫宣召陈琳。"

溯之提老陈琳。自当初救主之后，狄王妃知他救主有功，言赐敕安，享年登九十二，虽然须发如银，尚得精神强健。常常想起当初郭槐同谋害主之事，缘何日久天眼不开，全无报应，安然无事？时时想念，只有自知。此一天早晨，正起来梳洗毕，忽闻有旨宣召，不知何故情由，只得应召。当时年老难行，坐上轿至朝房而下，两名小内监扶上金銮殿谒朝。山呼已毕，有宋君王唤曰："陈琳，当初火焚碧云宫之日，尔既已救出小太子，先帝班师之日，缘何尔不即启奏分明，奏知奸陷？如今太子着落何方？须将真情奏知寡人。"陈琳见问，吓了一惊。口未开言，想来：奇也，君王为何候忽诘盘起此根由？但思此事无几人得知，今当驾前教我说明，不得瞒，又瞒不得，如何答奏的乃可？包爷明知陈琳事当两难之际，即朗言曰："狸猫换主，火毁碧云，已经三审郭槐，招供得明明白白，故今圣上询及于尔，不过取对口供耳。尔乃有功无罪之人，须当直说。如若藏头露尾，反有干究。"陈琳听了包公之言，方才放心，言："郭槐既经招认，我何妨秉言奏知。"即曰："奴婢当初只因次日八王爷庆祝千秋，故早一天奉了狄妃娘娘命，至御花园采取仙桃花果。只见寇宫女珠泪纷纷，站立金水池边，手捧一小孩儿。问及情由，方知刘太后妒忌西宫李娘娘，寇宫女奉命抛弃太子于池河。当时奴婢也惊慌失措，无奈，花不折采，即将太子载藏于采花果盒中。幸得五更天未明，并无一人知觉。当时胆战心寒，匆匆奔归王府，将此情由上禀八王爷。其时千岁接上小太子，一惊一喜。又想来重重发怒，待候圣上回朝，要奏理明奸陷，收除妒逆。这狄妃娘娘只权作养生儿。即夜又闻火焚碧云宫，内亲监官人烧死百十人，想必然李娘娘也遭此灾殃无疑矣。只落得狄妃娘娘抚他儿，而常常忆恨耳。"君王又曰："尔既洞明此天大冤情，先帝征北回朝之日，何不将此事奏明？"陈琳曰："陛下未知其祥。只因先帝未回朝，八王爷先已染病，一日复重一日，年余而薨。次年先帝方回。即狄妃娘娘见八王爷去世，想来刘太后势大，不敢结怨于他，故未敢动。陈奴婢乃属下人，不敢多言少泄。"君王又问曰："如今太子何在？"陈琳曰："若言太子根由，即乃当今陛下也。"君王曰："如此明白了，寡人不是狄太后所生的了。"陈琳曰："陛下实乃西宫李娘娘诞育圣躬。奴婢焉敢妄奏欺言？"君王点首，尚见心烦未安。即传旨侍御："左右扶起陈琳。"曰："尔乃忠诚为主，善念堪嘉。待寡人迎请母后，再加旌表，以明朕得尔再造之恩。"又命内侍数人，帮扶持护送他还南清宫。去后文武百官，尽皆称奇："不意有此罕闻异事。如非包拯精明察理，谁能干办分明？"

当日君王传旨："暂且退朝。"膳后，君王单召包公与几位一品老大臣：阁老文大人、平章富弼、国丈庞洪、吏部天官韩琦、枢密院欧阳修、参知政唐子方，余外官员不必伴驾。又带领内监、宫娥数十名，前往服侍李太后。且暂停表。

先说陈琳老内监，一程回归王府，想来：包公实乃神人，至圣如此。二十年沉密之冤情，被他一朝返白，不枉他四海远近标名。当今圣上全凭他做心腹耳目之臣也。言来不觉已回内宫，将此宣召情由禀明潞花王母子。有狄太后闻言，喜忧交半：忧只忧冒认先王太子为己子，亦有欺君之罪；喜只喜西宫李氏尚还在世，前之受陷冤情今得包公理办分明。刘后、郭槐故有千斤重罪，即我身也有些惊骇。冒认了太子为亲生之非，只为当初出于不得已也。有潞花小王，亦不知当今圣上非狄母后所出，至今方如明白，不胜惊异骇然。又说明：包公回朝十余天，所领办审郭槐数次，潞花王缘何尽不得知？只因小王爷身体有恙欠安，已经不登朝一月多，故郭槐之事，他母子一概不闻。即小王爷不是有微恙的，一月中或有十天也不上朝的，只由自便，也不多言。

又言刘太后一自郭槐被拿，包公又捉破王刑部贿赂，真乃计不成而机先泄露。今发包公审办，定然剖白当初之谋，招出真情，吾怎能逃脱国法森严？况非别故小关犯的，乃斩灭君王，断绝宗嗣，欺君固宠，罪大如天，今危矣！悔不当初勿作此歹心。当日刘太后心闷意烦，纵然珍馐佳味，玉液琼浆，也懒甘尝。坐卧不宁，心神恍惚，一连数天，倒睡龙床，翻翻复复不成眠。一至天明，忽有内监一人，急忙奔进："启上娘娘，危矣！奴婢奉命探听圣上设朝，已经先晚审明狸猫换主，是圣上与包拯亲审，郭公公招认分明。又宣召陈琳对实口供，一一丝毫无差。今圣上、包拯及几位大臣摆齐銮驾，往陈州迎迓李太后而去。"刘太后听罢，唤一声："果也不妙，危矣！"顷刻面庞失色，玉手发振腾腾，曰："包拯，我与尔定然是宿世冤仇，至此今生作对，特拿此事来认真。兹郭槐难免凌迟碎剐之罪，我亦难逃六律之诛。即今王儿不便加罪吾嫡母，犹恐李氏回宫怨报恨深，又有包拯执性唆挑，王儿不容情的。"细想来安乐宫多年何限乐，岂知乐不到头祸反侵。也罢！不如早死了，以免受他人之辱也。"即打发宫娥内监出外，刘太后闭上宫门，下泪一行。即下跪宫房，拜叩先王，以辞恩德。心头惨切，三尺红丝，自缢于宫中。不知可能活还阳否，且看下回分解。

成王剪桐封弟，缘于君无戏言。况君臣中竟有戏其事者哉。其故只缘宋君身登九五之尊，母屈沉冤于波底，当其时审办不分明之际，亦出于万不得已之戏矣。而略去君臣之严，曲从权变之道也。

李太后之冤旷日久幽屈无申，实有于乎狄氏明了，久而不泄于宋帝之过也。陈琳不泄，不得而责之，何也？琳因刘后之势大，又悉属居役之微，是果难于发泄矣。狄后则势均相并，当真宗还朝之日，本当陈奏明言；即其时不泄，又于仁宗接御之后，亦当泄之，以免李后幽屈难申，方公心无愧。今被勘明，方惧有冒认太子之非，亦良心难昧处。

第六十回

迎国母宋君悲感
还凤阙李后荣回

诗曰：

多年国母遭冤屈，今日方清被陷冤。

报应有期天眼亮，分明善恶岂容瞒。

却说刘太后自缢死于宫中，只怜他年十六进宫，安享十五年皇后之福，今将二十载正嫡太后之尊，寿交五十齐头，实因从前作恶，妒忌生心，今日红绫惨死，缘由立心歹曲，自作之孽也。早有内监、宫娥尽知，吓得喧哗着急，飞报各宫妃后得知，打开宫门，纷纷解下红绫结索，救解多般。岂知刘太后该当大限难逃，三魂七魄，渺渺无踪，哪里救得还阳？此言暂止。

先表嘉祐君主，銮驾一向登程，多少御前侍卫将军，剑戟如林，武士高头骏马的拥护，一队队的内监、宫娥，龙车凤辇同行，几位一品大臣随驾，威武扬扬，音乐喧天，哄动多少本土万民，远远偷观。当日摆驾来迎，乃包公先作头队，只为他先知根由着落。是日已至陈州。又表明：如若圣驾经临有定期，自然地头官、百姓等整端备接驾。岂知此日君王不期密地而来，是以官民人等未得早知，直知包公一到，传谕下来方着急。刻日赶办，上司转委下属，而下属又命着本土缙绅士人，顷刻间张绸挂彩，洁净街衢，安排香烟明烛，纷纷多絮，实难概述。

包公一到了陈桥下，住八抬大轿，数十名拥护铁甲军，步随包大人来至破窑门。虽然前昔言是破窑，污秽小舍，如今不比前之破窑了，只因本土文武官员遵着包公之命，修造得破窑焕然一新，赶这雅致精工，不多细述。只因李太后不愿迁居别所，故众文武官不得已，在他破舍中继续改建高堂画栋，数十名丫鬟送至，伏侍太后娘娘。日日珍馐，式式具备。郭海寿日中侍伴李后。只等候了十余天，李后曰："未知包拯还朝，可能代吾申办得此重大冤情否？但他虽乃一忠梗良臣，然二十年翻沉天大案，犹恐难办理清。足可倚者东岳圣帝梦中点示之符验也。"天天盼望，日日思量。此一天，只有郭海寿进至座前，曰："母亲，包大人来也。"李后曰："他到哪里来？"海寿曰："现在门首外，他言要见母亲。"太后曰："我儿，且请包大人进来。"海寿领命出请，包公吩咐众军门外伺候，一至内堂，即叩首山呼朝见。李后曰："包大人休得拘礼，且请起。"包爷领诺起来。李后曰："大人回朝，未知此究办得分明否？"包公曰："臣启太后娘娘，已将郭槐三番审究，方得他招认分明。故今圣上亲排銮驾，到此迎迓娘娘还宫。"太后闻言大喜："今得分明此段冤情，实劳包大人担当千钧之力也。吾老身如不得回朝，抵挡度至死也休了。只因老身屈不白之冤，仇人现享荣华，岂非天眼永久不开的？"包公未及答言，郭海寿笑曰："当今圣上也非明目之君，心歪不念生身诞育之劳，反认他人为母，岂非不孝之罪千斤？满朝中只有包大人是忠君为国耳。待他来时，儿且代替母亲娘娘骂他几声，方出此恼也。"包爷曰："尔言差矣！圣上今方二十二之年，当初乃一幼哺乳之儿，焉知奸人暗害，怎晓娘有覆盆不白之冤？尔言错怪圣上也。"李后曰："我儿休得咆哮。包大人之言果也不差。随娘在此，圣上到来，尔若多言躁说，有失君臣之礼，反取罪戾。这是国法，亲私不得也。"海寿曰："既然母亲如此吩咐，孩儿焉敢不遵！"当下包公又言："请娘娘更换珠冠宫服，好待圣上到来迎请。"太后道："大人！吾身落难已久，衣裳破碎褴褛，久已穿惯的，而今不合穿着此鲜美衣裳。"包公曰："臣启娘娘，今非昔比，娘娘乃凤体贵躯。前时落难无人知之，是至衣食有亏，是该有此劫难。如今枯木花开，昏镜捻明，断不可复穿此褴褛之裳。况乎圣驾自来迎请，万人瞻仰，非同小可，娘娘仍穿此破服，有失威仪。伏望娘娘准依臣请，速换宫衣。"太后曰："既如此，依大人良言。且待圣上来相见过，老身然后更换宫衣。"

正言之际，流星快马报进，言："万岁爷驾到！"有包爷出外，一见俯伏于道旁。嘉祐王曰："包卿平身！"当时圣上传旨，不须放炮，恐惊国母不安。又有众护驾军，众小武员臣，住伫于太平街道。天子不乘车辇，领与随驾五位大臣，宫娥、内监随跟于后。当日陈镇街衢，不独人民关门闭户回避，即鸡犬也肃静无声。但一程道路中，香烟灯烛扑鼻香浓的，恭迎圣驾，不啻迓降神祇。包公引驾至内堂，仍俯伏于一旁，朗呼曰："臣包拯上启娘娘，圣上驾到了！"先又有众大臣也俯伏一旁侧。太后曰："王儿在哪里？"当时只因太后双目失明，即将两手伸扒的呼唤。嘉祐王见了娘亲如此形模，未开言心如刀剐，忍不住龙目珠泪滚流，焉能顾得君王尊体，抢上数步，当时尘埃早已铺上毡毯，君王下跪，垂泪曰："母后！儿已在此。"太后手按君王膊肩，不觉珠泪掉下胸襟，曰："王儿，自思十八年前逃难后，苦挨至今，只道母子永无相会之期，何幸得上苍怜悯，东岳圣帝指示于包卿，方得沉冤得起。落难时，若非郭海寿孤儿行孝，亦不能度命延挨至今。今天母子重逢，皆赖包卿、海寿二人之功力也。恩德重大如天，王儿切须念之。"言未了，喉中已咽，而难再声。宋天子龙目泪如一线，呼曰："母后，岂有娘遭苦难，身屈污涂，儿登九五。贵享万方？总为儿有弥天大罪，须当万死，还有何面目为君！只求母后娘娘将儿处决剐凌了；如仁慈不忍，可废弃幽宫，另立贤孝之君，以承宗嗣，补报孝养勚劳方可。包卿与郭兄，儿郎在世或泉壤，二人恩德定然铭于肺腑不忘。"说未完，惨切之状也不能再言，感触起几位大臣，也是人人下泪，个个动悲，原者天性之恩，人所不忍忘也。均同奏曰："当初万岁正在襁褓幼年，哪知奸人起此萧墙之祸。今陛下难将不孝自目，伏乞我主勿以伤心之言感贬，犹恐复触起前悲，两有不安也。惟今得上苍默佑，复得子母瞻依，正当接回王宫孝养，实为喜庆之秋，伏惟吾主与太后娘娘准奏。"李后曰："众位卿家虽有此念及之良，然吾老身已双目失明，是个残废之人，还宫之念久已灰心。身躯贱挨已久，不觉是苦酸。但得今天王儿明白了前之冤陷，即往破窑中度日，我心也安放了。"众臣未答，宋君曰："母后休言此语。今既不加罪于臣儿，正要迎迓回宫孝养，以补报罔极于万一，儿庶几赎却些小重愆。倘母后不还宫去，臣儿岂可独自回朝，也要处于此间，以待奉母后的，方免被朝臣民庶私批不孝忤伦之君也。"太后曰："王儿，尔休得自罪伤心。众位贤卿之言，理上不差。尔当初乃哺乳幼儿，焉知奸人诡弄，难将不孝以罪王儿。但今娘已双目俱瞽，即还宫，也无光彩的。"天子闻言，觉得凄惨，抽身伏跪阶前，祷叩上苍："今日寡人特到迎请母后还朝，只因双目失明不愿还宫。如母后不还宫，寡人也难回朝。恳乞天地神祇垂佑，念朕微诚，母目重明。念陈州地，连岁饥馑，饿殍很多，寡人自弃财宝以惜生民，上体昊天好生之德，愿免十载国征粮税，并大赦天下罪人，以俾万姓。"祷祝罢，不期孝感神明，宽免百姓征粮十载，大赦缧绁囚人，实乃恩德无穷无量，是至神祇感格，李后复得重明。当时李后喜曰："王儿，果也双目渐渐生明了。莫不是皇天怜念，神圣眷佑也？"君王大悦，众大臣骇喜称奇。郭海寿忍不住笑而曰："妙！妙！母亲双目不期得圣上、神祇复明，好了！"

君王龙目一观，呼曰："母后，这是何人？"太后曰："这是孤儿郭海寿也，乃义儿，养供亲母。王儿且略去君臣之礼，谢谢此子如何？"宋君曰："他是恩兄了。"又呼曰："郭恩兄请上，受寡人一礼。"宋君王正要下拜，包公朗言："尊卑有序，君不合拜臣，父不当礼子。碍于礼体，郭王兄须当力辞。"宋君无言可答，只不下礼，双手一拱，称言："恩兄，母后全亏尔孝养，代朕之劳，方得复活至今，恩德天之大弥。且还朝，再行恩封，同享荣华。"又论当时海寿乃一贫贱小民，礼律一些不懂不知，今者福至心灵，一变起来，看见君王双手打拱，又闻包公大言曰"君不合拜臣"，他即下跪曰："臣不敢当！圣上的生身，我也蒙他抚育成人，也是儿子一般，焉敢受当圣上作谢也！"君王曰："如此，恩兄且免礼请起。"御手相扶。

当日太后双目复明，还见众多大臣俯伏下，忙言曰："众位老贤卿，还不请起！"几位大臣谢恩起来。君王又命："郭王兄上前拜见众大臣。"海寿领命下礼，众大臣体仰君王、太后之面，要行参见山呼若臣礼，海寿哪里会懂，只是答拜。只有君王曰："他乃后辈少年，哪里敢当众老卿一品之尊，休行参见大礼，且平礼可也。"众臣依命。礼毕，当日众臣喜悦。单有首相吕夷简、庞国丈不悦，自言："吾等一品之荣，不当与此乞丐子见礼，真是羞辱耻也。"又有包爷曰："请娘娘更换宫妆，起车驾。"太后准依曰："今已过劳包大人，且回朝再作谢也。"包爷曰："微臣于劳何有，敢望娘娘赐谢的！"早有宫娥，内监一同叩首罢，起来请娘娘更衣梳发，众大臣退辞，出外伺候。君王又命内监与王兄更换冠袍、玉带，一同还朝。内侍领旨，拿上四爪龙袍、冠带，俱下跪两旁，请王爷更穿。有郭海寿摇首曰："我久服粗破布衣，只甘淡泊，岂敢用此美服龙袍？倘过分穿着此好东西，岂不折尽平生之福？"正要退出，李后呼曰："我儿，尔与前时受了许多苦楚，今日理该同享荣华，休言折福之语。"君王呼曰："恩兄陪伴母亲二十年，苦挨方得朕母子叙会，功力万钧。速换衣冠回朝，厚加封赉，少尽朕知恩知报之情。"海寿曰："圣上所命，臣本不敢逆。然吾一自长成，久已甘守清贫，生成野性，实不愿奢华；伏望圣上由吾于此窑中度过光阴足矣。"太后曰："我儿休逆圣上旨意。他虽与尔是弟兄之称，然他是君上，尔是臣下，为臣忤君，犹如子逆父母。况君言深为合理，尔若定逆不随娘回朝，我心有不安矣。"海寿曰："母亲如此吩咐，儿焉敢不遵以逆亲，遵命！"圣上欣然。海寿更上衣冠。圣上又传谕陈州地面官员，要将此窑宇起造王府，照依王宫之次，所费用银均于国库开销，限期赶办峻工，以待郭王安享。一道旨意发出，本地官自然遵旨照办，不表。

当日太后登上宝辇，宫娥、内监拥护两旁，宋君也驾上銮车，众大臣与海寿共同十位，起坐金镶大轿，众护驾武员，骏马高乘，铁甲军排开队伍，一路笙歌，音乐悠扬，金炉香烟馥馥。道衢上结彩铺毡的肃迎。太后心花大放，想来：不道落难中竟有回朝之日，算来实得东岳帝神灵托梦，指示包拯，闻得他一力担承而办，方得今日母子重逢。回朝发出万金，重建庙宇，维新金躯，以酬神明大德，加爵包拯，以表其忠劳，我心方安也。不表太后自言，到处万民私论纷纷。不知太后还朝如何了决众奸陷，且看下回分解。

交友阔别，一天聚首，其乐也融融。况乎母子天性之恩，冤屈沉沦已久，一朝叙会，解感于中，即铁石肝肠之硬，莫不酸心。观此宋君悲感，而众臣中人人坠泪，亦感动天性之良也。

　　智士安贫，达人知命，祸福倚天有时，观乎郭海寿可知矣。彼乃一贫贱小民，日劳于市井中，肩挑背负，焉知日后一王兄御弟之称？不独旁人骇异，即己亦梦想不到此境。所以时未来，由汝千般刁钻，偏遭困危，实命难与时争也。惟乐天安命者，世能有几人？

第六十一回

殡刘后另贬茔坟
戮凶狠追旌良善

诗曰：

> 兢兢守法作忠良，奸计机谋是佞行。
>
> 但得存心无内疚，仰天不愧行堪扬。

话说李太后还宫，早有在朝文武官员时刻俱有探马通递消息。是时忽闻报銮车到了，一众官员纷纷出城外恭迎。只见旗旛招展，一派进城。一见天子銮车，太后宝辇，即两旁俯伏。君王一进王城，传旨："接驾文武官员俱退，不必在此伺候。众御林军校速归本部，另日赉颁。"又命："光禄寺赐颁御宴，款御王兄，着几位随驾大臣陪宴。"慢表。

又有曹皇后带领嫔妃、三宫六院，多少内监、宫娥拥护，迎迓太后进宫。先是天子朝参过，曹皇后朝礼毕，各妃子宫嫔人人都来朝见。请安罢，李太后传命各还本宫，不必在此伺候，只有君王留坐下。李太后叹嗟而言曰："想起前情，不在王宫已将二十载，只言永在陈州破户中归世。岂料今复得回王宫，皆赖神祇与包拯之功力也。"君王又诘起母后得神明之由，方知东岳圣帝梦中指示与母后，告诉包公，方得他认真力办，又得神佑之力。天子又言："且待国务暇些，数天后差官发出库饷之金，再建庙宇，重塑金躯，以答神圣洪恩。但今郭槐凶恶施谋陷害，必须重正行刑。惟安乐宫中刘氏太后，算来罪重不轻。即南清宫狄母后亦有偏处也：欺瞒先帝，冒认儿作嫡生，岂非名有不正者？然吾乃是儿子之辈，必须母后主裁乃可。"李太后言曰："王儿尔枉为南面之君，即此事已欠明决了。当日陈琳救尔到南清宫，全亏狄氏襁褓抚育长成。虽非十月怀胎之苦，也有三年哺爱之恩；虽非亲诞尔躬，比着劬劳无异了。即今刘氏，虽然心狠意毒，须念他乃先王原配，尔也奉养他多年，名曰为嫡母，中外尽悉。而今乃得子母叙圆，且免提追究；况子难执母罪的。惟陈琳是救主恩人，须当厚报。寇宫娥已自惨亡，须当阴封旌表。此事须当与参政大臣商议。但凶恶郭槐，断然姑宥不得，速命包拯将他正其重刑。"君王诺诺领命，又言："母后仁慈，世所希也。"李后又曰："王儿，娘今日还宫来，谅想刘氏无颜到来见我的。我倒要进安乐宫相见他，看彼怎生光景，有何言语为情。"言罢，太后即唤李宫娥引道。有旁侍宫娥，上启禀万岁爷与太后，言："刘太后于上日圣驾出王城之后，自用红绫缢死于宫中矣。"天子曰："既有此事，为何询及起方奏，如何不早说明？"宫女曰："东宫娘娘早已吩咐，言太后还朝，既是喜事，不须早报，且待缓些奏知。故奴婢等依命，不敢即奏闻。"李太后听罢，嗟叹一声，不觉垂泪一行。只因李后心怀慈善之贤良辈，即言："可怜他畏罪先自寻死了，岂知我心并不计较他之前非。"宋君王曰："刘太后既然自缢死，可曾入殓否？"宫娥启上万岁爷："曹娘娘又言：刘太后乃是有罪之人，要等候万岁爷回朝做主，是以尚未成殓。"李太后曰："须念他是先帝正宫，既不罪他，彼已先寻自尽，且好生之德，以安葬于王陵，以早成丧。"宋君王曰："此事不可！母后也未知其详，他虽先王原配，惟罪千斤，想他欺瞒先帝，灭自子孙，世无此妇。比之唐朝武后罪之相等。倘将彼殡葬于王陵，先王在天之灵岂不嗔怪：有重罪者反得附葬于王陵，是加恩于有罪之人，将来无罪而有功者，又何以待之？母后虽有容人之量，然情理上有偏也。还将棺椁另立坟茔，方见示贬无偏理之无碍也。"李后曰："王儿处分有节，是可依也。"当日宋天子传旨：将刘太后棺椁成殓了，另寻一土，立树坟茔，不举哀成丧。又谕：刘太后乃是先王的正后，只因一念之差，死于非命，不成丧不举哀，中外百官不挂素，只用棺枢一口，静悄悄地收殓下，又不容安葬王陵，犹如死了无位一宫嫔的一般。

交代明刘太后身亡之事，再言南清宫狄太后，只因有冒认太子之非，是以进宫来见李太后。当日狄太后要行君后下见礼，李太后执意不容，竟如姊妹平礼。相叙毕，对坐下。惟狄太后心有不安，正乃良心发现处，局偏促赧颜。岂知李太后反是再三致谢，曰："当初我幼儿身遭大难，多蒙贤妹肯慨然收留，抚养长成，接嗣江山。洪恩大德，何以为酬？今朝母子再叙完聚，皆亏贤妹维持之力也。"狄太后曰："哪里敢当！姐姐云谢，言重，说来更使愚妹羞愧无颜也。冒认太子之罪弥深，但当时迫于势所难言，一说明此事，先结怨于刘娘娘，实乃事在两难。然亦不知寇宫女通知姐姐逃出别方，只道被奸监火焚一害耳。今贤姐仍叨天佑，得活人间，实乃可喜。"姐妹正在言谈交谢，有宋天子进宫，朝见狄母后，狄后反觉羞惭。当日李太后又差内监往无佞府，邀请余太君进宫。太君到了，请安毕，叙谈一番。顷刻间，内宫排开筵宴，三尊年一同畅叙。各宫多排喜宴，不能一一细述。

一宵晚景不提，次早，天子临朝，百官参见已毕，宋君王开言曰："包卿，朕思寇宫女曾将寡人母子搭救，随即受惨而亡。今陈琳现在，亦有救主之功。然生死之恩，据卿如何旌赠乃可？郭槐罪恶滔天，如何正法，卿家也须待朕处分。"包爷曰："启上陛下，寇宫娥有功惨死，应得追封，可起枢附葬于王陵脚下，再建造庙祠，追封为天妃元母，是旌表流芳，永受香烟食禄。陈琳身为内监，救主忠贞，加封公爵，另建府第，御赐宫监，事奉晚年安享，生则永沾王家厚禄，死则敕归太庙，永享香烟。郭槐害幼主于先，谋主母于后，斩绝王家宗嗣，十恶之罪，无逾于此。例应抽筋割舌，粉骨扬灰。臣拟如此，伏乞圣裁。"宋君曰："依卿所拟。"即着包卿押郭槐赴市曹正法复旨。包爷曰："臣启陛下，郭槐、陈琳俱为内监，郭槐害主，其心险恶，陈琳救主，其善堪嘉，二人之心，有冰炭之不同。可着陈琳督同往观正法，使其悦目爽心，庶不负他救主之忠劳也。"宋君闻言，喜色洋洋，曰："卿处置得当，深称朕心！"即传旨下南清宫，宣召陈琳。是日退朝，众官各散，不表。

却说包公一回衙中，顷刻传出百十差军，往天牢调押郭槐。只因他连日饮食不进，也不知饥寒，问询他不言不答，犹如痴呆一般，当时提押至法堂上。包公与陈琳先后齐至，见礼毕，二人分东西对坐。郭槐赤着身，捆绑坚牢，朝对下跪：正乃善恶相朝。包公吩咐行刑。刀斧手领命，当时因为大凌迟之刑，故设放一大木桶在侧，刀斧手上前拱跪过，称："启禀大人，逆犯行刑了。"往彼肚腹上一尖刀戳去，通于背后。此刻郭槐痛疼惨切，双目曝出，手足绑缚于木桩，不能振动，只摇头张口。左手一刀砍下，右手一刀截断，手足皆分，血流遍地。又将刀破腹，肝肠五脏，俱卸出来，膏血滚滚如注。狠毒人一命勾销，还将头颅斩下，俱抛于木桶中。有老陈琳点首长叹一声，不觉呵呵发笑曰："郭槐，可恨汝当初立心不善，欺君害主，罪重渊深。只言历久年深，并无报应了，岂知天眼昭昭，不容脱漏，分明不应不爽也。如行恶之人，即远遁高飞，只差迟早报复耳。此番乐杀老陈琳！"抚胸大笑不已。只因他年纪已近百岁期，气息精神到底安弱衰矣，一刻间笑至气不返，复有呼无吸，而绝倒俯伏交椅中。包公即命左右侍卫呼唤他，乃不见答言。众人多吓一惊，启上包大人："陈公公笑得气绝了，唤之不醒，想必死去。"包公听罢一想，言曰："不用喧哗。倘若救解不来，奏知圣上，然后成殓可也。"众军领命，速取药到，又将火堆烈烈焚起，郭槐尸骸骨肉抛下，顷刻化作飞灰。单留首级示挂，以警将来。今报应了耍奸人，多少人议论叹息不提。是日奉命救解陈琳的，取至通关药末之类，下气参汤，岂知愈灌滤，久而体渐渐冷冻如冰。一众役人禀知包公，言："小人用药，力救之不活，莫非又劳大人的御赐法宝可救？"包爷曰："陈公公并非冤屈而死，纵有外邦之宝，难以救之。"吩咐："且将尸骸看管，待本官进殿奏之圣上，然后开丧收殓。"众军领诺。包公离座，走近一看陈琳，长叹一声："可惜陈公公，今日反是包某弄害尔身亡。念尔年高九十零，未全期颐，今返蓬莱，只未沾圣上酬恩，先归泉府。惟生死有何干惜，为人只要馨香百世，青史流芳，即死犹生也。"言罢喝道："进朝复旨。"宋君王一闻，又悲又喜：喜只喜郭槐正法，报却母子宿仇；悲只悲笑死老陈琳，未得沾恩而先丧。即颁诏文武官员："代朕设祭，合宫内监尽至法场伺候，人人挂帛穿素，以成举哀。"皆言："嗟叹郭槐害主，粉骨扬灰，深正其罪；钦羡陈琳忠心救主，功劳重大，只可惜未受君恩而先死去。今日又得君王知恩报恩，命许多大臣祭殓，差不多天子之丧也不竟如此。"

不表众民争羡，又言郭海寿久惯清贫，不贪奢美繁华，不愿为官受职，只因自是一小民，出身微贱，仪文礼度不谙，实不恩在朝，倒思回陈镇居处，自得其乐。宋君留款他不能，李太后不觉动悲，唤声："孩儿，我子母相依十八载，受尽多少苦楚，而今离灾得贵，儿理当在朝伴驾，娘也得对当见尔。因何执意要回陈州，撇别为娘？实不该当的。"海寿曰："母亲休得愁烦。儿也原是久乐清贫，母也洞知。况在朝礼数不周，实多惭歉，岂非见笑于各位文武大臣。娘今与嫡生儿已得叙会了，今非昔比矣。况陈镇地所隔三天程途，儿可常来往谒。而今承欢膝下，但有圣上供行，儿已放心别去。望乞圣上、母亲恕臣儿逆旨命之罪，深沾洪恩矣。"海寿虽然如此言来，早已合着一汪珠泪。只因他天性至孝，原不忍离亲，只是不思在朝耳。然李太后与他相处将有二十年，岂有不知尔之性情，万事未有一次逆忤母意，今不愿留，原出万不得已的。故太后不苦留他，下泪呼曰："儿且等候数天。前者圣上已着令陈州地面官赶造府第，且待王府工竣时，差官送尔荣回。"郭海寿依命等候。当其时，有潞花王、静山王、汝南王等大卿、四相、大巨多敬他是当今王兄御弟，又知是大孝贤良，所以今天我请宴，明日尔邀迎，不能细述。

却言李太后今乃苦去甜来，居处宁泰宫，安享暮年之乐。君王、妃后每早请安。当日李太后细加思索，众后妃之中，庄重不一，惟有庞氏贵妃，虽则花容月貌，姿色娇妍，然而柳眉生杀气，玉貌现凶形，看来此女绝非循良之妇，实乃刘氏后一般人也是。一天，妃后俱不在侍，李后叮嘱："王儿，勿将庞妃加宠。他的佞心滑性，妒忌生成的，如加恩倍宠，他即猛蛟得水，便要作浪兴波。"宋君谨遵母命。太后又言："寇宫女、陈琳死去，未沾国家一点之恩，须及早追封，使彼仙灵有感。包拯有此忠劳，也须加恩隆爵。又郭海寿，他执意回陈土，不用强留，且加封官爵，赠赐赍颁，以酬供孝之德。儿须早日颁旨也。"君王领命。不知如何，下回分解。

史言李宸妃被刘后攘夺己子，惟深有涵量而默然不争。卿御之间，本当改异，可见其闺范中贤良矣。惟先刘后而卒。史又略言所死于非命，详此则和攘夺其子而抚育之，刘后其心未尝不欲其早亡也。观此，其死于非命，刘后妒忌之咎，岂能逃脱？兹按此传奇，复有返归内宫，后头晚福，并刘氏反死非中，亦传奇维持世道之有心，敬人以报应之昭然也。据史之实录，可知非有其事也明矣。即从上自述出李宸妃一事，有十余回之书，及下回方结，是俱出一笔。然凭史实，只观于可有可无之意是也。

第六十二回

安乐王荣归结缔
西夏主恃暴兴师

诗曰：

寿天穷通须待时，强求未必遂如期。

时来风送滕王阁，运去雷轰荐福碑。

当日宋君王母子商议恩封有功之人，君王又道："母后，前在陈州时，儿已禀告上苍，母后双目得明，愿免陈州十年国课。今果得母后双目重明，儿岂敢诬哄上天乎？即今要颁旨下传知悉。"太后曰："王儿言之有理。今日既得母子团圆，正该免脱陈州国课；即天下犯囚，须当减等恩宽。况陈州地连岁饥，讨丐遍市，贫民很多。虽有十中一二富厚之民肯施见怜，无奈一连六七载，粮粒无收，即富者不免渐生饥馑了。目今得皇苍指济，略得岁丰；王儿今又颁免征课之旨，实乃万民颂德无疆。"是日，天子领诺，旨意敕封寇宫女为天妃淑德元母娘娘，陈琳谥忠烈公，各造庙堂，春秋二祭，永受血食香烟。郭海寿敕封安乐王，颁赐黄白金数十万，并赐宫监一十六名，当穿服色，永享王府，不上朝谒主，陈州地文武官，朔望请安。包待制加进龙图阁枢密院正一品，恩赐上殿座位，五日一登朝谒主。大赦天下囚犯；十恶大罪俱减等，小罪一概赦免。陈州国课免征十载。旨颁一下，各省均沾太后洪恩。又当日建造郭王府，并陈琳、寇宫女庙祠，开销国库白金一十八万两。

包公受爵加封，正要辞驾，继续赈饥公务事情。是日朝中接得陈州赍本，因建造王府已竣工。宋君主降旨包公、国丈二人，护陪郭王荣归。国

368

丈先回朝，包公仍留陈州，完了赈济，然后回朝。当下忠佞二臣领旨，钦天太史选定良辰，即登车驾。更有文武官俱来送别。郭海寿又进宫拜别母后娘娘。太后嘱咐不尽的母子安慰言辞，又言须要一月一来朝，安乐王诺诺连声。母子洒泪而别。又拜辞天子，众大臣纷纷饯送。王城内外，民家店户，多排香烛，不能细述。有众文武送别数里俱回，只有庞国丈、包大人一路全程，处处地头多有官员迎接。

一天到了州城，动着多少本土人民，纷纷私议，言："郭海寿幼年时，母子二人也曾乞丐多年，后来长成，方得肩挑背负，市贩东西度日。然他虽一贫如洗，仍不失奉贤，原算他是一孝顺之人。今有发达之福，皆由孝养中得来，天之眷赐也。"当日郭王未进陈州城，早有大小文武官员、本土缙绅耆老，车马纷纷的等候恭迎。一路旗晃剑戟、月斧龙旂、文武军棍，一队队拥护，何下千人长道。音乐雅韵，悠扬一派。进至王府中，奢华夺目，不啻金銮殿之威模。郭王爷当中坐下，众文武官员参见，大员内官打拱，小文武官员俯伏尘埃未起。又表明：郭海寿本是个小户民出身，饭食也讨过，日劳奔走津塵中，昨者虽则包大人也见过，圣上也参谒过，然君臣之礼尚属全然不懂，坐定金交椅，由得众官叩首，也不说声"免礼"，不说声"请起"。只有庞国丈好生气恼，暗暗生嗔。倒旁有富监代说一声"免礼"，众卑员起来。庞国丈向包公对面，首一摇，目一睁，似乎烦大人待我说一声，不好在此耽搁，我没好言与丐子说话。包公会意得，即言："千岁，国丈职佐中书之任，不便在此久于耽延，且速还朝公干为要。"郭王曰："哪人留他耽延？由彼自便回朝去也。"包爷曰："下官也要辞驾了。"郭玉曰："包大人，尔是去不得的！且在此，吾与尔做伴顽谈，未知尊意若何？"包爷曰："只因赈饥未毕，不得久留，故亦要相辞千岁，公办去也。"郭王曰："如此，包大人别去。尔们本土众位文武官也须退回，不必在此。且天天不用到拜，反动劳烦，两有不便。"众文武拜谢千岁，并国丈、包公，俱已登程去讫。原来郭海寿是小狭胸襟，不经诗礼王爵，哪知朝廷有一定之规，为官有无二制体，故彼当日只吩咐本土官员，天天不用到拜，是借劳烦两有不便之说，实乃他不知官规的本来面目，只乐得本土文武官员天天省却请安之劳，暗自喜悦不提。

是日，包公、国丈殷勤别却安乐王，分程而去。国丈自回汴京，包公仍往执赈饥公干。不觉光阴迅速，一连三月，已是秋稻晚成，十分岁丰。万民赞颂天子、包公恩至之德。是岁民乐丰登，语休烦絮。

只有郭海寿，今日得贵受封，一贵一贱，迥异天壤，脱形换骨，生成好相：胖而腴，黑而白，丰姿体态，焕然一新。居处王宫，自得逍遥。又乃当今圣上一王兄御弟之称，本土文武官员故不敢简慢，敬谒之际，不异本土帝王。又言本陈州有位先王时出仕宰相的，姓王名曾，只因年老告驾归隐。有女孙儿名美珠，年方及笄，尚待字闺帏。生来中当之貌，只性淑端庄。已知安乐王尚未婚娶，想是有意丝罗。一天，包爷赈务事毕，到来拜望。王老太师言及起招亲之由，包爷一诺掇承，曰："包某依命。"即言知安乐王，此良缘料亦和谐也。王太师喜曰："此事全仗包大人，只是有劳大驾不应当耳，容日叨谢如何？"包公曰："此乃和谐美事，何足言劳的？"登时告别。王太师送出中门外相辞，包公登轿而去。一到王宫，会见安乐王，坐下。他言："包大人，尔连发王仓赈济劳忙，何暇到此？"包公即将本土王太师有孙女，年方及笄，未曾受聘，生来性情端重，意欲送进王宫，以侍巾帨。包某特来作伐，望千岁见允勿辞。"郭王听了，微笑曰："我乃出身微贱，偶然得遇王母后，不期显贵，岂敢私心妄想欢娱。虽然向日贫时，也蒙太师周济粮食，他乃积善良门，甚觉相宜。惟王小姐乃千金贵体，我卑寒出身，岂敢扳登的？望包大人转知，另寻佳偶乃可。"包公曰："此乃太师有意招亲，尔虽前时寒苦，今日贵显王封，他是名门阀阅，两相匹配，甚觉相当，千岁休得过辞。"当日安乐王听了包公劝言，不好当面力辞，只得言曰："感包大人情意殷勤，只我陋性不恋奢华，不贪欢乐的愚汉。今既大人有此美意，且为吾奏知圣上，待旨允准如何？"包爷曰："千岁高见有理，待下官与尔修本申奏明言罢。"抽身作别，仍还相府，将情复达王太师。太师大悦，曰："奏明圣上，君王做主，更觉有光也。"

当日包公别去，回归署寓，修成本章，差官赍送到京。非止一日，有一天到汴京，黄门官接本，上呈御览。君王看毕，喜色冲冲退进宫，达知

370

母后。有太后闻言，喜悦欣然。言曰："陈州地，久仰王太师为人忠厚，子孙世袭，乃先帝功臣。此段姻缘，实见相当。况儿已封王，显贵中匮，正当有佐。"太后即赐官粉资十万两，珠翠金细满匣。圣上敕命：王小姐封王妃夫人，御赐珠冠玉瑕，本章准批，着包公为月老，钦赐完婚，迥异寻常。是时，老太师送孙女到王宫，此番庆闹非凡，本州大小文武官员，尽皆两相拜贺。王府外殿、内堂，多排酒宴，十分丰美。王曾设宴，贵品多般，不能细述。是日，一片音乐歌声。一连数天宴乐，郭王夫妇和谐，话休烦絮。

交代完陈州，又言朝内。宋君王自得国母还宫，朝中文武各加升赏。又再差官赶上孙兵部，不用清查库仓，只依杨元帅本提战功，加封狄青为副元帅之职，与杨宗保一同镇守边关。其时焦廷贵、沈达也奔赶回关中。众将士俱有加升官爵。元帅、众将谢恩已毕，天使回朝复命。不多细述。

当日，反恼得国丈纳闷昏昏，一心算计狄青，反被他们联成一党，养成羽翼，威势炎炎，老夫的威风渐减了。今喜得包拯不在朝，且正寻机会算账他们。岂知这昏君，依着包拯言，调回贤婿不究库仓，谅来又弄不得狄、杨二畜生，反又加狄青为副帅之职，真可恨包黑贼也！

不表庞洪烦恼，再说边关杨元帅见四员虎将均沾圣恩，封赠统制之官，狄青又加封副元帅，关上文武官员，人人喜悦。忽一天，因副帅不意染一患恙，卧病不起，一连数天，水米不沾，呻吟疾苦。杨元帅与范爷、杨将军自然延医调治，三虎弟兄，天天来帐前问候。患疾十天未痊，杨元帅心中忧闷，只得与范、杨酌议，赍本回朝，奏知圣上。即日差官而去。

次早正升帐，有探子报上：西夏王复兴兵三十万，遣上将薛德礼拜为灭宋元帅也，驻兵城外五十里。杨元帅闻报，当日自忖本领英雄，兵精将勇，全不介怀。即令孟定国传齐部将，岳刚传知众兵，俱至帐前参见元帅候令。是日，贼营内战书投发进关，杨元帅批回"决战"之词。不一辰刻，有飞报进："启上元帅爷，贼将薛德礼，带兵城下讨战。"元帅闻报，拨令焦廷贵，领兵一万，与薛德礼会阵，须要小心。焦廷贵口称"得令"！上马开关，轰天炮响，手拿铁棍，杀气腾腾，一马当先，一万精兵，旗旛飞拥，呐喊如雷。焦廷贵一看：西戎贼将生得蓝面獠牙，三绺花须，丈余高猛。手持一柄大钢刀，坐下一匹五色花鬃豹。焦廷贵胆气豪豪，一马拍近，铁棍当头即下。又言薛德礼乃西夏国有名上将，焦廷贵哪里是他对手，冲锋不上二十合，连喊数声："厉害！薛德礼，我的儿！"即带兵逃走回关。薛德礼催兵追赶，只见城上箭如雨落，反被射伤兵丁数百，只得招兵回营去了。

内城元帅帐中坐下，勇将齐列两行，范礼部坐于东首，杨将军坐于西边。忽焦廷贵至帐，尚是气喘吁吁，上前打拱称："元帅在上，末将杀不过薛德礼。这贼将十分厉害，人雄马壮，一柄大刀，大如板门，打过来沉重如泰山。"又谎言："小将与他交锋五六十合，抵敌不住，只今败个羞回，望元帅恕罪。"元帅曰："胜败乃兵家之常，尔本事低微，何得夸着别人之勇？尔今出关，午刻即回，不像五六十合的工夫，岂非谎言的？"焦廷贵听了，忙说："小将言错了，原十五六合耳。"杨元帅想来：西夏贼兵初阵逞强，谅弱者也不来。谅贼将本事高强，兵虽锐利，但本帅城中雄兵四十万，文武并标官，教尔马倒人亡而回也。此日闲文休细表。

来朝红日透扶桑，又报进薛德礼指名元帅会阵，十分猖狂。杨元帅即发令张忠出敌。战至四五十合，大败进关。元帅又差李义出马，薛德礼连胜了三员虎将。杨元帅好生不悦，言："薛德礼果也骁勇，狄王亲患疾未愈，待本帅明日亲自出马，与他见个高低也罢。"是晚休提。

次早又报薛德礼讨战，杨元帅择定此日亲临赴敌。上马提刀，浩气炎炎，好位保国的老元勋。银盔高竖赤帻，背插八角彩旗，银须三绺，雪白飘扬，高乘银獬豸。三声号炮，三万铁甲军，拥随左右。焦、孟先锋护卫首阵，张忠、李义冲头，一同飞拥出城。薛德礼一见来将生得威风凛凛，比昨天来将，大有分别不同：手执金刀，高骏白马，身长丈余，白脸银须。薛德礼冲近，喝声："来将可是狄青否？"元帅冷笑曰："无名小卒有目无珠，人也不曾认得，还来混扰！"他言："尔既不是狄青，且报名来！"元帅曰："本帅乃天波无佞府山后老令公之孙，官封定国王，开基大宋天子驾下敕受天下招讨使杨宗保也。"薛德礼听了，不知如何答话，胜负怎分，且看下回分解。

372

得失穷通，须有定数，当失当之日，有守而不滥。固为君子安命乐天，节及通而得之际，亦比失穷日，不敢放肆奢华，以易其初心也。故贤者有贫而无诌，富而无骄之志。圣人又有"贫而乐，富而好礼"之大。观郭海寿，今通而得矣，固辟欢奢而惜福，亦颇有贫无诌、富无骄之志矣。

　　甚矣！西夏猖狂，其专事于西北。史言其用兵二十五年，强悍莫御，残州踏府，宋不胜苦扰。攘及其降服之日，而仍不称臣，以事炎宋，反称臣于契丹。观此国势不及汉、唐远矣。即此传奇云降服称臣，亦不过略史实而言耳。

第六十三回

杨元帅中锤毙命
鬼谷师赠扇遣徒

诗曰：

擎天铁柱杨元帅，保宋辛劳第一功。

独惜中伤遭殒命，梁材忽折怅何穷。

当下薛德礼言曰："原来尔是杨宗保。尔若知时务者，献降边城，投顺我主，难道不封尔一侯王之位？如不听好言，只忧尔此番性命休矣！"杨元帅大喝："叛逆贼，敢夸大言，看本事知强弱！"金刀一起，耀目光辉。薛德礼青铜刀急架相迎，真乃龙争虎斗。南北两员虎将，各为君王，杀到难解难分。薛德礼虽则西夏国一员勇将，到底及不得杨元帅老当益壮，刀法精通。两位元帅，冲杀百合，德礼招挡不住，大呼曰："杨宗保老头儿，果然厉害！本帅杀尔不过，且让了尔多活一天。"拍马败走。杨元帅大喝："贼奴，哪里走！"飞马追赶。薛德礼心下慌忙，即取出混元锤，回马当头打去。有万道金光罩目，杨元帅觉得目花昏乱，闪躲不及，混元锤打在左肩上，疼痛难当，拿不定大刀，口吐鲜血，翻身跌扑雕鞍下。早有张忠、李义飞步赶上前，一人挡阻贼手，一人背了元帅，飞逃回关。薛德礼此番催发西兵卷地杀将过去。宋军见元帅被伤，大惊四散。焦、孟抵挡不住，众兵被杀得七零八落。三万精兵折损一半，余众走回城中。众将败回，紧闭城门，严防攻击。

再言薛德礼，大胜回营，洋洋喜气，言："妙！妙！杨宗保乃宋邦主帅，有名上将，本帅却杀他不过。今被吾打了一锤，也不过三天，化为血水而亡。今日除了杨宗保老英雄，惧什么狄青！少不得一同伤他性命。宋主还有何人抵敌本帅？岂不功居第一！"是夜，西夏贼营排颁筵宴，犒赏三军，也不多提。

再表宋军败回城中，元帅受伤，范爷一见大惊，忙召医生看治。杨青气恼得二目圆睁，骂声："可恶叛逆奴才，战不过元帅，用锤伤人，真可恼也！"当日元帅睡倒牙床，范爷吩咐，四方城门紧闭。唯有元帅受伤，哪知服药不效，是夜几次发晕。众将长夜看守，只见元帅昏沉不醒，众大小三军惊慌无措。范爷连夜修本来朝，差岳刚飞赶回朝。若问薛德礼的混元锤，是妖人传授，非比凡间兵器之物。如此人中伤一锤，由尔英雄健汉，不出三天之外，也化为血水而亡，是药饵所难救的。今元帅被打了一锤，遍身疼痛，死去还魂，也无一言说出，只昏昏沉沉，一身肌肉，渐渐消磨。悯怜元帅，一生为国辛劳，今日死于肌消肉化，只留得一堆白骨。范、杨二人惨切伤心，文武官员、大小三军无不堕泪，只得收拾骨骸殓了。范爷是日又追上一本，即差沈达并送骨骸回朝。先说薛德礼，因伤了杨元帅，领兵直抵城下，天天攻打，关门甚急。范爷权执帅印，发令四门加倍弓箭石灰炮火，日夜当心巡查。此时狄副帅患疾未瘥。

慢表边关危急，先言云梦山头，鬼谷先师清晨正混用元气元神，神占一课，已知西夏复兴雄师，杨元帅被薛德礼用混元锤伤了，化血身亡，实乃定数难逃，不能救搭。但薛德礼有此混元锤，宋朝虽有上将英雄，也不能抵敌此锤，即贤徒狄青亦难收取此锤。不免打发石玉下山，收取此锤，以免西戎猖獗也。即差小童唤传至小英雄。

又言石玉日在仙居，已经一载，习诣双枪，已经纯熟，只是时忆念老萱亲、岳父母，又丢不下美贤郡主，实乃音信难传，哪知我耽在此仙山，岂不忧坏我之母、妻也。忽一天，见童子来呼唤，言："师兄，师父唤尔，速随我来。"石玉应允，即随童子，转却弯弯曲曲，一到丹墀，参见过，即曰："师父在上，弟子石玉参见。"仙师曰："贤徒免礼。我今唤尔至跟前，非为别事。只因西夏将薛德礼有一混元锤，非凡兵刃可抵挡。杨元帅被打一锤，已经化血身亡。宋朝虽有上将英雄，但难以抵挡此锤。我今赠汝风云扇一柄，到边关上除敌。彼用锤飞打过来，尔只将宝扇轻轻一拂，可收取此物了。原薛德礼乃巡海夜叉，凶恶星转世，应得凶恶死亡。尔今回关，与狄青贤徒一同立功，显扬于当世，誉美于千秋，方不负为师收留尔二人一番。还有八句偈言相赠，是尔一生结果，取功名富贵尽于此矣。"言罢，袖出一束。石玉复双膝跪下，双手接转，收藏过。又言："弟子有蒙仙师带上仙山习艺，已经一载，传授枪法，已得精妙，深沾洪恩，难报万一。即此拜别。"鬼谷师曰："贤徒不须多礼了。"石玉叩首已毕，起来，抽身又别仙童、师弟，藏好风云扇，持着两刃三尖枪，下了仙山。当日上山时，并无马匹，故踩开大步而奔。当时又得老仙师一朵云，已送至边关下。石玉将师父所赠之束拿出，外有数重纸包固。拆开一看，并无一物，只有七律诗一首。其诗曰：

> 仙缘无分不须求，叨福人间建业优。
> 年少只遭颠沛困，中途惟喜战功稠。
> 三番历苦登麟阁，二次平西进凤楼。
> 早运未通奸妒害，晚成除佞报亲仇。

石玉看罢，自言曰："师父赠我诗偈，说我没有仙缘，只好立功取贵。但少年灾困，历尽苦楚，方得成功。又许，我能报父仇。但思庞洪奸贼，正在势头盛日，未知何日可报复不共戴天之仇耳？"

丢开石玉中途语，却说边关一段情。杨元帅身亡，狄副帅病体虽然轻些，然而还未如平日强健，在着后营静养。范爷早已吩咐众人："元帅身亡之事，切不可言知狄王亲。"是以众将依言瞒着，狄青并不知外厢缘由。惟西兵日日围城攻打，范礼部已飞本还朝，不知何日救兵到来？当时飞山虎乃一鲁莽之徒，大怒曰："西夏贼奴的薛德礼，他之铜锤如此厉害，不知何物做成？待吾驾起席云，进彼大营，悄悄的一刀结果他性命，拿了此锤回关，起发大队军马，杀他片甲不回，方报却元帅之仇。"想罢，即禀知范大人。范爷不许，言："刘将军乃粗莽之人，若不小心，反为不美，不可造次也。"刘庆曰："范大人休得多心。我既刺不着贼将，定然盗他此锤，也不惧贼奴了。"范爷纳闷不言。

是夜初更，刘庆驾上席云，一至番营大寨，四下一看，只见灯火光辉，是犒赏三军，正在那里吃酒。刘庆看见天色尚早，难以下手，按下云头。听候一会，已是二更中，只见薛德礼徐徐伏倚中军帐交祷中，醺沉大醉。众将兵尽皆散归自营寨去讫，近身只存一番女。此刻飞山虎暗喜，落下营中，悄悄迈步进中营。一到薛德礼身旁，正要拔刃行刺，只听得娇嫩声喝道："刺客慢来！"

又表明：此少女娘，乃薛德礼之女，名唤百花，也是一员女将，习得家传武艺，随父行军。是晚出营，伺候父亲吃酒已完，谈论一刻，薛德礼已醉得沉沉，倚伏身入睡乡，呼呼鼻息。百花女也伏案假寐，一见人影近前，喝声抽身。飞山虎反吓一惊，驾云不及，被他一把扭住，挣扎不脱。但百花女原一将门出身，两臂刚健，刘庆左手打去，他右手招，右手飞来，左手迎。二人扭结定，百花曰："汝这南蛮，谁使尔来做刺客？早说分明，好送尔归阴。"刘庆心慌意乱，犹恐他呼喊醒贼将，只得言："我乃宋营中虎将刘庆也。只因吾元帅被薛德礼打了一锤，化为血水身亡，是吾心愤恨，特来尔营做刺客。这是实言的。"这百花女看上刘庆乃位英雄汉，不觉有私行招亲之意，又见父亲鼻息如雷，轻轻呼声："刘将军，薛德礼是奴生身父，尔今夜思来行刺难矣。这边来罢。"一把扯牢而走。飞山虎暗想自言："这小丫头好生奇的，不知他拉扯我何也？"此时只得随他跑走。曲曲弯弯，到了后营一所，灯光如昼，目前侍女十余名。百花女吩咐众侍女多出外厢。众小环评论曰："此位将军不是我邦人，因何我小姐拉他进来？像什么？好羞人也。"有几人言曰："吾家小姐未有丈夫，要拉此中原将军来做夫妻。如今且先叙会，也快哉，奚分羞耻？"

不表侍女闲言，再说百花女看中了中土将军，当四顾无人，呼唤："将军请坐下，奴与尔细谈。"当时刘庆猜着："他生来有此姿色非俗，今又如此柔和，想必有意于我也。惟吾一粗直之人，岂将女色介怀的。况有妻儿了，如与吾结对，真乃冰炭不交也。"若问百花小姐，生长西北外荒野之夷，年交及笄，有此美质，又因本邦男子多是奇形怪状，粗俗不堪的，是他故尚未与对亲。当日刘庆虽非美貌惊人，但比之他北外蛮邦也有高低之别。今见刘庆乃烈烈少年，故欲仰扳。又言："刘将军，尔敢于今夜来行刺吾父亲，好生胆子！欺他酒睡，若非奴拿下尔，我父一命休矣。但别将拿下，将军的性命也难活矣。"飞山虎曰："若问小将行刺尔父亲，无非两国相争，各为其主，怎顾得利害交关？倘小姐用情，放我回关，小将自是感承恩德。"百花曰："将军既进我营，休思回去。"飞山虎曰："小姐此言何解？"百花曰："将军，奴看尔一烈烈英雄，谅必武艺高强。惟今边关死了杨宗保，大宋还有哪人撑保江山？奴劝刘将军投顺吾邦，撇却宋朝。"刘庆曰："小姐此语一字不须言。如要吾投降尔邦，今生难矣，除非来世依命的。"小姐曰："尔若不甘投顺，回关休得妄想矣。"飞山虎曰："既然小姐不放我回关，即甘愿一死，岂有悔怨之心。"百花曰："将军之言差矣！尔既为堂堂大丈夫，因何全无智量？倘投降于我邦为官，美貌佳人却也不少，觅一位与尔作配，有何不妙？仰恳将军依奴劝谏言，是知机之辈。"飞山虎听罢，冷笑曰："小姐，吾刘庆岂是贪花好色之人？又已有妻儿的，谁人贪尔蛮邦佳人结缔！今日既入尔牢笼，有一死而已，何须多劝投顺不入耳之言。我刘庆虽然一粗鲁之夫，顶天立地自许，岂肯叛君而投降敌人？休得妄思量也！"百花听了，自言曰："岂知此将有了妻子。也罢，我今囚禁不放他回关，且待明朝爹爹发落的。"言罢又呼勇侍女几人，拉扭住，将彼囚禁后营，好生看管，好待他心服归投。即时囚禁下。飞山虎大怒，大骂"狠毒贼丫头"不绝。此语慢提。

次日，百花女梳妆已毕，来至中军帐，拜见父亲，说明："昨夜二更时候，宋营中一将名刘庆来做刺客，已被女儿拿下，囚禁后营。禀知爹爹，如何发落定夺？"薛德礼曰："可恼南蛮，怎生混进大营来做刺客！若非女儿把细，为父一命休矣。且押出一刀两段，方见不敢小觑我们。"百花曰："爹爹，此人乃宋邦猛将，倘困得他投顺，与我们做个里应外合之人，此关唾手可得矣。"薛德礼笑曰："女儿倒有此机谋。如此，且囚禁下慢劝彼降顺，做个内应也。况且此关坚固，又防守严密，守城炮火弓箭厉害，近数天攻城，反伤去兵万多。得内应人甚合。"不言父女机谋，未知边关如何退敌，且看下回分解。

杨无敌杨业为史所见称，至其子延昭等又世为边疆名将，屡建武功于真宗之世。然真宗时，契丹劲师临境于北，赵元昊强悍侵略于西。当时名将智略之臣，有曰韩琦、范仲淹、仲世衡、曹玮、张齐贤、尹继伦、庞籍、文彦博、寇准、狄青等，彼十人为真宗、仁宗两朝武功所倚重之臣，是史册上之令名攸著者也。至杨业之子延昭，其名重于敌人，亦不减于父。惟继业之从孙名宗保，无此名。史亦无此名。然有杨宗吉，战殁于三川寨口。其时亦因西夏大寇兴师之日，或亦此将是也。原为将士，非战尽瘁死而后已，之情辞，真是"出师未捷身先丧，长使英雄泪满襟"之是哀也。

第六十四回

破混元大败德礼
解重围扫灭西师

诗曰:

天命难违定不移，恃强轻敌枉偏思。

顺存亡逆从来理，造化玄机应有期。

慢言西夏营中父女议敌，再言石玉得鬼谷先师施法力，一阵狂风，送至边关，说明缘由，范爷等方知石御使郡马公。又言知仙师赐赠来宝扇，正可破混元锤，众位将军大悦。是日，范大人吩咐排酒筵，与石御使接风。石玉是个性急英雄，即言曰："待小将破了混元锤再回吃酒的。"范爷曰："昨夜刘将军往劫贼营图行刺，要盗取混元锤，今天不见回城，谅得凶多吉少。他是粗莽之徒，不依劝阻。今石大人马上出敌，且探他消息如何？"

石玉应允，即领精兵一万五千，顶盔贯甲，命人牵回昔日领解征衣遗下之马。是骑熟脚力，登时跨上，气象岩岩。炮响关开。横持双枪两柄，大呼曰："西夏贼听着！今石将军特来候战，速唤薛德礼贼奴出营纳命也！"早有小军报进，薛德礼立即上马提刀，带兵飞出阵前，大喝："小小犬儿，擅敢口出大言，且祭本帅大刀。"当头劈下。石将军喝声："好家伙！"使动双枪架开。老少各显强狠，斗杀冲锋，自辰时交至午刻，不分强弱。薛德礼自言："不好了！这员小小宋将，看不出有此厉害双枪。看来难以取胜，不免又用混元锤伤他的。"将刀一隔，即带转马而逃，取出混元锤在手。石将军早已提防他，大喝："逆贼！又思用物伤人。"即持宝扇高张，一见锤飞来，轻轻一扇打去，真乃仙家妙用，相生相克，混元锤早已

380

拨于尘土。薛德礼大惊，拖刀不敢拾取此锤，被宋队掠阵岳刚所拾。石将军拍马追赶，大喝："贼奴才休走！"正在赶上，忽有百花女冲出阻挡，双双接战。百花女一见石玉生得貌如美玉，比刘庆迥别悬殊，不胜羡叹。如擒拿得回营，胜刘庆万分矣。岂料这石玉乃仙传枪法，薛德礼尚且不能取胜，百花女焉能抵敌？顷刻被生擒过马。众西兵杀上，要夺回小姐，有宋兵万五千大队卷杀去，西兵纷纷倒退，自相践踏，死伤遍地，不成队伍，四处奔逃。薛德礼几乎被冲倒，哪里还敢杀上前夺取女儿，只得弃马杂于乱军中，召集回残兵一路回营。仰天长叹曰："不知那石玉是宋军中何等之人，好厉害！破收宝锤，又捉去女儿，伤去兵丁万余，真可恼。也罢，待本帅明日与他决一死战的！"

不表贼营内事，且言石玉生擒女将回城，大获全胜。范爷大喜，记录功劳，即日又上本回朝。捆绑过百花女，他竖地立而不跪。范爷喝曰："反叛小丫头，今被擒下，敢生胆子，立而不跪！"百花曰："南蛮听着，奴非下辈之流，乃薛元帅之女。既被擒来，甘代一死，岂肯屈膝下跪敌人。"范爷冷笑曰："尔乃一介小小丫头，倒也胆子狠大。吾且问尔，我们一位将军刘庆进尔营中，今在哪里？"百花女笑曰："好老面皮的南蛮，既云上邦中国，堂堂义师，因何效尤刺客之流？今不能抵敌，便希图行刺。已经被我们拿下，苦劝他投降不依，故现牢囚于后营中。"范爷听了，心头放下，明日且如此救出刘庆矣。石玉闻言曰："既刘庆被擒，现在贼营，待小将杀进，讨取回城，如何？"范爷曰："石大人休得轻躁。如今天色已晚，且待明日讨救他未迟。"又吩咐将百花女囚禁于东后营看管。是晚，帅堂内外，大排筵宴，并犒赏三军，庆表战功，殷勤敬款石玉。范爷、杨将军大加赞叹："郡马一到关，即立战功，与狄王亲一般年少英雄。关上有四虎将军，今石大人有名笑面虎，且又加上一绣旗笑面虎，共成大宋五虎将军。惟同心协力，扫攘外敌，保国安邦，圣上之幸也。"石爷谦逊毕，又言："刘将军被擒去，定须明日杀踩贼人大寨夺回，方成全五虎。"范爷曰："吾已算度定，贼人捉去刘庆，谅情定不放回。幸喜郡马大人擒得百花女回关，不如明日以女易男，两相调换耳。"石爷曰："范大人高见不差。"

众人宴毕，石玉邀同李义、张忠来看狄青患恙症。原来狄青染病已经痊愈了，然而精神尚未强健，故尚未出登帅堂，在着后厢安歇。即西贼来攻城，范爷不令人说知。当时一见石玉，惊喜交半，及问明，方知鬼谷师妙用，撤去贤弟。又及关内事，方知元帅中锤，化血身亡，吓得神色惨变，不觉虎目泪下一行，长叹数声，心中烦恼。弟兄三人各各劝解，惜念患病不宜感伤之意。是夜，四人长说谈叙，直至天明。

　　是日众文武官员在帅堂上正酌议破敌，忽军兵报进："贼将薛德礼领了大队精兵，指名石大人、狄大人出敌，十分猖狂。"石爷听了，冷笑曰："杀不尽的贼奴才！"言罢，即披挂盔甲，上马持枪。三万精兵，冲关而出。石玉飞马当先，大喝："贼奴才！昨天杀得大败，饶尔多活一天，还不自惜其命，退兵回去，早献降书，送还吾刘将军，便饶尔贼奴一命。可细想来！"薛德礼冷笑曰："小小人儿，休夸大言。尔若还了本帅百花女，吾即还汝飞山虎，然后会战也可。"石玉曰："既如此，且准依尔。"一边吩咐往后营放脱飞山虎，一边关内跑走女英雄。男女二人，各归本阵，面赧颜羞矣。当时薛德礼与石玉复又交锋，一连百合，未定高低，两下军兵混杀一场。时已日沉西角，彼此鸣金收兵。

　　石将军带兵进关，与范爷、杨将军细谈西夏贼赵元昊强盛，自当今御位之初，至今用兵二十载，两相用兵，损去不下二百余万军兵，悯死良深可慨也。范爷曰："这是气运该当有此劫杀，即上数载，加以契丹北侵略，损兵折将，亦不下百余万。惜乎真宗先帝时，不依寇准丞相之谋，当得胜之日，不要制其称臣，是机会之大失也，故至当今又不免侵凌之患。总之民不聊生，武夫之劳瘁遭殃也。"三人正言谈嗟叹时，刘庆上前拜谢救脱之恩。是晚不表。

　　次朝计点昨天出战兵，折去五百名。西夏兵营，一点起亦折去千多。是日狄爷忍不耐烦，竟出帅堂，对范大人言知出马。范爷曰："王亲大人贵体尚未痊愈也，须忍耐安歇，未可造次冲锋。"狄爷曰："薛德礼自兴兵以来，如此猖獗，晚生患疾中，全然未晓。只深恨元帅死于西贼之手，如此惨伤，小将恨不能与此叛贼雷同粉碎其躯。如非他死，便即我亡，并不暇及矣，哪里还待候得多天？且吾患恙已痊，岂可坐视，由得贼人猖獗？今且出城，定然见别高低。"范爷正要开言劝阻，忽军兵又报进言："薛德礼喊战，领了大队军兵驻附城下了。"狄青吩咐扛抬上金刀披挂，坐上龙驹。范仲淹、杨青二人阻劝他不住，只得差孟定国、焦廷贵、张忠、李义四将领兵接应。石玉又言："待我与彼掠阵。"焦廷贵大呼曰："尔众人勿忧，副元戎有名仙戏，岂惧薛德礼强狠！"当下狄青顶盔披挂，果也非弱。金刀一摆，龙驹连打三鞭，号炮一响，数万精兵拥关而出。一望敌兵，果也剑戟如林，排开阵势，喊杀如雷，锐气正盛。狄爷勒马抢刀，高声大喝："来者叛贼奴，可是薛德礼否？"贼将曰："然也。尔是何名，通报上来纳命！"狄青大喝："夸口贼奴，死在目前，还敢大言。吾乃副帅狄青也。"薛德礼冷笑曰："本帅只道狄青怎生的大英雄。岂知一小微人耳。"狄青气愤喝声："夸言贼，看刀！"二将冲开坐骑，大刀架劈，火焰飞腾，叮当响亮，杀在一团。将及两个辰刻，惟狄青患疾后力气未足，如常看看抵挡不住。有石玉掠阵，一见狄青刀法将乱，即忙飞出，大喝："贼奴休得逞强。石爷在此！"双枪照面门刺进来。贼将薛德礼好生着忙，闪开大刀，急架双枪。金刀又起，当时薛德礼只抵敌得一人，哪里招架得两般军器？正要放马奔逃，大刀一慢，腿上早中了枪。喊声不好，狄青金刀一挥，中他肩膊，已跌于马下。焦廷贵赶上，割下首级，喝声："贼奴！前天杀败吾焦将军，又战我元帅，不过用妖锤伤人。往日狠强，于今何在？"

不言莽夫妄言，此日二十万西贼兵，一见主帅身亡，军心惊乱，不斗战而四散逃生，不成队伍。宋兵数万，四边追杀。狄爷大呼："愿降者免遭杀戮！"内有逃不及者，多已投降。一睹杀死者，尸横遍野，满地流红，实惨然可悯。宋军所得刀枪、马匹甚多，扛牵回关而去。有百花女闻败兵报知，哀哀痛切，谅来父亲已死，抵敌不来，不敢杀去，只得弃了大营，领了男女兵数万，逃回西夏而去。当日关内杨青老将，提了百斤铁锤，与众小英雄领兵接应，抄杀进他大营，并无一卒，只得收拾遗下粮草、马匹、军器运回关中。范爷大喜曰："二位王亲、郡马大人，果乃国家栋梁之辈，永固宋室江山得倚矣！"狄青、石玉并谦言："哪里敢当！范大人过誉。得除敌寇，乃天子洪福，又得众位将军协助之功，非晚生二人之独力也。"范爷又言："王亲大人患疾后，元气未复，筋力先劳，还该将息尊躯才是。"狄爷曰："有劳大人费心，惟不用感激。已足履动如常了，不用介怀也。"范爷又吩咐焦廷贵将薛德礼首级号令于辕门。众兵及将卒各归营里候赏军功，刀枪、马匹、粮草各点归廒库中。又着令孟定国招令丁夫于沙场之上，将贼兵尸骸埋掩于间土中去讫。范爷即晚着排酒筵于帅堂中，与众将庆功。各营哨兵多有犒赏，惟助战得胜兵丁数万，倍加犒劳，金钱银牌赏格均沾。所赏项费、所用之项，自然国库奏饷开销，不须多述。众将开怀宴乐一宵晚，略叙休提。

次日，众将兵只因杀散贼师，解了城围困，正闲暇中无事，各归营寨。只有范爷、杨将军、狄爷、石御史四人，在帅堂言及起杨元帅一生为国辛劳，年交六十，未得一日安闲，一旦丧伤惨死。想来出效力于邦家，身当武夫之任，睹此，宁不灰其心？说起此言，众人均觉伤情感触。又言及起前月圣上有颁召到来，言当今国母李宸妃娘娘，十八年前被郭槐唆惑刘太后，陷害太子，放火焚宫，今被包拯审究明，李后还宫，郭槐处决，有此天大事情。范爷曰："当先王真宗自北征时至今二十六七载，先王起兵去后三年之际，果也火毁碧云宫，内监、宫娥被火灾，死却百十多人。言李宸妃母子已焚死在内，只付之叹息而已。其时我也官居知谏院，是目睹其事，惟怎知李妃逃难，越出宫闱之事？今将二十载，被包拯一朝究明，有此异闻，算他果也神智，非人可及也。"狄青、石玉二人并言："吾是晚辈，此事是前二十载，毫不得知之。"杨老将军："若云内朝火焚宫一事，也有诏旨得闻，计其时年，杨延昭老元戎终世二年，吾与宗保元帅俱已得知。但范大人在内朝官，不知李妃逃难出宫，吾与元帅领守边关，自然不知的。"言谈之际，不觉日坠西山，又是一宵晚景，也无枝干别言，且看下回分解。

兵者凶器，战者逆德，所以孟子曰："不仁哉，梁惠王也。以其所爱，及其所不爱，然皆贪其疆土之利而糜烂其民而战之，岂仁人君子之所忍哉！"兹西夏赵元昊之寇宋也，兵革干戈十五年，掠州攘府，老幼死于沟壑，少壮者兵刃于疆场，亦因土地之故而糜烂其兵民之多，是忍心哉，不仁之甚也！史言其宋将范雍为其所败，任福为其所戕。贼是屡乘得胜之师，而侵宋之心不已，竟不得宋之寸土。狂暴虐无恶之生灵疲困，后竟不免以父事宋，自负强横残暴之恶，亦何益哉？

第六十五回

悼功臣加恩袭嗣
诏拜帅厚赏边军

诗曰：

> 英雄虎将敌人惊，力佐江山永保宁。
>
> 洪福当今添国颜，全师奏凯大功成。

不表边关众将言谈，却说朝中宋天子，一天接得边关一本，心下着忙：一者西夏大起雄师，二者狄青染病不起。又过五天，一本又到，吓得大惊：杨宗保一命遭殃，边关干将一殒，犹恐江山动摇不安。且喜石玉仍回，与狄青破敌有功。君王想来：杨宗保老帅，在先帝时已职任边关，为国劳忙，历经三十载。藩卫邦家用武，并不得安闲，功勋屡著，一旦遭此惨伤，是折朕之栋梁也。天子龙目中纷纷下泪。是即颁旨往无佞府：圣上钦赐御祭，用以王礼；朝内文武官员俱服素衣一月，加谥耀武王；其世子文广，年方十七，应袭厥职加封绍烈侯。是居丧之际，又因年轻，不必到边关赴任，且随朝伴驾。当日杨门一闻凶信，骇惊不小。穆氏夫人哀哀恸切，佘太君悲苦失声，众夫人垂泪相劝，解慰一番。是日少不免外椁内棺，王侯殉殓，烦用多般，不能细述。

不表杨家丧制，却言宋天子，只因杨元帅弃世，朝中武将虽皆分镇边疆，功臣世袭之子曹伟（曹彬子）、仲世衡老将二人，乃智勇兼备，惟其时北狄、契丹入寇多年，兵势甚锐，二将早已领守边城，即在朝吏部韩琦，亦已出镇延安府，宋天子只得加封狄青为天下招讨元帅。石玉一回关即破敌，立下大战功，加封招讨副元帅，同守边关。众文武官员俱加升三级。

诏旨发往，下文自有交代。当日宋天子追忆念老功臣不得安然正毙而亡，况勤劳王室有年，故特加恩敕旨：文武大臣往杨府致祭，代主之劳。忙乱一番，也不多表。

又言南清宫内，狄氏娘娘母子，一闻狄青在边关又败西戎，立下军功，杨元帅已阵亡了，又颁旨授彼为边关正帅，母子欣然大悦。太后曰："不料侄儿倒有此高强武艺，马上建立功劳，实乃先灵凭借有光也。"

慢语潞花王母子喜悦之言，又说庞国丈，自从李国母进宫之后，郭槐已死，心腹同党羽翼被包拯除去数人，是以凡事心寒了，权柄渐减却些。这日闻讯，想来：只因目下喜得杨宗保死了，那日老夫正在驾前保荐孙贤婿领镇边关，可称此职，免却狄青、石玉二奴才，得此兵柄权势，否则吾老夫休矣。当日圣上略有允准之意，无奈有富弼与韩琦两老匹夫，阻挡圣上。二人言吾贤婿只可做文员之任，在朝伴驾耳，不合往边关当此战征之劳。又奏言狄青、石玉等乃年少英雄，又得范仲淹、杨青老诚慎重维持，屡次立功，敌人畏惧，合当拜师，接杨宗保之任，方为用武之才。圣上不准老夫之请，只依二贼之言，真令人可恼恨也，又可哂笑。这昏昧之君，一接得边关本章，闻杨宗保死了，即便纷纷下泪的痛惨，连日设朝，并无喜色。吾想杨宗保死了，有什么干碍的？好不明昏昧，隆宠这班狗党。只今收除不得狄青，连及石玉也回关。前时只道在仁安被妖魔吞陷了，岂知又得仙人救去，一回关又立下战功，诏旨封敕副元戎。一班老少贼，联成一党，势大权高，教老夫算账他不来了。又思：吾女儿自进宫数年，圣上宠眷十分，说来之言，无有不准依。一自李太后进回内宫，不知圣上何故将女儿略略冷淡些。想必女儿与国母不相投机也，是以唆着圣上疏冷吾女儿，也未可知也。惟女儿不得圣上喜欢，老夫有机窍事与女儿通关节，思不准了，怎生是好？惟现今且喜包黑、韩琦等一班狠烈狗党俱不在朝，老夫把弄日中并不介怀畏怯，且待有了机窍，再行设施，定必倒弄却边关这些狗奴才，方称老夫之心愿也。

正在自思之际，有家丁禀上，言："孙大人、胡大人到拜！"国丈传命："请进相见。"孙、胡二人进至内堂，国丈起位相迎，一同见礼坐下。

国丈言道："杨宗保死去甚妙，正在打点保荐贤婿，往任边关。有富弼、韩琦两个老奴才阻挡，圣上反去保荐狄青、石玉二小畜生为正、副元帅。今被他于边关上联成一班狗党，老夫正在心烦，又奈何他不得。"孙秀曰："前者奉旨复查仓库，正要将机就谋，回朝劾奏。不料圣上于半途召回，一场打算又落空了。"胡坤曰："老太师且免心烦。我想狄青、石玉今已权高势重，谅情弄他不得，吾儿子之冤难以报复的了。"三人言论，只是闷烦着恼，按下休提。

却说勇平王高琼老千岁，是日接得边关贤婿之书，喜悦万分，方知贤婿上年虽被奸臣算计，果有妖魔陷害之事，又得仙师带上仙山习艺。今天圣上颁旨加封副招讨使，与狄青同守边疆，真乃妙！妙！老夫从此丢下愁烦矣。即进内堂，言知夫人、女儿。夫人与郡主真乃喜从天降。是日，一门父女，叩谢上苍，喜悦不尽。即日高王爷命郡主修家书一封与丈夫，待交付赍本钦差，顺往边关。郡主欣然领命，是晚修书，也不多叙。

再表边关上，狄青与石玉对坐下私谈，狄青曰："如今边关围困虽解，敌兵尽数勾销。今圣上虽乃仁资之君，惟边庭武备不足，故契丹强悍于北方。今西夏赵元昊屡次侵扰，实由朝廷立法不严，专主姑息，礼宥奸臣，多缗岁币于外敌之过，而自削弱也。"石玉曰："身当武将之任，恨不能于疆场马革裹尸，以报圣上知遇之恩。惟朝内奸佞，怎惜马上辛劳；只顾苟安一时，私着一身一家之计，哪知君国危与不危的。想来真乃令人可恼，奸佞贼臣也！"狄青曰："庞贼翁婿与胡坤，屡次算计图害，恨如渊深。目下虽得身荣，怎奈奸党未除，而心实有未平也。"石玉曰："小弟亦与庞贼有不共戴天之仇。惟目今乃庞洪当道盛时，借女庞多花得宠势头，想来未知何日得申报父之仇冤。若得报冤，即不为官，心如所愿矣。"

二人正言谈间，有范爷笑容满脸进帅堂，二将起迎。众将军又到，随同见礼下坐。范爷曰："二位王亲与众位将军力退西戎贼兵，不日旨意颁来，狄、石二位王亲，定敕主帅之权。只可惜杨元帅一命升天，身遭惨死耳。"狄爷闻言，长嗟一声言："杨元帅乃保国功臣，多年血战，未得一日安闲。劳当国务未年，身受惨伤，想来令人伤感也。"言毕不觉虎目中堕泪一行，感动起杨老将、范爷二人。只因与杨元帅戍守此关多年，乃情投意合，今言起一旦拆去栋梁，也忍不住纷纷下泪的。狄爷又道："范大人，如今杨元帅升天，老成谙练将帅弃世，犹恐西兵复扰。晚生辈乃无知少年，才庸智浅，难当招讨统领重任，还宜上本力辞。待圣上另挑老成别将为元戎，力当厥职。"石玉曰："哥哥高见不差。我二人一般少年后辈，怎能服得众三军？上本退辞为宜也。"范爷未及回言，有杨青老将军曰："不然。狄王亲、石郡马武艺非凡，智勇兼人，敌兵惧怯。立此重大军功，理当登坛拜帅之任。兵符统属，焉可妄让于庸劣之人？"孟定国曰："西夏贼人，屡次被我们杀得片甲无回，料他再不敢轻视小觑我边疆了。"飞山虎闻言笑曰："事端不测，人所难料。虽然不是畏怯于他，到底也当防备，以免兵临再设施谋也。况他未有投顺表文，焉知他贼心幡悔否？不若待小将驾上席云，跑到西夏打听这叛党怎生主见，以定虚实如何。"范爷曰："刘将军之言有理，须要小心。"狄爷又叮嘱飞山虎，须当见景生情，不可被他们看破机关，须要早去早回，休得耽搁才好。刘庆曰："小将理会得来，休得多虑。"当时刘庆正要动身，旁有焦廷贵大呼曰："众人休得听信他言！昨昔往敌营做刺客，一遇见百花女子即被其迷困下，反被擒拿下。全赖石郡马出敌，将百花女活捉回关，方得调换而回。如今又到西戎地去，定然贪爱娇娆。当又被拿下时，如今更无别物可相更换的。"当时飞山虎听了一席妄诞之言，反羞惭得口也难开。石玉看刘庆羞惭，好生没趣，即曰："焦将军休得妄言多说，如今彼此有分也：前番刘将军粗心莽为，急思了决敌人，故有此失；如今只要小心，不可妄动，速去速回，以安众心是也。"刘庆曰："小将领命。"焦廷贵曰："况今敌兵尽杀个寸草不留，正好吃此太平酒，享此太平安逸福，因何尔众人又定必去寻些打仗交手的工夫？莫非尔众人还嫌杀得这些敌兵少，不厌足，寻些来顽杀不知？"范爷喝声："胡说！胆大焦廷贵，军中无戏言，尔敢乱军规么？"焦廷贵曰："范大人休得着恼，小将乃是直言，并无勾曲的，奈何尔们不听的。待等刘将军被百花女子迷恋了之时，方知吾焦廷贵之言真不谬也。"杨青冷笑曰："怪不得杨元帅在日，言焦廷贵是个呆痴莽汉，正办事只作小儿戏弄一般。只一味多言啰唣，不分上下，弄唇翻舌。前时殴打了钦差，险些儿累及了元帅。若非包拯回朝公办，尔的吃膳东西也难保牢，看尔还得在此呀呀多言否？"众将官听了，人人忍耐不住的发笑不止。焦廷贵曰："尔们众人言来，皆是至当公言，吾说的皆戏弄多言。从今吾闭口不言，像个木偶人一般。"闲语不多表，当下飞山虎辞别过众人，登时高驾席云而去。此事暂停。

又一连数天，有朝廷钦命官，颁召旨到来。外厢传鼓咚咚响亮，狄爷传齐众将，一同出帅堂，吩咐大开正南城门接旨。早已摆开香案，天使开读诏书，敕加狄副元帅为招讨正元帅；石郡马一到关即立下战功，敕加副招讨元帅。张、李、刘三将战功多立，俱封将军之职。边关旧将俱加升三级，并颁赐厚赍甚多，不能一一细述。各军兵俱有奖赏。只因军功乃朝廷所至重，故其奖励甚厚也。敕命罢，元帅宣众将与赵忠献钦差见礼。他官居参知政事之职，此位大臣亦忠梗之辈，史称赵爷，与包公并列，二者皆宋室之贤臣也。当时君命在身，召宣毕，即时告别。狄爷众人款留不住，只得殷勤送别。出至城外，相辞登车而去。

当时元帅、大小三军回进帅府，范、杨二人相见称贺。正、副元帅一同见礼下坐，狄爷曰："今因杨元帅升天，又蒙圣上洪恩庇荫，敕旨忝居帅位，只忧才庸德薄，难当此重权。伏望范大人、杨老将军诸事指点，又借诸位将军褒赞成功。"范、杨与二将曰："元帅二位立此大战功劳，今蒙圣上加封拜帅，甚合其宜。吾等皆借有光，实实合称厥职，二位元帅何用言来太谦虚的？"狄、石二帅称谢，言："难当此重奖。"石爷又曰："目今虽然兵解，还未得西贼降书。须当早备战策，各要协力同心，机随时转，制胜出奇，方不负圣上重托，杨元帅之遗志也。"狄爷曰："石大人之言甚属有理，小心远虑，吾不及也。"是日两人相让，调遣将兵不竟。狄青乃正元戎，自然是他先发调众兵。但未知刘庆往西夏国探听得如何，且看下回分解。

此回书第六十五，于首回应已一结。始于点选狄氏，而今登帅，狄青是始终一关照而联络也。惟此书始于真宗戊戌咸平元年，而结于仁宗癸未三年。而赵元昊兴兵已及二十五载，虽然强悍寇宋，然经血战数十场，兵疲耗粮费库虚，方惭自悔，上书请和，更名曩霄，宋册之为夏国王。当杨元帅阵亡之日，乃庚辰元年，元昊还未请降。后复兴师，故复有六十八回始结也。照史按，庚辰康定元年起，至癸未三年，尚有四载，元昊方平。当其时，侵寇延州，寇兰州寨，寇渭州，寇麟州，陷丰州，一连五寇，胜败交半。按史皆赖范仲淹智谋安抚，狄青戎守，断寇出入复境之功。

第六十六回

守边关勤劳尽职
贪疆土复妄兴师

诗曰：

贪利终须败厥道，猖狂逞勇必凶危。

试看西夏偏邦主，辱国丧师有所亏。

却说赵钦差去后，是日石玉得接附搭家书，即晚自于灯下看观明，已知岳父母康健，郡主来书贺喜添欣。石玉自思回来后，已上家书问候，只因道途遥远，未得妹丈回音，未知母亲近日体健否？但今奉了君王城守重任，怎能忠孝两全的？

不言石玉思量，次早正、副元戎升坐中军帐，左右对坐大小文武。三军参见已毕，狄元帅拨令箭一支，呼唤道："张贤弟，有屈尔统领偏将十员，精兵一万二千五百，俱穿青衣青甲，在东门镇守。大旗上大书'虎'字，城上灰石、弓箭、滚木齐备。倘有敌兵举动，连声以号炮为警，西南北俱有照应。"张忠领令，立刻不停而去。元帅又拨令呼："李贤弟，尔也统领十员偏将，一万二千五百精兵，各穿红衣红甲，在南方镇守，红旗幡上大书'虎'字，倘闻号炮之声，各即接应，不容慢缓。"李义得令而去。元帅想来：焦廷贵乃任妄之徒，不堪当把守之任。但刘庆未回，具着他暂署权理，待刘庆回来，再行交卸是也。元帅呼曰："焦将军听令。"焦廷贵踩步上前，大呼曰："二位元帅，有何军令差遣？"元帅曰："北方尚缺领兵之人，只因刘庆未转回城，如今有屈将军代为把守北方，待彼回关，再行交卸。尔今领十员偏将，精兵一万二千五百，俱穿黑衣黑甲，在北门，黑旗上大书'虎'字。一闻号炮响声，即要接应，不得延迟。如违，定按军法，决不姑宽。"焦廷贵领诺而去。自言曰："难道我焦廷贵做不得领兵项目的？为什么偏偏要待刘庆回关？真乃看我不值毫厘之轻也！吾今只不来分辩，且有自守有日，兵权自属。那时独自成其功业，方显我焦将军非居人下者。"

是日，元帅分派已定，自与石副帅镇守正西。五万精兵，俱穿五色：青、黄、赤、白、黑。大旛旗旛，亦分五色。另建高大白旗，上大书"五虎卫金汤"五字，均看东西南北四门城上，真乃杀气冲天。一番号令威严，众将兵哪人敢不遵服？

不表中原主帅调兵，又言西夏王得报败兵，心头恼闷。只因一心贪图中国一统，故发差精兵猛将，只言锦绣江山，垂手而得。岂知兴师有年，不料胜败参差，计来折去精兵百余万，勇将数十员。昨差首将薛德礼再攻瓦桥关，杨老将身亡，只道大宋稳拿掌。不意又出少将狄青、石玉等一班小奴才，均同猛将，杀得吾邦兵残将戕，孤心实有不甘。倘得一智勇兼备英雄领兵，再复搅扰他一番，侥幸得胜，即亲统倾国锐兵，杀进汴京城。倘若不能取胜，心下方休，然后度势而为，未为晚也。言未了，部班中闪出一员凶狠武将曰："臣闻中国狄青小将，善用一铜面鬼脸，吓死我邦上将无数；更兼箭法高强，故屡借二物取胜。今臣手下有部将二员，善于喊叫声，敌将一闻，犹如烈雷打顶，声似山崩，其人即心惊意骇，跑走不及。平日已于臣部署中试验，众将人人惊惧的。今臣愿领兵攻进宋境，以擒拿狄青。仗我主之威，胜之必矣。"元昊曰："将军果有此二部将之能，即封为左右先锋，卿为统兵主帅，领兵二十万，往除灭狄青，以报御弟赞天王、薛元帅等之仇，少解孤心之恼。"当下孟雄领命，往传命教场中，点足二十万精兵，带了左右先锋；一名吴烈，一名王强；百花小姐愿冲头阵，要报复父仇。

按下西夏调兵，先说刘庆一连三天，席上云端，一到西戎地，早已探听得分明。当日于他营教场点兵之时，恨不能一落下云头，将他领兵主帅割下首级。只因一人本事纵然高强，怎敌得彼千军万马之众？倘有不测差池，岂非又被焦廷贵耻笑的。况且当起行时，众人曾叮嘱不可莽为，中彼陷阱中，不免早些回去也罢。惟今算吾料测得准，果然今又兴兵侵扰。吾今早日回关，报知元帅，好待预备迎敌之策。不分昼夜地驾起席云速奔。一到关中，只见刀枪密密，剑戟森森，旗旛招展，漫布兵丁，东西南北四门，皆是一般威模。刘庆曰："这又奇了，难道贼师早已到关攻打不成？我驾云，他步走，岂比我倍加捷速？谅来决无此理。定然元帅调拨将兵，在此镇守，故今队伍肃严，刀斧交连。待吾先从北门而进，看其动静如何？"只远远又见黑旗上大书"虎"字，尽是黑盔甲的军兵，不知何人在此把守。想来：狄青虽乃一少年，今杨元帅死了，他为副元帅，果有武略将才，调度有方，怪不得杨元帅敬重于彼。"是时嗖的一声，飞进城垛。守城巡逻军一见，认得是刘将军，打听军务而回，即去报知焦将军。有莽将想来：刘庆必然是跑走回家，耽搁数天，焉得是打探西戎消息？待吾顽耍他的，然后禀知元帅，交卸此北门与他。想罢，呆头呆脑地跑上城垛，喝声："刘庆！尔回来的，好胆子，不令人早通知我！命尔往探听西夏军情事，且一一禀明于吾焦老爷得知。"飞山虎闻言，顿觉惊骇：因何焦廷贵出此无状大言的，凌喝于吾的，何故也？即呼曰："焦将军，尔今领兵在此么？"焦廷贵曰："刘庆！尔还未知其详。自那日尔动身去后，圣旨下来，敕封狄王亲为正印元帅，我又敕封为副元帅。尔不该如此怠慢，不敬吾副元戎，有失军威的。"刘庆曰："焦将军，果如此，抑或尔妄言哄我的？"焦廷贵曰："谁来哄尔？且观几员战将归我管下，数万精兵由吾调发，难道是假的？"飞山虎曰："但不知圣上颁来旨意，末将的名上有升提及否？"焦廷贵曰："圣上诏旨全然未有提及尔之姓名。想必尔无名小卒，一撇去闻，只好做个军前巡报的探子耳。我当初原教尔不要去打听的为高。如今且在我帐前做个赏差得力之人，有功之日，候再升提罢。"刘庆听了，好生不悦，曰："岂有此理！难道我刘庆只做个探子当差之辈？吾自愿隐藏，做个耕农园圃，无忧无虑，以度光阴，何苦强在军营，效力疆场，危地争锋！"焦廷贵曰："刘将军休得动气。到底尔打探得西贼军情如何，且说知明白。待吾送交帅所，让尔统辖军兵，我却在尔麾下听令，全凭差遣。这便如何？"刘庆曰："此言差矣。尔承圣上敕命官爵，怎让得过别人？待我说知西贼之事。可笑西夏主不知见机，重新又兴动大兵二十万，领兵主帅乃孟雄，更有二位先锋，百花女将为头阵，不日杀奔到来。"焦廷贵曰："如此，果也元帅虑得到。尔也算打探得分明。看来这副元帅只好让尔做的。"当时焦廷贵说得糊糊涂涂，飞山虎听得将信将疑，尚未知底止如何，且待通报了正元戎得知，方为正理。焦廷贵又呼曰："刘将军，尔可在此管辖众兵，待吾与尔报知元帅。"刘庆曰："这是不可！尔乃执掌帅印之尊，如何教吾代管，敢当代报的？待吾自进帅堂报禀，方合宜也。"焦廷贵闻他此语，只得听彼自进去了。

　　刘庆一路想来：这焦廷贵言此说，只道当真封敕为副元帅，故今统领将兵在北方门保守。一心思量不悦，气愤不平："因何兵符副帅属了此人？这样蠢夫做什么元帅，如何提兵调将？呆头呆脑的莽匹夫，岂不败坏了大事！如此圣上也非知人之聪哲也，此职权真乃错交此人的。况即今西夏元昊又起大队雄师到来，又有一番狼敌，看尔怎生发调众军！又过东门，只见高高扯起青旗，上书个"虎"字，众将兵青衣青甲。又见南红西白，四方城门俱有将兵把守。进至中堂，正要通报，忽又见圣旨下来。原因狄青少年，尚未结婚，范大人有小姐，正当及笄之年，超群美颜，范爷久已留心于狄英雄，故前月附搭上本，奏闻圣上，求君王做主，不由狄青不依。又觉面对，难于启齿，故并未发言知狄爷。今宵圣旨一下，范爷早已明白，又闻诏旨允准钦赐联婚。一番朗诏，范爷喜色洋洋。狄帅想来：军务未完，哪有闲暇心议此婚配事？当日狄爷辞谢推却，范大人笑曰："此乃君主美意，理当早谐花烛。小女虽然不才、陋质，下官不及仰攀。但念旨命难违，乞允小女权执箕帚，王亲大人休得推辞。"当日狄元帅不便执意推辞，只言："虽蒙大人过爱，圣上隆恩，但今军情事急劳忙，且待兵退稍暇之日再议可也。惟有劳大人即可具本奏复圣上，晚生也有本章达呈。"当时赍本钦差乃杨元帅之子杨文广也。他在朝奏知圣上，要到边关助敌，建立武功。天子见他虽乃少年，实乃将门之裔，是以准旨允请，并颁旨附带范、狄联婚之事。当此会见正、副元帅，范、杨等众位将军，齐同见礼下坐。又有飞山虎到来，将西夏兴兵之由，一一禀知。有狄爷曰："范大人，可恶西夏贼，复又兴动干戈，如今且理明军务，再订婚姻便了。"范爷闻言，无奈，只得允肯，暂停姻事。连夜修备本章，差人赍送，狄元帅也备附一本，达呈圣览。

话分两头，却说夏将孟雄带领二十万雄兵，左右先锋攻冲。头阵一到边庭，探子报上。离城不远，孟雄吩咐于五十里之外安营，不表。

再言宋将刘庆，是日回关，已领守回北城，方知焦廷贵是满口胡言的狂妄之夫。忽一天，探子报进，贼将带兵攻城。狄元帅一传令，众将候差伺立，真乃明盔亮甲层层密，五色旗旛色色新。当时元帅差发刘庆往冲头阵，着焦廷贵去助阵，叮嘱小心为要。二将领兵二万，炮响出关。刘庆一马飞出，大喝："杀不尽之贼奴！可恶的西夏狗主，败而复来送死！一班逆党，今日休思逃脱了。"西夏贼吴烈大怒，不回言，一铁棍打去，刘庆大斧急架相迎。战杀一场，吴烈不意大喊一声，实似天崩地裂，马也惊退数步，地也震了。刘庆不预意，早吓得几乎跌于马下。这吴烈是惯家，趁敌人一惊，手略一慢，即一棍打下。刘庆早已席云起上空中，已将马首打碎，跌扑尘埃。焦廷贵一见大怒，喝声："狗奴才，休得逞强！"一棍打去。吴烈接马交锋，各逞强狠。一连冲杀数十合，焦廷贵一生狂莽，恶狠狠，虽非惧怯敌人，但本力欠三分，一刻抵敌不过，心中着急。想来：可恼飞山虎，吾与尔掠阵助战，岂知一跑上空中，脱身而去。贼将又厉害不过，如今不妙了，果然抵挡不住。却被敌将铁棍略打在肩上。焦廷贵侧身一闪，已打中手腕，只手打得血滴淋淋，大喊一声："不好！"忍痛拍马奔逃。贼兵呐喊如雷，追杀上来。宋阵上，张忠、李义押兵奋勇杀上，贼兵散乱奔逃，却杀去数千。吴烈大怒，又来争战，大喝一声轰响，宋兵吓得倒退回，不敢追杀。只有张忠、李义亏得尔倚我靠，不觉惊骇杀上，刀枪并刺，吴烈贼将不能抵挡得两般军器，只得复喊一响。当时二将听喊了数次，全然不惧，吴烈只得败走。又有王强截杀，上前助战。四将杀在一堆，胜败未分，不知如何，且看下回分解。

谋臣不用，敌国之福也。是以仁宗之世，王德为将，文彦博为相，比夷契丹曰："中国将相得人矣！"观其敬畏之语，即边关外敌莫不因国之贤才而敢起其轻侮之心。有国者得人之任，宁不重乎？今当赵元昊悍侮之日，而诏颁拜帅，智勇英雄，亦任将之得人至当也。考宋开基之始，武功不及汉，疆土不及唐。惟开创之初，武功不足，而后嗣何所续承宜乎？比谓兄弟之好，得为北狄之兄，亦可以为荣也。西讲父子之权，得为西戎之父，亦可以为尊，是当时势之使然也。

第六十七回

美逢美有意求婚
强遇强灰心思退

诗曰:

> 凶危逆德是鏖兵，何故元昊不忖情？
> 古训贪狠多败庾，回思失利是攻征。

当下大宋、西戎四员虎将，战杀得烟尘滚滚，各逞奇能。正在不分胜败，王强忽也大喊一声，比吴烈倍加响震轰天。二匹战马跳跑惊慌，张忠、李义几乎跌下尘埃，心下慌忙，刀枪略慢。狄元帅在旗下，对石玉言："二将稍弱，且收军为上。"石玉曰："狄哥哥小心慎重，唯合行兵之法，且收军罢。"即下鸣金。张忠、李义即带兵而回。西夏二将也收兵回营。张忠进关，呼曰："元帅因何一刻收军退回？"元帅曰："二位贤弟，未知其详。吾与石弟看来，两名西将本领强狠，一时恐二位贤弟有失，况焦廷贵先已受伤。想来二贼将是劲敌，然行军是莽为不得，兵骄必败，为将者小心持慎为要也。今且收兵，明日别作良谋。吾等同心合志，何惧西兵强盛哉！但尔二人劳苦半天，且往后营将息也。"二将谢别二位元帅而去。只见焦廷贵已在帐中，呼呼叫疼痛，只怪刘庆走脱，不上帮助，自逃走了，至吾一人抵敌，故被贼将所伤。当时用止痛药敷上，略略将息睡去。

不表三人后营安静，又有刘庆至帅堂缴令，曰："小将奉令出敌，不意贼人大喊之声甚觉厉害，彼吼闻时犹如天崩地裂之声，烈雷霹雳之恐。小将驾云走快捷些，战马已被打碎。有此厉害奴才！"元帅曰："胜败乃兵家之常，何须挂齿。刘将军且退，明天出敌，自有败敌之谋。"刘庆诺退。

不表宋军归队伍，再提贼将两英雄，收集兵丁，计点折去军兵八千余人。一进大营来见元帅，言知交锋情由："初阵打退二将，一将飞跑上云头。第二阵又冲出两员宋将，本事高强，不畏哮咆喊声，杀个平交。只因宋兵甚锐，反伤去军兵八千之数。今日只作败阵奔北，望元帅恕罪。"孟雄听了呵呵冷笑曰："二先锋休夸奖宋兵之勇，灭自己之威风。尔且看本帅明朝亲临出敌，自必取胜，尔二人方见吾言非谬也。"当宵晚景休提。

至次日，西戎主帅点挑精兵五万，带领左右先锋，百花女也后阵随出。一至关前，喊声连天。宋阵中狄元帅冲头阵，左孟定国，右沈达，中佐石副帅，精兵三万；杨文广押掠后阵；飞山虎暗驾席云看观战场不表。炮响出城外边。主帅会敌，二马交锋，各逞平生技俩。西夏阵中，飞出左右先锋，宋阵中，孟定国、沈达也拍马接应。后面百花推动兵丁数万，杀上宋阵。后杨文广小将军也掠押宋兵杀上。此战将有将逞能，兵有兵斗勇，杀得征尘四起，雾锁长空。喊杀声音大振，两边战鼓不断，如雷催杀。当时两位元帅兵刃交加，格杀本事相均，尔不饶我不舍。狄爷曰："西夏将也有此本领，杀个平交，不免用穿云箭伤他取胜也。"当时大刀一隔撇，正要取出宝箭，只闻二员敌将大吼一声，真觉震天响亮。狄元帅也觉心惊，收回宝箭，复又斗杀。但王强、吴烈是个躁力，金亏混气元神强逼精力喊叫，过一刻渐渐力疲困了，必须又要莽顿气息，一会方得叫响如初。更加力气不及足，故筋疲力竭之际，抵敌宋将沈、孟不住。又有孟雄与狄青杀个对手平交上下，石玉一马飞出，大喝："逆贼休走！"双枪刺进。孟雄闪开，大刀斧钺一挡，三马交腾，兵刃飞响。孟雄怎能抵挨得两般军器，实觉两臂酸麻。不走性命休矣，拍马招兵而逃。狄青指挥众兵追杀，西夏兵见主帅一败，心慌忙乱，抵敌不能，四边奔散。后阵百花小姐一骑飞出，杨文广小将军悉值拍马冲迎。二骑对面，百花一见宋阵上一小将军，生得像粉装玉琢，心下惊骇，细细一瞧，只生得：

　　两道秀眉分八彩，一双美目有精神。

　　五官六腑多端正，错认仙童下俗尘。

杨文广亦是翩翩少年，一逢美丽，未免留神注意，将百花小姐一看，果也生成一朵妖花之艳：

> 媚眼一双澄湛美，两眉弯月线丝长。
>
> 琼瑶出荚樱桃口，体态风流迥异常。

当时小将军看女将生得似玉如花，想来：不道西夏外邦西域边夷，也有此绝色佳人，这也奇了。看来吾中土可赛并此女之花容者亦甚希矣。当日百花女呆呆看着小将军，生得丰采，瞧看入了神的赞羡。只闻两边男女兵喊战，二人方醒悟是交兵阵前。各通姓名，百花女方知此小将乃杨元帅之子。久闻杨元帅威仪凛凛，穆氏夫人美质无双，是以此位杨公子美貌如斯也。惟思：奴的母亲早丧，随父南征，父又遭败丧于沙场。故国又无弟兄亲属挂怀，不免归投中国，得匹配此位小将军，足胜为后了，是一生叨福无涯，有何不妙？想罢，男女冲锋，不上十合，小姐拍马诈败而逃。一奔至郊外无人之所，即抽转马头，杨文广追至，催马数步，大喝："小贱婢休走！吃吾一枪！"言毕，照面门刺去。百花女长枪架定，呼唤："杨公子休得动手，容奴奉告一言。"

又另言飞山虎虽不奉元帅将令，众将兵出敌时，彼已起在云端。当下只见众将兵人人得胜，心中暗喜。正要跑下助战，只见杨公子追赶百花女，远远飞跑。他一想来：杨公子虽乃将门之子，但百花乃一员厉害女英雄，况公子年轻，初出敌见阵之人，倘追赶去，不知进退，万一有失，即不妙了。是以刘庆在云头一路随他跑去。只见百花拍回马，打拱于公子。刘庆早已会其意，知他一心思匹杨公子——只因前番被擒拿下求匹偶，是故今心中明白。只闻百花女呼声："公子，奴今本国父母俱亡，国王大势已瓦解，实有心归顺天朝，亦预早自为之志，未知公子肯容纳否？"杨文广听毕，言曰："尔若果真诚降伏，我亦体念众军好生之德，并不深究。但尔今即欲随吾回关，待尔达禀元帅，抑或尔回营做个内应，以破敌军。"百花当时欲言又止，但四顾无人，只得言曰："公子，奴实立心归宋，惟思己乃一青年弱女，无可为依。今实欲上托微躯于公子，未知尊意如何？"杨文广听了怒曰："尔乃青年一少女，缘何不知廉耻？岂有不凭媒妁之言，未由父母之命，而私婚姻者，有是理乎？尔虽乃美丽超群，亦何所取哉！"当时百花女听了，羞得玉脸上泛桃色，半晌无言。只得又呼曰："公子，奴非贪淫贱行、理上不分明者。然为终身无所依归耳，故忍垢含羞言此衷肠情中事，又不能实托他人为言，伏望公子谅情鉴察。"公子未回言，飞山虎落下尘涯，反吓得二人一惊。刘庆笑曰："杨公子，既然小姐一心归顺我邦，尔亦何妨顺情俯就？况尔二人乃青年美质，实百年伉俪相登。"文广曰："刘将军之言差矣。他既云青年少女，也不该阵上言婚。既不畏羞惭，便为淫行之女，何足取哉！吾去也。"催马回关而去。刘庆曰："小姐，尔既愿一心归我天朝，公子婚盟一事，多在末将担承。尔今不必畏羞，方才尔心事之言，我已洞知，不必隐讳。小将虽然一粗莽之夫，但一心公正，并不虚言，断不耽误尔两人佳偶良缘也。"小姐正羞愧得面色遍红，又闻刘庆言婚配事，他肯一力担肩，况前言早已被他听得明白，只得开言告曰："叨刘将军如此鼎力相扶，奴感不尽海涵之恩。我今回营，做个内应，以立寸功。惟专望将军帮持，以成就奴初心归顺，勿虚所望为感也。"飞山虎允诺。又言："此事末将定必一力缀成，小姐休多过虑。如此请也。"仍驾席云腾空而去。百花不觉称奇异曰："宋朝有此异人辅佐，实乃真命之君。我偏隅微弱小邦，妄想侵扰，岂不损兵折将乎？但今刘将军许我缀成公子匹配，未知应允如何？倘姻缘该配合，千里也牵丝。"一路自言，回营而去。

单表刘庆回进城中，细将此事达知元帅众人。有狄元帅询曰："但未知杨公子意见若何？"文广曰："彼乃外敌偏邦之女，况于阵上订婚，未禀母命，焉可行之？望祈元帅休听刘将军之言。"元帅未及答话，有范爷微笑曰："此乃成功匹配美事。此女今愿归降为内应，目下可以一战成功。既是人才美丽，老夫定为贤侄执柯，奏明圣上做主。尔休言阵上招亲为非理，即杨元帅亦乃阵上招亲于穆夫人，是老夫所目睹也。贤侄休得多疑。"杨青笑曰："范大人真好记性也，又将元帅四十余年招亲之事一提说起来，令人可慨叹也。想吾老杨，自随延昭老元戎领守此关，算来已有六十二载。人生在世，犹如大梦一般耳。回头一想，吾年已七十八，岂非光阴迅速乎？吾幼贤侄休得推辞此段婚姻美事。范大人必不误尔于不义也！"众位将军闻言，人人感叹。又言："老将军之言是也。"尔言我语，杨文广也不强辩。

狄青也会其意了，言："此事须待小姐归降，是必奏知圣上；再有书达知穆夫人，然后可也。"公子曰："二位大人与元帅之言未必理上有差，小侄哪敢不依？"范、杨听了喜色欣欣。是夜只因大胜敌人，少不免犒赏众将兵，也无烦说。

只说孟雄败回营中，计点折去二万余兵，受伤残疾者万余，二将又战败。看来难以取胜，不如带兵回见夏主，察明求和为上。吴、王曰："元帅不可因一败便灰了心，不若明日再决一死战如何？"百花曰："不可！两次出师，看来不独狄青智勇，即众宋将人人俱是年少英雄，兵精将锐，料难取胜，不如投降为上。"孟雄曰："小姐高见不差，明日整备还邦矣。"当夜膳用不表。

次日五更，夏营正要拔寨登程，忽一队军马来投伙。此人是牛刚，在大狼山自与牛健分手后，又想起杨元帅，只忧他来征剿，故带兵回磨盘山。忽遇庞兴、庞福，三人合为一路，日在磨盘山打劫，又到各处居民村庄抢夺。李继英是五云汛千总，张文是守备，二人几次打退他。想来三盗为患不浅，有害居民，是日二人一同离汛而来，禀元帅动兵征剿，不思牛刚三人来投了西夏。当日孟雄正在打点动身回国，不意中得此数万兵又来投。三将初时还疑宋人奸细，问及起，方知乃本地头强盗，故收录下，重新整兵，离营尽数而出，单留一万与百花女守营。

却说狄元帅等在关前，是日有巡查军士，拾得百花小姐箭书一封，方知磨盘山强盗投到西夏营助战。狄爷对石玉曰："此乃疥癫之疾，何足惧哉！"忽又有继英、张文进到，要请元帅发兵征剿山寇，二人不知他等降了西夏。元帅即说白三盗缘由，张、李大悦，曰："此三盗合当灭除。不劳动一兵，更妙也。"是日一闻报西夏讨战，二位元帅即分派四路军马迎敌，另点一旗暗抄后面，踏破敌营，待他败回，无有归宿营盘驻足。分拨已定。不知宋、夏胜败如何，却看下回分解。

此回鏖兵再战，而西夏方残兵大败。而孟雄思退，是知机达势之雄，非吴、王二将得幸战者可比。故下文战败，吴烈、王强殁于法场，孟雄逃脱而得免于锋镝者，亦量力思退之验也。

才貌相当，男女未必不相爱慕。在百花女并无亲属，所介怀弱弱无所依归，实实心如所愿归。杨文广硬语推辞，亦于众人面上不好看相耳。尔于其顺从众，幼而知之。范、杨语文广，并将前事一提，瞬息之间慨叹数十年久，岂非寸金难买寸光阴乎！其迫于名利而求势位者，亦不惜此光阴之难再耳！

第六十八回

因兵败表求降附
赐婚配赉赠团圆

诗曰：

历数惟归有德君，逆天好杀必伤军。

将亡兵败初幡悔，方信贪狼是祸根。

却说宋营元帅调兵拨令一支，着张忠、李义领兵五千抵敌头阵，又令沈达、刘庆领兵五千抵敌二阵，尚有焦廷贵前天受伤未痊愈，又令岳刚、牛健领兵五千抵敌三阵，李继英、张文抵敌四阵。当时即发兵一万，与小将杨文广，放火烧焚西夏大寨，待他败回，并无屯扎，以成一鼓而擒之势。分拨五路军马已毕，两位正副元戎各带兵五千，攻击中军。即日吩咐放炮开关。是日两边军马不约而同，亦是分路而出。张忠、李义二人头阵，两马飞出，五千锐兵喊声如雷，杀进阵场，正遇吴烈挥兵，混杀在一方。张、李弟兄，奋勇动兵，吴烈抵挡不得两般军器，逃走不及，已被杀于马下。一万西兵见主将被杀，惊得四散奔逃。宋兵杀上，死者甚多。

不表张、李得胜，又言王强押兵一万，正鏖战间，有刘庆、沈达领兵，二马飞奔，不问情由，双刀并举，王强急架相迎，宋兵卷地杀上，西兵怯惧，早已立脚不定，喊走奔逃。王强押止不住，又抵挡不得两人，只得拍马而奔。沈、刘二将哪里肯放纵，正追杀之间，张忠、李义一见，抄杀来，把截去路。王强着急，只得兜转马。刘、沈赶至，双刀了决归阴。尚剩西兵数千，尽皆投降。

又说岳刚、牛健领兵五千，正遇牛刚率兵一万而来。牛健大呼曰："兄弟！尔今做了西夷人否？"牛刚曰："哥哥，尔做了宋朝高官未？"牛健曰："虽非做了高官，只不忘父母之邦耳。见笑于古人者，中土而投降于外也。一向既为兄弟，尔未投降于外邦，尚有兄弟之义，为兄尚有劝谏尔之言；今尔既投顺外邦，即为敌国之仇，弟兄之义绝矣。今日刀枪之下，断不容情，以私废公也。"言毕大刀一起劈下来。牛刚呵呵冷笑，一枪架定，曰："哥哥乃大英雄之度，兄弟也不怪尔也。"二人动手杀将起来，本领不相上下的平战。岳刚住马，不明二人说的言辞何意，只道牛健劝此人投降，岂知言罢，一阵杀起来，不分胜败。岳刚拍马一推，大刀撼动，牛刚实挡不住两般兵刃，手略一慢，却被岳刚一刀挥为两段。宋兵杀得西兵星散很多，岳刚二人催兵前进，也且不表。

再言继英、张文领兵五千，攻过第四阵，二马当先东进，正逢庞兴、庞福二人，排开一万西兵，扬威耀武。继英大喊："该死的狗强盗，也有今日送死之期！地头百姓，被尔狗畜类辈残害不少，今日正罪盈满贯之时，自投罗网，正好赏尔一刀！"二庞不语，刀斧一起，张文、继英急架相迎。杀了半刻，庞兴弟兄本事低微，哪里抵敌，早被张、李杀死于马下。夏兵被杀得七零八落，纷纷逃窜。单剩得中军主帅孟雄，提柄大刀，抵住中原两位正副元帅。看看抵挡不住，又只见宋将纷纷杀至，人人俱拿首级，部下兵丁四散，方知不妙。哪里顾得败残兵丁，即闪开刀枪，拍马而逃。数万精兵，十不存二三，降的降，阵死的死，全军殁覆了。

又提杨文广领了一万兵丁，一至夏营，正在喊杀放火，有百花女即跑出营前，一见杨文广，便呼称："杨公子且慢用火，内有马匹、粮草颇多，况有兵万余。不若将粮马带运回关中，有何不美？"文广曰："小姐高见不差。"百花进回营，大呼众兵："今日元帅大败，逃回本国，尔等愿投降者，免遭杀戮。"众兵皆曰："愿降！"百花吩咐，尽将粮草、马匹、辎重齐同搬运出，文广方命人放火，将大寨前后尽皆焚烬，一同百花统挥投降兵，一程回关去。

又先表宋之将兵，人人得胜，宋帅鸣金收军回关，众人献功单。因不见了杨公子回关，元帅心里着急。有飞山虎笑曰："人人对垒者，尽是军兵敌起，只有杨公子领兵去焚毁营寨，守营者乃百花女。小将昨天看测公子言虽推此婚盟之事，然心实有所愿也，故我敢决于一力担承百花之约。今未回关，彼必与百花知会，合兵而回矣。元帅何须多虑。"范爷微笑曰："此事被刘将军猜着矣。百花晨早有书来，说明磨盘山强盗投进西夏。今百花守营不出，公子今奉令往焚破敌营，测度其理定，必不久合兵而回矣。"元帅曰："虽然如此，只为杨公子乃杨门接嗣贵公子，非别将等比也，万一有失，即不妙矣。不免着刘兄弟出关探听如何？"当日飞山虎正领诺抽身，有军士报进："杨公子并投降女将领了降兵万计，现在辕门。"元帅等大悦，即着请进，一同见礼下坐。当日元帅对范爷说明："不若将百花小姐送至大人府中，待等赵元昊纳降之日，一折奏知圣上，以待公子完婚。大人尊意如何？"范爷曰："元帅之见，理之所宜。"即日驾车送百花到范府闺阁中，与范小姐并同处下，也且慢提。是日正、副元帅将众位将军的武功，一一酌量注明，少不免是夜通排筵宴，合城大小三军俱有犒劳，畅叙交酢，至更深方罢。只为当日已将敌人杀败逐讫，逃回邦，士卒俱已投降。放一夜各将士兵丁虽用酒过多些，也不妨有碍军情。

　　不表当晚宋营犒劳排筵，再言西夏孟雄逃阵而出，只望回营与百花女收拾众兵归国，奏知夏主，言大宋将兵精锐，难以取胜，谏劝国王求和于宋君，以免屡次损兵折将之意。只一到了大营，又见火焰冲天，吓得心下惊骇，不意宋人又焚毁大营，兵卒不留一个。想来：不知百花女逃走回邦，抑被宋人所害？想来长叹一声："不知大宋有此能人，杨宗保既殁，又生出狄青几个英雄。但本帅悔不当初恃勇，领了夏王之命，统兵二十万，战将一十员。如今剩下几百残兵回邦，真好羞惭也！"

　　此行非止三天两日程途，水陆难以琐言。忽一天，归至本邦。次早国王设朝，孟雄入谒领罪，将兵败情由一一奏知。夏王听奏大惊。当日孟雄俯伏谢罪，只求夏主开恩。夏主曰："卿家平身，此非尔不用意，不忠于孤。只因狄青兵精将勇，果以用智力，实难与争锋。卿且回家养息一月，待孤家赏劳。"当时孟雄谢恩而出。夏主又与群臣酌议，众文臣皆言："大宋将兵英勇，难以动取得彼江山。如今我主屡次兴兵，扰侵他土地，倘彼

406

乘得胜之师，到来征伐，原理曲在我邦，他出师有名，未见我邦之利。莫若趁早他兵未至，而先下了降书请和为上策也。未知我主圣意如何？"元昊曰："众卿所奏有理。事有不可为而为之者，如今由于不得已，且修备求和表文，打发一文员进关，见狄青等，一并附呈宋君可也。"是日，夏主端了表文，传旨于库中，取到金珠土物，用车辆载起，然后封赠过阵亡将士，赏赉孟雄军劳。

这是败军之将，原该有罪，而夏主反厚赏之，虽与法律有不常之处，然量力不能与争，是略去罪而加奖，故臣下感德，而后还有肯为国家出力臣很多。是夏主厚待于臣下之验也。当日夏主备下降表之书，并金珠土产之物，差文武员各一人，即日登程，望边关进发。非止一日程途。其时西夏强狠，一连寇宋二十余年，今已略悔初心。只因自兴兵以来，损折去猛将数十员，雄兵百余万，粮饷困竭，其心方息也。

再言边关正、副元帅酌量："谅必西夏兵竭将疲，不敢轻睹我们了，想必求和于我邦矣。"石玉曰："可恼西夏屡次兴师，侵犯边疆，如非各智勇之臣，分镇西路边城，则山西全省之广，非朝廷之有矣。"范仲淹曰："其故非今日之患。始初酿成者，只因吕夷简专权，圣上又务姑息为安，奸佞夏竦、晏殊共相济党。夷简之恶，君子正士纷纷贬黜，西夏聚兵于西北，成后日之患。斯执政之偏公，论所难泯。惟奸佞只图私己之利，岂顾后日遗殃，是目乎！"众将听毕，莫不感慨咨嗟。元帅是日备修本章，刻日差武将孟定国赶回朝中，达呈天子。

其时包公已完赈饥之务，复命还朝。此日天子设朝，孟将军达呈表奏，俯伏金阶。本章上大意言：西夏复又兴兵二十万，攻进边关，已被杀败逃回。遂将众将某人某人武功，一一疏明。又有百花女美丽超群，一至关即降伏，与杨文广订结盟婚，亦有战功于本朝。是至臣等允其降伏，然于招亲一事，臣不敢自专，恭候圣裁之意。天子观罢奏章，龙颜大悦："战却西戎贼师，乃寡人之幸也。既然女将美丽超群，投降而有功于国，正该与杨文广匹偶。待寡人做主，赍旨往边关，加升众将武功。然狄青职司主帅之任，不能离关，即于关内与范氏完婚。杨文广年轻，况杨门人口已缺少，且同百花回朝归府完婚。边关将士俱加爵禄。"即着孟定国颁旨回去，不用别差钦差往返。传旨："暂回杨府安顿，候旨回关。"孟将军谢恩起来，退朝。

次日，有黄门官启奏："西夏国差使臣，有求和表章并土仪之物上贡吾王，现午朝门候旨。"嘉祐君王传旨："宣进使臣官。"当下一文一武进至金阶。只见两班文武，人人侍立，个个鞠躬，威严气象，中土外邦迥别悬殊。二使臣官俯伏下，战栗呈上表文，略曰：

西夏臣赵元昊表奏圣主御案前：罪臣不自忖度，不迹偏思，弱邦危主数数，妄动干戈，有损天威临莅，罪归于臣，无容分辩。第臣固不德，而妄于犯土，然臣之臣下武夫皆恃其强暴，百般唆诱妄劝，动以兵戈。臣蔽于聪而不加毫察，利欲心动，至兵越上邦境界。究不深思：普天之下，莫非王土，莫非王臣之训饬。迨雄师丧于疆场，暴将亡于越境，方知猛勇，幡思兵凶战递之戾。兹伏乞仁圣泽被万方，恕臣罪愆。臣当世守臣节，历悔初心，不敢再萌妄念。兹奔贡献，恳鉴微诚。僻境遐方，惟呈土物，冒渎天颜，谒胜战栗，冰兢之至。

嘉祐君览毕，天威和霁。又见附表后其贡土物，乃珊瑚、玛瑙、沉香之类，外有赤金五万两。宋君曰："外邦使臣平身。"文武二人山呼万岁起来。君王曰："二卿家，尔主赵元昊屡年妄动兵戈，理该征讨。今既知罪悔过，寡人且免究，许其自新之路。二卿家还邦去达转尔主，自今须要永守臣节，各分边界，不宜再妄生心。倘再蹈前辙，朕断不姑贷也。"二使臣俯首呼曰："仰感圣主洪恩，扩拓海涵。微臣君臣感激无疆，焉敢复怀邪念，以负圣恩？"当日宋天子券册元昊为夏国王，厚赐使臣，着他即此还邦而去。自此宋、夏相和，不复用兵。按：史是仁宗癸未三年，而西夏平伏，后传至第九主，至宋理宗宝庆三年，元灭之，与金同亡。此是后事，休多烦表。嘉祐次日传旨，颁至边关。

又言孟定国回归杨府，达交公子家书一封与母亲。穆氏夫人与佘太君大喜，曰："杨门有幸，出此将门之裔。今已立下战功，圣上敕赐完婚，更仰荣光也。"是日，天子敕旨："孟定国复回边关。"刻日拜辞佘太君、众夫人,登程而去。数十天水陆程途,方回至关。小军报进,元帅着令传见。孟定国言启:"上有旨命赍颁。"元帅命排班接旨,仍是孟定国宣读旨意大略:狄青加升公爵,范小姐诰敕一品夫人,吉日在关完婚。加升石玉为侯爵。张、李、刘三将入五虎振国将军。孟定国升威武将军。焦廷贵升威烈将军。岳刚升忠勇将军。沈达升义勇将军。杨唐封参将。张文封轻车都尉。继英封都司。投降牛健封千户。杨青加授龙虎上护军。范爷召取还朝,入阁拜相。其时因吕夷简被众谏院众臣劾他专权误国,弃逐忠良,他亦知难掩公论,辞相位而致仕告退。宋君准旨,故召回范爷入相。

又表杨文广袭父王爵极品不复加升,只诰敕百花一品正夫人,回朝完婚。当日副将、偏将何下百十余员,只论功升爵,一一不能尽述。厚赏众兵之礼,也不纷烦交代。

狄青当日只得遵旨于帅府完婚,大设宴筵。大小三军、众将士庆叙,俱沾天子颁赍之恩,也不烦提。次日,杨公子奉旨回朝,范爷同往拜辞正、副元帅、众位将军。百花少不免另设大舟,有女娘服伺不表。

众人殷勤送别回朝。非止一日路途,狄青先已修书,接取母亲、姐姐同至边关完聚。又有书一连五封,附搭杨公子回朝:一封与潞花王母子并请金安及已成功完婚一事;一封送与呼延显老千岁请安,并感前提拔之情;一封送与韩府吏部叔父,亦是请安之语,一封送与包府,情叙多辞;一封送与佘太君,敬请金安并贺喜。一一并无提及传书情由。

且叙杨公子一回朝,先至金銮,叩谢君恩,回府拜见佘太君、穆氏母亲,并众位夫人;先已选定吉期,是日完婚,花烛庆叙。文武大臣多来道喜,御赐结婚,王侯设宴,言不尽礼美,山珍海味,富贵礼繁,一连数天庆闹。

不表杨公子夫妇和谐,又言石玉也有书回归长沙故土,接取母亲、姐丈夫妻到门完聚。一书送回朝中高王府,向岳父母请候金安,并接取郡主到关叙会,也不多表。有刘庆在边关,也对元帅说知,要回潼关接取母亲、妻到来叙会。元帅曰:"今已国家平宁了,有家者正该完叙。贤弟须当早日动身。"刘庆大悦谢去。

此书事事毕。单言潞花王母子接书，喜悦万分，不意狄门有幸得此雄材武略英雄，至使狄门昌大，实乃天眷善良，方有裕后光前也。不表母子欣然。只有庞国丈、孙兵部、胡制台三人不遂其谋，狄青、石玉反得重权，为正、副元帅，只是闷闷不开眉地交谈不表。

又说明：此书与下《五虎平西》一百一十二回，每事略多关照之笔，惟于范小姐招赘完婚事有不同，然其原古本以来已有此笔，悉依原本，不加改作，看者勿深求而议之可也。

此书因前未得其初传，只于狄青已职任边关中截而起，是未得全录。今已采得完成，复于真宗天子天禧二年起，至狄青行伍出现，及以上三世，及其父狄广。又至仁宗癸亥三年，赵元昊始降伏，是照依史而结。一始一末，条达颇不紊错杂。惜惟稗官野史，有不见哂于一览谈笑中，印为幸耳。

西夏兴兵，自四回始，而于此方一总结。再结磨盘山牛刚，出于一笔了决。二接书言三盗合伙投于夏人，是现成省笔。百花投降，借孟雄口言，未明被宋人所害否，又是一笔轻轻抹过。至边关上本奏捷，随即西夏差使呈献降书，是接简之捷笔。边关封爵，即日调回范仲淹，按史自吕夷简执政而恶仲淹，孔道辅以其越职言事而不利于己，故放逐于外二十余年。夷简卒日，方召回朝。至仁宗晚年欲大用之，随即已去世，君子咸惜之。史有天之未欲平治天下之叹，读之令人深深增感耳。

狄青回朝之书一连五封，俱关照结上文圆转笔。石玉回故土之书，亦此意也。刘庆言知接取母妻，亦然直结。至狄后母子并包公完赈饥事，一提庞、孙、胡三奸言谈一现，只愚意一接，以为联络全部，略无续博之添漏。未尽是否，以待看官详悉是也乎。

编校后记

《狄青初传》，即《万花楼演义》，又称《万花楼杨包狄演义》《后续大宋杨家将文武曲星包公狄青初传》等。目前基本公认，该书成书于清嘉庆十三年（1808），作者李雨堂，生平不详。

本书主角狄青、包拯、杨宗保三人，都是在民间说唱文学中耳熟能详的人物，其中狄青、包拯是史实人物，杨宗保则为虚构人物。而故事情节方面，在大的框架下，是基本符合历史的，比如狄青平西夏、宋仁宗认生母；但是具体到细节上，则明显具有传奇色彩，甚至有大量涉及神怪的描写，可见该书主要是基于在民间说唱文学中流传已久的传说、故事来创作的。因此本书不宜分类到历史小说，却也未到《西游记》那般神怪小说的地步，最贴切的分类应是传奇小说。所以我们在编校过程中，也仅是酌情处理了过于粗俗的描写，而对涉及神怪的情节基本未做处理。

清代小说大多版本众多，该书亦不例外。本次整理，以咸丰九年（1859）右文堂重刊的同文堂版为底本，并参考年代较近的其他几个版本。右文堂重刊本每回回末均有评语，我们一并保留。

又因该书成书年代问题，存在不少异体字现象，我们在不影响读者阅读的前提下，尽量保留了原貌。

小说乃是清代文学中浓墨重彩的一笔，枝繁叶茂，却也良莠混杂。本书在清代小说中应属中上之作，唯版本众多，孰优孰劣，亦无定论。若我们在选本和整理中有不妥之处，敬请读者谅解。

2020 年 9 月